Zu diesem Buch

«Swift ist ein faszinierender, origineller Fabulierer, dem es auch in diesem atmosphärisch ungewöhnlich dicht erzählten Roman um die Selbstfindung des einzelnen geht» («Hamburger Abendblatt»).

«Die zentrale Metapher des Romans liefert das Marschland, der immer präsente Hintergrund des Geschehens, gleichermaßen geteilt und verbunden durch natürliche Flüsse und künstliche Kanäle, vom Wasser lebend und gleichzeitig stets von seinen Launen bedroht. Die Ehe von Tom und Mary, die Beziehungen der Menschen, der Völker untereinander, selbst Swifts Sprache, die mit ihren von Einschüben und Nebenbemerkungen unterbrochenen und doch auch wieder zusammengehaltenen Sätzen widerspiegelt, wie all die kleinen Erzählquellen und -flüßchen schließlich doch in den großen epischen Strom einmünden: das alles ist auch eine Art Wasserland, voller unergründlicher Tiefen, voneinander getrennt und doch zusammengehörend, sich die Welt erobernd und doch wieder ihren Einflüssen unterworfen. Schon Graham Swifts Roman ‹alias Federball› zeugte von seinem Talent, von seiner psychologischen Sensibilität, seiner souveränen Beherrschung des Stoffs, aber auch von seiner Menschlichkeit, von seinem Mitgefühl. Für diesen Roman gilt dies in noch höherem Maße» («Frankfurter Allgemeine Zeitung»).

Graham Swift, geboren 1949, studierte in Cambridge und Oxford. Seine Kurzgeschichten wurden mehrfach auch von der BBC gesendet. 1980 erschien sein Erstlingsroman, der von der Kritik begeistert aufgenommen wurde. Für «alias Federball» erhielt der Autor den Geoffrey Faber-Preis. Für «Wasserland» wurde Graham Swift der «Award 1983» der Royal Society of Literature zuerkannt, ein Preis, der sehr selten für einen Roman vergeben wird.

Graham Swift

Wasserland

Roman

Aus dem Englischen von
Franziska Reiter

rororo
Rowohlt

Die Originalausgabe erschien unter dem Titel «Waterland»
bei William Heinemann Ltd., London
Umschlagbild Hjördis Dreschel
Umschlagtypographie Manfred Waller

Veröffentlicht im Rowohlt Taschenbuch Verlag GmbH,
Reinbek bei Hamburg, Januar 1987

Satz Bembo (Linotron 202)
Gesamtherstellung Clausen & Bosse, Leck
Printed in Germany
980-ISBN 3 499 15846 9

Für Candice

Historia, -ae f. 1. Nachforschung, Untersuchung, Wissen, 2. Geschichte, Geschichtswerk, 3. Erzählung, Geschichte, Mythe, Sage.

«Unser war das Marschland ...»

Große Erwartungen

1
Über die Sterne und die Schleuse

«Und vergiß nicht», pflegte mein Vater zu sagen, als könnte ich jeden Augenblick aufstehen und in die große weite Welt hinausziehen, um mein Glück zu suchen, «was immer du über die Menschen erfährst, wie schlecht sie auch sein mögen, jeder von ihnen hat ein Herz, und jeden von ihnen hat einmal als winzigen Säugling die Milch einer Mutter genährt ...»

Märchenworte; Märchenrat. Aber wir lebten auch an einem Märchenort. In einem kleinen Schleusenwärterhaus, an einem Fluß, mitten in den Fens. Weitab von der großen Welt. Und mein Vater, der ein abergläubischer Mensch war, tat alles gerne so, daß es magisch und geheimnisvoll wirkte. Deshalb stellte er die Aalreusen immer bei Nacht auf. Nicht weil man Aalreusen bei Tag nicht aufstellen kann, sondern weil ihn das Geheimnis der Dunkelheit faszinierte. Und eines Nachts, mitten im Sommer 1937, gingen wir, Dick und ich, mit ihm, um die Reusen in der Nähe der Stotts-Brücke aufzustellen. Es war heiß und windstill. Als wir die Reusen aufgestellt hatten, legten wir uns am Flußufer nieder. Dick war vierzehn, und ich war zehn. Überall in den Fens surrten die Pumpen unaufhörlich, wie immer, weshalb man sie kaum mehr wahrnahm, und in den Gräben quakten die Frösche. Über uns war der Himmel übersät von Sternen, die sich zu vermehren schienen, während wir sie betrachteten. Und als wir so dalagen, sagte Vater: «Wißt ihr, was die Sterne sind? Sie sind der Silberstaub des göttlichen Segens. Sie sind kleine Himmelssplitter. Gott hat sie heruntergeworfen, damit sie auf uns fallen. Als er jedoch sah, wie böse wir waren, änderte er seinen Entschluß und befahl den Sternen stillzustehen. Und deshalb hängen sie am Himmel, aber ganz so, als könnten sie jeden Augenblick auf uns herunterfallen ...»

Mein Vater war nämlich nicht nur ein abergläubischer Mensch, sondern er hatte auch die Gabe, Geschichten zu erzählen. Erfundene Geschichten, wahre Geschichten; beruhigende Geschichten, mahnende Geschichten; Geschichten mit einer Moral oder Geschichten ohne jeden Sinn; glaubwürdige Geschichten und unglaubwürdige Geschichten; Geschichten, die weder das eine noch das andere waren. Es war eine Gabe, die in seiner Familie lag. Aber es war auch eine Gabe, die meine Mutter hatte – und vielleicht hatte er sie eigentlich von ihr gelernt. Denn als ich sehr klein war, war es meine Mutter, die mir zuerst zum Einschlafen Geschichten erzählte, anders als mein Vater aus Büchern und aus der Phantasie.

Und seit dem Tod meiner Mutter, sechs Monate vor jenem Abend, an dem wir neben den Aalreusen unter den Sternen lagen, hatte sich meines Vaters Verlangen nach der Dunkelheit, seine Ruhelosigkeit in der Nacht noch weiter verstärkt. Als grübelte er andauernd über eine Geschichte nach, die noch zu erzählen war. So sah ich ihn manchmal, während er im Mondlicht seinen kleinen Gemüsegarten betrachtete, mit den brütenden Hennen redete oder vor den Schleusentoren oder der Schleuse auf und ab ging, seine Bewegungen erkennbar am glimmenden Schein der Zigarette.

Wir wohnten in einem Schleusenwärterhaus am Leem, der von Norfolk kommt und in den Großen Ouse mündet. Und jeder weiß, daß diese Gegend flach ist. Flach, von einer gleichbleibend eintönigen Flachheit, die allein schon, so könnte mancher behaupten, in einem Menschen beunruhigende und schlafraubende Gedanken hervorruft. Von den aufgeworfenen Ufern des Leem erstreckte sie sich bis an den Horizont, ihre einheitliche Farbe, torfschwarz, nur von den Früchten belebt, die darauf wuchsen – den graugrünen Blättern der Kartoffeln, den blaugrünen Blättern der Rüben, dem gelbgrünen Weizen; ihre einheitliche Ebenheit nur von den schnurgeraden Furchen der Gräben und Entwässerungskanäle unterbrochen, welche, je nach dem Zustand des Himmels und dem Stand der Sonne, wie silberne, kupferne oder goldene Drähte über die Felder liefen und welche, wenn man sich hinstellte und sie ansah, einen dazu verleiteten, ein Auge zu schließen und sich unnützen Überlegungen über die Gesetze der Perspektive hinzugeben.

Und dennoch verwandelte sich mir als Fünf-, Sechsjährigem dieses Land, so regelmäßig, so ausgedehnt, so gezähmt und kultiviert, in meinem Bewußtsein in eine leere Wildnis. An jenen Abenden, an denen meine Mutter gezwungen war, mir Geschichten zu erzählen, schien es, als stünde unser Haus mitten im Nirgendwo; und der Lärm der Züge, die auf den Geleisen nach King's Lynn, Gildsey und Ely dahindonnerten, war wie das Brüllen eines Ungeheuers, das uns in unserer Einsamkeit überfiel. Doch letztlich ein Märchenland.

Mein Vater war Schleusenwärter am Leem, drei Kilometer entfernt von der Stelle, wo er sich in den Ouse ergießt. Da aber die Pflichten eines Schleusenwärters an keine festen Zeiten gebunden sind und sein Lohn, abgesehen von dem freien Quartier, gering ist, und weil der Verkehr auf dem Leem in den dreißiger Jahren schwächer geworden war, baute mein Vater auch Gemüse an, hielt Hühner und fing Aale. Nur bei heftigem Regen oder Tauwetter stellte er diese Nebenbeschäftigungen zurück. Dann mußte er den Wasserstand beobachten und vorausberechnen. Dann mußte er das Schleusentor öffnen, das wie eine riesige Guillotine das jenseitige Bett des Flusses abtrennte.

Denn vor unserem Haus teilte sich der Fluß in zwei Kanäle, den näher gelegenen mit der schiffbaren Schleuse, den entfernteren mit dem Schütz, und dazwischen lag ein festes, aus Ziegeln gemauertes Pier, eine kleine Insel, wo die Hütte stand, in der sich der Schleusenmotor befand. Und noch bevor der Fluß merklich stieg, ja bevor er noch seine Farbe änderte und das milchige Braun der Kalkhügel von Norfolk, durch die er floß, annahm, wußte Vater, wann er in diese Hütte hinter dem Schleusentor gehen und damit beginnen mußte – unter dem Knirschen des Metalls und dem Brodeln des auslaufenden Wassers –, das Schleusentor hinaufzukurbeln.

Unter normalen Bedingungen blieb das Tor jedoch unten, fast auf dem Grund, und die starke Schaufel hielt den langsam fließenden Leem auf, so daß die Schiffe passieren konnten. Dann war das Wasser im Stauraum darüber, und das Wasser im Schleusenbecken glatt und ruhig und roch so, wie es für Orte charakteristisch ist, wo frisches Wasser und menschliche Erfindungsgabe aufeinandertreffen, ein Geruch, den man in den Fens immer wieder vorfindet. Ein kühler, schlammiger aber seltsam scharfer und schwermütiger Geruch. Ein Geruch, der halb von Menschen, halb vom Fisch ist. Und in solchen Zeiten hatte Vater dann genügend Zeit für seine Aalreusen und sein Gemüse, und hatte wenig an der Schleuse zu tun, außer den Rost zu bekämpfen, die Zahnräder zu schmieren und das Wasser von allem Treibgut freizuhalten.

Denn, Hochwasser oder nicht, der Leem führte unausgesetzt Treibgut mit sich. Weidenzweige; Erlenzweige, Riedgras; Reste eines Zaunes; Kisten; alte Kleider; tote Schafe; Flaschen; Kartoffelsäcke; Strohballen; Obstkisten; Düngemittelsäcke. Alles wurde mit der Strömung von Westen herangetrieben, verfing sich in den

Schleusentoren und mußte mit Bootshaken und Rechen herausgefischt werden.

Und so geschah es, daß eines Nachts, mitten im Sommer, während Gottes zurückgehaltener Segen am Himmel glänzte, wenn dies auch etliche Jahre nach der Zeit war, in der Vater uns von den Sternen erzählt hatte, aber erst zwei oder drei Jahre, nachdem er begonnen hatte, vom Herzen und von der Muttermilch zu reden, und das Klopfen der Pumpen jetzt, in der Nacht, durch das Dröhnen von aufsteigenden Bombern übertönt wurde – um genau zu sein, es war im Juli 1943 –, daß etwas den Leem heruntertrieb, an das Eisengitter der Schleuse schlug und, von Wirbeln gezerrt, bis zum Morgen immer wieder dagegenstieß und scharrte.

Etwas Außergewöhnliches und Beispielloses, das man nicht wie einen Zweig oder einen Kartoffelsack oder wie ein totes Schaf wegschaffen konnte. Denn dieses Etwas war eine Leiche. Die Leiche von Freddie Parr, der knapp eineinhalb Kilometer von uns entfernt wohnte und so alt war wie ich, vielleicht einen Monat älter oder jünger.

2

Über das Ende der Geschichte

Kinder. Kinder, die unsere Welt erben werden. Kinder (denn ich habe euch, ob ihr nun fünfzehn, sechzehn, siebzehn wart, Anwärter auf die schmeichelhafte Bezeichnung «junge Erwachsene», insgeheim immer als «Kinder» bezeichnet) – Kinder, vor denen ich zweiunddreißig Jahre lang gestanden bin, um die Geheimnisse der Vergangenheit zu entschleiern, und vor denen ich nun nicht länger stehen darf, hört mir, eurem Geschichtslehrer, ein letztes Mal zu.

Gerade ihr solltet wissen, daß ich euch nicht aus eigenem Willen verlasse. Ihr solltet wissen, wie unangemessen die Wendung «aus persönlichen Gründen» ist, so grausam in ihrer Belanglosigkeit, die unser ehrenwerter Herr Direktor, Lewis Scott, in seiner Rede heute morgen verwendet hat. Und ihr solltet wissen, wie wenig zielführend jene Zwangsmaßnahmen waren, die eben jener Lewis dazumal im Namen sogenannter erzieherischer Grundprinzipien ausübte («Glauben Sie ja nicht, Tom, daß ich darüber glücklich bin, aber wir müssen einfach sparen. Wir müssen den Geschichtsunterricht einschränken. Sie könnten in Frühpension gehen ...»). Ihr solltet es wissen, denn ihr habt ja miterlebt, daß der alte Cricky, euer Geschichtslehrer, in gewisser Hinsicht, aus eigenem Antrieb, schon aufgehört hatte, Geschichte zu unterrichten. Gerade als er ausführt, wie mit einem Blutbad in Paris unsere moderne Welt begann, unterbricht er sich und beginnt mit diesen – Geschichten. Etwas über das Leben an einem Fluß, über einen Vater, der Aale fing, und über eine Wasserleiche, die man vor vielen Jahren in dem Fluß fand. Und in jenem Moment erkanntet ihr: der alte Cricky versuchte, euch zu zeigen, daß er selbst ja auch nur ein Teil dessen war, was er euch lehrte. Mit anderen Worten, er hatte durchgedreht, er war übergeschnappt ...

Oder, wie Lewis es ausdrückte: «Vielleicht sollten Sie einmal Urlaub machen. Ein Studienjahr. Wie wär's damit? Das wäre doch eine Gelegenheit, Ihr Buch weiterzuschreiben – wie heißt es doch gleich – die *Geschichte der Fens*?»

Aber ich habe dieses Angebot nicht angenommen. Denn es hatte sich gezeigt, daß ihr zuhörtet, mit gespannter Aufmerksamkeit meinem neuen überspannten Vortrag. Ihr habt den verrückten Spinnereien (wahr? erfunden?) des alten Cricky zugehört – auf eine Art, wie ihr den Ereignissen der Französischen Revolution, merkwürdiger als jede Dichtung, nie zugehört habt.

Und so geschah es, daß erst ein bestimmtes Ereignis, ein Ereignis, das noch viel grotesker war als die neue Unterrichtsmethode eures Lehrers, ein Ereignis, das seine Frau betraf, Mrs. Crick, und das – wegen seiner im Hinblick auf den Beruf des Gatten zwingenden Ironie –, wie ihr wißt, in der lokalen Presse voll ausgeschlachtet wurde, meinen Abgang zu einer absoluten Notwendigkeit machte.

Lehrersgattin gesteht Kindesentführung. Vor Gericht erklärt sie: «Gott hat es mir befohlen.»

Kinder, einer von euch, ein wuschelhaariger Junge namens Price, der (unerlaubterweise, aber von mir bewußt übersehen) auf seine Wangen gerne fahlweißes Make-up auftrug, das sein Gesicht leichenblaß erscheinen ließ, hat einmal die Französische Revolution unterbrochen mit dem altbekannten Einwand, den jeder erfahrene Geschichtslehrer schon erwartet (welchen Sinn, Zweck usw. hat denn die Geschichte), und rundheraus erklärt, Geschichte sei nur ein «Märchen».

(Ein Störenfried. Einer, der den Lehrer ärgert. Es gibt einen in jeder Klasse. Aber dieser ist anders ...)

«Was zählt», fuhr er fort und ahnte nicht, was für ein Märchen sich um seinen Geschichtslehrer und dessen Frau spinnen sollte, «ist das Hier und Jetzt. Nicht die Vergangenheit. Das Hier und Jetzt – und die Zukunft.» (Dieselben Ansichten, Price – aber das hast du nicht erkannt – wie 1789.) Und dann – nachdem er in rascher Folge eine Reihe von Tagesereignissen genannt hatte (den Afghanistankonflikt, die Teheraner Geiselnahme, die gefährliche und anscheinend unaufhaltsame Aufstockung des atomaren Waffenpotentials), was in euch, seinen Mitschülern, plötzlich und erschreckend die gemeinsamen Alpträume wachrief – sagte er mit zitternden Lippen, die nicht nur deshalb zitterten, weil sie Worte aussprachen, die sorgsam einstudiert (richtig, Price?) gewesen sein mußten: «Das einzig Wichtige ...»

«Ja, Price, das einzig Wichtige –?»

«Was wirklich zählt an der Geschichte, Sir, ist, daß sie an einem Punkt angelangt ist, an dem sie wahrscheinlich enden wird.»

So schlossen wir also unsere Lehrbücher. Legten die Französische Revolution beiseite. So sagten wir also dem alten, abgedroschenen Märchen mit seinen Menschenrechten, Freiheitsmützen, Kokarden, Trikoloren, gar nicht zu reden von den zischenden Fallbeilen und der wunderlichen Vorstellung, der Welt einen neuen Anfang gegeben zu haben, ade.

Ich begann, nachdem ich an meinen jungen, aber keineswegs sorglosen Schülern die ansteckenden Symptome der Angst bemerkt hatte: «Es war einmal ...»

Kinder, die unsere Welt erben werden. Kinder, denen durch die Geschichte hindurch Märchen erzählt worden sind, häufig, aber nicht immer zur Schlafenszeit, um unruhige Gedanken zu besänftigen; deren Bedürfnis nach Geschichten nur dem Bedürfnis der Erwachsenen entspricht, nach Kindern, denen sie Geschichten erzählen können, nach Zuhörern für ihren Vorrat an Märchen, nach lauschenden Ohren, denen sie dieses unglaublichste und doch faszinierendste Märchen, ihr eigenes Leben, anvertrauen, überliefern können; Kinder – man wird uns trennen. Lewis hat dafür gesorgt. Verzeiht mir diesen Gefühlsausbruch. Ich verdiene eure Proteste nicht. (Wir wollen unseren Cricky und das, was er uns erzählt.) Ich erwarte nicht, daß ihr versteht, daß ich euch nach zweiunddreißig Jahren als ein Fleisch und Blut sehe und die Qualen einer Mutter begreife, der man das Kind nimmt ... Aber hört zu, hört mir zu.

Euer Geschichtslehrer möchte euch die vollständige und endgültige Version erzählen ...

Und da ein Märchen auch einen Schauplatz haben muß, einen Schauplatz, der wie die Schauplätze aller guten Märchen sowohl greifbar als auch unwirklich sein muß, erzähle ich euch

3
Von den Fens

wie eine Tiefebene im östlichen England bezeichnet wird, mehr als dreitausend Quadratkilometer groß, im Westen begrenzt von den Kalksteinhügeln der Midlands, im Süden von den Kreidehügeln von Cambridgeshire, Suffolk und Norfolk. Im Norden schieben sich die Fens in einer Breite von achtzehn Kilometern bis an den Wash der Nordsee heran. Oder vielleicht sollte man eher sagen, daß der Wash die Gewalten der Nordsee sammelt und zu einem ewigen Kampf um das verlorene Territorium aufruft. Denn das Wichtigste an den Fens ist, daß sie dem Meer abgewonnenes Land sind, Land, das einmal Wasser war, und das auch heute noch nicht richtiges Festland ist.

Einst hielten die seichten, flutenden Wasser des Wash nicht bei Boston und King's Lynn, sondern drangen nach Süden bis Cambridge, Huntingdon, Peterborough und Bedford vor. Weshalb zogen sie sich zurück? Die Antwort besteht aus einem einzigen Wort: Schlamm. Die Fens bildeten sich aus Schlamm. Schlamm: wenn man das Wort ausspricht, wenn man die Luft durch den schmalen Spalt der Zähne gleiten läßt, denkt man an ein leises, verstohlenes, schmeichelndes Etwas. Schlamm: der Kontinente formt und untergräbt; der zerstört und gleichzeitig erbaut; der gleichermaßen Anwachsen und Abtragung ist; weder Fortschritt noch Verfall.

Er kam zuerst von den Küsten von Yorkshire und Lincolnshire, getragen von den landeinwärts fließenden Strömungen, welche sich nach Süden zu in den alten Wash bewegten. Im blauschwarzen Lehm, der unter der Erde von Cambridgeshire liegt, finden sich noch Schlammablagerungen, welche Spuren von Muscheln zeigen, die man an den Stränden und Felsen des nordöstlichen England findet. Der erste Schlamm kam also aus dem Meer. Aber zu diesem

Schlamm des Meeres gesellte sich der Schlamm des Landes, mitgeschwemmt von den Flüssen, dem Ouse, der Cam, der Welland, die in den immer kleiner werdenden Wash mündeten und münden.

Der Schlamm häufte sich, Pflanzen der Salzmarschen faßten Fuß, und dann auch andere Pflanzen. Und mit den Pflanzen begann sich Torf zu bilden. Und Torf ist das zweite wichtige Grundelement der Fens und die Ursache für ihre bemerkenswerte Fruchtbarkeit. Einst wuchsen auf dem Torf Wälder, aber das Wasser, das durch eine Klimaänderung zurückkehrte, entwurzelte und überschwemmte die Bäume. Heute gedeihen im nährstoffreichen schwarzen Torf Rüben und Kartoffeln, und es gibt im ganzen Land keine bessere Erde. Aber ohne Schlamm gäbe es auch keinen Torf.

All das geschah vor nicht allzu langer Zeit. Im Jahre 870 noch segelte eine Wikingerflotte bequem bis nach Ely, durch ein Gebiet, das noch zum Großteil aus Wasserfläche bestand. Zweihundert Jahre später sah Hereward, der eben dieses hochgelegene Gebiet von Ely verteidigte, zu, wie seine normannischen Belagerer in den verräterischen Torfsümpfen strauchelten und ertranken. Noch immer prägte Wasser zum größten Teil den Charakter der Landschaft.

Denn bedenkt nur, wie doppelsinnig die Wirkung des Schlammes ist. Ebenso wie er das Land aufwirft, das Meer zurückdrängt und den Torf reifen läßt, behindert er auch den Lauf der Flüsse, engt das Mündungsgebiet ein und bringt so für das neuentstandene Land die ständige Gefahr von Überschwemmung mit sich und verhindert das Abfließen des Wassers. Jahrhundertelang waren die Fens ein Netz von Sümpfen und Brackwasserlagunen. Das eigentliche Problem der Fens war immer das Problem der Entwässerung.

Was der Schlamm begann, setzte der Mensch fort. Die Rückgewinnung des Landes. Entwässerung. Land gewinnt man aber nicht über Nacht zurück. Land gewinnt man nicht ohne Schwierigkeiten und ohne ständige Mühe und Wachsamkeit zurück. Auch heute noch werden die Fens zurückgewonnen. Um genau zu sein, sie sind nie zurückgewonnen, sie werden nur immer zurückgewonnen. Ohne die Pumpen, ohne die Deiche und Böschungen, ohne das ständige Ausbaggern ... Und man braucht einen Bewohner der Fens nicht an die Wirkung schwerer Regenfälle im Landesinneren zu erinnern, oder daran, was es heißt, wenn eine Frühjahrsflut mit einem Nordoststurm zusammenfällt.

So vergeßt also eure Revolutionen, eure Wendepunkte in der Geschichte, euren großen historischen Wandel. Betrachtet statt dessen den langsamen und mühsamen Prozeß, den unendlichen und doppeldeutigen Prozeß – den Prozeß der menschlichen Verschlammung – der Rückgewinnung von Land.

Gleich anfangs erhebt sich die Frage, ob es wünschenswert ist, Land wiederzugewinnen? Nicht für jene, die vom Wasser leben; nicht für jene, die keinen festen Boden unter den Füßen brauchen. Nicht für die Fischer, die Vogelsteller, die Schilfschneider, die ihre feuchten Behausungen in den unnachgiebigen Sümpfen aufschlugen, bei Flut auf Stelzen gingen und wie Wasserratten lebten. Nicht für die Männer, die die mittelalterlichen Dämme niederrissen und, wenn man sie dabei erwischte, in eben jenen Breschen, die sie geschlagen hatten, lebendig begraben wurden. Nicht für die Männer, die den holländischen Deichbauern von König Charles die Kehlen durchschnitten und ihre Leichen in eben jenes Wasser warfen, das sie hätten zurücktreiben sollen.

Ich spreche von meinen Ahnen; von den Vätern meines Vaters. Denn der Name Crick, der zur Zeit Charles I. manchmal auch «Coricke» und «Cricke» geschrieben wurde, findet sich (ein Tag des Stöberns in den lokalen Archiven) in der Liste der wegen Sabotage der Entwässerungsanlagen Verurteilten. Meine Vorfahren waren Menschen, die vom Wasser lebten. Sie fingen die Fische mit Speeren und die Enten mit Netzen. Als ich noch klein war, hatte ich in der Person von Bill Clay ein lebendes Bild meiner Ahnen vor Augen, ein verschrumpeltes, ledriges Gerippe, dessen Alter unbekannt war, nie aber auf weniger als achtzig Jahre geschätzt wurde, ein ehemaliger Entenjäger und Torfschneider, der im Verlauf seines langen Lebens die alten wilden Moore in unserer Gegend bis auf wenige Überreste hatte verschwinden sehen; der auch noch, nachdem seine Existenzbasis fast verschwunden war, nach Gänseschmalz und Fischschleim, nach Schlamm und Torfrauch stank; der eine Mütze aus Otterfell trug, dazu Gamaschen aus Aalhaut, und dauernd vom Mohnsamentee benebelt war, den er im Winter gegen sein Rheuma trank. Der alte Bill lebte mit seiner Frau Martha in einer feuchten, baufälligen Hütte nicht weit vom Ouse und am Rande der zurückweichenden, schilferfüllten Marsch, die noch aus der Zeit, als sie vom Wasser überflutet war, den Namen «Wash Fen Mere» trug. Aber manche sagten, Martha, um gute zwanzig Jahre jünger als Bill, sei nie seine Frau gewesen. Andere wieder sagten, Martha sei eine Hexe . . .

Aber lassen wir von den Märchen.

Die Holländer kamen, an ihrer Spitze der Deichbauer Cornelius Vermuyden, zuerst von König Charles angeheuert, und später von Seiner Lordschaft Francis Graf von Bedford. Im Namen ihres Auftraggebers gruben sie den Bedford River und später parallel dazu den New Bedford River, um den Hauptarm des Ouse, der bei Ely widerspenstig und langsam dahinfloß, in einen Kanal abzulenken, der direkt ins Meer führte. Dort, wo der neue Fluß im Norden in den alten Ouse mündete, bauten sie die Denverschleuse, und an der südlichen Verbindungsstelle die Hermitageschleuse. Sie zogen Nebenkanäle, Entwässerungskanäle, Abzugskanäle, bauten Deiche, Rinnen und Gräben und wandelten 95 000 Morgen Land in Weideland um, das zumindest im Sommer, wenn schon nicht im Winter, genutzt werden konnte. Praktische, zukunftsorientierte Menschen, diese Holländer. Die Ahnen meines Vaters widersetzten sich ihnen; und zwei wurden dafür gehängt.

Vermuyden verließ England (er hatte ein Vermögen erworben, das er in den Niederländischen Kriegen wieder verlor) im Jahre 1655. Und die Natur begann, viel wirkungsvoller als meine Ahnen, seine Arbeit zu sabotieren. Denn der Schlamm vereitelt, wie er erbaut; zerstört wie er entstehen läßt. Vermuyden hatte nicht bedacht, daß er die Strömungsgeschwindigkeit der Flüsse durch neue Flußbetten verminderte und nicht erhöhte; ein zweigeteilter Fluß führt aber überall eine geringere Wassermenge, und je geringer diese Wassermenge ist, desto kleiner wird auch die Fähigkeit des Flusses, sein Bett von Ablagerungen zu reinigen. Die großartigen Wasserstraßen des Grafen von Bedford setzten Schlamm an. Schlamm sammelte sich in den Mündungen, wo die Strömung der Flüsse gegen die Gezeiten nichts ausrichtete, und staute sich an den Schleusen.

Und noch etwas hatte Vermuyden nicht bedacht. Daß wiedergewonnenes Land schrumpft – wie alles schrumpft, woraus man Wasser preßt. Und vor allem der Torf, der Wasser wie ein Schwamm aufsaugt, schrumpft, wenn er austrocknet. Die Fens schrumpfen. Sie schrumpfen immer noch – und versinken. Land, das zu Vermuydens Zeiten über dem Meeresspiegel lag, liegt heute darunter. Metertief. Man kann die Gefahren nicht deutlich genug aufzeigen. Die hohe Bereitschaft zu Überflutungen; die Verringerung des Flußgefälles; der Druck auf die Uferböschungen; die raschere Strömung des Wassers vom Hochland in das tiefer liegende Becken in der Ebene. Das alles und der Schlamm.

In den neunziger Jahren des 16. Jahrhunderts riß der Bedford River ein zwei Meter breites Loch in seinen Damm. 1713 gab die Denverschleuse nach, und die Verschlammung dahinter war so groß, daß sich der Bedford River landaufwärts, den alten Ouse bis nach Ely hinauf staute, anstatt sich ins Meer zu ergießen. Tausende Morgen Ackerland standen unter Wasser. Die Bauern mußten abends in ihre Betten waten.

Und irgendwann zu dieser Zeit schlossen sich meine Vorfahren väterlicherseits seltsamerweise den Deichbauern und Landgewinnern an.

Vielleicht blieb ihnen keine andere Wahl. Vielleicht nahmen sie dort Arbeit an, wo man sie dazu zwang. Vielleicht taten sie es aus Herzensgüte beim Anblick des Elends, das durch überflutete Felder und Häuser entstanden war. 1748 finden sich in den Lohnlisten der Männer, die beim Neubau der Denverschleuse mitarbeiteten, die Namen der Brüder James und Samuel Cricke. Und in den Pfarregistern ihrer Heimat, die damals nördlich der kleinen Stadt Gildsey und östlich des New Bedford Rivers lag, finden sich in den folgenden eineinhalb Jahrhunderten und in immer gleichem Zusammenhang die Namen von Cricks. «John Crick: für die Ausbesserung des westlichen Ufers ...»; «Peter Crick: für das Ausschöpfen des Jackwater Kanals und Anlegen des neuen mittleren Kanals ...»; «Jacob Crick: für Betrieb und Wartung der Windmühlen bei Stump Corner ...»

Sie hörten auf, Wasservolk zu sein, und wurden Landvolk; sie hörten auf, Fische und Vögel zu fangen, und flickten von da an die Löcher im Festland. Sie überließen sich dem Schicksal der Fens, und das hieß, nicht für, sondern gegen das Wasser zu sein. Eineinhalb Jahrhunderte gruben, entwässerten und pumpten sie das Land zwischen dem Bedford River und dem Großen Ouse aus, mit lehmverkrusteten Stiefeln, ohne zu wissen, daß sie mit ihren unermüdlichen Bemühungen langsam aber sicher die Landkarte von England veränderten.

Oder vielleicht hörten sie gar nicht auf, Wasservolk zu sein. Vielleicht wurden sie Amphibien. Denn wenn man Land entwässert, ist man unaufhörlich mit dem Wasser in Berührung; man muß es verstehen. Vielleicht wußten sie im Herzen immer, daß sie trotz ihrer Bemühungen, Land zu erhalten, eigentlich zur alten, vorgeschichtlichen Flut gehörten. Und so fing mein Vater, der Schleusenwärter am Leem war, noch immer Aale und lehnte sich des Nachts gegen die Schleusentore, ins Wasser starrend – denn man sagt, daß Wasser und Sinnieren zusammengehören. Und so glaubte mein Vater, der ein abergläubischer Mensch war, auch immer, daß der alte Bill Clay, der Mann aus den Marschen, dessen Verstand ganz durcheinander war, im Grunde trotz allem, wenn man die Wahrheit wissen wollte, so etwas wie ein Weiser war.

Wenn man mit dem Wasser arbeitet, muß man es verstehen und achten. Wenn man es mühevoll zu bezwingen versucht, muß man wissen, daß es sich vielleicht eines Tages erhebt und alle Mühe zu Nichts werden läßt. Denn, Kinder, was ist dieses Wasser, das versucht, alle Dinge gleich zu machen, das keinen Geschmack und keine Farbe hat, anderes als eine flüssige Form von Nichts? Und was sind die Fens, die in ihrer Flachheit die natürliche Verteilung des Wassers nachahmen, denn anderes als eine Landschaft, die näher als alle anderen Landschaften an das Nichts herankommt? Jeder Bewohner der Fens wird sich das insgeheim eingestehen; jeder Fenbewohner erliegt hie und da der Trugvorstellung, daß das Land, über das er geht, keinen festen Halt hat, daß es auf dem Wasser treibt ... und jedes Kind aus den Fens, das in Bilderbüchern liest, wie die Sonne über Berggipfel hüpft und sich die Straße des Lebens durch Haufen grüner Kissen windet, das Kinderlieder lernt, in denen Menschen bergauf und bergab gehen, wird die Erwachsenen fragen: Warum sind die Fens flach?

Worauf mein Vater antwortete, nachdem er seinem Gesicht zuerst einen verwunderten und verärgerten Ausdruck gegeben und seine Lippen für einen Augenblick zu einem «O» geformt hatte: «Warum die Fens flach sind? Damit Gott einen freien Blick hat ...»

Sinkt das Land unter den Meeresspiegel, dann muß man pumpen. Es gibt keine andere Möglichkeit: Wasser fließt nicht nach oben. Die Pumpen gelangten im 18. Jahrhundert in die Fens, in Gestalt von Windmühlen mit schwarzen Segeln, mehr als siebenhundert, die im Wind zwischen Lincoln und Cambridge knarrten, surrten und klimperten. Und mein Vorfahre, Jacob Crick, bediente zwei davon bei Stump Corner. Als die Rotröcke Quebec eroberten und sich die Bürger von Neuengland gegen ihre britischen Herren erhoben (und damit den unzufriedenen Bürgern von Paris zum Vorbild wurden), hielt Jacob Crick Wange und Ohr in den Wind, um dessen Richtung und Stärke zu spüren. Er lehnte sich gegen das Gestänge seiner Windmühlen und zog an, um die Segel in die richtige Stellung zu bringen. Er überprüfte seine Schaufelräder und Wasserschaufeln. Wenn es aber windstill war oder der Wind stetig aus einer Richtung blies und die Segel nicht verstellt werden mußten, dann fing er Aale (weil er im Herzen doch zum Wasservolk gehörte), nicht nur in Weidenkörben, sondern auch mit einem langen, vielschneidigen Speer, genannt «Gleve»; und er schnitt Riedgras und fing Vögel.

Jacob Crick betrieb die Mühlen von Stump Corner von 1748 bis 1789. Er hat nie geheiratet. In all diesen Jahren entfernte er sich wahrscheinlich nie weiter als zwei oder drei Kilometer von den Mühlen, die er ständig bewachen und bedienen mußte. In Jacob Crick zeigt sich ein weiterer Charakterzug meiner väterlichen Vorfahren. Sie sind ortsgebunden. Eine unsichtbare Leine hält ihre Beine fest, und sie fühlen sich zur unbewegten Wachsamkeit eines Vorpostens verpflichtet. Die größte Wanderung, welche die Cricks je unternahmen – bevor ich, ein Crick des 20. Jahrhunderts, mich in London niederließ –, fand statt, als sie die Westseite des Ouse verließen und sich östlich des Flusses ansiedelten – eine Entfernung von neun Kilometern.

So sieht Jacob Crick, Mühlenwächter und Einsiedlerlehrling, niemals die weite Welt. Obwohl manchmal sicher behauptet wird, daß der Himmel über den Fens weit genug sei. Er erfährt nie, was in Quebec oder in Boston vor sich geht. Er überfliegt den Horizont mit seinem Blick, schnüffelt in den Wind, sieht auf flaches Land. Er hat Zeit, zu sitzen und nachzudenken, mit Selbstmordgedanken zu spielen oder durch Weisheit gelassen zu werden. Er erwirbt die Tugend, wenn man es Tugend nennen kann, die den Cricks immer im Überfluß zu Gebote stand: Phlegma. Ein lehmiger, schlammiger Humor.

Und im folgenschweren und keineswegs phlegmatischen Jahr 1789, dessen Bedeutung ihr als meine Schüler kennt, während er sie nie begriff, starb Jacob Crick.

Ohne Weib, ohne Kind. Aber die Cricks sterben nicht aus. 1820 ist es ein Großneffe Jacobs – William –, der eine Gruppe von Arbeitern leitet, die am südlichen Ende des Eau Brink Cut arbeiten, eines neuen, tiefen Kanals, der das Wasser des unteren Ouse auf kürzestem Weg nach King's Lynn leiten soll. Denn noch immer versucht man, den schlüpfrigen, gewundenen, aalgleichen Ouse in die Gerade zu bringen. 1822 vertraut man der Obhut Francis Cricks, möglicherweise auch ein Großneffe Jacobs, die neue dampfgetriebene Pumpe bei Stott's Drain an, nahe des Dorfes Hockwell. Denn die Windpumpe ist nun schon überholt. Sie kann nicht in Betrieb genommen werden, wenn es windstill ist oder ein Sturm bläst; eine Dampfpumpe dagegen knattert bei jedem Wetter.

So ersetzt also in den Fens die Dampfkraft die Windkraft, und die

Cricks passen sich, so könnte man sagen, der Technik an. Zuerst der Technik, und dann dem Ehrgeiz. Denn in diesem einstmals wogenden Stauwasser, in diesem Abflußrohr Englands, kann man sich plötzlich einen Namen machen. Nicht nur, daß Smeaton, Telford, Rennie und viele andere begabte Ingenieure erkennen, daß das Problem der Entwässerung ein Prüfstein ihres Talentes ist, auch ein Haufen von Spekulanten erkennt beim Anblick des reichen, dunklen Bodens, der durch die Entwässerung entsteht, daß es Vorteile bringt, in die Rückgewinnung von Land zu investieren.

Einer von ihnen heißt Atkinson. Er stammt nicht aus den Fens. Er ist ein reicher Bauer und Mälzer aus Norfolk, aus den Hügeln, wo der Leem entspringt und nach Westen in den Ouse fließt. Aber in den achtziger Jahren des 18. Jahrhunderts faßt er, um seine eigenen Interessen und das Gemeinwohl besorgt, den Plan, den Leem schiffbar zu machen, um damit seine Produkte von Norfolk auf den zukunftsträchtigen Markt der Fens zu bringen. Während Jacob Crick noch seinen letzten Aal bei Stump Corner mit dem Speer fängt und nicht nur dem Knarren der Windradflügel, sondern auch dem Knarren seiner alternden Knochen lauscht, kauft Thomas Atkinson nach und nach, um einen lächerlich niedrigen Preis, viele Morgen Marsch und Torfsumpf am Rande des Leem. Er stellt Landvermesser ein und Experten für Entwässerung und Kanalisation. Ein zuversichtlicher und weitblickender Mann von eher tüchtiger und hitziger als phlegmatischer Natur, bietet er einer ganzen Region Arbeit und Zukunft.

Und die Cricks arbeiten für Atkinson. Sie machen ihre große Reise über den Ouse, lassen den alten Jacob in seiner Einsamkeit zurück; und während ein Zweig der Familie nach Norden zieht und dort den Eau Brink Cut gräbt, zieht ein anderer nach Süden, ins Dorf Apton, wo Thomas Atkinsons Agenten Arbeitskräfte suchen.

Und so, Kinder, siedelten sich meine Vorfahren am Leem an. So beschäftigten sie sich, während in Paris der Hexenkessel der Revolution brodelte, damit ihr eines Tages in der Schule davon hören könnt, wie schon seit jeher nur mit dem Ausschwemmen, Pumpen und Gräbenziehen. So wurde, während Frankreich in seinen Grundfesten erzitterte, hier ein Land geschaffen, das eines Tages pro Morgen fünfzehn Tonnen Kartoffeln oder neunzehn Säcke Weizen einbringen würde, und das die Heimat eures gegenwärtigen Geschichtslehrers sein sollte.

Es war Atkinson, der Francis Crick zum Aufseher der neuen

Dampfpumpe bei Stott's Drain bestellte. Als ich ein Junge war, war die Pumpe am Stott's Drain noch in Betrieb – obwohl sie nicht mehr mit Dampfkraft, sondern mit Dieseltreibstoff angetrieben und nicht von einem Crick, sondern von Harry Bulman beaufsichtigt wurde, der von der Great-Ouse-Catchment-Behörde bezahlt wurde – und mischte in der Nacht, in der ich erfuhr, was die Sterne wirklich waren, ihren Pulsschlag in den der vielen anderen Pumpen. Es war Atkinson, der 1815 Schleuse und Schleusentore drei Kilometer von der Mündungsstelle des Leem in den Ouse baute und das Bauwerk «Atkinson-Schleuse» nannte. Und es war ein anderer Atkinson, Thomas' Enkel, der 1874 nach einer großen Überschwemmung, in der Schleuse und Schleusenwärterhaus zerstört wurden, die Schleuse wiedererbaute und sie «New-Atkinson-Schleuse» nannte. Damals wurde kein Crick Schleusenwärter – aber ein Crick würde es einmal werden.

Aber warum, fragt ihr euch vielleicht, haben es die Cricks niemals weiter gebracht: Warum gaben sie sich damit zufrieden, bestenfalls Pumpenwärter, Schleusenwärter, einfache Diener ihrer Herren zu sein? Warum brachten sie niemals einen bekannten Ingenieur hervor, warum bebauten sie nicht den reichen Boden, den zu schaffen sie selbst mitgeholfen hatten?

Vielleicht wegen jenes bekannten, wäßrigen Phlegmas, das ihr Gemüt kühl und träge machte, auch wenn sie Mengen davon, über Schaufel und Eimer gebeugt, in großen Brocken ausspuckten. Weil sie bei der Arbeit im Schlamm nie vergaßen, daß sie aus dem Schlamm kamen; daß das Wasser, wie sehr man auch dagegen ankämpft, immer wieder zurückkommt; daß das Land versinkt; daß sich Treibsand sammelt; daß etwas in der Natur zurück will.

Realismus, Fatalismus, Phlegma. In den Fens leben heißt, mit starken Dosen von Wirklichkeit konfrontiert zu werden. Mit der großen, flachen Monotonie der Wirklichkeit; dem weiten, leeren Raum der Wirklichkeit. Melancholie und Selbstmord sind in den Fens nicht unbekannt. Trunksucht, Wahnsinn und unvermutete Gewalttaten sind nichts Ungewöhnliches. Wie überwindet man die Wirklichkeit, Kinder? Wie kommt man in einem flachen Land zum Elixier hoher Gefühle? Wenn man ein Atkinson ist, dann ist das nicht schwer. Wenn man ein Vermögen erworben hat, weil man gutes Korn verkauft hat, wenn man von seinen Hügeln in Norfolk auf die flachen Fens herunterschauen kann – auf diese Landschaft des Nichts – und darin eine Idee erblickt, ein Reißbrett für seine Pläne, dann kann man der Wirklichkeit ein Schnippchen schlagen. Aber wenn einer mitten in dieser Ebene geboren wird, dort festgehalten wird, durch den Schlamm noch, von dem sie überquillt, festgeklebt wird...?

Wie haben die Cricks der Wirklichkeit ein Schnippchen geschlagen? Sie haben Geschichten erzählt. Bis zur letzten Generation waren sie nicht nur phlegmatisch, sondern auch leichtgläubig und abergläubisch. Geschichten. Während die Atkinsons Geschichte machten, erzählten die Cricks Geschichten.

Und es ist seltsam – oder vielleicht nicht seltsam, überhaupt nicht seltsam, nur logisch –, wie leicht sich die nackten, leeren Fens der Phantasie – und dem Übernatürlichen – erschließen. Wie die Dörfer entlang des Leem voll von Gespenstern und glaubhaften Legenden waren. Die Singenden Schwäne von der Washmarsch; der Mönch von Sudchurch; der Kopflose Fährmann von Staithe – und nicht zu vergessen die Brauerstochter von Gildsey. Seltsam, wie die Fens in der Vergangenheit Schwärmer und Fanatiker anzogen – die heilige Gunnhilda, unsere Schutzpatronin, die sich um 695 auf einem Hügel in der Schlammwüste eine Hütte aus Zweigen und Lehm baute, mitten in der Marsch, und nur durch ihre Gebete den Verlockungen und Angriffen der Dämonen widerstand, die Gottes Stimme hörte und eine Kirche gründete und einer Stadt den Namen gab (Gunnhildsea – Gildsey: Gunnhilda's Isle). Wie selbst im nüchternen und pragmatischen 20. Jahrhundert dieser zukünftige Schullehrer nachts in seinem Bett zitterte, aus Angst vor irgend etwas – etwas Riesigem und Leerem – und ihm Geschichten und wieder Geschichten erzählt werden mußten, um seine aufgestörte Phantasie zu beruhigen. Wie er ehrfürchtig eine ganze Reihe von dunklen Riten ausführte, weil es die anderen auch taten. Wenn man den Neumond sieht, muß man das Geld umdrehen, das man in der Tasche trägt; reich einem Salz, so vertreibst du sein Glück; stell neue Schuhe nie auf den Tisch und schneide nie am Sonntag die Nägel. Eine Aalhaut hilft gegen Rheumatismus; eine gebratene Maus gegen Keuchhusten, und ein lebender Fisch auf dem Schoß einer Frau macht sie unfruchtbar.

Ein Märchenland.

Und die Cricks, trotz all ihres dumpfen Phlegmas, glaubten an Märchen. Sie sahen Kobolde in den Marschen, sie sahen Irrlichter. Mein Vater sah eines im Jahr 1922. Und als endlich auch zu ihnen ein Echo aus der großen weiten Welt drang, als sie endlich erfuhren, obwohl sie sich nie um Neuigkeiten gekümmert hatten, daß sich die Kolonien erhoben hatten, daß es ein Waterloo, einen Krimkrieg gegeben hatte, lauschten sie den Erzählungen mit weitaufgerissenen, verwunderten Augen und wiederholten sie, als handelte es sich nicht um Tatsachen, sondern um ein Gespinst aus wundersamen Geschichten.

Jahrhundertelang bleiben die Cricks von der großen weiten Welt unberührt. Kein Ehrgeiz treibt sie in die Stadt. Keine Werber, keine Preßpatrouillen, die den Ouse von Lynn aus hinaufziehen, reißen sie fort, um für König und Königin zu kämpfen. Bis die Geschichte endlich jenen Höhepunkt erreicht – unser Zeitalter, Kinder, unser gemeinsames Erbe –, an dem man mit der weiten Welt zusammenstößt, mag man wollen oder nicht. Bis die Geschichte einen Salto nach rückwärts schlägt und die Zerstörung umwirbt. Die Wasser kommen zurück. 1916, 1917 und 1918 werden die Felder immer wieder überflutet, die Dämme zerstört, und die Flußmündungen verschlammen, da diejenigen unabkömmlich sind, die sonst mit den friedfertigen Aufgaben der Entwässerung und Landgewinnung betraut sind. 1917 erhalten George und Henry Crick aus Hockwell, Cambs, Angestellte der River-Leem-Drainage-and-Navigation-Behörde, den Einberufungsbefehl und werden mit Uniformen und Gewehren ausgestattet.

Und wo finden sie sich noch im selben Herbst wieder, jeder an anderer Stelle und doch Teil derselben eingeschlossenen Armee? In einem flachen, regengepeitschten, überschwemmten Land. Einem Land, das ihren heimatlichen Fens nicht unähnlich ist. Einem Land von derselben Art wie jenes, in dem der große Vermuyden Ruhm erlangte und die großartigen Methoden entwickelte, die sich trotz allem auf ostenglischem Boden als ungeeignet erwiesen. Einem Land, in dem auch noch 1917 viel gegraben wird, in dem viele Deiche und Gräben angelegt werden und sich das Problem der Entwässerung stellt, nicht zu reden von Problemen ganz anderer Art. Die Crickbrüder sehen die große weite Welt – und das ist keine wundersame Geschichte. Die Cricks sehen – aber ist das nicht nur ein Alptraum, irgendeine böse Erinnerung, die sie schon immer verfolgte – wie die weite Welt versinkt – wie die Wasser zurückkommen – wie die weite Welt im Schlamm erstickt. Wer hat nicht vom Schlamm in Flandern gehört? Wer spürt nicht in diesem 20. Jahrhundert, in dem selbst ein Schüler das Ende der Geschichte als Unterrichtsthema vorschlagen wird, wer spürt nicht, wie der Schlamm Flanderns an seinen Beinen saugt?

Im Januar 1918 wird Henry Crick nach Hause gebracht, eine willkommene Schußwunde im Knie. Zu dieser Zeit bestehen in Hockwell schon Pläne, das Kriegerdenkmal zu bauen, das unter anderen Namen auch den seines Bruders tragen wird. Henry Crick wird ein Pflegefall. Henry Crick hinkt und zuckt mit den Lidern und fällt bei plötzlichen Geräuschen zu Boden. Lange Zeit kann er kaum zwischen den vertrauten und doch fremden Feldern der Fens und den fremden und doch vertrauten Schlammlandschaften unterscheiden, aus denen er kommt. Er wartet darauf, daß der Boden unter seinen Füßen erzittert, aufwallt und zu Morast wird. Er wird in ein Heim für chronisch Nervenleidende gebracht. Er denkt: Es existiert nur die Wirklichkeit, es gibt keine Geschichten mehr. Über seine Kriegserlebnisse sagt er: «Ich erinnere mich an nichts.» Er glaubt nicht, daß er eines Tages ‹gepfefferte Geschichten aus den Schützengräben› erzählen wird: «In manchen von den großen Granattrichtern – hat es Aale gegeben ...» Er glaubt nicht, daß er mit seinem Sohn je von Muttermilch und Herz sprechen wird.

Aber vieles wird mit Henry Crick geschehen. Er erholt sich – er lernt seine spätere Frau kennen – aber das ist wieder eine andere Geschichte. 1922 heiratet er. Und im selben Jahr beeinflußt Ernest Atkinson indirekt seine künftige Berufslaufbahn. Indirekt, weil das Wort der Atkinsons nicht mehr Gesetz ist; das Atkinson-Imperium ist, wie viele andere Imperien, am Untergehen, und seit der Zeit vor dem Krieg, als er den Großteil seiner Aktien der Leem-Navigation verkaufte, lebt Ernest Atkinson wie ein Einsiedler, und, wie manche meinen, wie ein verrückter Einsiedler. 1922 aber wird mein Vater zum Schleusenwärter an der New-Atkinson-Schleuse ernannt.

4
Vor dem Direktor

Und Lewis sagte: «Der Geschichtsunterricht wird eingeschränkt...»

Einfach so. Als ob es gar nicht notwendig wäre, sich mit den eigentlichen und peinlichen Gründen für meinen unvermeidlichen Abgang zu befassen, die (wenn auch unausgesprochen) völlig klar waren. Als könnten wir das Spiel so spielen, daß ich nicht als persönlich Verdächtiger ausscheide, sondern nur aus Gründen der Lehrplanumstellung.

Aber halt, Lewis. Geschichte einschränken? Geschichte? Wenn ihr mich hinauswerft, dann mich, aber nicht das, wofür ich stehe. Verbannt mir die Geschichte nicht.

Kinder, unser verdienstvoller und vertrauenswürdiger Direktor – um meine berufliche Diskretion einen Augenblick beiseite zu lassen – betrachtet mich und meine Abteilung (ganz gleich, was er auch sagt) als Dorn im Fleisch. Er ist der Meinung, die Zukunft sei Zweck und Gegenstand der Bildung – eine schöne Theorie, ein bewundernswertes Argument. Und daher muß ein Fach, wenn auch durch akademische Tradition geheiligt, das als Hauptzweck die Beschäftigung mit der Vergangenheit ansieht, ipso facto zuerst verschwinden ...

Kinder, dieser Lewis – euch und sogar mir besser als Lulu bekannt – versucht, mich als miesen Kerl hinzustellen, ja sogar als ein bißchen verrückt. Und daß dies die unweigerliche Folge meiner langen Herumpfuscherei mit dem Hokuspokus eben jener Geschichte sei.

«Frühpension, Tom. Bei vollen Bezügen. Die Hälfte des Lehrkörpers würde sich darum reißen.»

«Und meine Abteilung wird aufgelassen?»

«Sie wird ja nicht aufgelassen. Seien Sie doch nicht kindisch. Wir geben den Geschichtsunterricht ja nicht völlig auf. Es handelt sich um eine unvermeidbare Kürzung. Wir stellen keinen neuen Fachvorstand ein. Die Geschichte wird ab nun im Rahmen der allgemeinbildenden Fächer unterrichtet.»

«Das kommt so ziemlich auf dasselbe hinaus.»

«Tom, damit wir uns nicht mißverstehen. Das ist nicht meine Entscheidung. Mir sagt Ihr Fach nichts, das gebe ich offen zu. Daraus habe ich nie ein Hehl gemacht. Sie umgekehrt haben nichts für die Physik übrig. Und, das haben Sie ja auch sehr klar ausgedrückt, auch nichts für den Posten des Direktors. Wir sind lange Jahre Sparringspartner gewesen – (ein schwaches Lächeln) –, und das war die Basis für eine Freundschaft. Ein bißchen gesunde akademische Feindseligkeit. Aber es handelt sich ja nicht um eine Vendetta. Sie wissen, wie sich die Dinge entwickeln. Und Sie wissen auch, daß ich unter Druck stehe – praktische Bezugnahme auf die Welt von heute –, das verlangt man. Und, zum Teufel, Sie können doch nicht leugnen, daß sich immer weniger Schüler zum Geschichtsunterricht angemeldet haben.»

«Aber wie ist das heute, Lewis? Was ist in den letzten Wochen geschehen? Sie wissen so gut wie ich, daß sich nicht weniger als sechs gemeldet haben, die aus anderen Fächern in meine A-Gruppe in Geschichte umsteigen wollen. Ich spreche die Schüler also doch an.»

«Wenn Sie ein völliges Abweichen vom Lehrplan ‹Ansprechen› nennen, wenn Sie es Ansprechen nennen, daß Sie Ihre Klasse mit Zirkuskunststücken unterhalten ...»

Er lacht höhnisch auf und verliert bereits die Geduld.

«Ich habe Ihnen einen Rat gegeben. Einen freundschaftlichen Rat, Tom; ich habe Ihnen geraten, Urlaub zu machen, sich eine Zeitlang freistellen zu lassen ...»

(Und in eine nicht mehr existierende Abteilung für Geschichte zurückzukommen.)

«Wenn Sie aber auf Ihrem Standpunkt beharren –»

Er steht auf, holt tief Luft. Er steht am Fenster, Hände in den Hosentaschen, lehnt sich seitlich in die Ecke, die vom Fensterrahmen und einem Aktenschrank gebildet wird. Vier Uhr dreißig. Der Unterricht ist zu Ende. Die Dämmerung hüllt den Sportplatz ein.

«Es ist eben so, Tom, daß meine Meinung mit der jener Leute zusammenfällt, die die Entscheidungen treffen. Wir müssen uns für die wirkliche Welt rüsten. Es ist eben so, daß auch ich glaube, daß wir deshalb hier stehen.» Mit einer ausdrucksvollen Gebärde weist er auf den Sportplatz. «Wenn wir nur eines dieser Kinder in die Welt hinausschicken mit dem Bewußtsein, nützlich, leistungsfähig zu sein, mit praktischem Wissen und nicht mit einem Lumpensack voll sinnloser Information –»

(Da haben wir es.)

Ein guter, ein fleißiger, ein ausdauernder Mann. Sicherlich. Wenn ich manchmal die Schule verlasse, sehe ich, daß Lewis' Licht noch brennt, im ersten Stock, wie eine Laterne zwischen den dunklen Klassenzimmern schwebend. Er interessiert sich, er bemüht sich, er strengt sich an. Und wenn er erfolglos ist, macht er sich Sorgen, so als Buße. Macht sich um seiner Schüler willen Sorgen. Macht sich Sorgen, daß er ihnen in diesen achtziger Jahren keine goldenen Äpfel mehr versprechen kann. Die Sorgen haben ihm ein Magengeschwür beschert, das er mit Whisky aus dem Aktenschrank tränkt.

(Auch das weiß ich.)

Kinder, eine kurze Beschreibung eures Direktors. Einst, in den strahlenden sechziger Jahren ... Aber an die könnt ihr euch ja nicht erinnern. Damals war es durchaus in Ordnung, revolutionär zu sein, durchaus möglich. Das Ergebnis (betrachten wir es aus geschichtlicher Perspektive) vorübergehenden Reichtums, der Bildungsexpansion und, kurzfristig gesehen, guter Aussichten. Eine Art Revolution der Jugend ... aber auch die Zeiten des Kalten Krieges, der Kubakrise, der Interkontinentalraketen ...

Damals, in den strahlenden sechziger Jahren, als ihr geboren wurdet und Lewis – abgesehen davon, daß man ihn zum Direktor machte (sein einziger Rivale ein Geschichtsprofessor, rangälter, der aber Lehrer bleiben wollte) – gerade seine eigenen Kinder zeugte, wurde Zukunft in Hülle und Fülle angeboten. Gute Zeiten für Schuldirektoren. Unsere Schule ein neues Schiff auf dem Weg ins Gelobte Land. Lewis ein wackerer Kapitän, ein Physik- und Chemieprofessor (die Technik damals in fieberhafter Betriebsamkeit), stolz auf seinem Verdeck.

Es ist noch immer sein Schiff, aber er ist nicht mehr der Kapitän. Er ist heute – eine Galionsfigur. Standhaft und zuverlässig, aber doch nur eine Galionsfigur. Klopft ihn ab. Unter dem Lack festes Holz (und darin die Holzwürmer der Sorgen). Die Galionsfigur unseres Schiffes ist nur ein schwacher Abklatsch des Direktors vor fünfzehn Jahren.

Beobachtet ihn einmal bei der morgendlichen Versammlung (ihr tut es – und hört ihm auch zu? Ja, er hält seine Zuhörer immer in Bann). Ihr werdet nie erleben, daß der alte Lewis mürrisch dreinschaut. Ihr werdet nie erleben, daß er auf seinem Posten steht und den Kopf hängen läßt – er hält ihn hoch, reckt das Kinn vor, immer zu einem Lächeln, einem Spaß bereit. Das betrachtet er heute als seine Rolle: festhalten, lächeln. Aber es ist Schwerarbeit, die Zeichen der Sorge zu verbergen. Man bekommt Magengeschwüre davon.

Und er kann mit Kindern umgehen. Hat drei eigene. Setzt sie uns ins Lehrerzimmer (mein David, meine Cathy –). Bei einem privaten Abendessen (Gäste Tom und Mary Crick) kündigt er an, schon etwas angeheitert, daß er sich mit der Absicht trägt, einen privaten Atombunker zu bauen. «Für die Kinder, verstehen Sie, für die Kinder ...» Wenn er schon nicht mehr der gabenfreudige Weihnachtsmann sein kann, wenn schon die hübsch verpackten Versprechungen rar geworden sind, so geht er doch noch immer großzügig mit ermunternden Handschlägen und jovialen Ermahnungen um. Arbeitet eifrig im Unterricht mit, lernt brav. Eure Ausbildung wird eure Rettung sein. Eine Schule ist ein Mikrokosmos, und wenn also die Schule gut funktioniert ... Er kann mit Kindern umgehen.

Nur die Sorgen der Erwachsenen, es ist nur die verdorbene Welt der Erwachsenen, auf die er nicht so viel Wert legt. Er will seinen Schülern nahe sein; von den Lehrern hält er sich fern. Wenn die Probleme haben, dann werden sie beiseite geschoben.

Er muß es mit den Behörden abgesprochen haben. Den Druck, den sie ausüben, als Vorwand für die Einschränkungen verwendet haben. Der Mann muß weg. Das steht außer Frage. Aber wie vermeidet man Unannehmlichkeiten mit diesen Erwachsenen? Umstellungen in den einzelnen Abteilungen. Budgetäre Maßnahmen ... Und die Bedeutung des Faches für die wirkliche Welt ...

(Aber seit wann, Lewis, leben Sie denn in der wirklichen Welt?)

Also sagt er: «Wir schränken Geschichte ein ...»

Er sagt nicht: «Wenn es um etwas anderes ginge ... aber Kindesentführung. Kindesentführung. Die Frau eines Lehrers. Man kann die Auswirkungen nicht ignorieren. Und diese verdammten Zeitungsberichte ...»

Er sagt nicht: «Ich würde zu Ihnen stehen, Tom, ich würde Sie verteidigen. Aber unter den gegebenen Umständen – diese Unterrichtsstunden – diese Zirkuskunststücke ...»

Er sagt nicht: «Wie geht es ihr, Tom?»

(Sie ist verrückt, wie man in früheren Jahren vielleicht dazu gesagt hätte. Sie ist in einer Institution, die man in früheren Tagen, heute nicht mehr, ein Irrenhaus genannt hat.)

Er sagt nicht: «Warum?»

Er sagt – aber er kann nicht einmal sagen, was er sagen wollte; er öffnet den Aktenschrank, er wird mir Whisky anbieten. Keine Gründe, keine Erklärungen, er läßt die Vergangenheit ruhen. Er möchte lieber so tun, als wäre es nicht wahr. Die Wirklichkeit ist so seltsam, so seltsam und anders als erwartet. Er will nicht darüber sprechen. Mr. Lewis Scott, Direktor, gab keinen Kommentar ab, als er mit den empörten Reaktionen der Eltern konfrontiert wurde.

Er hätte gerne, daß es schon aus und vorbei und vergessen wäre: Frühpension. Volle Bezüge. Wir schränken den Geschichtsunterricht ein.

5
Ein Fleck über einem Flecken

Es schaukelte leicht. Es drehte und wiegte sich in den kleinen Wirbeln, das Gesicht nach unten, die Arme ausgebreitet, in den Ellbogen angewinkelt, so wie ein Mensch, der bäuchlings in stillem Schlaf liegt. Aber es war tot, es schlief nicht. Denn Körper, die mit dem Gesicht nach unten im Wasser liegen, schlafen nicht, vor allem dann nicht, wenn sie in dieser Stellung, unentdeckt, in der Dunkelheit, einige Stunden im Wasser gelegen sind.

Denn in dieser Nacht (am 25. Juli 1943), wie es der Zufall wollte, hatte mein Vater nicht unter seiner üblichen Rastlosigkeit gelitten. In dieser Nacht hatte er fest geschlafen, bis ihn die Morgendämmerung geweckt hatte und er aufgestanden war, zugleich mit Dick, der selbst nie an Schlaflosigkeit litt – der jeden Morgen um halb sechs aufstand und um halb sieben mit seinem Motorrad an den Stadtrand von Lynn fuhr, wo er auf einem Schaufelbagger am Ouse arbeitete. Nur eine Bewegung draußen vor dem Haus, ein heiserer Schrei von Dad, das Klappern der Schritte eines Menschen, der über den Steg zur Schleuse lief, raubten mir zusätzliche Schlafstunden, die man mir als eifrigem Schüler gestattete (Schüler in den Ferien damals und gar nicht so eifrig), und verhinderten, daß mich wie sonst erst das Stottern und Gurgeln von Dicks Motorrad weckte.

Und als ich in Dicks Zimmer ging, um auf den Fluß zu schauen, standen Dad und Dick auf dem Steg, vorgebeugt, mit dem Blick nach unten, und Dad stieß mit einem Bootshaken nach etwas, vorsichtig, nervös, als wäre er der Wärter eines gefährlichen, aber trägen Wasserungeheuers, das er zu Lebendigkeit aufstacheln wollte.

Ich warf mir die Kleider über; lief hinunter, mit klopfendem Herzen.

Zu dieser Jahreszeit war der Wasserstand niedrig. Das Schleusentor, die senkrechte Ziegelmauer der Uferböschung und das Pier zur Schleusenkammer bildeten ein tiefes, dreiseitiges Becken, aus dem man einen Körper, ob tot oder lebendig, nur schwer herausziehen konnte. Dad mußte das erkannt haben, denn er eilte zum Haus zurück, um sich ein geeigneteres Werkzeug als den Bootshaken zu holen, und am Schleusentor trafen wir aufeinander, ich in die entgegengesetzte Richtung laufend. Sein Gesichtsausdruck war der eines Verbrechers, den man auf frischer Tat ertappt hatte.

«Freddie Parr», sagte er.

Aber ich hatte das karierte Hemd schon erkannt, die graue Baumwollhose, die vorstehenden Schulterblätter, das dunkle Haar, das sogar jetzt noch, triefnaß vom Wasser des Flusses, am Hinterkopf in widerspenstigen Büscheln emporstand.

«Freddie Parr.»

Er rannte an mir vorbei. Ich stellte mich zu Dick auf den Steg. Er hielt den Bootshaken in der Hand und stieß die Leiche sanft und bedachtsam immer wieder an.

«Freddie Parr», sagte ich.

Wir konnten immer nur einen Namen wiederholen.

«Freddie Parr», sagte Dick, «Freddie Parr-Parr.»

Denn Dick redete so, in einer Art Babysprache.

Er wandte mir sein Gesicht zu: ein langes, kartoffelfarbenes Gesicht, mit kräftigen Kinnladen und einem schlaffen Mund, der immer offenstand und ein leises, unbewußtes Pfeifen hören ließ; seine Augenlider zuckten. Wenn Dick erregt war, zeigte sich das nur an seinen Augenlidern. Sein lehmfarbenes Gesicht wurde weder bleich noch rot; der Mund blieb schlaff; die Augen starrten leer. Nur die Augenlider zeigten Erregung. Aber obwohl sie eine Erregung zeigten, konnte man doch unmöglich sagen, welche Art von Erregung es war.

«F – Freddie Parr. Tot. Freddie t – tot. Freddie tot.»

Er stieß die Leiche wieder mit dem Bootshaken an. Er versuchte, sie mit dem Gesicht nach oben zu drehen.

Dad war in dem Schuppen verschwunden, der an unser Haus angebaut war. Dort befanden sich Bootshaken, Seile, Rettungsringe und die Rechen und Enterhaken, die er brauchte, um den Fluß von Treibgut zu säubern. Unser Boot, in diesem Augenblick wohl der nützlichste Ausrüstungsgegenstand, lag kieloben auf zwei Ständern am Treidelweg, und ein Teil des Bodens war zum Zwecke der Reparatur entfernt worden.

Er kam mit leeren Händen zurück. Es war klar, daß er an Seile und Haken gedacht hatte, aber obwohl sie für Zweige und die Schafskadaver äußerst brauchbar waren, scheute er doch davor zurück, sie am nackten Fleisch eines Toten einzusetzen.

Er stand mit dem Gesicht zu uns auf dem Treidelweg. Dann drehte er sich ganz bedächtig um und blickte in die andere Richtung. Ich wußte, was er tat. Er hoffte, daß das alles nicht wahr wäre. Er hoffte, daß keine Wasserleiche an diesem schönen Sommermorgen gegen das Schleusentor getrieben wäre. Er hoffte, daß sie verschwinden würde, wenn er sich umdrehte, bis zehn zählte und ein leises Gebet vor sich hinmurmelte. Aber dem war nicht so.

Die Sonne stand immer noch tief über dem Fluß. Über den Feldern sangen Lerchen in den milchigen blauen Himmel. Auf der ganzen Welt wurde zur selben Stunde Krieg geführt. Unsere Truppen, so hatte man uns gesagt, rückten in Sizilien rasch vor; auch die Russen verstärkten den Druck. Auf dem Atlantik unterdessen ... Aber mit Ausnahme der Lancaster und der B24, die das flache, strategisch günstig gelegene Ostanglia als Stützpunkt benützten, war in unsere hinterwäldlerischen Fens kein Anzeichen dieses weltweiten Kämpfens gedrungen.

Dad humpelte über die Schleuse und den Steg zu uns zurück – nahm Dick den Bootshaken aus der Hand. Es half alles nichts, er mußte die Leiche mit dem Bootshaken so weit treiben, daß man sie mit den Händen ans Trockene ziehen konnte. Das bedeutete, daß man sie um die Mittelmauer herum lenken mußte, quer über das Fluttor der Schleuse, dann ein paar Meter den Treidelweg entlang flußaufwärts bis zu der Stelle, wo die Stufen zum Wasser hinunterführten und unser Boot vertäut gewesen wäre, läge es nicht mit einem Loch im Boden kieloben an Land.

Ich beobachtete Dad, wie er überlegte, ob er sich für Freddies Hemdkragen oder seinen Gürtel entscheiden sollte. Er entschloß sich für den Kragen. Es wäre besser gewesen, auf längere Sicht, wenn er sich für den Gürtel entschieden hätte. Er schob den Bootshaken zwischen Freddies Hemdkragen und den bleichen Nacken, drehte ihn und hakte ihn fest. Langsam ging er, während er den Bootshaken mit großer, beinahe zitternder Anspannung festhielt, auf dem Steg und dann auf der Mittelmauer voran. Wir folgten ihm.

Freddies nach außen gestreckte Arme machten Dads Aufgabe nicht leichter. Man gewann den Eindruck, daß Freddie selbst in einer ungelenken, hilflosen Art über die Wasseroberfläche paddelte – ein Eindruck, der durch die sichtliche Steifheit von Armen und Beinen wieder verwischt wurde, auch durch die wohlbekannte Tatsache, durch den Fund dieses Morgens noch erhärtet, daß Freddie nicht schwimmen konnte.

Beim Versuch, die Leiche um das flußaufwärts gerichtete Ende des Piers zu steuern, geriet Dad in Schwierigkeiten. Als der Körper quer zur Strömungsrichtung zu liegen kam, gerieten die Beine in die Strömung. Zur gleichen Zeit verfing sich die rechte Hand bis zum Unterarm in der Ziegelmauer, wodurch die Beine weiter abgetrieben wurden. Dad versuchte, durch seitlichen Druck mit dem Bootshaken dagegenzuwirken und Freddies Hand von der Mauer zu lösen – sie blieb aber stecken.

Das Resultat all dieser Bewegungen und Gegenbewegungen war, daß der Knoten in Freddies Kragen, in dem der Bootshaken steckte, sich so lange drehte, bis er sich nicht weiter drehen konnte, wenn sich nicht Freddie mit ihm drehte. Ganz plötzlich, linkes Bein und linke Schulter zuerst, schwenkte die Leiche mit dem Gesicht nach oben, was, im Unterschied zur nicht überzeugenden Nachahmung der Schwimmhaltung so aussah, als sei Freddie plötzlich aus dem Schlummer erwacht und lebendig geworden, erbost über den Bootshaken, der ihn am Hals drückte und ihn fast erdrosselte.

Vielleicht war es der Schreck über diesen Eindruck, vielleicht hatte Dad auch seinen usrprünglichen Plan aufgegeben und wollte nun versuchen, die Leiche an Ort und Stelle aus dem Wasser zu ziehen; er riß jedenfalls kräftig am Bootshaken. Freddie erhob sich aus dem Wasser, bis zur Mitte, und hing, Ellbogen gespreizt, Hände in einer Geste der Kapitulation erhoben, immer noch metertief unter Dad. Der Kopf fiel zurück und schlug gegen die Ziegeln der Mauer. Wasser floß aus dem Mund. Der zusammengedrehte Hemdkragen hielt dem Gewicht des Körpers nicht mehr stand und riß. Der Bootshaken fuhr zuerst in Freddies Wange und bohrte sich schließlich, als die Leiche ins Wasser zurückfiel, durch Wange, Augenhöhle und Schläfe.

Und es war in diesem Augenblick, Kinder, als Freddie Parr unterging, aber wieder auftauchte, und als klar wurde, daß aus der versehentlich zugefügten Wunde an seinem Kopf Blut ausgetreten war, nicht das gewohnte Blut, hellrot und leicht zerfließend, sondern eine dunkle, klebrige, zähflüssige Substanz von der Farbe der schwarzen Johannisbeeren – daß ich aus einem Traum erwachte. Daß ich erkannte. Ich erkannte, daß ich eine Leiche vor mir hatte. Etwas, das ich noch nie gesehen hatte. (Denn ich hatte meine Mutter sterben, aber nicht tot gesehen.) Und nicht nur irgendeine Leiche, sondern die Leiche eines Freundes (wohl eines unzuverlässigen Freundes, eines Freundes, dem man oft mißtraute – aber dennoch eines Freundes). Freddie Parr. Mit dem ich noch vorgestern gesprochen hatte. Mit dem ich noch vor nicht allzulanger Zeit auf der hohen Böschung des Hockwell Lode gesessen war, dort, wo er in den Leem fließt, und mit ihm herumgealbert hatte, nicht weit von der Einmündung des Leem in den Ouse. Zusammen mit Dick und Mary Metcalf, und Shirley Alford und Peter Baine und David Coe, fast alle halbnackt und schlammverschmiert, denn dies war unser Lieblingsplatz, wenn wir schwimmen gingen.

Nur daß Freddie Parr nicht schwimmen konnte.

Dicks Augenlider zuckten heftig. Dad fluchte – leise, wie ein gottesfürchtiger Mann, der niemals aus Zorn, sondern nur aus Verzweiflung flucht – und angelte noch einmal mit dem Bootshaken nach Freddies Kleidern.

Wir konnten Freddie Parr aus dem Wasser ziehen. Zusammen trugen wir ihn die Stufen hinauf – ein aufgeschwemmter Körper ist nicht leicht – und legten ihn auf das betonierte Stück des Treidelwegs vor dem Haus. Dort drehte ihn Dad mit dem Gesicht nach unten, da dies ja die empfohlene Stellung für die Wiederbelebung von nicht ganz Toten war. Und dort begann Dad, der mehrmals unter der Ägide der Great-Ouse-Catchment-Behörde (der Nachfolgerin der Leem-Drainage-und-Navigation-Behörde) einen Kurs nach der Holger-Nielsen-Methode zur künstlichen Beatmung absolviert hatte, zwischen Freddies aufragenden Schulterblättern zu pressen, seine steifen Arme zu heben und zu senken, und setzte dies eine ganze Viertelstunde lang fort. Nicht, weil er geglaubt hätte, ebensowenig wie Dick und ich, Freddie sei nicht tot, sondern weil Dad als abergläubischer Mensch nie die Möglichkeit eines Wunders ausschloß, und weil dieses Ritual einer scheinbaren Wiederbelebung den Augenblick hinauszögerte, in dem er sich der anklagenden Wahrheit stellen mußte. Daß die Leiche eines Jungen in seiner Schleuse gefunden worden war, eines Jungen, der – hätte ihn seine Schleusenwärter-Wachsamkeit nicht gerade in dieser Nacht verlassen – vielleicht gerettet worden wäre; daß es seine Schleuse war und er daher die Verantwortung trug; daß der Tote der Sohn seines Nachbarn war; daß er die Leiche bei der Bergung durch seine Ungeschicklichkeit mit dem Bootshaken am Kopf verwundet hatte, und einen Toten zu verletzen war wahrscheinlich eine noch schlimmere Sünde, als einen Lebenden zu verletzen, daß die Behörden verständigt und Beamte geholt werden mußten; daß, einmal mehr, Unglück über sein ruhiges Leben am Fluß hereinbrechen würde.

Denn wenn eine Leiche in einer Schleuse treibt, die von einem Schleusenwärter wie meinem Vater beaufsichtigt wird, dann handelt es sich nicht um einen Unfall, sondern um einen Fluch.

Aus Freddie Parrs Mund floß weiter Wasser, aber aus der dunkel verfärbten Wunde an seiner Schläfe floß kein Blut mehr. Aus Freddie Parr floß das Wasser in rhythmischen Schwällen entsprechend dem beharrlichen Pressen der Hand zwischen seinen Schulterblättern. Denn auch beim Menschen gibt es Entwässerung, so etwas wie Auspumpen. Und tat mein Vater an jenem Junimorgen nicht dasselbe, was seine Vorfahren durch Generationen hindurch getan hatten? Wasser verdrängen? Während sie jedoch Land wiedergewonnen hatten, konnte mein Vater kein Leben wiedergewinnen …

So sehe ich uns, stumm auf dem betonierten Pfad stehend, während Dad hart arbeitet, um die Wirklichkeit Lügen zu strafen, gegen das Gesetz der Natur arbeitet, welches besagt, daß Totes nicht wieder lebendig wird; und die Lerchen zwitschern im milchigen Dunst des Morgenhimmels, und die Sonne, die über den Leem strahlt, fängt mit ihren Strahlen die gelbe Ziegelfassade unseres Hauses, auf der man über dem Türstock eingelassen die Jahreszahl 1875 erkennen kann, und darüber, in Form eines Reliefs, ein Motiv aus zwei gekreuzten Getreideähren, die sich bei näherem Hinsehen nicht als irgendwelche Kornähren, sondern deutlich als langgrannige Gerstenähren erkennen lassen.

Das Wasser ergießt sich in erstaunlichen Mengen. Und sosehr sich Dad auch bemüht, in gleichmäßigem Rhythmus zu drücken und zu ziehen, so verbissen er die Holger-Nielsen-Methode auch anwendet, er kann die Tatsache nicht verbergen, daß er verzweifelt ist. Daß er, wenn sich auch seine Lippen nicht bewegen, betet, daß er an Jack und Flora Parr denkt, die in diesem Augenblick noch nicht wissen, daß ihr Sohn tot ist. Und auch ich bete und hoffe – ich weiß nicht, ob für Freddie oder für meinen Vater –, Freddie Parr möge auf wunderbare Weise wieder von den Toten auferstehen. Denn mir scheint, als wollte Dad mit seinen erfolglosen Versuchen, Freddies Leiche leerzupumpen, nicht nur diesen neuerlichen Fluch, sondern das ganze Unheil aus seinem Leben fortpumpen: das Unheil, das ihm vor sechs Jahren die Frau genommen hat; das Unheil, das seinen erstgeborenen Sohn geistig behindert auf die Welt kommen ließ (denn genau das ist Dick). Und andere Flüche, vielleicht auch solche, die er noch nicht kennt.

Von uns dreien zeigt allein Dick kein Entsetzen (aber was wissen wir denn schon von den Gefühlen eines Schwachsinnigen?). Für ihn unterscheidet sich das Herausfischen der Leiche – selbst wenn er den

Toten kennt – kaum von seiner tagtäglichen Arbeit (zu der er heute zu spät kommt), nämlich mit Hilfe eines Schaufelbaggers Schlamm vom Grund des Ouse heraufzuholen. Denn Dick ist ein guter Arbeiter, auch wenn er ein Schwachsinniger ist, das steht außer Frage. Und auch seine Kraft, seine Ausdauer, die verbohrte Entschlossenheit, seine Aufträge auszuführen, kann nicht geleugnet werden. Dick riecht nach Schlamm. Jetzt geht er an den Rand des Treidelweges. Er hält den Bootshaken in der Hand. Er stützt sich darauf und spuckt – einen großen Klecks des guten alten Crickschen Phlegmas, das trotz seiner Konsistenz und Fülle im Augenblick die innere Erregung meines Vaters doch nicht dämpfen kann – in die Schleuse. Er blickt ihm nach, wie er auf dem Wasser treibt, blubbert, versinkt. Seine Kuhwimpern flattern über den Fischaugen.

Und nur Dick sieht mit blinzelnden Augen, während wir versuchen, den Toten auferstehen zu lassen, daß in der Ferne, vom Ouse her, zwei Leichter herankommen und die Schleuse passieren wollen. Gleichgültig, ob jemand ertrunken ist oder nicht, die Schleusentore müssen geöffnet und wieder geschlossen werden. Und bald wird dieser Unfall am Fluß, von dem im Augenblick nur wir wissen, auch anderen bekannt sein, wenn die Matrosen der Gildsey Fertilizer Company die Neuigkeit auf ihrem Weg leemaufwärts weitererzählen. Bald wird das verzweifelte Schweigen am Treidelweg durch die Stimme derjenigen zerrissen werden, für die der Tote nur ein Geschehen am Rand, nicht aber der Mittelpunkt ihrer Welt ist. «Is ja Blödsinn, aus dem da das Wasser rauszuholen» (erster Matrose). «Bootshaken? Was soll'n der Haken? Warum biste nicht reingesprungen und haste den Kerl rausgezogen?» (Warum eigentlich wirklich nicht? Weil es Unglück bringt, im selben Wasser wie ein Ertrunkener zu schwimmen.) Durch die Stimmen der Polizisten und Sanitäter mit ihren Fragen und Notizbüchern, für die solche Dinge nicht unbedingt tägliche Routine, aber doch nichts Außergewöhnliches sind.

Aber weshalb soll man überhaupt wegen eines Toten Aufhebens machen, wenn jenseits des fernen Horizonts und oben am Himmel ein Krieg ausgetragen wird; wenn Mütter jeden Tag ihre Söhne verlieren und die Bomber jede Nacht starten, und nicht alle zurückkommen? Die große Welt hat Vorrang. Und selbst Dad, der einst zusehen mußte, wie die große weite Welt in Flandern versank, und der doch überlebte, um davon zu berichten, wird eines Tages vielleicht erzählen, die Asche von der Zigarette schnippend und mit einem Kopfschütteln, wie er den armen ertrunkenen Jungen aus der New-Atkinson-Schleuse gefischt hat.

Denn die Wirklichkeit der Dinge, Kinder – seid dankbar dafür –, sucht uns immer nur für kurze Zeit heim.

Aber – für kurze Zeit – diese Szene, die unendlich scheint: der Treidelweg; der schillernde Leem; flußaufwärts ziehende Leichter; Dick am Stauraum; Dad, der sich vergeblich mit der wassergefüllten Leiche plagt, aber nicht weiß, wie er aufhören soll.

Und in seiner Aufregung übersieht Dad auch etwas, das die Szene noch endloser und unauslöschlicher machen wird. Denn unter der offenen Wunde an Freddies rechter Schläfe und um sie herum ist ein dunkler, ovaler Fleck. Vielleicht sieht ihn Dad auch und hört deshalb nicht auf, Freddies Arme zu heben und zu senken, weil er weiteres Unglück vermeiden will. Und vielleicht sieht auch Dick ihn und dreht sich deshalb um und spuckt in den Stauraum. Vielleicht sehen wir ihn alle; aber ich bin der einzige, der sich darüber Gedanken macht, obwohl ich nicht weiß, wie rasch eine Leiche Totenflecken bekommt, daß die Verletzung an Freddies rechter Schläfe, die sich am Rand zu einem stumpfen Gelb verfärbt, nicht durch den Bootshaken verursacht worden ist.

Die Leichter nähern sich. Dick öffnet die Schleusentore und im selben Augenblick sehen die Matrosen etwas auf dem Treidelweg, das eine Unterbrechung ihrer Fahrt rechtfertigen wird. Sie klettern an Land, um uns mitzuteilen, was wir schon wissen, was wir aber nicht wissen wollen, daß Jack Parrs Sohn so sicher tot ist, wie sie am Leben sind; und um Dad endlich dazu zu bringen, sein ununterbrochenes Drücken und Ziehen einzustellen. Die Matrosen reden aufgeregt durcheinander. Dad schweigt: plötzlich erinnert er sich daran, daß er Schleusenwärter ist und in Notfällen amtliche Pflichten zu erfüllen hat.

Fünfundzwanzig Minuten sind vergangen, seit wir Freddie aus dem Fluß gezogen haben (die Pfütze, in der er liegt, trocknet am Rand schon ein). Und es wird weitere fünfunddreißig Minuten dauern, bevor der Polizist aus Apton und der Rettungswagen aus Gildsey eintreffen werden. Zu dieser Zeit wird sich schon ein neuer vom Bootshaken verursachter dunkler Fleck (denn Leichen werden wie gepflücktes Obst, tatsächlich fleckig) über dem anderen gebildet haben, der nicht von einem Bootshaken herrühren konnte, und wird nach einiger Zeit den unaufmerksamen Beobachter glauben machen, daß es sich um eine einzige Verletzung handle. Und deshalb, weil Dad bei seiner Aussage mehr als einmal in reuevoller Beharrlichkeit betonte, daß die Wunde an Freddies Kopf durch seine unverzeihliche Ungeschicklichkeit bei der Handhabung des Bootshakens entstanden sei (was ich und ein brummender Dick bezeugen konnten); weil sich der Polizist damit zufriedengab; weil einige Zeit verstrich, bevor die unglücklichen Eltern benachrichtigt und geholt wurden (eine weitere endlose, unauslöschliche Szene) und der Tote ins Leichenschauhaus von Gildsey gebracht wurde, und die Zeit alle Einzelheiten verwischt; und weil der Gerichtsmediziner, dem man die Sache mit dem Bootshaken erzählt hatte, tatsächlich unaufmerksam war und sich nur auf die Bestätigung eschränkte, daß Freddies Lungen voll Wasser waren und auf die Feststellung der entscheidenden Tatsache, daß das gerinnende Blut des Opfers einen hohen Promilleanteil Alkohol enthielt – besagte der vorläufige Befund über Freddie Parr, daß er (ein Nichtschwimmer und überdies zur fraglichen Zeit betrunken) durch Ertrinken gestorben sei, zwischen elf Uhr nachts und ein Uhr morgens in der Nacht vom 25. auf den 26. Juli 1943.

Warum, Kinder, packte mich in dem Augenblick die Angst, als sich der Bootshaken in Freddie Parrs schon zurückgleitenden, halb schwebenden Körper grub? Weil ich den Tod erblickte? Oder das Abbild von etwas noch Schlimmerem? Weil das nicht nur der einfache, gewöhnliche, schreckliche, unerwartete Tod war, sondern viel mehr?

Das Böse, Kinder, ist nicht etwas, das sich kilometerweit von uns entfernt ereignet – es rührt einen plötzlich am Arm. Ich hatte Angst, als ich das dunkle Blut aus der Wunde an Freddies Kopf hervortreten und doch nicht fließen sah. Aber nicht halb so viel Angst wie später, als Mary Metcalf zu mir sagte: «Ich habe ihm gesagt, daß es Freddie war. Dick hat Freddie Parr umgebracht, weil er geglaubt hat, daß es Freddie gewesen ist. Das heißt aber, daß auch wir daran schuld sind.»

Und am selben Abend, als ich mit dem Rad von unserem Treffen zurückfuhr (denn sie und ich hatten eine dieser jugendlichen Affären miteinander, die, wenn auch jugendlich, so doch nicht immer unschuldig sind, und die, obwohl sie in der Jugend geschehen, doch den Rest unseres Lebens beeinflussen können), trieb etwas anderes den Leem herunter, das nur ich allein sah und herausfischte.

Die Schwalben streichen oberhalb der Schleuse übers Wasser. An diesem Abend spät im Juli wird es erst jetzt dunkel. Mücken schwirren um die Büsche. Und ich liege in einer kleinen Mulde der Uferböschung, unter einer Weide, flußaufwärts vom Haus, am jenseitigen Ufer; ein Platz, wo ich schon oft gelegen oder gesessen bin und meinen Lesehunger gestillt habe. Wo ich *Hereward der Wächter, Der Schwarze Pfeil* oder *Mit Clive in Indien* verschlungen habe. Und, in letzter Zeit, wenn auch verhaltener, über meinen Schulbüchern gebrütet (erstaunt es euch, Kinder, daß euer langweiliger Lehrer einst ein langweiliger Streber gewesen ist?) oder hochgestochene Aufsätze (nicht zusammenfahren) über die Aufstände der Jakobiner oder die Auswirkung des Siebenjährigen Krieges verfaßt habe? Aber an diesem Abend habe ich nicht die Geschichte mitgebracht (die Geschichte ist ein dünnes Gewand, das leicht durch die Messerschneide Jetzt zerschnitten wird). Ich habe meine Angst mitgebracht.

Durch die Weidenzweige hindurch beobachte ich Dad. Er geht auf und ab, am Treidelweg am jenseitigen Ufer, wie ein Wachtposten. Manchmal blickt er auf den sanft dahingleitenden Fluß, manchmal in den Himmel ... Er spricht lautlos mit sich selbst. Und hie und da reibt er sich das rechte Knie, jenes rechte Knie, das vor vielen Jahren, 1917, verletzt wurde. Er reibt es, weil er während des Tages den Fehler begangen hat, sich einige Minuten lang auf einen harten Boden (Beton) hinzuknien (das Schlimmste für ein noch immer empfindliches Knie). Aber das hat er wohl kaum bedacht ... Und jetzt geht er hin und her, während das Zwielicht sein Profil verdunkelt, reibt und reibt das schmerzende Gelenk, ohne wirklich an dasselbe zu denken. Heute nacht wird er keine Aalreusen aufstellen; aber er wird auch nicht zu Bett gehen. In der Dunkelheit, wenn der Morgenanbruch näher ist als die Abenddämmerung, wird er noch immer an der Schleuse stehen und sein Knie reiben. Denn letzte Nacht, wegen seiner Unachtsamkeit ...

Und Dick steht beim Schuppen, der an die linke Seite des Hauses angebaut ist, und tut das, was er immer tut, wenn nichts anderes zu tun ist – er repariert sein Motorrad. Das heißt, er baut einige Teile aus (denn obwohl es alt ist, ist es nicht defekt), schmiert sie, hält sie gegen das Licht, poliert sie, und baut sie wieder ein. Dick hat eine gute Hand für Maschinen. Jeden Tag bringt er es zustande, daß der überaltete Motor eines Schaufelbaggers gleichmäßig läuft – eines Baggers, der schon längst verschrottet worden wäre, wäre nicht der Krieg gekommen. Und es ist durchaus denkbar, hätte ihm nicht oben im

Kopf etwas gefehlt, daß er es mit dieser Hand für mechanische Dinge, die bei Dick weniger eine Fähigkeit als eine Art innerer Verwandtschaft war, auf einschlägigem Gebiet weit gebracht hätte – zum Beispiel auf dem Gebiet des Wasserbaus, der in den Fens immer aktuell ist.

Dick fehlen nur wirklich einige Eigenschaften, die selbst Motornarren für nützlich halten. Dick kann nicht lesen und schreiben. Er schafft es kaum, einen vollständigen Satz zu sagen. Man hat ihm in der Dorfschule ein Minimum an Schulbildung beigebracht. Aber das Seltsame ist, daß Dicks Ausbildung, auf die man besonderes Augenmerk hätte legen sollen, von den Eltern eingeschränkt, man könnte sogar sagen absichtlich vernachlässigt worden war. Dem jüngeren Sohn wurde das Privileg eines klugen Schülers zugeteilt, von ihm erwartete man viel und mußte ihn daher vor allen niedrigen Dingen bewahren; während der Ältere (dem das nichts auszumachen schien) zu lebenslanger, eintöniger Plackerei bestimmt wurde. Und obwohl diese gezielte Vorgangsweise der Eltern vielleicht nur einen Beweis für die einfache Erkenntnis darstellte, daß ihr Erstgeborener letztlich ein hoffnungsloser Fall war, erklärte dies noch nicht die Entschlossenheit, mit der sie vorgingen: so zum Beispiel in dem Augenblick, in dem es der jüngere Sohn nur recht und billig fand, seinem weniger glücklichen Bruder etwas von seinem wenn auch spärlichen Wissen in heimlichen Unterrichtsstunden beizubringen, und ihm dies, als der Vater es entdeckte, nicht nur einfach verboten, sondern auch in harten Worten verwiesen wurde (von einem Vater, den man kaum je erregt oder zornig gesehen hatte, vor allem seit dem Tod seiner Frau): «Daß du ihm ja nichts beibringst! Daß du ihn ja nicht lesen lehrst!»

Es war in eben dieser Nacht, daß der Vater (nachdem er seine Fassung wiedergewonnen hatte) zu dem jüngeren Sohn über Muttermilch sprach, und davon, daß jeder Mensch ein Herz hätte …

Dick arbeitet an seinem Motorrad. Man könnte sagen, daß Dicks Liebe zu Maschinen, wenn man sein Gefühl Liebe nennen konnte, daher kommt, daß Dick selbst eine Art Maschine ist – soweit eine Maschine etwas ist, das keinen eigenen Verstand hat, und soweit Dicks kräftiger, hagerer und erstaunlich wendiger Körper nicht nur unermüdlich arbeitete, sondern gelegentlich auch Leistungen von geradezu verblüffender Gewandtheit und Kraft vollbringt. Dies trotz seiner geistigen Unbeholfenheit und des trügerischen Scheins von Dummheit. Dick will wissen, weshalb andere Menschen nicht wie Maschinen sind. Vielleicht will auch Dick selbst nicht wie eine Maschine sein. Dick gerät in hilfloses Stammeln oder erblaßt in fast puritanischem Entsetzen, wenn irgend etwas geschieht, das ihm zeigt, daß menschliches Handeln nicht wie ein maschineller Ablauf zu steuern ist. Außer wenn er den törichten Versuch unternimmt, mit mechanischen Mitteln die Idiosynkrasien seiner Umwelt nachzuahmen, erweckt Dick oft den Eindruck, daß er von einer überlegenen Warte der Geistlosigkeit mit glasklarer Sicht halb verächtlich, halb mitleidig auf eine Welt herabschaut, die an ihrer eigenen Übersättigung durch Phantasie erblindet ist. Daß er etwas weiß, was wir nicht wissen. Und dieser Eindruck – diese Pose – verleiht Dick in den Augen mancher Menschen ein gewisses ungeschliffenes Pathos; verleiht ihm sogar (denn man kann nicht darüber hinwegsehen, daß Dick ein häßliches Gesicht hat) eine gewisse Anziehungskraft. Aber es macht Dick einsam. Es läßt ihn leiden. Deshalb spricht er auch, um sich Trost zu holen, mit seinem Motorrad häufiger, als er mit irgendeinem lebenden Wesen spricht. Und das ist auch der Grund, weshalb man behauptet hat (und Freddie Parr war eines der schlimmsten Tratschmäuler), daß Dick sein Motorrad so sehr liebt, daß er mit ihm an einen einsamen Ort fährt, sich damit ins Gras legt und ...

Dick kauert beim Schuppen. Dick riecht nicht nur nach Schlamm, sondern auch nach Öl. Er hebt einen Teil des Motors hoch, um ihn genau zu untersuchen. Dick hat große, kräftige Hände. Aber ich kann seine Augen nicht sehen.

Und Dad geht auf und ab. Und während des Gehens, jedesmal wenn er am Haus vorbeikommt, weicht er merklich zur Seite an jener Stelle am Boden, wo ...

Hin und her; auf und nieder. Seine Gestalt, am Flußufer, ragt dunkel gegen das verblassende Licht des Himmels auf und nimmt für mich etwas von dem armseligen Charisma an, das auch Dick manchmal ausstrahlt. Er glaubt sicher, daß ich oben in meinem Zimmer sitze, in meine Bücher vergraben. Wüßte er, daß ich nicht oben bin, so würde er nach allen Seiten Ausschau halten und noch unruhiger werden. Er würde am Fluß suchen. Denn er gehört zu den Leuten, die überzeugt sind, daß ein Unglück selten allein kommt, und er hat an diesem Morgen schon einen Vater und dessen ertrunkenen Sohn gesehen.

Hin und her. Vielleicht denkt er an diesem Tag, an dem es so viel anderes zu denken gibt, an das Rätsel seiner beiden Söhne. Daß der eine über seinen Büchern sitzt, der andere über seinem Motorrad; daß der eine schwachsinnig ist, der andere ein gescheiter Junge, der es zu etwas bringen wird. Er weiß nicht, daß sich der Kluge vor dem Dummen versteckt.

Denn der Kluge hat Angst.

Er dreht sich wieder um. Bleibt stehen. Winkelt das Bein ab. Reibt das Knie.

Und plötzlich sehe ich etwas da unten im Schilf. Vielleicht ist es gerade in diesem Augenblick angetrieben worden, vielleicht ist es schon die ganze Zeit dagewesen. Eine Flasche. Und da es für diejenigen, die am Fluß leben, schon zur Gewohnheit geworden ist, alles herauszufischen, was angetrieben wird, greife ich danach, stecke einen Finger in den Hals und ziehe die Flasche an Land. Eine Flasche. Eine Bierflasche. Eine Flasche aus dickem, braunem Glas, aber nicht eine Flasche, wie man sie jetzt noch in den Fens findet – oder sie in den letzten dreißig Jahren gefunden hat. Ohne Schild, sauber, mit langem, schlankem Hals und einer länglichen, schlanken, nicht gedrungenen Form.

All das nehme ich wahr, bevor die Dunkelheit hereinbricht, ich nehme die Flasche und trage sie das Ufer entlang, dorthin, wo der Stauraum endet, von wo sie den Ouse hinuntertreiben wird, und vielleicht sogar, mit der Zeit, bis ins Meer. Eine altmodische Bierflasche, aber frei von Schlamm, und um den Boden herum trägt sie in erhabenen Lettern die Prägung: ATKINSON GILDSEY.

6

Ein leeres Gefäß

Es gibt aber noch eine andere Theorie der Wirklichkeit, Kinder, ganz anders als jene, die sich in mein bedeutungsschweres Treffen mit Lewis nach dem Unterricht einschlich. Die Wirklichkeit ist nicht seltsam, nicht anders als erwartet. Die Wirklichkeit tritt nicht in der plötzlichen Halluzination von Ereignissen zutage. Wirklichkeit ist Ereignislosigkeit, Leere, Gleichförmigkeit. Wirklichkeit ist, daß nichts geschieht. Wie viele Ereignisse in der Geschichte haben sich aus diesem oder jenem Grund ereignet, mögt ihr euch fragen, aber letztlich doch aus keinem anderen Grund als aus dem Wunsch, daß sich etwas ereignen soll. Ich stelle euch die Geschichte vor, die

Lügen, die Ablenkungsmanöver, das wirklichkeitsverschleiernde Drama. Die Geschichte und ihre nahe Verwandte, die Schauspielerei ...

Und habe ich euch nicht gesagt, Kinder, daß ihr immer bedenken müßt, daß auf jeden einzelnen Protagonisten, der je die Bühne der sogenannten historischen Ereignisse betrat, Tausende, Abertausende kommen, die nie einen Fuß darauf setzten – die nie wußten, daß eine Vorstellung lief – die sich mühsam weiterplagten, um mit der Wirklichkeit fertig zu werden?

Wahr, sehr wahr. Aber hier endet es nicht. Denn jeder dieser ungezählten Nichtakteure war zweifelsohne damit beschäftigt, in der Gleichförmigkeit seiner eigenen, unbesungenen Existenz eine persönliche Bühne aufzurichten, eigene Requisiten und Dekorationen zusammenzutragen – denn nur wenige von uns können über einen längeren Zeitraum hinweg reine Realisten sein. Es bleibt also keine Wahl: Selbst wenn wir nicht im großartigen Theater der Geschichte auftreten, imitieren wir es doch im kleinen und bekräftigen, ebenfalls im kleinen, dessen Sehnsucht nach Gegenwärtigkeit, nach Charakter, nach Zweck, nach Gehalt.

Und es ist nicht zu sagen, welche Folgen wir wohl riskieren, welche Reaktionen auf unsere Aktionen, welche Rückschläge, welche Türme in Trümmer fallen werden, wie hartnäckig wir dem eigenen Schwanz nachlaufen, welches Chaos wir gutheißen, nur um uns selbst zu beweisen, daß sich trotz allem etwas ereignet. Und es ist auch nicht zu sagen, welches berauschende Gebräu wir mischen, welche Deutungen, Mythen, Tollheiten wir wohl aufsaugen, nur, um uns davon zu überzeugen, daß die Wirklichkeit nicht bloß ein leeres Gefäß ist.

Vor langer, langer Zeit beschloß einst die zukünftige Mrs. Crick – die damals Metcalf hieß – wegen gewisser Ereignisse, die geschahen, als sie noch wie ihr in die Schule ging, sich von der Welt zurückzuziehen und einem Leben der Einsamkeit, der Buße und (aus der Not eine Tugend machend) Enthaltsamkeit zu widmen. Auch sie selbst hat nie davon gesprochen, wie weit Gott bis zu ihrer einsamen Wacht vordrang. Aber dreieinhalb Jahre später tauchte sie aus ihrer selbstauferlegten Klausur wieder auf, um einen zukünftigen Geschichtslehrer (einen alten und einst sehr gut Bekannten), Tom Crick, zu heiraten. Sie legte Büßerhemd und Heiligkeit ab und zeigte an ihrer Statt, was dieser nunmehr ehemalige Geschichtslehrer damals Realitätssinn genannt hätte. Denn niemals mehr oder zumindest viele Jahre lang nicht, erwähnte sie diesen zeitweiligen vertraulichen Umgang mit dem Allerhöchsten.

Aber es muß immer dagewesen sein, lauernd, unterschwellig, reifend wie eine schlummernde, vergessene Saat (und was für eine Saat). Denn im Jahr 1979, als Frau von zweiundfünfzig Jahren, begann sie plötzlich wieder Erlösung zu suchen. Sie begann diese Liebesbeziehung, diese Liaison – zur größten Verwirrung ihres Mannes (vor dem sie sie nicht verbergen konnte) – mit Gott. Und eben als diese Liaison ein kritisches Stadium erreichte – nicht ungewöhnlich bei einem Verhältnis, aber in diesem Fall wirklich unglaublich –, geschah es, daß euer erstaunter und verlassener Geschichtslehrer, von den Bemerkungen eines Schülers namens Price angestachelt, mit dem Geschichtsunterricht aufhörte und anfing, euch statt dessen diese phantastischen und doch wahren, diese Glaubt-es-oder-glaubt-es-nicht-aber-so-hat-es-sich-zugetragen-Märchen aus den Fens zu erzählen.

Kinder, Frauen sind mit einem verkleinerten Modell der Wirklichkeit ausgestattet: ein leeres Gefäß, das man füllen kann. Ein Gefäß, in dem man viel geschehen und in der Folge auch entstehen lassen kann. In dem Dramen zusammengebraut, in dem Dinge aus dem Nichts geschaffen werden können. Und es war Thomas Crick, der zukünftige Geschichtslehrer, der in der mittleren Periode des Zweiten Weltkrieges, ohne zu wissen, welche Reaktionen, welche Auswirkungen sich ergeben würden, nicht ohne Rivalen (obwohl keiner von ihnen Gott war) dafür verantwortlich war, das damals gierige und aufnahmebereite Gefäß von Mary Metcalf, der späteren Mrs. Crick, gefüllt zu haben.

Aber am Nachmittag des 26. Juli 1943 sollte er die Auswirkungen erfahren.

7

Über Löcher und Dinge

Um vier Uhr an diesem selben Nachmittag, nachdem ich geholfen hatte, die Leiche von Freddie Parr aus dem Leem zu bergen, aber noch bevor ich eine gewisse braune Flasche aus dem Fluß geholt hatte, fuhr ich auf einem alten Fahrrad entlang der engen, mit Schlaglöchern übersäten, sonst aber völlig ebenen Straße, zwischen den Fendörfern Hockwell und Wansham, um an einem verabredeten Ort, zu einer verabredeten Zeit, die vorhin erwähnte Mary Metcalf zu treffen. Ich hatte die Hauptstraße von Gildsey nach Apton genommen, die ostwärts führt, nahe am Schleusenwärterhaus der Atkinson-Schleuse vorbei, dem südlichen Ufer des Leem folgend. Ich war jedoch nicht nach links – der kürzeste und mein üblicher Weg – auf die Straße abgebogen, die den Leem über die Brücke von Hockwell überquert und sich nach Norden gegen Wansham und Downham Market wendet, sondern war ungefähr vierhundert Meter weiter auf der Straße nach Apton gefahren, hatte mein Rad über den Fußgängersteig geschoben, welcher den Fluß und die Geleise der Great Eastern Railway überquert, und war von dort auf einem kurvigen Weg, völlig unnötigerweise drei Seiten eines Vierecks beschreibend, wieder auf die Straße nach Wansham eingebogen. Ich hatte den Leem nicht auf der Brücke von Hockwell überquert, denn jenseits der Brücke, in geringer Entfernung aber verborgen durch die Uferböschung, eine Baumreihe und eine Kurve, die die Straße auf der Nordseite machte, gab es einen Bahnübergang.

Und der Schrankenwärter war Jack Parr, Freddies Vater.

Das alles bedeutete, daß ich wegen der Aufregung an diesem Tag zu spät zu meinem Rendezvous kam.

Mary aber war nicht zu spät gekommen. Sie saß in einer Mulde, gebildet durch die Uferböschung des künstlich angelegten Kanals, der als Hockwell Lode bekannt war. Links von ihr befand sich weiter unten ein Streifen wild wucherndes Gras, durchsetzt mit Büscheln und Binsen und Sumpfpflanzen, die einen jetzt verschlammten Kanal markierten, und vor ihr sowie zu ihrer Rechten war eine Gruppe jener Bäume (mir die Sicht auf sie versperrend, als ich mein Fahrrad den Damm entlangschob), die so charakteristisch für das gemäßigte Klima des Flachlandes sind – Pappeln. Auf einem vorgeschobenen Wall der landwärts gelegenen Böschung des Lodeufers, der das Ende des stillgelegten Kanals bildete, stand die Ruine einer Windmühle. Eigentlich die Ruine des geteerten hölzernen Mühlenüberbaus, nicht höher als zwei Meter, das Innere leer, zum Himmel hin offen, und obwohl die Tür fehlte, konnte man noch den Eingang erkennen, durch welchen der Müller einst in gebückter Haltung das Gebäude betreten hatte. Und gegen die verfallene Mühle gelehnt, auf der Plattform neben dem unkrautüberwucherten gemauerten Abzugskanal und den verrosteten Zahnrädern, die einst

Wasser aus dem alten Kanal zum Lode hinauf befördert hatten, saß Mary, in einem rotkarierten Rock, die zum Kinn hochgezogenen Knie mit den Armen umschlungen, und wartete auf mein Kommen.

Die Verschlammung des alten Kanals – den man wegen eines neuen Pumpwerks im Norden aufgegeben hatte – hatte dazu geführt, daß das umliegende Gelände feucht und schwammig wurde, sich nur noch als Sommerweide eignete. So teilte Mary also ihre Wacht mit etlichen wiederkäuenden Kühen, die das üppige Gras abknabberten und ihre Dungfladen platschend zwischen ihr und den Pappeln fallen ließen. Die Kühe gehörten dem alten Metcalf, der hauptsächlich Rüben und Kartoffeln anbaute; der aber nicht gewillt war, auch nur einen Quadratmeter Boden ungenützt zu lassen und deshalb eine kleine Herde von Friesländern hielt, die jeden Sommer am Ufer des Lode grasten und deren Milch er in die Molkerei nach Apton schaffte. So war es also nicht nur Muttermilch, die Dick und ich als Kinder tranken, sondern auch die Milch des Bauern Metcalf. Und mit der Milch ihres Vaters – leider nie mit der ihrer Mutter – wurde Mary aufgezogen.

Denn Mary war die Tochter eines Bauern. Ihrem Vater gehörten die Felder, damals gerade üppig bewachsen mit cremefarben blühenden Kartoffelstauden, die sie sehen konnte, wenn sie nach links blickte, über den schmalen Graben, der das Weideland vom Ackerland trennte. Und in einiger Entfernung vor ihr, verborgen durch den Pappelhain und die gewundenen Uferböschungen, lag Harold Metcalfs aus Ziegeln erbauter Bauernhof mit seinen Nebengebäuden, hob sich scharf von den flachen Feldern ab, wie es für die Bauernhöfe im Fenland charakteristisch ist, nicht angeschmiegt, nicht hingekauert, wie die Bauernhöfe in den Bilderbüchern. Einen Poltfenhof hatte es gegeben, seit Thomas Atkinson den Poltfen trokkengelegt hatte, und die Metcalfs, die das neue Haus 1880 gebaut hatten, waren die zweiten Besitzer.

Der Poltfenhof war, wie viele andere Höfe dieser Gegend, nicht groß, doch machte er seine mangelnde Größe durch reichen Ertrag wett. Harold Metcalf hatte drei ständige Arbeitskräfte eingestellt und dazu noch ein Kontingent von fluchenden Aushilfskräften mit großen Händen für die langen und stinkenden Rübenernten im Winter. Aber jetzt, im Sommer 1943, bekam man weder eine ständige Hilfe noch Aushilfskräfte, außer die von der lahmen und einäugigen Sorte. Statt dessen füllte sich der Metcalfhof, wie auch viele andere Höfe, mit Landarbeiterinnen, in Drillichanzügen, großen

Arbeitskleidern und festgeknoteten Kopftüchern, deren Arme muskulös und sonnverbrannt wurden und die in der Hitze des Sommers ihren urbanen Schliff immer mehr verloren. Klapprige Lastwagen brachten diese Geschöpfe unter dem Gelächter und dem Spott der Einheimischen von den Herbergen in Apton und Wansham an ihre Arbeitsplätze. Man behauptete, daß diese Mädchen in unsere abseitigen Fens eine Atmosphäre von Zerrüttung und gärender Sexualität brachten. Aber gärende Sexualität – wie ihr vielleicht wißt, Kinder – ist immer vorhanden.

Freddie Parr behauptete, daß er die Gunst eines dieser weiblichen Wandervögel voll ausgekostet hatte – einer rothaarigen Schönheit namens Joyce, deren wohlgestalteten Körper Freddie oft von einer Böschung des Hockwell Lode aus beobachtet hatte, wenn sie sich von der Arbeit aufrichtete. Und es stimmte, daß diese Landarbeiterinnen, wenn sie ihr damenhaftes Benehmen einmal abgelegt hatten, uns ihre Namen nannten und das Essen mit uns teilten (obwohl sie unsere Einladungen zum gemeinsamen Schwimmen im Hockwell Lode hartnäckig ablehnten). Und es stimmte auch, daß dieselbe rothaarige Joyce in lächelnder Herablassung Freddie zuzwinkerte (vielleicht berührte sie seine schwärmerische Anbetung) und erst stehenblieb, als sie bemerkte, daß Freddie (der damals kaum vierzehn war) nicht nur mit einer Hand heftig zurückwinkte, sondern mit der anderen Hand etwas sehr Eindeutiges in der Gegend seiner Hosenknöpfe tat. Danach wurde Joyce nie mehr in den Feldern von Hockwell gesehen.

Also log Freddie Parr zweifellos.

Und jetzt war Freddie Parr zweifellos tot.

Und die Landarbeiterinnen waren ohnehin nichts für uns. Abends, müde von der gesunden Arbeit, wurden sie von herumstreunenden Fliegern aus dem Luftwaffenstützpunkt aufgeschnappt, die das Schlechtwetter von ihren Missionen abhielt. Und wenn sich die Mädchen diesen Helden der Luft willig anboten, dann hatte niemand zu widersprechen, man betrachtete es sogar im Gegenteil als richtig, denn diese tapferen Flieger konnten schon am nächsten Tag tot sein.

Aber Freddie Parr war auch tot.

Der Bauer Metcalf gab sich keinen müßigen Illusionen über den Harem hin, den er sich für die Dauer des Krieges zulegte. Ein ernster, reservierter, nüchterner Mann, betrachtete er die Landarbeiterinnen als vollwertige Arbeitskräfte und machte keine Konzessionen an ihr Geschlecht und an die patriotischen Gefühle, die sie auf seinen Hof gebracht hatten. Er sah sie aber auch nicht als passende Gesellschaft für seine einzige Tochter an. Jahrelang hatte er mit dem Ernst des Rüben- und Kartoffelbauern, der heimlich die Rolle des Gutsbesitzers ansteuert, alle ihre Versuche zur Mithilfe auf den Feldern oder im Hof selbst, ihre Neigungen, eine typische Bauerntochter zu werden – Mist an den Stiefeln und Stroh in den Haaren –, unterbunden. In der Absicht, sie zu einer kultivierten und eleganten Dame, einer Verkörperung all dessen zu machen, was über Rüben und Kartoffeln hinausreicht, hatte er sie auf eigene Kosten in die Klosterschule von St. Gunnhilda in Gildsey geschickt.

Denn Harold Metcalf war nicht nur ein Bauer mit hochfliegenden Plänen, sondern auch römisch-katholisch. Das heißt, er hatte eine katholische Frau geheiratet, was sein verschlossenes Wesen vielleicht nicht beeinflußt hätte, wäre Mrs. Metcalf nicht im zweiten Jahr ihrer Ehe gestorben, und im Andenken an sie – Harold hatte nicht mehr geheiratet und auch die Landarbeiterinnen konnten ihn nicht ins Netz locken – übertrug er ihre Glaubenssätze auf die gemeinsame Tochter. So wurde das Kind ganz unvermeidlich «Mary» genannt, und Harold Metcalf hätte sie gerne, wenn es nur möglich gewesen wäre, in eine kleine Madonna verwandelt, die sich zu gegebener Zeit in eine Prinzessin verwandeln würde. Und Mary wäre ihrem Vater in diesen Absichten, sie zu einem gereinigten und geläuterten Abbild ihrer Mutter zu machen, vielleicht auf halbem Weg entgegengekommen, hätte sie nur die geringste Ahnung davon gehabt, wie ihre Mutter gewesen war.

Denn Marys Mutter war bei der Geburt ihres Kindes gestorben. Und vielleicht war es diese Gemeinschaft – das Fehlen der Mutter –, die (neben anderen Dingen) sie und Tom Crick zusammenführte.

So schickte der Bauer Metcalf also seine Tochter, die er zu Höherem bestimmt hatte, ohne sich um ihre Neigungen zu kümmern, in die Mädchenschule von St. Gunnhilda (viel vornehmer als die Höhere Schule für Mädchen in Gildsey), im festen Glauben an den Erfolg seiner Ausgaben und Bemühungen. Genauso wie sein Nachbar, Henry Crick, ein einfacher Schleusenwärter, der, als sein jüngerer Sohn ohne väterliche Bemühungen oder Geldmittel ein Stipendium für das Knabengymnasium von Gildsey gewann und sich in seine Geschichtsbücher vergrub, in umgekehrter Weise den Schluß zog, daß sein Sohn mit dem Weitblick begabt war, der ihm fehlte, und mit Willen und Rechtfertigungsabsicht dafür sorgte, daß sich das Kind nie die Hände an einem Schleusenmotor schmutzig machte.

Doch Henry Crick hatte einst eine Frau, die Harold Metcalf als Tochter sehr wohl willkommen gewesen wäre ...

Und so geschah es also, daß Mary und ich uns in dem kurzen, nur aus vier Waggons bestehenden Zug kennenlernten, der in Hockwell hielt (nicht einmal einen Steinwurf von Jack Parrs Bahnwärterhäuschen und Bahnübergang entfernt) und über Newhithe nach Gildsey weiterfuhr. Daß zur Begleitmusik von klappernden Laufrädern und vorbeiziehenden Rauchwölkchen sich nicht zu unterdrückende Symptome zeigten und Schritte unternommen wurden, geheim oder auch ganz offen, um diesen Symptomen abzuhelfen.

Aber schon des längeren, Kinder, noch vor diesen zögernden, aber aufschlußreichen Anzeichen, war euer Geschichtslehrer in Mary verliebt gewesen. Lange Zeit hatte sie dieses Gefühl ihm nähergebracht und doch wieder in unerreichbare Ferne gerückt und ihn melancholisch und stumm gemacht.

Schüchtern ist er, scheu – dieser flügge werdende Junge. Er hat einen Hang zur Schwermut. Er glaubt sich dazu bestimmt, von ferne zu schmachten. Und warum ist er so? Warum traurig? Warum diese Kluft zwischen ihm und der Welt (die er um jeden Preis mit Büchern zu füllen versucht)? Und warum kann er, selbst wenn bestimmte deutliche Anzeichen nicht zu leugnen sind – dafür, daß offenbar auch Mary Metcalf etwas für ihn fühlt (denn seine Zurückhaltung und Melancholie haben ihm eine Aura des Geheimnisvollen verliehen, und Mary kann einem Geheimnis nicht widerstehen) – kaum glauben, daß ihm das wirklich widerfährt? Daß dieses unerreichbare Mädchen –? Daß er –?

Weil seine Mutter noch nicht lange tot ist. Weil sie starb, als er neun Jahre alt war. Marys Mutter ist auch tot, aber man kann nicht sagen, daß Mary sie vermißt, da sie sie ja nie gekannt hat. Während der Sohn des Schleusenwärters seine Mutter noch immer vermißt.

So hat Tom Crick, vielleicht noch mehr als der Bauer Metcalf, Mary – allen Tatsachen zum Trotz – in eine unberührbare Madonna verwandelt (das rote heilige Herz Jesu, Symbol der Heiligen Gunnhilda, das so lockend, so vieldeutig auf der Brusttasche ihres Schulblazers brennt). Und doch weiß er – er hat Beweise –, daß Mary keine spröde Klosterschülerin ist. Und Mary Metcalf weiß, daß Tom Crick, obwohl er platonisch veranlagt und klug ist ...

So muß man die Great-Eastern-Bahn, die die beiden jungen

Menschen zweimal täglich zusammenführte – sie in rostroter, er in tintenschwarzer Uniform –, verantwortlich dafür machen, daß sich Hemmungen lösten, die ohne ihr Stoßen und Wackeln vielleicht weiter bestanden hätten, verantwortlich machen auch für eine Vereinigung der Schicksale, die sonst vielleicht nie eingetreten wäre. Denn während der Schatten der Lokomotive, am Morgen nach Westen, am Abend nach Osten geneigt, über die Rübenfelder strich, wurde die Unerreichbare erreicht. Gewisse Vorstellungen wurden allmählich (und nicht ganz schmerzlos) beseitigt, gewisse Vorstöße unternommen und, weniger zögernd, gefördert, und schließlich wurde (aber das war das Werk von zwei Jahren Bahnfahrt) gemeinsam – aber immer vorsichtig – eine unleugbare Intimität erreicht.

Und warum waren wir so vorsichtig – weit über die in solchen Fällen übliche Zurückhaltung hinaus – auf diesen Fahrten zur Schule und nach Hause? Warum wählten wir unseren Waggon, unser Abteil so sorgfältig, änderten unsere Wahl in letzter Minute (was uns sicherlich viel auffälliger machte)? Warum versäumten wir manchmal auf der Rückfahrt absichtlich der Vieruhrzehn-Zug von Gildsey und stiegen erst in den nächsten, aus Newhithe kommenden ein, wodurch wir nicht nur dem üblichen Andrang der Reisenden entgingen, sondern auch für verschiedene Zärtlichkeiten Zeit fanden, auf dem Weg von Gildsey, entlang des lehmig-grauen Ouse, vorbei an der verfallenen Leichterwerft von Newhithe, an den baumbeschirmten Rändern der Zwiebel- und Selleriefelder?

Weil sich im Vieruhrzehn vielleicht Freddie Parr und Peter Baine und Shirley Alford befanden, ganz zu schweigen von den anderen Gleichaltrigen aus Hockwell und Apton, zum größten Teil Schüler an der Grundschule von Gildsey (Uniform blau) und an der Mittelschule von Gildsey (Uniform dunkelbraun und grün).

Vor allem aber Freddie Parr. Freddie Parr konnte man nicht zurückhalten. Freddie hatte kein Feingefühl, aber ein freches Maul. Freddie war oft schon um halb fünf Uhr nachmittags betrunken, betrunken von dem illegalen Alkoholvorrat seines Vaters, der ihn seinerseits auf verbotenen Wegen vom amerikanischen Luftwaffenstützpunkt besorgte. Mit sechzehn hatte Freddie die Ansichten eines hartgesottenen Rohlings und einen Komplex wegen der Größe seines Penis – der durchschnittlich lang war. Ich hätte mich von Freddie Parr vielleicht einschüchtern lassen, hätte ich nicht gewußt, daß ich zumindest schwimmen konnte und er nicht – ein erheblicher Mangel in einer so wasserreichen Gegend. Aber es blieb Freddies lüsterner Blick und sein Talent für Tratsch. Freddie Parr hätte meinem Bruder sicher sofort erzählt, daß Mary und ich im Zug immer beisammensaßen (und nicht nur das). Denn im Sommer 1943 hatte es sich schon herumgesprochen (ich wußte das nur zu gut), daß Dick Crick abends oft einsame Spaziergänge am Ufer des Hockwell Lode in Richtung auf den Poltfenhof zu unternahm.

Freddie hätte in Dick gern den Gedanken an Rache für die Vereitelung der Absichten entfacht, die er auf Mary gehabt hatte; hätte er nicht die unrühmliche Rolle des Kupplers verabscheut, und hätte er nicht, soviel stand fest, vor meinem Bruder eine gewisse Scheu gehabt. Denn es hieß allgemein, daß Dick Crick – selbst sein eigener Bruder konnte das nicht widerlegen – einen unerhört großen Penis besaß. Und wäre ich nicht davon überzeugt gewesen, daß Dick, selbst wenn er einen Penis von der Größe einer Gurke hätte, nicht gewußt hätte, wofür er ihn verwenden sollte; hätte ich nicht in meiner Naivität geglaubt, daß Brüder eben nur Brüder und nichts anderes sind; hätte Freddie Parr seine Zunge nicht im Zaum gehalten; und hätte ich Mary nicht mit allen Mitteln halten wollen, so daß ich selbst ihr, statt eifersüchtig zu sein, von Dick (denn einem Geheimnis konnte sie nicht widerstehen) und seinen so erstaunlichen Geschlechtsteilen erzählte – dann hätte ich vielleicht vor meinem eigenen Bruder Angst gehabt.

Von Angst geplagt war ich vor wie nach jenem Tag, an dem wir Freddie Parr aus dem Fluß gezogen hatten, mit einem frischen dunklen Flecken über dem alten dunklen Flecken auf seinem Kopf...

In den Schulferien aber, als uns die Great-Eastern-Bahn nicht länger einen fahrbaren Rendezvousplatz bot, trafen wir einander am späten Nachmittag bei der Ruine der alten Windmühle, nahe dem Pappelhain, an der Krümmung des Lode, außer Sichtweite des Poltfenhofes.

Warum hier? Und warum gerade um diese Zeit?

Weil es hier war, daß wir eines Tages im August 1942 (Niederlage in der Wüste; die U-Boot-Blockade) zögernd, aber doch beide einverstanden das erforschten, was wir damals einfach «Löcher» und «Dinge» nannten.

Zögernd, aber auf Marys bereitwillige Aufforderung hin, steckte ich die Spitze meines Zeigefingers in die Öffnung von Marys Loch und entdeckte mit Erstaunen, was für ein unzulänglicher Ausdruck das Wort «Loch» für das war, was ich vorfand. Denn Marys Loch hatte Falten und Auswüchse, und, so schien es mir, falsche und echte Eingänge, und – als ich den richtigen Eingang fand – zeigte es die Fähigkeit, sein Gefüge und seine Struktur bei unserer Berührung zu verändern, ein feuchtes Labyrinth von sich im Inneren windenden geheimen Gängen ahnen zu lassen. Die dunklen, gekräuselten Haare – erst vor kurzem gewachsen – zwischen Marys Oberschenkeln, auf die in diesem Augenblick das satte Sonnenlicht der Fens lächelte, schimmerten bei näherer Betrachtung kupferfarben. Ich drängte einen Finger bis zum ersten, bis zum zweiten Knöchel in Marys Loch; dann noch einen Finger. Das war möglich, ja sogar notwendig, denn Marys Loch entwickelte eine weitere Kraft, nämlich die des Saugens, des Aufnehmens, eine Unersättlichkeit, die mich einen Augenblick innehalten ließ. Die wichtigste und wunderbarste Eigenschaft von Marys Loch war jedoch die Fähigkeit, Wellen der Erregung nicht nur durch Marys Körper, sondern auch durch den meinen zu senden, und dies nicht durch irgendeine geistige Assoziation, sondern durch einen Stromstoß, der direkt durch meinen Arm hinauffloß, mein Gesicht erhitzte und sich in dem Teil von mir sammelte, den Mary zur gleichen Zeit mit ihrer Hand berührte.

Denn genauso unerbittlich, wie ich Marys Loch erforschte, erforschte Mary mein Ding. Ja, sie war weitaus kühner als ich. Sie war es, deren Finger zuerst dem Drang nachgaben und tasteten, bevor ich es wagte, und auch dann nur auf ihre Aufforderung – als sie meine Hand packte und führte, ihr Gewand hinauf- und meines herunterzog –, die meinen zu gebrauchen.

Mary juckte es. Und was sie juckte, war die Neugier. In ihrem fünfzehnjährigen Körper juckte und brannte die Neugier, die sie unruhig machte und ihren Blick gierig werden ließ. Die Neugier trieb sie über jede Zurückhaltung hinaus, sie wollte berühren, sehen, erleben, was immer ihr unbekannt und verborgen war. Grinst nicht, Kinder. Die Neugier, die uns, unter anderem, vom Tier unterscheidet, gehört zur Liebe. Sie ist eine lebenswichtige Kraft. Die Neugier, die uns in angestrengte Meditationen versenkt und manchmal dazu führen kann, daß Geschichtsbücher geschrieben werden, enthüllt uns manchmal auch, wie an diesem Nachmittag am Hockwell Lode, was wir selten unversehrt erblicken (denn viel öfter erscheint es uns – Leichen, Bootshaken – im Gewand des Schreckens): das Hier und Jetzt.

Als ich aufgehört hatte, Marys Loch zu erforschen, setzte Mary unsere Huldigung an die Neugier mit Worten fort. Sie sprach von Jungfernhäutchen und ihren Monatsblutungen. Sie war stolz darauf. Sie wollte es mir zeigen, wenn sie blutete. Sie wollte, daß ich es sähe. Und, als sie von diesen Geheimnissen sprach, und von anderen, während die Sonne auf ihre kupferfarbenen Haare schien, dachte ich (und vielleicht dachte Mary dasselbe): Alles ist klar, alles ist einfach; es gibt keine Geheimnisse, hier, jetzt, in dieser Landschaft des Nichts. Wir Fenleute versuchen nicht, etwas zu verstecken – denn wir wissen, Gott sieht uns.

In der Windmühle am Hockwell Lode faßten Neugier und Unschuld einander bei der Hand. Und erforschten Löcher. Hinter ihren verfallenen Holzwänden verwendeten wir zum erstenmal jene magischen, jene faszinierenden Worte, die die leere Welt voll erscheinen lassen, so sicher wie ein Ding in ein Loch paßt. Ich liebe – ich liebe – Liebe, liebe ... Und vielleicht fand selbst die Windmühle, seit der Verbreitung der Dampfkraft und des Dieseltreibstoffs und der Überholung des Pumpsystems auf Grund der weisen Beschlüsse des Leem Drainage Boards leer und verlassen, in unserer Gegenwart einen neuentdeckten Windmühlenzweck.

Aber das ereignete sich, als Mary fünfzehn war, und ich auch. Das ereignete sich in der vorgeschichtlichen Zeit, in der Pubertät, als es uns noch instinktiv, ohne vorherige Verabredung, zu unseren Treffen zog. Wie konnte es geschehen, daß knapp ein Jahr später unsere Begegnungen zu einer Sache von Vereinbarung und Überlegung wurden; daß wir während der Sommermonate nur zwischen drei und fünf Uhr dreißig zusammentrafen, um uns zu lieben (und manchmal auch nur, um zu plaudern)?

Aus zwei Gründen. Weil zwischen drei und fünf Uhr dreißig Dick auf jeden Fall beim Bagger beschäftigt war und zusah, wie sich der triefende Schlamm aus dem Flußbett des Ouse löste. Und da er ja nach Hause fahren und essen mußte, konnte er nicht – ich weiß keinen treffenderen Ausdruck – vor sieben Uhr an das Ufer des Hockwell Lode kommen. Um sechs Uhr dreißig aß Mary jeden Tag unter dem strengen Blick ihres Vaters zu Abend, der immer wieder den Kopf über seine mißratene Tochter schüttelte (seine Vorwürfe hatte er längst eingestellt), und daher konnte sie auch frühestens gegen sieben Uhr dreißig ihren Anbeter treffen. Zu dieser Zeit saß ich schon über meinen Geschichtsbüchern.

Zweitens: um Freddie Parr aus dem Weg zu gehen. Denn obwohl

Freddie Parr, der die Höhere Schule in Gildsey besuchte, wie wir die freien Sommertage genoß, war er doch an den meisten Nachmittagen der Woche für seinen Vater tätig, den Schrankenwärter am Bahnübergang von Hockwell, und verdiente sich ein reichliches Taschengeld; und hatte deshalb uns Nachbarkindern, deren Taschengeld lächerlich gering war, einiges voraus (mit Ausnahme von Mary – bis ihr Vater das alles einstellte), und errichtete so ein Monopol für Schwarzmarktwaren, die sich von Lucky Strike bis zu Kondomen erstreckten.

Ungefähr um zwei Uhr dreißig verließ Freddie Hockwell mit einem, manchmal auch mit zwei Säcken unter dem Arm. Er verzichtete auf sein Fahrrad – denn er wußte nie, ob die Säcke auf dem Heimweg nicht schwer und prall gefüllt sein würden – und ging über die Straße und die Felder in Richtung des Wash Fen Mere, genau gesagt zur Hütte in den Marschen, in den Sommermonaten von Bill Clay bewohnt, dessen Alter keiner kannte.

Keiner wußte, was Bill Clay und Jack Parr verband; wenn es nicht eine in der Vergangenheit erwiesene Gefälligkeit war. Wenn nicht Jack Parr, der ein abergläubischer Mensch war, noch abergläubischer als mein Vater, als Junge – lange bevor er Schrankenwärter wurde – den alten Vogelfänger (der auch damals schon alt war) besucht und überaus bereitwillig seinen tödlichen Mohnsamentee getrunken und seinen kaum verständlichen Geschichten zugehört hätte. Und doch wußten alle, daß heute die Geschäfte zwischen Jack Parr und Bill Clay wesentlich handgreiflicher waren. Daß Jack Parr, berühmt für sein Geschick, geheime Nachrichten entlang der Great-Eastern-Bahn weiterzuleiten, und dadurch alle möglichen verbotenen Waren aus nah und fern beschaffen zu können, was die Eisenbahngesellschaft bewußt übersah, Bill bloß mit Waren versorgte, die im Krieg schwer zu bekommen waren. Und daß die Säcke, die Freddie in den Wash-Fen-Sumpf trug, nicht immer leer waren, sondern Kanister voll Schießpulver und Rum und Whisky enthielten.

Bill Clay ging während der Überschwemmungen im Winter noch immer im Wash Fen Mere auf Entenjagd. Im Sommer, wenn es nicht so viele Enten gab, wurde er träge wie das Mere selbst, das an manchen Stellen bloß ein stehender Tümpel war, und gab sich damit zufrieden, Aale zu fangen und in den Schilfinseln Fallen aufzustellen. Bill Clay sandte seine Beute im Winter ganz legal auf den Markt, doch im Sommer verkaufte er sie ohne Genehmigung an Ort und Stelle an alle, die zu ihm kamen – zum großen Ärger der

Inspektoren des Landwirtschaftsministeriums. Man schickte daher einen Beamten der Lebensmittelbehörde in Gildsey zu Bill und appellierte an seinen Patriotismus und seine Fairness in diesen Zeiten der Lebensmittelrationierung; Bill empfing ihn an der Tür mit einer sechskalibrigen Entenflinte in der Hand, einem Vorderlader, der Schießpulver zu einer Notwendigkeit machte.

Für diese Sommervögel nun nahm Freddie Parr seine Säcke mit; Jack Parr war immerhin Bill Clays bester Kunde. Kaum eine Stunde nach Freddies Rückkehr befand sich der Sack oder die Säcke mit Vögeln schon im Abendzug auf dem Weg nach einem bestimmten Bahnhof an der Strecke nach Mildenhall. Dort (Schaffner und Bahnhofsvorstand erhielten ihren Anteil) holte sie ein Jeep der US Air Force ab, dessen Lenker sie zum nahegelegenen Truppenstützpunkt lieferte, für Offiziere, die sich über ihre Lage dadurch hinwegtrösteten, daß sie sich von ihren Burschen auftischen ließen, was sie für Lokalgerichte hielten, bevor sie sich zu ihren wahnwitzigen Flügen aufmachten – um entweder getötet zu werden oder zu überleben und zu einem neuen Festmahl zurückzukehren. Für diese regelmäßigen Sendungen waren die Offiziere gerne bereit, in guter amerikanischer Währung zu bezahlen; und jede Woche brachte der Zug in der Gegenrichtung, vom selben Korporal im selben Jeep geliefert, bald Lebensmittel, bald Tabak, aber immer, und für Jack Parr am wichtigsten, einige Flaschen vom Old Grand-Dad Kentucky Bourbon.

Jack Parr konnte seinen Bahnübergang und das Signalhäuschen nicht verlassen. So machte sich Freddie Parr jeden zweiten Nachmittag zwischen halb zwei Uhr und halb fünf Uhr auf zur Hütte des alten Bill Clay in den Marschen. Dort übergab er die Schmuggelware. Dann gingen die beiden den Rand des Wash Fen Mere ab. Während Mary und ich uns in der alten Windmühle aneinanderkuschelten, kontrollierte Bill seine Fallen. Hatte sich ein Vogel darin gefangen, dann packte er ihn mit dem festen und doch beschwichtigenden Griff des Fallenstellers, löste die Falle und drehte ihm dann ganz beiläufig, als schüttle er ein Geschirrtuch aus, den Hals um. Freddie – so erzählte er uns – lernte dies ebenfalls. Während Mary und ich Zärtlichkeiten austauschten, die nicht mehr der Erforschung dienten und doch alles andere als langweilig waren, flatterten drei, vier, sechs oder auch mehr Vögel beim Geräusch der sich nähernden Schritte auf, schlugen mit den Flügeln um sich, wurden unter Bill Clays schwieliger Hand still und dann ins Jenseits befördert. Sicher sprach Bill während der ganzen Zeit, und sicher hörte Freddie ihm zu. Denn Freddie, der ein großes Klatschmaul war und über alle Geschäfte seines Vaters mit der US Air Force redete, erzählte uns – mir, Mary und den anderen – vieles über Bill Clay, das er vielleicht beschönigte, vielleicht aber auch nicht. Daß Bill zwar nicht der klügste aller Menschen, dafür aber der außergewöhnlichste war. Daß er Wasserratten aß; daß er Tiere hypnotisierte; daß er über hundert Jahre alt war; daß er von den singenden Schwänen zu erzählen wußte. Daß er, obwohl er sein Haus verließ und oft wochenlang allein in der winzigen Hütte in den Marschen lebte, doch immer noch mit Martha Clay «verheiratet» war und es mit ihr noch immer im Freien im Schilf trieb (und was das für ein toller Anblick war).

Ich aber erzählte Freddie nie, was Mary und ich an den Sommernachmittagen trieben.

Freddie Parr. Mein eigener Bruder. Ihr begreift, in welchem Dilemma ich steckte – und wie groß Marys Neugier war. Und warum ich Mary nur zu bestimmten, im voraus vereinbarten Zeiten treffen konnte.

Am 26. Juli 1943 aber kam ich zu meinem Rendezvous zu spät. Weil – weil, kurz gesagt, Freddie Parr tot war. Und Mary kauerte auf der Plattform, wo die Windmühle stand, das Kinn auf die Knie gestützt, mit den Armen die Unterschenkel umfassend, und schaukelte aufgeregt hin und her. Kaum, das muß ich gestehen, die Unruhe der ungeduldigen Frau, deren Liebhaber sich verspätet, verbergend. Denn sie mußte es schon gehört haben –. Denn jetzt hatte es schon jeder in Hockwell gehört –. Aber für Marys Unruhe gab es noch einen anderen Grund. Seit drei Wochen ließen sich nun die Zeichen schon nicht mehr mißdeuten. Denn Mary – wenn ihr es nicht schon erraten habt – war schwanger.

Hinter dem Pappelwäldchen schob ich mein Rad die landeinwärts gelegene Böschung des Hockwell Lode hinunter, ließ es ins hohe Gras fallen und lief die letzten Schritte, weil der Hang so steil war, bis ich auf das Plateau kam, und dann ungestüm weiter, obwohl das gar nicht notwendig war, über die Wiese zwischen Ufer und Windmühle.

Eine einfache, rührende Szene, in der Mary und ich einander umarmten, um die Stärke unserer Liebe zu beweisen angesichts der unvorhergesehenen Gefahren, die von der Welt und der Schwachheit des Fleisches drohen, wie sich am Tod eines gemeinsamen Freundes zeigt. Es sollte nicht sein. Mary läßt ihre Beine nicht los. Denn eine neue Wunde auf einer alten Wunde ...

«Tot, Mary, tot. Vor mir auf dem Treidelweg. Tot. Ich habe ihn gesehen.»

Aber sie unterbricht mich, hebt das Kinn von den Knien. Dunkelbraunes Haar. Rauchblaue Augen. Sie muß tapferer sein als ich. Keine unnützen Gefühle. Tatsachen. Tatsachen.

«Hör zu. Hat irgend jemand etwas gesagt? Dein Vater? Die Polizei?»

«Gesagt?»

«Wie Freddie gestorben ist.»

«Er ist ertrunken.»

Mary beißt sich auf die Lippen.

«*Wie* er ertrunken ist.»

«Er ist in den Fluß gefallen. Er hat doch nicht schwimmen können.»

Der alte Schuljungen-Trick. Tu so, als wärst du's nicht gewesen. Dann warst du's auch nicht. Tu so, als wüßtest du von nichts – man wird glauben, du wüßtest wirklich von nichts.

Aber Mary hat das Gesicht wieder auf die Knie gesenkt. Sie schüttelt den Kopf. Die Pappeln rauschen. Als sie aufblickt, scheint sie dreimal so alt zu sein wie ich, als wäre sie zu einer harten Frau mit Vergangenheit geworden. Dann bemerke ich, daß etwas aus ihrem Gesicht verschwunden ist. Die Neugier ist verschwunden.

«Freddie ist nicht hineingestürzt. Jemand hat ihn hineingestoßen. Dick hat ihn hineingestoßen.»

«Mary!»

«Ich hab sie gestern abend zusammen gesehen, unten am Steg. Freddie war betrunken.»

«Aber –»

«Weil ich es ihm gesagt habe. Ich dachte, früher oder später muß er es doch erfahren. Ich habe es ihm gesagt. Er hat so froh gewirkt. Er hat nämlich gedacht –. Und ich habe ihm gesagt, nein, Dick, nicht von dir. Jetzt denke ich mir, ich hätte besser ja sagen sollen. Hätte ich ja gesagt, ja, es ist von dir –. Dann hat er mich einfach angestarrt, und ich mußte etwas sagen. Und deshalb habe ich gesagt, daß es Freddie war. Ich hab ihm gesagt, daß Freddie der Vater ist.»

Ich blicke Mary an. Ich versuche, ihre Worte zu deuten. Gleichzeitig denke ich: Dick ist gestern abend heimgekommen, ungefähr um halb neun, und dann später mit irgend etwas in der Jackentasche wieder fortgegangen.

Aber Mary muß annehmen, daß ich ihr nicht glaube.

«Ich habe es gesagt, um *dich* zu schützen. Vielleicht hätte ich das nicht tun sollen.»

Sie senkt das Kinn und blickt wieder hoch mit dem Ausdruck einer Märtyrerin.

«Es stimmt. Ich habe ihm gesagt, daß es Freddie war. Dick hat Freddie Parr umgebracht, weil er glaubt, daß er es gewesen ist. Das heißt, auch wir sind daran schuld.»

Die Rinder auf der Wiese sind hinter einer Biegung der Uferböschung verschwunden. Die Landschaft leert sich.

«Wieso weißt du das?»

«Weil ich Dick kenne.»

Ich schaue sie an.

«*Ich* kenne Dick.»

«Vielleicht kennst du ihn doch nicht.»

Weiche Wattewölkchen segeln über den Julihimmel. Wir lassen sie eine volle Minute lang segeln.

«Mary – ist Freddie nun der Vater?»

«Nein, Freddie nicht.»

Ich rätsle noch immer.

«Dick?»

«Der kann es nicht sein.»

«Woher willst du das wissen?»

«Weil –» sie blickt zu Boden – «weil er zu groß war.»

«Zu groß?»

«Zu groß.»

«Um hineinzukommen?»

«Ja.»

«Aber wenn er zu groß – warum sollte Dick dann glauben ...»

«Frag doch nicht so was. Er hat gar nicht gewußt wie. Er hat geglaubt, man bekommt eins, wenn man nur daran denkt. Er hat geglaubt, man bekommt eins – nur wenn man einander liebhat.»

Ich rätsle noch immer. Weil ich nicht glaube, daß Mary es Dick nicht beigebracht hätte, wenn er es wirklich nicht wußte. Ist Dick nicht deshalb abends an den Lode gefahren? Um Unterricht zu erhalten? Hatten Mary und ich uns nicht deshalb seiner erbarmt? Des armen Dick erbarmt, dem man nichts beibringen durfte ... Des armen Dick erbarmt, der über die Liebe Bescheid wissen wollte.

Das – und dann Marys brennende Neugierde. Die plötzlich verschwunden ist.

«Er war zu groß. Er hat nicht – aber das ist doch jetzt nicht mehr wichtig, oder?»

Und ich rätsle noch immer, als wir uns dann am Ufer des Lode voneinander trennen und Mary, ohne sich umzudrehen, davongeht, auf den Hof zu. Braunes Haar; aufrechter Gang; ebenes Land. Ich weiß nicht, was ich vermuten, was ich glauben soll. Abergläubisch zu sein ist leicht, Kinder. Zu erkennen, was wirklich ist – das ist schwer.

Ich rätsle an diesem Abend weiter, am Flußufer unter der Weide, während ich Dick beobachte, wie er an seinem Motorrad herumbastelt. (Nein, heute geht er nicht zu seiner Angebeteten.) Aber an diesem Abend ziehe ich eine seltsam geformte Bierflasche aus dem Fluß. Ich weiß jetzt, was in dieser Flasche war. Ich weiß, woher diese Flasche kommt. Vermutungen werden zu Schlußfolgerungen (denen die Angst nicht weicht). Dick kommt also von einem Rendezvous mit Mary nach Hause und geht wieder fort, hat etwas in der Tasche seiner Windjacke. Er lauert Freddie am Steg auf. Er weiß, daß Freddie genauso wie sein Vater einen guten Schluck nie ablehnt, und obwohl bekannt ist, daß Dick selbst nie trinkt, bietet er ihm etwas ganz Besonderes an – ein Bier, das anders als jedes andere ist. Mit dem Ergebnis, daß Freddie, der ohnehin nicht schwimmen kann, sich nicht selbst retten wird können. «Trink, Freddie!» Sie sitzen auf dem Steg. Sicherheitshalber versetzt ihm Dick, bevor er ihn ins Wasser stößt, einen Schlag. Auf die rechte Schläfe. Dann wirft Dick auch die Flasche in den Fluß. Und sie treibt, wie Freddie, flußabwärts ...

Ich nehme die Bierflasche und trage sie, unbemerkt, über das Hindernis der Schleuse hinaus, will sie wieder hineinwerfen, damit sie endgültig abtreibt, vielleicht bis ins Meer. Aber im letzten Moment hält mich etwas davon ab. Ich stecke sie in mein Hemd und trage sie heimlich in mein Zimmer hinauf. Und an diesem Abend, als ich zu Bett gehe und als Dick zu Bett geht, tue ich etwas, was ich noch nie zuvor getan habe. Ich nehme den alten, rostigen, nie verwendeten Schlüssel von einem Haken an der Wand und versperre die Tür.

8
Über das Tier, das Geschichten erzählt

Ich weiß, wie euch zumute ist. Ich weiß, was ihr denkt, wenn ihr in den Bankreihen sitzt, in einer Haltung, die Langeweile, Trotz, Nachsicht, oberflächliche Konzentration ausdrückt. Ich weiß, was alle Kinder denken, wenn sie dem Joch des Geschichtsunterrichts unterworfen werden, wenn man ihnen die Vergangenheit löffelweise eintrichtert: «Aber was ist mit dem Heute? Heute, wir sind das Heute! Was ist mit dem Heute?»

Vor euch ein Fünfzigjähriger mit schütterem Haar, der über das Ancien régime, Rousseau, Diderot und den Bankrott der französischen Krone faselt; hinter euch, hinter den Fensterscheiben, das graue Licht des Winters, ein leerer Sportplatz, einsame, in Nebel gehüllte Hochhäuser ... Und um euch herum der muffige Geruch des Klassenzimmers, in dem ihr gleichermaßen im Raum schwebt, in Käfige eingesperrt wie Tiere, die man aus ihrem natürlichen Lebensraum gerissen hat.

Heute. Was ist mit dem Heute?

Price meldet sich – einer seiner zahlreichen Versuche, die Französische Revolution zu unterminieren – die Zerrüttung zu zerrütten – und sagt: «Was zählt, ist das Hier und Jetzt.» Aber was ist denn dieses vielzitierte Hier und Jetzt? Was ist diese undefinierbare Zone zwischen dem Vergangenen und dem Kommenden; diese schwebende, luftige Gegenwart, in der wir uns ewig danach sehnen, in eine grenzenlose Zukunft zu fliegen?

Wie oft, Kinder, betreten wir das Hier und Jetzt? Wie oft sucht uns das Hier und Jetzt heim? Es kommt so selten, daß es nie unseren Vorstellungen entspricht, und es ist das Hier und Jetzt, das sich schließlich als Märchen entpuppt und nicht die Geschichte, deren Inhalt zumindest für immer festgelegt und unveränderlich ist. Denn das Hier und Jetzt hat viele Gesichter. Es war das Hier und Jetzt, das mir an den Ufern des Hockwell Lode mit Mary Metcalf das Reich der Erfahrung und Verzückung erschloß. Es war aber auch das Hier und Jetzt, das mich vor Angst lähmte, als sich das bläulich verfärbte Blut, in einer vom Bootshaken gerissenen Wunde, an Freddies rechter Schläfe zeigte, und dann wieder, als ich nach einem gewissen Treffen mit Mary Metcalf die Bierflasche in meinem Hemd versteckte und mich in meinem Zimmer einschloß.

Und so oft, Kinder, sind es genau diese Überraschungsangriffe des Hier und Jetzt, die uns, weit davon entfernt, uns in die Gegenwart zu tragen, was sie nur für einen kurzen, schwindelnden Augenblick tun, verkünden, daß wir Gefangene der Zeit sind. So könnt ihr also sicher sein, daß an jenem Julitag des Jahres 1943 euer jugendlicher Geschichtslehrer aufhörte, ein Kind zu sein. So wie ihr sicher sein könnt, daß Marie Antoinette, die einst in den Gärten von Versailles Verstecken und andere kindliche Spiele gespielt hatte, als sich ihr Haar während der Fahrt von Varennes zurück in das Paris der Revolution schneeweiß färbte, nicht nur des Hier und Jetzt inne wurde, sondern auch erkannte, daß die Geschichte von ihr Besitz ergriffen hatte.

Und doch kommt das Hier und Jetzt, das zugleich Freude und Schrecken bringt, nur selten – kommt nicht einmal, wenn wir es rufen. So ist das nun einmal – das Leben umfaßt viel leeren Raum. Wir bestehen zu einem Zehntel aus Zellgewebe, und zu neun Zehntel aus Wasser; das Leben besteht zu einem Zehntel aus dem Hier und Jetzt, zu neun Zehntel aber aus Geschichtsunterricht. Denn die meiste Zeit ist das Hier und Jetzt weder jetzt noch hier.

Was tut man, wenn die Wirklichkeit ein leerer Raum ist? Man kann Ereignisse herbeiführen – und so mit allen Risiken ein kleines Abbild des Hier und Jetzt heraufbeschwören; man kann sich betrinken und fröhlich sein und die Einflüsterungen des nüchternen Verstandes vergessen. Oder man kann Geschichten erzählen, wie die Cricks, die aus ihrer wäßrigen Plackerei immer wieder ein paar Geschichten filtern.

Kinder, daß ich Geschichtslehrer wurde, läßt sich unmittelbar auf die Geschichten zurückführen, die mir meine Mutter erzählte, als ich ein Kind war, als ich, wie fast alle Kinder, Angst vor der Dunkelheit hatte. Denn obwohl meine Mutter keine Crick war, besaß sie keine geringe Gabe zum Geschichtenerzählen und hatte darüber hinaus, was ich damals noch nicht wußte – was sich erst durch meine späteren Nachforschungen herausstellen sollte –, ihren ganz besonderen Grund, mit Märchen vertraut zu sein.

Ich lernte die Geschichte zuallererst in der Form kennen, in der sie von den Lippen meiner Mutter kam, untrennbar verbunden mit anderen Gutenachtgeschichten – wie Alfred die Kuchen verbrannte, wie Knut den Wellen befahl, wie sich König Karl in einer Eiche versteckte – als wäre Geschichte nur eine unterhaltsame Fiktion. Und selbst in der Schule, als ich Geschichte als Unterrichtsgegenstand lernte, als sich in mir eine lebenslange Leidenschaft zu entwickeln begann, faszinierte mich immer noch der Mythencharakter der Geschichte, und ich war der Meinung, wie ihr vielleicht auch, Geschichte sei eine Sammlung von Mythen. Bis eine Reihe von Zusammenstößen mit dem Hier und Jetzt mein Studium zu einer Notwendigkeit machte. Bis das Hier und Jetzt mich am Arm packte, mir ins Gesicht schlug und befahl, endlich einmal die Klemme genau zu betrachten, in der ich steckte, und mir so bewies, daß Geschichte keine Fiktion, sondern tatsächlich vorhanden war – und daß ich ein Teil davon geworden war.

Daher unterzog ich mich diesem Studium. Ich begann, mich in die Geschichte zu vertiefen – nicht nur in die abgegriffene Geschichte der großen weiten Welt, sondern besonders in die Geschichte unserer Vorfahren in den Fens. Daher begann ich, von der Geschichte eine Erklärung zu fordern. Nur, um durch diese hingebungsvollen Nachforschungen mehr Geheimnisse, mehr phantastische Geschehnisse, mehr Wunder, mehr Anlässe zum Erstaunen zu entdecken, als ich anfangs vermutet hatte, und um endlich vierzig Jahre später zu dem Schluß zu kommen – trotz meiner festen Überzeugung von dem Nutzen der erzieherischen Funktion meines Faches –, daß Geschichte doch nur Seemannsgarn ist. Und ich muß gestehen, daß ich die ganze Zeit über nicht irgendeinem Brocken Gold nachspürte, den ich mir irgendwann von der Geschichte erhoffte, sondern der Geschichte selbst, der Großen Erzählung, die das Vakuum füllt, die die Angst vor der Dunkelheit ganz vertreibt?

Kinder, nur Tiere leben ausschließlich im Hier und Jetzt. Nur die Natur hat weder Gedächtnis noch Geschichte. Der Mensch aber – um euch eine Definition zu geben – ist das Tier, das Geschichten erzählt. Wohin er auch geht, er will nicht nur wildaufschäumendes Kielwasser, nicht leeren Raum zurücklassen, sondern ermutigende Markierungsbojen und Spurenzeichen von Geschichten. Er muß weiter Geschichten erzählen. Er muß weiter Geschichten erfinden. Solange es noch eine einzige Geschichte gibt, ist alles in Ordnung. Selbst in seinem letzten Augenblick, sagt man, im Sekundenbruchteil des Todessturzes oder während des Ertrinkens – sieht er noch einmal in Blitzesschnelle die Geschichte seines Lebens vorbeiziehen.

Und wenn er sich, mit mehr Zeit, aber nicht weniger Angst, mitten in einer Katastrophe befindet; wenn er im Atombunker sitzt – in dem sich Lewis sitzen sieht, um seiner Kinder willen –; oder wenn er auch nur allein sitzt, weil man seine Frau, die ihn nach dreißigjähriger Ehe nicht mehr kennt, noch er sie, weggebracht hat, und seine Kinder, seine Schüler, die einst seinen Geschichtsunterricht besuchten und ihn immer an die Zukunft erinnerten, sind fort, dann erzählt er – und sei es nur sich selbst, sei es nur einem Publikum, das er sich vorgaukeln muß – eine Geschichte. Ich darf euch also noch eine Geschichte erzählen. Ich darf euch die Geschichte erzählen.

9
Über den Aufstieg der Atkinsons

Manche behaupten, sie stammten ursprünglich aus den Fens. Wenn dem so war, so müssen sie schon vor langer Zeit fortgezogen sein, der nassen Stiefel und des flachen Horizontes müde, um in den Hügeln von Norfolk einfache Schafhirten zu werden. Und es war in den Hügeln von Norfolk (im Vergleich zu anderen Hügeln niedrig und bescheiden, an den Fens gemessen aber Gebirgszüge), daß ihnen Ideen kamen – etwas, was den verschlafenen Cricks kaum je widerfuhr.

Noch bevor Vermuyden in die Fens kam und dort auf die starrköpfigen Bewohner traf, war einem Vorfahren der Atkinsons auf seinen blökenden Hügeln die Idee gekommen, Verwalter zu werden; und einem Sohn, schon als Verwalter geboren, kam die Idee, ein reicher Bauer zu werden; und einer aus der vierten, fünften oder sechsten Generation der ideenreichen Atkinsons verkaufte fast alle seine Schafe, als das Land eingefriedet wurde und der Wollhandel in Schwierigkeiten kam, stellte Pflüger ein und baute Gerste an, die hoch aufwuchs und reichen Ertrag brachte und die er dann den Mälzern zur Bierherstellung verkaufte.

Und das ist ein weiterer Unterschied zwischen den Cricks und den Atkinsons. Während die Cricks aus dem Wasser hervorgingen, gingen die Atkinsons aus dem Bier hervor.

Mit dem Land, das er pflügte, muß es etwas ganz Besonderes auf sich gehabt haben, und Josiah Atkinson war sicher ein kluger Kopf, denn es sprach sich bald herum, daß das Malz aus seiner Gerste nicht nur außerordentlich gut war, nein, daß ein Zauber darauf lag.

Die guten – und äußerst gutmütigen – Dorfbewohner im westlichen Norfolk tranken ihr Bier genußvoll und betrachteten seine außergewöhnliche Qualität als selbstverständlich und als das, was ein gutes Bier eben ausmachte. Die Brauer aus den nahegelegenen Städten aber, eifrige Männer, die schon damals auf Marktforschung bedacht waren, kosteten das dörfliche Produkt auf ihren Erkundungsfahrten und wollten wissen, woher das Malz stammte. Der Mälzer wiederum, ein einfacher Mann, konnte es sich nicht verkneifen, seine Quelle preiszugeben, als man sein Malz derart pries. Und so geschah es, daß im Jahr 1751 zwischen Josiah Atkinson, Bauer in Wexingham, Norfolk, und George Jarvis, Mälzer in Sheverton, ein Vertrag geschlossen wurde, vom ersteren angeregt und anscheinend zum Vorteil des letzteren, nach dessen Bedingungen sie die Ankaufskosten und Miete für Wagen, Fuhrleute und Gespanne teilten, welche ihr gemeinsames Produkt zum beiderseitigen Gewinn an die Brauereien in Swaffham und Thetford liefern sollte.

Die Partnerschaft zwischen Jarvis und Atkinson gedieh. Aber Josiah kam eine neue Idee, und er hielt im Vertrag fest, daß er seine Gerste, wenn es ihm gefiele, auch anderen Mälzern verkaufen konnte. Die Voraussicht der Atkinsons sagte ihm, daß zu Lebzeiten seines Sohnes und Enkelsohnes, wenn auch nicht zu seinen eigenen, die Brauer in den Städten vielleicht lieber ihre eigenen, in Fabriksnähe gelegenen Mälzereien betrieben, wodurch Jarvis, der einstweilen glaubte, Atkinson durch den Vertrag an sich gebunden zu haben, zu Schaden kommen würde.

Und so geschah es auch – allerdings erst unter seinem Nachfolger. Während jenseits des Atlantiks die ersten Schüsse jener Auseinandersetzung fielen, die euch, Kinder, als der Amerikanische Unabhängigkeitskrieg bekannt ist, begann William Atkinson, der Sohn des Josiah, seine Gerste direkt an die Brauer zu liefern. Der Sohn des alten George Jarvis, John, mußte sich verwirrt und wütend, aber machtlos wieder auf den Lokalhandel beschränken. Sein Geschäft verfiel. 1779 machte ihm William Atkinson mit der Kühnheit des Mannes, der nur einer zwingenden Logik gehorcht, das Angebot, sein Geschäft aufzukaufen. Jarvis willigte gedemütigt und gebrochen in den Handel ein. Von diesem Tag an wurde Jarvis Geschäftsführer in der Atkinsonschen Mälzerei.

William, keineswegs von Gewissensbissen geplagt, mußte nur die wohldurchdachte Strategie seines Vaters verfolgen. Auf seinem rotbraunen Pferd, in hohen Schaftstiefeln, den Dreispitz unterm

Arm und den Reitmantel aus braunem Tuch über den Schultern, besuchte er die Brauer in Swaffham und Thetford. Er verkündete, was sie schon wußten, daß es weit und breit keine bessere Gerste gäbe als die seine, daß er genug davon hätte (war er nicht im Begriff, neue Anbaugebiete zu erschließen?); daß aber von jetzt an kein Brauer etwas von dieser Gerste sehen würde, wenn er sie nicht in der Atkinsonschen Mälzerei verarbeiten ließe.

Die Brauer protestierten, runzelten die Stirn, schoben die reichgeschnitzten Eichenstühle zurück, bissen in die Stiele ihrer Tonpfeifen. Was war mit ihren eigenen Mälzereien, die hohe Kosten verursacht hatten und wegen der unmittelbaren Nähe zu den Brauereien errichtet worden waren? William antwortete, daß diese um Himmels willen doch weiterhin in Betrieb bleiben sollten – um ein Bier zu produzieren, das die Kunden ohne Zweifel als zweitklassig einstufen würden. Und was die unmittelbare Nähe betraf – waren seine Wagen in der Vergangenheit nicht ein Garant für verläßliche Lieferung gewesen?

Die Brauer murrten, machten finstere Gesichter, schoben ihre juckenden Perücken hin und her; und erklärten sich schließlich mit einem Kompromiß einverstanden. In den frühen achtziger Jahren erlebten Swaffham und Thetford ein noch nie dagewesenes Phänomen. Bier war von jetzt an nicht mehr bloß Bier, sondern ein doppelköpfiges Etwas; eines seiner Gesichter trug die Züge des vertrauten Biers und kostete einen Halfpenny mehr, während das andere, zum alten Preis, fremd und fade schmeckte.

Hocherfreut ritt William Atkinson nach weiteren Beratungen mit den Brauern fort, bei denen er vermutlich mit ihnen in Wirtsstuben saß und mit klingenden Krügen fröhlich anstieß. Denn William verdankte seinen Erfolg nicht nur der Voraussicht seines Vaters und seinen eigenen Fähigkeiten, sondern auch seiner ansteckenden Fröhlichkeit. Die magische Flüssigkeit, die sie in Krügen auffingen, wo sie zwischen ihren Händen blinkerte und schimmerte während ihrer Gespräche, sicherte Wills Erfolg, genauso wie seine Gerissenheit; Fröhlichkeit – war das nicht das letzte Ziel seines – und ihres – Geschäftes? Und konnte man Fröhlichkeit denn mißmutig und feindselig anpreisen? Konnte er diesen mürrischen Brauern nicht erzählen, wie ihn einst sein Vater, der alte Josiah, mit auf die Gerstenfelder genommen hatte, in denen der Wind raschelnd über die reifenden Ähren strich, wie durch tausend seidene Unterröcke, wie er sich niedergebeugt, den Kopf zur Seite geneigt und gesagt hatte: «Hörst du das? Hörst du es? Das ist der Klang loser Zungen, das ist der Klang von Wirtshausgelächter – das ist der Klang der Fröhlichkeit.»

Williams Wagen holperten, beladen mit Säcken voll Malz, von Sheverton nach Swaffham und von Sheverton nach Thetford. Und mit der Zeit fanden auch die Brauer aus Fakenham und Norwich, die ihr Kapital nicht in einer eigenen Mälzerei gebunden hatten, daß es sich lohne, ihr Malz aus Sheverton kommen zu lassen.

William aber, der alt wurde und viele seiner Aufgaben seinem Sohn Thomas überließ, wußte, daß Erfolg nicht lange unangefochten bleibt. Andere Gerstenbrauer in Norfolk mit demselben Unternehmungsgeist wie er und sein Vater würden um das Vertrauen der Brauer werben. Aber Will Atkinson kamen noch immer Ideen. Er träumte davon, daß die Atkinsons eines Tages die wunderbare Gerstensaat von Anfang bis Ende begleiten würden, ohne daß eine dritte Partei die Hand im Spiel hätte. Daß die früheren Schafhirten, die jetzt Bauern und Mälzer waren, eines Tages zu Brauern werden würden, aber solche, die die kleinen Brauer aus Thetford und Swaffham weit hinter sich ließen.

Stellt euch eine Szene vor, ähnlich jener, in der Josiah und William einst dem Flüstern der Gerste gelauscht hatten, nur ist es jetzt William, der, auf seinen Stock gestützt, seinen Sohn auffordert, nach Westen zu blicken, dorthin, wo sich die Fens in der dunstigen Ferne verlieren. Dorthin, wo der dem Wasser abgerungene Boden liegt, der heute ein ausgezeichnetes Anbaugebiet für Hafer und Weizen ist, der aber nie dieselbe Gerste hervorbringen wird wie diese Ackerfurchen, auf denen sie jetzt stehen. Er weist mit der ausgestreckten Hand in jene Richtung und erklärt dem jungen Tom, daß die Bewohner der Fens ihr Malz aus dem höhergelegenen Gebiet des südlichen Cambridgeshire, aus Hertfordshire und Bedfordshire einführen. Ein gutes Land für Gerste, und ein sehr gutes Malz, nur verteuert durch die vielen Abgaben, die entrichtet werden müssen, wenn es den Cam und den Ouse herunterbefördert wird; und die natürlichen Gefahren dieser Wasserstraßen, die unangenehmen Dammbrüche, die ständigen Verlagerungen des Laufs und die Verschlammung führen dazu, daß der Nachschub höchst ungesichert ist, manchmal eintrifft, manchmal auch nicht, oft in schlechtem Zustand. Kurz gesagt, die Bewohner der Fens zahlen teures Geld für ein Bier, das nicht immer zu haben und von wechselnder Qualität ist. Und dazu kommt, als ob dies nicht schon genug wäre, daß die Fens eine so rückständige und unwegsame Wildnis sind, daß nur wenige ihrer Bewohner an das Bier gelangen können, wenn es vorhanden ist.

Während er in überschwenglicher und prophetischer Weise von seinem Hügel herabblickte (was vielleicht erklärt, warum ich manchmal ein gerötetes, pausbäckiges Gesicht mit weißen nach der Mode des achtzehnten Jahrhunderts im Nacken gebundenen Haaren unter einem Dreispitz vor mir sehe, wenn ich mir den lieben Gott vorzustellen versuche, der nach den Worten Dads auch einen so guten Ausblick hatte), während er also von seinem Hügel in Norfolk herunterblickte, packte er seinen Sohn an der Schulter und sagte vielleicht dies: «Wir müssen den armen, törichten Menschen in den Fens helfen. In diesen elenden Sümpfen brauchen sie etwas, das sie aufmuntert. Vom Wasser allein können sie nicht leben.»

Stellt euch noch eine Szene vor, wie William in der großen Stube des Hofes, den Josiah 1760 aus rotem Ziegelmauerwerk errichtet hatte (und der immer noch in seiner Georgianischen Behäbigkeit am Rand von Exingham steht), eine Landkarte entrollt, die er eigens in Cambridge gekauft hat und mit seinem nußbraunen Zeigefinger auf die Gegend um den Leem zeigt. Als Zentrum wählt er die kleine Stadt Gildsey nahe der Stelle, wo Leem und Ouse zusammenfließen. Er mißt den Leem ab von seinem eigenen Grund und Boden bis nach Gildsey und vergleicht diese Entfernung mit der Strecke, die der Cam und der Ouse bis zu den südlichen Gerstenanbaugebieten zurücklegen müssen. Er weist seinen Sohn auf das kleine Dorf Kessling hin, das nur wenige Kilometer westlich von Wesingham liegt und wofür er keine Landkarte brauchte – eine Ansammlung schäbiger Hütten auf einem rauhen Heide- und Weideland, wo der junge Leem seinen Lauf nach der Reise durch die Hügel zum erstenmal verlangsamt und sich sammelt –, ein Dorf, dessen Einwohner zum größten Teil schon fortgezogen sind, um für Atkinson zu arbeiten. Er klopft mit dem Pfeifenschaft auf die Karte. «Derjenige, der eine Mälzerei in Kessling baut und den Fluß kontrolliert, wird einem öden Land Wohlstand bescheren. Und auch sich selbst.»

Thomas blickt zuerst auf die Landkarte und dann zu seinem Vater. Den Fluß beherrschen? Er sieht keinen Fluß, nur eine Folge von Sümpfen, Marschen und Überschwemmungsgebieten, in denen hie und da etwas wie eine Wasserstraße erkennbar wird. Worauf William, die Pfeife wieder in den Mund geschoben, ein Wort ausspricht, welches seltsam und verwirrend für einen Menschen klingt, der auf einem Kalkhügel lebt: «Entwässerung.»

So beginnt Thomas Atkinson, angespornt von seinem Vater, der im Jahr des Herrn 1785 seine letzte Ruhestätte am Friedhof von Wexingham findet, unter Wasser stehendes Land im Einzugsgebiet des Leem aufzukaufen, und entdeckt, daß Entwässerung tatsächlich ein seltsames, sogar magisches Wort ist – so magisch wie die Körner seiner eigenen Gerste. Denn in fünf bis sechs Jahren kann er dasselbe Land, aus dem man das Wasser gepreßt hat, um das Zehnfache verkaufen.

Während auf dem Kontinent das Goldene Zeitalter anbricht, während die Bastille fällt, die Jakobiner die Girondisten stürzen und überall Blut gelassen wird, studiert Thomas Atkinson die Grundbegriffe der Entwässerung, der Strömungsgeschwindigkeit und der Verschlammung. Wie die Wirksamkeit der künstlichen Entwässerung an der Wassermenge gemessen wird, die durch das natürliche Gefälle des Flusses abläuft. Wie die Strömungsgeschwindigkeit um nur einen Bruchteil der Wassermenge, die Verschlammung aber um ein Vielfaches der Strömungsgeschwindigkeit steigt. Er wendet diese Erkenntnis mit greifbarem Erfolg an. Er läßt sich von Landvermessern, Ingenieuren und Arbeitern beraten, stellt sie ein, und keiner klagt über sein Unwissen oder seine Ungeduld oder seine Sparsamkeit als Arbeitgeber. Und unter denen, die kommen, um für ihn zu arbeiten, sind auch die Cricks von jenseits des Ouse.

Tom erkennt, daß es nicht einfach ist. Und nie zu Ende ist. Kleinste Schritte. Die Hartnäckigkeit des Wassers. Die Zähigkeit von Ideen. Wiedergewinnung von Land.

Aber damit man nicht glaubt, daß Thomas während dieser harten Arbeit die Fröhlichkeit seines Vaters vergessen hat, muß man nur aus seinen Rechnungsbüchern die regelmäßige Lieferung von Bier aus Norfolk ersehen, das, hergestellt aus Atkinsonschem Malz, unter beträchtlichen Mühen und Kosten, wenn man die Transportschwierigkeiten bedenkt, zur Stärkung seiner Arbeiter in die Fens geliefert wurde. Und als er 1799, reich geworden durch Bodenspekulationen, einen Verwalter für seinen Hof in Norfolk aufnimmt und von Wexingham nach Kessling übersiedelt, hat er nicht nur ein Haus gebaut, sondern auch die Pläne für die Erbauung eines Hafenbeckens im Leem und auch für den Bau einer großen Mälzerei in neuester Bauart fertiggestellt, und bringt eine junge, lebenslustige Frau von achtzehn Jahren mit. Und der Diener, die Dienerin, die Köchin und der Stallbursche, die mit den beiden aus Wexingham gekommen sind, stoßen einander an und grinsen eindeutig über die unmißverständlichen Geräusche, die von diesem Zeitpunkt an aus dem Schlafzimmer ihres Herrn dringen. Thomas zeugt mit der guten alten Bedenkenlosigkeit des achtzehnten Jahrhunderts seine Erben.

Wer war diese vergnügte und – wie sich herausstellte – fruchtbare junge Frau? Es war Sarah Turnbull, die einzige überlebende Tochter des Matthew Turnbull, eines nicht allzu begüterten Brauers aus Gildsey, Cambridgeshire – an den Thomas Atkinson eines Tages den erstaunlichen Vorschlag herangetragen hatte, wenn er ihm eine Hälfte seines Geschäftes verkaufe, so würde er, Matthew, eines Tages ein reicher Mann sein. Worauf Matthew angestrengt nachgedacht hatte, etliche Male in dem karg möblierten Büro der Brauerei auf und ab gegangen war, und Thomas durchs Fenster unten im Hof die hübsche, lebhafte Tochter des Brauers erblickt und sich seine Ansprüche in Gildsey nach diskreten Erkundigungen über den Gesundheitszustand der Brauersfamilie mit wesentlich wirksameren Mitteln als den Ankauf von Aktien sicherte.

Im Jahr von Trafalgar hatte Thomas 12000 Morgen entlang des Leem entwässert; eine Unzahl von Kanälen gegraben; rund sechzig windgetriebene Pumpen waren in Betrieb; und die Pächter zahlten einen gewinnbringenden Pachtzins und die Dränagegebühren, die auf dem ebenso gewinnbringenden Boden standen. Von Kessling, wo jetzt schon fast jeder Dorfbewohner von Atkinson bezahlt wurde, bis Apton – auf dem Wasser eine Entfernung von vierzehn Kilometern – war der Fluß eingedämmt, und Schleusen und Schoten waren zur Regulierung des Wasserlaufs gebaut worden.

Der restliche Abschnitt zwischen Apton und dem Ouse bereitete Schwierigkeiten. Thomas teilte das Schicksal aller entschlußkräftigen Menschen, deren Ein-Mann-Unternehmungen erfolgreich sind: Er traf auf eine Mauer von Rivalität, Rechtsansprüchen und parlamentarischen Machinationen. Fünfzehn Jahre lang hatte er gegen Wasser, Schlamm und Winterwetter gekämpft, aber nie hatte er starrsinnigere Feinde gekannt als die Gemeinderäte von Gildsey und deren gewählte Vertreter, nachdem diese erkannt hatten, daß der Leem nun schiffbar war und die Grundstückspreise in die Höhe schnellten. Während Napoleon seinen Blitzkrieg gegen Österreich, Preußen und Rußland führte, erstickte Thomas Atkinson beinahe in endlosen Prozessen über Schiffahrtsrechte, Besitzrechte und die Statuten der Dränagekommissionen.

Ein geringerer Mann hätte sich abschrecken lassen. Ein geringerer Mann hätte alles hingeworfen und wäre auf den trockenen und sicheren Ausgangspunkt in den Hügeln von Norfolk zurückgekehrt. 1809 aber werden ihm endlich, wenn auch murrend, die Schiffahrtsrechte auf dem Leem zugesprochen. Gleichzeitig wird er Vorsitzender der Leem-Drainage-Kommission – eines in sich zerfallenen und aufsässigen Ausschusses.

Wieder macht er sich an die Arbeit. Die neuen Ufer des Flusses dehnen sich nach Westen aus. Wo er den Grund nicht kaufen kann, kauft er Zusammenarbeit. Der Hockwell Lode wird gegraben, um das besonders unwirtliche Land nördlich des unteren Leem zu entwässern. Drei Kilometer entfernt vom Zusammenfluß des Ouse mit dem Leem wird ein Platz bestimmt, an dem eine Schiffahrtsschleuse und ein Schütz gebaut wird, um die Flußmündung zu kontrollieren. Der Schiffshafen in Kessling wird fertiggebaut und ein Grundstück am Westufer des Ouse, am Nordrand von Gildsey, angekauft, wo eine Werft geplant ist. Obwohl noch kein Schiff die verheißungsvolle Reise von Kessling nach Gildsey angetreten hat, fahren schon zahlreiche Boote, beladen mit Waren oder Abfallprodukten, zwischen Kessling und Apton, Apton und Gildsey hin und her, und man ist bereits an die Schiffsbauer in Ely und Lynn wegen des Baus einer eigenen Flotte von Leichtern herangetreten.

1813, während Napoleon sich von Leipzig an den Rhein zurückzieht, auf dem Weg, den seine Armee einst so stolz in entgegengesetzter Richtung vorgedrungen ist, beginnt Thomas Atkinson mit dem Bau der Mälzerei in Kessling. Er ist zu diesem Zeitpunkt neunundfünfzig Jahre alt.

Ein Mann von neunundfünfzig ist noch gesund und rüstig – und fröhlich; ein Mann, der sich keiner Ähnlichkeit mit dem hochmütigen Kaiser der Franzosen bewußt ist. Mit seiner jungen Frau (die jetzt die Hängekleider und Schuten trägt, die uns aus den Bildern von Lady Hamilton und der Geliebten Byrons bekannt sind) spaziert er um den Schiffshafen in Kessling herum und begutachtet den Fortgang des Baus. Ist es nur Zufall, daß in demselben Jahr 1815 das große, weitläufige Gebäude vollendet und fast zwangsläufig auf den Namen Waterloo-Mälzerei getauft wird? Ist es nur Zufall, daß zu Beginn des Jahres sein Schwiegervater, der Brauer von Gildsey, erkrankt und sein Arzt erklärt, daß er nur mehr kurze Zeit zu leben hätte? Ist es nur Zufall, daß die Gemeindeältesten von Gildsey in ihrem Hochgefühl nationaler Stärke beschließen, ihre Händel mit dem Emporkömmling aus Norfolk zu begraben und ihn in ihrer Mitte aufzunehmen, ihn, der der Stadt Wohlstand gebracht hat und ein lebendes Beispiel für den Geist Albions ist? Und ist es wirklich nur eine Geste an die Zeiten – und nicht doch ein Zeichen persönlichen Triumphes oder der Bereitschaft, zum Symbol erhoben zu werden –, daß an einem Septembertag desselben Jahres 1815 unter dem Jubel der Leute eine kleine Flotte von vier neugebauten Leichtern, mit flatternden blau-weiß-roten Fähnchen geschmückt, mit Hilfe von Segeln und Stakstöcken den Ouse überquert, und dann, gezogen von einem mit Bändern geschmückten Zugpferd, von Gildsey aus in den Leem gelassen wird und durch die neugebaute Atkinson-Schleuse fährt, und daß das erste dieser Schiffe, sozusagen das Flaggschiff, auf dem Bug neben dem leuchtendroten Steven und dem überall bekannten Wappen aus zwei über einer doppelten blauen Wellenlinie gekreuzten Gerstenähren den Namen «Annus Mirabilis» trägt?

Kinder, in der Geschichte gibt es eine Theorie, die man – um einen altgriechischen Ausdruck zu verwenden – die Theorie der Hybris nennen könnte. Sie besagt, daß kein Erfolg ungestraft bleibt; daß alle großen Errungenschaften von Verlusten begleitet sind; daß kein Napoleon die Landkarte Europas zerstückeln kann, ohne seine wohlverdiente Strafe zu bekommen.

Ihr rümpft die Nase? Wem steht diese ungeheure und grausame Gerechtigkeit zu Gebote? Den Göttern? Irgendeiner anderen überirdischen Macht? Das wird nun alles wieder zu märchenhaft. Sei's drum. Aber selbst die Natur lehrt uns, daß nicht gegeben wird, ohne daß auch genommen wird. Denkt nur an das Wasser, das, gleichgültig in welche Bahnen man es zwingen will, bei erster Gelegenheit wieder sein früheres Gleichgewicht findet. Oder nehmt die hübsche Frau des Thomas Atkinson, die ehemalige Sarah Turnbull aus Gildsey. In den Jahren 1800 bis 1815 gebiert sie Thomas drei Söhne, von denen zwei am Leben bleiben und einer stirbt; und eine Tochter, die zwar am Leben bleibt, aber nur sechs Jahre alt wird. Denn wenn auch die Technik der Entwässerung große Fortschritte gemacht hat, so steckt die Medizin doch noch in den Kinderschuhen.

Am Arm ihres Gatten beobachtet Sarah, wie die Leichter in den Leem einfahren, dämpft die Freude in ihrem Gesicht aber mit der gebotenen Würde und Zurückhaltung. Denn es ist erst drei Wochen her, daß ihr Vater – der abgesehen vom Glück seiner Tochter nie etwas von dem Reichtum zu spüren bekam, den ihm Thomas Atkinson versprochen hatte – ins Grab gelegt wurde. Und vielleicht gehören auch die Cricks irgendwo an den Ufern des Leem zu den Zaungästen – der Vater William und die Brüder Francis und Joseph. Aber sie jubeln nicht so laut wie die anderen Zuschauer. Zu viel Begeisterung läßt ihre phlegmatische Natur nicht zu. Und obwohl sie stolz darauf sind, daß sie zur Schaffung dieses neuen, hell schimmernden Flusses ihr Teil beigetragen haben, wissen sie, daß das Wasser nimmt, wie es gibt. Nichts verändert sich grundlegend in dieser Welt. Und was sich auch vorwärts bewegt, wird sich wieder zurück bewegen. Dies ist ein Gesetz der Natur; und auch ein Gesetz des menschlichen Herzens.

Die Bürger jubeln. Sie trinken Bier (aber kein Atkinson-Bier, denn die städtische Brauerei trägt noch den Namen Turnbull, und es wäre unpassend, die Toten zu entehren). Überall Jubel und Freude. Und vielleicht fragt sich Thomas Atkinson, wenn auch nur einen Augenblick lang, ob das die Art Freude ist, die er anstrebt – die Freude, die die Eröffnungsfeiern und Reden und Hochrufe begleitet, auf den hakennasigen Sieger über Bonaparte.

Im Winter 1815/16 schwillt der Leem durch Regen an, bricht die Dämme zwischen Apton und Hockwell und überflutet sechstausend Morgen neugewonnenes Ackerland. Ein bedauerliches, aber erträgliches Mißgeschick: Atkinsonsche Tüchtigkeit kümmert sich darum und nach drei Monaten ist der Schaden wieder behoben. 1816 verdoppelt sich der Preis des Weizens, und dieselben Pächter, denen Thomas Atkinson gutes Ackerland gegeben hat, können weder den Pachtzins noch ihre Knechte bezahlen. Napoleon ist geschlagen, die Armen hungern. In Ely erhebt sich der Mob, und säbelschwingende Soldaten, die kaum ein Jahr zuvor bei Waterloo gesiegt haben, werden herbeigerufen, um ihre Landsleute niederzuwerfen. Jubel? Freude?

Thomas betrachtet die verwüsteten Fens und die Unbeständigkeit der Geschichte. Aber auch das kann er ertragen. Weil er ein reicher Mann ist – und noch dazu ein Gerstenbauer, kein Weizenbauer – kann er seinen Pächtern entgegenkommen. Er gibt ihnen Geld und findet Brot für die Armen (seine geliebte Frau scheut nicht davor zurück, neben den Mälzereien in Kessling Suppe auszuschenken). Und nur wegen dieser guten Taten, und weil er auch in schlechten Zeiten seinen Leuten Arbeit gibt, erhebt sich der Mob in Gildsey nicht und stürmt auch nicht, wie es sonst sicher geschehen wäre, die Bastille der städtischen Brauerei.

1818 – als die Gewalt sich beruhigt hat, das Leben aber um nichts leichter geworden ist – richtet Thomas das Erdgeschoß seines Hauses in Kessling als Büro für seine Mälzerei ein und übersiedelt zum zweitenmal in seinem Leben, von Kessling nach Gildsey, in ein großes Haus, «Cable House» (welches es noch immer gibt), nördlich des Marktplatzes, nur eine Minute von der Brauerei entfernt, mit dem Blick auf die enge Gasse, die damals wie heute den Namen Water Lane trägt, obwohl sie längst eine breite Straße mit Boots- und Woolworthläden geworden ist. Die Brauerei wird vergrößert und trägt nun nicht mehr den Namen Turnbull, den man aus Ehrfurcht drei Jahre lang beibehalten hatte. Die Stadtbewohner genießen zum erstenmal unter dem richtigen Namen den unübertrefflichen Geschmack des Atkinson-Biers, gebraut aus Atkinsonschem Malz und Atkinsonscher Gerste. Die Besitzer der Wirtshäuser von Gildsey, deren Namen die umgebende Wasserwelt spiegeln – Zum Schwan, Zum Hund und der Ente, Der fröhliche Schiffer, Zum Hecht und Aal – verwöhnen ihre mittellosen, aber durstigen Gäste.

Lindert dies ihren Kummer – diese kleinen Dosen samtbrauner Fröhlichkeit? Lindern sie den Kummer des alten Tom?

Denn irgend etwas geht mit Tom, einem immer noch rüstigen Sechziger vor. Er wird zum Denkmal. Mann mit Unternehmungsgeist, Mann der guten Taten, Mann mit Bürgersinn. Das Bild, das in diesen Jahren von ihm gemalt wurde, zeigt ein charaktervolles Gesicht, aber – ohne seines Vaters Funkeln in den Augen, ohne dessen feine Falten um den Mund – und auch in seinen Söhnen George und Alfred werden sich diese Züge ihres Großvaters nicht wiederholen. Thomas wird unnahbar. Er ist nun außerstande, an einem der neuen Entwässerungskanäle zu stehen und dem Mann auf die Schulter zu klopfen, der ihn gegraben hat. Die Arbeiter, die einmal Seite an Seite mit ihm arbeiteten – die Cricks vielleicht unter ihnen –, heben grüßend die Hand an die Stirne, verehren ihn, betrachten ihn als eine Art Gott. Und wenn er, gerade um zu zeigen, daß er nicht unnahbar ist, in den Schankraum des «Schwans» oder des «Schiffers» tritt und eine Runde ausgibt, dann senkt sich Schweigen über diese Stätte der Fröhlichkeit, als wäre es eine Kirche.

Er möchte es nicht – er ist machtlos dagegen –, aber er spürt, daß man an ihm Maß nimmt für das steife, schwere Gewand einer Legende. Wie er den Leem aus Sumpf geschaffen hat. Wie er das Bier aus Norfolk in die Fens gebracht hat. Wie er die Hungrigen am Hafen genährt hat, wie er eine Stütze ... Und tief in seinem Inneren denkt er vielleicht daran, daß alles schöner und freundlicher war an jenem Tag in dem alten Haus in Wexingham, als der Sommerwind durch die Fenster das Flüstern der Gerste hereintrug und sein Vater die seltsame Parole ausgab: Entwässerung.

Aber selbst das könnte er ertragen, selbst das wäre in Ordnung – denn, weiß Gott, Thomas Atkinson hat nie an den Himmel auf Erden geglaubt –, wäre da nicht die Sache mit seiner Frau. 1819 ist sie siebenunddreißig Jahre alt. Das verspielte, mädchenhafte Äußere, das ihn einst gefangengenommen hat (und seinen Geschäftsinteressen entgegenkam), ist mit den Jahren irgendwie üppiger, reifer geworden. Mrs. Atkinson ist schön; von einer Schönheit, die Mr. Atkinson immer wieder an die Schönheit einer Schauspielerin erinnert – als stünde seine Frau auf einer hellerleuchteten Bühne und er könnte nur aus der Tiefe zu ihr emporblicken, trotz all seiner Bedeutsamkeit in der Öffentlichkeit. Ihm scheint, daß er hart gearbeitet und viel erreicht und es doch verabsäumt hat, diesem herrlichen Geschöpf, mit dem er einst so beiläufig das Ritual der Fortpflanzung vollzog, die nötige Aufmerksamkeit zu schenken. Kurz, Sarah Atkinson steht in der Blüte ihrer Jahre; und ihr Ehemann wird alt und sonderlich – und eifersüchtig.

In seinem fünfundsechzigsten Jahr fesseln Gichtanfälle Thomas Atkinson ans Haus und beeinträchtigen die gewohnte Ausgeglichenheit seines Gemüts. Er kann seine Frau nicht auf den gewohnten Spaziergängen, Ausfahrten und Besuchen begleiten. Vom Fenster des Hauses in der Market Street sieht er, wie sie in eine der wartenden Kutschen steigt und fortfährt, und der ganze Papierkram vor ihm, Pläne für die Modernisierung und den Ausbau der Brauerei, die Erweiterung der Werft am Ouse und den Transport des Atkinson-Biers zu Land und zu Wasser zu einem noch größeren Verbraucherkreis, kann seine Gedanken nicht ablenken, die immer wieder zu ihr zurückkehren.

Einige Männer scheinen ihm verdächtig. Der Verwalter seiner eigenen Brauerei; ein Getreidehändler aus King's Lynn; die jüngeren Mitglieder der Drainage-Kommission; selbst der Arzt, der seine Gicht behandeln soll. Und aus Angst, dem großen alten Mann aus Gildsey eine Verleumdung zu unterstellen, die er nicht offen ausgesprochen hat, kann ihm keiner klarmachen, daß Mrs. Atkinson unschuldig ist, unschuldig, und nichts als Bewunderung und Hingabe für ihren Gatten fühlt, den sie, wie jeder weiß, anbetet.

An einem Abend im Januar 1820 ereignet sich etwas, wofür keine Augenzeugenberichte existieren und das in mannigfachen Versionen in der Chronik von Gildsey erscheint. An diesem Januarabend kommt Sarah von einer Einladung nach Hause, die sie in Gesellschaft des über jeden Verdacht erhabenen Rektors von St. Gunnhilda, dessen Frau und einiger anderer Gäste verbracht hatte, zurück und findet einen Thomas vor, der mehr als sonst von der Gicht geplagt wird. Man weiß nicht genau, was zwischen den beiden vorgefallen ist, außer dem, was die Diener unvermeidlicherweise hören mußten und was Thomas später eingestand – daß er schroff war, ihr Vorwürfe machte, zornig wurde und sich schließlich unter völlig ungerechtfertigten Anschuldigungen und Schmähungen von seinem Stuhl erhob und seiner Frau mit aller Wucht ins Gesicht schlug. Zweifellos hätte er diesen Vorfall ewig bereut, selbst wenn der Schlag nicht jene fürchterlichen Folgen nach sich gezogen hätte. Aber Thomas hatte auch wirklich Grund für ewige Reue. Denn auf den Schlag hin stürzte Sarah nicht nur zu Boden, sondern stieß auch noch mit dem Kopf so heftig gegen den Schreibtisch aus Nußholz, daß sie zwar ihr Bewußtsein nur für einige Stunden, ihren Verstand aber für immer verlor.

Ob es nun der Aufprall war oder der Schlag, der diese fürchterlichen Folgen nach sich zog, ob es weder das eine noch das andere war, sondern der plötzliche seelische Schock, ausgelöst durch den Wutanfall ihres Mannes, oder ob der Aufprall nur erfunden wurde – wie manche behaupten –, um das tatsächliche Ausmaß von Thomas' Gewalttätigkeit zu verschleiern, ist unwichtig. In einer Aufwallung von Schuldgefühl ruft Thomas, über den leblosen Körper gebeugt, seine Söhne und schreit laut, daß es durch das ganze Haus gellt: «Ich habe meine Frau getötet, ich habe meine geliebte Sarah getötet.» Entsetzen. Verwirrung. So viel Hier und Jetzt. Die Söhne, die anfangs auf Grund des Augenscheins dazu geneigt sind, die nüchterne Aussage ihres Vaters für bare Münze zu nehmen, rufen den Arzt – denselben Arzt, dessen unschuldige Liebenswürdigkeit zu dieser schrecklichen Szene beigetragen hatte –, der sich nicht nur um die mißhandelte Frau kümmern, sondern auch dem Gatten eine kräftige Dosis Laudanum geben muß.

In dieser Nacht im Jahre 1820 scheint es, als ließe die Gicht von Thomas Atkinson ab. Zumindest kümmert er sich nicht mehr darum. Viel schlimmere Qualen erwarten ihn. Den ganzen Tag und die folgende Nacht sitzt er an Sarahs Bett und betet, daß sich diese himmlischen Augen wieder öffnen, diese herrlichen Lippen sich wieder bewegen mögen. Er verspürt die Welle von Erleichterung und Freude, als sich diese Lippen lösen, der Mund sich bewegt, und muß den doppelten Schmerz erleben, daß sich diese Augen zwar öffnen, ihn aber nicht sehen, und selbst wenn sie ihn sähen, ihn nicht erkennen. Und obwohl sich diese Lippen bewegen, werden sie nie wieder ein einziges Wort zu Thomas sprechen.

Sarah Atkinson ist siebenunddreißig. Das Schicksal hat bestimmt, daß sie trotz der Kopfverletzung lange leben wird. Erst in ihrem dreiundneunzigsten Jahr wird sie zur ewigen Ruhe gebettet. Vierundfünfzig Jahre lang wird sie in einem mit blauem Samt bezogenen Stuhl am Fenster ihres Zimmers im Obergeschoß sitzen (nicht in dem Raum, den sie mit ihrem Gatten geteilt hat, sondern in einem anderen, der einfach «Mistress Sarahs Zimmer» heißen wird) und mit leeren Augen bald über die belebte Water Street zum Ouse starren, bald nach links über die Hausdächer bis dorthin, wo 1849 nahe der Werft am Ouse der hohe Schornstein der neuen Brauerei emporwachsen wird.

Aber man weiß nicht, ob sie das alles wahrnimmt. Sie behält die widersprüchliche Pose eines Menschen bei, der Wache steht – aber nichts zu bewachen hat. Sie verliert ihre Schönheit nicht. Ihre aufrechte Haltung ist auch weiterhin von unleugbarer Grazie. Selbst im hohen Alter, als ihre Muskeln erschlaffen, die feste Struktur der Knochen allein übrigbleibt (denn zu dieser Zeit wird sie porträtiert, im schwarzen Kleid, mit dem Diamantkollier – und was ist sie doch für ein ideales Modell in ihrer Unbeweglichkeit), bewahrt sie die traurig gebieterische Haltung einer exilierten Prinzessin.

In regelmäßigen Abständen erscheinen Dienstboten, bringen ihr die Mahlzeiten auf einem Tablett, frisieren sie, heizen den Kamin, machen ihre Herrin für die Nachtruhe bereit oder setzen sie in den Stuhl am Fenster, am hellen Morgen, im düsteren Zwielicht, berichten davon, was auf der Straße geschieht, ohne je eine Antwort zu erhalten. Und es kommt auch Thomas und sitzt neben seiner Frau, oft viele Stunden lang, faltet die Hände, ringt die Hände, stößt weiß Gott welche Bitten aus – und doch gibt Sarah nie auch nur das leiseste Zeichen zu erkennen, daß sie weiß, wer er ist.

Das alles muß er ertragen. Aber anfangs muß er zusehen, wie der Arzt tagtäglich kommt, lange bleibt. Er muß zusehen, wie er ernst dreinblickt, nachdenklich, den Kopf schüttelt und endlich erklärt, daß er nichts mehr tun kann und man den Rat von Spezialisten einholen muß. Thomas läßt um teures Geld bedeutende Ärzte aus Cambridge kommen, die seine Frau untersuchen. Er wird Sarah wie ein seltenes Schaustück durch die Arztpraxen dieser Stadt der Gelehrten führen. Er bringt sie nach London, wo sie von noch bedeutenderen medizinischen Kapazitäten untersucht, abgeklopft, sondiert und begutachtet wird, und spendet dem St.-Bartholomäus-Spital fünfhundert Pfund zur «Gründlichen Untersuchung und besseren Behandlung von Krankheiten des Gehirns».

Er biete demjenigen ein Vermögen, der ihm seine Frau zurückgeben kann; aber keiner meldet sich. Er kehrt nach Gildsey zurück, zur schweigenden, unerbittlichen Feindseligkeit seiner Söhne und zu dem Urteilsspruch einer ganzen Stadt. Werden sie ihm nicht in Anbetracht dessen, was er für sie getan hat, diesen einen Akt menschlicher Schwäche verzeihen? Nein, offenbar nicht. Es gibt sogar einige wenige unnachgiebige Enthaltsamkeitsjünger, die zu den schon kursierenden Gerüchten noch eines hinzufügen, daß nämlich Thomas, als er Sarah schlug, von seinem eigenen Bier sternhagelvoll betrunken war – und untermauert das nicht jene alte Weisheit, daß die Brauer (weit davon entfernt, Fröhlichkeit zu verbreiten) Streithähne züchten?

Und selbst wenn manche Thomas vergeben würden, so möchte er doch keine Vergebung, denn er möchte sich selbst nicht vergeben. Im «Fröhlichen Schiffer», wo Enthaltsamkeit fehl am Platz ist, schlürft man noch immer Atkinson-Bier, denn dessen Geschmack ist unverändert geblieben und es vertreibt noch immer den Kummer; und außerdem liegt die Leitung der Atkinsonschen Betriebe jetzt in den Händen von George und Alfred – Reichtum und Erfolg mögen ihnen beschert sein. Aber für den alten Tom haben sie nur kurze, mürrische Bemerkungen übrig, oder ein Kopfschütteln wie einst der Arzt für Sarah.

Tausende und abertausende Male wird Tom fragen, warum, warum und wieder warum. (Denn auch die Seelenqual schürt ihre eigene traurige Neugier.) Nicht zufriedengestellt mit dem Urteil der Ärzte, macht er sich selbst daran, das Gehirn und das Nervensystem zu studieren. Seine Bibliothek in Cable House wird um alle jene Werke bereichert, die sich um 1820 mit dem Geheimnis des menschlichen Geistes befassen. Wo er einst über Topographie der Fens und den zahllosen Fragen der Entwässerung, über Probleme der Hochwasserbekämpfung und Pumpensystemen gesessen ist, sitzt er nun über der noch viel komplizierteren Topographie des Rückenmarks und des Kleinhirns, die, so entdeckt er, ihr eigenes Netz von Kanälen und Gängen haben, und ebenso abhängig sind von regelmäßiger Flüssigkeitszufuhr.

Das aber ist ein inneres Land, das nicht wiedergewonnen werden kann, wenn es einmal verloren ist.

Er gibt die Wissenschaft auf und wendet sich der Religion zu. Die eifrigen Kirchenbesucher von Gildsey, die Thomas bisher beobachtet haben, wie er neben seiner Frau und den zwei Söhnen stehend, das Amen mit der Zufriedenheit eines Mannes gesprochen hat, der den sonntäglichen Gottesdienst als angenehme, aber äußerliche gesellschaftliche Verpflichtung betrachtet, bemerken jetzt die gefurchte Stirn, die ewig rastlosen Lippen des Sünders, der im Bußgebet versunken ist.

Er kümmert sich nicht mehr um die ständig expandierenden Geschäfte von Atkinson und Söhne. (Castlereagh hat sich die Kehle durchgeschnitten; Canning tritt an seine Stelle.) Die Geschichte ist für ihn stehengeblieben. Er ist in das Reich des Aberglaubens eingetreten. Es heißt sogar, Thomas habe, nachdem Gott nicht geantwortet hat, nachdem Gott in seiner großen Klugheit die Frage nach dem Warum nicht hat beantworten können, in die noch nicht trokkengelegten Fens nach einem Vorfahren des Bill Clay gesandt, dessen Tränke und Sprüche noch immer mit Ehrfurcht entgegengenommen wurden. Und daß die Antwort des alten Hellsehers (der keinen Grund hatte, Atkinson zu helfen, der mit den Plänen zur Entwässerung ihn und seinesgleichen zum Untergang bestimmt) Tom den letzten Schlag versetzte: daß Thomas Atkinson, wie Thomas selbst sehr wohl wußte, nur die verdiente Strafe empfing, und daß kein Zauber der Welt jenen Zustand aufheben könnte, an dem seine Frau aus eigenem Willen festhielt – hatte ihr denn Thomas nie in die Augen gesehen?

Zwei, drei, vier Jahre lang blickt Thomas immer wieder in die Augen seiner Frau. Vier Jahre lang sitzt er bei ihr in ihrem Zimmer im Obergeschoß, Hände und Herz verkrampft. Und dann, im Dezember 1825 – man erzählt sich, daß ihn der Tod in dem bewußten Zimmer in Gegenwart seiner Frau überraschte, und man die beiden fand, ihn mausetot, sie ohne ein Lidzucken – wird dieser einstmals so tatkräftige und fröhliche Mann, dem man zehn Jahre zuvor, obwohl er damals schon sechzig war, noch gute zwei bis drei Jahrzehnte gegeben hätte, durch Reue zermürbt, von seinem Elend erlöst.

Er wird mit entsprechender Ehre, Würdigung seiner Taten, wenn auch etwas eilig, im Friedhof von St. Gunnhilda begraben, wenige Meter vom südlichen Seitenschiff der Kirche entfernt, in einem Grab unter einem wuchtigen Marmorgrabstein, dessen Ekken im Hochrelief in Form von ionischen Säulen gemeißelt sind. Eine Inschrift an der nach Süden weisenden Seite gibt Auskunft über Thomas' Lebensdaten und nennt in lateinischer Sprache seine Taten (*qui flumen Leemem navigabile fecit . . .*) nicht aber seine Untat; und das Ganze wird überragt von einer riesigen geriffelten, becherförmigen Marmorurne, die zur Hälfte von einem drapierten Grabtuch aus Marmor bedeckt wird, auf dem dort, wo es flach aufliegt (eine unpassende Einzelheit an einem so klassischen Bauwerk, doch sie zieht die Aufmerksamkeit eines jeden Betrachters auf sich ebenso wie die lebensechte Darstellung), zwei zufällig hingestreute Gerstenähren liegen. In seinem letzten Willen überläßt Thomas Gott, der Zeit und den Einwohnern von Gildsey, aber vor allem Sarah selbst – «welcher die Vorsehung rasch wieder die Gesundheit des Geistes schenken möge, um ein Urteil zu fällen, dessen Vollstreckung aber nicht lange auf sich warten lassen möge –» zu entscheiden, ob seine geliebte Frau eines Tages neben ihm liegen soll.

Und auch wir, Kinder, sollten für den Augenblick darauf verzichten – obwohl wir die Gabe des Rückblicks besitzen – zu erfahren, was Gott, die Zeit und die Einwohner von Gildsey beschließen werden, und uns nicht darum kümmern, was, wenn überhaupt etwas, einst neben Tom auf dem Friedhof von St. Gunnhilda liegen wird; und auch keine moralisierenden und neunmalklugen Vergleiche zwischen dem schlichten Stein anstellen, der in Wexingham Moos und Flechten ansetzt und das Grab des William Atkinson schmückt, der in Zufriedenheit starb, und jenem großartigen Denkmal, unter dem Thomas Atkinson liegt, der elend starb.

Den Söhnen von Thomas, George und Alfred, zwei jungen Männer von erst dreiundzwanzig und fünfundzwanzig Jahren, die aber durch bedauerliche Umstände schon zu tüchtigen und ernsthaften

Geschäftsleuten herangebildet, will es scheinen, als sei die Luft wieder rein, geläutert. Ihre Schuld an der Schmach ist getilgt, und jetzt können sie mit neuer Rechtschaffenheit, mit neuer Zielstrebigkeit von vorne anfangen. Die Geschichte vermerkt nicht, ob der Tag von Thomas' Begräbnis einer jener strahlenden Wintertage in den Fens war, an denen der Himmel die Umrisse schärft und die Entfernungen rafft, so daß man die beiden Türme der Kathedrale nicht nur sieht, sondern auch die unterschiedliche Bauweise deutlich ausnehmen kann. Und sie vermerkt auch nicht, ob die Einwohner von Gildsey, die sich so selbstherrlich über seinen echten Schmerz um die Ehefrau hinwegsetzten, die mangelnde Trauer seiner Söhne um ihren Vater bemerkten.

Aber solches wäre angemessen gewesen. Denn die Stadt spürt, nicht weniger als ihre beiden jungen Helden, auf dem Weg zu ihrem Höhepunkt die ewig wiederkehrende Notwendigkeit des Neuanfangs, die Notwendigkeit, die Vergangenheit Vergangenheit sein zu lassen, sie auszulöschen und sich den verlockenden Marksteinen der Zukunft zuzuwenden.

Hat sich die Schlauheit des alten William nicht bezahlt gemacht? Kein Brauer aus den Fens, der von der Gerste aus dem Süden abhängig ist, kann konkurrieren mit der Atkinsonschen Gerste, die in den Atkinsonschen Mälzereien verarbeitet und auf Atkinsonschen Leichtern den Leem hinuntertransportiert wird, ohne daß auch nur ein einziges Mal darauf Zoll eingehoben wird. Bald werden nicht nur die Leute aus Gildsey, sondern auch die aus March, Wisbech, Ely und Lynn die hohe Qualität und den günstigen Preis des Atkinsonschen Biers schätzen lernen. Und wenn die Atkinsonschen Leichter das Atkinsonsche Bier überallhin befördern können, warum sollten sie dann nicht auch andere Güter befördern? Warum sollten die Atkinsons nicht ihre gute Lage an der Mündung von Ouse und Leem und die allgemeine Verbesserung der Wasserwege nützen und Gildsey zu einem Umschlagplatz für die östlichen Fens machen? Die Atkinsonsche Schiffahrtsgesellschaft entsteht schon, zusammen mit der Neuen Brauerei, in den Köpfen des jungen George und des jungen Alfred, als sie vom Begräbnis ihres Vaters nach Hause fahren.

Und was regt sich in Sarah Atkinson? Wenn sich überhaupt etwas in ihr regt. Die öffentliche Meinung will es nicht wahrhaben, daß Sarah Atkinson völlig verrückt ist. (War es nicht ihr Mann, der verrückt war, als er seine Frau ganz und gar grundlos schlug?) Die öffentliche Meinung erfährt kaum etwas über Sarah Atkinson, obwohl bekannt ist, daß sie immer in ihrem Zimmer im Oberstock sitzt und die Stadt wie eine Göttin bewacht. Und man beginnt, sich Geschichten zu erzählen. Man erzählt sich zum Beispiel, daß Sarah Atkinson nach jenem unheilvollen Tag nie wieder ein Wort zu ihrem Gatten gesprochen und ihn auch nie mehr bewußt angesehen habe, daß sie sich zu ihren Söhnen aber ganz anders verhalte. Daß sie diesen, vielleicht einfach in Worten, vielleicht durch einen geheimnisvollen Prozeß der Gedankenübertragung ihre Weisheit und Aufmunterung zuteil werden lasse. Daß sie von ihr, und nicht von ihrem Vater, ihren Eifer und ihr Sendungsbewußtsein empfingen. Nicht nur das, sondern auch ihre Erfolge hätten die beiden Atkinson-Brüder nicht ihren eigenen rastlosen Bemühungen zu verdanken, sondern jener gekränkten Märtyrerin.

Kurz gesagt also, Kinder, daß jene Kopfverletzung Sarah die Gabe verliehen habe, die so begehrt und gefürchtet ist – die Gabe, in die Zukunft blicken und sie formen zu können.

Und so war sie es, die die Aufhebung der Korngesetze mit exakter Genauigkeit vorhersagte, sie war es, die eine listige Strategie ersann, um der Herausforderung der Eisenbahn zu begegnen; sie war es, die die Erfolgsjahre um 1850 voraussagte, ja sogar deren Ursache war und die ihre Söhne George und Alfred, noch als diese am Grab ihres Vaters standen, die Herren der Brauerei und der Schiffahrtsgesellschaft, die Direktoren der Leemschiffahrt und der landwirtschaftlichen Betriebe der Atkinsons als Könige in ihrem Reiche sah.

Und einige phantasiebegabte Einwohner von Gildsey gingen noch viel weiter. Denn als das Porträt der alten Sarah im schwarzen Satinkleid und mit dem Diamantkollier von den Brüdern in einer rührenden und großzügigen Geste der Stadt gewidmet wurde und dann in der Eingangshalle des Rathauses hing, wurde es zum Pilgerziel vieler Einwohner. Und es dauerte nicht lange, bis einer fragte: hatten die hageren und doch engelgleichen Züge Sarahs nicht eine verblüffende Ähnlichkeit mit denen der heiligen Gunnhilda auf dem ihr geweihten kostbaren Triptychon (damals noch in der Kirche, die ihren Namen trägt) – jener Gunnhilda, die über die von Teufeln bewohnten Fens blickte und dort ihre Visionen hatte?

Ob darin auch nur ein Körnchen Wahrheit liegt, ob die Brüder selbst daran glaubten, daß ihre Mutter Orakel, Priesterin, Be-

Was gäbe man nicht . . .

... für die Fähigkeit, wie Sarah in die Zukunft blicken und sie auch gestalten zu können. Immerhin verhilft sie mittels dieser Gabe der Familie zu ungeahntem Reichtum.

Um sein Geld sinnvoll und gewinnbringend anzulegen, bedarf es allerdings durchaus nicht hellseherischer Fähigkeiten. Realitätssinn und eine gute fachmännische Beratung sind noch immer die beste Methode.

schützerin war, oder diese Gerüchte nur zirkulieren ließen, um sich die Gunst der Stadt zu sichern, kann niemand sagen.

Aber eine zweite Geschichte – welche die Wahnsinn-Hypothese untermauert –, die überliefert und zu oft erzählt wurde, als daß man sie kurzerhand abtun könnte, besagt, welche Bande auch immer Sarah und ihre Söhne aneinanderfesselten, und wie ihr Zustand auch geschildert wurde, ob heiter, stumpfsinnig, unergründlich – diese lange reglose Wache im Zimmer im Obergeschoß, sie wurde immer wieder von einer ganz seltsamen Erregung ergriffen.

Es begann damit, daß ihre Nasenflügel zitterten und bebten; dann rümpfte sie die Nase und zog heftig die Luft ein. Darauf glitt ihr Blick unruhig hin und her und ihre Hände verkrampften sich klauenartig. Dann rieben sich ihre Lippen aneinander, und während sich auch ihr Gesicht verzerrte und ihr Körper von so heftigen Zuckungen geschüttelt wurde, daß sich die Beine des massiven Eichenstuhls manchmal vom Boden abhoben, stieß sie die einzigen Worte hervor, die man ihr in all den Jahren nach dem schrecklichen Wutanfall ihres Gatten nachsagte. Die Worte: «Rauch!», «Feuer!», «Es brennt!», in endlosen Wiederholungen und Abwandlungen.

Die Diener – und das spricht für ihre Treue – bemühten sich eifrig, sie zu beruhigen. Der Butler ging das ganze Haus ab und überprüfte jeden Kamin, jeden Schornstein. Ein Diener blickte aus dem Fenster und versicherte, daß weder Flammen noch Rauch sichtbar seien – wenn man von den Rauchfahnen absah, die aus dem Schornstein der Brauerei quollen, und die waren nur ein gutes Zeichen, oder dem Rauch, den der Wind aus der Richtung der Räucherei des Peter Cutlack am Ende der Water Street blies, wo dieser die schlüpfrigen, olivgrünen Aale aus dem Ouse in gekrümmte, rotbraune Spazierstöcke verwandelte. Eine andere Dienerin wurde in die Küche gesandt, um festzustellen, ob das, was ihre Herrin störte, nicht etwa nur auf eine angebrannte Mahlzeit zurückzuführen sei. Ein Bursche wurde ausgeschickt, um in den Straßen Erkundigungen einzuholen.

Aber alle diese Maßnahmen nützten nichts. Sarah schnüffelte, schüttelte sich, rollte die Augen und rief immer wieder «Rauch» und «Feuer», bis sie die Erschöpfung übermannte.

Man sagt, daß diese Anfälle immer häufiger wurden, und man darf nicht ohne Ironie bemerken, daß es die Atkinsons waren, die 1841 zwar rein zufällig, aber immerhin gemeinsam mit etlichen anderen die erste Feuerspritze in Auftrag gaben.

Nicht nur häufiger wurden sie, sondern auch qualvoller. Und

peinlicher dazu. Man behauptet sogar – obwohl hier eine gewisse Skepsis angebracht ist, da die Hauptzeugin eine Dienerin war, die man wegen ihres beschämenden Zustandes (sie war schwanger) entlassen hatte, was Ursache genug war, bösartige Lügen zu erfinden –, daß die Anfälle so schwer wurden und zu solchen Krämpfen ausarteten, daß die Brüder ihre Mutter beileibe nicht anbeteten und wie eine Heilige behandelten, sondern sie in eine Anstalt brachten, und nur wegen der Leute die Legende pflegten (indem sie zum Beispiel ein gewisses Bild von Sarah im schwarzen Kleid und mit Diamantkollier malen ließen, während sie in Wirklichkeit in einer Zwangsjacke steckte), daß ihr Schutzengel noch über sie wachte.

Das alles geschah wohl viel später, erst in den siebziger Jahren – Sarah starb erst nach langem Siechtum –, als die Brüder ihren Höhepunkt schon überschritten hatten und der junge Arthur, Sarahs Enkel und Georges Sohn, die treibende Kraft in der Atkinsonschen Maschinerie war. Aber schon 1820, im Jahr des entsetzlichen Ereignisses, waren etliche scharfzüngige und schwarzseherische Leute der Meinung, Thomas Atkinson habe, als er zu seinem Firmenzeichen – den gekreuzten Gerstenähren über der symbolischen Darstellung des Wassers, so treffender Ausdruck seiner Interessen in Brauerei und Schiffahrt – ein passendes Motto suchte, eine schlechte Wahl getroffen. Denn das Motto, das er wählte – *Ex Aqua Fermentum* – und das in großen Lettern über dem Rundbogen der Einfahrt zur Neuen Brauerei eingemeißelt wurde und auf jedem Schild jeder einzelnen Atkinsonschen Bierflasche zu lesen war, heißt einfach «Aus Wasser Bier» und kann sogar, wie es Thomas vielleicht vorschwebte, als «Aus Wasser Tätigkeit» gedeutet werden; aber man kann es auch, was Thomas sicher niemals im Sinn gehabt hatte, als «Aus Wasser Zwist und Hader» auslegen.

Ihr habt recht, Kinder. Es gibt Zeiten, in denen wir die Geschichte aus dem Märchen herausschälen müssen. Es gibt Zeiten (und solche kommen sogar recht oft), in denen sich die gute alte, trockene Geschichte aus dem Lehrbuch kopfüber in den Sumpf der Mythen stürzt und mit den Angeln der Empirie herausgezogen werden muß. Der Geschichte geht es lediglich um die Fakten. Die Geschichte muß, wenn sie sich ihren Weg in die Zukunft bauen will, auf festem Boden bleiben. Vermeiden wir um Himmels willen alle Geheimniskrämerei und alles müßige Geschwätz. Und, um Himmels willen, nichts Übernatürliches. Und erwähnen wir vor allem keine Märchen. Wie sonst könnte die Zukunft möglich und Dinge *getan* werden?

Also zurück in die klare, reine Luft, zurück zu Tom, der in seinem neuen weißen Grab liegt. Begeben wir uns wieder auf festen Boden …

1830 – als sich in Paris neuerlich Barrikaden erheben, der Mob einmal mehr die Tuilerien stürmt und die Luft nicht nur von Rauch und Revolution, sondern auch vom berauschenden Dunst des *déjà vu* erfüllt ist – heiratet George Catherine Anne Goodchild, die Tochter des bedeutendsten Bankiers von Gildsey. Eine Ehe, die in jeder Weise absehbar, lobenswert und zufriedenstellend ist. 1832 – denn die Brüder folgten in ihrem Leben einem genauen Plan, und Alfred, der um zwei Jahre Jüngere, tat fast alles so wie sein Bruder, nur um zwei Jahre später – heiratete Alfred Eliza Harriet Bell, die Tochter eines Bauern, dessen Grundbesitz sich zu beiden Ufern des Leem bis westlich von Apton erstreckte und einst von Thomas entwässert und an ihn verkauft worden war. Eine Ehe, weniger absehbar und lobenswert, denn wenn auch jeder sieht, wie Alfred die Schiffahrtsinteressen konsolidiert, so ist die Zeit für Bauern, wie James Bell einer ist, nicht günstig.

War es Sarahs Werk? War sie es, die voraussah, welch stattlichen Ertrag James Bells Weizen in den fünfziger und sechziger Jahren nach der Aufhebung der Korngesetze abwerfen würde? Und war sie es, die voraussah, daß eines Tages die Norwich-Gildsey- und Peterborough-Eisenbahn, die 1832 nur ein zögernder Bleistiftstrich im Skizzenbuch eines Planers war, über James Bells Grund und Boden entweder nördlich oder südlich des Flusses führen mußte? Als es an der Zeit war, konnte James Bell leicht überredet werden, die Verhandlungen mit der Eisenbahngesellschaft auszudehnen – und so nicht nur, als er dann endlich verkaufte, den doppelten Preis zu erzielen, sondern auch Elizas Gatten und Schwager zu ermöglichen, in der Zwischenzeit die Zugpferde, die Stakstöcke und Segelschiffe auf dem Leem durch Dampfbarkassen und schlanke Dampfschlepper zu ersetzen.

So konnten die Atkinson-Brüder also gewährleisten, daß Dampf mit Dampf konkurrieren würde, und daß, wenn die Eisenbahn erst einmal in Betrieb ging, die Beförderung von Massengütern nach und von Gildsey auf dem Wasserweg noch immer billiger sein würde. Und so beförderte die Norwich-Gildsey- und Peterborough-Bahn hauptsächlich Passagiere; was sie auch noch tat, als ihre lackierten Teakwagen als zur Great-Eastern-Bahn gehörig täglich zum Treffpunkt für einen Jungen in schwarzer Uniform und einem Mädchen in rostroter Uniform wurden.

Vielleicht war es Sarahs Werk. Aber halten wir uns an die Tatsachen. 1834 bringt Catherine Anne einen kräftigen Jungen, Arthur George, zur Welt. 1836 schenkt Eliza Harriet einer Tochter, Louisa Jane, das Leben. 1836 wird, nachdem Eliza Harriet Louisa Jane geboren hat, auch Catherine Anne Mutter einer Tochter, Dora Emily. 1838 – aber 1838 hält sich Alfred ausnahmsweise nicht an den Zweijahresplan, und es wird kein Sohn geboren. Und 1838, mit nur drei Kindern – und noch dazu nur einem Jungen, auf dem alle Hoffnung der Zukunft ruht – endet die Reihe der Atkinson-Nachkommen. Heutzutage nichts Ungewöhnliches, aber außergewöhnlich im Jahr 1838, als erfolgreiche Geschäftsleute sich selbst ebenso vermehrten wie ihr Geld und noch dazu von dem Bewußtsein angespornt wurden – George und Alfred mußten nur an den frühen Tod ihres Bruders und ihrer Schwester denken –, daß man, wenn man sich einen Erben sichern wollte, gleich mehrere zeugen muß.

Hätten die Bewohner von Gildsey die beiden Brüder nicht so verehrt, wäre deren Schicksal nicht so untrennbar mit dem ihren verbunden gewesen, hätten die beiden ihrem unglücklichen Vater nicht ein so großartiges Grabmal gebaut, so hätte man in Gildsey vielleicht begonnen, über diese Situation nachzudenken. Man hätte vielleicht über die vier Jahre nachgedacht, die im Falle beider Paare, zwischen Hochzeit und Zeugung verstrichen waren. Man hätte vielleicht die strenge, sachliche Haltung der Brüder mit der kühlen Distanz ihrer sonst so bezaubernden Frauen in Zusammenhang gebracht, die sie selbst in der Öffentlichkeit ihren mit Bändern und Krinolinen geschmückten Töchtern entgegenbrachten. Sie wären vielleicht zu dem Schluß gekommen, daß das fröhliche Stöhnen und Kreischen, das man in Kessling zur Zeit Sarahs und des alten Tom gehört hatte, in der gottesfürchtigen Atmosphäre von Cable House nicht widerhallte und daß der Schutzengel auf diese Weise seinen Zauber wirkte. Kurz gesagt, die Brüder fühlten sich durch die Frau im Oberstock gehemmt. Kurz gesagt, die Stadtbewohner hätten, wären sie mit einer damals noch nicht erfundenen Form der Magie vertraut gewesen, die klassischen Symptome einer Mutterfixierung, um nicht zu sagen eines Ödipuskomplexes, feststellen können. Und war es nicht möglich, daß der unermüdliche Fleiß von George und Alfred der Libido entsprang (o ihr emsigen Viktorianer), die, wie das Wasser im Fenland, nicht besiegt, sondern nur in andere Kanäle gelenkt werden kann.

Aber Tatsachen, Tatsachen. 1833 wurde die neue Werft, als Gildsey Dock bekannt, mit ihren Lagerhäusern, Kränen, von Ponies gezogenen Eisenbahnwagen und ihr Gegenstück am anderen Ufer des Ouse in Newhithe offiziell eröffnet. Gleichzeitig wird die Atkinson-Schiffahrtsgesellschaft mit ihrer sich bald vergrößernden Flotte von drei Dampfschleppern, vier Dampfbarkassen, sechs Segelbarkassen und sechsundvierzig Leichtern – nicht eingerechnet die schon den Leem befahrenden Schiffe – eingeweiht. In wenigen Jahren sind Malz und volle Bierfässer nicht mehr die wichtigste, wenn auch nach wie vor die am meisten geschätzte Ware, die von den Atkinsonschen Schiffen befördert wird. Und auch der Leem ist nicht mehr die wichtigste Verkehrsader. Die Barkassen der Atkinsons fahren bis nach Huntingdon, Bedford, Peterborough und Northampton. Sie führen Getreide nach King's Lynn und kehren mit Tyne-Kohle und Produkten vom Kontinent zurück. Sie befördern Eisen, Holz, Landwirtschaftsmaschinen, Ziegel, Steine, Hanf, Öl, Talg, Mehl.

Als 1839 die Arbeit an den Eisenbahnlinien Norwich, Ipswich, Bury und Gildsey in Angriff genommen wird, ist es die Atkinsonsche Schiffahrtsgesellschaft, die das Material und sogar das Atkinsonsche Fachwissen zur Verfügung stellt, welches bei Fragen der Entwässerung und Aufschüttung Rat bietet. Die Einwohner sind beunruhigt; werden wir nicht unser Geschäft an die Eisenbahn verlieren? Und die Brüder antworten: Wollt ihr eure Handelsplätze an eine andere Stadt verlieren, die von der Bahnlinie berührt wird? Denn die Brüder sehen voraus (Sarahs Werk?), daß man das, was durch die Eisenbahn im Fernfrachtverkehr verlorengeht, im Nahverkehr mit den von der Eisenbahn gelieferten Gütern wieder zurückgewinnen kann. Können die Züge Kohle zu jeder Pumpstation in der Umgebung bringen? Können die Züge Waren in jedes Dorf bringen, das von Natur aus am Wasser liegt? Und vergleicht einmal unsere Frachtkosten mit denen der Eisenbahngesellschaft!

Abgesehen davon besitzen die Brüder einen beachtlichen Anteil an Eisenbahnaktien. In dieser Zeit des Wandels geht man besser sicher.

Und ein nicht unbedeutender Anteil der vielen in die neuen Docks gelieferten Güter (die in diesem Fall nicht wieder weiterbefördert werden) waren Materialien, welche zwischen 1846 und 1849 zum Bau der neuen Brauerei der Atkinsons verwendet wurden. Denn wir dürfen nicht vergessen, daß der Name Atkinson an erster und wichtigster Stelle für Bier steht. Schon bei der Fertigstellung des Docks ist der Platz für das große Gebäude vorgesehen, das eines Tages die zwar schon vergrößerte, aber bald unzulängliche alte Brauerei ersetzen wird. Und nach und nach wächst der Neubau in der Jahrhundertmitte.

An modernen Maßstäben gemessen, ist er zwar nicht groß, aber als die steinernen Fundamente in die Ziegelwände und deren steinerne Verkleidung übergehen, die von kunstvollen Gesimsen und Friesen gekrönt werden (eine Kette aus Gerstengarben und Bierfässern) und in ein Dach überleiten, das teils ein Spitzdach ist, teils von großen Bögen überspannt wird, wie sie auf Bahnhöfen üblich sind, und als dieses Dach wiederum in einen vierkantigen Schornstein mündet, zwanzig Meter hoch, dessen Seiten sich nach oben in zielgemauerten Lamellen verjüngen, und als das Ganze unter dem Abzugsloch durch weiteren Stuck und Friese geschmückt (in einem nicht näher bestimmten Stil, von dem der Architekt behauptet, daß er an einen italienischen Campanile erinnert) und dazu noch mit einer Uhr ausgestattet wird, so daß die Bewohner von ganz Gildsey und die Hälfte der Fensleute, wenn sie sich eines Feldstechers bedienen, sagen können, wie spät es ist – als all dies emporwächst und die staunenden Blicke der Einwohner auf sich zieht, taucht in den Fens der Witz auf, daß die Neue Brauerei sicherlich zu einer neuen Überflutung der Fens führen wird – aber nicht durch Wasser, sondern durch Bier.

Sarah hört in ihrem Zimmer, wie die Arbeit vorangeht. Es kommt die Zeit, in der an der Nordseite der Water Street Gerüste über den alten Hausdächern emporwachsen, Kräne und Lastenaufzüge erscheinen und schließlich das eiserne Skelett des Daches selbst, auf dem Arbeiter herumklettern und -stolzieren wie auf einer riesigen Flugmaschine. Dann der Schornstein – wie ein Phallus emporragend bringt er den Himmel über den Fens zum Erröten. Merkt sie es? Kümmert es sie? Freut sie sich, ist sie stolz? Es gibt keine Aufzeichnung, daß sie an jenem Tag im Juni 1849 unter den Ehrengästen zu finden gewesen sei, an dem Tag, der an Pracht selbst den Tag des Triumphs von 1815 übertrifft, als eine Kapelle spielt, als nicht weniger als zwei Lords anwesend sind, als die Reden von einem flaggengeschmückten Rednerpult herabdröhnen und dann nochmals während des großen Empfanges im Rathaus, als die Atkinsonschen Schiffer ihre Kappen in die Luft werfen und die Schiffssirenen heulen, als die Menge Hurra schreit und die ersten, zeremoniellen Schaufeln Malzschrot in die Maischbottiche geladen werden. Aber war sie im Geiste dabei? Jubelte sie mit den anderen? Oder saß sie stumm in ihrem Zimmer im Oberstock und wachte wie immer über ein Nichts? Wann können wir den Zenit der Atkinsons festsetzen? Wann ist der Hochsommer ihres Erfolges? Fand er an jenem Junitag des Jahres 1849 statt? Oder später, 1851, als unter den Produkten, welche die Ehre hatten, bei der großen Ausstellung zur Schau geboten zu werden, ein Flaschenbier aus den Fens mit dem sehr passenden Namen «Grand '51» trotz starker Konkurrenz die Silbermedaille für seine hervorragende Qualität gewann und sogar die vornehmen Brauer aus Burton-on-Trent ausstach? War es noch vorher, 1846, als George Atkinson nach einer sechsjährigen Amtszeit als Gemeinderat einstimmig zum Bürgermeister gewählt wurde? Oder war es 1848 (zwei Jahre später) als sein Bruder Alfred dasselbe Amt antrat und das unausgesprochene Gesetz aufgestellt wurde, daß, wer immer in Zukunft nominell Bürgermeister dieser Stadt sein würde, die wahren Herrscher immer die Brauer sein würden. War es 1862? Als George und Alfred, beide dick geworden, mit grauem Schnurrbart, so alt wie das alternde Jahrhundert, beschlossen, daß sie durch ihre Arbeit das Recht erworben hatten, sich im großen Stil auf einen Landsitz am Rande der Stadt zurückzuziehen; und sich in Kessling, aber nicht in der Nähe der Mälzerei und des ehemaligen Besitzes ihres Vaters, sondern zwei Kilometer südlich davon, vielleicht sogar noch weiter, einen häßlich protzigen Landsitz erbauten, Kessling Hall, mit Wasserspeichern und Türmchen, zum Glück durch einen dichten Wald verdeckt, wo an den Wochenenden oder für länger George und Catherine den einen Trakt, Alfred und Eliza den anderen bewohnten, sich aber im Großen Salon und im Eßzimmer versammelten, wenn sie vornehme Besuche empfingen; und wo die Cousinen Dora und Louisa, junge Damen Mitte Zwanzig – aber nicht so jung, daß sie nicht ständig Grund zur Sorge geboten hätten –, auf der Terrasse oder auf dem Krocketrasen Verehrer um Verehrer erlitten und abwiesen. Denn sie zogen ihre geliebten Väter jedem Verehrer vor und waren lieber unter sich oder in Gesellschaft eines Buches voll düsterer Geschichten als in der anderer Menschen.

Oder war der Gipfel noch nicht erreicht, auch nicht inmitten des

Luxus von Kessling Hall? Würde der Höhepunkt nicht während des Aufstiegs von George und Alfred eintreten, sondern vielmehr unter der Herrschaft Arthurs, der, während Vater und Onkel stolzgeschwellt in Kessling an ihren Zigarren zogen, die Macht in Gildsey übernahm und 1872 – als im ganzen Osten nach Atkinson-Bier gerufen und ein Spezialbier mit dem Namen «India Ale» Tausende Kilometer weit nach Bombay verschifft wurde, um die Truppen Ihrer Majestät zu stärken – dem Atkinsonschen Imperium in bewährter Manier eine weitere Provinz eingliederte und Maud Briggs heiratete, die Tochter von Robert Briggs, dem Besitzer der Great-Ouse-Mahlwerke?

Endet der Fortschritt auf dem Gebiet des Handels nie? Aber sollen wir wirklich nur von der Entwicklung des Handels sprechen, und nicht vom Fortschritt der Ideen – jener Ideen, die den Atkinsons zwangsläufig kommen? Denn die damaligen Atkinsons, Brüder und Sohn, die wohl die ersten wären, die nötigenfalls mit erhobenem Finger auf die Tatsachen weisen würden – auf Absatz und Gewinn, auf Säcke mit Malz, auf Bierfässer, auf Kohlensäcke –, sind auch durchaus dazu fähig, wenn es ihnen einfällt, was immer öfter geschieht, diese materiellen Bürden als unbedeutend abzutun und in selbstgefälligem Ton zu verkünden, daß das, was sie bewegt, nichts anderes als die edle und allgemeine Idee des Fortschritts sei.

Haben sie nicht den Standard der ganzen Region gehoben, tun sie das nicht noch immer? Rackern sie sich nicht endlos und unermüdlich im Gemeinderat und in den Vorstandssitzungen für das Wohl der Bevölkerung ab? Haben sie nicht aus eigenen Mitteln ein Waisenhaus errichtet, eine Zeitung gegründet, eine Versammlungshalle erbaut, eine Knabenschule (schwarze Uniformen), ein Bad und eine Feuerwehrzentrale? Und sind nicht alle diese Werke und andere mehr ein Beweis für die große Idee, die sie bewegt, aber auch der Beweis, daß alle privaten Interessen im nationalen Interesse aufgehen und alle privaten Imperien nur dem Britischen Imperium Tribut zollen?

Was geschieht mit unserem kleinen Vorposten in den Fens, einst nur ein Lehmhügel mit einer Hütte aus Lehm und Rutengeflecht, einst so abseits von der großen weiten Welt?

Wie oft flattert der Union Jack über dem runden, vom Atkinsonschen Wappenspruch gekrönten Eingang zur Neuen Brauerei, um irgendein Ereignis von nationaler Bedeutung zu feiern? Wie oft weist der *Gildsey Examiner* (mit Atkinsonschem Geld gegründet,

Organ des Disraelischen Torytums) in seinen Spalten in gleichem Schwung und Ton auf den Vormarsch der Industrie und die Macht Albions hin? Wie oft unterbrechen George und Alfred und Arthur ihre Reden im Aufsichtsrat, Hände ans Revers gelegt, um auf ein das ganze Reich bewegendes Ereignis hinzuweisen. Und wie oft finden sich für die Fässer und Flaschen voll von Atkinson-Bier neue Wunder, die zu feiern sind: das «Grand '51», die «Kaiserin von Indien», das «Goldene Jubiläum», das «Diamantene Jubiläum».

Warum dieses Ausschauhalten nach Zeichen, Kinder? Warum dieser Aberglaube? Warum darf der Zenit nie festgesetzt werden? Warum hat man die Verbreitung von Fröhlichkeit in die Idee des Fortschritts verwandelt? Und was hat die Landgewinnung in den östlichen Fens mit dem Britischen Empire zu tun? Weil man mit der Festlegung des Zenits auch den Punkt festlegt, an dem der Abstieg beginnt. Weil Fröhlichkeit noch nie Geschichte gemacht hat. Weil man ein Stück aufführen muß, wenn man eine Bühne baut. Weil es immer – und leugnet diese Tatsache nicht – eine Zukunft geben muß.

Und dennoch weiß Arthur Atkinson, als er 1874 zum Parlamentsmitglied für Gildsey gewählt wird und seine Antrittsrede mit dem vielbejubelten Satz schließt «Denn wir sind nicht die Herren der Gegenwart, sondern die Diener der Zukunft», was er damit sagen will? Meint er, was er sagt? Verbirgt er hinter dieser Geste der Pflichterfüllung und des Opferwillens nur das selbstzufriedene Bewußtsein, daß er in Wahrheit der Herr der Gegenwart ist, und werden seine Worte deshalb von seinen Torygenossen mit lautem, selbstgefälligem «Hört, hört» begrüßt? Sieht er die Zukunft nur als eine Fortsetzung der Gegenwart? Sieht er, was die Zukunft bringen wird? Sieht er, daß die Zukunft (mein und meines Vaters Schicksal im frühen 20. Jahrhundert, in dem noch immer viele kupferne Münzen mit dem angegriffenen Profil der Königin Victoria herumgeistern), mit Klagen kommen wird und mit müdem Bedauern über den Verlust seines Vertrauens?

Wohin führt unser Weg? Voran, um zurückzuführen? Zurück, um voranzuführen? Was ist Fortschritt?

Weiß Sarah es? Die 1874 zweiundneunzig Jahre hat vorbeiziehen gesehen und doch seit dem Schlag auf den Kopf ihren Geburtstag vergessen hat, vielleicht sogar das Verstreichen der Zeit nicht bemerkt hat. Weiß Sarah es, die jetzt, so alt und doch noch so wachsam in ihrem Horst über der Water Street, ihren verschiedenen Rollen eine neue hinzufügen muß – Schutzengel, Heilige Mutter, die wiedergekommene heilige Gunnhilda. Um in ihrer linken Hand einen Dreispitz zu tragen, in ihrer rechten einen Schild, um ihre runzelige Kopfhaut und die schütteren weißen Haare unter einem federgeschmückten Helm zu verbergen, um ihren blauen Samtsessel in einen meerumspülten Felsen zu verwandeln, die Erinnerung an die furchtlose Britannia heraufbeschwörend, starrend, starrend – wohin?

Wie begehen die Atkinsons 1874 den zweiundneunzigsten Geburtstag Sarahs? Mit Bier und Fröhlichkeit? Mit erhobenen Krügen und Trinksprüchen? Denn einst, als Tochter eines Brauers, wußte Sarah ihr Bier zu genießen. Einst war ihr nichts lieber, als einen Zinnkrug im Schoß zu halten. Einst, bevor sie noch eine vornehme Dame wurde und all die anderen bemerkenswerten Gestalten annahm, die das Schicksal ihr bestimmte, leerte sie so manches Glas in Gesellschaft ihres heißgeliebten Mannes. Aber jetzt kommt kein Tropfen über ihre Lippen, obwohl man ihr oft voll Hoffnung ein Glas vorgesetzt hat. Nicht zu vergleichen vielleicht mit dem in ihrem Inneren lodernden Brand.

Sie feiern Sarahs Geburtstag mit dem Bau eines Irrenhauses. Zwischen Gildsey und Ely, eineinhalb Kilometer vom Ouse entfernt, diskret durch Dämme und Pappelpflanzungen den Blicken der Öffentlichkeit entzogen, so wie auch Kessling Hall von den Wäldern verborgen wird, ist es Anfang 1874 fast vollendet. Ein weiteres Zeugnis für den Fortschrittsglauben der Atkinsons. Ein weiterer Beweis dafür, daß sie bei all ihren eifrigen Geschäften nicht die Nöte der Bedürftigen und Armen übersehen; dafür, daß sie sich sogar um jene armen Narren und Melancholiker aus den Fens kümmern, die in einem dunkleren Zeitalter an den Pranger gestellt, verbrannt oder aus dem Ort gejagt worden wären.

Es wird im März fertiggestellt (keine Beflaggung, keine Reden). Und im selben Jahr bringen die Brüder George und Alfred unter Mithilfe von Arthur, da sie ihrer Mutter immer zugetan waren, Sarah als Ehrengast dort unter, in den schönsten Räumen, mit den eifrigsten Pflegern, die sich allein um sie bemühen. Denn in Gildsey beginnt man zu reden. Darüber, daß Sarah Atkinson vielleicht doch völlig verrückt ist und nichts weiter. In der Market Street und der

Water Street beginnt man zu dem Fenster hinaufzusehen, hinter dem, wie jeder weiß ... hinter dem jedoch seit kurzem trotz der zweiten Glasscheibe, die man erst jüngst eingezogen hat, Schreie von höchst aufsässiger und trotziger, von höchst häßlicher und beunruhigender Natur hörbar sind.

Und wenn – als die Schreie ganz plötzlich aufhören – das Gerede wieder einsetzte, das Gegenteil von früher behauptend, wie das bei Gerede so üblich ist; und wenn man sagt: Die Atkinsons haben das Irrenhaus gebaut, damit sie ihre Mutter dort einsperren, uns unsere heilige, unschuldige Sarah wegnehmen und sie in einen Käfig für Idioten sperren können, dann hört man immer wieder die geduldigen Antworten der Atkinsonschen Diener (deren Kleidung in den siebziger Jahren außerordentlich fein wird): Mrs. Atkinson liegt in dem Zimmer, in dem sie sich immer aufgehalten hat. Sie ist ans Bett gefesselt. Spezialisten verschreiben Medikamente (deshalb auch keine Schreie mehr). Wenn Sie es wirklich wissen wollen (ein vertraulicher und doch gleichzeitig verächtlicher Ausdruck breitet sich über das Gesicht des Sprechers), Mrs. Atkinson liegt im Sterben. Ja, im Sterben. Müssen Sie also das Hinscheiden unserer geliebten Herrin mit diesem dummen Geschwätz entweihen?

Wer geht schon ins Wetherfield Irrenhaus, an diesen Ort des Schreckens, um das zu überprüfen?

Und außerdem, im Herbst 1874 stirbt Sarah Atkinson wirklich.

Es wird in einer schwarzumrandeten Spalte im *Gildsey Examiner* verkündet. Ganz Gildsey verstummt. Manche nehmen ihren Tod mit treuer Erschütterung hin. Andere, und das ist wahrscheinlich die Mehrheit, nehmen ihren Tod alles in allem als gnädige Erlösung. Und einige – jene, die immer schon überzeugt waren, daß es stets Sarah und nie George, Alfred oder Arthur waren, die das Glück der Stadt bewirkten – nehmen ihren Tod mit Angst und schrecklichen Vorahnungen auf.

Aber jeder stellt eine einfache Frage. Wird alles in einer Versöhnung enden, wird alles wie die Geschichten im Märchenbuch enden – ein Märchenende, daß einem das Herz übergeht? Werden die Brüder Sarah neben dem alten Tom begraben?

Was geht im Haus in der Market Street vor, in dem die Rolläden heruntergelassen sind und nur wenige Lichter brennen? Hat irgend jemand den Leichenbestatter, den Rektor kommen und gehen sehen? Gibt es Tränen, gibt es Streit? Gibt es Meinungsverschiedenheiten in der Familie?

Dann kommt die Nachricht: Mrs. Atkinson wird auf dem Friedhof von Sankt Gunnhilda in dem Grab begraben (das kein anderes Mitglied der Pfarrgemeinde in Anspruch zu nehmen wagte), das neben dem Grab ihres Gatten liegt. Gott sei ihrer beider Seelen gnädig. Im würdigen Angedenken einer so geliebten und so tief betrauerten Seele, betrauert nicht nur von ihren Kindern und Enkelkindern, sondern von der ganzen Stadt, wird die Brauerei am Tag des Begräbnisses geschlossen bleiben, und man legt den Wirtshäusern und Läden nahe, ebenfalls zu schließen. Der Wagen mit dem Sarg wird die Water Street hinunterfahren, entlang des Ouseufers, vorbei an den Toren der Brauerei und von dort weiter nach Sankt Gunnhilda. Die Totenmesse wird um elf Uhr stattfinden.

Freude herrscht in der Stadt – soweit bei einem Begräbnis Freude herrschen kann. Denn nichts verwandelt Trauer leichter in Lächeln als ein gutes Ende, und nichts bringt die tausend Fragen eher zum Schweigen. Und nichts läßt die Herzen höher schlagen, auch noch inmitten der Trauer, als ein bißchen Pomp.

Unweit von Cutlacks Räucherhaus, in seiner Werkstatt am Ouse, mit dem kleinen Anlegeplatz, an dem die Atkinsonschen Leichter die Vorräte an Stein, Granit und Marmor ausladen, arbeitet Michael Jessop, Steinmetz und Spezialist für Grabsteine, Tag und Nacht mit seinen Lehrlingen liebevoll an einem ganz besonderen und ehrenvollen Auftrag. Vielleicht hält er bei der Arbeit inne, bemüht sich um die Zartheit seines Großvaters, der einst das Gegenstück zu diesem Grabstein schuf, und versucht wie einst der alte Toby Jessop, die federähnliche Form zweier hingestreuter Gerstenähren nachzuahmen, und vergießt – höchst ungewöhnlich für einen auf Grabsteine spezialisierten Steinmetz – eine Träne.

Und ist es wirklich eine Träne, oder nur ein Tropfen aus einem der vielen ärgerlichen Löcher in dem Schuppen aus knarrendem Holz und geteertem Leinen, in dem er arbeitet? Denn draußen hat es zu regnen begonnen.

Am Morgen des Begräbnisses regnet es noch immer. Nicht heftig, nicht in Schauern, aber mit einer Beständigkeit, einer Unbeirrbarkeit, von der die Fenleute wissen, daß man sie nicht übersehen darf. Im ganzen Land zwischen Ouse und Leem beobachtet man an diesem Morgen den Wasserstand, füllt Treibstoff in Reservepumpen, wartet die Schleusen und Fluttore. Die Cricks – der Großvater meines Vaters und seine Brüder – spucken in den Leem und sagen sich, daß hier einiges zu tun sein wird. Und der Regen wird stärker.

Und wenn es in den Fens an diesem Tag regnet, dann regnet es auch in den hochgelegenen Regionen im Süden und Westen, von wo die Flüsse in die Fens herunterkommen; und mit besonderer Stärke, mit besonderer Beharrlichkeit, wie manche später behaupten, regnete es über Kessling, Kessling Hall und den Hügeln, in denen der Leem entspringt.

Die Brüder, die seit ihrem Entschluß, Sarah an der Seite ihres Gatten zu begraben, in den Augen der Allgemeinheit von eiskalten Geschäftsmännern zu zartfühlenden Helden emporgestiegen sind, schenken dem Regen keine Beachtung. Regen ist gut für ein Begräbnis: er verbirgt die menschlichen Tränen und läßt an himmlische denken. Und Regen ist vor allem deshalb beruhigend, weil die alte Sarah so viel von Feuer geschrien hat. Der Trauerzug bewegt sich die Water Street hinunter, und den Trauergästen scheint es, daß die rasche Zerstörung von so viel schwarzem Trauerflor, schwarzem Zaumzeug – Federschmuck und schwarzen Trauerkleidern den Eindruck echten, selbstlosen Leides nur noch verstärkt. Und auch unter den Geschäftsleuten und Handwerkern, die pflichteifrig mit bloßen Häuptern Spalier stehen, während ihnen das Wasser in die Kragen rinnt, sind mehr, die den Regen für eine gute Sache halten (man denke nur an den völlig unpassenden Sonnenschein am Tag von Toms Begräbnis), also solche, die ihn für schlecht halten.

Der Leichenzug bewegt sich langsam an der Brauerei vorbei, und bei der ganzen feierlichen Zeremonie wird ungebührliche Hast nur spürbar in der Vorhalle der Kirche von Sankt Gunnhilda, wo der wartende Rektor, der Küster und die Totengräber heimlich im Geist den Totenwagen hetzen, denn trotz einer behelfsmäßigen Abdeckung füllt sich das Grab mit Wasser, und nichts ist schlimmer als ein säuberlich ausgehobenes Grab, das während der Trauerfeier pietätlos in sich zusammenbricht.

Die Zeremonie selbst ist nun wirklich eine etwas hastige Angelegenheit – denn zumindest die Damen darf man nicht allzulange der Gefahr einer Erkältung aussetzen. Der Rektor setzt zum Gebet an; Regen tropft von seiner Nase und sammelt sich auf seiner Unterlippe. Der Regen verbirgt die gesenkten, verschleierten Gesichter der Trauernden und scheint seinen eigenen Schleier des Vergessens über dieses traurige Ritual zu senken, es sozusagen von allem Umgebenden abzuschneiden. Aber ob diese Hast und Verschleierung nur zufällig oder auf irgendeine Weise schicksalhaft und angemessen sind, fragt keiner.

Es ist geschehen; es ist vorbei. Mrs. Atkinson liegt wieder an der Seite ihres Gatten.

Aber der Regen hört nicht auf. Er hört zwei Tage und Nächte nicht auf. Zwei Tage lang breiten sich wässerige Laken über die Fens; zwei Nächte lang sind die von Gott in der Schwebe gehaltenen Sterne ausgelöscht. Aber Gedanken an göttliche Tränen und Ähnliches sind bald vergessen, als sich das Wasser weiter ausbreitet. Die Leute von Gildsey wissen aus langer Erfahrung, daß sie wenig vom Ouse zu fürchten haben, so braun, unruhig und drohend er auch erscheint, wenn sich das Hochwasser auf diesen Fluß allein beschränkt. Einige wenige Händler nahe am Ufer werden nasse Füße bekommen und im wahrsten Sinn des Wortes ans Trockene gezogen werden und, wenn sie Glück haben, finanziell von ihren trockengebliebenen Nachbarn gerettet. Nicht weiter schlimm.

Aber wenn der Leem gleichzeitig mit dem Ouse steigt, dann schwillt das Wasser, das sich vom Leem in den Ouse ergießt, an und bildet so etwas wie einen Wall, der den Ouse zurückdrängt, so daß er sich in alle Richtungen ergießt. Und das könnte für Gildsey, so nahe am Zusammenfluß der beiden Flüsse, verhängnisvolle Auswirkungen haben – wäre Gildsey nicht auf einem Hügel erbaut, der einstigen Lehminsel der heiligen Gunnhilda, ein bloßer Buckel für einen, der nicht aus dem Fenland kommt, aber hoch genug, um die Gemeinschaft vor dem Ertrinken zu bewahren.

Die Wasser steigen. Anfangs stetig, dann in einem plötzlichen Schub, der den Leuten sagt, daß der Leem tatsächlich seine Kräfte ins Spiel geworfen hat. Die Fährmänner am Ufer des Ouse ziehen ihre Boote und Zillen an Land; die Aalfischer holen ihre Netze ein. Wagen bringen die Waren aus den Läden, das Vieh und den Hausrat in die sichere Nähe der Kirche und des Marktplatzes. Aber niemand kann so rasch den Stein und Marmor wegschaffen, den Michael Jessop gelagert hat, ebensowenig wie sein schweres Werkzeug, und die Fluten begraben alles, schwemmen noch unerklärlicherweise einige Marmorblöcke davon, die zwei Männer zusammen nicht hätten aufheben können, und vernichten das Gerüst aus Holz und Leinwand – was allerdings schon öfter vorgekommen ist, weshalb die Hütte auch immer ein Provisorium geblieben ist. Und auch Peter Cutlack, der die Fische räuchert, hat nicht genug Zeit, um sein Lager zur Gänze zu räumen: einige Kisten seiner kupferfarbenen Aale schwimmen plötzlich wieder steif in ihrem ursprünglichen Element. Die Wasser steigen. Sie kriechen den Abhang der Water

Street hinauf. Die tiefer gelegenen Gebäude werden, wie jedermann erwartet hat, überflutet, und hie und da kauert eine einsame Gestalt – meist an solche Situationen durchaus gewöhnt – einsam auf einem Dach. Die Wasser steigen weiter. Sie schleudern eine Tonne oder noch mehr Schlamm in den hastig geleerten Keller des «Fröhlichen Schiffers», aber sie kommen nicht bis zum «Hecht und Aal»; und sie kommen auch nicht – zur hellen Freude oder Enttäuschung mancher Einwohner, für die Überschwemmungen, ungeachtet ihrer katastrophalen Auswirkungen, Spannung und Anreiz zu intensivem Wetten bedeuten – an die weiße Hochwassermarke an der Apotheke heran, welche den bisher höchsten Wasserstand angibt und die, abgesehen von ihrer historischen Bedeutung, sehr wichtig für die Festsetzung der Mieten in der Water Street ist.

Das Gildsey Dock und die Brauerei werden vom Wasser nicht berührt. Denn die Brüder haben sich in ihrer Klugheit gegen diese immer wieder auftretende Gefahr abgesichert, und so tut das ausgeklügelte System von Schleusen, Schützen und Kanälen, das in den Komplex des Docks eingebaut wurde, das Seine. Nicht nur sie, sondern auch die beiden Entlastungskanäle, einer im Norden, der andere im Süden der Stadt, die 1868 mit öffentlichen Mitteln, aber hauptsächlich auf Betreiben der Atkinsons gegraben wurden, werden zum erstenmal voll erprobt und erweisen sich als zweckvoll. Aus der Luft – obwohl es 1874 noch keine Helikopter gibt, keine flimmernden Wochenschauberichte über belagerte Dächer und eingeschlossene Wagen – muß Gildsey wie eine von einem Wassergraben umgebene Siedlung aussehen, die sich in sich selbst zurückzieht und die Röcke abwehrend hochhebt; die unteren Extremitäten stehen unter Wasser, die Brauerei und das Dock erscheinen wie vorgeschobene Bollwerke, die beiden Entlastungskanäle bilden ein schmutzigbraunes Hufeisen und leiten das Hochwasser in die Wiesen im Westen ab, so daß die Stadt wieder zu dem alten Inselstaat wird, der sie einmal war. Obzwar sich die Einwohner von Gildsey ihrer Verteidigungsstärke rühmen können, haben sie sonst doch wenig Grund zum Jubeln. Eine ländliche Stadt, vor allem eine Stadt in den Fens, hängt von der Umgebung ab, die sie versorgt; und aus den Gegenden weiter draußen – die im Wasser versinken – kommen schlimme Nachrichten. Das Hochwasser des Oktobers 1874 macht elftausend Morgen Ackerland für ein Jahr unbebaubar. Neunundzwanzig Menschen ertrinken, acht werden vermißt, für tot erklärt. Achthundert Rinder und zwölftausend Schafe kommen um. Der

Schaden an Häusern, Straßen, Brücken, Eisenbahnen, Kanälen und Pumpen läßt sich nicht einmal genau berechnen.

Deutlich aber ist die Tatsache, daß der Leem, der schiffbare Wasserweg und die Verkehrsader für die Atkinsonschen Malzfrachter, für eine Zeitlang nicht mehr besteht. Seine eigentliche Heftigkeit – eine bösartige Heftigkeit – erreichte der Regen vor allem über den westlichen Hügeln von Norfolk. Es kam dazu, daß der Leem seine Eindämmung so verächtlich weit überschritt, daß man noch von einem Helikopter aus die aufgeworfenen Uferböschungen über lange Strecken nur als dunkle, parallele Striche gegen das Wasser gesehen hätte, wie Kratzer auf einem Spiegel. Der Hockwell Lode trat aus dem Ufer und überflutete den Wash Fen. Die Brücke bei Apton ist gefährdet. Bei der Atkinson-Schleuse wurden die Schleusentore aufgesprengt und das eiserne Schutztor, welches das Wasser zurückdämmen sollte, wurde aus den Halterungen gerissen und wie eine Schiefertafel von der Strömung fortgetragen, vor den Augen des Schleusenwärters und seiner Familie, die vier Tage im Dachboden ihres Hauses verbringen mußten. In Kessling verschwand der Schiffsanlegeplatz. Wasser fließt durch die Eingangstür von Thomas Atkinsons einstigem Zuhause, und trotz der heldenhaften Bemühungen des Hafenmeisters stoßen die ohnehin schon erstaunten Leute, die vor dem Hochwasser flüchten, zu ihrer Überraschung in kilometerweitem Umkreis von Kessling auf leere Leichter mit auffallenden roten Steven und dem gemalten Emblem, die sich von ihrer Verankerung losgerissen haben und ziellos über ehemalige Weizen- und Kartoffelfelder treiben.

Was aber ist der eigentliche Grund des Erstaunens, das über ganz Kessling schwebt? Was ist der eigentliche Grund für die Betroffenheit, welche inmitten all dieser Zerstörung und Verwirrung auf Kessling Hall lastet, wohin sich am zweiten Morgen des großen Regens, als die Straßen noch passierbar sind – am Morgen nach Sarahs Begräbnis – die Atkinsonfamilie in einer Hast begibt, daß man trotz des verständlichen Bedürfnisses der Trauernden nach Ruhe und Einsamkeit fast an eilige Flucht denkt?

Mit den Wassern steigen auch die Gerüchte. Den Gerüchten zufolge wurde am Abend des 25. Oktober die Gestalt einer nach der vor fünfzig Jahren üblichen Mode gekleideten Frau auf der regengepeitschten Terrasse von Kessling Hall gesehen, umgeben von tropfenden Urnen und den steinernen Ananas, die ans Fenster klopfte und Einlaß begehrte. Dora Atkinson – denn sie hatte es gesehen –

wird wegen ihrer phantastischen Hirngespinste gescholten. Das kommt davon, wenn man zuviel Tennyson liest. Und wie sollte Dora, die zur Zeit, als der verhängnisvolle Schlag gegen den Kopf ihrer Großmutter geführt wurde, noch nicht einmal geboren war, überhaupt wissen, daß das, was sie gesehen hatte, das Ebenbild ihrer Großmutter in jungen Jahren war? Ihrer Großmutter, die am Vortag *begraben* worden war?

Aber daß Dora – durch irgend etwas – erschreckt worden ist, liegt auf der Hand. Denn die Dienerin, die Urheberin dieses Gerüchtes (obwohl sie es erst Jahre später verbreitete, als George und Alfred beide schon lange tot und begraben waren), fand noch einen zweiten Anlaß zur Verbreitung eines Gerüchts, welches sie dem ersten auf dem Fuße folgen ließ. Daß nämlich Dora in jener Nacht sich nicht in ihrem eigenen Zimmer schlafen legte, sondern in dem ihrer Cousine Louisa; und jeder wußte, daß diese beiden eingefleischten Jungfern manchmal, in Zeiten der Gefährdung – bei Gewittern, Hochwasser und ähnlichem –, sich in ein und dasselbe Bett flüchteten und sich darin einrollten wie kleine Kinder.

Ein Gerücht ist bloß ein Gerücht. Aber verschiedene Gerüchte, alle von derselben Art, aus verschiedenen Quellen, kann man nicht übergehen. Am selben Abend sieht auch Jane Casburn, die Frau des Küsters von Sankt Gunnhilda, am Friedhof die Gestalt einer Frau in altmodischer Kleidung, die sich flehend über das Grab von Sarah beugt. Sie sieht es – sie ist sicher, daß sie es sieht –, aber sie erzählt es ihrem Gatten erst einige Zeit später, denn der Ouse führt Hochwasser und der gute Mann hat bei den Bergungsarbeiten alle Hände voll zu tun.

Später werden einige verwirrte, wenn nicht gar verängstigte Augenzeugen behaupten, damals zu jenen schlimmen Zeiten in Kessling nahe dem Hafen und der Mälzerei die Gestalt einer Frau gesehen zu haben, die suchend zwischen den Muringklötzen hin und her irrte; sie schien, so sagen manche, über das steigende Wasser zu gleiten; von Zeugen gesehen nicht nur bei der Mälzerei, sondern mehr als einmal vor dem leeren Haus des Hafenmeisters – an jener Türschwelle, über die Thomas Atkinson seine junge Frau trug –, und es schien, als begehrte sie Einlaß. Welcher bald gewährt wurde – wenn schon nicht ihr, dann doch den angeschwollenen Fluten des Leem.

Und in Gildsey, in jenem Haus über der Water Street (die sich ihres Namens wert erweist), in dem Zimmer, in dem –?

Aber niemand kann sagen, welche gespenstischen Erscheinungen, wenn überhaupt, es in dem Haus gab, das jetzt Arthur und Maud bewohnen. Das einzige Gerücht, das aus dieser Ecke kommt – dafür ist es präzis und bekräftigt – ist, daß am frühen Morgen des 27. der Arzt der Atkinsons mit ziemlicher Eile eintrifft.

Die Wasser steigen: die Wasser kehren zurück. Ist auch sie zurückgekehrt, nicht nur aus dem Reich der Toten, sondern aus dem Leben, welches das ihre war, bevor der Schlag auf den Kopf ihren Verstand verwirrte und ihr Vergangenheit, Gegenwart und Zukunft für immer vermengte? Ist sie zurückgekehrt, nach Gildsey, nach Kessling, um ihren verlorenen Ehemann zu suchen, ihren verlorenen Bräutigam, der einst fröhlich war und nicht eifersüchtig?

Ah, beweisen Gespenster nicht – selbst Gerüchte, Geflüster, Geschichten über Gespenster –, daß die Vergangenheit uns anhaftet, daß wir ständig zurückgehen …?

Aber wenn Sarah Atkinson in ihrem frischen Grab liegt, neben dem alten Grab des Thomas, auf dem Friedhof von Sankt Gunnhilda, wo der die Erde durchtränkende Regen jetzt schon den Prozeß einleitet, durch den sich ihrer beider Staub wieder vereinen wird, ist sie dann nicht im Geiste schon für immer mit ihrem verlorenen Gatten vereint?

Die Wasser steigen. Sie treiben Gerüchte und seltsame Berichte verschiedenster Art heran, aber sie fließen auch über sie hinweg und schwemmen sie fort. Die Brüder werden vielleicht für diese Überflutung dankbar sein (aber weshalb sollten sie wohl dankbar sein?), welche die Aufmerksamkeit so in Anspruch nimmt und die Gedanken in reale Bahnen lenkt. Wenn sich die Neuigkeiten von zerstörten Häusern, verlorenem Viehbestand, unpassierbaren Straßen überstürzen, wer achtet dann schon auf das hysterische Gerede über eine Frau, die als Gespenst umgeht? Und wenn die Flut endlich zurückgeht und man die schweren Schäden in Augenschein nehmen wird, was gilt dann das Gewäsch einiger Hausfrauen, dummer Menschen und Dienstboten gegen die lobenswerten Anstrengungen Georges und Alfreds, die verwüstete Gegend wieder bewohnbar zu machen – oder gegenüber den Bemühungen Arthurs, der, obwohl er mit seinem Vater und Onkel den lokalen Pflichten nachkommt, dennoch Zeit findet, im Unterhaus zu sprechen, über viel wichtigere und weitreichendere Probleme, über Angelegenheiten des Staates und des Britischen Imperiums?

Und doch wird einer fragen – wenn das Hochwasser bereits der

Erinnerung angehört, wenn der Leem wieder zufrieden zwischen seinen Ufern fließt, wenn eine neue Schleuse und ein neuer Schütz neben einem neuen Schleusenwärterhaus, in dem einst Henry Crick wohnen wird, seinen Lauf regulieren und seine Strömung unter Kontrolle halten –: Woher wissen wir, ob Sarah Atkinson wirklich in jenem Grab neben dem ihres Gatten auf dem Friedhof von Sankt Gunnhilda liegt?

Und dann wird irgend jemand wieder mit der absurden und oft verworfenen und unterdrückten Behauptung kommen, daß Sarah Atkinson zwar im Wetherfield Irrenhaus eingesperrt gewesen, dank ihrer außergewöhnlichen Gaben aber daraus entflohen sei – wenige Tage vor ihrem Begräbnis. Sie habe ihre Wärter getäuscht und sei ihnen entkommen und, nur mit einem Hemd bekleidet (eine Frau von zweiundneunzig, wohlgemerkt), über Gräben und Felder geeilt bis an das Ufer des Ouse. Und dort sei sie – so das lächerliche Zeugnis eines Schiffers – «wie eine Seejungfrau» ins Wasser getaucht, um nie mehr an die Oberfläche zu kommen.

Zwei Dinge aber, die mit dem Hochwasser von 1874 in Zusammenhang stehen, werden weniger angezweifelt. Erstens stellen zahlreiche Besucher im «Schwan» und im «Hecht und Aal» und auch im «Fröhlichen Schiffer», die weder ein Hochwasser noch ein verschlammter Keller von ihrem Krug Bier fernhalten kann, eine fast unmerkliche Veränderung eben dieses Bieres fest. Das Bier ist schwach. Es ist wäßrig. Ist das nur eine Täuschung, dem vielen Regen und den Überschwemmungen anzulasten? Oder ist das Hochwasser wirklich irgendwie in die Atkinsonschen Fässer eingedrungen, und ist das, was sie hier trinken – Gott möge es verhüten – Flußwasser? Die Brauer versichern, daß keine so schändliche Verwässerung stattgefunden habe, daß das fragliche Bier nichts anderes als das gute alte, kräftigende Bier sei, hergestellt nach der guten alten Atkinson-Methode. Aber das Bier wird nicht besser; und die öffentliche Meinung in Gildsey wird – zumindest großteils – steif und fest behaupten, daß – abgesehen vom Flußwasser und schlechten Fässern – das Atkinson-Bier nach dem Hochwasser, nach dem Begräbnis der armen Sarah, niemals mehr so schmeckte wie früher; daß nach 1874 – bis zu einem denkwürdigen Zeitpunkt im folgenden Jahrhundert – das Atkinson-Bier, welches über fünfzig Jahre lang der Stolz Gildseys war, von minderwertiger Qualität sei. Und ob das nun wahr ist oder nicht, im letzten Viertel des neunzehnten Jahrhunderts und im ersten Jahrzehnt des zwanzigsten verringert sich der Gewinn aus dem Atkinson-Bier merklich und stetig.

Und zweitens ist da dieser Arztbesuch in Cable House an jenem frühen Morgen. Was hat den Arzt in solcher Eile hingeführt? Ist drinnen etwas Schreckliches vorgefallen? Nein – oder halt, nein, oder vielleicht auch ja. Denn Mrs. Arthur Atkinson wird drei Wochen vor ihrer Zeit von einem Sohn entbunden. Weshalb ist es zu dieser Frühgeburt gekommen? Ein plötzlicher Schock, etwas, das sie vielleicht in jenem Zimmer im Oberstock gesehen hat, wo Sarah angeblich ihre letzten Atemzüge tat? Die Aufregung und Anspannung – die, was weiß man schon, Zeichen von Schuld oder auch von Trauer gewesen sein mögen – denen sie sich durch ihre Teilnahme an dem verregneten Begräbnis ausgesetzt hat? Oder war es, daß das schwellende Wasser in den Fens, die berstenden Dämme, der steigende Fluß – der, durchs Fenster deutlich sichtbar, schon am Pflaster der Water Street nagte – in Mrs. Atkinsons Organismus eine geheimnisvolle Gleichschaltung der inneren Funktionen bewirkte und dazu führte, daß ihr eigenes Wasser ausbrach? Keiner weiß es. Sicher aber ist, daß Maud Atkinson am 27. Oktober 1874 von einem Sohn entbunden wird. Und er lebt und ist gesund ... Und so geschah es, Kinder, daß, während die Wasser und die Gerüchte ausuferten, mein Großvater, Ernest Atkinson, der zukünftige Besitzer der Atkinsonschen Brauerei und der Atkinson-Water-Transport-Gesellschaft, das Licht der Welt erblickte.

In der Zwischenzeit regnet es weiter. Es verwandelt das Land am Ouse und Leem in ein flüssiges Schlachtfeld, er macht es wieder zu dem Sumpf, der es in alten Zeiten war.

Entwässerung. Von vorne beginnen. Die Cricks machen sich an die Arbeit.

Und getragen von dem brodelnden, steigenden, langsam zurückweichenden Leem kommen Weidenzweige heran, Erlenzweige, Zaunpfähle, Flaschen ...

10

Über die Frage warum

Und als ihr gefragt habt, wie alle Schüler im Geschichtsunterricht fragen, wie alle Schüler im Geschichtsunterricht fragen sollten, was der Sinn der Geschichte ist? Warum überhaupt Geschichte? Warum die Vergangenheit? Da lautete meine Antwort (bis Price diese Frage zum x-tenmal stellte, aber aus neuer Sicht – und mit deutlich zitternden Lippen): Euer ‹Warum› beantwortet die Frage ja schon. Eure Forderung nach einer Erklärung enthält bereits eine Erklärung. Ist nicht diese Suche nach Gründen selbst schon ein geschichtlicher Vorgang, da sie von etwas, das später kam, ausgeht und zurückgreift auf etwas, das vorher war? Und müssen wir nicht, solange wir diesen Drang nach einer Erklärung in uns spüren, diesen unhandlichen und doch so kostbaren Sack Geschichte mit uns herumschleppen? Eine andere Definition, Kinder: der Mensch, das Tier, das eine Erklärung verlangt, das Tier, das nach dem Warum fragt.

Und was bedeutet diese Frage: Warum? Sie bedeutet – sicher jedenfalls, wenn ihr sie mir aufbegehrend während der Geschichtsstunden entgegenschleudert – Unzufriedenheit, Unruhe, ein Gefühl, daß nicht alles in Ordnung ist. In einem Zustand völliger Zufriedenheit gäbe es keine Notwendigkeit, wäre kein Platz für dieses aufreizende kleine Wort. Geschichte beginnt erst dort, wo die Dinge schieflaufen; Geschichte entsteht erst aus Schwierigkeiten, Verwirrung, Bedauern. So daß dem Warum das hinterhältige, sehnsüchtige Wenn auf dem Fuße folgt. Wenn das nicht gewesen wäre ... wenn nur ... wenn nur nicht ... Diese nutzlosen Wenns der Geschichte. Und dann existiert da noch, immerwährend die nach rückwärts gerichtete Frage nach dem Warum behindernd, ablenkend, diese zweite Form des Rückschritts: Wenn wir es nur zurückhaben könnten. Ein neuer Anfang. Wenn wir nur zurückkehren könnten ...

Historia oder ‹Untersuchung› (wie in der Naturgeschichte: die Untersuchung der Natur). Die Geheimnisse von Ursache und Wirkung entdecken. Zeigen, daß auf jede Aktion eine Reaktion folgt. Daß Y eine Folge ist, weil ihm X voranging. Die Stalltür schließen, daß das nächste Mal zumindest das Pferd –. Wissen, daß wir sind, was wir sind, weil es unsere Vergangenheit so beschlossen hat. Aus unseren Fehlern lernen (die abgedroschene Phrase jedes Geschichtslehrers), damit die Zukunft besser wird ...

Und um euch sowohl die dringende Notwendigkeit der Frage nach dem Warum wie auch den Lehrsatz zu illustrieren, daß die Geschichte mit dem Wissen um das Böse beginnt, habe ich euch immer nahegelegt, den Geschichtsunterricht mit einer kriminalistischen Untersuchung zu vergleichen. Nehmen wir an, daß wir eine

Leiche haben – die Vergangenheit. Eine Leiche, die nicht immer leicht identifizierbar ist, die aber hie und da eine ganz bestimmte und ganz bestimmende Gestalt annimmt. Zum Beispiel den kopflosen Rumpf Ludwigs XVI. Sagen wir von dieser Leiche: Eine Leiche ist eben nur eine Leiche, und Leichen werden nicht wieder lebendig? Nein, das sagen wir nicht. Wir fragen uns: Weshalb ist diese Leiche zur Leiche geworden? Antwort: durch einen Zufall – oder weil Ludwig XVI. an einem bestimmten Tag zufällig seinen Nakken unter eine herabsausende Guillotine hielt. Worüber ihr lachen würdet, und euren Forschergeist, eure kriminalistische Begabung – euer Geschichtsbewußtsein unter Beweis stellen würdet.

Aber warum, fragen wir nun, war der Nacken Ludwigs XVI. – ? Weil ... Und wenn wir den Grund dafür gefunden haben, werden wir wissen wollen – warum gerade dieser Grund. Weil ... und wenn wir diesen weiteren Grund wissen, dann wieder warum – ? Weil ... Warum? ... Weil ... Warum? ... Bis es endlich notwendig wird, um den Grund für Ludwigs Tod zu finden, nicht nur sein bewegtes Leben in unserer Phantasie wieder wachzurufen, sondern sogar die Generationen seiner Vorväter zu betrachten; und damit ist das unaufhörliche Warum-Warum-Warum bereits zu einer Sirene geworden, die in unserem Kopf heult, und es taucht eine weitere Frage auf: wann – wo – wie hören wir auf, nach dem Warum zu fragen? Wie weit gehen wir zurück? Wann glauben wir eine hinreichende Erklärung zu haben (selbst in dem Bewußtsein, daß es keine vollständige Erklärung ist)? Wie – um wenigstens einen kurzen Augenblick Ruhe zu haben – bringen wir diese verdammte Sirene zum Schweigen? Wäre es nicht besser (was in Extremfällen geschehen kann – nehmt nur die früheren Antworten meines Vaters auf Fragen nach seinen Erlebnissen im Weltkrieg), wir könnten uns die Gabe des Vergessens aneignen? Aber würde uns diese Gabe des Vergessens nicht bloß aus der Falle des Warum überführen in das Gefängnis eines Idiotendaseins?

Ich habe euch immer gesagt, Kinder, daß die Geschichte ihren Nutzen, ihren ernsthaften Sinn hat. Ich habe euch immer gesagt, ihr sollt die Last auf euch nehmen, die mit unserem Drang, nach dem Warum zu fragen, verbunden ist. Ich habe euch gesagt, daß dieses Fragen nie endet, weil Geschichte, dieses absurde Etwas, das ich einmal definiert habe (ja, ich gebe meine Schwäche für ad-hoc-Definitionen zu) als: den Versuch, mit ungenügendem Wissen über Handlungen Rechenschaft abzulegen, die selbst wiederum mit ungenügendem Wissen ausgeführt worden sind. Daher zeigt uns die Geschichte also keine Abkürzungswege zur Erlösung, kein Rezept für eine neue Welt, nur die Kunst, sich zäh und geduldig durchzuschlagen. Ich habe euch gesagt, daß diese immerwährenden Versuche, eine Erklärung zu finden, uns zwar nicht zur Erklärung selbst bringen, dafür aber zum Wissen um die Grenzen unseres Erklärungsvermögens. Ja, ja, die Vergangenheit stellt sich uns in den Weg; sie läßt uns stolpern, hält uns fest. Sie verwickelt, macht alles schwierig. Aber dies zu ignorieren wäre dumm, denn die Geschichte lehrt uns vor allem, Illusion und Schein zu vermeiden, Träume beiseitezuschieben, leeres Gefasel, Allheilmittel, Wundertaten, goldene Berge – lehrt uns, realistisch zu sein.

Als demnach der Unterricht eures Geschichtslehrers unter die Lupe genommen wird, als seine Frau, die von der Lokalpresse noch nicht als die «Kindesentführerin von Lewisham» oder «Die Kinderdiebin von Greenwich» gebrandmarkt worden ist, eines Sonntagnachmittags eine unerklärliche Bemerkung fallen läßt, gehorcht er sowohl seinem menschlichen Instinkt wie auch seiner akademischen Ausbildung. Er vergißt alles andere (selbst die Französische Revolution) und versucht zu erklären.

Aber er weiß schon – obwohl er weitermacht, gegen den Willen seiner Vorgesetzten, und damit seine Karriere aufs Spiel setzt –, daß er nicht erklärt. Denn er hat die Grenzen seines Erklärungsvermögens schon erreicht, eben in dem Augenblick, als seine Frau (einst eine zähe und geduldige Frau) aufhört, realistisch zu sein – der Wirklichkeit anzugehören. Weil es das Unerklärliche ist, das ihn dazu treibt, das Blaue vom Himmel zu reden und immer tiefer in die Vergangenheit einzudringen. Denn wenn es keinen Weg nach vorne gibt, dann gibt es nur einen Weg –. Denn seine Schüler, die böse Träume haben, wollen plötzlich zuhören, und obwohl er zu erklären versucht, erzählt er in Wahrheit nur eine – .

11
Über einen Unfalltod

Nachdem der Gerichtsmediziner seinen Bericht erstattet und die Zeugen – insbesondere mein Vater, Henry Crick, und der Polizeibeamte Wyebrow – ihre Aussagen gemacht hatten, endete die Untersuchung des Ablebens von Frederick Parr, Alter sechzehn Jahre, aus Hockwell, Cams, mit der Feststellung, sein Tod sei durch Unfall erfolgt. Ende der Geschichte.

Aber Herr Professor! Herr Professor! Das kann doch nicht alles sein. Was ist mit der zweifachen Beule auf seinem Kopf? Was ist mit dem debilen Bruder? Und die Geschichte mit Mary – wie heißt sie doch gleich? (Was, wir haben ja nie geahnt, daß Sie –) Was ist mit unserem Spürsinn? Hören Sie nicht auf, erzählen Sie weiter. Das kann doch nicht das Ende sein.

Gut. Also nicht das Ende.

Denn aus einem bestimmten Grund fragte Vater noch immer Warum-Warum-Warum, selbst nachdem der Coroner Tod durch Unfall festgestellt hatte und die Leiche zum Begräbnis freigegeben war. Ich konnte sehen, wie diese Frage neue Falten in seine Stirn grub, in seinem chronisch schmerzenden Knie neue Krämpfe auslöste und ihn, als alles schon genug zu sein schien, veranlaßte, sich noch einmal umzudrehen und seine abendlichen Patrouillen auf dem Treidelweg fortzusetzen. Nun ist eine Verhandlung vor dem Coroner eine Gerichtsverhandlung, aber noch lange kein Mordprozeß. Mein Vater jedoch, ein einfacher und leicht zu beeindruckender Mann, der vom Gerichtsdiener als Zeuge vorgeladen worden war, glaubte fest, man wollte ihn anklagen; es sei nicht die Absicht dieser hochoffiziellen Versammlung, die Todesursache von Freddie Parr festzustellen, sondern zu erheben, wie er, Henry Crick, Schleusenwärter der Atkinson-Schleuse, durch seine Verantwortungslosigkeit es zuwege gebracht hatte, einen sechzehnjährigen Jungen in einer Schleuse ertrinken zu lassen und dieses Verbrechen noch vergrößert hatte, indem er die Leiche desselben mit einem Bootshaken verstümmelt hatte. Mein Vater erwartete in dem heißen Gerichtssaal, in einem ungewohnten, steifen Kragen, unter dem der Schweiß kribbelte und tropfte, sein Urteil: Henry Crick, Sie sind schuldig des Totschlags, des Mordes, des Todes, der Sünden und Übel der ganzen Welt ...

Coroner: «Zu welchem Zeitpunkt trat der Tod ein?»

Gerichtsmediziner: «Soweit ich es beurteilen kann, zwischen 23 und 1 Uhr in der Nacht vom 25. zum 26. Juli.»

Coroner: «Mr. Crick, haben Sie zu dieser Zeit in der Nähe der Schleuse irgendwelche verdächtigen Geräusche gehört – Platschen, Hilferufe?»

Mein Vater: «Nein, Sir, ich habe leider geschlafen ...»

Coroner: «Herr Doktor, die Wunde und Quetschung an der rechten Gesichtshälfte des Toten – können Sie uns erklären, wie und wann sie entstanden sind?»

Gerichtsmediziner: «Durch einen harten, ziemlich scharfen Gegenstand oder irgendein Instrument, einige Stunden nach Eintritt des Todes.»

Coroner: «Sind Sie ganz sicher?»

Gerichtsmediziner: «Ja, Sir.»

Coroner: «Mr. Crick, können Sie uns in eigenen Worten erzählen, wie diese Wunden zustande gekommen sind?»

Mein Vater: «Er war so schwer, es tut mir leid, Sir. Der Bootshaken ist ausgerutscht – und hat ihn erwischt.»

Coroner (geduldig): «Es braucht Ihnen nicht leid zu tun, Mr. Crick – aber seien Sie bitte genauer. Sie können versichert sein, daß Sie gar keine Ursache haben, sich diesbezüglich Vorwürfe zu machen ...»

Aber mein Vater ist sich desssen nicht sicher. Er geht auf dem Treidelweg auf und ab und fragt Warum-Warum-Warum. Er fragt, wie können solche Dinge geschehen? (Und ich frage mich, während ich ihn beobachte, ob er jemand verdächtigt? – Mary, Freddie, Dick, mich?) Er erforscht sein ganzes bisheriges Leben (so wie ich eines Tages sein Leben erforschen werde, sogar so weit, daß ich verstaubte Protokolle der gerichtlichen Untersuchung ausgrabe), sucht nach Übeltaten, die Sühne erfordern, nach Vorzeichen, die sich erfüllen müssen. Und auf seinem Gesicht zeichnet sich, während er über den flachen Fluß und die flachen Felder starrt, ein Ausdruck von übergroßer Wachsamkeit ab.

Und Freddie Parrs Vater fragt mit noch viel mehr Berechtigung Warum-Warum-Warum. Sooft er auch das geläufige Wort «Unfall» wiederholt, die Sirene in seinem Gehirn verstummt nicht, die Abgründe von Verantwortlichkeit, von Schuld, die sich in ihm auftun, schließen sich nicht ...

Coroner: «Wie würden Sie in einfachen Worten den Prozentsatz an Alkohol beschreiben, den Sie im Blut des Verunglückten gefunden haben?»

Gerichtsmediziner: «Als beachtlich, Sir.»

Coroner: «Ausreichend, um den Verstorbenen als betrunken zu bezeichnen?»

Gerichtsmediziner: «Ganz sicher.»
Coroner: «Wegen Trunkenheit handlungsunfähig?»
Gerichtsmediziner: «Sehr wahrscheinlich.»
Coroner: «So betrunken, daß im Vergleich zum Normalzustand die Wahrscheinlichkeit höher ist, daß er ausglitt oder in den Fluß fiel?»
Gerichtsmediziner: «Leicht möglich.»
Coroner: «Und, daß er, einmal im Wasser, weniger Chancen als unter normalen Umständen hatte, sich selbst zu retten?»
Gerichtsmediziner: «Auch das ist sehr leicht möglich.»
Coroner (runzelt die Stirn): «Der Verstorbene war sechzehn Jahre alt. Hatte er die Angewohnheit, sich zu betrinken?»
P. C. Wyebrow (vorsichtig, da die Eltern des Toten nicht anwesend waren): «Ich glaube ja, Sir. Bei allem Respekt vor den Hinterbliebenen würde ich doch sagen, daß er seinem Vater nachgeriet.»
Coroner: «Mr. Parr trinkt also? Mr. Crick, können Sie diese Behauptung bestätigen?»
Mein Vater: ...
Coroner: «Mr. Crick?»
Mein Vater: «Einen Schluck macht er schon gern, Sir.»
Coroner: «Mr. Parr ist als Trinker bekannt. Und Mr. Parr ist Bahnwärter – an einem Eisenbahnübergang ...»

Und warum ließen diese Tatsachen – die der Coroner vielleicht weiter verfolgt hätte, wäre er nicht für einen anderen Bezirk zuständig gewesen – die Herzen der Autofahrer, Radfahrer und anderer Straßenbenützer, die sich auf Jack Parrs Schranken verließen, nicht unausgesetzt pochen, gar nicht zu reden von den Lokomotivführern, Schaffnern und Passagieren der Great-Eastern-Bahn? Und warum hatten die Eisenbahnbehörden nie von der unglückseligen Schwäche ihres Angestellten erfahren – die noch gefördert wurde durch den Alkohol, den ihre eigenen Fahrzeuge herbeischafften (was der Coroner allerdings nicht wußte)?

Aus dem einfachen Grund, weil es Mrs. Parr war – und P. C. Wyebrow hätte hinzufügen können, daß auch dies allgemein bekannt war –, welche während der Ausfälle ihres Mannes Schranken und Signale bediente. Sie war es, die, als hätte sie es von Geburt an getan, die rasselnden Hebel der Weichen umlegte, sie war es, die die telegrafischen Nachrichten von Apton nach Newhithe, von Apton nach Wansham aufnahm und weiterleitete; daß der Neunuhrzehn nach Gildsey zwölf Minuten Verspätung, daß ein Güterzug den Fahrplan geändert hatte; sie war es, die in der eisigen Dämmerung der Wintertage mit einer Lötlampe die eingefrorenen Scharniere der Schranken auftaute, während ihr Mann im Bett lag und sich die Nachwirkungen einer starken Nacht mit Kentucky Bourbon aus dem Leib schnarchte.

Und was war der Grund für diese schändliche Nachlässigkeit des Mannes und die bemerkenswerte Nachsicht der Frau?

Es heißt, daß sich in den frühen, nüchternen Tagen von Jack Parrs Dienstzeit auf der Eisenbahnkreuzung von Hockwell fast ein schrecklicher Unfall ereignet hätte. Daß eines Tages der Alptraum, der alle Schrankenwärter verfolgt, Wirklichkeit wurde und Jack Parr vergaß, die nötigenfalls lebensrettenden Schranken herunterzulassen. Oben in seinem Signalhäuschen fuhr ihm plötzlich nicht nur diese schreckliche Unterlassung in den Sinn, sondern auch zwei andere Dinge. Daß ein scharlachroter Lastwagen der Post von Süden her langsam die Brücke über den Leem hinauffuhr, dort, wo die Eisenbahnlinie nach Norden durch die fatale Kombination von Kurve, Uferböschung und Bäumen verborgen war; während zu Jack Parrs Linken, auf der schnurgeraden Strecke nach Apton, der nur allzu pünktliche King's Lynn-Expreß herandonnerte. Jack Parr war der einzige, der diese Szene in ihrem ganzen Schrecken erfaßte, was allen anderen Protagonisten verwehrt war. Mit der Hast des von Panik Erfaßten stürzte er aus seinem Signalhäuschen, sprang mit zwei Sätzen die eiserne Treppe hinunter und drehte, mit der Kraft, die ihm das Entsetzen verlieh, am Kurbelrad der Schranken.

Die Szene implodiert. In einem unsagbaren und doch völlig harmlosen Augenblick schließen sich die Schranken, der Postwagen kommt mit kreischenden Bremsen zum Stehen, der King's Lynn-Expreß dröhnt, ebenfalls mit kreischenden Bremsen, vorbei. Keiner ist zu Schaden gekommen. Jack Parrs berufliche Laufbahn bleibt frei von allem Makel. Aber der Schock war so groß, der Gedanke an das, was geschehen hätte können, so schrecklich und so unerträglich die Möglichkeit, daß sich eine derartige Vergeßlichkeit zu einem anderen Zeitpunkt wiederholen könnte, daß Freddie Parrs Vater zum schweren Trinker wurde, um auf diese Weise jeder zukünftigen Vergeßlichkeit durch regelmäßiges Vergessen im Alkoholrausch zuvorzukommen.

Aber vielleicht ist diese Geschichte auch nur erfunden, geboren aus Jack Parrs alkoholgesättigter Phantasie. Vielleicht trank Jack Parr aus demselben Grund wie viele Bewohner des Fenlands. Weil ihn die ebenen, schwarzen Felder der Fens und der weite, entblößende Himmel über diesem Land bedrückten. Weil er es müde war, tagtäglich an seinen Posten gefesselt, über die gleichförmigen Ufer, die schleimfarbenen Wasser des Flusses, auf die Rüben- und Kartoffelreihen, auf die schnurgeraden Geleise der Eisenbahn und die dürren Pappeln zu blicken; auf den windumtosten Perron des Bahnhofs von Hockwell, auf die Dämme und Kanäle, die sich kreuzten und zurückwichen und einem ihre unerträgliche Geometrie ins Gehirn brannten. Weil das alles, zusammen mit der erschreckenden Einförmigkeit seiner Pflichten – dieses schreckliche Nebeneinander von Leere und Verantwortlichkeit – zuviel für ihn war.

Ah, Kinder, habt Mitleid mit den Schrankenwärtern, habt Mitleid mit den Schleusenwärtern – auch Mitleid mit den Leuchtturmwächtern –, habt Mitleid mit allen auf dieser Welt, die etwas bewachen müssen (selbst mit den Schullehrern), gefangen zwischen ihrem Gewissen und dem öden Horizont ... Manchmal frage ich mich, warum mein Vater, hin und zurück und hin und zurück auf dem Treidelweg am Leem, nicht auch zu trinken begann.

Jack Parr trank sicher nicht, um lustig zu werden – er, dem, wie man behauptete, nie ein Lachen, ein richtiges, fröhliches Lachen entschlüpfte seit dem Tag des Unfalls, der sich nie ereignet hatte. Und es ist sicher nicht zu seinem Vergnügen, daß er in jener Nacht des 26. Juli 1943, am Tag, der offiziell als Todestag seines Sohnes angegeben wird – der einem anderen Unfall zum Opfer fällt –, wieder den Hals des alten Seelenwärmers packt. Immer wieder kippt er die Flasche, um das schreckliche Heulen zum Verstummen zu bringen. Warumwarumwarum ...

Weil (er schluckt) mein Freddie betrunken war und in den Fluß gefallen ist, und keiner da war, der ihm geholfen hat. Und warum ...? Weil er von seinem Vater das Trinken gelernt hat, der ein nichtsnutziger Säufer ist, der in seiner Schlechtigkeit sogar so weit ging, daß er seinen Sohn mit Schwarzmarktware aussandte, nur um für sich Alkohol zu bekommen. Und warum ...? Weil sein Vater ein hoffnungsloser Taugenichts ist und willens war, seinen Sohn zu unehrlichen Taten und verwerflichem Tun anzuhalten, ein Sünder, dessen gerechte Strafe der Tod seines erstgeborenen und einzigen Sohnes ist. Aber warum ...?

Und während jedes Warum das Maul plärrend aufreißt, schließt

Jack Parr es wieder mit einem kräftigen Schluck und versucht, das Verbrechen des Alkohols mit Alkohol zu vertreiben.

Aber es reicht nicht; es will nicht funktionieren.

Denn wozu wird Jack Parr durch diese nicht zu beschwichtigende Schuld anhäufenden Warums an diesem selben Juliabend noch getrieben? Sie bringen ihn dazu, daß er über die Schranken seines eigenen Bahnübergangs klettert, die Flasche in der Hand, und sich in einer Gebärde von großer Endgültigkeit auf die Geleise setzt. Auf die verzweifelten Bemühungen und heftigen Proteste von Mrs. Parr hin rührt er sich nicht von der Stelle. Er sagt nichts. Das Mondlicht glänzt auf den Schienen. Freddie Parrs Vater setzt sich hin und wartet auf den Nulluhrvierzig-Zug aus Gildsey oder den Güterzug um ein Uhr (ganz genau erinnert er sich nicht an den Fahrplan), der ihn überfahren soll.

Aber er wird nicht überfahren. Am nächsten Morgen sitzt er, ganz lebendig, noch immer dort. Denn Mrs. Parr hat ihr sinnloses Flehen aufgegeben und ist in bewährter Tatkraft in das Signalhäuschen geklettert, wie sie es schon so oft während der Ausfälle ihres Mannes getan hat, hat Hebel umgelegt, Nachrichten getippt, P. C. Wyebrow angerufen – der rasch den Verkehr umleitet – und einen «Schaden» am Bahnübergang gemeldet; hat sich mit den anderen Schrankenwärtern entlang der Strecke in Verbindung gesetzt und auf diese Weise eine telegrafische Verschwörung ins Leben gerufen: Lichter blitzen überall in den Fens auf, Züge werden angehalten, abgesagt, verspäten sich unverständlicherweise, sehr zum Ärger der Passagiere und Befrachter und einer großen Zahl von völlig ahnungslosen Beamten der Great-Eastern-Bahn.

So verbrachte Jack Parr eine ganze Nacht unter den Sternen – die, nach meinem Vater, ewig am Himmel hängen, weil wir sündig sind –, vom Alkohol benebelt, in Erwartung eines eisenrädrigen Todes, der nie kam. So saß er – lag er – schnarchte – träumte. Bis er aufwachte, mitten im Lerchengezwitscher, und bemerkte, daß er nicht tot war, sondern lebte und daß nach seinen Berechnungen (denn Flora Parr blieb stumm) zwei Personenzüge und drei Güterzüge über ihn hinweggebraust waren und nicht die geringsten Spuren hinterlassen hatten. Und so geschah es, daß Jack Parr, der ein abergläubischer Mensch war und an diesem Morgen dem Alkohol abschwor, daran glaubte, daß Gott, der manchmal mit unerklärlicher Grausamkeit straft und einem den Sohn ertränkt, auch unerklärliche Wunder wirkt.

Weil trotz allem, trotz Leere, Monotonie, diese Fens, diese greifbare Erde, durch jahrhundertelange Mühsal dem Wasser abgerungen, ein verzaubertes, ein wundersames Land sind.

12
Über die Veränderung des Lebens

Mary – wo du auch bist, jetzt, da du fort bist, noch hier und doch fort, irgendwo in dir bist, jetzt, wo du aufgehört hast zu sein und den anderen nur deine Geschichte geblieben ist – erinnerst du dich (kannst du dich noch erinnern?), wie wir einst in der Ruine der alten Windmühle am Hockwell Lode lagen und die flachen, leeren Fens um uns herum auch zu einem Land voller Wunder wurden, zu einer Bühne voll Erwartungen, auf der zauberische Dinge geschehen konnten? Erinnerst du dich daran, wie wir zum Himmel aufblickten, in die blaue Leere, und wie aus dem Himmel (denn ich habe dir gesagt: meine einfache Religiosität gegen deine katholische Weltklugheit) Gott auf uns herabsah; wie Er das Dach unseres provisorischen Liebesnestes abgehoben hatte und wir uns nicht darum kümmerten? Wie uns keiner außer Ihm in unserem Nest in der Windmühle sehen konnte; und wir Ihn gewähren ließen?

Und hat dieser Gott, der damals auf uns herabgesehen hatte, jetzt zu dir gesprochen – ?

Es war einmal die Frau eines Geschichtslehrers, Kinder, mit Namen Mary, mit blauen, neugierigen Augen und braunen Haaren, die, bevor sie die Frau des Geschichtslehrers wurde, die Tochter eines Bauern in Cambridgeshire war. Die in einem nüchternen, soliden Bauernhaus aus fahlen Ziegeln inmitten von Rübenfeldern, Kartoffelfeldern und geometrisch angelegten Kanälen lebte. Welche in den Jahren des Zweiten Weltkrieges die Klosterschule für Mädchen der heiligen Gunnhilda in Gildsey besuchte und dadurch ihre Bekanntschaft mit dem zukünftigen Geschichtslehrer vertiefte, der damals auch eine Schule in Gildsey besuchte. Die, zur Freude und zum Stolz ihres verwitweten Vaters, von den Nonnen von St. Gunnhilda als intelligente, eifrige Schülerin mit großem Wissensdurst gelobt wurde, die aber zur bitteren Enttäuschung ihres Vaters nicht davon abzuhalten war, ihre Neugierde auch außerhalb der Schulstunden zu befriedigen, vor allem in sexuellen Dingen. Deren Erkundigungen auf diesem Gebiet nicht bei dem zukünftigen Geschichtslehrer haltmachten. Die abenteuerlustig, neugierig, hemmungslos war. Der man es ganz und gar nicht zugetraut hätte, daß sie dem Beispiel unserer Lokalheiligen folgen und sich wie eine Einsiedlerin in einem schlichten Bauernhaus einschließen würde; und doch tat sie es, um ihre Leidenschaft abzutöten, zur wachsenden Beunruhigung ihres Vaters, nachdem im Herbst des Jahres 1943 ihre Neugierde – und vieles andere – in eben diesem Jahr (ihrem siebzehnten) urplötzlich endete.

Vor vielen Jahren lebte einmal die zukünftige Frau eines Geschichtslehrers, die sich zu einer bestimmten durchgreifenden Handlungsweise entschloß. Die zu dem zukünftigen Geschichtslehrer sagte (und ihn damit zutiefst verwirrte, denn er hatte keine Ahnung, was er in den gegebenen Umständen tun würde): «Ich weiß, was ich tun werde.» Die zu ihm, etwas später, nachdem in der Zwischenzeit vieles geschehen war, sagte: «Wir müssen uns trennen.» Und sich dann in dem einsamen Bauernhaus vergrub – wie er sich in seinen Geschichtsbüchern vergrub.

Manche glaubten, daß dieses Sich-Zurückziehen nicht so sehr eine aus freien Stücken gewählte Buße war, sondern eine Strafe, die ihr von ihrem beschämten und zornigen Vater auferlegt wurde, einem Mann, der zu harten Maßnahmen fähig war, der zwar einmal große Hoffnungen in seine Tochter gesetzt, jetzt aber ihre Schlechtigkeit voll erkannt hatte und entschlossen war, sie von jedem weiteren Unheilstiften abzuhalten. Aber euer Geschichtslehrer (verängstigter Zeuge des Entschlusses seiner zukünftigen Frau) weiß, daß der Vater zwar an Strafe dachte, trotzdem aber eine untergeordnete Rolle spielte. Er weiß, daß sich Mary aus freien Stücken einschloß. Obwohl er nicht weiß, da er zu jener Zeit nicht einmal das Recht zum Besuch oder zu schriftlichem Gedankenaustausch hatte, was in jenen drei Jahren geschah. Ob Gott (schon damals) zu ihr sprach, wie er, das Heulen der Dämonen übertönend, zur heiligen Gunnhilda gesprochen hatte; ob sie Erlösung fand; ob sie vielleicht vom Geist der Sarah Atkinson heimgesucht wurde, der Brauerstochter aus Gildsey, die, so will es der Volksmund, denjenigen ihre Gesellschaft anbietet, deren Leben aufgehört hat, obwohl sie weiterleben müssen ... Oder ob in den drei Jahren einfach nichts, aber auch gar nichts, geschah, und sich die zukünftige Mrs. Crick, während sie Tag für Tag aus ihrer Zelle im Bauernhaus auf die ebenen

Felder blickte, nur, bewußt oder unbewußt, auf ihre spätere Ehe vorbereitete – die eine Art Fenland werden würde.

Wie immer die Wahrheit auch aussah – denn die Frau des zukünftigen Geschichtslehrers wird sie nie preisgeben, und der zukünftige Geschichtslehrer, der Anfang 1945 zum Militärdienst einberufen wird, ist nicht in der Lage, irgend etwas unmittelbar in Erfahrung zu bringen –, wie immer also auch diese Wahrheit aussah, es stimmt, daß sich die Beschämung und der Zorn des alten Metcalf legen und in diesen drei Jahren in Angst um die Gesundheit und Zukunft seiner Tochter umwandeln.

Er überwindet seinen Stolz – akzeptiert die Tatsache, daß seine Tochter nicht in einer Welt aufsteigen wird, die ihrem Wesen nach anscheinend dem Verfall entgegenstrebt – bricht den Schwur, niemals mehr mit ihr zu sprechen, und sucht seinen Nachbarn, Henry Crick, auf.

Obwohl Harold Metcalf wie Henry Crick Witwer ist und sich an das Alleinsein gewöhnt hat, ist er betroffen über die schäbige Einsamkeit des Schleusenwärters, der jetzt ganz allein im Haus an der Schleuse lebt und den er vielleicht dabei antrifft, wie er Aalreusen repariert oder mit seinen Hühnern spricht.

Henry Crick empfängt ihn mit schlimmen Vorahnungen und offenem Mund. Sie reden um den Brei herum. Der eine beklagt das Abnehmen des Verkehrs auf dem Fluß, der andere die Ungerechtigkeit des Kriegslandwirtschaftskomitees. Sie vermeiden es, von heikleren Dingen zu sprechen. Metcalf fragt Henry endlich, ob er etwas von seinem Sohn gehört hat, der jetzt in Köln stationiert ist – und kommt so zum eigentlichen Thema.

Am Ufer des Leem gelangen die beiden Männer rasch zu einer Übereinkunft, viel rascher, als sie die Scheu voreinander ablegen, stottern herum, seufzen, nicken weise mit dem Kopf (Henry Crick reibt sein Knie) und sind einer Meinung, daß alles einmal ein Ende haben muß, daß es so nicht weitergehen kann und die Zeit schließlich doch alle Wunden heilt. Kurz gesagt, der Bauer Metcalf schlägt Henry Crick vor, seinem Sohn einen Brief zu schreiben und darin anzudeuten, daß ein zweiter Brief von ganz bestimmtem Inhalt von diesem Sohn an das Haus der Metcalfs abgehen soll. Und obwohl Henry Crick, wahrlich kein großer Briefschreiber und Meister der Diplomatie, innerlich vor diesem Vorhaben erzittert, stimmt er zu; denn (auf Grund seiner eigenen Erfahrung) glaubt er, daß Ehen vom Schicksal geschlossen werden und daß das Schicksal eine große Macht ist; und wem das Schicksal beisteht, der kann die kühnsten Taten vollbringen.

Aber er hätte sich über diesen bedeutungsvollen Brief gar keine Sorgen machen brauchen. Denn sein Sohn, Mitglied der Armee Seiner Majestät am Rhein und vor dem Ende seiner Militärzeit, hat sich zu dem Zeitpunkt, als die beiden Väter zusammentreffen, bereits entschlossen, zur Feder zu greifen und das lange, unerträgliche Schweigen zu brechen. Und er schreibt einen Brief, in dem das Schicksal aus jedem Wort spricht. Aber auch er redet um den Brei herum. Mit zögernder Beredsamkeit beschreibt er die zerstörten Städte, Flüchtlinge, Feldküchen, Massengräber, Warteschlangen vor den Bäckereien. Er versucht zu erklären, daß ihn all dies eine neue Sichtweite gelehrt hat, daß dadurch, was am Leem geschehen ist, vielleicht ... Obwohl er verschweigt, daß all dies sein Verlangen gestärkt hat, noch tiefer in die Geheimnisse der Geschichte einzudringen und in ihm auch den Glauben an Bildung gefestigt hat. Er deutet an, daß auch er gebüßt hat, obwohl er nicht zu sagen wagt, daß seine Art von Buße der ihren gleichwertig sein könnte, oder daß zwei Jahre Kasernenleben und wechselvolle Meditation inmitten der Ruinen eines zerstörten Europas Absolution bringen können. Er weist nicht auf eine größere Zukunft hin, sondern fragt nur, ob sie sich nach seiner bevorstehenden Abrüstung und Heimkehr zumindest sehen könnten.

Und – als wäre es Fügung – es vergehen nur zwei Tage, nachdem er seinen Brief aufgegeben hat, daß ein anderer, mühsam und umständlich von seinem Vater verfaßt, bei ihm eintrifft. So wundert sich denn der alte Metcalf, wie rasch und wirksam Henry Crick seine Mission erfüllt hat, als er aus dem Postkasten einen an seine Tochter adressierten Brief mit dem Stempel Köln herausnimmt. Danach (da keiner die Wahrheit erfährt) ist er durchaus geneigt, diesen unbedeutenden Schleusenwärter mit anderen Augen zu betrachten, den er – abgesehen von der jüngsten Geschichte mit dessen Sohn und seiner Tochter – immer für einen leichtgläubigen Idioten (in Flandern das Hirn zerquetscht) gehalten hat, der diese absurde Ehe eingegangen war.

So wartet also im Februar 1947 die Frau des späteren Geschichtslehrers am Bahnhof von Gildsey auf die Ankunft ihres zukünftigen Gatten. So tritt der Soldat Crick (jetzt endgültig entschlossen, Lehrer zu werden) seine Heimreise wie ein Prinz an, bereit, Dornen und Spinnweben zu durchdringen und seine Prinzessin aus jeglicher

Trance, in die sie während der letzten drei Jahre verfallen ist, wachzuküssen. Er erwartet – und ist gefaßt darauf – eine Nonne vor sich zu sehen, eine Magdalena, eine Fanatikerin, eine Hysterikerin, eine Kranke … Aber er sieht, schon in dem Augenblick, als er aus dem Zug steigt, eine Frau vor sich (kein Mädchen), die ihn durch einen Ausdruck von Zähigkeit, von Ausdauer beeindruckt, als hätte sie den Entschluß gefaßt, von jetzt ab ohne jede Stütze oder Zuflucht zu leben. Und er, der während der dreijährigen Trennung mit der Illusion gelebt hat, daß er eine Stütze für sie sein würde, sollten sie je wieder zusammenkommen (das trügerische Gefühl, erwachsen geworden zu sein, das abhärtende Leben in der Armee, die Erfahrung der weiten – und verwüsteten – Welt), erkennt, daß es in Wirklichkeit ganz anders ist: daß sie ihm eine Stütze sein wird; daß sie, genau wie in jenen Tagen, als sie ihre Neugier verlor, immer die Stärkere sein wird.

Es ist ein eiskalter Winter. Harsch bedeckt die Fens, und obwohl an diesem Februartag die Sonne glitzernd scheint, ist die Kälte beißend. In der White-Rose-Teestube, neben dem Bahnhof von Gildsey, werden sich die Frau des zukünftigen Geschichtslehrers und der zukünftige Geschichtslehrer in einer Szene, die für einen Nichteingeweihten, ganz im Unterschied zu den Protagonisten, an eine kinogerechte Wiederbegegnungsszene erinnert (kein pausbäckiger Kaffeehausbesitzer bemerkt augenzwinkernd, daß sie ihren Tee nicht einmal angerührt haben), über ihr gemeinsames Leben einig. Beiden ist klar, daß zwischen ihnen eine Beziehung besteht, die stärker und tiefer ist als zwischen den vielen Paaren, die sich kopfüber in die Ehe stürzen; es ist klar, daß, wenn sie nicht füreinander bestimmt sind, es kaum einen anderen Menschen geben kann, für den sie (unabhängig voneinander) bestimmt sind. Es ist klar, daß, obwohl gewisse Dinge einfach sein müssen, obwohl sie die Vergangenheit nicht loswerden können …

Er unterbricht sein Geschwätz. Sie sehen einander in die Augen. Ihre sind noch immer tiefblau: Sie ist – hat sie das vergessen? – eine begehrenswerte Frau. Sie trägt (um das Bild des ehemaligen Schulmädchens und das des ehemaligen Soldaten zu vereinen?) ein einfaches schwarzes Barett. Er spricht durch die Rauchwolken seiner Camel zu ihr, von denen er einige Päckchen gesammelt hat, um Harold Metcalf damit für sich zu gewinnen. Es ist klar, daß sie im Geiste noch immer Liebende sind, wenn sie es auch den Fakten nach während der letzten dreieinhalb Jahre nicht waren.

Sie verlassen die White Rose-Teestube (ohne den Tee zu trinken), um frei zu sein, um einander zu küssen und zu umarmen. Ihr Atem vereinigt sich zu einer einzigen Wolke. Sie überqueren die Market Street, gehen die Water Street hinunter. Am Ufer des Ouse küssen sie einander. Das schwere Wintergewand dämpft die körperliche Nähe. Sie küssen einander. Es ist kein Kuß, der die versunkene Neugier weckt, der das Mädchen wiederbringt, das einst in der zerstörten Windmühle gelegen ist. Aber ihr Kuß ist, so will es ihm scheinen, auch nicht der Kuß einer Frau, die noch immer nach Erlösung sucht.

Und so gehen sie am eisigen Ouse entlang, Arm in Arm, Schneewälle zu beiden Seiten (Spione, falls ihnen welche aufgelauert hätten, wären wahrscheinlich zu dem erleichterten Metcalf und zu Henry Crick geeilt und hätten ihnen berichtet, daß alles in Ordnung sei), und alles ist entschieden. Und dort ist es auch, am Ufer des Ouse, daß die Frau des zukünftigen Geschichtslehrers zwei Dinge sagt. Erstens (während sie die Schneehaufen ansieht): «Wenn das Tauwetter kommt, wird es schlimm werden. Vater kann seine Rinder nirgendwohin treiben. Diese Idioten im Catchment-Ausschuß haben da einiges verbrochen.» Und dann (während sie ihm ins Gesicht sieht): «Du weißt, daß wir, wenn nicht ein Wunder geschieht, keine Kinder haben werden?»

Kinder, es war einmal die Frau eines zukünftigen Geschichtslehrers, die eine rostrote Schuluniform trug und ihr dunkelbraunes Haar unter dem Barett des Schulmädchens oder unter dem Strohhut kurzgeschnitten trug, der Schulordnung entsprechend, die aber – spärlich bekleidet oder auch nackt – den zukünftigen Geschichtslehrer aufforderte, die komplizierten Gegebenheiten ihrer beginnenden Weiblichkeit zu erforschen, über die Geheimnisse ihrer Menstruation nachzudenken – und von ihm ebensolche Aufforderungen hören wollte. Die alles entdecken, Geheimnisse erforschen wollte, dann aber ihre Neugier ablegte. Deren Leben in gewisser Weise endete, als sie sechzehn war, die aber weiterleben mußte.

Einst, vor langer Zeit, war einmal die Frau eines zukünftigen Geschichtslehrers, die, drei Jahre, nachdem sie dem zukünftigen Geschichtslehrer verboten hatte, sie je wiederzusehen, ihn heiratete. Und der zukünftige Geschichtslehrer führte sie mit sich fort, 1947, aus den Fens von Cambridgeshire, wo sie beide das Licht der

Welt erblickt hatten, nach London. Doch erst nachdem im Frühjahr desselben Jahres ein Hochwasser den größten Teil ihrer heimatlichen Fens unter Wasser gesetzt hatte. Und erst nachdem dasselbe Hochwasser, bei dem sich Henry Crick eine Lungenentzündung zuzog, in seinem halb unter Wasser stehenden Haus beharrlich und wachsam seine Pflicht erfüllend, dem Vater des zukünftigen Geschichtslehrers den Tod gebracht hatte.

Aber das, Kinder, ist eine andere Geschichte ...

Sie zogen nach London. Er wird Lehrer. Und sie findet, nachdem sie einige Jahre nur die Frau eines Geschichtslehrers gewesen ist (sie begleitet ihn jeden Morgen zur Schule – unvermeidlich die ironischen Anspielungen auf eine Mutter-Sohn-Beziehung), findet, aus nie ganz erklärbaren Gründen, Arbeit bei einer lokalen Behörde, die sich mit Altenbetreuung befaßt.

Sie lassen sich in Greenwich nieder, einem Vorort von London, der für seine historisch bedeutenden Bauwerke bekannt ist: ein königliches Observatorium; ein ehemaliger Palast; das Haus einer Königin, jetzt Marinemuseum; ganz abgesehen von der im Trockendock liegenden «Cutty Sark», deren Bug auf ewig zur Isle of Dogs zeigt. Er unterrichtet an einem Gymnasium (welches 1966 einen anderen Platz erhält und einer Gesamtschule eingegliedert wird) in Charlton. Sie arbeitet im Rathaus von Lewisham.

Sie nehmen Gewohnheiten an, aufgelockert durch unspektakuläre Abweichung von der Routine. Sonntagsspaziergänge im Park (zum Observatorium und zurück). Gegenseitige Einladungen von Kollegen aus der Schule und der Altenfürsorge. Bei diesen gesellschaftlichen Anlässen wird über ihre jeweiligen Berufssparten gewitzelt (betrachten sie es wirklich als erheiternd?) – er mitten unter Schulkindern, sie mitten unter Senilen. (Was ist aus der mittleren Phase des Lebens geworden?) Alle sechs Wochen ungefähr ein Besuch bei ihrem Vater (der seinen Bauernhof nicht verlassen will, der nichts von dem Unsinn eines Pflegeheimes wissen will) in Cambridgeshire. Ein festliches Essen in einem Restaurant an jedem Geburtstag und Hochzeitstag. Theaterbesuche. Wochenendausflüge. Ferien: Er, seinen Interessen getreu, bevorzugt historische Stätten; ihr ist es gleichgültig.

Da sie keine Kinder haben – und 1969 einen Teil der Verkaufssumme aus einer Fenlandfarm erben – haben sie genügend Geld, es geht ihnen fast peinlich gut: das «Schmuckkästchen von einem Regency Haus» in Greenwich, mit säulengeschmücktem Eingang, von dem später in einigen Zeitungsberichten noch viel die Rede sein wird.

Ihr Leben verläuft in geregelten Bahnen, mit geregelten Vergnügungen. Dies in solchem Maß, daß drei Jahrzehnte vergehen, als wäre kaum etwas geschehen, als wäre nichts Bemerkenswertes passiert, und die Zeit, bis sie beide die Fünfzig überschritten haben, scheint kurz: er als Abteilungsleiter, der den Posten des Schuldirektors ablehnt; sie, die sich entschlossen hat, ihre Arbeit in der Altenfürsorge aufzugeben, aus ebenso unerklärlichen Gründen wie bei ihrem Eintritt. Und während sie ihre Sonntagsspaziergänge durch den Park machen (Spaziergänge, die manchmal erkennen lassen, daß, sollten sie sich aufeinander stützen, er es ist, der sich auf sie stützt, nicht umgekehrt), gesellt sich ein Dritter zu ihnen – ein goldbrauner Retriever namens Paddy. Er springt und hechelt um sie herum und ringt ihnen manchmal ein Lächeln ab, einen Befehl, ein Kosewort. Ein goldbrauner Retriever, den sie ihm zu seinem zweiundfünfzigsten Geburtstag geschenkt hat, wobei die offizielle Begründung (sie klopft auf seinen Bauch) die ist, daß er bei seinem sitzenden Beruf und in seinem Alter mehr Bewegung machen sollte. Denkt man aber kurz daran, daß sie zu Beginn der verspätet einsetzenden und beschwerdevollen Wechseljahre zu arbeiten aufgehört hat, so drängt sich eine andere Erklärung auf ...

Sie spazieren im kalten Schein der Januarsonne zum Observatorium, und Paddy trabt hinter ihnen her. Sie blinzeln in das blendende Licht; die Benommenheit des Sonntagmorgens verflüchtigt sich in der Kälte. Denn dies ist der Vormittag nach einer bestimmten Abendeinladung im Haus von Lewis und Rebecca Scott.

Zu viel Gin vor dem Essen und zu viel Wein während des Essens; Mrs. Scott als wirbelnde, kirschrot gekleidete Gastgeberin; die Scott-Kinder (sie können nicht schlafen; die Erwachsenen unten sind zu laut) erscheinen plötzlich in Pyjama und Schlafrock im Eßzimmer, grinsen schüchtern, schneiden fürchterlich auf, werden rasch wieder ins Bett geschickt; der Atombunker kommt bei Kaffee und Kognak zur Sprache ...

Und alles war, seiner Meinung nach – obwohl sie ihm auf dem Weg zu den Scotts gesagt hatte, er möge seinen Verfolgungswahn in

Schranken halten – auf finstere Machenschaften zurückzuführen. Ein Versuch, ihm Honig ums Maul zu schmieren. (Wann haben die Lewis die Cricks das letzte Mal zum Essen eingeladen?)

Er hat die Gerüchte schon gehört («Trinken Sie doch aus, Tom»); daß die Abteilung für Geschichte aufgelassen werden soll ...

Handschuhe und Schals. Unter den Füßen der silbern glänzende Asphalt. Atem, der wie eine dampfende Spur hinter ihnen nachtreibt. Sie gehen schweigend dahin, jeder in vage Gedanken versunken. Paddy hält respektvollen Abstand.

Sie beginnt zu reden und nimmt ihm dabei die Worte aus dem Mund.

«Du bist so still. Was ist los?»

«Ach – ich habe nur an einen meiner Jungen gedacht. Ein Störenfried. Price.»

Er lächelt, tut es mit einem Achselzucken ab.

«Erzähl mir von ihm.»

Er erzählt ihr also von Price. Seine Erklärung in der Klasse: die Geschichte nähert sich ihrem Ende. Die Erklärung eines Schullehrers: Price als Möchtegern-Revolutionär. Wie jeder aufgeweckte, junge Mensch möchte Price, daß alle echten alten Revolutionen vorüber sind. Lauter alte Hüte. Daher unterbricht er auch, sosehr ihn das Thema berührt, eine Unterrichtsstunde über die Französische Revolution. Wie kann es eine Revolution geben, wenn sich die Geschichte ihrem Ende nähert? Der enttäuschte Revolutionär wird zum radikalen Reaktionär. Price will nicht die Welt verändern, er will –

«Sie retten?» Ihre Worte nehmen die seinen wieder vorweg.

Sie ergreift seinen Arm, drückt ihn. (Es wird das letzte Mal sein, daß sie so nahe beisammen, so vertraut in dem alten Park spazierengehen.)

«Das wollte ich gar nicht wissen. Ich wollte etwas über ihn wissen.»

«Price? Er ist sechzehn. Locken. Dünn. Schaut aus, als wäre er unterernährt und ohne ein Zuhause. Aber anmaßend. Natürlich hat er ein Zuhause. Sein Vater ist Leiter einer Garage. Ich habe ihn gefragt, ‹Wie geht's bei dir zu Hause?› Er hat geantwortet ‹*Sie* sind glücklich›. Er schmiert sich dieses Zeug ins Gesicht – frag mich nicht, warum –, so eine Art schmutzigweißes Make-up ... »

Er redet weiter, muß offenbar über diesen Teenager-Dorn in seinem Fleisch reden.

«Eigentlich ist er sehr gescheit. Ich glaube, er gibt mir die Schuld. An der Geschichte. Man – mag ihn ... Ich glaube, er hat Angst.»

Sie hört zu. Fragen. Atem-Rauch. Wachsame Augen. Beißendkalte Luft.

«Das sieht dir gar nicht ähnlich, dich von einem Schüler so ärgern zu lassen.»

Und es sieht Mary gar nicht ähnlich, neugierig zu sein.

Es war einmal ein zukünftiger Geschichtslehrer und seine Frau, für die sich die Dinge zum Schlechten wendeten und damit mußten sie sich – da man die Vergangenheit ja nicht so einfach auslöschen kann, da die Dinge sein müssen – abfinden.

Und er fand sich damit ab, indem er aus der Vergangenheit einen Beruf machte, aus jenem Etwas, das man nicht auslöschen kann, das immer mehr wird und auf einen eindringt – dessen Auswirkungen sich in der ständig wachsenden Anzahl von Büchern widerspiegelte (Geschichtsbücher – in jüngster Zeit aber auch Naturgeschichtsbücher), Bücher, die das Zimmer im ersten Stock des Hauses in Greenwich füllten, das der Geschichtslehrer zu seinem Arbeitszimmer gemacht hatte, und die auf Treppenabsatz und Stiege hinausquollen. Er machte einen Beruf – seinen Lebensinhalt – aus der Vergangenheit, und rechtfertigte dies durch die Kinder, sie jeden Tag das lehrend, was uns die Vergangenheit gewährt. Ihnen reichte er die zweifelhafte Gabe der Geschichte weiter – mühselig und doch lehrreich –, damit sie sie in ihre Zukunft mitnähmen. Und so könnte der Geschichtslehrer – obwohl seine Beziehung zu den Schülern zuerst väterlich, dann großväterlich ist, obwohl er in ihren Gesichtern (was er nicht zugibt) immer weniger die Zukunft erblickt, sondern zunehmend das, was er wiederzugewinnen versucht, etwas, das er verloren hat – immer behaupten (er nimmt einen Hang zum Paradoxen an), daß er zurückschaute, um in die Zukunft zu schauen.

Sie aber fand sich, so dachte er, mit dem Nichts ab. Sie glaubte weder an die Rück- noch an die Vorausschau und lernte zu warten. Hinter all dem Kulissenzauber ihrer Ehe dem leeren Raum der Wirklichkeit Widerstand zu leisten. Während er also nicht ohne seinen Geschichtsunterricht und seine Schulkinder leben konnte, konnte sie sich von ihren Alten leichten Herzen trennen – wie ihr freiwilliger, tatsächlich harter Entschluß beweist. Und während er jeden Tag in die Schule gehen mußte, konnte er doch immer wieder zu dieser erwachsenen Frau zurückkehren, die stärker war als er (so dachte er), wenn es die Dinge galt, denen man ins Auge sehen mußte – die er brauchte, wenn er ehrlich war, mehr brauchte als alle Weisheit und allen Trost der Geschichte.

So könnte man sagen, Kinder, daß die Frau eures Geschichtslehrers ihn zu allem, was er euch beigebracht hat, inspiriert hat ...

Es war einmal die Frau eines Geschichtslehrers, die aus ganz bestimmten, in der Vergangenheit liegenden Gründen keine Kinder bekommen konnte. Obwohl ihr Mann viele Kinder hatte: ein ganzer Strom von Kindern – neues Leben, neuer Anfang – floß durch seine Klasse. Der ein Kind hätte adoptieren können (anfangs schnitt der Mann oft vorsichtig – hoffnungsvoll – dieses Thema an); obwohl sie nie ein Kind adoptierte, aus dem einfachen und schwer zu widerlegenden Grund, so glaubt der Ehemann, weil die Adoption eines Kindes nicht das Wahre ist, und weil seine Frau nun einmal nicht der Mensch war, sich mit dem Schein zu begnügen.

Es war einmal die Frau eines Geschichtslehrers, die sich, wie um zu beweisen, daß sie ohne Kinder leben könnte, mit alten Leuten abgab, mit Menschen, die, da ihr Leben praktisch zu Ende war, für die eigenen Kinder zur Bürde, zur Last, zum Anlaß für Sorge geworden waren und folglich von ihnen entfernt und in ein Heim gesteckt werden mußten. Die sich fast zwanzig Jahre damit beschäftigte. Aber in ihrem dreiundfünfzigsten Lebensjahr – im selben Jahr, in dem sie ihrem Mann zum Geburtstag einen Hund namens Paddy kauft – hört sie plötzlich, aber willentlich auf, sich mit den Alten zu beschäftigen und hat nunmehr keine andere Beschäftigung, als das gleichförmige Terrain ihrer dreißigjährigen Ehe zu betrachten, während er die Reihen seiner Teenager betrachtet.

Die Frau eines Geschichtslehrers, die (so dachte der Geschichtslehrer) realistisch war. Die nicht mehr (da sie ihre Lektion wohl gelernt hatte) zurück in die Schule mußte. Die nicht mehr an Wunder und Märchen glaubte, und auch nicht mehr, damit hatte sie sich schon in jungen Jahren befaßt, an ein neues Leben und eine Erlösung.

In ihrem dreiundfünfzigsten Jahr aber, im Jahr 1980, scheint es dem Geschichtslehrer, als trüge das einstige Schulmädchen, das kein Geheimnis unerforscht lassen konnte, selbst ein Geheimnis in sich. Warum ist sie so schweigsam? (Und doch so wachsam.) Was fängt sie in all der Zeit an, in der er vor seinen Schülern steht? Warum ist sie so oft nicht zu Hause, wenn er am späten Nachmittag aus der Schule kommt? Ist es ein Fall (soll Mr. Crick, wie der alte Thomas Atkinson, Mrs. Crick schlagen und zu toben beginnen?) von seniler Überängstlichkeit, die zu eifersüchtigen Wahnvorstellungen führt? Denn Mrs. Crick, das werdet ihr selbst den unmöglichen Zeitungsfotos entnommen haben, Kinder, ist immer noch eine gutaussehende Frau.

Endlich gesteht sie ihm, daß sie mit dem Priester gesprochen hat. Sie gesteht, daß sie beichten war – etwas, das sie seit fast vierzig Jahren nicht mehr getan hat. Mehr sagt sie nicht. Sie schleppt Bücher nach Hause, deren Titel *(Käme Jesus wieder; Gott und die Bombe)* ihn erschrecken. Er beobachtet sie, wie sie liest (während er Hefte korrigiert). Sie liest mit dem ernsten und konzentrierten Ausdruck, den er hie und da, in glücklichen Augenblicken, auf den Gesichtern der ihm zuhörenden Schüler bemerkt. Der Geschichtslehrer sagt sich – mit dem Gefühl, daß sie ihm entgleitet, mit dem Gefühl, daß die Vorstellung, die er sich von Dingen gemacht hat, durcheinandergerät –, meine Frau wird wieder zum Kind. Er will sie zurückhalten, will ihr Sicherheit geben. Aber sie besteht nun an den Sonntagvormittagen und -nachmittagen, an denen sie sonst miteinander im Park spazierengingen – eine Woche, nachdem sie über Price gesprochen haben, zum erstenmal – darauf, allein zu gehen (ihm bleibt der Hund als Begleitung): auf Spaziergängen, deren Ziel seiner Vermutung nach die Kirche ist.

Mary, erinnerst du dich an unsere Sonntagsspaziergänge, mit denen wir das dürftige, wiedergewonnene Land unserer Ehe durchmaßen und absteckten …

Auf dem Greenwich Hill, im Greenwich Park, steht ein Observatorium, das Karl II. zur Erforschung der Geheimnisse der Sterne bauen ließ. Neben dem Observatorium bezeichnet eine von den Besuchern vielbetretene und vielfotografierte im Asphalt eingelassene Metallplatte den Längengrad Null. In der Nähe des O-ten Meridians, auf einem Sockel, steht im langen Mantel, mit einem Dreispitz, General Wolfe, in Bronze, und starrt auf die Themse. Und unterhalb von General Wolfe steht der Geschichtslehrer, der dessen wachsame Pose nachahmt, in Mantel und Schal, und genießt zum x-tenmal den berühmten Ausblick. Das Marinemuseum (Erinnerungsstücke an Cook und Nelson); das Naval College (das Deckenfresko zeigt vier englische Monarchen). Die Spielkiste der Geschichte. Das Vergnügen einer vergangenen Zeit. Der Geschichtslehrer selbst, hier in Greenwich auf den Schulschluß-Ausflügen, und sein erhabener Gegenstand reduziert auf Orgien in Eiscreme und Herumklettern auf Kanonen. Der Fluß: eine stählerne Schlange, die sich durch Abfälle windet – verfallene Werften und Lagerhäuser, verrottende Docks ...

Vom Greenwichhügel aus kann man nicht nur den rätselhaften Himmel erforschen, sondern auch das Panorama vergangener Zeiten sehen (Windjammer in den Indiendocks; königliche Barkassen, unter dem Himmel holländischer Meister zum Palast fahrend), kann sich vorstellen, wie der unregulierte Fluß sich einst auf London zuwälzte. Depthford, Millwall, Blackwall, Woolwich ... Und weiter draußen, außer Sichtweite im Osten, bauen sie jetzt, 1980, wo früher die Marschen waren, eine Mauer gegen das Hochwasser. Er steht allein und betrachtet die Aussicht. Jeden Sonntag, wenn es das Wetter zuläßt, auf immer wechselnden Wegen zum Observatorium und zurück. Zum O-ten Meridian und zurück. Rast am Aussichtspunkt; Bewunderung der Aussicht; schweigende, gleichzeitige und doch für sich ablaufende Überlegungen; dann er zu ihr oder sie zu ihm (ein Lächeln; ein Zittern in der Kälte) «Gehen wir nach Hause?». Aber jetzt steht er allein, unterhalb des Helden von Quebec.

Er steht allein – nur mit dem goldbraunen Retriever, der sich an seinen Beinen reibt, sie beschnuppert und bettelt, er möge ihm noch viel öfter den Stock werfen. Denn seine Frau geht nicht mehr mit ihm spazieren. Sie geht ihre eigenen Wege. Als ob, fällt ihm ein, sie schon eine Witwe wäre (aber ihr Mann lebt noch). Witwe ist nicht das richtige Wort. Witwe erweckt den Eindruck einer alten Frau. Und sie wird jünger. Sie verläßt ihn. Sie erinnert ihn an eine Frau, die verliebt ist ...

Die Wintersonne steht tief über Flamsteeds Observatorium. Feurige Funken tanzen auf dem Dach des Marinemuseums. Der Geschichtslehrer steht und blickt auf die Aussicht, die sich vor ihm ausbreitet. Denkt an einen Schüler namens Price. Was wirklich zählt ... Würde die Wahrheit bekannt, dann hätte er Angst. Würde die Wahrheit bekannt, dann wüßte er nicht, was er davon halten sollte. Er erzählt sich Märchen. (Wie einst ein Mädchen und ein Junge ... Wie.) Er hat Angst davor, nach Hause zu gehen. Hat jetzt Angst vor den Wochenenden, vor Sonntagen. Vor dunklen Abenden.

Er dreht sich um. Bückt sich plötzlich und fährt kräftig durch das Nackenhaar des ungeduldigen Paddy, der schwanzwedelnd und hechelnd die Wiederaufnahme seines Lieblingsspieles kommen sieht. Er verläßt den Aussichtspunkt und den Asphaltweg, geht über die Wiese, wird von einem tollenden Hund überholt. In seiner behandschuhten rechten Hand trägt er einen schon von Zähnen zerfetzten, speichelüberzogenen Stock. «Da, Paddy, da!»

Der Geschichtslehrer wirft den Stock, sieht zu, wie ihm der Hund nachläuft – ein blonder Windstoß, an einen langen Winterschatten gefesselt – aufheben, zurücklaufen, um ein weiteres Mal betteln. Wieder wirft er. Und noch einmal. Mary, was ist aus unserer Liebe geworden?... Und wieder beobachtet er, wie sich der Instinkt austobt. Nachhetzen, aufheben; zurückkommen; wieder nachhetzen.

Ein Retriever; ein goldbrauner Retriever.

Zwei, drei Wochenenden geht er allein in den Park; wirft Stöcke für den Hund. Dann kommt der Sonntag, an dem sie ihn wieder begleiten will. Er ist vorsichtig, aber überglücklich. Sie ziehen die Mäntel an. Paddy kommt auch mit. Irgend etwas, spürt er, ist neu. Ihr Gesicht, vom Winter gerötet, glänzt aus irgendeinem Grund. Sie machen beim Observatorium kehrt. Sie möchte sich einen Augenblick lang setzen. Die Februardämmerung bricht herein (der Park wird bei Einbruch der Dämmerung zugesperrt). Und plötzlich sagt sie: «Ich bekomme ein Kind. Weil Gott es gesagt hat.»

Kinder, hört nicht auf, nach dem Warum zu fragen. Hört nicht mit eurem «Warum, Sir?» auf. Warum, Herr Lehrer? Obwohl es immer schwieriger wird, je mehr ihr danach fragt, obwohl es immer unerklärlicher, immer schmerzlicher wird, und man der Antwort nie näherzukommen scheint, versucht nicht, dieser Frage nach dem Warum auszuweichen.

13

Schauspielerei

Denn als ich so alt war wie ihr, und Jack Parr Warumwarumwarum fragte, und mein Vater Warumwarumwarum fragte, wie angenehm und beruhigend klang damals die glatte, neutrale Phrase

«Tod durch Unfall». Wie beruhigend und beglückend normal – eine Täuschung – schien mir der Ausblick von der Wansham Road (gesegnete flache Felder, gesegnete gleichförmige Dämme), als ich am Tag von Jack Parrs wunderbarem Überleben mit dem Rad zu dem Treffpunkt mit Mary am Lode fuhr. Denn die glatte Phrase – die amtliche Erklärung – bedeutete, daß niemand die Schuld trug. Wenn es ein Unfall war, dann konnte es doch nicht Mord gewesen sein, und wenn es nicht Mord gewesen war, dann konnte mein Bruder auch nicht –. Und wenn mein Bruder es nicht –, dann waren auch Mary und ich nicht –. Und es blieb nur ein winziges Problem übrig (aber es war nur ein winziges, ein nicht einmal sichtbares Problem, und wenn es an der Zeit war, so hatten wir geschworen, würden wir zuerst zu Marys Vater und dann zu meinem gehen ...), das winzige Problem in Marys Bauch.

Und deshalb sagte ich (ich kam diesmal nicht zu spät, ich war als erster dort und Mary kam einige Minuten nach mir durch den Pappelhain heran): «Es ist alles in Ordnung. Hast du es noch nicht gehört? Es war ein Unfall. Und alles ist in Ordnung. Alles. Es hat sich nichts verändert.»

Und Mary sah mich an – wie kann ich euch diesen Blick beschreiben, der Jahre auf sie zu häufen und mir sie zu nehmen schien (sie sieht mich noch immer so an – oder besser, sah mich so an – meine Mutter-Frau, die ihren Mann in die Schule begleitete)? Mary sah mich an und sagte: «Nichts ist in Ordnung. Denn es war kein Unfall. Es ist alles anders.»

Und was hat euer zukünftiger Geschichtslehrer getan, nachdem er diese Worte gehört und diesen Blick ertragen hat? Er sah auf die unschuldigen Felder und Dämme und gewahrte in ihnen verräterische Verschwörer. Er konnte es nicht über sich bringen, in das Gesicht zu blicken, das ihm zugewandt war und das in kindischer Dummheit anzuklagen schien. Er bekam einen (kindischen) Wutanfall. Er trat gegen den Ziegelsockel der ehemaligen Windmühle am Hockwell Lode. Er lief die Böschung desselben Lode hinauf, riß dabei unbeherrscht ein Büschel Gras aus und warf mit derselben Unbeherrschtheit Teile desselben Büschels um sich. Er steckte also noch immer in derselben Klemme – gerade jetzt, wo er geglaubt hatte, diese glatte Phrase hätte ihn daraus befreit. Gerade als er der Illusion erlegen war, daß alles in Ordnung sei, sei wie vorher, und daß sie vielleicht sogar in der verfallenen Windmühle ... Und sie mußte ihm das verderben.

Als ob das alles gegen *ihn* gerichtet wäre, diese Verschwörung. Als ob schuldig zu sein, akzeptieren zu müssen, daß Geschehenes wirklich geschehen war und nicht mehr ungeschehen gemacht werden konnte, so etwas wie eine ungerechte, gegen ihn gerichtete Intrige wäre.

Noch ein Büschel Gras ausgerissen. Der zukünftige Geschichtslehrer läßt sich gehen. Er stapft herum und faucht wie ein echtes männliches Exemplar seiner Gattung. Beobachtest du mich, Mary? Kannst du sehen, wie wütend ich bin? Schleudert noch mehr Grasbüschel durch die Luft. Starrt auf den Lode (das glänzende Auge des Lodes starrt zurück). Während Mary am Fuß der Böschung steht, ihre Arme um sich geschlungen hat, ihn nicht wirklich bemerkt, nicht beeindruckt ist. Er ist allein. Sie ist allein. Er ist in seiner schäumenden Wut allein; sie ist angewurzelt, geduldig allein.

Er dreht sich um. An diesem warmen Julinachmittag fühlt er plötzlich Kälte. Plötzlich ist er überzeugt davon, daß die Angst, die er vor vier Tagen am Flußufer und in seinem versperrten Zimmer gefühlt hat, nicht durch ein paar amtliche Formulierungen von ihm genommen werden kann – und auch nicht dadurch, daß man Grasklumpen am Hockwell Lode in alle Richtungen wirft. Er steigt die Böschung wieder hinunter. Er steht vor dem reglosen Mädchen. Er hätte es gerne gehabt (und auch gehaßt), wenn ihn dieses sechzehnjährige Mädchen mit ihrem warmen Körper, den strengen Augen, dieses zehn Wochen schwangere, nicht mehr neugierige Wesen, in dem er plötzlich einen eisernen Willen erkennt, festgehalten hätte. Aber ihre Arme bleiben auf ihren eigenen Schultern.

Er setzt sich, plötzlich schwach, am Fuß der Böschung nieder. Sie bleibt stehen. Er blickt zu ihr auf und fragt (er möchte plötzlich, daß irgend jemand die Antworten gibt): «*Du* hast es ihm gesagt. *Du* hast es gesagt. Was sollen wir nun tun?»

Und Mary sagt entschlossen: «Ich weiß, was ich tun werde.»

Und dreht sich um und läßt ihn dort sitzen und wendet nicht den Kopf und antwortet nicht, als er aufspringt und schreit: «Und was wirst du tun? *Was* wirst du tun? Mary –?»

Er radelt in das Schleusenwärterhaus zurück, weiß nicht, wann er Mary wiedersehen wird, ob sie ihn je wieder an der Ruine der alten Windmühle treffen wird. Sein Vater, der Kartoffeln im Gemüsegarten hinter dem Haus ausgegraben hat (Kartoffeln ausgegraben, um sich die Frage nach dem Warum zu ersparen), wischt seine erdigen

Hände ab, sagt, aber nicht mit der Stimme, mit der er sonst abends seine Geschichten erzählt hat: «Jack Parr – hast du es schon gehört? Er hat sich auf die Geleise gesetzt ...» Setzt sich selbst nieder, auf ein umgekipptes Faß neben dem Hühnerstall. Nimmt eine Lucky Strike heraus und zündet sie an (um es nicht zu vergessen: eine kleine Aufmerksamkeit der US Air Force von Jack Parr, über Freddie ...). Fragt sich vielleicht, als er das verstörte Gesicht seines Sohnes sieht, das seinen eigenen Ausdruck widerspiegelt – ob das jetzt die Zeit des allgemeinen Kampfes und der Abrechnung sei, und ob er jetzt, da die Leiche ... ihm alles sagen solle, die ganze Geschichte, alles, was er eines Tages von selbst begreifen wird. Aber er sagt, während er den Rauch hinausbläst, väterlich, vertraulich, besorgt: «Ist es ernst – mit dir und Mary?»

Ist es ernst?!

Brütende Hennen gackern. Unschuldiges Gack-Gack. Der stille Fluß. Trügerische Milde des Spätnachmittags. Denn das Leben geht weiter. «Hat sich auf die Geleise gesetzt ...» Denn das Leben geht weiter, und Julinachmittage verwandeln sich in Altgold, trotz Wasserleichen und gerichtlicher Untersuchungen, und sogar trotz des Krieges, der sich in Radiomeldungen und abendlicher Verdunkelung bemerkbar macht. Vater steht auf: die Sechsuhrnachrichten. Ein tägliches Ritual. Eine tägliche Ehrenbezeigung an die Geschichte. Steht an der Hintertür, schüttelt den Kopf (hat man die Einwohner des Ruhrgebietes schon wieder angesengt), reibt sich den Mund, verbindet lokale Ereignisse mit kosmischem Geschehen. Geht zu seinem Gemüsegarten zurück. Gräbt wieder eifrig Kartoffeln aus dem Boden.

Und in demselben Augenblick, auf sonnenüberfluteten Flugplätzen, erhalten die Bomberstaffeln ihre Befehle. Und in demselben Augenblick kommt von der Straße nach Gildsey ein Geräusch, das sehr an einen Bomber erinnert. Dick auf seinem Motorrad. Ein bekanntes Geräusch, jeden Abend, etwas nach sechs. Dicks Motorrad; Dick, der vom Schaufelbagger zurückkommt. Dieser Witz, der doch so ernst ist: Das Leben geht weiter. Und ist es möglich, daß für Dick heute ein Tag wie jeder andere ist? Nach sechs Heimfahrt. Daß er vergessen hat – ? Daß für ihn die Gegenwart die Vergangenheit auslöscht? Daß er diese nestische, diese zeitauslöschende Fähigkeit besitzt, die jeder Schuldbeladene so sehr ersehnt – ? Nein. Kein Vorher, kein Nachher. Nur ein neuer Tag. Ein neuer Tag auf dem Schaufelbagger. Schlamm wird gehoben.

Vater und Sohn beobachten, wie sich das Motorrad nähert. Beobachten diese Einheit Mensch-Maschine, wie sie auf der geraden und ebenen Straße von Gildsey auf sie zubraust, dann langsamer wird und seine Doppelnatur zu erkennen gibt, als Dick bremst, sich im Sattel aufrichtet und die zwei Beobachter schwach, durch den Lärm des Motors und in der Staubwolke, die Dick beim Einbiegen in die Hauszufahrt aufwirbelt, das unmelodische Klagen, das wortlose, endlose Liebeslied hören, das Dick immer singt, wenn er motorradfährt.

Vater stützt sich auf die Gabel. Der Sohn hebt eine Kartoffel auf (eine Ulster Chieftan), beginnt, mit den bloßen Nägeln an ihr herumzuzupfen, die Schale abzuziehen, Löcher zu bohren, und fragt sich (wieder, und immer wieder): «Und was soll *ich* tun?»

14
De la Révolution

Sie bewegt sich in zwei Richtungen zugleich. Sie bewegt sich zurück, wie sie sich vorwärts bewegt. Sie geht im Kreis. Sie macht Umwege. Verfallt nicht in die Illusion, daß die Geschichte eine gedrillte und unermüdlich vorwärts trachtende Kolonne ist, die geradewegs in die Zukunft marschiert. Erinnert ihr euch daran, ich habe euch gefragt – ein Rätsel – wie sich der Mensch bewegt? Einen Schritt vorwärts, einen zurück (und manchmal einen zur Seite). Ist das absurd? Nein. Denn wenn er nie den Schritt vorwärts tun würde –

Oder – eine andere Maxime meines Unterrichts: Für die Reise in der Zeit gibt es keinen Kompaß. Was unseren Orientierungssinn in dieser nicht meßbaren Dimension betrifft, so sind wir wie verirrte Wanderer in der Wüste. Wir glauben, daß wir vorwärtsgehen, der Oase Utopia zustreben. Aber wie wissen wir – nur eine Phantasiegestalt, die vom Himmel herabblickt (nennen sie ihn einmal Gott), kann das wissen –, daß wir uns nicht in einem großen Kreis bewegen?

Man kann nicht leugnen, Kinder, daß die großen, sogenannten Vorwärtsbewegungen der Zivilisation, seien sie moralischer oder technischer Natur, unvermeidlich immer einen Rückschritt zur Folge hatten. Daß die Verbreitung der christlichen Lehre in einer angeblich barbarischen Welt überall in der Geschichte Europas – ganz zu schweigen vom Eifer der Missionare in anderen Kontinenten – einer der wichtigsten Gründe für Krieg, Gemetzel, Inquisition und anderer Formen der Barbarei war. Daß die Erfindung der Druckerpresse gleichermaßen zur Verbreitung von Wissen wie auch von Propaganda, Lügen, Hader und Zwietracht führte. Daß die Erfindung der Dampfmaschine zum Elend der industriellen Ausbeutung und zu sechzehnstündiger Kinderarbeit in den Kohlenbergwerken führte. Daß die Erfindung des Flugzeuges zur großräumigen Zerstörung der europäischen Städte in der Zeit von 1939 bis 1945 führte (an dieser Stelle kann ich in zweifacher Hinsicht als Augenzeuge dienen: Als Zeuge der 1941 beginnenden nächtlichen Bomberflüge von ihren Stützpunkten in Ostanglia aus; die Ruinen von Köln, Düsseldorf und Essen).

Und wenn wir von der Atomspaltung reden –

Und wo die Geschichte nicht sich selbst unterminiert und sich in einer so offensichtlich widersinnigen Art selbst Fallen stellt, ruft sie die heimtückische Sehnsucht hervor, zurückzugehen. Sie gebiert diesen Bastard, der trotz allem verhätschelt wird, die Nostalgie. Wie sehnen wir uns – wie werdet ihr euch vielleicht eines Tages, wenn dieser Tag je kommt, danach sehnen, in jene Zeit zurückzukehren, als die Geschichte noch nicht von uns Besitz ergriffen hatte, als alles noch glücklich verlief. Wie sehnen wir uns sogar nach jenem goldenen Juliabend zurück, an dem, obwohl sich schon vieles zum Schlechten gewendet hatte, noch nicht alles so schlecht stand, wie es noch stehen sollte. Wie dürsten wir nach dem Paradies. Nach der Muttermilch. Danach, den Vorhang zu heben, der zwischen uns und dem Goldenen Zeitalter gefallen ist.

Wie wissen wir also – verirrt in der Wüste –, daß wir auf jeden Fall zu der Oase des Noch-Kommenden reisen und nicht zu irgendeinem anderen, grünenden Elysium, das wir schon längst hinter uns gelassen haben? Und wie wissen wir, daß dieser Ballasthaufen namens Geschichte, den wir mit uns herumschleppen müssen – der unser Tempo kriechend macht und uns vom Kurs abtaumeln läßt –, uns vor dem Vorwärts und nicht vor dem Rückwärts zurückhält? In welcher Richtung liegt die Erlösung?

Kein Wunder, daß wir im Kreise gehen.

So ist das also. Werfen wir unser Gepäck ab, werfen wir all das belastende Drumherum ab, und schauen wir zu. Immer wieder gibt es Versuche, die Hindernisse auf dem Weg der Geschichte wegzuschaffen, weiterzumachen ohne die uns ewig niederdrückende Last. Und weil sich die Geschichte anhäuft, weil sie immer schwerer wird und der Druck größer, so werden die Versuche, sie loszuwerden (um gehen zu können – in welche Richtung nur?) immer wilder und energischer. Aus diesem Grund bricht die Geschichte periodisch in Krämpfe aus, und verwickelt sich der Mensch, wenn die Geschichte zwangsläufig massiver, wuchtiger auf ihn eindringt – der Mensch, der selbst ohne seine Last nicht weiß, wohin er geht – in immer größere Katastrophen.

Was ist dieses Etwas, das uns zurückführt, entweder durch Katastrophen und Wirrnisse oder durch das Verlangen in unserem Herzen, dorthin, wo wir schon gewesen sind?

Nennen wir es Naturgeschichte.

Erinnert ihr euch an die Unterrichtsstunde über die Französische Revolution? Diesen großen Meilenstein, diese Wasserscheide der Geschichte. Wie ich euch die Bedeutungen des Wortes «Revolution» erklärte? Ein Sich-Umdrehen, die Vollendung eines Kreises. Wie ich euch gesagt habe, daß, obwohl man die Revolution als bedingungslose Veränderung, Verwandlung – als Sprung nach vorn in die Zukunft – sieht, doch fast jede Revolution in sich, wenn auch weniger offensichtlich, eine entgegengesetzte Tendenz trägt: Eine neuerliche Bestätigung dessen, was rein und ursprünglich ist gegenüber dem, was dekadent und falsch ist. Eine Rückkehr zu neuem Anfang ...

Das Chaos der großen Revolutionen ist die letzte Umgebung, in der man ein Aufblühen der Nostalgie vermuten würde. Aber es ist so. Denkt einen Augenblick an die bewußt kultivierte *Naivität* der französischen Revolutionäre. Wie man nicht nach den Rechten der Bürger verlangte, sondern nach den Menschenrechten. Wie man den Wahlspruch des guten alten Rousseau «Zurück zur Natur» und *«l' homme est né libre»* aufnahm. Wie man 1790, als man überzeugt war, die Revolution sei vorbei (auch darin war man naiv) dadurch feierte, daß man sich in arkadischer Einfachheit als Schäfer und Schäferinnen verkleidete und zarte junge Bäume der Freiheit pflanzte. Denkt an die wachsende Religiosität – fromme Feste zu Ehren des Höchsten Wesens – eine Bewegung, welche anfangs durch eine antiklerikale, wenn nicht überhaupt atheistische Haltung geprägt war. Und bedenkt die Gefahren dieser Naivität. Wie diese Sehnsucht nach Reinheit und Unschuld nur einen Schritt weit von Robespierres berühmt und berüchtigter Unbestechlichkeit entfernt ist; wie sich Befreiung in eine große Hexenjagd verwandelt; wie diese Revolution, die man schon als beendet gesehen hatte, gezwungen wird, um ihr Beharren auf den ursprünglichen Prinzipien unter Beweis zu stellen, sich immer wieder, mit immer rücksichtsloserer Anstrengung, zu erneuern, bis die Erschöpfung endlich zum Kompromiß – ja fast zur Reaktion führt.

Und diese revolutionären Erlöser – Robespierre, Marat, alle die übrigen – von denen wir annehmen müssen, daß sie, auch wenn sie uns schrecklich scheinen, doch bereit waren, für die Schaffung einer neuen Welt bis zum Äußersten zu gehen – dachten sie wirklich an eine Gesellschaft der Zukunft? Nicht im mindesten. Ihr Vorbild war ein idealisiertes Rom der Antike. Mit Lorbeerkränzen und allem Drum und Dran. Ihr Vorbild der Mord an Cäsar. Unsere Helden der neuen Zeit – alle mit trefflicher humanistischer Bildung – sehnten sich auch danach, zurückzukehren –

«Aber, Sir!»

Es ist der leichenblasse Price, der unterbricht. Herausfordernd die Hand erhoben. Wieder einer von seinen den Unterricht störenden Witzen.

Und der Lehrer spürt unter Prices rebellischem Blick die Unruhe, die Erwartung der ganzen Klasse.

Herr Lehrer! Warten Sie! Wir leben doch nicht im achtzehnten Jahrhundert. Was ist mit –?

«Diese Geschichte mit der Nostalgie, Sir –» er windet sich in seiner Bank mit einem Ausdruck ironischer Verwunderung – «wie bringt es denn die Nostalgie zustande, daß die hungrigen Arbeiter losschlagen?»

Kichern, Murmeln in der Klasse. (Der Mob sammelt sich.) Nervös tritt der Lehrer von einem Fuß auf den anderen.

(Sie haben es alle bemerkt: Er ist in letzter Zeit etwas nervös, der alte Cricky ist ein bißchen empfindlich.)

«Ich bin froh, daß du diese Frage gestellt hast, Price!» (Wie plump ein Lehrer doch seine ausweichenden Antworten ankündigt.) «Denn damit kommen wir zu dem Problem, wie man eine Revolution definieren soll – soziologisch gesehen. Genauso wie eine Revolution sich in entgegengesetzte Richtungen entwickelt, ist auch ihr Platz in der Gesellschaft schwer bestimmbar. Du erwähnst die hungernden Arbeiter. Machen sie die Revolution? Oder die unter der Steuerlast stöhnende Bourgeoisie? Ist eine Revolution nur ein spontan eintretendes äußerliches Ereignis, oder ist sie die Willensäußerung einer oder mehrerer bestimmter Parteien? Man kann eine Revolution doch keinesfalls als Revolution bezeichnen, wenn es nicht schon vor der ersten tatsächlichen Manifestation eine *Willens*äußerung gibt. Aber wessen Willensäußerung? Wo setzen wir den revolutionären Willen an? Beim kleinen Bürger? Bei den hungrigen Massen? Den politischen Klubs? Wenn wir versuchen, eine Revolution zu definieren, so imitieren wir dabei genau den Ablauf der Revolution – wir schalten mit einer imaginären Guillotine alle jene aus, die nicht zu einem unmöglich allumfassenden Begriff der Revolution passen. Wer war nun der wahre Vertreter der Revolution? Danton? Er hatte genug von dem Ganzen und wollte sich aufs Land zurückziehen. Robespierre? Er war ein rücksichtsloser Fanatiker. So kommt man also zu der angenehm vagen Definition des ‹Volkes› – *Vox populi, vox Dei.* Kann das jemand übersetzen?»

Judy Dobson, in der vordersten Reihe (antwortet immer sehr selbstbewußt):

«Die Stimme des Volkes ist die Stimme Gottes.»

«Sehr gut. Aber ist das auch richtig? Und wer war in diesem Fall das Volk? Die Berufspolitiker, die sich in die Nationalversammlung drängten? Ihre Beweggründe waren hauptsächlich persönlicher Ehrgeiz und das Machtstreben. Die Massen? Der Mob?» (Der Mob, der Mob.) «Sind das unsere wahren Revolutionäre? Beschäftigt euch mit der Geschichte des Pariser Mobs zwischen 1789 und 1795 und ihr werdet als einzig beständige Komponente seine Unbeständigkeit finden ...»

(Hör auf zu reden. Price will keine Vorlesung – und er sieht durch deinen Schutzwall aus Schall und Rauch hindurch.)

«Der Mob unterstützt bald diese, bald jene Partei, aber wenn einmal seine dringendsten Bedürfnisse gestillt sind, wenn er nicht länger hungrig ist, folgt er einem Napoleon genauso willig wie einem Danton. Vielleicht gibt es ohne Mob keine Revolution, aber die Revolutionäre sind nicht der Mob ...»

Der Lehrer zupft an seiner Krawatte herum, geht wie ein aufgeblasener General vor den rebellischen Truppen auf und ab.

«Wo also ist dann die Revolution? Dieser Beginn unseres modernen Zeitalters. Ist sie nur ein willkürlich gewählter Begriff? Liegt sie in einem undurchschaubaren Gewirr von zahllosen einzelnen Umständen, das zu komplex ist, um analysiert zu werden? Es ist seltsam, Price, aber je mehr man versucht, die Ereignisse zu sezieren, je mehr einem das entschwindet, was man anfangs als gegeben hingenommen hat – desto mehr gewinnt man den Eindruck, daß es eigentlich nie geschehen ist, sondern irgendwie nur in der Phantasie ...»

Der Lehrer unterbricht sich. Plötzlich erscheint es wichtig, was Price zu alldem zu sagen hat.

Er zögert einen Augenblick. Dann, kühn, fast frech: «Sollen wir das mitschreiben, Sir? Die Französische Revolution hat niemals stattgefunden. Sie hat sich nur in unserer Phantasie ereignet.»

«Nimm das nicht so wörtlich, Price.»

«Nein, aber ich glaube, daß es stimmt. Wir wissen ja nicht einmal die Hälfte, also muß gut die Hälfte erfunden sein.»

Unterdrücktes Kichern in der Klasse.

«Und sollen wir wirklich glauben, daß 1789 alle das Rad der Zeit zurückdrehen wollten?»

Man kichert und quatscht noch mehr. Price dreht sich um, blickt die Klasse an. (So spielen wir es also? Ist das alles? Die alte Geschichte, haut den Lehrer? Der alte Machtkampf in der Klasse: Mitschüler, seht euch vor! Laßt euch vom Versuch unseres Lehrers, alles ins Gegenteil zu verkehren, nicht beirren. Eine Revolution als Rückschritt zu bezeichnen. Diese ganze Klugscheißerei bedeutet doch nur, daß unser Cricky übergeschnappt ist. Wie alle Alten schaut er immer nur zurück, er erträgt es nicht, daß es auch Neues gibt ...)

«Ich stelle nur Vermutungen an, Price, das stimmt schon. Aber jeder von uns kann die Dinge interpretieren.»

«Heißt das, daß wir also die Geschichte beliebig deuten können?»

(Um ehrlich zu sein, genau das glaube ich. Ich glaube es immer mehr. Geschichte: eine zufällige Mixtur von Bedeutungen. Ereignisse entbehren der Bedeutung, aber wir suchen danach. Eine andere Definition des Menschen: das Tier, das nach Bedeutungen sucht – aber weiß –)

«Price», (ich weiche wieder aus), «ich möchte euch auf den rückwärtsgerichteten Trend der Revolution aufmerksam machen, um dadurch aufzuzeigen, daß selbst Revolutionen mit ihrem Anspruch, eine neue Ordnung aufzubauen, Gegenstand einer tiefverwurzelten geschichtlichen Annahme sind. Daß Geschichte ein

Zeugnis des Verfalls ist. Was wir uns von der Geschichte erhoffen, ist sehr oft ein Abbild einer verlorenen, nur in der Phantasie existierenden Vergangenheit.»

Er runzelt die Stirn. Zum erstenmal wirkt er in diesem Wortgefecht im Klassenzimmer unsicher.

(Wird auch deine Vergangenheit verloren sein, Price? Wenn du so alt bist wie ich –?)

«Ich verstehe das nicht, Sir. Also ich finde das richtig unheimlich.»

Offenes Gelächter in der Klasse. Die Augen des Lehrers richten sich auf die Aussicht, die sich ihm vor dem Fenster bietet.

«Es ist nicht unheimlicher – nicht abergläubischer, als wenn wir behaupten, daß wir in irgendeiner unbestimmten Zukunft ins Paradies kommen werden.»

Price nagt an seiner Füllfeder. Er lacht nicht mit den anderen. Er wartet eine andere Stunde ab, die für seine große Erklärung geeignet ist.

Was wirklich zählt ...

«Das habe ich nie gesagt, Sir. Ich habe nie etwas über das Paradies gesagt. Aber – ich will eine Zukunft.» (Die Klasse ist still geworden.) «Das wollen wir alle. Und Sie – sie können sich Ihre Vergangenheit auf den Hut stecken!»

Und daher, Kinder, müssen wir uns nach der Prüfung des gesamten Beweismaterials nun wichtige Fragen stellen. Wie kommt es, daß diese Revolution im Namen der Freiheit und Gleichheit mit dem Kaiser endete? Wie kommt es, daß diese Bewegung, welche das *Ancien régime* ein für allemal abschaffen wollte, mit einer neuen Verkörperung des alten Sonnenkönigs endete?

Wie kommt es, daß diese Revolution, die ja tatsächlich bleibende Reformen erreichte, dies nicht ohne Angst und Schrecken tun konnte, nicht enden konnte, ohne allein in den Straßen von Paris (nach vorsichtigen Schätzungen) sechstausend Tote aufzuhäufen, gar nicht zu reden von den Tausenden Toten in ganz Frankreich oder den zahllosen toten Italienern, Österreichern, Preußen, Spaniern, Portugiesen, Engländern – die auf allen Schlachtfeldern Europas lagen? Wie kommt es, daß die Geschichte immer wieder ein Blutbad fordert, einen Holocaust, ein Harmageddon? Und wie kommt es, daß wir jedesmal aus dem vorigen Mal nichts gelernt haben?

Folgt mir, sagte der Korse, und ich werde euch euer Goldenes Zeitalter bescheren. Und sie folgten ihm – diese Königsmörder, diese Tyrannenhasser.

15
Ouse

Der Große Ouse. Ouse. Sprecht es aus. Ouse. Langsam. Wie sonst könnt ihr es aussprechen? Ein Laut, der Langsamkeit ausstrahlt. Ein Laut, der das langsame, träge, ewig dahinsickernde Etwas, das er bezeichnet, suggeriert. Ein Laut, der ein ruhiges Dahinfließen, eine minimale Geschwindigkeit ausdrückt; kühle, ungerührte, unbewegte Bewegung. Ein Laut, der selbst das heiße Blut, das in euren Adern rauscht, kühlt. Ouse, Ouse, Oooouse ...

Es war einmal ein Fluß, der in einen anderen Fluß mündete, den die Menschen eines Tages den Rhein nennen würden. Aber in jenen Tagen gab es keine Menschen, keine Namen, keine Nordsee und keine Insel namens Großbritannien, und die einzigen Wesen, die den Fluß kannten, der in den namenlosen Rhein floß, waren die Fische, die in ihm auf- und niederschwammen und die riesigen Tiere, die in seinen Untiefen weideten und deren phantastische Gestalten wir nie erahnt hätten, hätten sie sich nicht hie und da zum Sterben niedergelegt, in Umständen, die dazu führten, daß ihre versteinerten Gebeine erhalten blieben und sie so, Millionen von Jahren später, zum Gegenstand der menschlichen Neugier wurden.

Dann kam eine Eiszeit, oder, um genau zu sein, mehrere Vorstöße und Rückzüge des Eises, und das Meer schob sich zwischen die damals noch verbundenen Flüsse Ouse und Rhein, während sich die Landmasse, die später als Großbritannien bekannt wurde, vom Kontinent löste. Und während dieses langen Zeitraumes wanderten die ersten Menschen, oder ihre affenähnlichen Vorfahren, die von weiß Gott woher kamen, vielleicht aus Afrika, vielleicht aus China, oder vielleicht sogar auf dem Umweg der Evolution aus dem Meer, über den Kontinentalsockel und begannen, diese noch nicht ganz abgetrennte Halbinsel zu bevölkern, auf diese Weise ein Beispiel setzend, das noch viele Male nachgeahmt wurde, mit Erfolg aber zuletzt im Jahre 1066.

Wie diese ersten Menschen und die Horden ihrer Nachfahren den

Ouse nannten, wissen wir nicht, da wir nichts über ihre Sprache wissen. Aber was der Ouse von diesen zweibeinigen Eindringlingen hielt (schließen wir uns der Anschauung dieser primitiven Menschen an, die den Ouse höchstwahrscheinlich als Gott, als fühlendes Wesen betrachteten), die durch die kühne Umwandlung von Dingen in Laute unbewußt das Phänomen Geschichte schufen, wissen wir genau: Sie waren ihm gleichgültig. Denn was konnte eine so neumodische Erfindung einem Fluß wohl bedeuten, der unbeirrt weiterfloß, weiter wie ehedem. Was bedeuteten die drei Steinzeiten, die Becherkultur, die Bronzezeit, die Eisenzeit, die belgischen Stämme und alle ihre Feuersteine, Töpfe, Äxte, Armreifen, Broschen und Begräbnisriten einem Fluß, der die geheimnisvolle Fähigkeit besaß, die kein Mensch je besessen hat oder besitzen wird, nämlich sich zu bewegen und doch an Ort und Stelle zu bleiben?

Dann kamen die Römer. Wie sie den Ouse nannten, wissen wir ebenfalls nicht, aber wir wissen, daß sie den Wash «Metaris» nannten. Und sie waren die ersten, die dem trotzigen, hochmütigen Ouse ihren Willen aufzwangen. Denn sie bauten aus einigen Kilometern seines Laufes ihren großen Auffangkanal, den Car Dyke, der von Cam nach Witham verlief und noch immer sichtbar ist – vom Rande von Cambridge bis zum Rande von Lincoln – rund um die ganze westliche Flanke der Fens, womit sie einen weiteren Beweis erbrachten für die technischen Fähigkeiten des römischen Reiches und dessen Unerschrockenheit vor der Natur, die der moderne Mensch noch immer restlos bewundert.

In jenen Tagen verlief der Ouse anders als heute. Es ist charakteristisch für diesen freien und eigensinnigen Fluß, daß er etliche Male bei seinen Zusammenstößen mit der menschlichen Geschichte den Lauf verändert, Abkürzungen genommen hat, lange Schleifen geflossen ist, den Lauf anderer Flüsse usurpiert, seinen Treffpunkt mit dem Meer neu festgelegt hat. All das könnte man als einen Sieg der Geschichte auslegen (denn es ist das menschliche Genie, welches in vielen Fällen diese Veränderung bewirkte), und doch wäre es besser, es als die anhaltende Verachtung des Flusses für die Mühe und Plage der Menschen zu sehen. Denn ohne die ständige, wenn auch gemächliche Auflehnung des alten Ouse, ohne sein unbezwingbares Verlangen, mit der ihm eigenen Geschwindigkeit zu fließen, seinen eigenen Weg zu nehmen, wäre keiner der Gräben und Kanäle und neuen Trassierungen, die noch immer gegraben werden und die den gewundenen, reptilähnlichen Ouse in ein Netz von kleinen Wasserwegen einschließen, notwendig gewesen.

Zur Zeit der Römer und in der Periode, die man das Dunkle Zeitalter nennt, die aber viele, insbesondere Charles Kingsley, der Schriftsteller aus den Fens, als die glanzvollste und am meisten von Sagen umwobene Zeit der Fens betrachten – floß der Ouse nach Norden, fast bis nach March, bevor er auf den alten Cam traf. In der Zeit, als Knut, der die Flüsse genausowenig am Fließen hindern wie er dem Meer befehlen konnte zurückzuweichen, auf seiner Fahrt in der königlichen Barkasse an Ely vorbei durch den Gesang der Mönche gebannt wurde, mündete der Ouse bei Wisbech (welches heute ungefähr fünfzehn Kilometer von der Küste entfernt liegt) ins Meer, seinen Bruder Cam mit sich führend.

Im Mittelalter aber, zur Zeit der großen Überschwemmungen, hielt es der Ouse für richtig, nach Osten zu fließen, einen seiner nach Westen verlaufenden Zubringer hinauf, und traf dabei genau dort auf den Cam, wo er noch heute mit ihm zusammentrifft, ein paar Dutzend Kilometer stromabwärts von Cambridge. Ungefähr zur selben Zeit gab er die Mündung bei Wisbech auf, überließ sie dem Schlamm und fand bei Lynn einen neuen Weg ins Meer. So verschwand also der alte Fluß, und es bildete sich nach Osten zu ein neuer Fluß, ein weiter, ausgefranster Bogen, zur großen Freude der Einwohner von Ely und der kleinen Gemeinde Gildsey, die nun nicht mehr bloß am Wasserweg zwischen Lynn und Cambridgeshire lagen, sondern noch an einem zweiten zwischen Lynn und Huntingdon. Und zum großen Unmut der Getreidehändler von Huntingdon, deren Weg zur See sich um viele Kilometer verlängert hatte.

Dann kam, wie wir alle wissen, Vermuyden und brachte alles wieder in Ordnung, und grub den Bedford und den New Bedford – gespannte Sehnen am Bogen des störrischen alten Flusses –, zur Begeisterung der Einwohner von Huntingdon, die jetzt leichter als je zuvor zur Küste gelangten, und zum Entsetzen der Bewohner von Cambridgeshire, deren dreihundert Jahre alte Verbindung zur Küste danach wenig mehr als ein Entwässerungskanal war. Und so liegt seither (denn wir befinden uns in einer Zeit, die selbst vom Standpunkt der Weltgeschichte aus kaum vergangen und im unbegrenzten Leben eines Flusses ein bloßes Gestern ist) das Schicksal dieses wahren natürlichen, wenn auch eigenwilligen Flusses Ouse (noch immer der «Große» genannt, trotz des teilweisen Abfließens seines Wassers in die Bedford-Flüsse) in den Händen jener ehrgeizigen Männer einer Insel, die, als Nation gesehen, sich dem Höhepunkt ihres weltweiten Ehrgeizes näherten – und zu ihnen zählten als gar nicht unbedeutende Persönlichkeiten die Atkinsons aus Norfolk und später aus Gildsey.

Der Ouse fließt weiter dahin, unangefochten durch Ehrgeiz, sei er nun lokal oder national. Heute fließt er durch mehr als einen Kanal, und seine Wasser strömen hierhin und dorthin, seine Kraft teilt sich, er ist anfällig für Verschlammung, für Überschwemmungen geworden. Und dennoch fließt er – träge – weiter, wie es jeder Fluß tun muß, weiter ins Meer. Und die Sonne und der Wind, wie wir alle wissen, saugen das Wasser aus dem Meer an und verteilen es über dem Land, und bringen so den Flüssen neue Nahrung. Während also der Ouse ins Meer fließt, fließt er in Wirklichkeit, wie alle Flüsse, in sich selbst zurück, zu seiner eigenen Quelle; und der Eindruck, daß ein Fluß nur in eine Richtung fließt, ist eine Illusion. Und es ist auch eine Illusion, daß das, was man in einen Fluß wirft (oder stößt), davongetragen wird, für immer verschlungen, und nie zurückkehrt. Und die Bemerkung, die zum erstenmal vor zweieinhalbtausend Jahren von Heraklit von Ephesus gemacht worden ist, daß wir nicht zweimal in denselben Fluß steigen können, darf man nicht so wörtlich nehmen. Denn wir steigen immer in denselben Fluß.

Er fließt aus dem Herzen Englands zum Wash und in die Nordsee. Er fließt vorbei an den urenglischen Städten Bedford, Huntingdon, St. Ives, Ely, Gildsey und King's Lynn, deren Einwohner einen Fluß sehen, der nur in eine Richtung fließt – stromabwärts –, und nicht den Fluß, der in einem ewigen Kreis fließt. Sein Name kommt von der im Sanskrit gebräuchlichen Bezeichnung für «Wasser». Er ist zweihundertfünfzig Kilometer lang. Sein Einzugsgebiet beträgt 5,353 Quadratkilometer. Er hat einige Zubringer, darunter den Ouzel, den Ivel, den Cam, den Kleinen Ouse und den Leem. Der Leem mündet unterhalb von Gildsey in den Ouse. Der Leem mündet in den Ouse, und der Ouse mündet in... mündet in... Und am Leem, im Jahr 1943, lebte ein Schleusenwärter.

16
Nullmeridian

Eine Parkbank. Eine Bank im Park von Greenwich, etwa fünfzig Meter vom Φ-ten Meridian entfernt. Die Winterdämmerung bricht herein; der Park schließt bald. Bäume werden zu Silhouetten; leuchtendrosa und taubengrauer Himmel. Ein Paar auf der Bank, in angespannter Haltung (sie passiv und doch bestimmt; er an der Kante sitzend, verärgert, aufdringlich), so daß man trotz der Anzeichen ihres vorgeschrittenen Alters (dicke Wintermäntel, Halstücher, ein beneidenswert fügsamer goldbrauner Retriever, dessen Leine an einer der Armstützen der Bank hängt) an einen Streit zwischen Liebenden denken könnte. Sie schweigt, als ob sie schon alles gesagt hätte, was sie meint, was um Himmels willen das alles bedeuten soll – er fordert eine Erklärung. Er spricht zu ihr wie ein Lehrer zu einem störrischen Kind. Der erfahrene Beobachter von Parkbank-Streitigkeiten würde sagen, daß die Frau ihm etwas gestanden hat.

Er redet ihr gut zu. Sie beharrt auf ihrer Meinung. Ist es das altbekannte Drama, das «Es ist Zeit, daß wir Schluß machen», das «Es wäre gut, wenn wir uns nie mehr sehen würden»? Oder ist es die ebensooft gespielte Szene, das «Es gibt einen anderen»? Diese Entrüstung seinerseits; das Händefuchteln, das hektische Fragen. Die klassischen Symptome männlicher Eifersucht? Und doch beherrscht er plötzlich seine Erregung, rückt näher an die Frau heran, packt sie an den Schultern (der Lehrer kann auch menschlich sein), als ob er sie aus einer Trance herausbeuteln wollte. Ein Passant könnte die Worte auffangen: «Arzt – du mußt zu einem Arzt gehen». Also ist es die andere, in der Liebe so wohlbekannte Krise: die «Liebling, ich glaube, ich bin –» Aber seine Worte kommen nicht mehr mit der üblichen männlichen Großtuerei aus seinem Mund (zuerst möchte ich wissen, ob du recht hast, zuerst möchte ich –), sondern fast verzweifelt – ist es möglich, daß unser Liebhaber auf der Parkbank zu weinen beginnt? – sondern irgendwie unter Schmerzen, unter denen man bittet, bettelt –.

Sie verläßt ihn; sie gibt ihn auf. Das glaubt er. Aber es ist keine gewöhnliche Trennung. Nicht die Trennung, bei der der eine oder der andere aufsteht und davongeht.

Zwischen den Bäumen verblassendes Licht. Die Glocke des Parkwächters. Der Park schließt bald. Bald müssen alle fort sein.

Purpurne Dämmerung auf dem Observatorium, auf den Sammlungen von antiken Chronometern, Astrolabien, Sextanten, Teleskopen – Instrumenten, mit denen man das Universum mißt – in ihren verschlossenen Schaukästen. Schwach aufblitzendes Licht auf der Themse. Hier, in diesem ehemaligen königlichen Jagdrevier, wo, wie man behauptet, Heinrich VIII. Anne Boleyn nachgestellt hat, wo in besseren Zeiten der großen Nation die Kinderfrauen der Reichen ihre Schutzbefohlenen zum Klang der Militärmusik hin und her wiegten und miteinander klatschten, muß er seine Frau die so oft gebrauchten und dennoch mystischen, manchmal Wunder wirkenden Worte sagen «Ich liebe dich, ich liebe dich». Er muß seine Frau festhalten, als müßte er sich vergewissern, daß sie noch neben ihm sitzt. Denn im Zwielicht scheint es, daß sie, ohne sich zu bewegen, zurückweicht, undeutlicher, geisterhaft wird.

Sie gibt ihm keine Erklärung. Sie sagt: «Warte ab – du wirst schon sehen.» Ihre Augen sind blau und verschleiert. Sie sagt nicht: «Es ist ja nur ein Scherz.» Er kennt die Regeln dieses verrückten Spiels nicht, das sie da spielt. In seiner Verwirrung beginnt er wieder, die Pose des Lehrers einzunehmen, jene Pose eines klardenkenden Direktors und Physikprofessors. Auf alles eine positive Antwort. Die Glocke des Parkwächters. Er wiederholt: «Ich glaube, du solltest zum Arzt gehen. Ich möchte, daß du mit einem Arzt sprichst.» Er glaubt: es gibt eine Krankheit, die man Schizophrenie nennt. Er glaubt: weil die Menschen früher über solche Dinge nicht Bescheid wußten, glauben sie deshalb an – Er glaubt: das ist Mary; das ist eine Bank; das ist ein Hund. Das letzte, was er glauben möchte, ist, daß er sich in einer Märchenwelt befindet.

17
Über den Schleusenwärter

Und am Leem lebte ein Schleusenwärter. Der mein Vater war. Der ein phlegmatischer und doch sentimentaler Mensch war. Der mir erzählte, als ich noch viel jünger war als ihr, daß es keinen Menschen auf der Welt gäbe, der nicht Muttermilch ... Und daß die Sterne ... Der in der dritten Schlacht von Ypres verwundet worden war. Und dessen Bruder in derselben Schlacht gefallen war. Der stets antwortete, wenn man ihn nach seinen Erlebnissen im Krieg fragte, daß er sich an nichts erinnerte. Und der dennoch, wenn man ihn nicht darum bat, manchmal groteske Anekdoten von jenen unvergeßlichen Schützengräben und Schlammfeldern erzählte, als spräche er von Dingen, die weit entfernt waren und ins Land der Phantasie gehörten und ihn nur rein theoretisch angingen. Wie zum Beispiel die flandrischen Aale, die in ungezählten Scharen schon seit jeher in den feuchten, tiefliegenden Regionen gelebt hatten, unbeirrt von den Konflikten, die ihren Lebensraum zerstörten, ihren Weg in die unter Wasser stehenden Sappen und sogar in die Bombenkrater fanden, wo es an gut ausgereifter Nahrung nicht mangelte ...

Der selbst in seinen heimatlichen Fens Aale fing. Der mir, als ich ein kleiner Junge war, alle Zubereitungsarten für Aale zeigte – in einer Mischung aus Essig und Wasser gegart; in weißer Sauce; in grüner Sauce; in Pasteten; in einem Ragout mit Zwiebeln und Sellerie; als Sülze mit Meerrettich; in Stücke geschnitten und auf Spießen über einem offenen Feuer gegrillt –, und so wurde ich genauso wie er ein Liebhaber ihres so vielfältig verwendbaren, wohlschmeckenden Fleisches. Und auch mein Bruder. Aber meine Mutter, obwohl sie in den Fens geboren und alles andere als zimperlich war, konnte sie nicht ausstehen. Sie begann zu schreien, wenn sie sah, wie ein noch nicht ganz toter Aal sich auf dem Küchentisch wand ...

Der, als er 1918 aus dem Großen Krieg zurückkehrte, vier Jahre lang, nicht nur wegen seiner Knieverletzung, sondern auch wegen seiner tiefgreifenden geistigen Verwirrung von einem Hospital ins andere geschickt wurde. Der aber nach einer entsprechenden Zeit nach Kessling Hall kam, bis vor kurzem noch Landsitz der Atkinsons, jetzt aber Sanatorium für Kriegsinvalide. Der viele Wochen des Frühjahrs und Sommers 1922 damit verbrachte, im baumumstandenen, abgeschiedenen Pflegeheim mit narbenübersäten, auf Krücken gestützten, wieder zusammengeflickten Opfern auf dem Rasen zu sitzen, welche alle in dieser nach außen hin so friedlich erscheinenden Szenerie (vier Jahre, nachdem die Kanonen zum letztenmal gebellt hatten) verzweifelt versuchten, sich im Frieden wieder zurechtzufinden.

Der sich in eine der Krankenschwestern verliebte. Der als verwundeter Soldat aus dem Krieg nach Hause kam und die Krankenschwester heiratete, die ihn gesundgepflegt hatte. Eine Romanze wie aus einem Roman. Der, dem Holocaust entkommen, kaum glauben konnte, daß dieses Märchen gerade für ihn wahr wurde. Dessen Liebe erwidert wurde – mit erstaunlicher Bereitwilligkeit.

Der im August 1922 diese Frau heiratete, die er in seiner Benommenheit wochenlang nur als «Krankenschwester, brünett» wahrgenommen hatte, die selbst dann, als er wieder klar denken konnte – trotz der keimenden beiderseitigen Zuneigung – noch immer zögerte, ihm ihren Namen zu sagen. Der erst nach einiger Zeit herausfand, daß diese Krankenschwester in der weißen Schürze, die sich zuerst freiwillig zur Krankenpflege gemeldet und später einen Beruf daraus gemacht hatte und in mehr als einer Hinsicht mit Kessling Hall vertraut war, die Tochter eines bekannten – ja berüchtigten – heruntergekommenen Bierbrauers war.

Der durch die Vermittlung dieser Frau (der Einfluß ihres Vaters galt noch etwas in der damals noch bestehenden Leem-Drainage- und Schiffahrts-Kommission) die Stelle des Schleusenwärters an der New-Atkinson-Schleuse bekam. Der lernte, so erschien es zumindest dem Jungen, der mit ihm auf Aalfang ging, in dieser Situation gleichzeitig einen Trost und ein unbestimmtes, nie ganz unterdrücktes Ärgernis zu sehen: ein festes Zuhause, ein dahinströmender Fluß, ein flaches Land; eine schöne Frau. Der der Vater von zwei Söhnen wurde (1923 und 1927 geboren), von denen der Erstgeborene ein halb Schwachsinniger war, der sein Motorrad liebte.

Und dann geschah es, daß diese ehemalige Krankenschwester, diese schöne Frau, die meine Mutter war, dieses unerwartete Geschenk aus einer Traumwelt zwischen Krieg und Alltagsleben, diese Brauerstochter, die – abgesehen von ihren praktischen Tugenden – mit Schönheit an Seele und Körper gesegnet war, die Phantasie und Einfühlungsvermögen besaß, die Geschichten erzählen konnte (die sie zum Teil von ihrem Mann, zum Teil aber auch vielleicht von ihren Großtanten Dora und Louisa übernommen hatte, welche voll Eifer phantastische Geschichten in Vers und Prosa gelesen hatten), daß diese Frau plötzlich starb.

Mein Vater, auf dem Treidelweg am Leem, im Profil gesehen gegen den Fenland-Himmel. Eine Folge von abgeschliffenen, von der Zeit angenagten Konturen. Eine gerade Nase, die stumpf wird; ein Kinn, das vielleicht einmal spitz zulief; ein Hals, der faltig wird, dessen Haut schlaff herunterhängt (erkennt ihr euren Lehrer wieder? Merkst du, Price, wie wir unserem Typ treu bleiben?) Aber die Augen (von vorn gesehen, wenn er sich umdreht), die hin und her irren, gequält, wachsam, den Eindruck behäbiger Schwerfälligkeit verwischend. Und dieses ewige Aufundabgehen ...

Viele Jahre habe ich mich gefragt, weshalb mein Vater wie ein

Kettenhund auf und ab lief; weshalb er sogar in der Nacht, kaum sichtbar, am Stauraum herumschlich. Viele Jahre habe ich mich gefragt – bis die Leiche eines Jungen (in deinem Alter, Price), an dessen Ermordung ich mitschuldig war, gegen das Schleusentor trieb.

18
In Loco Parentis

Es stimmt, Kinder, euer ehrenwerter Direktor, Lewis Scott, trinkt insgeheim. In der untersten Schublade des grünen Aktenschrankes rechts von seinem Bürofenster, hinter einem Stoß unbeschriebener Blätter: eine – nein, zwei – Flaschen J & B.

Er gießt in die blauen schuleigenen Teetassen ein. Schiebt mir eine über den Tisch hinweg zu.

Ein eifriger, beharrlicher Mann. Und gut im Umgang mit Kindern... Jedesmal, wenn eines von seiner eigenen Sippe auf die Welt kam, der fragende Blick, halb neugierig, halb herablassend, während der Feier des Lehrkörpers, zu seinem Senior-Junior-Kollegen (und Sparring-Partner): Und warum nicht Sie, Tom? Warum haben Sie nie?

(Es ist Mary. Verstehen Sie –)

Mit Vaterschaft, Autorität; mit Vaterschaft, Gönnertum. Selbst für seinen um fünf Jahre älteren Leiter der Abteilung Geschichte. Oh, zugegeben, Tom, zwanzig Jahre Unterricht heißt schon, daß man ein bißchen was von Kindern versteht – aber wenn man eigene hat... Mit der Vaterschaft eine Tendenz, nach allen Seiten hin väterlich zu tun, selbst gegenüber den erwachsenen Mitgliedern des Lehrkörpers.

Schiebt mir die Teetasse voll Whisky zu wie ein wohlmeinender Vater, der seinem Sohn (der zur Strafpredigt angetreten ist) das Privileg der Erwachsenen einräumt, Hochprozentiges zu trinken. Schaut mich schelmisch, ein wenig bedauernd an, als wäre ich nichts anderes als ein schwieriges Kind, einer seiner schwer zu behandelnden Schüler. Also dein Betragen – so kann es nicht weitergehen.

Und wer weiß? Diese absurden Unterrichtsstunden. Diese – bedauerlich früh auftretenden – Anzeichen einer Schwächung des Geistes. Die zweite Kindheit...

Kinder, hütet euch vor dem väterlichen Instinkt (ja, Price, ich verstehe dein Mißtrauen), wann immer er bei euren offiziell bestellten und wohlgeschulten Lehrern ausbricht. Wohin führt er, welchem Nutzen dient er? Dieses Verlangen, zu beschützen, Vorsorge zu treffen, dieser Wunsch, den Weg zu weisen; diese Sucht, sich nur mit Kindern abzugeben, bei denen das Leben immer am Anfang steht, auf die die Welt noch wartet ...

«Sie sehen also, Tom» (mit bedauernder Geste), «ich habe keine andere Wahl.»

«Natürlich nicht. Das verstehe ich gut. Was Sie sagen wollen ist, daß, selbst wenn gewisse – Umstände – nicht eingetreten wären, Sie meinen Austritt gefordert hätten. Nicht Ihre Entscheidung. Allgemeine Überlegungen.»

Er sieht mich an, als hätte ich ein gutes Angebot unfreundlich ausgeschlagen.

«Oder sagen wir es vielleicht anders. Diese Umstände – die ich nicht besprechen möchte, da es klar ist, daß Sie sie nicht besprechen wollen – bieten Ihnen eine gute Gelegenheit, Ihre schon lange gehegten Pläne ungestört in die Tat umzusetzen.»

«Also das stimmt nicht. Und überlegen Sie sich, was Sie sagen. Ich habe schon betont, daß es sich hier nicht um einen Racheakt handelt.»

«Vielleicht nicht, aber was immer die Gründe sein mögen, ich lasse mich nicht durch – Umstände – dazu bringen, stillschweigend meinen Hut zu nehmen, meine Pension einzustreichen und nicht dagegen zu protestieren, daß mein Fach aus dem Lehrplan verdrängt wird.»

«Man könnte argumentieren, daß Sie die Verantwortung für Ihr Fach schon abgelegt haben, als Sie Ihren Unterricht in eine – Märchenstunde verwandelten.»

«Vielleicht *ist* Geschichte nur Märchenerzählen.»

«Ich verstehe. Nun, was immer das heißen mag. Trinken Sie noch einen. Ich war der Meinung, der gängige Ausspruch lautet, aus der Geschichte können wir etwas lernen. Wenn wir aus –»

«Wenn dem so wäre, würde die Geschichte einen unerbittlichen Fortschritt protokollieren. Der Ausblick auf die Zukunft würde mit jedem Tag strahlender.»

(Das würde Price gefallen: «strahlend».)

Er rückt seinen Stuhl zurecht. Sieht mich durch seine schwarzumrandeten Augengläser an. Als wollte er gerne sagen: Ja, ist es denn nicht so?

Aber er sagt es nicht. Er hält mir jetzt keine seiner erbaulichen Morgenansprachen. Er trinkt seinen Whisky.

«Lew, wissen Sie, wovon meine Schüler träumen?»

«Um Himmels willen, Tom. Wollen Sie sagen, daß es nicht nur um Märchenerzählen geht? Sondern sogar um Träume?»

«Im Ernst. Wissen Sie, wovon meine – wovon unsere, Ihre – Schüler träumen?»

«Ich glaube kaum –»

«Wir haben unlängst in meiner A-Gruppe darüber gesprochen. Neun von sechzehn haben gesagt, daß sie von einem Atomkrieg träumen. Bei einigen kehrt dieser Alptraum immer wieder. Sie träumen vom Ende der Welt.»

«Ist das –»

«Das Thema hat sich ergeben – wir haben über diese Träume gesprochen – weil einer aus der Gruppe, Price –»

«Ich kenne Price. Er schmiert sich dieses Zeug ins Gesicht. Wir haben ihm schon gesagt –»

«Er ist ein intelligentes Kind.»

«Um so wichtiger –»

«Price hat plötzlich mitten im Unterricht behauptet, daß Geschichte – Sie sehen also, daß er vielleicht Ihren Standpunkt teilt – ein Märchen sei. Und dann sagte er – und das hat uns dann auf seine Alpträume und die seiner Mitschüler gebracht: was wirklich zählt an der Geschichte ist, daß sie an einem Punkt angelangt ist, wo sie vielleicht endet.»

«Ja, ist das denn kein Beweis für –»

«Und da fing ich an, ganz ernsthaft darüber nachzudenken, Lew: Was leistet die Erziehung, was bietet sie uns, wenn man ihr den notwendigen Partner, die Zukunft, nimmt und sie statt dessen – mit überhaupt keiner Zukunft konfrontiert?»

Seine Augen werden schmal. Sein Gesicht nimmt den Ausdruck an, den Lehrer tragen, wenn ihnen die Schüler Frechheiten direkt ins Gesicht sagen, alles dorthin zurückgeben, woher es gekommen ist. (Ich kenne das auch, Lew. Mir geht es genauso. Spüre dieselbe Verkrampfung der Muskeln. Geh auf und ab und koche vor Zorn, wie ein Lehrer. Wie vor Price, zum Beispiel.)

Er steht auf, die Tasse in der Hand. Geht zum Fenster. Die Dunkelheit bricht herein. Häuserblöcke ragen auf. Wie wir an unseren Posten kleben, wie wir uns an den Lehrplan klammern.

Er dreht sich um, streng, anklagend.

«Vielleicht beweist das nur eines, Tom. Haben Sie sich je Gedanken darüber gemacht, daß es nur die Beschäftigung mit Ihrem angebeteten Gegenstand ist, die solche – düsteren Ahnungen heraufbeschwört? Ja, vielleicht haben Sie recht, wir lernen nichts aus der Geschichte. Was noch schlimmer ist, wir nehmen eine defätistische, voreingenommene Haltung an, wenn wir uns so intensiv damit beschäftigen ...»

Ist schon gut, Kinder. Ihr braucht keine Angst zu haben. Lewis ist bei euch. Er kümmert sich um euch. Eine einfache Antwort auf alle diese morbiden Fragen: der Atomschutzbunker.

Er wischt sich mit der Hand über die Stirn, die gemasert und poliert ist wie altes Holz.

«Ich habe schon immer gesagt –» Er hat es nie gesagt. Aber er hat es gedacht. Er sagt es jetzt. Und jetzt wissen wir es also:

«Geschichte führt zum Pessimismus.»

«Da muß ich Ihnen widersprechen. In dieser Hinsicht ist Geschichte genauso empirisch wie alle anderen Unterrichtsgegenstände. Wenn die Geschichte aufzeigt, daß das Maß an menschlichem Elend ansteigt. Wenn der durch die Geschichte erbrachte Beweis bestätigt, was meine Schüler intuitiv fühlen –»

Er setzt sich wieder. Gießt noch einen Scotch ein.

«Sie wollen also sagen – daß auch Sie diese Träume haben?»

Nein, Lewis, ich träume nicht vom Ende der Welt. Vielleicht, weil ich, anders als meine Schüler, kein Kind mehr bin (dieses Jahr werde ich dreiundfünfzig). Ich erwarte, ich fordere keine Zukunft. Und es immer Möglichkeiten, tausend Millionen Möglichkeiten gibt, den Untergang der Welt herbeizuführen ...

Soll ich euch meinen Traum erzählen? So nimmt man an, daß es sich abspielt: seine Träume erzählen. Sie versuchen es jetzt bei Mary. An dem Ort, den uns unsere moderne Denkungsart verbietet, Irrenhaus zu nennen. Zuerst erzählt man seine Träume. Man spricht von seinen tiefsten Ängsten. Dann kommt der Rest – die ganze Geschichte. Sogar bis in die Zeit zurück, als man ein kleines –

Wir könnten es versuchen, Lewis. Schauen, ob es funktioniert. Wir haben die ganze Nacht. Diese Flasche als Hilfe. Sie könnten fragen, warum ist das geschehen, Tom? Und ich könnte sagen, diese Magengeschwüre, Lew? Diese Whiskysauferei? Dieser verknöcherte Optimismus, mit dem immer deutlicher spürbarem Flair des viktorianischen Papas?

Mein Traum ist anders. Weniger spektakulär. Aber ich träume ihn immer wieder. Die Szene spielt an einem Winterabend in einem Supermarkt in den Außenbezirken. Die Dämmerung bricht herein. Sie verstehen, ich kann das nur als Geschichte erzählen. Es ist Freitagabend, es ist viel los. An den Kassen stehen lange Menschenschlangen; die Registrierkassen piepsen. Alle Mamis, die eine Familie zu füttern haben, kaufen fürs Wochenende ein. Alle Paare, die ihre Autos noch beladen müssen, möchten schon nach Hause. Sie haben all die wunderbaren Dinge gekauft, die ihnen der Supermarkt bietet. Sie haben die Dosensuppen, das Tiefkühlfleisch, ihre Cornflakes und geschrubbten Gemüse in Plastikpackungen; sie haben das Katzenfutter, das Hundefutter, Waschpulver, Papiertücher, Frischhaltefolie und Aluminiumfolie. Aber jemandem fehlt etwas. Denn mitten im Wust der Einkaufswagen, Körbe, mitten im Gewühl beginnt eine Frau plötzlich zu schluchzen. Sie schreit und schreit und hört nicht auf...

«Lewis, sagen Sie mir etwas. Wir haben in unserem Beruf mit Kindern zu tun. Glauben Sie an Kinder?»

19
Über meinen Großvater

Konnte man meinen Großvater, Ernest Richard Atkinson, dafür tadeln, daß er ein Renegat war, ein Rebell? Konnte man ihn dafür tadeln, daß er sich kaum für seine zukünftige Karriere als Direktor der Atkinson-Brauerei und der Atkinson-Schiffahrtsgesellschaft interessierte? Konnte man ihn dafür tadeln, daß er – nachdem ihn sein Vater, Arthur Atkinson, Parlamentsabgeordneter, aufs Emmanuel College in Cambridge geschickt und ihm die beste Ausbildung hatte zuteilwerden lassen, die je ein Atkinson genossen hatte – seine Zeit mit studentischen Mätzchen vertrödelte, mit Ideen flirtete (dem europäischen Sozialismus, dem Fabianismus, den Schriften Marx'), die sich direkt gegen die Prinzipien seines den Tories zugehörigen Vaters richteten; daß er den Großteil seiner Ferien an ruchlosen Orten in London verbrachte, wo ihn die Polizei aufforderte, seine Anwesenheit bei einer Versammlung von Arbeitslosen zu erklären (er war aus «Neugier» gekommen) und von wo er 1895

Rachel Williams, die Tochter eines schlechtbezahlten Journalisten, nach Kessling Hall brachte, mit der er sich, wie er unverschämt erklärte (wobei er vergaß, die anderen Damen zu erwähnen, mit denen er sich abgegeben hatte), schon verlobt hatte?

Geboren während des berüchtigten Hochwassers von 1874, unter Gerüchten und Verleumdungen, geboren zu einer Zeit, in der auch der Verkauf des (verdächtig schwachen) Atkinson-Biers zurückging, war es wirklich nur sein Fehler, daß er von Natur aus leichtfertig und widersetzlich war? Und war es wirklich so überraschend, daß er 1904, ein schon reifer und doch noch jugendlicher Dreißiger und Vater einer damals achtjährigen Tochter Helen, Direktor der Brauerei und der Schiffahrtsgesellschaft wurde und dieses unentrinnbare Schicksal mit Bedenken, Zögern und erst nach langem Überlegen auf sich nahm?

Denn Ernest Richard, mein Großvater, war der erste der Brauerei-Atkinsons, der sein Erbe ohne die Sicherheit eines unausbleiblichen Wachstums antrat, ohne den Ansporn des Fortschritts, ohne das Wissen, daß er im Alter reicher und mächtiger sein würde als in seiner Jugend. Nicht allein der Gewinn aus dem Verkauf von Atkinson-Bier ging nach dem Hochwasser von 1874 zurück. Denn das letzte Viertel des neunzehnten Jahrhunderts, das so gerne als eine Blütezeit angesehen wird, die zu dem legendären, langen Edwardschen Sommer führte, der dem kollektiven Angedenken so teuer ist, war in Wahrheit eine Zeit des wirtschaftlichen Niedergangs, von der wir uns nie mehr erholt haben. Eine Zeit, in welcher der Besitzer einer Schiffahrtsgesellschaft der Zukunft kaum vertrauensvoll entgegenblicken konnte, da der Frachtverkehr zu Wasser und die Binnenschiffahrt landesweit vernachlässigt wurden und den Kampf gegen die sich immer weiter ausbreitenden Eisenbahnen verloren war.

Wie überstand Arthur Atkinson, der nicht Herr der Gegenwart, sondern Diener der Zukunft war, in seinen späteren Jahren diese unversöhnlichen Strömungen? Dadurch, daß er sich mehr und mehr auf seine politische Tätigkeit konzentrierte (er wurde im Kreis Gildsey fünfmal wiedergewählt), dadurch, daß er ein unerschütterlicher Verfechter des fortschrittlichen Reichsgedankens wurde (denn hier war eine Expansion noch möglich), dadurch, daß er seine Wähler aus den Fens an die weite Welt und an ihre nationale Bestimmung erinnerte; dadurch, daß er zur Karikatur eines Staatsmannes wurde – sich seinem Sohn entfremdend.

Und wie nahm Ernest Atkinson das Menetekel auf? Indem er sich nach einer abenteuerlichen Jugend, in der er alles ausprobiert hatte, auf seine Herkunft besann.

1904, während Balfour und Loubet den Kaiser dadurch erzürnten, daß sie die anglo-französische Entente unterzeichneten, sah Ernest Atkinson so klar wie kein Atkinson der letzten vier Generationen das grundsätzliche Elend der Fens. Vielleicht durch die wäßrigen Umstände seiner Geburt angeregt, wünschte er sich, in die frühen Tage des ungezähmten Sumpfs zurückzukehren, als noch alles zu tun war, als noch etwas aus dem Nichts zu schaffen war; und in ihm lebte der Geist seines Ururgroßvaters William Atkinson mit seinen Gerstenfeldern wieder auf. Da er nun einmal Brauer sein mußte, wenn auch ein Brauer mit schwindendem Glück, was konnte er Besseres tun als treu sein Gewerbe betreiben und besseres Bier erzeugen? Welche schönere Aufgabe konnte es geben, als dieser harten Welt Fröhlichkeit zu bringen?

Aber besitzt derjenige Fröhlichkeit, der sie schenkt? Zeugnisse aus jener Zeit – durch seine letzten Jahre und die Fotografien, die ich von meinem Großvater mütterlicherseits noch besitze (nachdenklich gerunzelte Stirn, tiefliegende, düstere Augen) glaubhaft belegt – beweisen, daß Ernest Atkinson selbst in seiner unruhigen Jugend ein melancholischer, schwermütiger Mann war. Daß die Leichtlebigkeit jener frühen Jahre nur – wie das so oft der Fall ist – den inneren Ernst bekämpfen sollte; daß sein Liebäugeln mit sozialistischen Doktrinen nicht dem Bedürfnis entsprang, seinen Vater zu ärgern, sondern der Neigung (seinem Namen getreu), die Welt ernst zu nehmen; daß er sich der Erzeugung von Fröhlichkeit widmete, weil ihn Verzweiflung dazu trieb, und weil er – aber das ist nur Vermutung, ist nur eine Schlußfolgerung des Geschichtslehrers – so düstere Geheimnisse über seine weitverzweigten Vorfahren erfahren hatte (welche Geständnisse hat der alte Arthur 1904 auf dem Totenbett zurückgelassen?), daß er sich nichts sehnlicher wünschte, als ein ehrlicher und schlichter Lieferant jener Fässer voll Fröhlichkeit zu werden.

1905 verkaufte Ernest Atkinson den Großteil der Aktien der Schiffahrtsgesellschaft und den größten Teil des Docks von Gildsey (welches die Gas- und Koks-Gesellschaft als Platz für ihre spätere Fabrik erwarb), behielt aber die Barkassen und Leichter für den Malztransport von Kessling und vereinigte die ihm verbleibenden, mit dem Wasser in Verbindung stehenden Interessen in der Gildsey-

Vergnügungsboot-Gesellschaft: drei offene Dampfschiffe, die «St. Gunnhilda», die «St. Guthlac» und die «Fen Queen». Ausflugsfahrten von Ely, Cambridge und King's Lynn. Zum Vergnügen, wohlgemerkt.

Zur selben Zeit begann er lange Verhandlungen mit seinen leitenden Angestellten, experimentierte mit der Finesse eines professionellen Chemikers mit verschiedenen Hopfensorten, Hefe und Zuckersorten, mit verschiedenen Temperaturen und Anteilen und kam 1906 mit einem «New Ale» heraus, das die schmatzenden Stammgäste des «Schwans» und des «Schiffers», und jene, die sich so weit zurückerinnern konnten, als gleich gut – nein, als besser – als das Atkinson-Bier aus der Mitte des vorigen Jahrhunderts bezeichneten.

Im großen und ganzen aber waren die Leute von Gildsey nicht mit Ernests restriktiven Maßnahmen einverstanden, da sie ihnen Schmach über ihre einst blühende Stadt zu bringen schienen. Sie waren nicht mit einem Atkinson einverstanden, der, wenn er auch dem Namen nach Brauer war, seine Ärmel hochkrempelte und sich der unwürdigen Beschäftigung hingab, selbst mit Maische und Fermentation zu experimentieren. Denn das tat Ernest; und man behauptete sogar, daß er in speziell dafür eingerichteten Nebengebäuden von Kessling Hall Biersorten herstellte, die viel stärker waren als alles, was aus der Brauerei von Gildsey kam. Nicht nur das, sondern daß er auch selbst große Mengen trank. Sie nahmen ihm den Versuch übel – unpatriotische Feigheit nannten sie es in einer Zeit der allgemeinen Aufrüstung und der Kanonenboote –, sich von der Politik fernzuhalten, in der sich sein Vater so ausgezeichnet hatte. Behielten sich aber das Recht vor, trotzdem das Gerücht zu verbreiten, daß Ernest mit den Sozialisten sympathisierte. Sie tranken Ernests «New Ale», schienen aber den schlichten Glauben verloren zu haben, daß Fröhlichkeit zu allen Zeiten aus einer braunen Flasche gegossen werden konnte und nicht nur, wie zuletzt in Gildsey zur Mafeking-Nacht, das Privileg einer nationalen Feier war.

So gesellte sich also zur (vermutlichen) inneren Schwermut meines Großvaters das Wissen, daß es die Menschen nicht unbedingt nach Fröhlichkeit verlangt, selbst wenn man sie ihnen anbietet.

So gesellte sich also zur inneren Schwermut meines Großvaters auch das Wissen um das ständige Sinken des Gewinns aus der Brauerei.

So gesellte sich also zur (jetzt nicht länger nur vermutlichen) inneren Schwermut meines Großvaters die Tatsache, daß seine Frau Rachel, meine Großmutter, schweres Asthma bekam, für welches zum Teil das feuchte Klima der Fens verantwortlich sein mochte und an dem sie 1908 früh verstarb.

Ah, welchen Vorrat an Fröhlichkeit brauchen wir doch, welch tiefe Züge müssen wir doch von ihr nehmen, um den Kummer zu besiegen, den das Leben für uns bereithält ...

Jene, die einfache Vergleiche und Schlußfolgerungen anstellten, jene, deren Sinn für Geschichte schlecht entwickelt war und die daran glaubten, daß die Vergangenheit immer am Ärmel der Gegenwart zupft, jene von der Art, die behaupteten, Sarah Atkinson gesehen zu haben, als diese schon tot war – begannen wieder von einem auf den Atkinsons lastenden Fluch zu sprechen ...

Und Ernest Atkinson, der sich in Kessling Hall der Trauer überließ und zum Trost die Bierwürze eines noch nicht vollendeten, aber kräftigen Biers mixte und dabei von seiner zwölfjährigen Tochter unterstützt wurde, begann von seinem «Spezial» zu sprechen.

Im November 1909 kündigte mein verwitweter Großvater bei einer öffentlichen Versammlung im Rathaus von Gildsey an, daß seine Familie in die politische Arena zurückkehren würde, und erklärte, daß er bei den damals erwarteten allgemeinen Wahlen für die Liberalen kandidieren würde. Er legte seine Ansichten dar, er zog gegen die konservative Tradition los, die in seiner Heimatstadt so lange die Vorherrschaft gehabt hatte. Ohne seine einstigen sozialistischen Neigungen zu verleugnen, unterstützte er die jüngste liberale Reform und trat für Lloyd Georges «aufgeklärte, vernünftige Politik» ein. Er scheute nicht davor zurück, seinen eigenen Vater anzuklagen (Protestgemurmel), ihn als einen jener Menschen darzustellen, die den Wählern Träume von einer aufgeblasenen und nicht länger haltbaren Größe vorgegaukelt hatten, der ihren Geist mit Träumen von einem Weltreich vergiftet hatte (die durch den Südafrikakrieg längst hätten zerronnen sein müssen), und der sie dadurch von den Fragen abgelenkt hatte, die in der Heimat dringlich waren. Während er, der Sohn dieses Vaters, Mäßigung, Realitätsbezogenheit, Rückkehr zur Einfachheit und Genügsamkeit predigte und in Anspielung auf seine Rolle als Brauer – ein Scherz, der auf steinigen Boden fiel – eine Rückkehr von pompöser Feierlichkeit zu ehrlicher Fröhlichkeit forderte.

Er erklärte – ich besitze eine genaue Abschrift dieser tapferen und zum Scheitern verurteilten Rede –, daß ihn sein Gewissen und nicht das Verlangen nach öffentlicher Geltung (Zwischenrufe aus dem Hintergrund) auf die Bühne der Politik getrieben habe. Daß die Angst um die Zukunft seiner fröhlichkeitsspendenden Rolle als Brauer schon geschadet habe. Daß er in den kommenden Jahren katastrophale Auswirkungen vorhersehe, wenn man nicht die derzeit herrschende Stimmung des Hurrapatriotismus einbremste und dem militärischen Pokerspiel der Nationen Einhalt gebiete. Daß die Zivilisation (hatte Ernest Sarahs prophetische Gabe geerbt? Oder war er einfach sternhagelvoll, was viele vermuteten und ihren Nachbarn unter Rippenstößen bedeuteten) der größten Krise in ihrer Geschichte entgegensehe. Daß ein Inferno, wenn keiner etwas unternahm ...

Weitere, lautere Zwischenrufe und das Lächeln der erfahreneren Vertreter der Konservativen, die genau sahen, daß Ernest mit einem Schlag alle seine Chancen für die Wahl ruiniert hat. Einer der Zuhörer ruft: «Wenn Ihr Vater, Sir, unseren Geist mit seinem Imperialismus vergiftet hat, was tun Sie denn dann mit dem Zeug, das aus Ihrer Brauerei kommt?» Gelächter, Applaus. Ein zweiter, in aphoristischer Kürze: «Trunkenheit steht einem Brauer schlecht!» Noch mehr Gelächter, großer Applaus. «Macht seinen eigenen Vater schlecht!» (von einem anderen). «Oder sein Land!» (noch jemand). Gekreisch, Spott; der Vorsitzende klopft mit dem Hammer. («Ich muß den Herrn im Auditorium doch bitten, seine –»)

Mein Großvater (im allgemeinen Getöse): «Ich warne Sie ... wenn Sie nicht hören wollen ... sehe ich voraus ... sehe ich voraus ...»

Als er aber in die unheimliche Stille von Cable House zurückkehrt und weiß, daß er seinen guten Ruf verloren hat, als er seine Tochter Helen, jetzt dreizehn, mit einer Heftigkeit an sich drückt – hätte es jemand gesehen –, die annehmen läßt, daß sich dieser Mann an seinen einzigen Trost klammert, geht ihm vielleicht das schneidend spöttische Wort durch den Kopf: Trunkenheit.

Trunkenheit. Nicht Fröhlichkeit – Trunkenheit.

Er zieht sich in die bleierne Abgeschlossenheit von Kessling Hall zurück, wo er seiner Tochter diktiert, die eifrig in ihr Notizbuch Zahlen, Mengenangaben und sogar die Namen bestimmter zusätzlicher Ingredienzen einträgt, die immer ein Geheimnis waren und es auch bleiben werden, und vervollkommnet dort sein «Spezial».

Kinder, etwas von der donnernden und stammelnden Rhetorik meines Großvaters hat auf meinen Lehrervortrag abgefärbt. Etwas von seiner mißlichen Lage im Angesicht jener Rathausversammlung, diese Zwischenrufe, dieser Spott, flackert in den Zusammenstößen mit meiner Klasse wieder auf, wenn mir über den Pulten Trotz und Feindseligkeit entgegenblickt. Aber in wem sehe ich heute die innere Melancholie und Angst vor der Zukunft, die mein Großvater in sich trug? In einem Lockenkopf namens Price.

20

Die Erklärung der Erklärung

Den ich zur Ordnung rufe, vor dem ich auftrumpfe: «Gut, Price. Das ist genug. Wir sprechen uns nach dem Unterricht.» (Sein unverhüllter Abscheu vor meinem groben autoritären Verhalten, diese ungeschickte Zuflucht zur strengen Zucht.) Aber dieses «stecken Sie sich Ihre Geschichte» ... Pädagoge in Panik.

Da erzählt man ihnen von der Revolution und sie –. Angst vor der Revolution im Klassenzimmer, begünstigt durch die Angst vor Sanktionen durch die Vorgesetzten (Lewis möchte mit mir sprechen), angeheizt durch die Angst vor der Anarchie im eigenen Heim (Anarchie? Seine Frau hat es mit der Religion, sie hat sich Gott zugewendet). Spiel den Despoten. Laß es an ihm aus –. Tyrannei und Unsicherheit:

«Hör auf, so blöd zu grinsen, Price» (er grinst gar nicht), «und komm um vier Uhr zu mir.»

Und jetzt steht Price an meinem Schreibtisch, nach Ende des Unterrichts, und spielt auch diese Rolle perfekt: den verschämt dreinschauenden – aber reuelosen – Störenfried.

«Du kannst nicht alles haben, Price. Du hast dich für Geschichte entschieden. Hie und da arbeitest du ja wirklich ordentlich. Du kannst nicht den Geschichtsunterricht besuchen und dann keine Zeit für Geschichte haben. Du kannst nicht mit mir über bestimmte Probleme der Französischen Revolution diskutieren – nichts daran auszusetzen – und gleichzeitig den Gegenstand abschaffen wollen.»

Der Unterrichtsraum für Geschichte um vier Uhr. Die Schüler sind fort; die Dunkelheit des Winters vor den Fenstern. Leere Tische; Kratzer auf dem Holz, Kreidestückchen. Wir spielen das Ganze durch, die Lehrer-Schüler-Charade. Disziplin über alles. Wir suchen – oder ich wenigstens suche – nach Gemeinsamkeiten, nach einem Anlaß, um sagen zu können: «Zum Teufel, seien wir doch vernünftig!» . . . und: «Um Himmels willen, müssen wir denn so sein» . . . nur um zu entdecken, daß wir gezwungen sind, daß wir verurteilt sind – in entgegengesetzten Lagern zu sein.

«Nun?»

Price zuckt die Achseln. «Sie haben sich im Unterricht ja deutlich ausgedrückt. Es ist Ihre Show. Sie sind der Boss. Sie haben das Sagen.»

«Ach so. Also hat sich dein zweifellos scharfer Verstand für schweigende Aufsässigkeit entschieden. Gut, wenn die Positionen klar sind – dann reden wir nicht um den Brei herum. Wenn ich der Boss bin, wenn ich derjenige bin, der den Unterricht führt, dann habe ich auch das Recht, daß mein Unterricht nicht gestört wird.»

Price sagt nichts, aber um seine Lippen spielt ein schwaches, beunruhigendes Lächeln.

«Und wenn mein Unterricht gestört wird, dann habe ich das Recht, zu wissen weshalb – das ist der Grund, warum ich dich hergerufen habe.»

Das Lächeln bleibt.

«Wie wär's, wenn *du* zur Abwechslung einmal etwas erklären könntest?»

Aber Price muß nichts erklären. Muß gar nichts anderes tun als dastehen, mit dem Anflug von Spott auf seinem Gesicht. Denn die Situation ist klar (meine autoritären Methoden): der Unterdrücker und der Unterdrückte. Denn die Rollen sind schon verteilt. (Überleg dir das einmal, Price, so nebenbei: Wie viel ist doch in der Geschichte nur Rollenverteilung, wie vieles ist nur deshalb geschehen, weil keiner gesagt hat, was er wirklich –)

Amateurhafte Theatralik. Behalt ihn nach dem Unterricht da. Sieh zu, daß etwas geschieht.

«Nun?»

«Nun – das ist ganz einfach, Sir. Ich habe Sie unterbrochen – weil ich es wollte.»

«Natürlich. Und das ist ja ein freies Land. So geht's nicht, Price. Denn ich frage mich, warum ist es nur Price, dem es beliebt, mich zu unterbrechen, in einer Klasse von sechzehn Schülern, die zum Großteil nette Kinder sind –»

«Sie wollen sagen, daß sie tun, was man ihnen befiehlt.»

«Das ist eine mögliche Interpretation. Aber was ist mit deiner Erklärung?»

«Ich bin hier, um zu lernen, Sir.»

«Dein Vertrauen und deine Bescheidenheit rühren mich – in den Stunden scheinen sie ja zu fehlen. Aber da du das Erklären mir überlassen willst, werde ich es versuchen. Meiner Ansicht nach zielt dein grundlegender Einwand nicht auf die Form meines Unterrichts oder ähnliche Teilaspekte. Wäre das der Fall, dann könnten wir ja über Methode und Vorgangsweise debattieren – alles sehr vernünftig und richtig –, wir könnten sogar in Freundschaft zu dem Schluß kommen, daß wir verschiedener Meinung sind. Dein Protest bezieht sich auf viel grundlegendere Dinge, ist viel radikaler. Du gehst aus von der Voraussetzung – habe ich recht –, daß Geschichte als solche ein Ablenkungsmanöver ist; daß die Vergangenheit irrelevant ist. Die Gegenwart allein ist für unsere Existenz wichtig. Der logische Schluß daraus ist, daß wir die Zeit nicht darauf verschwenden sollten, von der Französischen Revolution zu lernen – die, so will mir scheinen, auf Grund ihrer umstürzlerischen Tendenzen ein Thema ist, das du gar nicht so uninteressant findest. Wir sollten uns statt dessen zusammensetzen und über Afghanistan, den Iran, Nordirland und alle Übel, die wir in unserem zermürbten England finden, diskutieren.»

Ich stehe auf. Gehe auf und ab, während ich spreche, und sehe Price nicht an. Ich dresche schon wieder Phrasen. Rede zuviel. Große Gesten der Rhetorik vor leerem Auditorium. Fülle den Bühnenraum. Spreche in die leere Luft. Jeden Moment kann Price fragen: Warum stolzieren Sie herum wie ein Schmierenkomödiant? Hören Sie doch auf, den Schulmeister zu spielen.

«Ein lobenswerter Vorschlag, Price. Und soviel ich weiß, habt ihr auch in den allgemeinbildenden Fächern bei Mr. Wallace die Gelegenheit zu solchen Diskussionen.»

«Er ist ein altes –»

«Vorsicht. Was mich anlangt, werden wir in dieser Hinsicht mit einem praktischen Hindernis konfrontiert. Und zwar mit dem Stundenplan. Daß ich nämlich dafür bezahlt werde, Geschichtslehrer zu sein und Geschichte zu unterrichten, daß der Lehrplan für Geschichte neben andern unwichtigen Dingen – auch die Französische Revolution vorsieht, und wir sie folglich auch behandeln.»

(Hör auf, diese Rolle zu spielen. Ab von dieser Bühne.)

«Großartig! Ich freue mich, daß Sie sich das alles so gut überlegt haben.»

Giftig, erbittert, mit einer Art von hoffnungslosem Schmerz kommt es heraus, während ich wieder zum Katheder zurückgehe und einen Augenblick lang die Fassung verliere.

Jetzt – jetzt ist die Gelegenheit da.

«Price, manchmal habe ich den Eindruck, daß dir – etwas auf dem Herzen liegt. Das wir noch nicht einmal berührt haben. Daß wir am Thema vorbeireden. Wenn ich –»

Eine Hand hebt sich – aber nicht in einer rhetorischen Geste. Eine Hand hebt sich, fast unbewußt, und berührt Price an der Schulter.

Eine schnelle Kettenreaktion in Prices Augen. Erschrecken. Hastig, abwehrend fallen die Rolläden nieder; genauso hastig die Umkehr zum Angriff. Lippen verkniffen.

«Wenn ich dir irgendwie helfen kann –»

Ich bleibe am Fenster stehen. Blicke in die Dunkelheit. Schweigen.

«Ich weiß nicht, Sir. Glauben Sie, daß Geschichte hilft?»

«Wie meinst du das, Price?»

«Was ich sagen will – ich verstehe dieses ‹irgendwie helfen› nicht. Ich wußte auch nicht, daß das im Lehrplan steht.»

Schlußfolgerung, um mich selbst zu schützen: der Junge ist eben Anti. Gegen alles. Soll er sich doch zum Teufel scheren.

Prices Gestalt, hinter mir, spiegelt sich im Fenster. Steht dort, wo ich immer vor der Klasse stehe. Ein geisterhafter Schüler, der an Stelle seines Lehrers in einem geisterhaften Klassenzimmer steht, das in der Dunkelheit verschwimmt ...

Aber wie schnell vergessen wir doch, wie das ist, so zu sein. Sechzehn zu sein, und zu schweben, zu schweben ... Wie schnell wir vergessen ... Wie wir uns an den Lehrplan klammern. Bis –

(Price, ich mache mir Sorgen.)

«Ist gut. Du hast natürlich recht. Hilfeleistungen stehen nicht auf dem Lehrplan. Vergessen wir also meine irreguläre Anteilnahme? Ich habe dich aber auch nicht hierbehalten, um dir Nachhilfeunterricht zu erteilen. Ich hätte noch immer gerne eine Erklärung.»

Noch immer mit dem Rücken zu mir. Er bewegt sich auf den hinteren Teil des Raumes zu, als machte er (eine momentane Täuschung meinerseits) sich um mich Sorgen. Menschen, die an einem Fenster im zweiten Stock stehen ...

«Also?»

Im falschen Moment.

«Wissen Sie, was mit Ihnen los ist, Sir? Sie haben sich in Erklärungen verrannt. Erklären, erklären. Alles muß eine Erklärung haben.»

Ein Instinkt des Menschen, Price. Eine typische Eigenart. Hängt mit dem Leben zusammen.

«Du hast doch gesagt: Sie erklären –»

«Weil ich ohne Erklärung auskommen kann –»

Ich drehe mich um. Seine Lippen zittern.

«Weil ich keine Erklärungen will –»

Verzerrte Züge, die sich gerade zu glätten versuchen. Zittern, das sich verbergen will. Eine Stimme, die sich krampfhaft bemüht, eine Pointe herauszubringen – hat er sich die für jetzt aufgespart?

«Weil Erklären eine Methode ist, die Tatsachen zu umgehen, obwohl man es tut, als näherte man sich ihnen –»

Sehr gut, Price. Sehr tiefschürfend. Das ist was für Prices Sammlung Anarchistischer Aphorismen. Aber dieses erschreckte Gesicht –?

«Und Menschen fangen nur zu erklären an, wenn etwas schiefgeht, nicht, wenn alles in Ordnung ist. Bei so vielen Erklärungen hat man immer den Eindruck, daß es ziemlich schlecht um die Dinge stehen muß, wenn so viele Erklärungen notwendig sind.»

Schweigen. Die bleiche Kriegsbemalung faßt sich wieder. Die Lippe zittert nicht mehr. Aber er sieht mir nicht in die Augen.

Er sieht auf die Uhr.

«Kann ich jetzt gehen, Sir? Es wird schon spät.»

Botschaft verkündet. Bist du deshalb zu meinem kleinen Strafrendezvous gekommen? Um eine Herausforderung zu bringen. Das Manifest des Klassensprechers. Die Pricesche Erklärung aller Erklärungen. Ein Denkanstoß für den alten Cricky. Und er wird nachdenken. Er tut es schon ...

«Ja, es ist spät.»

«Kann ich also dann gehen?»

«Price, ich – ja, du kannst gehen.»

Rasch, verächtlich geht er zur Tür. Dreht sich um.

«Also dann bis morgen in der Stunde.»

Worauf der Wortführer, dem Lager des Despoten entkommen, umgeben (mein taktischer Fehler) mit der Aura des Märtyrers und Helden, an Ansehen und Beachtung gewonnen hat. Zum Brennpunkt der allgemeinen Bewegung geworden ist. Was hat er denn gesagt? Und was hast du gesagt? Und wie ist er übrigens, wenn man mit ihm allein redet? Ist er wirklich – na, du weißt schon – ein bißchen verrückt ...?

Gemurmel, Unruhe. Eine gewisse Verwegenheit. Und die ganze Klasse ist der langweiligen Diskussion um Beweggründe, Voraussetzungen müde; der analytischen Debatte. Erklärungen, Erklärungen. Reden, Reden. Die Nationalversammlung; ihre Eignung; ihre Zusammensetzung; die Liste der Darsteller. Die durch die Verfassung gegebenen Möglichkeiten; Dialog; Rhetorik und Realität; Theorie und Praxis; Geschichte und Getue ...

He, wir haben geglaubt, Revolution bedeutet Taten setzen. Barrikaden und Blut. Was ist damit?

Sieh her, wie du sie aufgerüttelt hast, Price. Sieh, wie du sie aufgewiegelt hast. Aber für die richtigen Ziele? Gegen die Geschichte? Gegen den Lehrplan? Aber es ist ja nicht der Lehrplan, der daran schuld ist, es ist nur, daß er herumtrödelt und lange braucht, bis er zu den spannenden Stellen kommt. Das, was die Geschichte so attraktiv macht – Schlachten und Hinrichtungen (mir ging's früher genauso, in meiner nachtschwarzen Uniform).

Was wolltest du, Price? Nieder mit der Vergangenheit; fort mit der Vergangenheit. Aber sieh nur, wie sie noch immer die alte, alte Geschichte fordern. Sieh nur, wie sie herandrängen, um die große, böse, legendäre Bastille wieder zu stürmen. Aktion und Atavismus. Heraus mit den Kostümen. Wenn uns die Geschichte ein lebensgroßes Modell für den Protest liefert ...

Der Wortführer bleibt mitten im Tumult stumm. Sieht seinen Lehrer an. Ein Paradoxon der Revolution: wenn der Gegenstand Revolution heißt, wie soll man sich dagegen erheben? Wenn die Vergangenheit versucht, sich selbst zu zerstören, wie zerstört man dann die Vergangenheit? Ein schwacher Anklang an das verzerrte Gesicht von vorhin, die zitternden Lippen. In der nächsten Stunde (Erklärung der Menschenrechte) wird er, zu guter Letzt, das Ende der Welt in die Diskussion einführen.

Aber was ist mit den Barrikaden und dem Gemetzel? Und mit den Guillotinen? Bitte weiter.

Ihr wollt also ein Drama. Ihr wollt die Weltuntergangsstimmung? Dann erzähle ich euch über

22

Das Krönungsbier

Er zieht sich nach Kessling Hall zurück, ein Brauer von Beruf, ein Politiker aus fehlgeschlagenem Ehrgeiz. Ein Brauer: einer, der es gären läßt.

In der Wahl vom Januar 1910 erhält mein Großvater nur elfhundert Stimmen und wird, trotz seines Namens und der Tatsache, daß er aus Gildsey stammt, von einem Außenseiter geschlagen, einem gewissen John Sikes aus Yorkshire, den man rasch eingeschleust hat, um sich den leicht zu erringenden Parlamentssitz zu sichern, und den man erwartungsgemäß als Konservativen, wenn auch unter einer liberalen Regierung, wählt. Mein Großvater akzeptiert seine Niederlage und hat wahrscheinlich auch nichts anderes erwartet; hat sich schon mit der Rolle der politischen Kassandra und dem Verlust seiner Einlage abgefunden.

Aber obwohl er seine Niederlage akzeptiert, bleibt er nicht untätig. Er wartet auf den Augenblick, an dem er den Leuten geben wird, was sie wollen.

Und der Augenblick kommt im Sommer 1911.

Im Sommer 1911, wie ihr sicher wißt, wenn ihr die britischen Monarchen und die dazugehörigen Jahreszahlen auswendig gelernt habt, ist der gute alte Nichtsnutz König Edward schon tot und der treue Familienvater – aber immer noch König und Kaiser – Georg V. hat den Thron bestiegen. Und wenn ein König den Thron besteigt, dann muß er gekrönt werden, um seinen Untertanen Grund zum Feiern und Gelegenheit zur Bekundung ihrer unverbrüchlichen Treue zu geben.

Und wie angenehm, wie passend, daß sich in solcher Zeit eine solche Gelegenheit ergibt. In der die Anzahl der Dreadnoughts, selbst unter einer liberalen Regierung, verdoppelt wird; in der der Kaiser – ein Monstrum an Arroganz – ganz Europa brüskiert; in der die Briten in das zweite, so bedeutungsschwere Jahrzehnt dieses Jahrhunderts eintreten.

Im Juni 1911, während in Gildsey die Vorbereitungen für die Krönung Georgs V. laufen und überall beflaggt wird, Holzstöße errichtet werden für Freudenfeuer, man Blumengirlanden und Spruchbänder anbringt, bietet mein Großvater, der mürrische und unbeliebte Brauer, der Stadt an, seinen eigenen Beitrag zu den Festlichkeiten zu leisten, in Form eines neuen Flaschenbiers, das höchst passend «Krönungsbier» genannt wird; die ersten tausend Flaschen sollen umsonst abgegeben werden, aber kein Tropfen darf die Lippen berühren, bevor der König gekrönt ist.

Obwohl es schon die Lippen meines Großvaters unter dem schlichten Namen «Spezial» berührt hat. Und vielleicht auch die blühenden Lippen von Helen Atkinson, meiner Mutter.

Von patriotischem Eifer beseelt und in versöhnlicher Stimmung (so kann also der verstockte Brauer wie jeder andere für sein «God Save the King» einstehen) entschließen sich die Einwohner, ihren Zwist mit Ernest Atkinson für den Augenblick zu vergessen. Der Jubeltag nähert sich. Sie erinnern sich an andere Anlässe, da man ihnen gestattet hatte, Bier für eine gute Sache zu trinken; an das «Diamantene» und «Goldene» Jubiläumsbier, selbst an das «Grand '51», und weiter zurück an die goldenen Tage, in denen die Stadt floriert hatte. Sind diese Tage für immer vorbei? Konnte dieses Ereignis von landesweiter Bedeutung – so wandte sich Ernest Atkinson an das Organisationskomitee, ohne politische Andeutungen, aber mit einem seltsamen Funkeln seiner Augen – nicht auch eines von lokaler Bedeutung werden? War es nicht, so erklärte er, während das Funkeln in seinen Augen immer seltsamer wurde, fast genau hundert Jahre her, daß Thomas Atkinson zum großen Mißfallen einiger Gruppen in Gildsey (Gelächter der Komiteemitglieder) die Schiffahrtsrechte auf dem Leem erworben hatte und damit jene Ereignisse in Gang setzte, durch welche diese gottverlassene Stadt in den Fens ihren rechtmäßigen Platz im Land – ja sogar in der ganzen Welt – einnahm? Was war in diesem Krönungsbier, das in einer braunen Flasche angeboten wurde, die langgezogener als die Bierflaschen späterer Jahre war, auf der der Name «Atkinson» eingeprägt war und deren Schild in der Mitte eine große Krone, umgeben von einem Kranz kleinerer Kronen und britischer Flaggen, zeigte? Nektar? Gift? Fröhlichkeit? Wahnsinn? Die aufgestauten Wahnvorstellungen der Untertanen Ihrer Majestät?

Seid versichert, es war kein gewöhnliches Bier, das sie dort am Ouse tranken, während sich die Menschenmassen in Westminster drängten, die Kanonen abgefeuert wurden und die Glocken der Abtei läuteten. Denn als die Männer von Gildsey in Scharen in den «Hecht und Aal» und den «Fröhlichen Schiffer» kamen, um die ersten jener privilegierten Tausend zu sein, die ihre Flasche gratis bekamen, und um die Gläser, wie es sich gehörte, zum Toast auf den König zu erheben, entdeckten sie, daß sie diese patriotische Flüssigkeit mit erstaunlicher Geschwindigkeit durch die normalerweise mählich erreichten und kontrollierbaren Stadien der Trunkenheit trug: Freude, Zufriedenheit, Wohlbehagen, Angeregtheit, Benommenheit, Hitzköpfigkeit, Verwirrtheit, Verzweiflung, Delirium, Zorn, Streitsucht, Unausgeglichenheit, völlige Handlungsunfähigkeit – und all das im Spießrutenlauf einer einzigen Flasche. Wenn eine zweite angebrochen wurde –

Genaue Berichte über die Ereignisse jenes Tages sind schwer zu bekommen. Teils weil es ein Tag war, den man in Gildsey vergessen möchte; teils aus dem sachlicheren Grund, daß viele von denen, die als verläßliche Zeugen hätten gelten können, zu dieser Zeit schon hemmungslos betrunken waren.

Beunruhigend oft wurden die Frauen der Stadt gerufen, die Zornausbrüche ihrer Männer zu besänftigen und erlagen dabei selbst der Versuchung, etwas von dem Gebräu zu kosten, welches so bemerkenswerte Auswirkungen zeitigte. Die Wirte der dreiundzwanzig Gasthäuser der Stadt begannen für den Ruf und die Sicherheit ihrer Lokale zu fürchten. In der Water Street wurde eine Gruppe von Schulkindern, die in ihrer Unschuld dem neuen Monarchen fähnchenschwingend ihre Treue beweisen wollten, von dem heiseren – und womöglich obszönen – Grölen, das aus dem «Schwan» und dem «Hecht und Aal» drang, aufgehalten. Raketen und Leuchtkugeln, die als festliche Abendbeleuchtung gedacht waren, wurden in hellem Tageslicht und in äußerst gefährliche Bahnen geschossen. Ein erschreckender Fall von Schiffbruch, ja fast von Ertrinkungstod ereignete sich, als die «St. Guthlac», deren Steuermann seine Flasche schon geknackt hatte – wie viele seiner Passagiere –, im Zickzackkurs mit wehenden Fahnen und dröhnender Sirene über den Fluß fuhr und fast von der «Fen Queen» gerammt wurde, die unter ebenso benebelter Führung stand. Trunkenheit. Während die Glocken von St. Gunnhilda die neue Regierungszeit einläuten. Trunkenheit in überraschenden und seltsamen Weisen.

Eine Abordnung von zwei hohen Polizeioffizieren wandte sich in dem Gestell aus Segeltuch, das man als «Krönungspavillon» bezeichnete, an Ernest Atkinson, um im Namen von Recht und Ordnung dringend die Schließung der Wirtshäuser zu fordern und gleichzeitig zu fragen, was denn um Himmels willen in diesen Flaschen sei und ob es kein Gegenmittel gäbe? Es heißt, daß Ernest darauf in deutlichem Anklang an den Stil seiner einstigen Wahlrede antwortete, daß es äußerst bedauerlich wäre, gerade an diesem Tag aller Tage etwas zu unterbinden, das nur zur Ehre von König und Vaterland gedacht wäre; daß er zwar für das Bier verantwortlich wäre, doch kaum (so seine Worte), für die, die es nicht mit Maß und Ziel tranken. Und um diese letzte Bemerkung zu illustrieren, trank er vor den Augen der Polizisten in einem Zug eine Flasche des bewußten Biers aus (von dem einige Kisten auch in den Krönungspavillon gelangt waren), ohne die geringste sichtbare Wirkung, wodurch er die anläßlich der Wahlkampagne gegen ihn geäußerten Verleumdungen Lügen strafte und die Wahrheit des alten Spruchs bewies, daß mehr nötig ist als das eigene Bier, um einen Brauer betrunken zu machen. Die Polizisten wurden herzlich aufgefordert, selbst ein Glas zu versuchen. Da sie in ihren besten Galauniformen steckten, lehnten sie ab.

Denselben Polizeioffizieren mußte man leider bald darauf mitteilen, daß eine Anzahl ihrer Konstabler der Versuchung erlegen war und das außerordentliche Gebräu gekostet hatte.

Ein junger Zecher hatte versucht, einen Flaggenmast hinaufzuklettern und sich dabei ein Bein gebrochen. Die Prozessionen und Feierlichkeiten schlugen in Chaos um. Und viele der teilnehmenden Bürger, die gerade an diesem Tag ein entsprechendes Maß an Nüchternheit hätten zeigen sollen, hatten dies verabsäumt, darunter auch die Mitglieder der Blasmusikkapelle von Gildsey, deren sorgfältig geprobtes Programm wilden Improvisationen wich und deren Wiedergabe von Elgars Schlaraffenland-Ouvertüre unwiderruflich in einer Katastrophe endete.

Für jene, die noch einer Beurteilung der Lage fähig waren, stellte sich nun das schwierige Problem zu entscheiden, ob ein Verbot des Bieres, das zu diesem Zeitpunkt schon allerorts heftig nachgefordert wurde, nicht zu einem noch größeren Aufruhr führen würde, als durch den bisherigen Genuß bereits ausgelöst worden war.

Im Lauf dieses wildbewegten Nachmittags begannen sich einige der zum Krönungsbankett (um acht Uhr, im Großen Saal des Rathauses) Geladenen zu fragen, welchen vernünftigen Grund sie vorbringen könnten, um nicht an diesem feierlichen Ereignis teilnehmen zu müssen. Aber es fand kein Krönungsbankett statt. Denn das Schlimmste dieses greulichen Tages sollte noch kommen.

Keiner weiß, wie es begann. Ob ein einzelner zuerst Alarm schlug (und man es als einen der zahllosen schlechten Späße oder als Einbildung abtat) oder ob es die ganze Stadt plötzlich erfaßte. Aber als sich die Dämmerung über diesen mehr als festlichen Tag legte, zeigte sich, daß die Brauerei, die New-Atkinson-Brauerei, die 1849 von George und Alfred Atkinson errichtet worden war, in Flammen stand. Dicke Rauchschwaden wurden bald von lodernden Flammen verdrängt, und diese wieder von dem lauten Krachen und Bersten begleitet, das so typisch für einen Brand in fortgeschrittenem Stadium ist.

Rasch sammelte sich eine große Menschenmenge an. Das Krönungsbankett wurde angesichts dieses Unglücks einfach abgesagt. Die Feuerwehr von Gildsey (Gründer: Alfred Atkinson) wurde bis zum letzten Mann einberufen. Ob aber die bewährte Truppe mit ihren drei Spritzen und zwei Anhängern in dieser Unglücksnacht von Nutzen war, darf bezweifelt werden. Nicht nur, daß das Feuerwehrhaus unvorsichtigerweise den ganzen Tag lang kaum besetzt war (eine der Spritzen hatte man mit Girlanden und Fähnchen zur Teilnahme am Festzug geschmückt); fast jeder Feuerwehrmann, der sich verzweifelt bemühte, nüchtern zu werden und gleichzeitig in seine beengende Uniform zu schlüpfen, hatte eine beachtliche Menge Bier getrunken, weshalb die Brauerei schon rettungslos verloren war, als die Spritzen endlich in wildem Durcheinander, mit schrillem Glockengebimmel, eine von ihnen noch mit patriotischen Rosetten geschmückt, endlich an den Brandort gelangt waren. Und einige Augenzeugen behaupteten auch, daß die tapfere Mannschaft viel mehr Zeit auf unmanierliche Späße verwendete (zum Beispiel die Zuseher anzuspritzen) als auf ihre Löscharbeit.

Und das Feuer brannte. Nahm alle Freudenfeuer und das ganze für diesen Freudentag geplante pyrotechnische Spektakel vorweg. Die Menge, die Augen glasig vom Bier und Feuerschein, sah zu, als handelte es sich nicht um den Brand der städtischen Brauerei, sondern um ein wohlvorbereitetes Schauspiel eigens zu ihrer Belustigung. Und vielleicht war es auch so. Die Ungeschicklichkeit der Feuerwehr wurde jubelnd angespornt. Wenige Berichte sprechen von Entsetzen, von Panik, von Einsicht in die Gefahr. Wenn das

Feuer besonders spektakuläre Darbietungen lieferte (so zerbrach zum Beispiel eine Reihe von Fenstern gleichzeitig, wie die Breitseite eines Schiffes), dann geschah dies unter heftigem Applaus; und als um Mitternacht (der allerletzten Stunde, die je auf der Uhr hoch oben angezeigt wurde) der Schornstein der Brauerei erzitterte, wankte und mit seinen italienischen Friesen und gelähmten eisernen Uhrzeigern binnen Sekunden senkrecht im glühenden Gehäuse der Brauerei versank, geschah es zur Begleitmusik lauten Beifalls, ungeachtet der Tatsache, daß der Schornstein, hätte er einen anderen Einsturzwinkel genommen, wahrscheinlich ein paar Dutzend Zuseher zermalmt hätte.

Ein überirdischer Glanz beleuchtete in dieser Nacht die eng zusammengedrängten Dächer von Gildsey. Auf der nachtschwarzen Oberfläche des Ouse zerstoben Feuerketten und formten sich wieder. Auf dem verlassenen, girlandengeschmückten Marktplatz zitterten die Pflastersteine, und im Rathaus, wo man für ein Bankett gedeckt hatte, das nie stattfinden sollte, huschten die Schatten der hohen städtischen Fensterrahmen über die Wände. Kilometerweit über die flachen, gleichförmigen Fens war der Brand zu beobachten, als wäre ein Meteor niedergegangen – eine Reverenz an den Aberglauben der Fenleute; und am Morgen des dreiundzwanzigsten Juni sah man an Stelle des wohlbekannten Schornsteins eine Rauchwolke, die viele Tage am Himmel hing.

War es wirklich so – denn kaum war das Feuer erloschen, flackerten die Gerüchte auf –, daß dieses Krönungsbier, durch das diejenigen, die es tranken, so angefeuert wurden, sich eine Möglichkeit erschlossen hatte, auch nach außen zu wirken und in einem spontanen Brand den Ort seiner Entstehung in Flammen aufgehen zu lassen? Hatte dieses bemerkenswerte Bier, als Labung für die Menge an einem Tag nationaler Festlichkeit gedacht, erst den ansteckenden Wahn ihres Hurrapatriotismus entfesselt und den Leuten zu Bewußtsein gebracht, daß sie die Zerstörung der Fröhlichkeit vorzogen? Und was sollte Ernests kryptische und bittere Bemerkung, als er im Herbst 1914 Gildsey für immer verließ: «Ihr habt euch über einen Brand gefreut, ihr werdet noch einen anderen erleben?» War der Brand in der Brauerei – wie man vielfach glaubte – von betrunkenen Zechern gelegt worden, die auf der Suche nach weiteren Biervorräten in das Gebäude eindrangen und – zufällig oder mit Absicht – einen Brand verursachten und dabei einen neuen, viel schlimmeren Durst kennenlernten? Oder traf die andere Version zu, wonach es die städtischen Behörden waren, die den Brand selbst gelegt hatten, als verzweifelte Maßnahme, um eine Nacht allgemeinen Aufruhrs zu verhindern und gleichzeitig den ganzen Vorrat des bösartigen Getränks zu vernichten? Denn nach der Zerstörung der Brauerei wurde nie mehr ein Krönungsbier (mit einer Ausnahme) gesehen (oder getrunken). Und das Geheimnis dieses Gebräus – blieb ein Geheimnis.

Brachte der Brand der Brauerei den endgültigen Beweis dafür, daß ein Fluch auf den Atkinsons lastete? Wie fügte sich diese Auffassung aber zu dem Gerücht, das sich zuerst still und leise, in den späteren Jahren aber immer kräftiger erhob, als nämlich Ernest, der nicht wiederaufbauen wollte, die ihm verbleibenden Aktiva verkaufte und sich – wie es schien nur allzu schuldbewußt – nach Kessling Hall zurückzog? Das Gerücht, daß Ernest selbst, nachdem er die ganze Stadt betrunken gemacht habe, den Brand gelegt hatte. Weil er die hohe Versicherungssumme einstreichen wollte.

Und weil er, Kinder (gestattet eurem Geschichtslehrer diesen zwar kühnen, aber teilweise belegten Verdacht), weit davon entfernt, Opfer eines Fluchs zu sein, froh war, dessen Instrument zu sein. Denn er sah keine Zukunft für die Firma Atkinson und ihr einstiges Imperium, schon gar nicht für diese Menschen, die vom Unheil verfolgt wurden. Er wollte nichts mehr, als die Brauerei völlig zerstört und vernichtet wissen. Um alles zu bereinigen.

Dies ging ihm vielleicht durch den Kopf, als er an einem Oktobertag des Jahres 1914, im Fond einer Daimlerlimousine neben seiner einzigen Tochter (einer Schönheit von achtzehn) von Gildsey nach Kessling fuhr, wo es früher keine Hall, keine Mälzerei und keinen Bootshafen gegeben hatte. Solchen Gedanken hing er nach, während er durch das flache Land am Leem fuhr, so ähnlich der Gegend zwischen Lys und Yser, wo bald so viele Leben ausgelöscht werden sollten und wo Henry Crick am Knie verwundet wurde. Was hatten die Atkinsons dadurch erreicht, fragte er sich wahrscheinlich, daß sie diesem Stauwasser die große, weite Welt geöffnet hatten?

Und – diese Frage stelle ich euch, Kinder – taten denn Ernest und alle die anderen bierbrauenden Atkinsons nicht dasselbe, wenn auch in größerem Stil, wie Freddie Parrs Vater, als er sich dem Trinken ergab? Sich die Leere erträglich zu machen. Das schwere Gemüt zu erleichtern. Feuer schüren und aus wäßrigem Nichts fermentieren . . .

Das Urteil der offiziellen Untersuchung und der Befund der Versicherungsgesellschaft: ein Unglücksfall.

Um die Versicherungssumme einzustreichen. Rache zu nehmen an der Stadt, die ihn mit seiner Rede ausgebuht und ihn nie zum Parlamentsabgeordneten gewählt hatte. Sie alle zum Narren zu halten (denn sie wurden sehr bald ernüchtert). Wer weiß, ob das Ganze nicht ein ungeheuerlicher Betrug gewesen war und sie ihn nicht, hätten sie ihn in jener schicksalhaften Nacht gefunden, genommen und in die Flammen geschleudert hätten?

Denn wo war Ernest Atkinson nun wirklich, als seine Brauerei in Flammen stand? Nirgends zu sehen. Obwohl jedermann überzeugt war, er müsse da sein, irgendwo unter den gaffenden und aufgeregten Honoratioren, viele von ihnen in ihren Galauniformen, auf ungewollte Weise vom Feuer beweihräuchert, konnte sich nachträglich doch niemand mit Sicherheit daran erinnern, ihn gesehen zu haben. Obwohl er im Krönungspavillon gewesen war und am Morgen wieder auftauchte (gewisse Ängste zerstreuend), um die noch immer glühenden Ruinen zu besichtigen, wußte doch niemand, was in der Zwischenzeit geschehen war. Eine äußerst verdächtige Abwesenheit.

Aber während sich Ernest nicht hatte blicken lassen, war eine andere, ihm verwandte Gestalt auf den Plan getreten. Denn, wenn man es auch als eine der vielen Halluzinationen, hervorgerufen von Bier und Feuer, abtun kann, so erinnert sich doch mehr als einer aus der Menge an das Auftreten einer Frau – einer Frau, die ihnen plötzlich eine unglaubliche alte Geschichte in Erinnerung rief. Denn als man endlich um halb zwölf zwei Polizeikonstabler (man weiß nicht, ob sie nüchtern waren) nach Cable House schickte, da Ernest gesucht und nirgends gefunden worden war, fanden sie dort allein und einsam Jane Shaw (das übrige Personal war davongelaufen, um den Brand zu sehen), die sich im Zustand höchster Aufregung befand; die blindlings schwor, daß sie erstens nie einen Tropfen jenes schrecklichen Biers angerührt hatte und daß sie ins Obergeschoß gegangen war, um den Brand zu beobachten, da sie auf der Straße um ihre Sicherheit besorgt war, und daß sie Sarah Atkinson – wirklich – gesehen hatte. Denn sie kannte sie von dem Bild, das im Rathaus hing, gar nicht zu reden von den Bildern im Hause selbst. Denn sie hatte alle die törichten alten Geschichten gekannt, und jetzt wußte sie, daß sie wahr waren. Sarah war vor dem Fenster gestanden, von wo aus man beobachten konnte, wie die Flammen bis zur Spitze des Schornsteins loderten, der bald in ihnen verschwinden sollte, und hatte gesagt, mit einem Lächeln und einem Tatsachenbezug, den ihr Gatte und ihre beiden Söhne damals vor langer Zeit nicht verstanden hatten: «Rauch! Feuer! Es brennt!»

23
Quatorze Juillet

Überschätzen wir aber nicht, was sich beim Sturm auf die Bastille tatsächlich zugetragen und was man erreicht hat. Sieben Gefangene wurden befreit (mehr befanden sich nicht in der Festung): zwei Wahnsinnige, vier Fälscher und ein unseliger Wüstling. Sieben Köpfe – der Gouverneur und sechs Mann der verteidigenden Garnison – auf Lanzen gespießt und zur Schau gestellt. Rund zweihundert Belagerer getötet oder verwundet. Die Steine der Bastille, ein Schuttberg, von Bauunternehmern davongeschleppt und mit hübschem Gewinn verkauft ...

Nein, die Bedeutung dieser glänzenden Eroberung liegt nicht in ihrem greifbaren Verdienst, sondern in ihrem symbolischen Wert. Die Zitadelle des Königs, erobert von den Untertanen des Königs. Daher auch die berühmte dreifarbige Fahne – das Rot und Blau der Stadt Paris, welches das Weiß der Bourbonen scharf bewacht –, die zum transportierbaren Wahrzeichen der Revolution wurde, genauso wie der Fall der Bastille zu ihrem geschichtlichen Urbild. Der Revolution. Obwohl sie in den kommenden Jahrzehnten in zwei Kaiserreichen wehen sollte und dann immer öfter dem stürmischen und schwülen Wind des Nationalismus voranflatterte, ja sich sogar im Jahr 1904 mit der gleichermaßen roten, weißen und blauen Flagge des imperialistischen, monarchistischen Großbritannien (des alten Feindes) verbündete.

Ah, die Idole und Ikonen der Geschichte, ah, die Embleme und Totems des Gestern! Wie sich ein anderes an seine Stelle drängt, wenn eines gestürzt wird. Wie wir unseren Märchen nicht entkommen können – auch wenn du es kannst, Price. Wie selbst in der Kindheit eures Lehrers (wenn ihr euch so etwas überhaupt vorstellen könnt), während der großen Wirtschaftskrise, die in weniger erfolgreichen Zeiten immer als Gespenst vor uns aufersteht, der

Staatsfeiertag regelmäßig begeistert gefeiert wurde (ohne Hinweis auf Brauereibrände).

Und wir alle wissen, was die Franzosen jeden Juli tun (sieben auf Lanzen aufgespießte Köpfe und ein Schutthaufen).

24

Kinderspiele

Am 14. Juli 1940 war den Franzosen aber gar nicht danach zumute, den Fall der Bastille zu feiern oder ihren unvergänglichen Sieg über die Tyrannei. Am 14. Juli 1940 befand sich Frankreich seit drei Wochen unter deutscher Besatzung, die ihm gegen den rasch abnehmenden Widerstand rasch aufgezwungen wurde. Denn – die Nachwelt erhebt anklagend den Zeigefinger – entweder hat der alte Verräter und Defätist, Marschall Pétain (der den Zusammenbruch ausschließlich auf den giftigen Geist der Revolution zurückführte), sein Land schlichtweg verkauft; oder – damit man nicht nur einen Sündenbock hat – weil mehrere vorangegangene Attakken, noch bitter in aller Erinnerung, von jenseits des Rheins den glorreichen, die Bastille stürmenden Franzosen bereits das Rückgrat gebrochen hatten.

Im Juli 1940 besetzt die deutsche Armee ein Land, das zwischen 1914 und 1918 von eineinhalb Millionen Franzosen mit dem Leben verteidigt wurde und für das Pétain selbst heldenhaft in Verdun gekämpft hatte. Im Juli 1940 bereitet Hitler – wie schon Napoleon 1805 – die Invasion Englands vor. Gibt den Gedanken aber dann auf und fällt in Rußland ein. Ganz, wie es Napoleon einst getan hat.

Wer will behaupten, daß die Geschichte nicht im Kreis geht?

Und im Juli 1940, während Hitler und Göring konferieren und weinende Evakuierte in die Dörfer des Fenlandes kamen, wo sie von Kindern verspottet wurden, sitzen Tom Crick (der zukünftige Geschichtslehrer), Freddie Parr, Peter Baine, Terry Coe (Freund des Erstgenannten) und Dick Crick, alle in wollenen Badehosen und, mit Ausnahme von Freddie Parr, mit nassen Haaren und schlammverschmierten Armen und Beinen, gemeinsam mit Mary Metcalf und Shirley Alford (Baumwollröcke und verschiedenfarbige Blusen, weiße Socken und Sandalen) am Ufer des Hockwell Lode und befassen sich mit Dingen, die wenig von den gedämpft zu ihnen dringenden Geräuschen der weiten Welt beeinflußt werden (und die sie auch ihrerseits nicht beeinflussen).

Denn unter den wollenen Badehosen von Tom Crick, Freddie Parr, Peter Baine und Terry Coe sieht man ganz deutlich Geschwulste, welche die Neugier von Mary Metcalf und, wenn sie es auch weniger direkt zeigt, die von Shirley Alford hervorrufen, deren Blick zwar angezogen wird, sich aber aus sehr verwickelten Gründen, die Shirley zum Erröten bringen, zwanghaft abwendet.

Und Mary Metcalf sagt: «Zeigt her, zeigt her.» (Rituelle Worte in einem rituellen Zusammentreffen, welche die Geschwulste unter der Wolle noch ein wenig mehr anschwellen lassen.)

Und Freddie Parr sagt: «Erst müßt ihr –»

Fahrräder liegen im Gras. Die Lerchen singen. Flugzeuge dröhnen (eine Nation im Krieg). Eine schon halbleere Flasche Whisky steckt aufreizend zwischen Freddies Oberschenkeln, ist aber vorher unter den Versammelten herumgereicht worden, zur Aufmunterung. Peter Baine hat getrunken, Terry Coe hat getrunken, euer Geschichtslehrer hat getrunken, Freddie Parr hat getrunken (mehr als alle anderen), aber Dick hat sich entschieden gewehrt, und desgleichen, auf gezierte Art; auch Shirley Alford; während Mary Metcalf, die, schon erfahren in solchen Situationen, in denen einer Dame von einem Herrn berauschende Getränke angeboten werden, aber geplagt von ihrer alles beherrschenden Neugier, die Flasche nur soweit geneigt hat, daß ihre Zungenspitze benetzt wurde, sie zurückgibt und nur «Hu» sagt.

Und dieser Whisky, muß man hinzufügen, ist ein echter schottischer Whisky, den Freddie unter großen Schwierigkeiten seinem Vater gestohlen hat. Denn die Tage des Schwarzmarkts und der illegalen amerikanischen Importe kommen erst.

Der Geruch des trockenen Schlammes, der Geruch des Flusses, ein weiß-blauer Himmel, ein warmer Wind ... Damit ich nicht um den Brei herumrede, Kinder, und euch nebenbei eine spontane Theorie anbiete, sage ich, daß sich die Sexualität viel leichter, viel früher in einem flachen Land entwickelt, in einer wäßrigen Ebene, als, sagen wir, in einem gebirgigen oder bewaldeten Land, wo die phallischen Stöße der Natur jene des Menschen beeinträchtigen, oder in einer Landschaft von Städten, wo Tausende von künstlichen Erektionen (der Schornstein einer Brauerei, ein Hochhaus) uns von unseren tierischen Trieben ablenken.

Kurz gesagt, Kinder, ich möchte darauf hinweisen (obwohl es vielerlei Verhütungsmittel gibt – obwohl Schulmädchen immer früher schwanger werden – und obwohl die heutigen Jugendlichen offensichtlich früher reif werden, körperlich, sexuell – ja, Price – sogar geistig), daß eure Generation kein Monopol hat –

Und dieses nette kleine aufreizende Spiel am Hockwell Lode, das schon einige Male begonnen hatte, aber noch nie zum Höhepunkt gekommen war (wie man sich dies auch vorstellen mag), weil die angeborene Scheu über den zur Schau getragenen Wagemut siegte (Durchschnittsalter, mit Ausnahme von Dick, dreizehneinhalb); und auch weil man an diesem brütendheißen Julinachmittag, an dem die Dinge vielleicht weiter als sonst vorangeschritten wären, durch die Anwesenheit meines Bruders in Verlegenheit gebracht wurde, der, nicht der Geselligsten einer und im besten Fall undurchschaubar, verschlossen und schwierig zu behandeln war, noch nie zuvor daran teilgenommen hatte. So war es also unmöglich zu sagen, wie er das Ganze auffaßte.

«Zuallererst», sagte Freddie, «müßt ihr eure Sandalen und Socken ausziehen.» Das zu befolgen gelang Mary und sogar Shirley Alford ohne Schwierigkeiten.

Eine bedeutsame Pause, in der Marys Blick unsere Geschwulste fixiert und Shirley in den Himmel blinzelt.

«Und dann müßt ihr –» Aber beeinflußt vom Whisky seines Vaters oder vielleicht auch nur aus Ungeduld sieht Freddie von der üblichen detaillierten Aufzählung ab, durch welche dieses Spiel nie zu einem Ende kommt, und sagt mit eindeutig obszönem Blick «– alle eure Kleider ausziehen.»

Was sowohl bei Mary als auch bei Shirley Bestürzung hervorruft, vor allem bei Shirley. Denn die früher genau festgelegten Zwischenstadien – «eure Blusen», «euren Rock» – boten zumindest die Möglichkeiten zu Kompromißlösungen; die zur Schau getragene Kühnheit konnte sich auf beiden Seiten legen, man konnte Bedingungen stellen («bis hierher und nicht weiter») oder Gegenleistungen verlangen («nur, wenn ihr zuerst –»), oder das Ganze endete in Gekicher oder Streitereien. Denn dieses Spiel, welches durch beiderseitige Neugier angeregt wird, trägt auch eine Komponente beiderseitigen Widerstands in sich.

«Bis jetzt haben wir das anders gespielt», sagt Shirley.

«Heute spielen wir es aber so», sagt Freddie, nimmt einen kräftigen Schluck Whisky und tätschelt seinen noch bedeckten Auswuchs. «Die Regeln sind geändert.»

Mary beginnt – zögernd gefolgt von Shirley –, ihre Bluse und ihren Rock auszuziehen. Obwohl man festhalten muß, daß sie, während sie das tut, nicht Freddie, Peter Baine, Terry Coe oder mich ansieht, auch nicht unsere verräterischen Badehosen, sondern Dick, der wie ein stummer Schiedsrichter mit angezogenen Beinen hoch oben auf der Böschung sitzt.

Das Ablegen von Röcken und Blusen bringt Nachteile für Shirley mit sich. Denn Marys Anatomie entwickelt sich schon und macht es notwendig, daß sie den durchsichtigsten aller Büstenhalter trägt, während Shirley kein solches Kleidungsstück aufzuweisen hat. Ihre flachen, kleinen Brustwarzen zeigen keinen Unterschied zu dem, was wir auf unserem eigenen Brustkorb tragen. So schaut also Shirley in diesem Stadium hilflos drein und alle Augen wenden sich Mary zu.

Mary nimmt den Büstenhalter ab und legt augenblicklich die Arme über die Brust.

«Und jetzt eure –» Aber Freddie kann das Wort «Unterhosen» nie ohne die wildesten Grimassen und einen Anflug von Gekicher sagen.

Mary schüttelt den Kopf und hält noch immer ihre Schultern. «Nein. Jetzt sind wir gleich.» (Ihre und Shirleys Flanellunterhosen gegen unsere Badehosen.) «Jetzt seid ihr dran.» Und starrt unverblümt auf Freddies Geschwulst, die sich unter diesem Blick wahrscheinlich zusammenzieht.

Schweigen. Trockene Lippen werden geleckt.

Dann beugt sich Freddie Parr plötzlich vor, zieht Marys rechte Hand von ihrer linken Schulter, preßt sie gegen seine Badehose und sagt: «So, jetzt hast du ihn gespürt. Jetzt –»

Worauf Shirley mit erschreckten Blicken hastig ihre Kleider an sich reißt, etwas weiter wegläuft, sich rasch anzieht und unter spöttischen Rufen und Pfiffen das Weite sucht.

Und wird jetzt die Neugier alle Hemmungen besiegen?

Mary, ihre jungen Brüste noch immer mit den Armen bedekkend: «Ihr zuerst.»

Peter Baine: «Wir sind doch vier.»

Mary: «Soll ich vielleicht wählen? Und außerdem seid ihr fünf.»

Und sieht hinauf zur Uferböschung, wo Dick noch immer sitzt. Allein und ausgeschlossen (damals hat er noch kein Motorrad).

Und ganz besonders Freddie Parr bemerkt diesen Blick.

«Also los.» In Marys Stimme schwingt Autorität mit. Als hätte Shirleys Davonlaufen ihre Selbstsicherheit vergrößert oder der Blick auf Dick uns vieren einen unerklärlichen Gehorsam aufgezwungen.

Julisonnenschein an den Ufern des Hockwell Lode. Vier Badehosen, zwei dunkelblaue, eine schwarze, eine braune, fallen im Sonnenlicht in fast jungfräulicher Verlegenheit und in der Angst, ja nicht schneller oder langsamer als der Nachbar zu sein. Vier verschrumpelte, unentschlossene und leicht klebrige Glieder zeigen sich, im Nest des schwach sprießenden Schamhaars; versuchen sich aufzurichten, erschlaffen und rühren sich noch einmal schwach. Denn ob es jetzt das fragwürdige Werk von Freddies gestohlenem Whisky ist (der in unserem Kopf und Magen schon leichte Verwirrung stiftet) oder bloß angeborene Schüchternheit, jedenfalls gelingt es uns vieren – trotz der erwartungsvollen Schwellung und trotzdem Mary, sozusagen als Anreiz, die Arme von ihren kleinen Brüsten nimmt – nicht, einen ordentlichen Steifen hinzukriegen. Und das kleine Instrument eures Geschichtslehrers – ihr seht, Kinder, ich schrecke vor keinem Geständnis zurück – fällt gänzlich in sich zusammen.

Nach einem flüchtigen Blick wendet Mary sich ab. (Wie aus der Pistole geschossen werden vier Badehosen rasch in die Höhe gerissen.) Sie ist enttäuscht. Man hat sie in ihrer Neugier betrogen. Für eine derartig klägliche Vorstellung zieht sie ihre eigene marineblaue Unterhose aus der Klosterschule nicht aus.

Das wiederbedeckte Quartett steht – oder steht nicht – beschämt da. Freddie trinkt hastig einen Schluck Whisky. Terry Coe – ist es möglich? – hat Tränen in den Augen. Und euer Geschichtslehrer weiß nicht, wo er hinschauen soll.

«Wenn», sagt Mary laut denkend und den Vorteil, in dem sie sich befindet, hemmungslos auskostend, «wenn ihr zuerst eine Prüfung besteht.»

«Was für eine Prüfung?»

Vier Köpfe heben sich besorgt ...

Mary sieht auf das Wasser des Lode. «Ihr sollt schwimmen. Von der hölzernen Brücke weg. Wer am weitesten schwimmt – unter Wasser – dem – zeig ich es.»

«Aber du weißt doch, daß ich nicht schwimmen kann», sagt Freddie.

«Dein Pech. Dann wirst du es eben lernen.»

Mit der «hölzernen Brücke» meint Mary eine schmale, wackelige Angelegenheit aus Planken und Latten mit einem einzigen Handlauf, die über den Lode führt und im Mittelabschnitt von zwei Pfeilern gestützt wird, ungefähr zweieinhalb Meter über dem Wasser, damit die Leichter passieren können. Ein großartiges Sprungbrett.

«Also los.» Und Mary nimmt noch einmal, um uns zu reizen, die Arme von ihren kaum entwickelten und doch durchaus aufregenden Brüsten und bedeckt sich dann wieder.

Wir stehen auf, wobei uns der Whisky aus dem Gleichgewicht bringt und in unseren Mägen wiederum unbehagliche Empfindungen hervorruft. Es läßt sich nicht mehr feststellen, ob uns noch immer der Wunsch treibt, zu sehen, worin sich Mary zwischen ihren Beinen von uns unterscheidet, oder ob wir uns eher vor den Kameraden bestätigen wollen. Genauso wie Mary vielleicht nicht mehr von ihrer Neugier getrieben wird, sondern von der unbestreitbaren Macht, die sie eben entdeckt hat und nun gebraucht.

Als wir uns aber umdrehen und entlang des Lode zur hölzernen Brücke gehen wollen, bleiben wir stehen, und unser männlicher Stolz und Marys weibliche Autorität werden schwer getroffen. Denn Dick hat sich uns angeschlossen. Er ist von der Böschung heruntergekommen. Und nicht nur Dick, sondern, an ihm haftend, von der gespannten Badehose zwar verdeckt, wenn auch kaum gebändigt, eine röhrenförmige Geschwulst von riesigen, alles übertreffenden Ausmaßen.

Die brüderliche Vertrautheit, Kinder, hatte mir genügend Gelegenheit geboten, das Glied meines Bruders zu betrachten – schlaff, herunterhängend, leblos. Ein gutes Exemplar, im ungefüllten Zustand groß, aber nicht unförmig. Aber so etwas hatte ich noch nie gesehen. Ich hatte sogar geglaubt – wenn man Dicks allgemeine Trägheit, seinen Schwachsinn, sein sprachliches Unvermögen, seinen trüben Blick, in Betracht zieht –, daß Dick (obwohl ich die Dinge rein akademisch von der anderen Seite des Tors zur Pubertät aus betrachtete, das ich noch durchschreiten mußte) einfach kein Interesse hatte. So etwas aber hatte ich noch nie gesehen –

Und Dick vielleicht auch nicht. Vielleicht war es für ihn eine genauso erstaunliche und traumatisierende Entdeckung. Denn er streckt dieses Wunderding weit von sich weg, strafft sein Becken, als wollte er es von sich fortschieben, dieses Ding, von dem er nicht weiß, ob er es als das seine anerkennen soll oder nicht.

«Ich auch. Ich – ich auch schwimmen.»

Marys Blick – das bemerken wir alle – wird zu einem Glotzen. Ihre Wangen färben sich rot. Sie runzelt die Stirn. Und während diese Symptome sichtbar werden, überlegt sie vielleicht (eine rasche, bittere Vermutung meinerseits), daß – ganz abgesehen von diesem Faktum von überdurchschnittlichen und erstaunlichen Ausmaßen – Dick vier Jahre älter als alle anderen ist. Hier ist endlich, wenn auch in jugendlicher Maske, ein Mann (ein kleines Haarbüschel mitten auf Dicks Brustbein). Was könnte dieses sonst so geistlose Wesen noch für andere, wunderbare Eigenschaften besitzen...?

Wiedererwachte – wieder aufflackernde – Neugier in Marys Augen. Und Angst. Nur ein Anflug von Angst. Eine Angst, die, weil sie mit Neugier verbunden ist und auch noch etwas anderes birgt – einen Anflug von Mitleid, von seltsamer, wohltätiger Absicht –, eine gefährliche Mixtur ist.

Zur hölzernen Brücke. Rasch. Um durch hektische und verzweifelte Aktivitäten diesen Wolf im Schafspelz, diese Ziege unter den Schafen zu verbergen. Um zu vermeiden, daß wir noch länger dastehen und diesen kleinen Riesen anstarren müssen. Selbst Freddie läuft trotz seiner nicht unvernünftigen Einwände am Ufer des Lode entlang. Denn er wird lernen müssen.

In der Mitte der hölzernen Brücke fünf Gestalten in der folgenden Reihenfolge, von rechts nach links: Peter Baine, Terry Coe, Tom Crick, Freddie Parr, Dick Crick, alle in den unterschiedlichsten Posen von Tollkühnheit bis Besorgnis (und in einem Fall von deutlich erkennbarer sexueller Erregung) und alle (mit einer Ausnahme) in verschiedenen Stadien der Trunkenheit. Fünf Gestalten starren auf den Hockwell Lode – ein von Menschen künstlich angelegter Wasserlauf, der in den Leem mündet, welcher wiederum in den Ouse mündet – und warten auf das Signal zum Hineinspringen.

Die Kunst des Unterwasserschwimmens, wie sie an schönen Sommertagen von den Jungen aus Hockwell, Wansham und anderen Orten betrieben wurde, ist weder besonders schwierig noch besonders einfach. Sie ist eine Kombination von Lungenkraft und Muskelkraft; erschwert durch das dunkle, schlammige Wasser des Hockwell Lode, das einem die Wahl zwischen dem Schwimmen mit offenen oder geschlossenen Augen leichtmacht und faulig schmeckt, wenn man es unbeabsichtigt, aber unvermeidlich in dem Augenblick schluckt, in dem der Luftvorrat zu Ende geht. Das Unterwasserschwimmen war schon früher Gegenstand von Herausforderungen, für kleinere Wetten und Prahlerei. Aber noch nie zuvor von so unerbittlicher Provokation wie dieser.

Euer Geschichtslehrer ist der Meinung, daß er in dieser Kunst nicht ungeschickt ist. Er glaubt, daß er Peter Baine und Terry Coe schlagen kann (hat sie auch schon geschlagen) –. Und was Freddie Parr anlangt –. Aber verwirrende Gefühle und ein unerwarteter Rivale lassen ihn zittern, als er auf den hölzernen Brettern steht.

Fünf Gestalten auf der Brücke. Und eine auf der Uferböschung (in marineblauer Unterhose), welche – die Arme noch immer über der Brust gekreuzt – «Achtung, fertig!» ruft. Eine gnadenlose Pause macht, in welcher der wild eingeatmete Luftvorrat zur Hälfte verbraucht wird. Dann «Los!»

Der jüngere der beiden Crickbrüder springt ins Wasser und verliert seine Rivalen aus den Augen. Wild enschlossen, eher seine Lungen bersten zu lassen als Mary einen Grund zu geben, ihn zu verachten (und schon gar nicht, ihm den Anblick ihres –), schwimmt er tief unter der Oberfläche. Er taucht nicht auf und riskiert keine Disqualifikation. Sein Blick trifft auf braunen, schweigenden Nebel. Schwebender Schlamm. Aufgewirbelter Schlamm. Ein Bereich, in dem sich Erde und Wasser vermischen. Geheimnisvoll, unbestimmt, alles umhüllend. Seine Glieder kämpfen, er würgt. Er muß auftauchen (wie muß es sein, wenn man ertrinkt?), er muß auftauchen –

Und taucht auf, fünfzehn Meter von der Brücke entfernt, atmet tief ein, dann nochmals, und sieht Peter Baine, der ebenfalls Luft holt, ungefähr drei Meter hinter sich, und Terry Coe einen Meter dahinter. Aber keine Mary am Ufer, die Tom Crick zum Sieger erklärt, die sagt, daß er gewonnen hat. Denn was geschieht an der Brücke? Freddie Parr lernt schwimmen. Freddie ist wirklich ins Wasser gesprungen, um sich eine vollständige Demütigung zu ersparen, und schlägt jetzt wild um sich, gurgelt, japst, spritzt herum, dreht sich, versinkt, taucht wieder auf, gurgelt, versinkt wieder. Mary steht aufgeregt am Ufer. Und mein Bruder, der nicht ins Wasser gesprungen ist, der auf der Brücke steht, sieht mit einer gewissen Faszination auf Freddie hinab, aber auch wie ein Mensch, der gerne ein paar Sekunden verstreichen läßt, und dann – als die Jungen im Wasser schon zur Brücke zurückschwimmen – kniet er nieder, legt sich auf die Bretter, lehnt sich über den Rand, hält sich mit einer Hand fest und streckt die andere ohne jede Eile Freddie entgegen. Der sie packt und – nun eine tiefere Demütigung erduldend als diejenige, die er hatte vermeiden wollen – vom langen, kräftigen Arm seines Retters auf die Brücke gezogen wird.

Eine kurze und große Untersuchung, als Peter Baine, Terry Coe und ich ans Ufer klettern.

«Es geht ihm schon wieder gut.»

«Was ist denn geschehen?»

«Er ist selber daran schuld.»

«Hat ihn Dick hineingestoßen?»

«Nein, er ist hineingesprungen – na ja, oder so ähnlich.»

«Blöder Idiot.»

«Er hätt's ja nicht tun müssen. Keiner hat ihn gezwungen.»

Dick aber sagt nichts. Er steht auf der Brücke, mit leerem Gesicht, und sein Glied schwillt immer stärker an.

Freddie kauert auf der Uferböschung, ringt nach Atem.

«Aber hast du's gesehen? Hast du gesehen, wer gewonnen hat?» Eine unverschämte, hartnäckige Stimme. (Denn selbst auf die Gefahr hin, daß er überheblich wirkt, will euer Geschichtslehrer nicht, daß seine Leistung ungewürdigt bleibt.)

«Ich habe es gesehen –» sagt Mary und schlendert in beunruhigender Weise zu ihren Kleidern.

Noch während sie das sagt, fahren alle Köpfe herum, als ein heiserer Schrei und ein lautes Klatschen ertönt.

Dick ist ins Wasser gesprungen. Dick hat uns zu verstehen gegeben, daß der Wettbewerb noch nicht vorbei ist.

Wellen, Blasen. Unter der graubraunen Wasseroberfläche schimmern fahle Glieder. Dann nichts. Lange Zeit nichts. Fünfzehn, dreißig Sekunden lang nichts. Und wieder nichts. Und selbst als dieses Nichts bereits die längste erdenkliche Zeit gedauert hat, noch immer nichts. Und selbst nach einer – erstaunlichen – Draufgabe auf dieses Nichts, während sich Freddie, nach Whisky stinkend, auf allen vieren im Gras kniend übergibt, noch immer nichts. Und wieder nichts. Mit dem Ergebnis, daß alle (mit Ausnahme von Freddie) aufstehen und Mary (nicht länger auf die völlige Verhüllung ihrer Brustwarzen bedacht) eine Hand schirmend über die Augen hebt. Denn jetzt, da wir das Maß der verstrichenen Zeit auf die räumliche Distanz zu übertragen haben, müssen wir in die sonnenglitzernde Ferne blicken.

Blaugleißender Himmel. Heiße Ufer. Ebene, flache Fens. Leise flüsterndes Schilf. Schlamm zwischen den Zehen. Trauerweiden. Mary . . .

Und gerade als sich dieses erstaunliche Nichts mit der wundersamen, rätselhaften Möglichkeit des Für-Immer getroffen zu haben scheint, taucht ein Kopf – das heißt ein dunkler Flecken in weiter Ferne – auf, vielleicht siebzig, achtzig Meter – es können auch hundert sein – von unserem Standort entfernt. Schüttelt das Wasser aus den Haaren; zeigt keine Anzeichen von Unbehagen, als wäre er nur aus einer Laune und nicht aus Notwendigkeit dort aufgetaucht; bewegt sich zum Ufer hin; zieht hinter sich den langen Körper (lang, aber ohne Kiemen und Schuppen) meines Bruders nach; und kommt, ohne sich auszuruhen oder zu zögern, einsdreiundachtzig groß, erdfarbene Hauttönung wieder zu uns zurück, während wir ihm ehrfürchtig entgegensehen (selbst Freddie, der sich nach dem Erbrechen wieder erholt hat).

Was für Wunderdinge erwarten uns wohl noch nach diesem Wasserwunder und dem großen Knüttel in seiner Badehose? Wird Dick den Preis beanspruchen? Wird ihn Mary gewähren? Wohin werden sie gehen, damit Mary ihre marineblaue Unterhose, unbeobachtet von uns unwürdigen Versagern herunterlassen kann und Dick (obwohl er nicht dazu verpflichtet ist) seinen –?

Aber als Dick näher kommt, wird etwas ganz deutlich – oder besser, dieses Etwas wird durch sein Fehlen deutlich. Die riesige Geschwulst, dieser Marschallstab im Tornister – er trägt ihn nicht mehr vor sich her. Er ist fort – oder in sich zusammengefallen, verborgen in dem belanglosen Säckchen, das in allen männlichen Badehosen nur wenig Raum beansprucht und auf dem sich nach dem Schwimmen die Tropfen eher sammeln als davon abprallen.

Was mag die Ursache sein für dieses Verschwinden? Kann es sein, daß Dick Angst hat? Kann es sein, daß jetzt, wo der Moment gekommen ist, auch er an diesen perversen Schrumpfungen leidet? Kann es sein, daß die kühlen Wasser des Lode und die außerordentliche Anstrengung Dicks Energie für einige Augenblicke in andere Kanäle geleitet haben und er sich im nächsten Augenblick wieder aufrichten wird? Kann es sein, daß Dick nur deshalb ins Wasser gesprungen ist, um diese rebellische Rute zur Räson zu bringen? Oder – noch wildere Vermutungen, die dem langen, wunderbaren Tauchen ein neues Rätsel hinzufügen – kann es sein, daß sich Dick dadurch schon eine Art von Befriedigung verschafft hat, eine Ekstase, in die ihn auch Mary nicht versetzen kann, und hat er schon –? So daß vielleicht in eben diesem Augenblick ineinander verflochtene Stränge von Dicks Sperma zum Leem hinuntertreiben, von wo sie sicher in den Ouse und weiter ins Meer schwimmen werden. Oder hinuntertreiben würden, gäbe es nicht hungrige Fische, die sie auf dem Weg aufschnappten.

Mary weicht zurück, macht wieder einen Schritt vor, hält den Blick ängstlich neugierig auf Dicks Badehose gerichtet, macht sich bereit, sich wie eine gefangene Sklavin diesem bulligen Sieger darzubieten. Aber Dick, mit wäßrigem Blick (hinter zuckenden Wimpern) – in dem sich zwei Blicke mischen – einer für Mary (unsicher, vielleicht auch traurig) und einer für uns andere (gleichgültig, vielleicht vorwurfsvoll) – beansprucht seinen Preis nicht. Er bleibt einen Augenblick vor Mary stehen. Geht weiter. Hebt die Whiskyflasche auf, die noch fingerhoch mit sonnenwarmer Flüssigkeit gefüllt ist. Wirft sie in den Lode. Sieht uns alle ausdruckslos an. Geht mit schweren Schritten (vorsichtig an Freddies Erbrochenem vorbei) zu seinem früheren Platz auf der Böschung. Setzt sich nieder; zieht die Knie an; umfaßt sie mit den Armen, starrt über sie hinweg. Schmollend, mürrisch.

«He – wie machst du das?»

«Mein Whisky. Mein Whisky –»

«Wie hältst du den Atem so lang an?»

«Wie machst du –»

«Hast du es dir selbst gemacht? Im –?»

Keine Antwort. Die Wimpern flattern.

«He, Mary, du ziehst dich ja nicht –»

Keine Antwort. Gespannte Stille.

«Mary, du hast gesagt –»

Mary geht auf ihre Kleider zu, die sie achtlos hingeworfen hat.

«Spielst du nicht mehr mit? Was ist?»

Peter Baine stellt sich ihr in den Weg, reißt behend die meisten der am Boden verstreuten Kleidungsstücke an sich; springt zur Seite; bleibt stehen; hält sich Marys Rock an die Hüften; wackelt im Hula-Hula-Stil; reißt den Rock zur Seite, als sich Mary wie ein ungeschickter Torero darauf stürzt; wirft einen Teil des Bündels Terry Coe zu, der rasch reagiert, es fängt und ebenfalls eine kurze Tanzpantomime vollführt, wobei er sich Marys winzigen Büstenhalter vor die Brust hält.

Ein Fangenspiel, die Uferböschung hinauf und hinunter, wobei die Kleider von einem zum anderen fliegen und Mary sich verrenken, drehen und dahin und dorthin laufen muß, und dabei die ganze Zeit versucht, ihre Brüste mit einem Arm zu bedecken; an dem aber weder Dick, der mit flatternden Wimpern stillsitzt und zusieht, noch sein Bruder Tom teilnehmen (dieser aus Gründen, die man nur brüderlich nennen kann, aber auch aus ganz eigennützigen Gründen).

Und auch Freddie beteiligt sich nicht. Auch er hat seine Gründe dafür. Denn Freddie beobachtet einerseits das Fangenspiel, andererseits, und das viel genauer, Dick. Denn während sich das Spiel noch in einem frühen Stadium befindet und aller Augen davon angezogen werden, schleicht sich Freddie die Uferböschung entlang zur hölzernen Brücke und noch weiter, dorthin, wo er weiß, daß die Aalreusen stehen. Denn Freddie hat ein anderes Spiel im Sinn. Als nämlich das Herumwerfen und Fangen und Verfolgen aufhört und Peter Baine und Terry Coe beschließen, Marys Kleider in der Gegend zu verstreuen und sie daher, wenn auch wenig würdevoll, die einzelnen Stücke wieder einsammeln kann, läuft Freddie plötzlich aus Richtung der hölzernen Brücke daher, so rasch, daß man kaum wahrnimmt, was er in der Hand trägt, und als sich Mary ahnungslos bückt, um ihren Rock aufzuheben, packt er sie von hinten, zieht mit einer Hand am breiten Gummiband ihrer Unterhose und stopft mit der anderen einen Aal, einen schönen großen, hinein.

Worauf Mary, die plötzlich jedes Interesse an ihrem Rock und an der bis jetzt so verbissen aufrechtgehaltenen Bedeckung ihres Busens verloren hat, die Schultern hochzieht, die Ellbogen in die Rippen stemmt, zwei zitternde Unterarme von sich streckt, einatmet, sonst aber keinen Laut von sich gibt und auch keinerlei Anstalten macht, ihre Lage zu ändern (da sie Ähnliches noch nie erlebt hat), stocksteif mit offenem Mund dasteht, während in ihrer Unterhose etwas krabbelt, sich windet und schlängelt und schließlich (da sich Aale selbst aus den unmöglichsten Situationen befreien können) entlang eines Oberschenkels herausdrängt, ins Gras klatscht und sich mit gesundem Instinkt zum Lode schlängelt.

Und Mary verfällt in einen lang anhaltenden Anfall von beunruhigend schrillem Gekicher.

25
Vergeßt die Bastille

He, das ist ja toll. Das hat's in sich. Lassen wir die Bastille. Lassen wir den Lauf der Geschichte. Von so etwas wollen wir mehr hören. Er hat ihr wirklich einen Aal reingesteckt? Und Ihr Bruder hat einen großen –. Und? Wie groß genau? Also los, sagen Sie's uns schon –.

Erregtes Gemurmel in der Klasse. Spöttische Blicke. Judy Dobson und Gita Khan in der ersten Reihe schlagen die Beine übereinander, in weiblicher Abwehr, spüren sicher in ihren Unterhöschen, marineblau oder andersfarbig, unangenehme Empfindungen; aber oben herum sind sie ganz aufmerksam, spitzen die Ohren.

Der alte Cricky, der eigentlich schon jenseits von Gut und Böse ist, der in der Vergangenheit herumwühlt, kann auch ... Der alte Muffel, der würdige Herr Geschichtsprofessor gibt so mir nichts dir nichts zu, daß auch er einmal –

Er will es also wirklich tun. Er wird wirklich das unterrichten, was er will. Er stellt den Lehrplan wirklich auf den Kopf ...

Nur Price sieht vorsichtig drein, nur Price sieht neidisch aus. Weil ich sie mit unfairen Mitteln auf meine Seite gebracht habe? Weil ich den Umsturz erlaubt habe?

(Seid auf der Hut, Mitschüler! Gebt acht, was er tut! Er kommt euch jetzt mit der alten Masche. Daß er – einer von euch ist. Der König ist auch nur ein Mensch, der Tyrann auch nur Fleisch und Blut. Er spielt auf Menschenfreund und hält euch zum Narren. Und hütet euch vor dem anderen Trick, den er gleichzeitig anbringt. Er lenkt euch von euren aufrührerischen Bestrebungen ab, er gibt eurem revolutionären Eifer eine andere Richtung, wenn er obszöne Geschichten erzählt und eure Neugier weckt.)

Wer ist hier nun der Rebell?

Aber nehmen wir einmal an, daß es nicht so ist, Price. Nehmen wir an, daß es gerade umgekehrt ist. Nehmen wir an, daß es die Revolutionen sind, die unsere angeborene Neugier ablenken und behindern. Nehmen wir an, daß es die Neugier ist – die unsere sexuellen Erkundungszüge anspornt und den Wunsch nährt, Geschichten zu hören und zu erzählen – was uns ein ursprüngliches und fundamentales Bedürfnis ist. Nehmen wir einmal an, daß unser unersättliches und fieberhaftes Verlangen, über alles Bescheid zu wissen, alles über den anderen zu erfahren, unentwegt Dinge aufzuspüren, der eigentliche und wahre Umstürzler ist, der sogar unser Vorwärtsstreben in der Geschichte zunichte macht. Habt ihr euch je überlegt, daß so viele geschichtliche Bewegungen, nicht nur die revolutionären, völlig erfolglos bleiben, weil sie unsere vielschichtige und unberechenbare Neugier nicht berücksichtigen. Die nicht vorwärtsstrebt, die sagen will: halt, das ist interessant, bleiben wir stehen, schauen wir uns das an, verfolgen wir die Spur – gehen wir einen anderen Weg? Warum denn so eilig? *Erforschen* wir es einmal.

Überlegt euch einmal, Kinder, daß es keiner Epoche unserer Geschichte, ganz gleich wie sehr ihr äußerer Ablauf die Welt erschütterte, an neugierigen Menschen mangelte – Astronomen und Botaniker, Fossiliensucher und Polarforscher, ganz zu schweigen von den einfachen Geschichtswissenschaftlern –, denen wir dankbar sein sollten für ihren störrischen und weitschweifenden Forschergeist. Bedenkt, daß das Studium der Geschichte das genaue Gegenteil, die Gegenbewegung ist zum Geschichte-Machen. Denkt an euren Geschichtslehrer im Alter von siebzehn Jahren, der, während der Kampf um Europa seinem vernichtenden Höhepunkt zustrebt, während die Engländer in Frankreich durchbrechen und die Russen nach Berlin stürmen, diese weltbewegenden Ereignisse kaum beachtet (da sich lokale, wenn auch verheerende Ereignisse für ihn als viel wichtiger erweisen) und sich statt dessen wie verrückt in eine recht dunkle Forschungsarbeit vertieft: die Entwicklung der Landrückgewinnung (und des Brauereiwesens) in den östlichen Fens, die Vorgangsweise der Leem Schiffahrts- und Drainage-Kommission, die Geschichte der Familien Crick und Atkinson, die er teils aus mündlicher Überlieferung, teils aus öffentlich zugänglichen und auch aus ganz privaten Dokumenten zusammenträgt.

Und was für eine seltsame und erstaunliche Geschichte sollte sich daraus ergeben ...

Ja, es gibt etwas – gibt einen Namen dafür –, das sich nicht einen Pfifferling um Geschichte schert, oder um das, was die Geschichtsbücher Geschichte nennen. Das sich nicht einen Pfifferling darum schert, wie die Welt zum Erzittern gebracht werden könnte.

Und sogar während uns Price sagt, wie weit es die Geschichte gebracht hat, während wir unsere nuklearen Alpträume sammeln, findet man noch Zeit –

Ihr seid also neugierig. Ihr seid neugierig. Ihr würdet den Sturz von Königen durchaus gegen eine kleine unbedeutende Zote eintauschen. Dann erzähle ich euch also …

26

Über den Aal

Das Exemplar, das Freddie Parr im Juli 1940 in Marys Unterhose steckte, war ein kräftiger Vertreter der einzigen, allerdings in Europa häufig auftretenden Süßwasserart – der *Anguilla anguilla,* des europäischen Aals.

Der Aal kann uns vieles über die Neugier sagen – wesentlich mehr, als unsere Neugier über den Aal weiß. Erstaunt es euch, daß man erst in den zwanziger Jahren unseres Jahrhunderts entdeckte, wie junge Aale entstehen, und daß im Lauf der Geschichte heftige Dispute über den Lebenszyklus dieses schlangenähnlichen, fischähnlichen, so wohlschmeckenden und auch so phallusähnlichen Wesens geführt wurden.

Die Ägypter kannten ihn, die Griechen kannten ihn, die Römer kannten ihn und schätzten ihn hoch; aber keines dieser klugen Völker konnte die Fortpflanzungsorgane des Aals entdecken, wenn er überhaupt welche hatte, und nirgends fand man bisher (und wird es auch nicht) in all den Gewässern, vom Nordkap bis zum Nil, die der europäische Aal bewohnt, auch nur ein Tier, das reife Milch trägt.

Die Neugier konnte an diesem Rätsel nicht vorbeigehen. Aristoteles vertrat die Auffassung, daß der Aal ein geschlechtsloses Wesen sei und sich durch spontane Zeugung aus dem Schlamm vermehre. Plinius behauptete, daß sich der Aal, wenn er den Fortpflanzungstrieb in sich aufkeimen spüre, an den Felsen reibe und sich die Jungen aus den so abgeriebenen Hautpartikeln bildeten. Andere Erklärungen für die Geburt dieses offenbar so schlecht ausgestatteten Tieres besagten, daß es verfaulenden Stoffen entspringe; daß es aus den Kiemen anderer Fische entstehe; daß es sich aus im Wasser treibenden Pferdehaaren entwickle; daß es aus dem kühlen, süßen Tau des Maimorgens entstehe; ganz zu schweigen von den Überlieferungen unserer heimatlichen Fens, wonach die Aale nichts anderes sind als die mannigfaltigen Metamorphosen sündiger Mönche und

Priester, die der heilige Dunstan in seinem gerechten und wunderbaren Zorn zu ewiger Buße im Schlamm verdammte und so der Kathedralenstadt in den Fens ihren Namen gab – Ely, die Stadt der Aale.

Im 18. Jahrhundert erklärte der große Linnaeus, der alles andere als ein Amateur war, daß der Aal lebendgebärend sei, das heißt, daß die Eier im Inneren des Körpers befruchtet würden und die Jungen lebend zur Welt kämen – eine Theorie, die von Francesco Redi aus Pisa widerlegt wurde (obwohl Linnaeus sie nie aufgab), welcher ganz deutlich zeigte, daß das, was man für kleine Aale gehalten hatte, nichts anderes als parasitäre Würmer in der Gebärmutter gewesen waren.

In der Gebärmutter? In welcher Gebärmutter? Erst 1777 behauptete ein gewisser Carlo Mondini, daß er die winzigen Organe gefunden hätte, die sich tatsächlich als die Eierstöcke des Aals erwiesen. Eine Entdeckung, die bei seinem Landsmann (der Redi gegen Linnaeus verteidigte) Spallanzani Zweifel laut werden ließ, der dann die einfache, aber unangenehme Frage stellte: Wenn das Eierstöcke waren, wo waren dann die Eier? Und so wurde – nach vielen Hypothesen und Gegenhypothesen und wechselweisen Schmähungen in wissenschaftlichen Zeitschriften – Mondinis Entdeckung erst 1850 bestätigt (lange nach dem Tod des armen Kerls), und zwar von einem Polen, Martin Rathke, der in dem genannten Jahr einen zweifelsfreien Bericht über die weiblichen Geschlechtsorgane von *Anguilla anguilla* veröffentlichte.

Beachtet Kinder, den Wetteifer, die Verwicklungen, den Kraftaufwand, das unermüdliche Suchen, die durch die Neugier hervorgerufen werden. Ihr seht also, daß es zur Zeit, in der das Ancien régime ins Wanken geriet, in der Europa in seine revolutionäre Phase eintrat und jede Generation ihre eigenen Pläne zur Lenkung der Menschheitsgeschichte schmiedete, auch Menschen gab, deren Schicksal untrennbar mit der Herkunft des Aals verwoben war.

Doch obwohl 1850 die Eierstöcke des Aals entdeckt worden waren, blieben die Hoden noch immer ein Geheimnis – für jede Beweisführung offen – und das geheimnisvolle Sexualleben des Aals unerforscht. Geheimnisvoll oder nicht, es muß äußerst intensiv gewesen sein, denn jedes Frühjahr stauten sich, obwohl der Zeugungsvorgang noch immer ein Rätsel war, riesige Mengen von jungen Aalen an der Mündung ihrer bevorzugten Flüsse – des Nils, der Donau, des Pos, der Elbe, des Rheins – und begannen stromaufwärts zu wandern, genauso wie sie es in den Tagen des verblüfften Aristoteles und auch schon früher getan hatten. Und es verdient einer Erwähnung, daß im selben Jahr, 1850, der Aalanfall, das heißt die Stromaufwärtswanderung der jungen Aale, im englischen Ouse besonders ausgeprägt war, was allerdings nur durch sehr okkultistische Auslegungen mit den Forschungen eines polnischen Zoologen in Verbindung gebracht werden kann. Zweieinhalb Tonnen junger Aale wurden an einem einzigen Tag gefangen, wobei man aber berücksichtigen muß, daß mehr als zwölftausend junge Aale kaum ein halbes Kilo wiegen.

Im Jahr 1874, in dem, wie ihr euch erinnern werdet, nicht nur große Überschwemmungen hereinbrachen, sondern auch mein Urgroßvater Vater und konservativer Parlamentsabgeordneter wurde, machte wieder ein Pole, Szymon Syrski, Professor an der Universität Lemberg, die schon lange fällige Entdeckung der Hoden des Aals – ein Druchbruch, für den er wesentlich mehr Anerkennung erhielt als Mondini. Denn diese winzigen Hoden werden manchmal – wahrscheinlich auch als Grundlage für eine ganz bestimmte Art von Scherzen – als Syrskische Organe bezeichnet. Dies hielt jedoch Julius Münster, den Direktor des Zoologischen Museums in Greifswald nicht ab, im selben Jahr rund dreitausend Aale zu untersuchen und festzustellen, daß keiner von ihnen ein Männchen war, und daraus zu schließen, daß sich die Spezies durch Parthenogenese fortpflanzte – das heißt, durch Jungfernzeugung.

Doch selbst wenn man diese beiden lebensnotwendigen und sich so perfekt ergänzenden Organe – Eierstöcke und Hoden – als gegeben annimmt, wann, wo und wie treffen sie aufeinander, um das Ihre zu tun?

Wir sind noch nicht bei der bemerkenswerten Episode in dieser fast mythologischen Suche nach der Zeugung des Aals angekommen. Man muß wissen, daß der Aal in seinem natürlichen Lebensraum, den Süßwasserseen und -flüssen und den Deltas von Europa und Nordafrika in zwei gänzlich voneinander verschiedenen Formen auftritt. Während des Großteils seines Lebens als ausgewachsenes Tier ist er olivgrün bis gelbbraun und hat ein stumpfes Maul. Wenn er aber ein Jahr alt ist, wird sein Maul spitzer, seine Augen größer, seine Haut beginnt silbern zu schimmern, sein Rücken wird schwarz, und alle diese Veränderungen deuten darauf hin, daß er sich ins Meer zurückbegibt. Da er diese Wanderschaft im Herbst antritt und die jungen Aale im Frühjahr stromaufwärts wandern, liegt die Vermutung nahe, daß letztere die Jungen der ersteren sind und der Laich im Winter in den Küstengebieten abgesetzt wird. Und dennoch (um es zu wiederholen), wer hat je in den küstennahen Gewässern Europas einen ausgewachsenen weiblichen Aal gefunden oder gar einen Aallaich oder eine eben ausgeschlüpfte Larve eines Aals?

1856 – nach Rathke und vor Syrski – fing man eines Tages in den warmen Gewässern der Straße von Messina einen winzigen Fisch, einem Aal ganz unähnlich, der als neue Spezies eingestuft wurde. Vierzig Jahre später fing man in derselben Straße von Messina ein ähnliches Tier, das man in Gefangenschaft aufzog und das sich trotz seiner gar nicht aalähnlichen Gestalt als die Larve des europäischen Aals erwies. Weshalb jedoch gab es so riesige Mengen von ausgewachsenen Aalen, aber nur verschwindend wenig Larven?

Hier nun ist es an der Zeit, Johannes Schmidt, einen dänischen Ozeanographen und Ichthyologen, einzuführen. Wer hat schon einmal von Johannes Schmidt gehört? Man behauptet, daß es in unserer Zeit keinen Sindbad und keinen Jason und schon gar keinen Drake und Magellan gibt, daß die Zeiten der großen Entdeckungen zur See mit Cook ihr Ende fanden. Johannes Schmidt ist eine Ausnahme. Es gibt Menschen, die die Geschichte prägen, und andere, die sie betrachten; es gibt Menschen, die Ereignisse in Gang bringen, und andere, die nach dem Warum fragen. Und zu den letzteren zählen diejenigen, die die Aktivitäten der ersteren als bloße Hindernisse für die Erreichung ihrer Ziele ansehen; die die Geschichte in den Hintergrund drängen, ihren vergänglichen Impulsen den Rükken zuwenden und sich auf die phantastische Suche machen nach dem zeitlosen Unbekannten. Ein solcher Mann – ein solcher Verfechter der Neugier – war Johannes Schmidt.

1904, als die europäischen Mächte sich um die Beute aus den Kolonien balgten, machte sich Johannes Schmidt auf die Suche nach den Brutstätten des europäischen Aals. Er fuhr auf Schiffen, die mangels finanzieller Mittel unzulänglich ausgestattet waren, von Island bis zu den Kanarischen Inseln, von Nordafrika bis nach Nordamerika. Er fing seine erste Larve westlich der Faröer Inseln – die erste, die außerhalb des Mittelmeers gefunden wurde – und immer jüngere Exemplare an verschiedenen Stellen des Atlantik. Zur selben Zeit untersuchte er große Mengen von ausgewachsenen Aalen, klassifizierte sie und konnte sodann feststellen – was bisher unmöglich gewesen war –, daß der europäische Aal tatsächlich eine einheitliche Art war, *Anguilla anguilla,* gegenüber seinem nahen Verwandten, dem amerikanischen *Anguilla rostrata.*

Von 1908 bis 1910, während Bosnien in eine Krise schlitterte, Italien lüsterne Augen auf Tripolis richtete und die Briten, ungeduldig wegen der nur vier Dreadnoughts pro Jahr, zu singen begannen: «Wir wollen acht, und wir können nicht warten», durchquerte Schmidt das Mittelmeer der Länge und Breite nach und sammelte Aallarven in solch umstrittenen Gewässern wie die der Küstengegend Marokkos und rund um den explosiven Balkan. Er stellte fest, daß die Larven im Mittelmeer in West-Ost-Richtung an Größe zunahmen, und schloß daraus, daß die Aale, die aus den Mittelmeergewässern stammten, ihre Eier irgendwo im Atlantik ablegten. Die aus dem Atlantik gefischten Larven, die fast alle kleiner als die im Mittelmeer waren, bestärkten ihn in seiner Hypothese einer Wanderung nach Osten und deuteten auf Brutstätten im westlichen Atlantik hin. Schmidt sah ein, daß es notwendig war, um dieses unbekannte Areal zu entdecken, noch kleinere Larven zu finden und die Fundorte genau festzuhalten, bis er schließlich auf den Geburtsort der Aale stoßen würde.

1911, als ein deutsches Kanonenboot in den Hafen von Agadir einfuhr und mein Großvater, dessen Brauerei eben unter mysteriösen Umständen abgebrannt war, seine Angelegenheiten ordnete und sich in die Abgeschiedenheit von Kessling Hall zurückzog, was den Gerüchten neue Nahrung gab, überredete Johannes Schmidt verschiedene Reeder, deren Schiffe auf der Transatlantikroute kreuzten, sich am Sammeln und Klassifizieren von Larvenexemplaren zu beteiligen. Nicht weniger als dreiundzwanzig Schiffe wurden ihm so zur Verfügung gestellt. Damit nicht zufrieden, reiste Schmidt unaufhörlich in seinem Schoner, der «Margarethe», von den Azoren zu den Bermudas, von den Bermudas weiter in die Karibik.

Wie bedauerlich, daß die Neugier der Geschichte ihren Lauf lassen muß. Wie bedauerlich, daß Schmidt keine andere Wahl hatte, als seine Suche einzustellen, die Segel der «Margarethe» zu streichen und ungeduldig zu warten, während sich die Welt in das vier Jahre dauernde Gemetzel stürzt. Wie bedauerlich, daß sich Europa von 1914 bis 1918 nicht mit der Entstehung der einheitlichen europäischen Aalspezies befaßt, sondern sich auf die verschiedentliche Verteilung seiner nationalen Interessen und Streitmächte konzentriert. Wie bedauerlich, daß sich die Gedanken der europäischen

Seefahrer im Atlantik nicht um das Auftreten von winzigen, furchtlos nach Osten wandernden Aallarven drehen, sondern viel eher um das Auftreten der deutschen U-Boote, die nach Westen wandern, von Wilhelmshaven und der Kieler Förde aus. Und dennoch muß man festhalten, daß diese an Katastrophen reiche Unterbrechung, die man nicht unberechtigt mit Schreckensworten wie Apokalypse, Kataklysmus, Harmageddon belegte, den Lebenszyklus des Aals nicht stört. Im Frühjahr sammeln sich die jungen Aale noch immer zu Millionen in den Mündungen des Po, der Donau, des Rheins und der Elbe, so wie sie es in den Tagen Alexanders und Karls des Großen getan haben. Und selbst im Epizentrum des Blutbades, an der berüchtigten Westfront, lassen sie sich nicht beirren, wie ein gewisser Henry Crick bestätigen kann. Würden die Aale wirklich aus dem Schlamm geboren, dann hätten sie hier in ungeheuren Scharen auftreten müssen; würden Aale wirklich aus verfaulendem Fleisch entstehen, so wäre hier eine Rekordernte zu erwarten gewesen.

Die vierjährige Pause tut der Entschlossenheit von Johannes Schmidt keinen Abbruch, wenn sie auch seine Geduld auf eine harte Probe stellt. Denn bald nach Ende des Krieges, als die Geschichte ihre Affären bereinigt hat, sticht er wieder in See. Wieder fischt er die Aallarven auf – diesmal im Westatlantik. Und in den frühen zwanziger Jahren – so unermüdlich hat er gearbeitet – kann er das Resümee aus seinen Funden ziehen; feststellen, daß, wenn man das Gebiet, in dem die größte Anzahl der kleinsten Larven gefunden worden ist, als Brutregion betrachtet, sich diese so lange allen Vermutungen unerreichbare, unentdeckte Region zwischen dem 20. und 30. nördlichen Breitengrad und dem 50. und 65. westlichen Längengrad befindet – das heißt also in jener geheimnisvollen Region des treibenden Tangs, die als Sargassosee bekannt ist.

Und so kam es, Kinder, daß in der Zeit, als mein Vater Schleusenwärter an der New-Atkinson-Schleuse wurde und nach dem Vorbild seiner Ahnen begann, im Leem und seinen Nebenkanälen Aale zu fangen, das menschliche Wissen nach mehr als zweitausend Jahren der Unklarheit endlich die Beweise gesammelt hatte, die ihm den Herkunftsort der Aale verrieten. Nicht, daß mein Vater je, damals oder zu irgendeinem späteren Zeitpunkt, die Wahrheit erfahren hätte. Denn was wußte man schon in den englischen Fens von einem dänischen Biologen? Und doch, hätte man ihm davon erzählt, hätte man ihm erklärt, daß eben diese Aale, die er aus seinen

Reusen holte, erst nach einer Wanderung von vier- bis sechstausend Kilometern aus einer merkwürdigen Meeresregion am anderen Ende des Atlantiks dorthin gekommen waren, dann hätte er die Augen aufgerissen und seine Lippen hätten sich zu einem deutlichen O geformt.

Aber das ist noch nicht das Ende der Geschichte von den Aalen. Neugier erzeugt Neugier, Wissen brütet Skepsis aus. Selbst wenn wir es akzeptieren, sagen Schmidts Kritiker, daß die Aallarven vier-, sechs- oder achttausend Kilometer zu den Lieblingsplätzen ihrer Vorfahren wandern; daß die jungen Aale, ungeachtet der Wehre, Wasserfälle und Schleusentore stromaufwärts ziehen oder sich selbst über Land weiterschlängeln, um die Tümpel und Flüsse ihrer Vorfahren zu erreichen – sollen wir wirklich glauben, daß der erwachsene Aal nach vielen Jahren des Aufenthaltes im Süßwasser oder Brackwasser plötzlich den Drang verspürt, und zu einem solchen Unternehmen auch fähig ist, dieselbe Reise in die andere Richtung anzutreten, nur zu dem Zweck, seine Eier abzulegen und dann zu sterben? Welche Beweise bringt Schmidt vor, daß ausgewachsene Aale wirklich durch den Atlantik nach Westen wandern? (Leider kann Schmidt fast nichts beweisen.)

Nehmen wir an, daß sich Schmidt geirrt hat, als er vermutete, daß der europäische Aal eine eigene europäische Spezies ist, die sich von dem amerikanischen Verwandten unterscheidet. Nehmen wir an, daß die Unterschiede zwischen dem sogenannten europäischen Aal und dem sogenannten amerikanischen Aal nicht genetischer, sondern physiologischer Natur sind und von verschiedenen Umweltfaktoren bestimmt werden. Könnte es dann nicht möglich sein, daß der europäische Aal, der sich so weit von seinen Brutstätten entfernt hat, in den kontinentalen Gewässern ohne Nachkommen zugrunde geht, seine Zahl aber durch den (sogenannten) amerikanischen Aal auf dem alten Stand gehalten wird, da dieser bei weitem nicht jene schwierigen Strecken zurücklegen muß? Und daß jener Faktor, der aus manchen Aalen Bewohner der Neuen Welt und aus manchen Bewohner der Alten Welt macht, sich einfach aus dem genauen Laichplatz innerhalb der Brutregion und den verschiedenen Strömungen ergibt?

Aber warum sollte die Natur einen solchen verschwenderischen Fehler zugelassen haben? Ist Europa wirklich der Friedhof der verwaisten und kinderlosen Aale? Sind die Umweltbedingungen in Amerika und Europa so verschieden, daß es zu physiologischen

Kontrasten kommen kann, die genügend ausgeprägt sind, um zu einer falschen Klassifikation zu führen? Kann man leugnen – denn dafür gibt es jahrhundertealte Zeugnisse der Erfahrung –, daß ausgewachsene Aale, wenn sie einmal ihr silbernes Gewand tragen, sich im Herbst wirklich ins Meer begeben? Und angenommen, um einen Kompromiß herzustellen, daß diese ausgewachsenen Aale nicht Schmidts kritische Breiten- und Längengrade erreichen, könnten sie dann nicht vorher laichen und sterben, vielleicht im östlichen Atlantik oder in der Mitte des Atlantiks? Und könnte es nicht sein, daß ihre Eier, die jahreszeitlichen und klimatischen Bedingungen berücksichtigt, weitertreiben, genauso wie Seetang treibt, weitertreiben in die kreisende Sargassosee: weshalb diese Kinderstube im Meer vielleicht der Platz ist, an dem die Aale ausschlüpfen, wenn auch nicht der eigentliche Brutplatz?

Die Neugier wird nie gestillt sein. Selbst heute, da wir so viel wissen, hat die Neugier das Rätsel der Geburt und des Geschlechtslebens der Aale noch nicht gelöst. Vielleicht ist das, wie vieles andere, etwas, was man nie erfahren wird, bevor die Welt untergeht. Oder vielleicht – aber hier verliere ich mich in Vermutungen, hier führt mich meine eigene Neugier an der Nase herum – ist die Welt so angelegt, daß sie dann untergeht, wenn man alles erfahren hat, wenn sich die Neugier erschöpft hat (daher, lang lebe die Neugier).

Aber selbst wenn wir erfahren, wie und was und wo und wann etwas geschehen ist, werden wir je das Warum erfahren? Das Warumwarumwarum?

Eine Frage, die für einen Aal nie ein Problem darstellte. Genausowenig wie die Entfernung zwischen Europa und dem 50. Längengrad. Genausowenig wie das Auftreten eines Mannes mit der einzigartigen Gabe, eben diese beharrliche Frage nach dem Warum zu stellen, und mit seiner Fähigkeit, im Lebensraum des Aals, im Wasser, nicht nur ein Mittel der Beförderung und eine Energie- und Nahrungsquelle (Aale miteingeschlossen) zu sehen, sondern einen Spiegel für seine wissensdurstige und nachdenkliche Seele.

Denn gleichgültig, ob der silberne *Anguilla anguilla* je die Sargassosee erreicht, gleichgültig, ob seine Hochzeit dort oder anderswo stattfindet, so ist es doch wahr, daß – genauso wie der junge Aal nicht nur von Meeresströmungen, sondern durch einen Instinkt, der geheimnisvoller, undurchsichtiger ist als die Zusammensetzung des Atoms, dazu getrieben wird, einen ganz bestimmten Ort Tausende Kilometer von seiner Brutstätte entfernt aufzusuchen – der ausgewachsene Aal, angespornt von einer Kraft, welche die riesigen Distanzen und den ungeheuren Druck des Ozeans überwindet, dazu getrieben wird, sich, bevor er stirbt und die Welt seinen Nachkommen überläßt, wieder ins Meer zu begeben und dorthin zurückzukehren, woher er gekommen ist.

Wie lange tun Aale das schon? Sie taten es schon, das alte Epos immer aufs neue wiederholend, lange bevor Aristoteles alles dem Schlamm zuschrieb. Sie taten es, als Plinius seine Theorie des Felsenreibens vortrug. Und Linnaeus seine Theorie vom Lebendgebären. Sie taten es, als man die Bastille erstürmte und als Napoleon und Hitler sich mit dem Plan trugen, England zu erobern. Und sie taten es auch noch, vollendeten diese ungeheuren atavistischen Kreise auch dann, als Freddie Parr an einem Julitag des Jahres 1940 einen von ihnen aus einer Reuse nahm (der später wieder entkam und weiterlebte, um vielleicht eines Tages dem Ruf der fernen Sargassosee zu folgen) und ihn in Mary Metcalfs marineblaue Unterhose steckte.

27

Über die Naturgeschichte

Was soll das – ist das eine Biologiestunde?

Nein, ich möchte es, um den Kontrast deutlich zu machen, Naturgeschichte nennen.

Die nicht auf einen bestimmten Punkt zusteuert. Die sich selbst treu bleibt. Die immer wieder dorthin zurückkehrt, woher sie gekommen ist.

Kinder, es gibt etwas, das die Revolutionäre und die Propheten neuer Welten und selbst ganz normale Vertreter des Fortschritts (denkt an die Atkinsons und das arme lebende Fossil Sarah) nicht ausstehen können. Die Naturgeschichte, die menschliche Natur. Diese seltsamen und wunderbaren Dinge, diese ungelösten Rätsel der Rätsel. Denn nehmen wir nur einmal an – aber laßt die Katze nicht aus dem Sack –, daß das Natürliche immer über das Künstliche siegt. Nehmen wir nur einmal an – aber redet nicht zuviel darüber –, daß dieser unergründliche Stoff, aus dem wir gemacht sind, dieser Stoff, zu dem wir immer wieder zurückkehren – unsere Liebe zum Leben, Kinder, unsere Liebe zum Leben –, anarchistischer, umstürzlerischer ist als es je ein *Tennis Court Oath* war. Das ist der Grund, warum die Revolutionen immer mit einem Hauch von Todessehnsucht umgeben sind. Das ist der Grund, warum der Schrecken immer hinter der nächsten Ecke lauert.

Worauf jeder Architekt einer neuen Welt, jeder Revolutionär ein Monopol haben will: die Wirklichkeit. Wirklichkeit einfach gemacht. Wirklichkeit ohne Mätzchen. Wirklichkeit in passender Größe. Wirklichkeit minus ein paar Köpfe.

Kehren wir also zum Lehrplan zurück? Zurück ins Jahr 1790 und zu Monsieur Robespierre Unbestechlich?

Kinder, seid neugierig. Nichts ist schlimmer (ich weiß das) als der Moment, in dem die Neugier aufhört. Nichts ist bedrückender als die Unterdrückung der Neugier. Neugier zeugt Liebe. Sie vermählt uns mit der Welt. Sie ist ein Teil unserer abwegigen, verrückten Liebe zu diesem unmöglichen Planeten, auf dem wir leben. Menschen sterben, wenn die Neugier stirbt. Die Menschen müssen suchen, müssen wissen. Wie um Himmels willen kann es eine wahre Revolution geben, bevor wir wissen, aus welchem Stoff wir gemacht sind?

28
Und über menschliche Geschichte

Und was tut er angesichts dieser Szene, die als Ulk begonnen hatte und in vollständiger Verwirrung endete: mit einer haltlos kichernden Mary; mit einem Aal, der, sich durch das Gras windend, die Flucht ergriff (weg von diesen verrückten Menschen)?

Euer Lehrer bemerkt nach Art eines wahren Historikers, wie Dick (nachdem er zuerst den Aal angesehen hat) Mary anblickt. Lange und forschend, wie man es von einem Schwachsinnigen nicht erwarten würde. Er bedenkt sie mit einem strengen, verwunderten, fragenden Blick, unter dem Mary urplötzlich zu kichern aufhört, als hätte sie einen Befehl erhalten, und Dicks Blick ebenso durchdringend erwidert. Er bemerkt, wie Dick Mary ansieht, und wie Mary Dick ansieht; und er sieht auch, daß Freddie Parr beobachtet, wie die beiden einander ansehen.

Und während rundum jeder den anderen anblickt, trägt auch er einen ganz eigenartigen Ausdruck im Gesicht, einen Ausdruck, den er nicht beschreiben könnte, da er sich selbst nicht sah, der aber wahrscheinlich hilflos, verloren und nur hauchdünn durch Forschheit maskiert ist. Denn euer Geschichtsprofessor ist (obwohl er es ihr nie gestanden hat) in Mary Metcalf verliebt, das steht außer Zweifel. Und das ist auch der Grund (für die anderen kann er nicht sprechen), warum es so jämmerlich herabhing, als er und Freddie Parr und Peter Baine und Terry Coe vorsichtig ihre Badehosen herunterließen. Eine recht häufige Reaktion, wie die besten Sexualforscher bestätigen ...

Diese Szene hat etwas an sich. Sie birst fast vor Gegenwart. Sie ist geladen mit dem Hier und Jetzt. Geladen mit dem Zeug – hat es überhaupt einen Namen? Sie macht sich bei eurem Geschichtslehrer im Magen bemerkbar. Sie verursacht in seinen Eingeweiden eine Empfindung, als schlängelten und krümmten sie sich, von Freddies Whisky und ein paar Mundvoll Lode-Wasser angeregt, wie sich der Aal zusammenrollt und in die Sicherheit des Kanals zurückgleitet. Das ist zuviel für die noch ungeübte Objektivität eures Geschichtslehrers, und auch für seine kurzlebige jugendliche Kühnheit. Er flieht zu seinen Geschichtsbüchern.

Denn das kann er noch immer. Von einem Bereich in einen anderen springen, als hätte der eine nichts mit dem anderen zu tun. Er hat noch nicht damit begonnen, aus beiden eins zu machen. Das Leben einer Amphibie zu führen. Er hat noch nicht angefangen zu fragen, wo die Geschichten zu Ende sind und die Wirklichkeit beginnt. Aber er wird es noch tun, er wird es tun.

Im Spätsommer 1940, als sich Hitler in Paris einnistet und Pläne für die Invasion schmiedet, während sich die Geschichte in weißen Schleifen in den südlichen Himmel schreibt und damit genügend Material für die Legenden der Zukunft bietet, stöbert er in den Büchern, die ihm seine Mutter hinterlassen hat – viele aus dem Besitz des büchernärrischen Pärchens Dora und Louisa Atkinson –, und macht sich an die zwei Bände von *Hereward the Wake* (eine sehr kostbare Erstausgabe, die noch in seinem Besitz ist), die Louisa 1866

Dora schenkte. Während sich die Bewohner Londons und anderer großer Städte in die soliden Bunker und Untergrundstationen flüchten müssen, flüchtet er sich in das phantastische Gewebe Kingsleys, das in den nebligen Fens spielt (die so gut zu seinem vernebelten, liebeskranken Gemüt passen) und wo sich Geschichte und Tatsachen vermischen, Tatsachen und Erfindung verwischt werden...

Wie die Wildgänse schreien: «Der Wake ist wieder da...» Wie Hereward in seiner Zauberrüstung Sir Frederick Warenne in Lynn erschlug... wie er als Töpfer verkleidet Wilhelm dem Eroberer nachspionierte... wie er die Fens in Brand steckte und die Normannen darin briet... wie er die Dame Torfrieda liebte und heiratete... wie seine Ehe vergiftet wurde...

In der Zwischenzeit aber die Szene am Ufer des Lode, die sich wie viele noch kommenden Szenen in der Erinnerung eures Geschichtslehrers festsetzt und erst später wieder ausgegraben wird. Mary in marineblauer Unterhose, die sie kurzfristig mit einem Aal teilte; ein lebendiger Fisch im Schoß einer Frau; Dick; Freddie Parr; wie sich ihre Blicke, mit seinem eigenen, zu einem unsichtbaren Fadenspiel verflechten. Eine Flasche, die in den schlammigen Lode geworfen wird; Dick auf der hölzernen Brücke; Freddie im Wasser...

Wer würde noch behaupten, daß die Geschichte nicht im Kreis geht?

29
Detektivarbeit

Also holte ich die Flasche aus dem Versteck in meinem Zimmer und stellte sie an einen Platz, wo Dick sie sehen mußte.

Denn sie ist stark, diese Neugier. Sie überwindet sogar die Angst, sie besiegt unseren klaren Verstand. Und obwohl ich die Flasche in den Fluß hätte werfen können und alles damit erledigt gewesen wäre, kann man den guten alten kriminalistischen Instinkt nicht im Zaum halten; und ich konnte auch die Frage: Was wirst du machen? nicht immer unterdrücken.

Ich stellte die Flasche in Dicks Zimmer, auf seinen Nachttisch. Und dann – denn wenn die Neugier auch die Angst überwindet, sie vertreibt diese nicht – ging ich in mein eigenes Zimmer hinüber, schloß die Tür, versperrte sie, klemmte einen Stuhl dagegen, setzte mich nieder und wartete.

Sechs Uhr. Nachrichten. Unten sucht Dad, pünktlich wie immer, seinen krachenden Sender. Und er glaubt wohl, daß es ein gutes Zeichen ist, wenn ich mich abends wieder auf mein Zimmer zurückziehe (der Junge verwindet endlich diese böse Geschichte und geht wieder an seine Bücher), denn er ist sehr darauf bedacht, das Radio nicht zu laut zu drehen. Und diese Rücksichtnahme seinerseits, dieses Abdämpfen des Krieges um meiner Studien willen, macht es mir um so leichter, das zu hören, wonach ich schon mit spitzen Ohren gelauscht habe: das wespenähnliche Surren von Dicks Motorrad, das sich auf der Straße von Gildsey nähert.

Und als Dick endlich heraufkommt –, begleitet von einem mahnenden Ruf meines Vaters, der unbewußt dem Bruder einen guten Dienst tut: «Stör Tom nicht – er lernt», wie verhält er sich?

Lange Zeit – nichts. Er öffnet die Tür, geht hinein. Die Bretter knarren unter seinen Schritten. Dann schließt er die Tür (abrupt? entschieden?). Dann Stille. Nur das dumpfe Geräusch von Dads Spaten im Gemüsegarten, wo er nach den Nachrichten eine weitere Reihe Kartoffeln ausgräbt.

Und was tut euer Geschichtslehrer? Er drückt sein Ohr fester an das Schlüsselloch seiner Zimmertür; versucht, sein Herzklopfen zu mildern; die Stille zu deuten.

Eine beredte Stille? Eine belastende Stille? Eine schuldbewußte Stille?

Wenn Dick überhaupt so etwas wie Schuld fühlt. Es kann doch sein, daß er sein Zimmer betritt, die Flasche sieht, und daß in ihm doch kein Warnsignal ausgelöst wird. Er sieht die Flasche, die Flasche, die er einmal in den Fluß geworfen hat, mit der einmal – Aber er fragt nicht Warumwarumwarum? Was ist, wenn Dick immun ist gegen Schuldgefühle? Immun gegen Angst, Zweifel, Reue? Immun gegen die ganze aufbegehrende Schar von Gefühlen?

Aber er ist nicht immun gegen die Liebe ...

Und die Stille dauert nicht unendlich lang. Sie wird von weiteren – weniger ungewissen – Schritten und dem Geräusch von Dicks Türschloß unterbrochen. Und jetzt kann euer Geschichtslehrer, trotz der versperrten Tür, gegen die er sich drückt, sein Herzklopfen nicht mehr unterdrücken; nicht leugnen, daß ihm das Herz in die Hose fällt. Denn es ist ihm nicht entgangen, daß Dick stark ist, und daß die bewußte handliche, vielleicht mörderische Flasche einem zweiten dasselbe antun könnte, was sie schon einem anderen angetan hat.

Aber das Öffnen von Dicks Tür – so öffnet man nicht die Tür, wenn man die Tür eines anderen einschlagen will, im Zustand mörderischer Wut. So öffnet ein sanfter, listiger, wenn auch ungelenker Riese eine Tür. Sie gibt einen Laut von sich – ein Klicken, ein Knarren –, den keiner hören soll. Und ein Laut, den keiner hören soll, sagt viel mehr aus als eine ganz gewöhnliche Stille. Und dann folgen weitere vorsichtige, unterdrückte Geräusche, das Geräusch, das ein auf Zehen gehender schwerfälliger Dick verursacht, der in unserem Oberstock nicht auf die Haupttreppe zuschleicht, sondern auf die kleinere, enge Wendeltreppe, die durch eine eigene Tür auf den Dachboden führt. – Und auch hier macht sich Dicks Vorsicht bemerkbar – denn selbst wenn man ganz leichtfüßig ist und die kleine Tür schließt, ist es unmöglich, diese alten Holzstufen ohne verräterisches Krachen, Knarren und Knirschen hinaufzugehen. Und dennoch steigt Dick hinauf und ist fast für eine volle Minute oben (fast gänzliche Stille), bevor er wieder herunterkommt, wieder mit ängstlicher Vorsicht, und dieselbe protestierende Geräuschkulisse in umgekehrter Reihenfolge hervorbringt.

Armer Dick. Er begreift nicht, daß es seine Geheimnistuerei ist, die ihn verdächtig macht, nicht seine Offenheit. Er weiß nicht, daß man nicht listig ist, wenn man List in ihren äußeren Erscheinungsformen nachahmt, durch eine Pantomime sozusagen, genausowenig wie man Liebe –

Und er weiß auch nicht, daß ich diese heimlichen Laute, die verstohlenen Schritte, das Knarren der Bodentreppe schon einmal gehört habe. Damals waren sie besser getarnt gewesen – getarnt durch das Stöhnen und Pfeifen des Ostwindes, der wie immer im Winter gnadenlos über die ungeschützten Fens strich.

Aber in jenem Winter noch gnadenloser als sonst ...

Und jetzt schleicht er über den Treppenabsatz; und ich straffe mich wieder hinter der Tür, denn ich kann ja nicht sicher sein –. Aber er öffnet, noch immer mit äußerster Sorgfalt, seine eigene Tür, geht hinein und kommt einige Augenblicke später wieder heraus – diesmal mit der offenkundigen Absicht, laut zu sein, denn auf dem Weg zur Hauptstiege sind seine Schritte betont fest, und als er hinuntergeht, beginnt er (nach der ungeschickten Geheimnistuerei nun eine ebenso ungeschickte Lässigkeit) schrill, unmelodisch zu pfeifen.

Er steigt die Treppe hinunter. Ich warte. Ein kurzer Ruf von Dad, der Dick zur Mithilfe im Gemüsegarten auffordert, zeigt mir, daß er das Haus verlassen hat. Ich sperre meine Tür auf. Schiebe den Stuhl fort. Gehe über den Treppenabsatz in Dicks Zimmer. Chaotisch zerwühltes Bettzeug. Kleine Haufen von nach Schlamm stinkenden Kleidern. An der Wand, über dem Bett, in einem Glasbehälter, ein ausgestopfter Hecht, der einmal zehn Kilo gewogen hat, und ausgerechnet am 11. November 1918 von John Badcock, dem früheren Schleusenwärter der Atkinson-Schleuse, gefangen wurde.

Keine Flasche.

Ich gehe hinaus auf den Treppenabsatz. Folge – ohne Dicks angestrengte Heimlichtuerei nachzuäffen – seinem Weg auf den Dachboden. Und dort, zwischen dem dumpf riechenden verstaubten Holz, den alten Matratzen und sarkophagähnlichen Kartons, steht das, was das Ziel seines Ausflugs gewesen sein muß. Eine Truhe. Eine schwarzlackierte, nicht allzu große, verschrammte, aber noch feste Holztruhe. Auf dem Deckel trägt sie in ausgebleichten, aber noch sichtbaren erhabenen goldenen Lettern die Initialen E. R. A. Und sie trägt auch schwarze Kanäle in der grauen Staubschicht – frische Spuren einer Berührung. Spuren, die zwar aus jüngster Vergangenheit stammen, die aber das scharfe, mit kriminalistischem Gespür begabte Auge als nicht alle zur selben Zeit entstanden erkennt. Denn manche der Kanäle sind von einer feinen, neuen Staubschicht überdeckt. Und so wie eine Wunde unter einer anderen Wunde liegen kann, so finden sich hier Spuren über anderen Spuren.

Es ist gerade sieben Tage her, seit Freddie den Fluß heruntergetrieben ist.

Ich kauere mich nieder und versuche, den Deckel zu heben. Fest verschlossen. Ich überlege. Eine schwarze Holztruhe mit stumpf gewordenen Messingbeschlägen, die einst meinem Großvater und dann meiner Mutter gehörte. Und dann, eines Winters, starb meine Mutter. Aber bevor sie starb, gab sie den Schlüssel – meinem Bruder. Eine schwarze Holztruhe, die, solange ich denken kann, hier auf dem Dachboden unter dem Bodenfenster gestanden ist, von deren Inhalt ich aber nichts weiß, außer daß –.

Ich schrecke zusammen, springe auf (stoße fast mit dem Kopf an die niedrigen, schrägen Dachbalken). Dick kommt. Er kommt die Stiegen herauf. Dick, dessen Spiegelfechterei mich überlistet hat, hat die Falle gut gestellt. Er kommt die Stiegen zum Dachboden herauf, der nur einen einzigen, schmalen Ausgang hat –

Aber nur das alte Holz hat plötzlich geknackt. Nur der Wind hat sich kurz bemerkbar gemacht ...

Ich gehe zurück. Schließe die Tür, die zu der Dachbodenstiege führt. Kehre in mein Zimmer zurück. Denke nach.

Mein Bruder ist also ein Mörder. Was Mary gesagt hat, stimmt. Und jetzt weiß Dick, daß ich weiß, daß er ein –. Jetzt geht es also darum, wer vor wem größere Angst hat.

Ich trete ans Fenster und schaue auf den Gemüsegarten hinunter. Die grünen Bohnen blühen scharlachrot. Dick und Dad beugen sich über die Kartoffelstauden, ihre Köpfe berühren einander fast, es scheint, als beugten sie sich nieder, um ein vertrauliches Gespräch zu führen, eine Verschwörung anzuzetteln, von der ich ausgeschlossen bin. Dick blickt auf. Sieht zu meinem Fenster herauf. Sieht, daß ich hinunterschaue. Unsere Blicke treffen einander auf einem Seil der Angst. Seine Augenlider zucken.

Wer ist mein Bruder? Woraus ist er gemacht?

Ich muß diesen Schlüssel finden.

30
Über den Retter der Welt

Nach dem «Grand '51» und dem Prinzgemahlbier und dem «Kaiserin von Indien» und dem «Goldenen» und «Diamantenen Jubiläum», ganz zu schweigen vom berüchtigten Krönungsbier, floß in den Fens im November 1918 kein Waffenstillstandsbier. Es floß der Leem, in den Ouse, durch die Atkinson-Schleuse, durch den Hockwell Lode, aus dem Freddie Parr einmal einen Aal holen sollte ... Aber es floß kein Siegesbier, um die patriotischen Bürger von Gildsey und seinem tiefgelegenen Hinterland zu erfrischen. Denn erstens fehlte eine Brauerei, um es herzustellen, und zweitens fehlte der größte Teil der biertrinkenden Bevölkerung.

Vielleicht hätten sie Ernest Atkinson vergeben. Vielleicht wären sie bereit gewesen, seine warnende Schmährede von der Rednertribüne des Rathauses und sein noch empörenderes Experiment, sich in jenem Sommer 1911 als warnender Prophet aufzuspielen, zu entschuldigen. Vielleicht hätten sie sich reuig gezeigt. Aber jetzt, da es endlich aus und vorbei war, wollten sie sich nicht Geschichtsunterricht erteilen lassen. Und noch aus einem anderen Grund wehrten sie sich dagegen, Ernest Atkinson zu vergeben; und dieser Grund war – seine Tochter.

Obwohl – das muß man einmal klarstellen – die Einwohner von Gildsey in dem erstaunlichen Jahr 1911, in dem sie Ernest nicht wörtlich in der Rauchwolke seiner eigenen Brauerei, sondern auch unter dem dunkleren Gewölk von Skandal, Verachtung und Gerüchten und falschen Beschuldigungen verließ, keinen Grund hatten, sich näher mit Helen Atkinson zu beschäftigen – die damals nur ein unschuldiges und verschrecktes Mädchen von fünfzehn Jahren war. 1914 aber, als sie achtzehn ist, liegen die Dinge anders. Denn während ein Großteil der Bevölkerung – vor allem, da der langerwartete Krieg endlich begonnen hat – durchaus bereit ist, den ehemaligen Brauer weiter zu beschimpfen, ist ein erklecklicher Teil – vor allem die jungen Männer, die bald zum Heer einberufen werden und Kanonen trotzen müssen – in seine Tochter verliebt. Und auch, daß sich Helen selten blicken läßt, da sie mit ihrem Vater in der düsteren Einsamkeit von Kessling Hall lebt und nie, außer in seiner Begleitung, ausgeht, ändert nichts an der Lage. Denn junge Ritter brauchen, wie wir wissen, eine Herzensdame – vor allem eine Dame, die eingesperrt und unerreichbar in einem verbotenen Turm sitzt. Und jener in den Augustnebeln geborene Krieg befindet sich noch im traumhaften ritterlichen unwirklichen Stadium.

Sollen wir den Schwächen – Aberglaube, Geschichtenerzählerei, Mutlosigkeit, Alkohol – der hinterwäldlerischen Fenbewohner noch eine weitere hinzufügen: Schönheit? Vor allem jene Schönheit, der man begeisternde, erhebende Fähigkeiten zuschreibt. Und müssen wir darauf hinweisen, daß Schönheit ihre magische Kraft bereits auf die jetzt mit einem Makel behaftete Familie der Atkinsons und auch auf die Stadt ausgeübt hat, die wiederum gut ein Jahrhundert lang darauf Einfluß nahm?

Helen aber, diese letzte Tochter der Brauer, läuft sicherlich nicht Gefahr, dasselbe Schicksal zu erleiden wie jene frühere Schönheit, die Tochter des ersten Brauers, und in eine lokale Gottheit verwandelt zu werden. Denn erstens ist sie im Vollbesitz ihrer geistigen Kräfte, was Sarah Atkinson während fünfzig Jahren ihres Lebens nicht war. Und zweitens gehört sie nicht Gildsey und seinen leichtgläubigen Bürgern, sondern ihrem Vater. Und obwohl die Stadt 1914 diese heranwachsende Tochter gerne wieder in ihre Mitte gelockt hätte, bleibt sie bei ihrem (von allen außer von ihr) ungeliebten Vater.

Die Stadt aber muß, um eine Befriedigung zu erhalten, diese ungehörige, doppelte Absonderung irgendwie erklären. Sie muß diese beiden anscheinend so gar nicht zueinander passenden Gesichter irgendwie auf einen Nenner bringen: das kummervolle vorzeitig gealterte des Vaters, mit dem plötzlichen verwirrenden Lächeln und dem Aufblitzen düsterer Leidenschaft; das jungfräulich reine der Tochter. Deshalb erfindet sie die Geschichte, die so einfach von den Lippen kommt, daß Helen beileibe nicht aus kindlicher Liebe bleibt, sondern gegen ihren Willen gezwungen wird, beim Vater zu leben, ja von ihm sogar gefangengehalten wird, weitab von der fröhlichen, lockenden Welt (fröhlich und lockend – 1914) – im Schloß des Ungeheuers in Kessling.

Ein Märchen ... Und doch birgt jedes Märchen ein Körnchen Wahrheit ...

Was aber sagt Ernest dazu? Wir kennen seine Geschichte noch nicht (wir kennen auch Helens Geschichte nicht, aber die werden wir etwas später hören, ein bißchen langsam und zögernd vielleicht). Verdiente Ernest wirklich die Rolle des Schurken? Verdiente er wirklich jenes bösartige Gerede, das ihm in seine Einsamkeit folgte? Denn welche Beweise haben wir? Daß er sich gegen das kommende Chaos aussprach? Daß er sich gegen den Weltreichgedanken und die Flaggenschwenkerei wandte? Und daß er, als Worte nicht halfen, zur Tat schritt, und diese Tat war, als hätte er das Chaos entfesselt? Und dennoch war er an dem Chaos nicht schuld. Denn *er* wußte, wie sein Bier, das solche Offenbarungen brachte, getrunken werden mußte. Er konnte es trinken, ohne den Verstand zu verlieren. Ganz im Gegenteil: Es beruhigte seine innere Melancholie und erhellte sein Gemüt. Und was die Beschuldigung betraf, daß er selbst Feuer an seine Brauerei gelegt hatte, um die Versicherungssumme einzustreichen... die Leute hatten die Brauerei angezündet – so wie das Bier ihre Sinne entzündet hatte. Und was die Versicherungssumme betraf, die er ja wirklich bekam – obwohl sie lange nicht so hoch war, wie man sich erzählte und ein großer Teil davon für Schadenersatzzahlungen und die Liquidierung seines Unternehmens verwendet wurde –, so diente sie letzten Endes dazu, ein Sanatorium für Kriegsopfer zu stiften, das nirgendwo anders als in seinem eigenen, einst so prachtvollen Familienbesitz, Kessling Hall, angesiedelt wurde. Dieses Kessling-Hall-Sanatorium (Ernest Aktinson wünschte nicht, daß sein Name in irgendeiner Weise in der Stiftung erschien) wurde nach einiger Zeit zum East-Cambridgeshire-Krankenhaus; und ist heute, umgebaut und erweitert, eine der bedeutendsten psychiatrischen Institutionen von Ostanglia, und von dem ursprünglichen Gebäude steht nur noch ein kleiner Trakt, in dem jetzt die Verwaltung untergebracht ist.

Aber greifen wir nicht vor. Kessling Hall wurde erst 1918 zu andern Zwecken verwendet – und Helen Atkinson entschloß sich erst zu diesem Zeitpunkt, eine der ersten Krankenschwestern des Hauses zu werden. Und Ernest und Helen zogen im Herbst dieses Jahres in das ehemalige Pförtnerhaus – eine Art Miniaturnachbildung des großen Hauses mit eigenem baumbestandenen Grund. Ernest lebte also volle vier Jahre mit seiner Tochter das Leben eines Einsiedlers in dem alten Haus, ließ nach und nach verschiedene Räume leerstehen und schloß sie ab, ließ die Nebengebäude verfallen, kündigte nach und nach die Dienstboten, bis er 1918 kein Personal mehr hatte außer Helen, die Haushälterin, Köchin – und Krankenschwester wurde.

Nur einmal in den vier Jahren zwischen 1914 und 1918, abgesehen von den verschiedenen diskreten Ausflügen zur Besorgung seiner Geschäfte, trat Ernest Atkinson in der Stadt, die seine Vorfahren einst beherrscht hatten, in der Öffentlichkeit auf. Und das war ausgerechnet im Frühjahr 1915 anläßlich einer Parade und Truppeninspektion der *Royal Cambridge Militia* – im Grunde der Auftritt der lokalen Rekrutierungstruppe in Gildsey. Durch irgendein administratives Versehen erhielt Ernest eine nicht wieder rückgängig zu machende Einladung, sich mit den Vorbildern des Offizierskorps und den lokalen Größen auf der Tribüne einzufinden, an der die Soldaten vorbeimarschieren würden; und aus irgendeinem hinterlistigen Grund, den nur er selbst kannte, leistete er der Einladung Folge. Vielleicht sah er eine Möglichkeit (die Gallipoli-Kampagne hatte gerade begonnen), seinen alten Protestschrei wieder anzustimmen, vielleicht kam er auch nur, um schweigende Verachtung zu bekunden. Jedenfalls fiel er während des Geschehens kaum auf. Was auch kein Wunder war, da seine Tochter neben ihm stand.

Ein übervölkerter Marktplatz. Eine Kapelle, die mitreißende Weisen spielt. Flaggen, Fähnchen –. Aber davon haben wir in dieser Stadt schon genug gesehen, und wenn wir dazu noch viel Khaki, einige alte Obersten mit Medaillen und Schnauzbärten, etwas Geschrei, einige herumstolzierende Sergeanten, einige Gewehre nehmen und nicht vergessen, etwas abzuziehen, was früher im Hintergrund zu sehen war: einen Brauereischornstein – dann haben wir das Bild genau vor uns.

Der Vorbeimarsch beginnt. Der salutierende Brigadier nimmt Position ein. Die ersten Reihen bestehen aus sorgsam ausgewählten und gut gedrillten Berufssoldaten, die zeigen sollen, was die Armee mit ein wenig Spucke und Politur aus einem Mann machen kann; der Rest – aber das sind die, die wirklich überzeugen – besteht aus neuangeworbenen, unausgebildeten aufgeregten Rekruten, die immer wieder aus dem Takt kommen, rot werden und, weil sie sich so anstrengen müssen, nicht im falschen Augenblick zu grinsen, unwahrscheinlich feierlich dreinsehen.

Die ersten Reihen ziehen an der Tribüne vorbei und salutieren – wobei manchmal eine Verzögerung von Sekundenbruchteilen eintritt – so wie man es von ihnen erwartet. Aber als der Hauptteil der neuen Rekruten «Augen rechts» blicken soll, sieht man, daß etwas grundlegend falsch läuft. Denn bevor noch der Befehl «Augen rechts» ertönt, blicken schon viele Augen in diese Richtung; nicht auf den salutierenden Brigadier, nicht auf die rotgesichtigen Großköpfe, sondern auf Helen Atkinson, die unter den zivilen Honoratioren neben ihrem Vater auf der behelfsmäßigen Tribüne sitzt, rechts von dem Punkt, an dem sich die Salutierenden orientieren sollen. Wenn sie sie einmal aus dem Augenwinkel angesehen haben, dann wollen sie richtig hinschauen. Und wenn sie einmal richtig hingeschaut haben, dann können sie ihre Augen nicht losreißen. Schaut das nicht viel besser aus als so ein hohes Tier mit Medaillen...? Und weil sie einfach über die Schulter zurückschauen müssen und diese Attraktion nicht so bald aus den Augen verlieren wollen, geben sie gar nicht mehr vor, im Takt zu marschieren und in Reih und Glied zu gehen; die Hintermänner treten ihren Vordermännern auf die Fersen, irgendjemand stolpert, ein Gewehr fällt zu Boden – der Vorbeimarsch wird zu einem Chaos...

Meine Mutter erzählt die Geschichte etwas anders (ich wußte daher nie, von wem sie sprach oder wie falsche Scham ausgeschaltet wurde). Es war einmal ein schönes Mädchen und eine Truppenparade, und die dummen Soldaten mit ihren Gewehren stießen aneinander und vergaßen, wie sie marschieren sollten, weil sie alle das schöne Mädchen ansehen wollten. Und der General lief zuerst hellrot und dann dunkelrot an...

Und die Zuseher, die an jenem Frühlingstag dabeigewesen waren, hatten ihre eigene Version von dieser Geschichte: *Er* ist daran schuld – es heißt, daß er irgendwo auf der Tribüne steht – er hat sie irgendwie dazu gebracht ...

Aber die Blicke und der Zorn derer, die nahe genug standen, um ihn ausfindig zu machen und vielleicht wirklich Grund gehabt hätten, ihn anzuklagen, wurden abgelenkt: Herrgott, ist sie schön geworden – und wie schade, wie traurig für sie, daß sie ist, wer sie ist...

Und die Würdenträger der Stadt sagten sich: Irgend etwas stimmt nicht in unserer Stadt – wir können anscheinend wirklich keine große Festlichkeit mehr veranstalten ...

Und die hohen Offiziere sagten: Das verdammte Weibsstück auf der Tribüne ruiniert uns die ganze Show. Aber eine Wucht ist sie schon... ein Prachtexemplar ...

Und der *Gildsey Examiner* berichtet: «Es wäre kleinlich, in solchen Zeiten das unglückselige Durcheinander breitzutreten ...»

Und einige wenige unter den älteren Bürgern der Gemeinde boten (ungeachtet dessen, daß wir uns im fünfzehnten Jahr dieses zwanzigsten Jahrhunderts, eines Jahrhunderts der nackten Tatsachen und der Technik befanden) noch eine andere Version: *Sie* ist daran schuld. Es ist ihr Werk. Sie hat uns das Hochwasser geschickt, als sie eigentlich still in ihrem Grab liegen sollte. Dann ist sie in die Bierflaschen geschlüpft, hat alle verrückt gemacht und die Brauerei niederbrennen lassen; und jetzt hat sie die Parade der Rekruten durcheinandergebracht ...

Aber alle diese verschiedenen Geschichten über ein und denselben Zwischenfall bedeuteten für meinen Großvater nur, daß seine Tochter plötzlich wirklich die Macht besaß, ohne jedes Wort, ohne jede Tat, aus diesem kriegerischen Schauspiel eine Parodie zu machen – dort, wo seine Worte, seine Taten erfolglos geblieben waren. Und vielleicht war es damals, an jenem Apriltag des Jahres 1915, daß sich mein Großvater in seine Tochter verliebte (wenn man das von den Gefühlen eines Vaters sagen darf).

Nach dem April 1915 zeigte sich mein Großvater nie wieder in Gildsey. Nach der unglückseligen Parade wurde er nicht nur ein eingefleischter Einsiedler, sondern auch ein Anbeter der Schönheit.

(Das ist nicht bloß eine Vermutung. Keine weithergeholte Erfindung. Ich weiß es von meinem Großvater selbst: ein Tagebuch, das er fast vernichtet hätte, schließlich aber doch aufbewahrte ...)

Denn nachdem er in seinem kleinen Winkel der Welt alles in seiner Macht Stehende getan hatte, um diese Welt vor der kommenden

Katastrophe zu warnen, was konnte er noch anderes tun, jetzt, da diese Katastrophe eingetreten war, jetzt, da die Welt jenseits des Meeres, in Frankreich drüben, systematisch zur Hölle auf Erden wurde, als (ich wandle seine eigenen Worte nur um geringes ab) sich an einige der wenigen übriggebliebenen Fragmente des Paradieses zu klammern?

Was geschieht mit meinem Großvater? Kann es sein, daß auch er ein Opfer der alten Atkinson-Krankheit geworden ist und begonnen hat, Ideen zu gebären? Und nicht nur irgendeine Idee, sondern die Idee der Schönheit – in der ganzen Sammlung wohl die einzige rein platonische. Die Idee aller Ideen. Kann es sein, daß mein Großvater – weiß der Himmel – in ungereimte Wahnvorstellungen verfällt?

Aber es ist keine Idee. Es ist ein lebendes Wesen. Es ist seine eigene Tochter.

Und es ist nichts Platonisches daran.

Eine seltsame Sache, Kinder, aber je weiter der Krieg fortschreitet (wenn man dieses Wort für einen Krieg gebrauchen kann), je mehr die Aura des Märchens von ihm abfällt, die Aura des Schart-euch-um-die Fahne-zu-Weihnachten-ist-alles-vorüber, und zu etwas ungeheuer Schrecklichem, etwas Unbeschreiblichem wird, zu etwas, das einem Märchen ganz und gar nicht ähnlich ist – desto schöner wird seine Tochter. Und desto mehr verzweifelt Ernest (an der Menschheit), und desto inniger betet er seine Tochter an. Bis – während George und Henry Crick sich dem Vorwärtsmarsch der Geschichte anschließen und in schlammigem Irrsinn enden – Ernest Atkinson auf allen Linien den Rückzug antritt, nach rückwärts, nach innen, ins Paradies, und zu glauben beginnt, daß nur aus dieser Schönheit der Retter der Welt kommen kann.

Man sagt, daß der anfängliche Wunsch Ernest Atkinsons, den Blick seiner Landsleute in die Zukunft zu lenken, nach seinem völligen Rückzug in Menschenhaß umschlug (obwohl es kaum Menschenhaß ist, ein Hospital zu stiften). Die schrecklichen Wahrheiten des Krieges, die 1917 schon bis in die Heimat gedrungen waren (so wie George Cricks persönliche Habseligkeiten zusammen mit einem Brief seines kommandierenden Offiziers nach Hause kamen), boten ihm weder Grund zur Genugtuung noch zum Triumph über diejenigen, die ihn einst verspottet hatten – sie vertieften nur seinen Abscheu vor der Menschheit. Man behauptet unter anderem, daß er den ihm noch verbliebenen Vorrat an Krönungsbier zusammen mit allen Unterlagen über dessen Zusammensetzung vernichtete; daß er zum Abstinenzler wurde; daß er ein geheimes Lager an Flaschen behielt, aber nie davon trank; daß er sehr wohl davon trank, und nicht nur das, sondern daß er und Helen in der privaten Versuchsbrauerei, die sie in Kessling eingerichtet hatten, weitere Vorräte ausschließlich für den eigenen Gebrauch herstellten, und daß dieses stetige Trinken, ob es nun sein Jammern verminderte oder mehrte, etliche äußerst wunderliche Triebe weckte und ihn gänzlich um den Verstand brachte.

Im November 1918 – als Kessling Hall bereit gemacht wurde, die erste Ladung Patienten aufzunehmen, und sich Helen und ihr Vater wie Mann und Frau im Pförtnerhaus niederließen – hätten die Einwohner von Gildsey und den Dörfern am Leem Ernest Atkinson vielleicht vergeben. Denn die Gründung dieses Hospitals sah nun wirklich nicht nach der Tat eines Verrückten – oder eines Degenerierten aus. Und vielleicht waren alle die Gerüchte –.

Aber es gab etwas, das die Bewohner Gildseys und der Dörfer am Leem (und nicht nur sie, sondern alle Menschen) noch lieber getan hätten als zu vergeben – nämlich vergessen. Sie wollten die häßlichen Dinge vergessen, deren die menschliche Natur in den vergangenen vier Jahren fähig gewesen war. Aber ein Heim für Kriegsopfer (wenn auch im dichten Wald verborgen) ist eine recht nachhaltige Erinnerung (könnte das Ernest Atkinsons Rache sein?). Und so bestand die einfachste Methode, sich nicht erinnern zu lassen, sich nicht Schuldgefühle aufladen zu lassen und doch gleichzeitig den Mann nicht zu entlasten, darin, daß man sagte: Schön, er hat ein Sanatorium für Kriegsopfer gestiftet, das ist ja recht anständig, aber schaut euch einmal an, was sich dort im Pförtnerhaus abspielt, und denkt euch euren Teil. Wir wissen ohnehin alle, daß nichts persönliche Lasterhaftigkeit besser verbirgt, als in der Öffentlichkeit den Tugendhaften zu spielen. Und wir wollen nichts von einem Sanatorium wissen, nein, danke schön, das auf Schande gebaut ist.

(Und die Geschichte bestätigt uns natürlich, Kinder, daß es nicht das erste Mal ist, daß die Atkinsons aus Gründen, seien sie überprüfbar oder nicht, ein Irrenhaus eingerichtet haben ...)

So rieben sich die guten Leute die Hände, nachdem sie ihren Standpunkt vertreten und zwei Fliegen auf einen Schlag getroffen hatten, und widmeten sich wieder anständigen und nützlichen Tätigkeiten, so zum Beispiel der Verbesserung der Entwässerungsprojekte. Die Anlagen in der ganzen Umgebung waren in desolatem Zustand, nicht nur infolge der durch den Krieg bedingten Vernachlässigung, sondern auch infolge der unleugbaren Vernachlässigung durch (wir müssen ihn wieder erwähnen) Ernest Atkinson, der, obwohl es die Brauerei nicht mehr gab, obwohl er seine Schiffahrtsgesellschaft verkauft und seine landwirtschaftlichen Interessen abgegeben hatte, noch immer im Aufsichtsrat der Leem-Drainage-und-Navigation-Kommission eine nominelle Machtposition hatte.

Und nach kurzer Zeit vergaßen sie wirklich. Sie vergaßen Ernest und Helen. Sie vergaßen die Atkinsons, die hundert Jahre und noch mehr ihre Geschicke gelenkt hatten. Sie vergaßen das Krönungsbier (wie leicht ist es doch, unangenehme Dinge zu vergessen). Sie vergaßen die alte Welt der Brauereien und Malzbarkassen und Empfänge im Rathaus – wie vieles war in diesen vier dunklen Jahren unwichtig geworden! Dann vergaßen sie auch den Krieg, denn er war der eigentliche Anlaß für ihre Vergeßlichkeit und das Unangenehmste von allem.

Aber Ernest und Helen konnten nicht vergessen – nicht, solange das Heim für die Opfer der Bombenangriffe sozusagen in ihrem Hinterhof stand. Und die Insassen des Heimes konnten auch nicht vergessen – denn deshalb waren sie ja dort. Fünf, zehn Jahre später – zehn Jahre nach Ende des Krieges, der natürlich das Ende aller Kriege war, als vieles von dem, was man über die Vergangenheit gesagt hatte, selbst schon Vergangenheit war – gibt es noch immer einige, die sich in dem Heim aufhalten. Und selbst fünfundzwanzig Jahre später, als Henry Crick gewissenhaft jeden Tag die Abendnachrichten im Radio hört und die Bomber den Nachthimmel erdröhnen lassen, und sich der junge Crick eingehend für eine bestimmte Flasche interessiert, gibt es noch immer eine kleine Gruppe von Patienten – aber wer erinnert sich schon an sie –, die sich noch in jenem alten Krieg befinden, die noch immer versuchen, zu vergessen ...

Aber greifen wir nicht vor. In Kessling gibt es, in den Jahren nach dem Großen Krieg, jedenfalls eine ganze Reihe von Menschen, die nicht vergessen, wie verrückt unsere Welt ist.

Henry Crick vergißt. Er sagt: Ich kann mich an nichts erinnern. Aber das ist nur eine Finte seines Verstandes. Es ist, als sagte man: Ich will mich nicht erinnern, und ich möchte nicht darüber reden.

Und doch ist es ganz natürlich, daß Henry Crick vergessen will, es ist ein sehr gutes Zeichen, daß er glaubt, vergessen zu haben, denn nur indem wir vergessen, kommen wir über die Dinge hinweg. Und als Henry Crick im Juni 1921 (es war kein rascher Prozeß) mit vollkommen ruhiger, gesammelter Stimme sagt: «Ich kann mich an nichts erinnern», beschließen die Ärzte in London und anderswo, die drei Jahre lang herumgerätselt haben, was mit Henry Crick zu tun sei, daß er nach Hause gehen kann. Ja, er hat sich recht gut erholt, und für ihn ist es an der Zeit, jetzt, da er diese häßlichen Erinnerungen losgeworden ist, ein paar nette Erinnerungen aufzufrischen. So schicken sie ihn also nach Hockwell zurück. Da ist das liebe alte Dorf, erinnerst du dich? Da ist der Fluß, da sind die Brücke und der Bahnhof. Und da ist dein Zuhause und da sind deine Mum und dein Dad – sie sind ein bißchen älter geworden, aber du erkennst sie doch noch? (Aber wo ist mein Bruder George?) Ja, und wir sind ganz sicher, daß alles gut wird. Ja, es war eine lange Reise, aber jetzt bist du endlich wieder dort, wo du hergekommen bist.

Aber in genau diesem Punkt irren sie. Denn es braucht nicht viel und dauert nicht lange – nur ein paar Spaziergänge. Allein, entlang des Flusses und über die Felder, und ein paar Herbstregen, der die Kanäle füllt und den Boden aufweicht – und Henry Crick verlangt wieder nach einer Behandlung. Denn diese flachen, ausgewaschenen Fens, die eigentlich der ideale Ort des Vergessens sein sollten, üben auf unseren hinkenden Veteranen genau die gegenteilige Wirkung aus. Und vielleicht liegt es gerade daran: Er möchte das Vergessen vergessen, es ist dieses Gefühl der schwindelnden Leere, von dem er nicht loskommt. Er käme recht gut ohne das Gefühl des Nichts aus.

An einem Oktobernachmittag kommt Henry Crick von einem langen Spaziergang zurück, ein zuckendes, zitterndes, krampfgeschütteltes, grimassierendes Nervenbündel, zu keinem vernünftigen Wort fähig. Sie schicken ihn nach Kessling zurück, und es sieht aus, als müßte er lange Zeit dortbleiben. Für Mr. und Mrs. Edward Crick ist das alles zuviel. Nacheinander – wie zwei dieser verwirrten, unglückseligen Tommys, die blindlings in dieselbe Maschinengewehr-Kegelbahn laufen – fallen sie ins Grab. Für den armen Henry könnte die Lage nicht schlimmer sein. Er ist dort, wo er hergekommen ist – im altbekannten Schlamm. Aber er ist auch in Kessling Hall, und dort –. Aber wir wissen, was dort mit ihm geschah.

Im Februar 1919, kurz vor ihrem dreiundzwanzigsten Geburtstag, wird Helen Atkinson Schwesternschülerin (eine von vierzehn in Kessling Hall). Ist es ihr Wunsch – oder der ihres Vaters? Oder das Ergebnis einer unerbittlichen Logik? Schließlich ist es sein Sanatorium; und sie ist seine Tochter. Jeden Tag, und manchmal auch nachts, ihren Weg mit der Taschenlampe suchend, verläßt sie das Pförtnerhaus (das eigentlich nicht mehr das Pförtnerhaus ist, denn das Sanatorium hat einen eigenen Eingang von der Straße zwischen Kessling und Apton aus) und geht über die ehemalige Auffahrt der Atkinsons zu ihrer Arbeitsstätte, im Unterschied zu den anderen Schwestern, die entweder an Ort und Stelle wohnen oder mit dem Rad aus ihren Quartieren in der näheren Umgebung kommen. (Das ist etwas, was Henry Crick nicht verstehen kann – als ihm sein Zustand wieder erlaubt, über etwas nachzudenken – warum sie immer *diesen* Weg nimmt). In Schwesternhäubchen und Schwesternmantel verabschiedet sie sich von ihrem frauenlosen Vater (einem Mann von vierundvierzig, dem man aber, wenn man ihn sieht, gut zehn Jahre mehr geben würde) und verschwindet unter den dichten Bäumen.

Und Ernest Aktinson hat nichts dagegen, daß sie geht. Denn Ernest Atkinson ist nicht (obwohl sein Geist vielleicht kränkelt) – wie sein uns gut bekannter Vorfahre – ein eifersüchtiger, besitzergreifender Mann. Ganz im Gegenteil. Er stellt sich vor, wie sich seine Tochter mitten unter den verletzten Insassen des Krankenhauses bewegt wie eine Lichtgestalt. Er stellt sich vor, wie sie Wunderheilungen vollbringt, nicht durch ihre medizinische Kunst, sondern durch den bloßen Zauber ihrer strahlenden Schönheit. Er sieht eine erlöste Menschheit aus den Toren des Sanatoriums treten.

So betrachtet es Ernest. Ihr glaubt es nicht? Es steht so in seinem Tagebuch.

Und – glaubt es oder nicht – mit Henry Crick geschieht ein Wunder.

Gut, wenn ihr wollt, schreibt es den verbesserten Behandlungsmethoden zu, der Kunst der Ärzte, oder einfach dem Lauf der Zeit, aber Henry Crick wird euch bestätigen, daß es keinem anderen als diesem Engel in Schwesterntracht zuzuschreiben ist, dieser Göttin im weißen Kittel. Ihr, nur ihr allein.

Henry Crick hat die Liebe entdeckt. Das ganze Frühjahr 1922 (es ist 1922 – ist das möglich? Nicht 1917?) lebt er im Paradies. Und es ist kein Traum. Denn auch sie liebt ihn. Sie sagt es ihm. Und sie ist keine flüchtige Erscheinung, diese Liebe. Je besser sich Henry Crick erholt, desto drängender, desto leidenschaftlicher wird sie. Da er durch den Eingriff der großen weiten Welt in sein Leben – um nicht zu sagen in seinen gesunden Menschenverstand – einen guten Teil seiner Jugend und Verliebtheit versäumt hat, weiß Henry Crick wenig von Liebe (wenn auch viel von –), ist er ein unerfahrener Liebhaber. Aber Helen Atkinson unterweist ihn darin. Sie ist eine gute Lehrmeisterin (woher weiß sie das alles?). Und heilt ihn.

Glaubt auch Helen Atkinson an Wunder? Nein, aber sie glaubt an Märchen. Sie glaubt, daß Märchen helfen, das zu ertragen, was nicht weichen will, daß sie helfen, Wahnsinn in Sinn zu verkehren. In der Krankenschwester steckt die Mutter, und während ihrer drei Jahre in der Nervenheilanstalt von Kessling hat Helen gelernt, diese armen, geistesgestörten Insassen als ihre Kinder anzusehen. Wie Kinder, die Angst haben, hören auch sie am liebsten Märchen. Und aus dieser Entdeckung entwickelt sie ein Rezept: Nein, vergeßt nicht. Löscht es nicht aus. Ihr könnt es nicht auslöschen. Verwandelt es statt dessen in eine Geschichte. Nur eine Geschichte. Ja, alles ist verrückt. Was ist wirklich? Alles ist eine Geschichte. Nur eine Geschichte ...

So lernt Henry Crick nicht nur von der Liebe, sondern lernt auch, die Geschichten aus Flandern zu erzählen, die er in ausgeschmückter, verfeinerter Form später wieder erzählen wird, an der Schleuse, am Kamin, wenn er nachts die Aalreusen setzt und heraufholt, Geschichten, die zu anderen Geschichten überleiten werden, bis der Schmerz, abgesehen von einem zeitweiligen Stechen im Knie, fast verschwunden ist (obwohl andere Schmerzen ...). Er gewinnt die alte Gabe seiner Crickschen Vorfahren wieder zurück, die sein kleiner Ausflug in die Schützengräben fast ein für allemal ausgelöscht hätte. Ja, er bewahrt in seiner Erinnerung, vielleicht unbewußt, für irgendwelche zukünftigen Zeiten die Geschichte jenes außerordentlichen Abenteuers, das er gerade erlebt, diese Begegnung mit einer Krankenschwester (denn wie sollte man ein Wunder auch anders erklären als durch die Worte: So hat es sich zugetragen?). Obwohl er es nicht tun, die Geschichte nicht erzählen wird, erst viel, viel später, erst als er im Sterben liegt und eine andere Frau ihn pflegt ...

Sie lieben einander nicht nur, dieses so ungleiche Paar, sie erzählen einander auch Geschichten.

Und welche Geschichte hört Henry Crick von Helen Atkinson?

Es war einmal ein Vater, der sich in seine Tochter verliebte (nein, stellen wir das ganz klar, wir sprechen nicht von väterlicher Liebe). Und dieser Vater – der seine Frau vor vielen Jahren verloren hatte – lebte mit der Tochter allein in einem ehemaligen Pförtnerhaus am Rande der Sanatoriumsgründe. Von hohen Bäumen umgeben und ganz abseits stehend, ähnelte das Pförtnerhaus einem Haus aus einem Märchen – einem Lebkuchenhaus, einer Holzfällerhütte; der Vater war einst ein reicher und mächtiger Mann gewesen – unter anderem hatte er eine Brauerei besessen –, obwohl er, man weiß nicht genau wie, sein Vermögen verloren hatte, und er hatte in dem prächtigen Haus, das jetzt ein Sanatorium war, gelebt. In einem fernen Land, jenseits des Meeres, hatte ein großer Krieg stattgefunden, und im Sanatorium befanden sich Soldaten, manche verwundet am Körper, alle aber verwundet an der Seele. Und das war noch immer so, obwohl der Krieg schon seit drei Jahren zu Ende war.

Der Vater hatte sich, noch bevor alles begann, gegen den Krieg ausgesprochen, den alle anderen für ein großartiges Abenteuer hielten. Er hatte den Leuten gesagt, wie schrecklich, wie katastrophal der Krieg sein würde, wenn er erst käme. Aber die Leute hatten den Vater verlacht und verhöhnt. Und zu allem Überfluß war eines Nachts noch seine Brauerei abgebrannt. So war er also fortgegangen und lebte seither mit seiner Tochter wie ein Verbannter in dem großen Haus auf dem Land, das eines Tages ein Sanatorium sein würde.

Der Krieg begann, und alles, was der Vater darüber gesagt hatte, bewahrheitete sich, und dem Vater wurde weh ums Herz und die Tochter mußte ihn trösten. Manchmal, in dem einsamen Haus, wo sie einander Geschichten erzählten und noch immer ein bißchen Bier brauten, um sich die schweren Stunden zu vertreiben, sagte er zu seiner Tochter, die Welt läge im Sterben; es würde niemals mehr so sein wie früher. Die Blüte der Jugend würde ins Grab gerissen. Aber noch während er all das sagte, konnte er nicht leugnen (er, ein Mann, der weder alt noch jung war, aber rasch alterte), daß seine Tochter vor seinen Augen erblühte. Und noch während er all das sagte, muß er sich in seine Tochter verliebt haben. Und die Tochter muß es gewußt haben. Denn eines Abends hörten sie auf, einander Geschichten zu erzählen, und fielen einander in die Arme, so wie ein Vater und eine Tochter einander nicht in die Arme fallen sollen.

Die Liebe, die immer einen Weg findet, hat nun einmal verschiedene Stadien. Sie beginnt mit Anbetung. Dann verwandelt sich Anbetung in Begierde, und die Begierde führt zur Vereinigung. Und alle diese Stadien können ein Vater und eine Tochter gemeinsam durchleben, selbst wenn es nicht natürlich ist. Die Tochter willigt in alle diese Stadien ein, denn sie betet ihren Vater an und bedauert ihn um seiner Leiden willen, und wie sollte sie wissen, was natürlich ist und was nicht, war sie doch seit ihrer Kindheit seine einzige Gefährtin gewesen? Aber was jenes Stadium betrifft, das der Vereinigung folgt, was die Frucht dieser Liebe betrifft, die der Vereinigung folgt, (denn das war der Wunsch des Vaters – er wollte ein Kind, ein ganz besonderes Kind), davor scheute sie bebend zurück.

Um ihres Vaters Absichten in andere Richtungen zu lenken, brachte sie ihn auf die Idee, den Landsitz, der für sie beide allein ohnehin viel zu groß war, in ein Sanatorium für Kriegsopfer umzuwandeln. War das nicht viel besser? Alle diese armen, traurigen Geschöpfe zu retten, die in gewissem Sinn ihre Schutzbefohlenen, ihre Kinder sein würden. Sie könnten an einem nahe gelegenen Ort wohnen, zum Beispiel im Pförtnerhaus (nein, nein, sie würde ihn nie verlassen). Und sie selbst würde Krankenschwester werden.

Aber eben dieses Sanatorium, zu dessen Einrichtung der Vater viel von seiner wiedererwachten Kraft einsetzte und sich Großes (selbst Wunder) dabei vorstellte, erinnerte die beiden nur daran, wie das Böse fortbesteht und Vergangenes nicht nur vergangen ist. Denn obwohl der Große Krieg zu Ende ging, kamen noch immer Soldaten, deren Verstand gelitten hatte, und blieben. Für sie war das Leben stehengeblieben, obwohl sie weiterleben mußten. Dieses Heim der Hoffnungslosigkeit vertiefte nur das Leid ihres Vaters. Und jetzt wollte er mehr denn je ein Kind. Und nicht nur irgendein Kind. Denn er begann von diesem Kind als von dem Retter der Welt zu sprechen. Denn vielleicht hatte auch sein Verstand wie jener der armen Soldaten gelitten.

Die Tochter versuchte, den Vater umzustimmen. Wie sollte sie denn das Kind aufziehen – er ein Vater, sie seine Tochter? Denn seit sie jeden Tag im Spital arbeitete, hatte sie sich daran gewöhnt, ganz vernünftig über den Wahnsinn zu sprechen, als wäre so etwas ganz normal. Während sie auf dem Weg zwischen den Bäumen vom Pförtnerhaus zum Krankenhaus und zurück ging, fragte sie sich immer wieder, welcher von beiden Orten verrückter wäre. Wer ist verrückter, die wahnsinnigen Soldaten oder der Mann im Lebkuchenhaus? Und manchmal blieb sie auf dem Hin- oder Rückweg stehen, während eine Ecker zu Boden fiel, ein Specht klopfte, ein leichter Lufthauch durch die Buchen fuhr, und sagte sich: Das sind die einzigen normalen Momente in meinem Leben – wenn das normal genannt wird. Sie dachte: Wenn ich mir die Wahrheit eingestehe, dann sitze ich in der Falle. Mein Leben ist auch zu Ende. Denn wenn Väter ihre Töchter lieben und Töchter ihre Väter, ist das so, als knüpfte man einen Knoten in den Faden, der in die Zukunft führt, es ist, als wollte ein Fluß rückwärts fließen.

In solchen Augenblicken rannen ihr oft Tränen über die Wangen. Denn wenn sie auch in der Falle saß, so liebte sie ihren Vater doch, wie es eine Tochter tun sollte und wie sie es auch nicht tun sollte, und sie wollte ihn nicht verletzen. Und obwohl sie kein Kind haben wollte – wollte sie doch ein Kind. Sie wollte eine Zukunft. Und sie war es gewohnt, Männer zu pflegen, die wieder hilflose Kinder waren. Und in der Krankenschwester steckte die Mutter.

So wanderte sie also unter den Bäumen herum wie eine Jungfrau, die vom bösen Drachen gefangengehalten wird.

Aber die Liebe findet immer einen Weg. Denn irgendwann kam ein verwundeter Soldat namens Henry Crick ins Spital. Auch sein Leben war stehengeblieben; aber es sollte wieder beginnen. Langsam erholte er sich, und als er sich erholte – obwohl Henry behaupten würde, daß das ein- und dasselbe war – verliebte er sich in die Krankenschwester, die ihren Vater liebte. Und so wie er sich in sie verliebte, verliebte sie sich in ihn. Und diese zweite Liebe löste den Knoten, den die erste geschlungen hatte.

Denn eines Abends sagte die Tochter zum Vater: «Ich bin einverstanden. Ich werde ein Kind bekommen – wenn du mir meine Freiheit gibst.»

«Freiheit?» sagte der Vater.

Die Tochter sah den Vater an.

«Ich liebe einen anderen Mann.»

Das Gesicht des Vaters verdüsterte sich, aber er hörte zu, was die Tochter dem Vater zu sagen hatte.

«Ich werde dein Kind zur Welt bringen, wenn du mir gestattest, ihn zu heiraten und mit ihm zu leben, so daß das Kind, wenn es geboren wird, als sein Kind gelten und von ihm und mir aufgezogen wird, als wäre es ein Kind aus unserer Ehe.»

Der Vater sah die Tochter lange und durchdringend an.

«Ist es ein anständiger Mann?»

«Ja, einer der Patienten aus dem Sanatorium. Er war sehr krank, aber jetzt ist er fast geheilt.»

Ein schwacher Schimmer blitzte in den traurigen Augen des Vaters auf.

«*Du* hast ihn geheilt?»

Die Tochter sagte nichts.

«Aber er liebt dich?»

«Ja.»

«Und wirst du ihm – deinem Gatten – je sagen, wessen Kind es wirklich ist?»

«Diese Entscheidung mußt du mir überlassen.»

Der Schimmer in den Augen des Vaters flackerte, erstarb aber nicht.

«Und du wirst dich um ihn kümmern – um meinen Sohn?»

«Wenn es ein Sohn wird.»

«Und er wird der Retter der Welt sein?»

«Er wird der Retter der Welt sein.»

So einigten sich Vater und Tochter. Vielleicht machten sie sich noch in derselben Nacht daran, das Kind zu zeugen. Die Tochter aber hoffte insgeheim (obwohl es sie schmerzte, den Vater zu betrügen), daß sie ein Kind von Henry empfangen und ihr Vater es für das seine halten würde. Und, wenn es anders kommen sollte, würde sie Henry niemals sagen, wessen Kind es war, und vielleicht würde dazu auch nie ein Anlaß bestehen. Eine dritte Möglichkeit – daß sie vielleicht selbst nicht wissen würde, wessen Kind es war – kam ihr kaum in den Sinn, so sicher war sie sich ihres mütterlichen Instinkts.

So trachtete die Tochter mit allen Mitteln danach, zur selben Zeit von zwei Männern, die sie beide liebte, schwanger zu werden. Obwohl sich vielleicht erst nach der Geburt des Kindes herausstellen würde, wer der eigentliche Vater war. Dies alles geschah, während Henrys kranker Verstand nur zu gut heilte. Und dann, eines Tages, als der Moment gekommen schien – vielleicht in eben diesem Wald, an einem verborgenen Ort, wo sie früher in ihrer Verzweiflung stehengeblieben war und geweint hatte –, begann die Tochter, Henry eine Geschichte zu erzählen ...

Als aber Henry die Geschichte hörte (er war wie ein Mensch im Paradies, der alles glaubt), waren die Krankenschwester und er schon verlobt und er wußte schon, daß er Vater werden würde ...

Die Geschichte geht aber weiter, und Henry Crick gehört nun auch dazu. Denn nun steht nicht nur der Tag seiner Hochzeit mit der schönen Krankenschwester fest, die danach keine Krankenschwester mehr, sondern Mutter sein wird, sondern ihr Vater vermittelt ihm auch ein Haus und eine Arbeit, in Form der Atkinson-Schleuse und des dazugehörigen Schleusenwärterhauses, dessen gegenwärtiger Bewohner, ein gewisser John Badcock, bald in den Ruhestand tritt.

In der zweiten Hälfte des Sommers, während Europa noch immer seine Friedensverträge ordnet, in Rußland der Bürgerkrieg tobt und ein neununddreißigjähriger Mussolini darangeht, in Italien die Macht zu ergreifen, lernt Henry Crick die Kunst, eine Schleuse zu betätigen und zu warten, von John Badcock, einem bedächtigen und zurückhaltenden Mann, der dem eben erst eingetroffenen Paar immerhin als Hochzeitsgeschenk und zur Erinnerung an ihren Vorgänger einen ausgestopften Hecht von zehn Kilo und sechshundert Gramm in einem Glaskasten überreicht, gefangen an dem Tag (und daher auch präpariert), an dem der Waffenstillstandsvertrag unterzeichnet worden war.

Und gegen Ende September, während Helens noch nicht sichtbare Schwangerschaft ihren Verlauf nimmt, kommen verschiedene Möbelstücke, Haushaltsartikel, Erbstücke und anderes mehr in einem Lastwagen aus dem einstigen Heim von Henry Crick und seinen verstorbenen Eltern und aus dem ehemaligen Pförtnerhaus von Kessling Hall. Und darunter befindet sich auch – sie kommt eines Morgens ganz allein in einem Mietwagen und ist ausdrücklich an Mrs. Crick adressiert – eine schwarze Holztruhe mit Messingbeschlägen, fest versperrt und mit den Initialen E.A.R. versehen. Ernest weiß, was sie enthält. Und Helen weiß, was sie enthält. Henry kann nur Vermutungen anstellen.

Und es ist hier, in dem kleinen Haus an der Schleuse, in einer grauen Morgendämmerung im März, daß unter den Augen von Ada Berry, der Hebamme von Hockwell und Apton, das Kind zur Welt kommt, das nach Ernest Atkinson der Retter der Welt sein sollte.

Und das sich als schwachsinnig erweist.

Daß es nicht der Retter der Welt, sondern nur ein Schwachsinniger ist, wird Ernest Atkinson allerdings nie erfahren.

Aber gehen wir ein Stück zurück – dorthin, wo das Licht des Paradieses noch als wirklich erscheint. Henry Crick, jung verheiratet und angehender Vater, sitzt an einem stillen und dämmrigen Spätsommerabend vor dem Haus, das sein neues Heim geworden ist, und blickt auf die Schleuse und jenes Stück des Flusses und des Ufers, das sein besonderes Aufgabengebiet ist. Überstrahlt von der Gegenwart seiner schönen und schwangeren Frau hat das eintönig-flache Gebiet die schreckliche Leere verloren, die es früher einmal für ihn hatte, und zeigt ihm noch nicht die Trostlosigkeit, die es ihm einmal vermitteln wird. Eingesponnen in die Liebe für seine schöne Frau ist er taub für den Klatsch der Welt. Denn er weiß, wer Ernest Atkinson ist. Und was ist denn schon so Unerhörtes an einem Kind, das vor der Ehe gezeugt und in der Ehe geboren wird? In diesem Augenblick ist Henry Crick das größte Glück zuteil geworden, das ein Mensch je besitzen kann, das Glück, das sich gegen einen Hintergrund voll Kummer abhebt, das Glück, das wie ein Keil zwischen vergangenen und zukünftigen Schmerz getrieben wird . . . .

Und plötzlich sieht er es, wie es im schwindenden Licht gegen das Flußufer aufblitzt und sich dreht. Es kommt stromabwärts, aus der dämmrigen Ferne, das jenseitige Ufer entlang, auf die Schleuse zu. Es schlägt Wellen, funkelt, taucht unter, taucht auf, verschwindet im Schilf; es kreiselt sich, wirbelt herum, funkelt, flackert, strahlt, wird dunkler, dann wieder hell, überschlägt sich, schwebt, entschwindet, zischt und scheint die ganze Zeit zu sagen: «Sieh mich an – siehst du mich wirklich an? Ja, ich merke schon, du siehst wirklich nur mich an.» Einen Augenblick lang scheint es die flakkernde Gestalt einer Frau anzunehmen. Dann, als es die Barriere der Schleuse erreicht, verschwindet es.

Ein Irrlicht.

Erstaunt beobachtet es Henry Crick. So erstaunt, daß er vergißt, daß Irrlichter der Überlieferung nach böse Vorzeichen sind. Er mißtraut seinen Augen nicht. Um seinem Gedächtnis nicht mißtrauen zu müssen, notiert er diese Erscheinung. Er schreibt – ein heiterer Zusatz in der Liste der Wunder, die er erlebt hat – auf eine der letzten Seiten im Logbuch des Schleusenwärters: «26. September 1922 (abends). Ein Irrlicht gesehen.»

Es war am selben Tag, dem 26. September 1922, daß die schwarze Truhe mit den Messingbeschlägen und den goldenen Initialen im Schleusenwärterhaus eintraf und Henry Crick sie auf Anweisung seiner Frau (er stellte keine Fragen – glückliche Menschen stellen keine Fragen) auf den Dachboden schleppte.

Und einige Zeit davor muß Ernest Helen erklärt haben, was in der Truhe war, welchem Zweck es dienen sollte. Er muß ihr erklärt haben – obwohl ihm Helen versichert hatte, daß es ihre Sache sein würde, seinem zukünftigen Sohn (Helen warf vielleicht nicht die Worte «oder Tochter» ein, oder auch nur das Wort «Enkel») die Wahrheit über seine Eltern mitzuteilen –, daß es keine Kleinigkeit wäre, einen Mann – und schon gar den Retter der Welt – über solche Dinge im unklaren zu lassen, und daß er Vorkehrungen für eine spätere Aufklärung getroffen hätte. Er würde in die alte Truhe – sie hatte ihn als jungen Mann bei seinen Reisen nach London begleitet – einen schriftlichen Bericht für sein ungeborenes Kind legen und es darin über seine Herkunft aufklären. Gleichzeitig würde er seine im Lauf der Jahre entstandenen Tagebücher in die Truhe legen, so daß – wenn sich solches für den Retter der Welt als wertvoll erwiese – das Kind mehr über den Vater, der es gezeugt hatte, erfahren könnte. Er würde ihr Truhe und Schlüssel schicken; und an seinem achtzehnten Geburtstag sollte sie – wenn sie es für richtig hielte – dem Sohn den Schlüssel aushändigen.

Vielleicht hätte Helen gesagt «Aber dann wirst du doch noch –», sich aber unterbrochen, da sie wußte, daß sie einen kranken Mann vor sich hatte. Vielleicht hatte sie statt dessen gesagt: «Aber warum die Truhe?» und damit ausdrücken wollen, daß die Truhe groß war. Worauf Ernest vielleicht sogar mit einem leisen Augenzwinkern geantwortet hatte: «An seinem achtzehnten Geburtstag bekommt unser Sohn auch ein Dutzend Flaschen von unserem Bier. Du erinnerst dich doch – das Bier, das wir zusammen gebraut haben...»

Und vielleicht sagte er ihr damals Lebewohl. Nicht als Vater, sondern als Liebhaber. Denn sie konnten einander niemals mehr allein hier im Pförtnerhaus treffen – oder? Und vielleicht weinte Helen, als sie zum Wärterhaus zurückkehrte. Denn das Kind in ihrem Schoß war – so glaubte sie damals – von Henry.

In der Nacht des 25. Septembers setzte Ernest ein Dokument auf, das an seinen mutmaßlichen Sohn gerichtet war und in dem er ihm seine väterliche Liebe versicherte, seine Grüße übermittelte und sein Geständnis – und seine Buße – niederlegte – und ihn aufforderte, die Welt zu retten, die der Rettung so dringend bedurfte. Vielleicht wußte er, als er das schrieb, daß er wahnsinnig war – denn in jedem Verrückten steckt ein kleiner, normaler Mann, der ihm sagt: «Du bist verrückt, du bist verrückt.» Aber vielleicht änderte dies nichts, denn zu diesem Zeitpunkt war er bereits felsenfest davon überzeugt, daß die Welt, die wir so gerne für normal und wirklich halten, in Wahrheit widersinnig und phantastisch ist.

Als der Brief an seinen Sohn, den Retter, vollendet war, steckte er ihn in einen Umschlag, unverschlossen (so daß Helen ihn lesen konnte) und legte ihn zusammen mit den blaugebundenen Notizbüchern, seinen Tagebüchern, in die schwarze Truhe. Dann ging er hinunter in den Keller des Pförtnerhauses und trug nacheinander zwölf Flaschen des Biers herauf, das 1911, nachdem es gebraut und an die Öffentlichkeit gelangt war, als Krönungsbier bekannt wurde. Auch diese legte er, sorgfältig in Sackleinen gewickelt, in die Truhe. Entweder hatte er es schon geschrieben, oder er fügte es zu diesem Zeitpunkt an den Brief an:

«P.S. Die Flaschen sind für den Notfall.»

Dann schrieb er auf den Umschlag: «An den Erstgeborenen von Mrs. Henry Crick», wickelte Umschlag und Tagebücher noch einmal in Sackleinwand, schloß die Truhe, versperrte sie und ließ sie am nächsten Vormittag zusammen mit einem versiegelten Paket, das den Schlüssel enthielt, in das Haus seiner Tochter bringen.

Wie viele Flaschen im Keller des Pförtnerhauses lagen, ist nicht bekannt. Es müssen aber um einige mehr als zwölf gewesen sein. Denn als mein Großvater zugesehen hatte, wie die Truhe auf dem Rücksitz des Mietwagens fortfuhr, spürte er in seinem Inneren eine große Leere und begann, diese mit Bier zu füllen. Er begann, diese Leere mit für ihn bisher unvorstellbaren Mengen dieser außerordentlichen und phantastischen Flüssigkeit zu füllen, die nur für jene bestimmt war, die sie zu trinken verstanden – die nur der Retter der Welt wirklich zu trinken verstand.

Er trank den ganzen Vormittag: An der Atkinson-Schleuse erhält Mrs. Henry Crick eine Truhe und – in einem kleinen Paket, das auch den Schlüssel enthielt – eine einfache Botschaft, die nur «Gib ihm den Namen ‹Richard›» lautete.

Er trank den ganzen Nachmittag: An der Atkinson-Schleuse schleppt Henry Crick, dessen Knie schmerzt, die Truhe auf den Dachboden.

Er trank, vielleicht mit Unterbrechungen, den ganzen Tag. Aber irgendwann am Abend, einen wüsten Haufen von leeren Bierflaschen zurücklassend, begann er, vom Pförtnerhaus zum Sanatorium zu wandern, auf dem schattigen Pfad, auf dem seine Tochter einst als Krankenschwester zur Arbeit gegangen war. Vielleicht glaubte er, im Grunde dorthin zu gehören, zu den armen Soldaten, die niemals mehr aus der Vergangenheit zurückfinden würden, die nie mehr in die Zukunft gelangen würden – während seine Tochter dem einen gehörte, der befreit worden war. Vielleicht versuchte er, unter den wahnsinnigen Soldaten den Platz von Henry Crick einzunehmen, und vielleicht trug er aus diesem Grund eine Pistole bei sich.

Jedenfalls kam er nicht im Sanatorium an. Denn am selben Septemberabend, an dem mein Vater ein Irrlicht funkelnd den Leem heruntertaumeln sah, setzte sich Ernest Atkinson, dessen Urgroßvater die magische Gerste aus dem Norden gebracht hatte, mit dem Rücken gegen einen Baum, steckte die Mündung der geladenen Pistole in den Mund und drückte ab.

31

Das Testament eines Lehrers

Glaubt ihr an Bildung, Kinder? Glaubt ihr daran, daß die Welt erwachsen wird und lernt? Glaubt ihr an das ganze Zeug von den weisen alten Männern und den jungen Narren? An die Älteren und Besseren, an das «Einem-Folgen», an das «Aus-der-Erfahrung-Lernen?»

Kinder, glaubt ihr an Kinder? Daß sie auf Wolken des Ruhms herankommen, daß sie kleine Stücke des Paradieses mit sich bringen, daß in ihrem Inneren ein Ausblick auf das liegt, was die Welt eines Tages sein könnte?

Was ist ein Geschichtslehrer? Jemand, der Fehler weitergibt. Während die anderen sagen, so muß es getan werden, sagt er, hier ist es schiefgegangen. Während die anderen sagen, so muß man handeln, so ist es richtig, sagt er, da nun liegen die Fehler, die Versehen, die Stümpereien, das Fiasko – das scheitert; Irren ist menschlich (wozu brauchen wir also einen Gott, der über uns wacht und uns unsere Sünden vergibt?). Ein Geschichtslehrer ist ein Widerspruch in sich (denn jeder weiß, was man aus der Geschichte lernt, ist lediglich, daß niemand –). Er ist ein Lehrer, der Hindernisse setzt, ein Erzieher, der Verrat begeht. Vielleicht übt er einen schlechten Einfluß aus. Vielleicht sollte man ihm besser ausweichen.

Dunkelheit. Der Spielplatz einer Schule. Dunkelheit in den Klassenzimmern, in der Versammlungshalle, in den Räumen der naturwissenschaftlichen Abteilung, im Turnsaal, in der Bibliothek. Ein einziges Licht brennt noch in dem Flügel, in dem sich die Büros befinden.

Ein Lehrer geht mit unsicheren Schritten über den Spielplatz. Der Lehrer ist leicht betrunken. Der Lehrer wird nicht mehr unterrichten. Er ist in einem Zustand, der dies nicht mehr erlaubt. Der Lehrer war beim Direktor. Er geht auf dem Spielplatz ziellos auf und ab, unter den verschleierten, abgedunkelten Sternen ...

Kinder, einige kurze Bemerkungen zur Trunksucht (abgegeben im Stadium der Betrunkenheit). Vornehmlich ein Phänomen unter Erwachsenen. Unter den ganz Jungen findet man es, im großen und ganzen gesehen, nicht. Sie haben es nicht notwendig. Denn Kinder brauchen das Gefühl nicht, wieder Kind zu sein... Wie die Welt einem wie ein Spielzeug erscheint. Wie einem die Bösen nicht ganz so böse erscheinen... Ihre soziologischen und ideologischen Konsequenzen. Ein Auslaß für die Geschichte (seht her – wir können noch immer fröhlich sein). Ein Thema für elektrische Untersuchungen (vielleicht wollt ihr es einmal in Angriff nehmen?): die französische Wein- und Champagnerindustrie während der Französischen Revolution. Steigt der Verbrauch oder sinkt er?

«Sir?»

Es ist Price. Sein bleiches, wächsernes, fragendes Gesicht taucht wie ein abnehmender Mond in der Dunkelheit vor mir auf.

«Price, wieso bist du denn noch hier?»

«Wir haben eine Besprechung, Sir.»

«Was für eine Besprechung?»

«Unser Verein. Der Holocaust-Klub, die Anti-Harmageddon-Liga. Wir haben noch keinen Namen.»

«Das ist auch besser so. Dürft ihr diese Versammlungen abhalten? Wenn Lewis –»

«Das ist schon in Ordnung. Wir haben einen Raum für den Schachklub gemietet.»

Er geht neben mir her.

«Sie haben ihn gesehen, Sir?»

«Ihn gesehen?»

Price deutet mit dem Kopf auf das in der Luft schwebende erleuchtete Rechteck.

«Du hast es gewußt?»

«Alle wissen es.»

«Ja, ich war bei ihm. Wenn du es genau wissen willst – ich habe seinen Whisky getrunken.»

«Er hat Sie also gefeuert?»

«Was denkst denn du, Price?»

«Wir könnten einen Protest organisieren, Sir. Eine Eingabe an die Schulbehörden. An das beschissene Lokalblättchen schreiben –»

«Ich fühle mich geschmeichelt. Aber –»

(Warum diese plötzliche Besorgnis? Diese Solidarität? Diese besonders respektvollen «Sirs»? Ausgerechnet von dir –)

«Ich wollte Ihnen nur sagen, Sir, daß es uns allen – der ganzen Klasse – ganz besonders leid tut – alles.»

«Danke, das ist sehr nett, Price. Ich bin nicht hinausgeworfen worden, Price. Man schickt mich nur in den Ruhestand.»

«Und. Und diese – neuen Unterrichtsstunden, die Sie in unserer Klasse abgehalten haben. Das war schon etwas.»

Geschichten, Price. Märchen.

«Und wegen Mrs. Crick – das tut uns auch sehr leid.»

«Ist schon gut. Sie weiß von dir, hast du das gewußt? Ich habe ihr von dir erzählt. Du bist einer von den Schülern, über die ein Lehrer mit seiner Frau spricht.»

«Wie geht es ihr, Sir?»

Der Lehrer antwortet nicht.

Wir sind beim Schultor angelangt. Der Lehrer bleibt auf wackligen Beinen stehen.

«Price, mußt du wirklich gleich nach Hause gehen? Machen sich deine Eltern Sorgen, wenn du nicht sofort kommst? Ich habe gerade drei Teetassen voll Scotch getrunken. Ich glaube, ich brauche noch was. Ich möchte dich auf einen Drink einladen.»

«Gut.» (Etwas zurückhaltend.) «Gerne. Hat er wirklich ein Whiskylager da oben?»

«Das ist kein Verbrechen. Euer Direktor braucht Schutz. Er wäre gerne selber der Lord Protector, der Reichsverweser – aber eigentlich ist er es, der beschützt werden – aber das sollte ich besser nicht sagen.»

«Ich verstehe schon... In den ‹Herzog›, Sir? Sie wissen, daß ich noch nicht achtzehn bin.»

«Price, willst du mir wirklich einreden, daß du noch nie –?»

«Zum Herzog». Gleißende Wärme an einem kalten Abend. Der Hintergrund: Gurgeln von kleinen grünen Männchen aus dem All und der Schluckauf der Spielautomaten. Ein Ecktisch. Ein halb betrunkener Schullehrer und ein Schüler mit einem Gesicht wie eine Totenmaske. Getränke: Ein großer Scotch für den einen; für den anderen (ich hätte den ausgeprägten Geschmack meines Price kennen müssen) eine langsam genippte ‹Bloody Mary›.

Weitere Greuelmärchen aus der Skandalschule Süd-Londons. Schüler werden nach der Schule zum Trinken verleitet...

«Was hat er Ihnen gesagt?»

«Lewis? Vergessen wir's. Erzähl mir von diesem – Holocaust-Klub.»

«Wie Sie wollen.» Er zögert, als fürchtete er, ich könnte es für eine Kinderei halten. «Nur eine Idee. Wir sind keine Protestierer. Wir glauben – an die Macht der Angst.»

«Angst, Price?»

Angst?

«Nicht alle Schüler in unserer Schule würden sich einer Protestbewegung anschließen. Aber vielleicht haben sie Angst. Wir möchten ihre Ängste aus ihnen herausholen. Ihnen sagen, daß sie sie nicht verbergen sollen. Daß sie sie offen zeigen sollen. Wir wollen ihnen sagen, zeigt eure Angst, legt sie zu der unseren.»

«Aber wie macht ihr –?»

«Wir haben daran gedacht, eine Zeitschrift herauszubringen. Wir wollen, daß die Leute ihre Ängste niederschreiben. Sie wissen schon, wie sie das Ende der Welt sehen. Die letzten Minuten, die letzten Gedanken, die Panik, wie es denen gehen wird, die nicht sofort tot sind...»

Er ist aufgeregt. Trinkt einen Schluck Blut.

«Wissen Sie, woher wir die Idee haben, Sir?»

«Nein.»

«Nein? Wirklich nicht? Die eine Stunde. Sie erinnern sich doch. Als wir alle unsere Träume erzählt haben...»

Ah ja. (Also hat mein Unterricht wenigstens etwas gebracht. Er hat sie gelehrt, Angst zu haben.) «Diese Stunde.»

Er sieht mich an.

«Mir tut es leid, daß ich Ihre Stunden gestört habe, Sir. Es tut mir leid, daß ich alles vermasselt habe.»

Aber darum geht es in der Bildung, Price. (Und schau bitte nicht so dumm drein. Was ist denn mit der revolutionären Begeisterung? Ist die in dem Moment erloschen, in dem der Tyrann durch andere gestürzt ist? Sobald sich herausstellt, daß er eigentlich ein bedauernswerter Kerl ist?)

Es geht dabei nicht um leere Köpfe, die gefüllt werden müssen, auch nicht um aufgeblasene Lehrer, die große Phrasen ohne Inhalt dreschen. Es geht um den Konflikt Lehrer – Schüler. Es geht darum, was von der Beharrlichkeit des einen und dem Widerstand des anderen zerrieben wird. Sie ist ein langer, harter Kampf gegen den naturgegebenen Widerstand (denn die Naturgeschichte will nicht lernen ...). Ein langsamer, nie endender Prozeß. Bedarf eines gesunden Phlegmas. Ich glaube nicht an rasch gewonnene Resultate, an den Zauberstab und an Wunderwirken. Ich glaube nicht einmal, wie Lewis das gerne hätte, an die Vorbereitung auf die heutige Welt. Aber ich glaube an Bildung.

Der entlassene Lehrer, Gatte der Kindesräuberin, sagt: Ich glaube an Bildung ...

Weißt du, warum ich Lehrer wurde, Price? Schon gut – weil ich verrückt nach Geschichte war. Mein liebstes Hobby. Aber weißt du, was mich veranlaßte, zu *unterrichten?* Das war 1946 in Deutschland. Der Schutt. Tonnenweise. Es war kein großer Anstoß nötig. Nur ein paar zerbombte Städte. Keine Nachhilfestunden. Keine Besichtigung der Konzentrationslager. Sagen wir einfach, daß ich entdeckte, daß das, was wir Zivilisation nennen, woran wir dreitausend Jahre gearbeitet haben, so daß wir ihrer manchmal überdrüssig werden und uns sogar über sie lustig machen, wie Schulkinder, weil sie bisweilen wie ein aufgeblasener Lehrer wirkt – daß diese Zivilisation etwas Kostbares ist. Ein künstliches Gebilde – so fragil – aber kostbar.

Das war vor vierunddreißig Jahren. Ich weiß nicht, ob es heute besser oder schlechter ist als damals. Ich weiß nicht, ob es damals besser oder schlechter war als im Jahr 0. Es gibt die Fabeln vom Fortschritt, es gibt die Fabeln vom Niedergang. Und Träume von der Revolution... Ich weiß nicht, ob meine zweiunddreißigjährige Lehrtätigkeit irgendeinen Unterschied gemacht hat. Ich weiß nur, daß die Lage damals schlimm war und daß sie auch heute schlimm ist. 1946 erhob sich vor mir die Vision von einer zerstörten Welt. (Und meine zukünftige Frau hatte, soweit ich das beurteilen kann, auch Visionen – aber lassen wir das.) Und jetzt sitzt du da, Price, im Jahr 1980, mit deinem Totenmaskengesicht und deinem Holocaust-Klub und sagst, daß die Welt vielleicht nicht mehr lange bestehen wird – und bist nicht viel jünger, als ich es damals war.

«Du willst also wissen, was Lewis zu mir gesagt hat? Ich möchte dir gerne erzählen, was ich ihm gesagt habe. Ich habe gefragt: Lewis, glauben Sie an die Kinder?»

«Das verstehe ich nicht, Sir. Wollen Sie noch einen Drink?»

«Lewis hat es auch nicht verstanden. Ich habe ihm gesagt: ‹Wir unterrichten sie. Glauben Sie an sie? An all das, was aus ihnen werden soll. Die Erben der Zukunft, Träger der Hoffnung. Oder glauben Sie, daß sie sehr rasch ihren Eltern nachgeraten werden, die gleichen Fehler wie ihre Eltern machen, daß sich alles ständig wiederholt?› Und ich habe weiter gesagt: ‹Ich glaube an das letztere.› Lewis hat geantwortet: ‹Erzählen Sie das Ihren Schülern?› Und ich: ‹Es ist das, was die Geschichte sie lehrt. Eines Tages werden sie wie ihre Eltern sein. Aber wenn sie auf dem Weg dahin sich bemüht haben, nicht wie ihre Eltern zu werden, wenn sie es zumindest versucht haben (du verstehst jetzt, Price, warum der Schüler dem Lehrer Widerstand leisten muß, warum die Jungen den Alten mißtrauen müssen), wenn sie den Versuch gemacht und damit bewirkt haben, daß die Dinge nicht noch schlimmer werden, daß die Welt nicht noch weiter verfällt –›»

«Und weißt du, was Lewis gesagt hat?»

«Nein.»

«‹Das ist der Kommentar eines alten, müden Zynikers, der schon zu lange unterrichtet hat.›»

Gut, sie ist also der Versuch, ein künstliches Gebilde zu erhalten. Sie ist nur das Bemühen, die Dinge nicht bedeutungslos erscheinen zu lassen. Sie ist nur ein Kampf gegen die Angst. Du hast Angst, Price. Deshalb brauchst du keinen Klub gründen. Ich hab es in deinem Gesicht gesehen. Und was glaubst du, was im Augenblick mit mir ist? Warum, glaubst du, rede ich soviel vor mich hin, und was sollen alle die Geschichten, die ich euch als Finale meiner Lehrtätigkeit erzählt und die – wie du mir jetzt bestätigst – ihre Wirkung nicht ganz verfehlt haben? Alles hilft, die Angst zu vertreiben. Es ist mir egal, wie du sie nennst – Erklärungen, den Tatsachen ausweichen, Bedeutungen erfinden, die Dinge von höherer Warte aus beurteilen, alles in der richtigen Perspektive sehen, dem Hier und Jetzt ausweichen, der Bildung, der Geschichte, den Märchen – es hilft, die Angst auszuschalten. Und warum, glaubst du, sitze ich jetzt hier bei dir und will dir noch mehr erzählen? Mußt du nicht schon nach Hause, Price? Mum und Dad machen sich keine Sorgen? Ja, noch einen, bitte. Ja, ich weiß, daß ich betrunken bin. Ich möchte dir noch eine Geschichte erzählen. Ich möchte dir erzählen –

Price steht auf, um noch etwas zum Trinken zu holen. Der Barmixer, der ein paar Gläser zurückträgt, hält ihn auf. Sieht ihn forschend an. Dann mich.

«Ist er schon achtzehn?»

«Ja.» Der Barmixer starrt mich an, nicht überzeugt. «Ich muß es schließlich wissen. Er ist mein Sohn.»

– ich will dir über (selbst hinter dem Leichen-Make-up läuft Price plötzlich rot an), ich will dir erzählen

32
Über die Schöne und das Ungeheuer

Nicht der Retter der Welt. Ein Schwachsinniger. Nicht eine Hoffnung für die Zukunft. Ein Tölpel mit dem stumpfen, leeren Blick eines Fisches.

Und man kann ihm nichts beibringen. Kann nicht lesen, kann nicht schreiben, spricht in einer Art von Babysprache, wenn er überhaupt spricht. Stellt nie Fragen, will nichts wissen. Hat am nächsten Tag vergessen, was man ihm am Vortag gesagt hat. Mit vierzehn sitzt er noch immer in der Unterstufe der Dorfschule von Hockwell, mit hängendem Unterkiefer, starrt mit leeren Augen vor sich hin, eine Zielscheibe des Spottes für die anderen Kinder. «Dick Crick!» kreischen sie. «Dick Crick! Dick Crick!» wie ein Name in einem Kinderreim. (Was um Himmels willen hat seine gedankenlosen Eltern bewogen, ihn Richard zu nennen?)

Mr. Ronald Allsop, der Schuldirektor, ein Mann, der nicht leicht aufgibt, gesteht dem Vater schließlich: «Ich habe alles getan, was ich tun konnte.» Und schlägt den altbewährten Ausweg des erfolglosen Lehrers ein: «Aber mit den Händen ist er sehr geschickt ... schließlich ist es ja keine Schande, wenn er mit den Händen arbeitet, solange er es gut macht ...»

Und das Seltsame daran ist, daß der Vater erfreut scheint, fast erleichtert über dieses betrübliche Urteil.

Und es ist noch viel seltsamer, als sich der jüngere Bruder, Tom, bemüht – der ganz im Gegenteil ein hervorragender Schüler ist, der ein Stipendium für das Gymnasium von Gildsey erhält, der seinen Weg machen und der Stolz seines Vaters sein wird (nicht aber der seiner Mutter, denn seine Mutter ist tot) –, dort erfolgreich zu sein, wo die Dorfschule von Hockwell versagt hat; als er eines Sommertags Bücher, Bleistifte und Papier nimmt – denn er will keine leblose Puppe als Bruder, es ist ihm nicht gleichgültig, daß sein Bruder nichts tut, daß sein Bruder keinen Verstand hat, und er will ihn vor dem Alptraum des Zurückgebliebenseins bewahren (ah, Kinder, achtet nur auf die früh auftretenden pädagogischen Wesenszüge) – und als er sich mit Dick auf die Kante des Treidelweges setzt, daß der Vater diese behelfsmäßige Unterrichtsstunde sofort unterbricht und seinen Zweitgeborenen, Bestürzung in den aufgerissenen Augen und mit ganz untypischer Heftigkeit stotternd, anfährt: «Daß du ihm ja nichts beibringst! Daß du ihm ja nicht das Lesen beibringst!»

So wächst Dick mit seinen geschickten Händen und breiten Schultern, groß an Körperkraft, wenn auch nicht an Geist, am Ufer des Leem auf. Und arbeitet später auf einem Ouse-Schwimmbagger, der «Rosa II», und kann daher von dem aus seiner täglichen Arbeit ersparten Geld ein übertragenes Motorrad kaufen, eine «Velocette 350», das einzige Ding, wovon Dick wirklich etwas verstand, würden manche sagen, und das er abgöttisch liebte, ein Motorrad, das in seiner hirnlosen Leistungsfähigkeit, seiner mechanischen Betriebsamkeit eine sehr große Ähnlichkeit mit Dick zeigte.

Aber selbst ein Schwachsinniger muß sich manchmal Fragen stellen und denken. Selbst ein Tölpel muß manchmal über die wichtigen, quälenden Fragen nachdenken:

Was ist das Leben? Woraus besteht es? Woher kommt es, wozu ist es gut?

Nehmen wir zum Beispiel die Zeit, in der seine Mutter ohne Erklärung verschwand und nie wiederkam. Sie war immer dagewesen. Sie hatte ihm immer saubere Kleider gegeben, die tagtäglichen Mahlzeiten besorgt. Selbst ihn, den Schwachsinnigen, hatte sie ins Bett gebracht und ihm einen Gutenachtkuß gegeben und ihn – ja, so schien es dem neugierigen, neidischen, ja, neidischen Blick des kleinen Tom – mit einer ganz besonderen Art von Mutterliebe überschüttet, die irgendwie mit der Tatsache zusammenhing, daß sie nicht erwidert wurde. Aber eines Tages legte sie sich in ihr eigenes

Bett und wenig später wurde sie nie mehr gesehen. Wo konnte sie bloß hingekommen sein?

(Aber weißt du das denn nicht, Dick? Hast du es nicht gesehen? Sie ist in der hölzernen Kiste, die sie in den festgefrorenen Boden am Friedhof von Hockwell hinunterließen. Wir sind doch alle darum herumgestanden, erinnerst du dich nicht? Das war sie. Sie ist unter dem kleinen Grashügel, zu dem Vater manchmal hingeht und auf den er Blumen legt (hast du noch nicht bemerkt, Dick, daß er angefangen hat, zwischen seinem Gemüse Blumen zu pflanzen?); und manchmal, wenn du ihn beobachtest, kniet er nieder, wenn er die Blumen hingelegt hat, und preßt den Kopf auf den Boden und weint sich die Augen aus dem Kopf. Sie ist in der Erde, Dick, für immer.)

Aber Dick will nicht glauben, daß sie irgendwohin gegangen ist, von wo man sie nicht mehr zurückholen kann. Vielleicht versteckt sie sich irgendwo. Wenn man sie in einer Kiste fortgetragen hat, vielleicht kommt sie dann in einer anderen zurück. Vielleicht hat sie sich in der alten Truhe auf dem Dachboden eingerollt. Hat sie ihm denn nicht den Schlüssel gegeben – knapp bevor sie verschwunden ist? Und wenn sie nicht in der Truhe ist (denn dort ist sie nicht), dann ist sie vielleicht in seinen Flaschen – denn das ist alles, was drinnen ist, mit Ausnahme von etwas Sackleinen und bedeutungslosem Geschreibsel. Oder vielleicht läßt sie der Inhalt dieser Flaschen wieder auftauchen ...

Denn eines Tages, nicht lange nach Mutters plötzlicher und unvorhergesehener Abreise, nimmt Dick eine Flasche und geht dorthin, wo der Stott-Kanal auf das Südufer des Leem trifft und trinkt feierlich ihren Inhalt ...

Und warum am Stott-Kanal?

Weil das die Stelle ist, an der Dad jeden Abend seine Aalreusen aus Weidengeflecht heraufzog, nachdem er sie am Morgen hinabgelassen hatte, und die fast immer glänzend und pulsierend vor lauter Aalen heraufkamen. Es muß etwas ganz Besonderes an diesem schlammigen Zusammenfluß von Kanal und Fluß sein, etwas Besonderes für die Aale und auch für Dad. Denn es ist auch der Ort, wohin Dad im Frühjahr und Sommer nach Mutters heimlichem Verschwinden nach Sonnenuntergang geht, wo er die übliche Routine des Aalfangs in eine nächtliche Wacht verwandelt, die durch den Mond oder eine Windlampe erhellt und deren Dauer an Zigarettenlängen gemessen wird. Wir gehen mit ihm, seine Söhne, und lernen alles über den Aalfang. Und manchmal verbringen wir die ganze Nacht dort, weil Dad sein Gehirn zermartert, um noch mehr Geschichten für uns zu ersinnen, noch mehr weise Sprüche und Redensarten zu finden (obwohl Dick niemals zuhörte, sondern immer nur auf die Stelle starrte, an der wir die Reusen versenkt hatten), denn er will nicht zurück in das leere Haus und das leere Bett, in dem Mutter nicht mehr liegt.

Und dies ist auch der Ort, an den Dick, als er älter ist und ein Motorrad hat, jeden zweiten Abend in der Woche auf seiner Rückfahrt von der «Rosa II» gelangt, nachdem man ihm (der Fang erfolgt wieder bei Tag) die verantwortungsvolle Aufgabe anvertraut hat, allein die Ausbeute an Aalen einzusammeln. Quer über seinen Rücken hängt, wenn er auf der Straße nach Hockwell nach Hause fährt, triefnaß ein Sack, in dem sich etwas windet und krümmt. Ja, sie haben etwas ganz Besonderes an sich, auch für Dick, diese wunderlichen Aalreusen, die leer und nackt hinuntergelassen werden und so voll von glitschiger Schnelligkeit wieder heraufkommen können. Vielleicht weiß der Fluß, wo Mutter hingegangen ist und wie man sie wieder zurückholen könnte. Vielleicht kennt der Fluß das Geheimnis des Lebens. Vielleicht eines Tages, wenn die Reusen heraufgezogen werden ...

Dick setzt die Flasche (eine schlanke Flasche, dunkelbraun, mit engem Hals) an die Lippen und trinkt. Wieso weiß ich das? Weil ich auf der anderen Seite des Flusses bin, verborgen durch die jenseitige Böschung. (Was hat denn den kleinen Bruder in einen Anfängerspion verwandelt, in einen angehenden Detektiv?) Dick trinkt – die ganze Flasche in einem Zug. Was er aber trinkt, läßt seine Mutter nicht wieder aus dem Fluß auferstehen, wiegend und schwankend, so ganz lebendig. Obwohl die Wirkung trotzdem außerordentlich ist ...

Und nehmen wir das andere Mal am Ufer des Hockwell Lode, als Freddie Parr nach gewissen Meisterleistungen im Unterwasserschwimmen und nach bemerkenswerten physiologischen Reaktionen einen Aal nahm (ja, es ist schon etwas dran an diesen schlüpfrigen Geschöpfen) und –. Und Dick Mary ansah und Mary Dick ansah... Versinkt dieser Augenblick, ohne eine Spur zu hinterlassen, in diesem dem Vergessen überlassenen Sumpf von Dicks Gehirn? Nein, er bleibt, er zeitigt Folgen. Denn was tut Dick seit jenem bemerkenswerten Julitag des Jahres 1940? Er beginnt, Mary

Metcalfs Nähe zu suchen, wenn er sich auch noch in zögernder Distanz hält. Er lungert beim Bahnhof von Hockwell herum, wenn der Vieruhrvierundzwanzig aus Gildsey kommt und eine Ladung von Schulkindern absetzt, darunter eines in rostroter Schuluniform mit einem roten «Herz-Jesu-Schild» auf der Brust. Er ist immer wieder auf dem Weg zu finden, den eine gewisse Person zwischen Hockwell und dem Poltfen benutzt. Und wenn er sich dem Kreis der anderen Kinder von Hockwell anschließen darf (denn seit dem Tag am Lode neigt man dazu, Dick weniger mit nachgiebiger Herablassung, sondern eher mit mißtrauischem, abwehrendem Respekt anzusehen), dann sieht er Mary wieder an, wenn sie dabei ist, mit diesem langen, nervenzermürbenden Blick.

So daß also in der Zeit, als die deutlich aufkeimende, aber noch unschuldige Leidenschaft des kleinen Tom für Mary ihre frühen, verschämten Stadien im Eisenbahnwaggon durchläuft, sich auch ein anderer, und zwar niemand anderer als sein eigener Bruder (ah, was für ein Grund zum Neid), nach ihr sehnt und nach ihr schmachtet. Nur daß der kleine Tom ganz genau weiß, was es mit dem Drängen in seiner Seele auf sich hat, obwohl ihn das nicht kühner werden läßt, während Dicks mißliche Lage von einer ahnungsloseren und unheilbaren Art ist. Der arme Junge weiß nicht, woran er leidet.

Oder zumindest wird das behauptet. Denn in allen diesen so aufnahmebereiten, so prägenden Monaten sehe ich keine äußeren Anzeichen für Dicks Leiden. O ja, hie und da treibt er sich in der Nähe des Bahnhofs von Hockwell herum, wenn ich (und Mary) aus der Schule kommen. Aber das ist nichts Besonderes. Es ist Mary, die mir von Dicks traurigem Zustand erzählt. Und selbstverständlich erzählt sie es mir erst, als unsere Beziehung den Punkt erreicht hat, an dem eine solche Offenheit möglich ist, also erst im vollerblühten, im Windmühlen-Stadium. Zu dieser Zeit arbeitet Dick aber schon auf der «Rosa II» und beschäftigt sich anscheinend nur mehr mit seinem Motorrad. So daß Dick also ein ganzes Jahr oder noch länger entweder wesentlich verschwiegener und vorsichtiger war, als man ihm zugetraut hätte, oder – aber denke ich an das, als mir Mary ihre Version von den verborgenen Seiten meines Bruders erzählt? – die Wahrheit sieht anders aus, als Mary sie darstellt, genau gegenteilig nämlich. Vielleicht ist es nicht Dick, der auf eine ungeschickte Weise Mary nachstellt, sondern Mary, in diesen Dingen viel gewandter, die gerne näher mit Dick bekannt werden würde.

«Du erinnerst dich doch – sicher erinnerst du dich – an den Tag, an dem Freddie den Aal gepackt hat und ...»

(Während das große blaue Auge des Sommerhimmels auf unser Liebesnest herabschaut; während die Sonne auf kupferfarbenes Haar scheint ...)

«Er war groß, nicht? Nein, nein – nicht der Aal.» Lästig neugierig: «Er muß zweimal so groß gewesen sein wie ...»

(Während sich das Summen der Insekten mit dem Geräusch der grasenden Kühe vermischt ...)

«Wie ist er wirklich? Nein, wirklich. Haben dein Dad oder deine Mummy nie... Aber unheimlich ist er schon. Tut er dir nie leid ...»

(Während die Pappeln rauschen ...)

«Armer Dick.»

«Ja, armer Dick.»

Und es stimmt, es berührt mich – es berührt mich, wie es nur einen jüngeren Sohn berühren kann, der, was das Glück anlangt, die Rolle des älteren Sohnes einnimmt, es berührt mich, wie es einen, der liebt, berühren kann, einen, der seiner Liebe sicher ist (sicher?) – diese Vorstellung von meinem einsamen und unwissenden Bruder. Nicht nur um Verstand und Bildung, sondern auch um die außergewöhnlichen Erlebnisse an der Windmühle gebracht. Er muß wissen, er muß lernen. Wenn er schon nicht lernt, wie man Wörter niederschreibt oder in Sprache umsetzt, dann soll er wenigstens diese andere Art der Magie kennenlernen.

Ah, die Liebe, die junge Liebe. Wie sie nicht einfach und unschuldig bleiben kann. Wie sie sich ausbreiten und ihre Lehren in die ganze Welt tragen will. (Und später schrumpft sie und nimmt ab. Später wird sie mißtrauisch und klammert sich an sich selbst, als könnte sie plötzlich verschwinden ...) Aber die junge Liebe, die neue Liebe, die erste Liebe – wie sie alles umfassen will, wie ihr alle leid tun, die dieses so einfache Heilmittel nicht kennen ...

Wie sollte ich also in unserem Nest am Lode, während die Welt in weiter Ferne die Chronik eines Krieges schrieb, während Mary mir von ihrem verwitweten Vater und den Schwestern von St. Gunnhilda erzählte (wie schwer ist es doch, eine kleine Madonna zu sein) und ich Mary von meinem hinkenden und ebenfalls verwitweten Vater erzählte – wie sollte ich da darauf verzichten, ihr zu schildern, was für ein bedauernswerter Mensch mein Bruder war? (Ah, wie der Neid, wenn er schuldbewußt ist, zu Nächstenliebe wird.) Und wie sollte mir Mary nicht gestehen, daß sie schon vor jenem Tag am Lode – um ganz ehrlich, um ganz offen zu sein – neugierig gewesen war? Und wenn wir dieses Mitleid und diese Neugier zusammenlegten, wie sollten wir da nicht einen Plan schmieden?

«Ja, armer Dick.»

«Armer Dick, der nur sein Motorrad hat.»

Und wenn man zu Mitleid und Neugier nur einen Hauch von Angst dazugibt – denn Mary gestand mir, nicht ohne einen gewissen genüßlichen Schauder, daß sie abgesehen von ihrer Neugier auch ein kleines bißchen ... und ich sagte (o wie selbstsicher), daß Dick keiner Fliege was zuleide tun würde –, dann hat man mehr als einen Plan, dann hat man das verworrene Zeug, aus dem Geschichten gemacht werden.

Das ist also die Geschichte von Mary, die, unterstützt und ermutigt von Tom, Dicks Erziehung in die Hand nahm, die in der Vergangenheit so unerbittlich unterdrückt worden war. Die Erziehung auf dem Gebiet der Gefühle, das heißt, die Erziehung in Angelegenheiten des Herzens. Das ist die Geschichte, die uns erzählt, wie Mary meinen schweigsamen, unvernünftigen Bruder zu unterrichten versuchte.

Oder aber vielleicht davon, wie Marys Neugier –

Oder aber vielleicht davon, wie ein wenig Wissen ...

Es ist Marys Geschichte. Die sie mir in jenem Sommer 1943 an Montag- und Donnerstagnachmittagen in Fortsetzungen erzählte. Während an den Abenden des Mittwochs und Samstags – und manchmal auch an Sonntagen ... Es ist Marys Geschichte, von mir zusammengetragen und gedeutet. Wie kann ich also sicher sein, was wirklich –?

Augenzeugen berichten, daß Dick, wenn er an jedem zweiten Abend auf der Heimfahrt von der Arbeit die Straße von Gildsey nach Hockwell verließ und auf den Weg entlang des Stott-Kanals einbog, um in Gestalt eines Sacks voll lebendiger Aale das nach Hause zu bringen, was in jenen Kriegstagen nicht nur unser Grundnahrungsmittel, sondern auch eine Quelle illegaler Einnahmen war, nicht nur die Fallen einholte und ihren Inhalt einsteckte. Er ließ sich bei dieser schlüpfrigen Tätigkeit Zeit. Er unterbrach sie sogar (die «Velocette» stand in der Nähe Wache), setzte sich nieder und starrte auf den Fluß zu seinen Füßen, in einer Weise, die man nicht nur als nachdenklich, sondern sogar als verzweifelt bezeichnen konnte. Als dächte er noch immer – obwohl sie jetzt schon sechs Jahre tot ist – an seine verschwundene Mutter; oder, was durchaus denkbar ist, an eine andere Person, ebenfalls weiblich und quälend.

Augenzeugen? Ja, denn eines Abends, im frühen Mai, beobachtet ihn jemand. Nein, es ist nicht sein kleiner Bruder, dieses Mal nicht. Und es ist auch nicht seine wiederauferstandene Mutter. Es ist Mary. Und ich war es, der sie auf die «Sehen-aber-nicht-gesehen-werden»-Eigenschaften des anderen Flußufers aufmerksam gemacht hatte. Ungesehen beobachtet sie ihn. Am übernächsten Abend beobachtet sie ihn wieder, dieses Mal ganz offen. Sie sitzt direkt in seinem Blickfeld auf der für ihn sichtbaren Seite der Uferböschung (Knie hochgezogen, Hände um die Schienbeine geschlunge, eine Wange aufs Knie gelegt), aber so gespannt und bewegungslos, daß es eine Weile dauert, bis Dick, der sich darauf konzentriert, die Aale aus der Reuse in den Sack zu füllen, sie sieht.

Und als er sie sieht (so stelle ich es mir wenigstens vor) erstarrt er, stocksteif, in der bestürzten und ungläubigen Art eines Menschen, dessen Gedanken plötzlich vor seinen Augen Wirklichkeit werden.

Mary ruft über das Wasser: «Hallo, Dick.»

Dick sagt nichts. Dann, nachdem so viel Flußwasser, daß man es nie berechnen kann, zwischen ihnen den Fluß hinabgeflossen ist: «Hallo.»

«Hast du viele gefangen?»

«V-viele?»

«Aale.»

Eine schwierige Frage. Denn Dick wird dadurch stillschweigend aufgefordert zu zählen. Eine heikle Aufgabe, selbst wenn er in bester Verfassung ist. Er kann stockend bis zehn zählen, mit Glück bis zwanzig weiterstottern. Und auch im besten Fall lassen sich am Boden eines Sacks ineinander verschlungene Aale schwer zählen. Und noch dazu, wenn man beobachtet wird ...

Er nickt also. Gibt eine erstaunlich listige Antwort.

«E-ein paar.»

Mary reckt das Kinn.

«Weißt du, wenn du welche übrig hast ... Mein Dad ißt gerne Aal. Ich auch. Wir essen jeden Freitag Fisch. Hast du ein paar für mich? Ein großer tut's auch.» Sie vergräbt das Kinn zwischen den Knien. «Hast du keinen schönen Aal für mich?»

Dick versteht es, oder glaubt, es zu verstehen – denn Verstehen ist an sich schon etwas Verwirrendes. Das heißt, er versteht nicht nur den einfachen Inhalt dieser Bitte, sondern etwas, das erstaunlich, das viel tiefer reicht. Er versteht, daß er, Dick, gebeten wird, ihr, Mary – ja, es ist entweder Mary oder ein Trugbild –, ein Geschenk zu machen. Das ist etwas, das noch niemand (wenn wir das Ritual der Familiengeburtstage ausklammern, zu denen Dick – mit den Händen ist er ja geschickt – für seine Mum solche Wunder wie eine Sparbüchse aus einer Kakaodose machte) je von ihm verlangt hat. Ein Geschenk. Ein Geschenk. Etwas speziell von ihm, worauf ein anderer Wert legt. Und dieser Gedanke ist so ungeheuerlich, daß er zu keiner Reaktion fähig ist.

Er sitzt am Flußufer, den zuckenden Sack zwischen den Knien. Der Fluß fließt ungerührt vorbei.

«Macht nichts», sagt Mary endlich, steht auf und streicht ihren Rock aus schäbigem Kriegsstoff zurecht. «Vielleicht ein anderes Mal.» Und dann, womöglich mit einem jener wissenden, scharfen Blicke, die selbst zwölf Meter Fluß nicht mildern: «Ich darf doch wiederkommen? Freitag, nicht?»

Und damit wird Dicks Weltbild um einen weiteren, ungeheuer bedeutenden Aspekt bereichert. Denn nicht nur, daß sich dieses Wesen am anderen Ufer des Flusses für ihn interessiert und seine Bewegungen beobachtet (hat Dick nicht auch die ihren beobachtet?), es deutet auf etwas noch viel Erstaunlicheres und bisher nie Erlebtes hin, etwas so Verwunderliches, daß Dick, will er es wirklich in seiner vollen Bedeutung erfassen, gleichzeitig ein von ihm vorher nicht einmal erahntes Territorium entdecken muß.

Es klingt nach dem, was andere Menschen (obwohl Dick das Wort noch nie gehört hat) eine Verabredung nennen. Es enthüllt ihm das verwirrende Reich, das schon zahllosen Eingeweihten bekannt ist (auch dem jungen Tom), dessen Losungswort, wenn es auf eine ganz bestimmte atemlose Art ausgesprochen wird, eine ganz unschuldige Wendung wie «Treffen wir uns ...», «Auf bald ...», «Ich komme, wenn ...» sein kann.

Das ist etwas, was man von einem Motorrad nicht bekommt.

«Ja, ja», sagte er. «H-hier.»

Sie geht, mit einem schnellen Lächeln, bevor er noch etwas sagen kann.

Und irgend etwas an ihrem Weggehen ist seltsam. Etwas bleibt zurück. Ein Gefühl. Ein herrliches Gefühl. Es hängt in der lauen Abendluft. Es ist noch da, als Dick nach Hause fährt, auf der Straße nach Hockwell, auf dem Rücken den Sack voll von Aalen, deren Lage es ihnen allerdings nicht erlaubt, herrliche Gefühle auszukosten. Und es ist auch abends noch da, in unserem Haus (ich beobachte es, erzähle Mary aber nichts davon), als Dick, dessen Wimpern wild flattern, in seinem abendlichen Aal herumstochert und Dad endlich fragt: «Was ist denn los, Dick? Was ist – bist du krank?»

Wann hat Dick schon je den Appetit verloren oder irgend etwas an einem Abend außergewöhnlich gefunden?

Noch einmal (am selben Freitag) fährt Dick zu den Aalreusen am Stott-Kanal. Wieder taucht das Wesen wie ein Geist, den man beschworen hat, am anderen Ufer des Kanals auf. Wieder fließt der Fluß zwischen ihnen dahin, beschwört die Erinnerung an die bedauerliche Situation von Hero und Leander herauf. Wieder bittet das Wesen, mit seiner mädchenhaften, über das Wasser gleitenden Stimme, ihm einen Aal zu schenken. Und dieses Mal hat sie etwas bei sich. Einen Eimer. Einen Milcheimer (in den Mary früher, bevor ihr Harold Metcalf auf die Finger schlug, weil sie sich zu so niedrigen Arbeiten hergab, die schäumende Milch der väterlichen Friedländer Kühe molk).

Jetzt ist es ihr sichtlich ernst. Sie will ihr Geschenk, den Aal. Denn sie hat einen Behälter mitgebracht, in dem sie ihn heimtragen kann . . .

«Den da», sagt Mary, «der ist schön.» Als Dick wie ein Fischhändler den Inhalt des Sacks Stück für Stück in die Höhe hebt.

«Du w-willst?»

«Ja bitte – wenn ich darf. Bitte.»

Aber wie bringt man einen Aal über den Fluß? Denn das letzte, was der Aal tun wird, ist, selbst über den Fluß zu schwimmen und sich dort abholen lassen.

Dick sieht Mary an, das Geschenk in seiner Hand.

Aber auch darauf weiß Mary eine Antwort. Damit hat sie gerechnet. Sie stellt den Eimer nieder. Setzt sich wieder mit hochgezogenen Knien.

«Du kannst schwimmen. Ich hab dich schon einmal gesehen – früher.»

Und – wenn sie tatsächlich in die Lethe von Dicks Gehirn versunken sein sollte – kommt sie jetzt wieder, taucht auf, schön und drängend: diese Erinnerung, die das wunderschöne Gefühl verwirrt und verstört, anstachelt und verschlimmert. Ein anderer Aal, in bestimmter unmittelbarster Nähe ...

Mindestens sechs Mückenschwärme tanzten über den Fluß, mindestens ein Dutzend Schwalben schießen wie Cupidos über die Oberfläche des Leem und bieten der Abendsonne ihre geflügelte Brust dar, während Mary, stumm und wie angewurzelt, Dick anstarrt, und Dick Mary anstarrt. Während, alles andere als ruhig, der ausgewählte Aal sich windet und gegen Dicks Hand stemmt. Und während, wenn man schon die Wahrheit sagen soll, auch Mary sich unter ihrem Rock ein wenig windet und anspannt (da sie ein sehr gutes Gedächtnis hat). Denn wenn das auch aus ihrem augenblicklichen Verhalten nicht deutlich wird, Mary mag Aale nicht besonders. Hat sie seit damals nicht –

Aber das heißt nicht, daß uns nicht das fasziniert, sogar unsere Begierde weckt, was uns abstößt –

Endlich bewegt sich Mary. Wendet den Kopf in einer Geste der Ungeduld und Enttäuschung, als wäre sie drauf und dran, zu gehen. Und kaum hat sie das getan, streift Dick mit der freien Hand seine Stulpenstiefel ab und springt wie ein Torpedo in den Fluß. Springt nicht nur hinein, sondern taucht, so scheint es, im selben Augenblick auf der anderen Seite wieder auf, ohne dazwischen auch nur einmal an die Oberfläche zu kommen, und klettert ans Ufer, triefend und schlammig, wie ein vorsintflutliches Wesen, und hält, was noch viel erstaunlicher ist, den Aal noch immer in der rechten Hand, einen baß erstaunten Aal (es ist ein bemerkenswerter Griff, der einen Aal nicht nur halten, sondern ihn sogar unter Wasser halten kann); so daß Mary aufspringt, kreischt, zurückweicht und dann wieder vortritt, über ihr Kreischen kichert, über das Kichern lacht und erst dann wieder ihre Haltung findet.

Jetzt aber muß Dick sein Geschenk überreichen, und Mary muß es annehmen. Er hebt den Eimer auf (ja, er weiß, wozu er da ist), füllt ihn am Ufer halbvoll mit Wasser und wirft den Aal hinein. Dann, während seine Wimpern so heftig zittern, daß sie die Tropfen, die von seinen Haaren fallen, zerstäuben, übergibt er ihr den Eimer.

Mary nimmt ihn; blickt hinein.

Und es folgt etwas Seltsames. Denn trotz ihrer durchaus verständlichen Bedenken gegen Aale, für die es ja genügend Gründe gibt, muß sie zugeben, daß dieser Aal, der, in sein eigenes Element zurückgekehrt, sich nicht mehr dreht und windet, sondern sich halb betäubt am Boden des Eimers eingerollt hat, ein nicht unschönes Exemplar ist. Er hat eine glatte, glänzende Haut. Er hat kleine, blitzende, bernsteinfarbene Augen, die, was weiß man schon, die Fenster einer kleinen Aalseele sein könnten. Er hat kleine Kiemen, die sich rasch heben und senken, und dahinter zarte, flatternde Brustflossen, die irgendwie an Dicks flatternde Wimpern erinnern ...

Mary beugt sich über den Eimer. Dick auch; kommt näher.

«Danke», sagte Mary. «Danke. Er ist schön –» Als wollte sie ihn nach Hause nehmen und dort in einer Glaskugel mit den feinsten Leckerbissen füttern.

«Scheen», sagt Dick und sieht Mary an. Das ist ein Wort, das er noch nicht gebraucht hat.

Und so kam es, daß Dick am Hockwell Lode auf Freiersfüßen ging. Oder, wenn euch das besser gefällt, so begann Mary ihren Unterricht ...

(Lassen wir die Einzelheiten beiseite, wie Dick am selben Abend Mary zum Poltfenhof begleiten wollte. Aber Mary sagte nein – so triefnaß, wie er war? Und ohne seine Stiefel? Versprach aber, ihn am nächsten Tag wieder zu treffen. Oder, daß Dick, nachdem Mary gegangen war, keine andere Wahl hatte, als dorthin zurückzuschwimmen, woher er gekommen war, über diesen Hellespont der Fens, zu seinem verlassenen und – wer kann das schon wissen? – von Eifersucht geplagten Motorrad; und wie er später, als er erklären sollte, warum er triefnaß zurückgekommen war, behauptete, er wäre in den Graben gefahren, um einem auf der falschen Seite fahrenden Auto auszuweichen – eine Geschichte, die plausibler gewesen wäre und eine ganz untypische Schläue bewiesen hätte, hätte sein Motorrad wenigstens ein oder zwei Schlammspritzer aufgewiesen. Oder wie Mary, nachdem sie sich von Dick verabschiedet hatte, mit dem Eimer in der Hand in die Richtung des Poltfenhofs zurückging, während Dick ihr nachsah, sobald er sie aber nicht mehr sehen konnte, an einem der Kanäle stehenblieb, die den Lode entwässerten, und den Aal vorsichtig hineingleiten ließ, wo er zweifellos, nachdem er sich von seiner kurzen Rolle im Rampenlicht menschlicher Intrige erholt hatte, sein unauffälliges und anonymes Aalleben fortsetzte ...)

Wie gut lernt Dick nun? Macht er Fortschritte? Ist er ein eifriger und einfühlsamer Schüler? Und erweist sich Mary als fähige Lehrerin?

Und wie verbringt der kleine Tom, wenn er an den Mittwoch- und Samstagabenden Dick so großzügig und taktvoll Platz macht und auf das Auftreten eines neuen, verbesserten Bruders wartet, seine überschüssige Zeit? Ihr habt richtig vermutet, Kinder. Er widmet sich *seinen* Studien. Ja, in diesem blühenden Sommer des Jahres 1943, in dem sich das Kriegsglück wendet (Sieg in Afrika, Deutschland tritt im Osten den Rückzug an), liest er zum erstenmal die *Französische Revolution* des alten Carlyle.

Erzählt Dick seinem anscheinend uninteressierten, tief in Büchern vergrabenen Bruder von der Entwicklung seiner Beziehung? Trägt er ihm, während wir allmählich den Krieg gewinnen, aufgeregte Kommuniqués über sich selbst zu? Nein. Aber jeden Mittwoch und Samstag hält er sich nach seiner Rückkehr vom Bagger an eine Routine, von der er früher nicht einmal geträumt hätte. Er badet. In unserer alten, weißen, emaillierten Wanne vor dem Herd bearbeitet er seinen Körper mit Seifenwasser und einer Scheuerbürste. Mit dampfender und spritzender Entschlossenheit versucht er, jede Spur des haftenden und entwürdigenden Gestanks von Schlamm gleich einem verräterischen Flecken von seinem Körper zu entfernen.

Dazu kommt es, wenn sich Amateure mit Erziehung beschäftigen.

Aber es hat keinen Sinn. Denn sosehr er bürstet und schrubbt, bleibt doch – die anderen merken es – dieser Geruch des Flußbetts an ihm hängen; und wenn er auch nach diesen energischen Waschungen in saubere Kleider schlüpft, so hüllt er sich doch wieder in den alten Schmutz. Denn Mrs. Forbes, eine alte Frau aus Hockwell, die gegen ein wöchentliches Entgelt die Cricksche Wäsche wäscht, kann den verräterischen Geruch an Dicks Kleidern nie völlig entfernen, obwohl sie weder an Lauge noch an Schwemmwasser spart.

Doch, seiner Ansicht nach völlig rein und frisch, mit gekämmtem, glattgestrichenem und sogar eingeöltem Haar, ein hastig hinuntergeschlungenes Essen im Magen, fährt Dick, ohne ein Wort zu sagen, jeden Mittwoch- und Samstagabend fort. Dad sieht zu. Er weiß die Anzeichen richtig zu deuten; er sieht sie sogar mit einer gewissen Genugtuung (in dieser Hinsicht wenigstens ist er normal ...). Dad weiß aber nicht, und das ist gut so, wer es ist, um den Dick zweimal wöchentlich wirbt. Und er weiß auch nicht, daß der

Grund, warum sein jüngerer Sohn Mary Metcalf nie nach Dicks Rückkehr von der Arbeit trifft, der ist, daß Dicks Erziehung –

Lernt er also? Denn wenn er lernt, müßte er damit nicht einmal zu einem Ende kommen? Wie lang soll das noch so weitergehen? Zu welchen fortgeschrittenen und fachmännischen Stufen soll er es denn noch bringen? Und was ist, wenn es doch kein so ganz einfaches Lehrer-Schüler-Verhältnis ist; was ist, wenn Mary darauf aus ist, ihrerseits das eine oder andere zu lernen (ah, wie sich die Nächstenliebe doch wieder in Eifersucht verwandelt ...).

Und wenn er lernt, wenn er Fortschritte macht, warum dann diese verstörten, verdutzten Blicke? Denn als der Unterricht fortschreitet, tauchen diese Blicke in Dicks ausdruckslosem, undurchdringlichem Gesicht auf, das bis dahin nie eine Regung gezeigt hat. Fast nicht wahrnehmbare Schatten, winzige Furchen. Ein Außenstehender sieht sie vielleicht gar nicht. Ein Bruder schon. Und wer kann sagen, was für innere Tumulte schon die kleinsten Wellen an der Oberfläche eines Menschen wie Dick anzeigen? Lernt er, daß es mühsam ist zu lernen? Gibt es etwas, das er nicht versteht? Lernt er, daß wenn er nicht zu lernen begonnen hätte, er nie erkannt hätte, daß ihm das Lernen zuviel ist?

Warum läßt er den Kopf hängen und starrt zu Boden? Warum lungert er, wenn er an diesen langen Sommerabenden zurückkommt, wie früher bei seinem Motorrad vor dem Schuppen herum, pfuscht daran herum, flüstert ihm Dinge zu wie einem chromverzierten Beichtvater?

Kann es sein, daß auch Dick eine gewisse Erkenntnis gewonnen hat und daß er selbst das begreift, was er so lange nicht gewußt hat, daß er anders ist als andere Menschen? Er ist unvollkommen, er ist Pfuscharbeit. Und da dies nun einmal so ist, wäre es vielleicht an der Zeit, daß man der Wahrheit ins Auge sieht. Vielleicht ist es Zeit (er gesteht es seiner leidgeprüften «Velocette»), daß man etwas Besseres findet, als Ersatz für das fehlgeschlagene Experiment Dick Crick ...

Und doch lernt er anscheinend, oder vielleicht lernt er und lernt doch auch nicht, und diese ganze Folge von Unterrichtsstunden wird immer ernster und gefährlicher – als wir es uns je vorgestellt haben. Denn eines Tages, beim Abendessen (diesmal keine Aale, sondern gebratenes Dosenfleisch), fragt Dick, als müßte er etwas, das Mary gesagt hat, bestätigt bekommen:

«W-woher kommen B-Babies?»

Bestürzung steigt in Dads Augen auf. Er sieht Dick an. Er sieht mich an – ein fragender, fast anklagender und dennoch seltsam flehender Blick. Draußen, vor dem Küchenfenster, finster drohende sommerliche Regenwolken über dem Horizont.

«Woher kommen sie?» wiederholt er und sieht weder Dick noch mich an, sondern läßt seinen Blick verzweifelt durch die Küche irren, als suchte er eine Inspiration (sie werden im Ofen gebacken ... sie liegen eines Morgens plötzlich in der Brotdose ...).

Schließlich legt er Messer und Gabel nieder, schluckt das Stück Dosenfleisch, das sich kurzfristig in seiner Backentasche gehalten hat, und sagt mit einem Anflug von feierlicher Resignation (diesmal keine erfundene Geschichte, keine Schwindeleien mit Störchen oder Stachelbeersträuchern):

«Sie kommen durch die Liebe, Dick. Sie werden – durch die Liebe gemacht.»

Er spricht das mystische Wort aus und preßt dann die Lippen aufeinander – als müßte er nun sein Möglichstes tun, um den schwindelnden Abgrund zu Dick zu überqueren und nicht hilfesuchend zurückgeflattert zu kommen.

Aber Dick will Antworten, keine Rätsel mehr.

«Liebe», sagt er – (er hat diese nichtssagenden Silben schon früher gehört, aber nie –). «Was ist Li-Liebe?»

Worauf sich Dads zusammengepreßte Lippen wieder öffnen und einen Augenblick lang die wohlbekannte klaffende Null bilden.

«Liebe, Dick, ist ein Gefühl. Ein wohltuendes Gefühl. Es ist wie das Gefühl, das du für deine arme Mutter gehabt hast. Wie das Gefühl, das sie für dich gehabt hat.»

Er schaut auf seinen Teller. Sein Teller scheint ihm rasche Warnsignale zurückzuschicken.

«Das heißt – sie ist etwas sehr Wichtiges. Etwas Wunderbares. Sie ist das Wunderbarste, das es gibt –»

Plötzlich hört man den Regen herunterprasseln. Die ersten dikken Tropfen, die ein Maigewitter ankündigen, fallen auf das Gemüsegärtchen und gleiten traurig über die Fensterscheibe hinunter. An diesem Abnd wird Dad (mit Dicks Hilfe) das Schleusentor aufmachen, den Schleusenmotor mit besonderer Heftigkeit ankurbeln.

Dick sitzt beim Abendessen. Seine großen Hände, seine zwanzig Jahre strafen den Ausdruck eines ratlosen kleinen Jungen, den er im Gesicht trägt, Lügen.

«Li-Liebe», sagt er. Ein weiteres schwieriges Wort.

33
Wer sagt?

«Sie machen doch nur Witze, Sir. Dieses ‹Eines Tages seid ihr erwachsen›, dieses ‹Eines Tages seid auch ihr wie eure Eltern›. Selbst wenn das stimmt – wer sagt, daß wir lange genug leben, um Eltern zu werden ...?»

Wellingtons Kopf. Roter Plüsch. Falsche Tudor-Eiche, als Rahmen für falsche Kutschenleuchten aus der Georgianischen Periode. Zwischen den Stilunregelmäßigkeiten, dem elektronischen Gegurgle, dem Piepsen von Fernsehspielen. Unser Fortschritt ... wie wir doch noch immer unsere Babyrasseln brauchen ...

Und wie unser Price, der nur kurze Zeit Selbstmitleid und Unterwerfung an den Tag legte, seinen alten rebellischen Eifer wiedergewonnen hat. Er hat nur eine einzige «Bloody Mary» getrunken. Nippt an einer zweiten. (Was ist nur aus dem Bier und der Fröhlichkeit geworden?)

«Und wer sagt, daß wir Kinder haben wollen, selbst wenn wir noch leben sollten – so wie sich die Dinge jetzt entwickeln? Wer sagt, daß es noch eine Welt geben wird, in die man Kinder setzen kann?» (Wenn aber keiner mehr Kinder hat, dann wird es sicher keine Welt mehr geben ...)

«Wer sagt, daß wir Kinder in die Welt setzen wollen, ganz gleich, wie diese Welt aussehen wird?»

Er sieht mich an, dieser Gründungspräsident des Holocaust-Klubs, ein ängstliches, aggressives Kind.

(Ja, ja, es ist unser Fehler, Price. Die Alten. Wir haben uns nicht vorgesehen! Wir haben es zugelassen, daß uns die Welt entgleitet. Hätten sie retten sollen.)

«Nehmen wir an, Sir, Sie könnten jetzt ein Kind bekommen, nehmen wir es nur an ... würden Sie es wollen?»

Und vergißt. Und erinnert sich sofort wieder. Wird rot; sieht verwirrt, schuldbewußt, entsetzt drein. Wischt einen Spritzer Tomatensaft von seinen Lippen.

Ein Spielautomat spuckt seinen Inhalt aus. Die *Space Invaders* greifen an.

«Entschuldigen Sie. Ich wollte nicht ...»

34
Zu Groß

Schon gut, Price. Denn du mußt wissen, daß ich einmal ein Kind hatte. Nein, ich meine das wörtlich. Ich spreche nicht von jetzt, ich spreche vom Jahr 1943 (würdest du meinen, daß dieses Jahr ein besonders rosiges für unsere Zivilisation gewesen ist?). Aber vielleicht sollte ich es doch lieber anders sagen: Mary hatte einmal ein Kind. Ihr Monatszyklus, auf den sie so stolz war und aus dem sie kein Geheimnis machte, war nicht mehr zyklisch; die Blutung blieb aus, und dann entwickelten sich die Dinge in ihrem Inneren wie vorauszusehen. Und mit sechzehn, im Jahr 1943, unter all den anderen Soldaten, Matrosen und Piloten, die kaum älter waren als ich und ihre Saat so hastig säten, um der Nachwelt in jener Zeit der allgemeinen Krise etwas zu hinterlassen (wie die Natur den Fortpflanzungsinstinkt doch in dem Augenblick fördert, in dem eine Spezies vom Aussterben bedroht ist), ergab sich plötzlich auch für mich die Aussicht, Vater zu werden.

Oder besser gesagt, sie hätte sich ergeben. Hätte nicht Dick, über den Küchentisch hinweg, eine bestimmte Frage gestellt ... Denn wie konnte ich wissen, als ich das alles von Mary hörte, wie weit der Unterricht jeden Mittwoch und Samstag abends bereits vorangeschritten war ...?

Er möchte ihr noch einen Aal schenken. Noch ein Geschenk von ihm an sie. Er fragt sie immer wieder, mit sauber geschrubbter Haut und glänzendem Haar, wann sie diesen Aal haben möchte. So daß Mary schließlich keinen anderen Weg weiß, als ihm zu sagen, daß es außer Aalen auch noch etwas anderes gibt ... Aber hat sich Dick – da sie ja von Aalen sprechen (und Dick gekommen ist, um etwas zu lernen) – denn nie gefragt, warum es nie zu wenig Aale gibt, gefragt, wie es kommt, daß man die Reusen immer wieder gefüllt aus den Flüssen zieht und trotzdem das nächste Mal genug Aale vorhanden sind? Mit anderen Worten, woher kommen die kleinen Aale?

Worauf Dick die Ohren spitzt. Und Mary zu erklären beginnt. Aber rasch begreift, daß sie ein schlechtes Beispiel gewählt hat: Denn sobald sie einmal erklärt hat, daß es Mutteraale und Vateraale gibt (nur – wie erkennt man den Unterschied zwischen den beiden), betritt sie heiklen Boden. Denn in Wahrheit weiß keiner genau, wie –. Sie sieht sich mit jenem Rätsel der Zoologie konfrontiert, das die Gelehrten früherer Tage so verwirrte.

Und so lerne ich zur rechten Zeit (als ich in der Handbibliothek von Gildsey nachstöbere: Weißt du übrigens, Mary, wie Aale wirklich –?) den beherzten Johannes Schmidt kennen ...

Und so entschließt sich Mary, daß es besser ist, nicht mehr um den heißen Brei herumzureden. Sie beginnt von Löchern und Dingern zu reden.

Dick aber will keine Biologiestunde. Was er will ist Li-Li-Liebe. Er will das große, wunderbare Geschehen. Denn er hat seinen Dad gefragt. Und sein Dad hat gar nichts von Löchern und Dingern gesagt. Und Mary sagt (es wird verwirrend), daß das alles zu dem großen wunderbaren Geschehen gehört. Und Dick sagt, was ist denn schon so wunderbar daran, etwas in ein Loch zu stecken? Und Mary sagt, ob er es denn nicht einmal versuchen will? Wenn er ihr vielleicht sein ...

Und das Ergebnis, nach langen, schwierigen Überredungsversuchen – denn Dick will anfangs einer so bizarren Tätigkeit nicht zustimmen, und selbst als er unleugbar ein Feuer zwischen seinen Beinen verspürt, möchte er lieber, wie schon einmal, in den nächstgelegenen Kanal springen, um das Feuer zu löschen – das Ergebnis ist, daß sein Ding zu groß ist.

Zumindest behauptet Mary das. Denn Marys erste Version lautete: Wir haben nie richtig – ich wollte nur –

Und Mary sagt also, daß Dick sich nicht kränken soll darüber – daß es zu groß ist. Er ist nicht daran schuld, und es ist auch keine Katastrophe. Ist ihm denn nie der Gedanke gekommen, daß vielleicht sie es ist, die zu klein ist? Und vielleicht findet er eines Tages – jetzt, wo er alles weiß, wo er sich mit allem auskennt – jemanden, der für ihn gerade richtig ist.

Aber weit davon entfernt, dadurch beruhigt zu sein, weit davon entfernt, ihn auf den richtigen Weg zu führen und diesen Unterricht zu beschließen, bringen Marys Erklärungen für Dick unvermutete Komplikationen mit sich. Denn kann eine so intime Sache mit mehr als einem Menschen durchgeführt werden? Diese wundervolle Sache – soll so zufällig sein, so unbeständig? Kann es sein, daß andere –? Kann es sein, daß Mary –?

Sie will ihn also nicht. Er hat Mängel, er taugt nichts.

Seine Wimpern beginnen zu flattern. Seine Finger verkrampfen sich. In verworrenen, gestammelten Worten protestiert er vor seiner merklich kühler werdenden Freundin; ein Protest, der, in einfache Worte gekleidet, vielleicht ganz entschieden das Folgende besagen würde: Eines wollen wir nun doch klarstellen, du bist die einzige, die ich liebe. Und da du die einzige bist, die ich liebe, mach du ein Kind für mich. Denn dazu ist die Liebe da, das sagt Dad. Und das ist es, was ich will. Und hör auf mit dieser blöden Geschichte, daß man Dinge in Löcher stecken muß.

Und damit das alles wirklich klar wird, packt er sie mit seinen großen, irregemachten Händen an den Schultern und schüttelt sie ...

Und was kann Mary sagen? Daß sie ihm ihre Liebe (nicht zu reden von einem Kind) nicht geben kann? Weil sie diese ihre Liebe zur selben Zeit schon seinem kleinen Bruder gibt? Er ist der einzige, den sie – nicht nur liebt, sondern dem sie auch (obwohl sie noch nicht ganz sicher ist) ein Baby geben wird. So sagt sie also, ja, es ist gut, sie wird ein Kind für ihn machen. Das Schütteln hat sie erschreckt. Und es ist nicht das letzte Mal. Ja, ja, sie hat das nicht so gemeint. Sie werden sich lieben, ja, und ein Baby haben ...

Eine Zumutung. Sie wird so tun müssen, als gäbe es eine unbefleckte Empfängnis (vielleicht gibt es sie wirklich; bei den Aalen scheint es zu funktionieren). Aber letztlich besteht ja auch keine echte Gefahr, es ist wirklich zu groß, es gibt keine Möglichkeit, daß ein *solcher* – daß dieses *Ding* ... Und früher oder später wird Dick einsehen müssen, wird einfach die Tatsache hinnehmen müssen, daß kein Baby kommt.

Und so legt Dick jedesmal, wenn er Mary trifft, selbst wenn er das Ding nicht hineinstecken kann, seinen Arm liebevoll um sie und versucht mit aller Kraft, ein Baby zu bekommen. Er legt seine liebenden Hände auf Marys Bauch, der, so hat Mary gesagt, der Ort ist, an dem sich Babies zum erstenmal ankündigen. Und nach dem Schütteln (obwohl seine freie Hand manchmal beunruhigend hoch auf Marys Schultern, auf Marys Hals zuwandert) ist er so sanft und vertrauensselig wie ein Lamm und wartet darauf, daß sein Baby kommt.

Und es kommt wirklich ein Baby ...

Zumindest ist das Marys Version. Denn wie sollte ich wissen, wie sollte ich hundertprozentig sicher sein, daß es wirklich zu groß war, selbst wenn Mary dies behauptete? Und daß sich Mary nicht schon am Anfang unseres erzieherischen Experiments vergewissert hatte, daß es nicht zu groß war, sondern im Gegenteil genau paßte?

Und was ist, wenn das Baby – das werdende Baby, das Baby, das man nicht sehen oder angreifen konnte, das nur ein komisches Gefühl in Mary war – doch von mir war, was würde Mary dann Dick sagen? Denn etwas wie ein Baby kann man nicht verstecken, nicht einmal vor einem Schwachsinnigen wie Dick. Und was würde Dick tun –? Und wenn man doch einen Zweifel bestehen ließe, wenn man annähme – daß es wirklich von Dick war, was – um Gottes willen – sollte *ich* dann tun?

Aber Mary schwört, bekreuzigt sich, schwört bei ihrem Leben, daß es nicht von Dick ist. Und unten am Hockwell Lode klammern wir uns noch immer aneinander und halten einander fest und seufzen. Wir haben also ein Kleines gemacht. Und es ist unterwegs. Aber wir lieben uns doch? Ja, wir lieben uns. Und Liebe führt eben zu so etwas. Das heißt, daß wir es allen sagen müssen, das ist alles, und es selbst ausbaden. Und dann heiraten. So etwas kommt immer wieder vor. Es ist eine alte, eine uralte Geschichte ...

Ja, er hat sich überreden lassen, er ist überzeugt, er ist ermutigt; und, geben wir es doch zu, euer Geschichtslehrer ist sogar ein kleines bißchen stolz auf das, was er (angenommen, daß –) alles kann.

Aber früher oder später, denn bald wird man es merken – und jetzt geht es nicht darum, es aller Welt zu sagen – muß jemand mit jemandem sprechen.

Und wir wissen, wer als erster und mit wem sprach. Wir wissen, was sie sagte. Wir wissen, daß sie geradewegs zwischen den beiden verliebten Brüdern hindurchsteuerte auf einen bequemen Dritten namens Parr. Und wir wissen, daß sie es tat, um mich zu schützen.

Wir wissen, was Dick tat. Er ging hin und machte Freddie betrunken, und stieß ihn dann in den Fluß, nachdem er ihm zuerst mit einer Flasche einen Schlag auf den Kopf versetzt hatte.

Und wir wissen, was der kleine Tom tat, der sich in dieser ganzen Angelegenheit so auffallend ohne Initiative zeigte. Er beobachtete; er prüfte die Beweise. Fügte Tatsachen aneinander. Sah einen neuen Fleck über einem alten Fleck. Fischte eine Flasche –. O ja, er steckt mit drin, es ist bitterer Ernst geworden mit dieser historischen Methode, diesem Suchen nach Erklärungen. Es ist eine Möglichkeit, die Wahrheit herauszufinden – oder, wie du es siehst, Price, eine

Möglichkeit, neue Geschichten zu erzählen, eine Möglichkeit, der Wirklichkeit auszuweichen ...

Aber im Land des Leem ist nicht mehr die Zeit zum Geschichtenerzählen. Die Wirklichkeit hat sich schon in Form einer wassergetränkten Leiche aufgedrängt. Und sie wird noch erdrückender, noch spürbarer werden ...

Und wir dürfen nicht dem Irrtum erliegen, daß unser kleiner scharfsichtiger Detektiv, unser junger Kriminologe, der Ursache und Wirkung erforscht, kühl, ruhig und wissenschaftlich vorgeht. Wir wissen, daß das nicht stimmt. Er hat Angst. Er versperrt seine Tür vor seinem Bruder. Er hat ein äußerst unangenehmes Gefühl in der Magengrube.

Und wir wissen, was er tut, trotz der Beweise, die er selbst gesammelt hat (o du Verräter an der eigenen Methode), an jenem Tag, als der Coroner im Gerichtssaal von Gildsey das beruhigende Wort «Unfall» niederschreibt und er davonstürzt, um Mary diese Frohbotschaft zu überbringen, und eine Mary vorfindet, deren Begriff von Ursache und Wirkung sich als starrer erweist als der seine.

Er bekommt einen Tobsuchtsanfall (reißt das Gras aus). Gerät völlig außer sich – will es auch sein.

Warum kann nicht alles nur durch Unfälle – Zufälle – geschehen? Keine Geschichte. Keine Schuld, keine Verantwortung. Nur Zufälle. Zufälle ...

Mary aber hat nicht die Absicht, vor der Wirklichkeit zu fliehen. Sie sitzt wie versteinert neben der alten Windmühle, ganz in sich gekehrt. So sehr in sich gekehrt, daß sie vielleicht nie mehr aus sich herausfindet. Und in Mary, die da so in sich gekehrt sitzt, sitzt noch ein anderes kleines Wesen.

Und dann sagt Mary aus dieser zweifach verschlossenen Welt ihres Inneren heraus: «Ich weiß, was ich tun werde.»

35
Unbekanntes Land

Eines Tages, nachdem ich im Unterricht über die Französische Revolution gesprochen habe, komme ich nach Hause und stelle fest, daß meine Frau eine revolutionäre – eine wunderbare – Tat gesetzt hat.

Ich sperre auf. Ich höre etwas, das wie das Weinen eines Säuglings klingt. Ich denke: unser goldbrauner Retriever, Paddy, ist krank und jault. Aber ich höre es wieder. Ich gehe ins Wohnzimmer. Und da sitzt sie, auf dem Sofa, um halb fünf Uhr nachmittags, wartet auf mich, hält ein Kind in den Armen.

«Schau her, ich hab's dir doch gesagt. Schau her. Ich hab's dir doch gesagt, daß ich ein Kind bekommen werde.»

Und sie sieht nicht aus wie eine gemeine Kindesentführerin, sie sieht nicht wie eine bösartige Verbrecherin aus. Sie sieht wie eine junge Mutter aus, die zum erstenmal ein Kind bekommt. Von ihrem Gesicht sind alle Masken abgefallen (Frau in den Wechseljahren, Ex-Altenfürsorgerin, lebenslange, geduldig-duldende Frau eines Geschichtslehrers), sie ist nur mehr Unschuld und Jungfräulichkeit. Eine Madonna – mit Kind.

«Um Himmels willen –!»

Vorsicht jetzt, Geschichtslehrer. Vielleicht ist das ein Gebiet, auf dem du dich nicht auskennst. Vielleicht ist das der Punkt, an dem sich die Geschichte auflöst, an dem die Zeitrechnung zurückwandert. Dort drüben, das ist deine Frau; du weißt schon, Mary, die du zu kennen glaubst. Aber vielleicht ist es doch ein unbekanntes Gebiet.

«Mary, was in aller Welt –?»

«Ich hab dir doch gesagt –»

«Wie –?»

Man kann es nicht leugnen, sie ist ruhig und gelassen, sie ist wie ein Engel. Zweiundfünfzig Jahre ist sie alt. Sie ist schön.

«Schau es an. Komm her und schau es an.»

«Wo hast du das Kind her?»

«Von Gott. Ich habe es von Gott.»

«Mary, fehlt dir etwas?»

«Schau her.»

Euer Geschichtslehrer steht in der Tür, vor dieser absurden Gruppe Mutter und Kind wie ein ehrfürchtiger Schäfer (draußen, in der Nacht, haben sich seine Schüler zerstreut, nachdem sie vom Anbruch eines neuen Zeitalters gehört haben). In der rechten Hand – statt des Hirtenstabes – der Haustürschlüssel, in der linken Hand – statt der Laterne – die abgeschabte, verbeulte Aktentasche des Lehrers, das einfache Wahrzeichen seines Gewerbes.

Er geht auf sie zu. Tritt zu dem Sofa hin. Aber er beugt sich nicht über das in Decken gewickelte Bündel (ein rosiges, verhutzeltes

Gesicht, winzige, tastende Hände), kniet sich nicht hin oder faltet die Hände, während er den Blick in verwunderter Ehrfurcht hebt.

Er glaubt, seinen Augen nicht zu trauen. Das Kind weint. Es ist echt.

«Mary, erklär mir das bitte.»

«Jetzt hast du es zum Weinen gebracht.»

«Woher hast du –?»

«Ich hab es dir doch schon gesagt.»

«Das ist doch purer Wahnsinn!»

«Ruhig, ruhig. Sch ...»

Ein Mädchen mit einer Puppe.

«Du mußt es mir sagen. Du hast das Kind irgendwo mitgenommen.»

«Erschreck es nicht.»

Sie sieht ihren Gatten mit weit geöffneten, verträumten Augen an.

Dann folgt eine erstaunliche Szene, die keinerlei Bezug mehr auf die Anbetung der Hirten hat. Die eher eine Intervention der «Gesellschaft zur Verhütung von Grausamkeiten an Kindern» erfordern würde. Der Mann versucht das Kind zu packen. Die Frau – das Kind brüllt aus vollem Hals – drückt es an ihre Brust. Der Mann, dessen Absichten durchkreuzt sind, beginnt seine Frau zu beuteln. Das Schütteln hat eine unerwartet beruhigende Wirkung auf das Kind; aber jetzt beginnt die Frau zu schreien.

«Du mußt es mir erklären.»

Aber auf diese Weise bekommt man keine Erklärung – wenn man sie mit Gewalt herausbeuteln will.

Die Hände des Mannes fassen wieder nach dem Kind. Er zieht. Die Frau hört zu schreien auf. Zieht am anderen Ende.

«Gib es mir.»

«Nein.»

«Es gehört dir nicht. Du hast es gestohlen.»

«Nein. Es gehört mir. Uns.»

Beachte, Kinder, was euer Geschichtslehrer tut. Ja – obwohl er in der Schule den Lehrstoff herunterleiert, trotz seiner langweiligen Vorträge vor der Tafel. Beachtet, wie in ihm eine elementare Gewalttätigkeit losbricht. Und beachtet zugleich die peinliche Ordnung, die in so krassem Gegensatz zu dem entfesselten Wirbelsturm steht. Ein Raum, der die Züge der späten Regency Epoche bewahrt hat, in dreißig Jahren geschmackvoll mit dem passenden Zubehör eingerichtet: altes Porzellan, ledergebundene Bücher, Cruickshank-Drucke. Ein wahres Museum. Seht her, wie die Chelseavase auf dem Sheratontisch, an den das Sofa anstößt, das seinerseits durch den verzweifelten Ringkampf in Bewegung geraten ist, aus ihrer Halterung fällt und am Boden zerbricht. Seht her, wie der goldbraune Retriever, von seinem Lieblingsplatz in der Küchenecke aufgeschreckt, hereinstürzt und in dem Geschrei, dem Kindergeheul, dem Klirren der Antiquitäten zu bellen beginnt.

«Und die blauen Flecken, Mr. Crick – auf den Armen und dem Oberkörper des Kindes?»

«Stammen daher, daß ich versucht habe, meiner Frau das Kind wegzunehmen. Ich wollte es sofort dorthin zurückbringen, wo sie es hergeholt hatte.»

«Woraus wir schließen dürfen, daß sich Ihre Frau Ihren Versuchen widersetzte – und auch, daß diese Absicht ...?»

Die Frau zieht. Der Mann zieht. Die Babydecke öffnet sich. Der Hund bellt, will mitspielen. Das Gesicht der Frau verzieht sich – wie das des Kindes. Während der Mann zieht, kann er das Gefühl nicht loswerden, daß er seiner Frau einen Teil ihres Körpers entreißt. Er reißt ihr das Leben aus dem Leib.

Und vielleicht tut er das wirklich. Denn endlich gibt die Frau dem Stärkeren nach, läßt das Kind los, sinkt auf dem Sofa zusammen, vergräbt das Gesicht in den Polstern, weint, dreht den Kopf weg, greift mit einem Arm nach dem Kind, schluchzt: «Es ist mein Baby! Es ist mein Baby ...»

Worauf der Mann, jetzt nicht mehr in der Rolle des verwunderten Hirten, sondern in jener des grausamen Herodes, flüchtig den Gedanken erwägt: Und wenn, wenn wir ...

Er hält das Kind. Unbewußt, instinktiv legt er seine Hand beruhigend auf seine Stirn. Scht! Scht! Er kann nicht gleichzeitig das Kind und seine Frau halten. Läßt er aber das Baby los, um seine Frau zu halten, dann packt sie es vielleicht wieder.

Er macht ein paar Schritte. Legt das Baby auf die heruntergelassene Klappe des Schreibtisches, außerhalb der Reichweite seiner Frau und des schnappenden Hundes. Er setzt sich aufs Sofa, zieht seine Frau zu sich hoch, drückt sie an sich, sagt ihr ganz außerordentliche Dinge:

«Du bist *mein* Baby. Du bist *mein* Baby ...»

Könnt ihr euch das vorstellen, Kinder? Euer gelehrter und weiser

Cricky – der so etwas sagt? Aber seht genau hin – euer Cricky weint.

Er schaukelt sie, sein Baby, seine einstige Beschützerin.

«Mary, erklär mir –»

Der goldbraune Retriever, der nichts versteht, vergräbt die Schnauze ins Sofa; hechelt, knurrt. Euer Geschichtslehrer tritt ihn plötzlich heftig, bösartig.

«Wie? Warum? Warum?»

«Gott hat es mir befohlen. Gott ...»

Aber Gott spricht nicht mehr. Hast du das nicht gewußt, Mary? Er hat schon seit langem aufgehört, zu uns zu sprechen. Er sieht uns nicht einmal mehr zu, dort oben in seinem Himmel. Wir sind erwachsen geworden, und wir brauchen ihn nicht mehr, unsern Vater im Himmel. Wir können uns selbst wehren. Er hat uns allein gelassen, und wir können aus der Welt machen, was wir wollen. In Greenwich, mitten in der riesigen Stadt, wo man einmal ein Observatorium gebaut hat, damit wir von uns aus Gott anstarren können, sieht man heute nacht über dem Schein der Straßenbeleuchtung nicht einmal die Sterne, die Gott angehalten hat.

Gott ist etwas für einfache, zurückgebliebene Menschen in gottverlassenen Gegenden.

«Mary, wem gehört das Kind?»

«Ich habe es dir doch schon gesagt.»

«Wo hast du es her?»

(Er schaukelt sie noch immer, während überall am Boden Porzellanscherben liegen, während die Uhr auf dem Kaminsims halb fünf schlägt, während ein Hund mit gebrochenem Kiefer erbärmlich winselt und ein wimmerndes Baby auf dem Schreibtisch gefährlich strampelt.)

«Er hat es mir befohlen.»

«Mary.»

«Gut, gut. Ich habe es bei Safeways mitgenommen. Ich habe es bei Safeways in Lewisham mitgenommen.»

36
Über nichts

Entschuldige dich nicht, Price. Obwohl es vielleicht besser ist, wenn wir austrinken und gehen. Es hilft ja doch nichts, wenn wir uns betrinken. Ich weiß, was in dir vorgeht. Ja, das Ende der Welt steht wieder auf dem Programm – vielleicht ist es dieses Mal ernst. Aber dieses Gefühl ist nicht neu. Die sächsischen Einsiedler kannten es. Man kannte es, als man die Pyramiden baute, um den Gegenbeweis anzutreten. Mein Vater kannte es im Schlamm von Ypres. Mein Großvater kannte es und ertränkte es im selbstmörderischen Bier. Mary kannte es ... Es ist das uralte Gefühl, daß sich alles als nichts herausstellen könnte.

37
Le Jour de Gras

Auf der Place de la Révolution sausen die Fallbeile nieder. Monatelang sind sie niedergezischt, und werden es auch noch weitere Monate tun. Wer kann sie zum Schweigen bringen? Und wer löscht die Gier auf den Gesichtern der Zuschauer, die schauen, sich die Lippen lecken und jubeln? Ja, Kinder, das ist es, was jedes Schulkind über die Französische Revolution weiß. Daß sie viel mit der Guillotine zu tun hat. Das ist es, was den Geschichtsunterricht für einen gelangweilten und unbekümmerten Schüler wenigstens ein bißchen spannend macht. Das Zischen der niedersausenden Fallbeile. Ja, und es stimmt, daß alte, zahnlose Weiber unter dem Schafott saßen und strickten, ja, es stimmt, man hat gesehen, daß die Leichen sich aufbäumten, ausschlugen – die Augen rollten, mit den Lippen zuckten, schrien – nachdem der Kopf schon vom Rumpf getrennt war.

Sollen wir zusehen, Kinder? Nicht nur einmal, um zu wissen, wie es war, sondern immer wieder, monatelang? Sollen wir zusehen, wie sich die geernteten Köpfe in den Körben häuften? Oder wird euch schon übel? Spürt ihr schon, daß die Geschichte völlig sinnlos wird durch jenes Gefühl in der Magengrube, das Kribbeln in den Fingerspitzen, das benommene Gefühl in Kopf und Knien? Man nennt es Schrecken, Kinder. Das Gefühl, daß alles nichts ist. Das ist der Lehrstoff, das ist unsere heutige Unterrichtsstunde.

Oder würdet ihr lieber fortgehen? Überlassen wir die Guillotinen sich selbst, überlassen wir die Geschichte sich selbst, und wäre euch, letzten Endes, doch ein Märchen lieber?

Dann erzähle ich euch (hoffentlich erinnert es euch nicht an dieses schreckliche Sausen in der Ferne)

38

Über den Ostwind

Er erblickt das Licht der Welt im Atlantischen Ozean, nördlich von Sibirien. Er stiehlt sich um die nördlichen Vorläufer des Ural herum, tobt über die Ebenen Finnlands und Nordeuropas, sammelt sich wieder im Baltischen, versucht, Dänemark den Hals abzuschneiden (wenn er zu diesem Zeitpunkt schon etwas von seiner schneidenden Schärfe verloren hat, so gewinnt er sie über den Wogen der Nordsee wieder zurück) und greift die Ostküste Englands an.

Und manche behaupten, daß der Wash, diese klaffende Wunde im Rückgrat Britanniens, nicht durch den Einfluß der Gezeiten, der Flüsse und anderer geologischer Phänomene gebildet worden ist, sondern einfach durch den ersten Biß des Ostwindes, den dessen scharfe Schneidezähne aus der ungeschützten Küste reißen.

Im Januar 1937 blies der Ostwind besonders scharf. Und er führte nicht nur den Atem der Arktis und eines zur Hälfte erfrorenen Europas mit sich, sondern auch die Grippe, von manchen, die es zu wissen vorgaben, auch asiatische oder russische Grippe genannt, oder, absurd für eine so winterliche Krankheit, die spanische Grippe, den meisten jedoch, die daran starben, und das waren nicht wenige, kurz und bündig als Grippe bekannt.

Sie streckte einige Schüler der Dorfschule von Hockwell nieder, und einer von ihnen, der arme kleine Roger Pearce, stand nicht mehr auf. Sie befiel Walter Dangerfield, den Gemischtwarenhändler, und Mrs. Finch, die Wirtin des «Volunteer Inn». Jack Parr erwischte es arg, aber seine resolute Frau und Unmengen von heißem Whisky brachten ihn durch. Zwei alte Einwohner von Apton erkrankten und starben innerhalb einer Woche. Ein weiterer in Wansham; ein anderer in Sudchurch. Im Krankenhaus von Gildsey wurde eine eigene Abteilung für Grippekranke eingerichtet; das gleiche geschah im Kessling-Hall-Sanatorium für Geisteskranke. Die Ärzte, Fry aus Apton und Bright aus Newhithe, um nur zwei aus dieser Zunft zu nennen, hatten alle Hände voll zu tun, ganz zu schweigen von der Belastung, unter der die Krankenschwestern standen. Und nur um zu beweisen, daß der Beruf des Arztes nicht gleichbedeutend mit Immunität ist, sei erwähnt, daß Doktor Fry, ein überarbeiteter Mann, der sich längst in Bournemouth oder Torquay hätte zur Ruhe setzen sollen, schwer an Grippe erkrankte und eine dauernde Schwäche an der Lunge davontrug.

Henry Crick blieb von ihr verschont. Und auch Dick Crick erkrankte nicht (und wenn er erkrankte, dann bemerkte er es nicht). Aber euer Geschichtslehrer wurde eines Freitags ins Bett gesteckt und konnte erst am darauffolgenden Mittwoch wieder aufstehen, und in dieser ganzen Zeit hatten die Geschichten, die ihm seine Mutter in ihrer unvergleichlichen Art erzählte, um ihn zu beruhigen und zu trösten, nicht die wohlbekannte Wirkung. Denn weit davon entfernt, trostreich von den Lippen der Mutter zu strömen, schienen sie aufzusteigen, sie zu umhüllen und zu überwältigen, ihre drohenden Schleier über sie zu werfen, so daß er in seinen Fieberanfällen bemüht war, sich einen Weg zu seiner Mutter zu bahnen, die immer unwirklicher, immer fabelumsponnener wurde. Aber er vermochte es nicht, denn eben diese Geschichten hatten Teile seines Körpers und die unendlich tückischen Bettlaken erfaßt; sie sandten verschlüsselte Nachrichten durch seine Adern und wiederholten sich in seinem Kopf in endlosen Variationen, so daß er selber Gefahr lief, ein Produkt seiner Phantasien zu werden. Bis er am Montagmorgen aufwachte und seine Mutter ganz echt und greifbar vor ihm am Bett sitzen sieht, lächelnd und erleichtert, und sie ihn dazu anhält, doch etwas zu essen; während draußen vor dem Fenster, jenseits des eisbeschlagenen Glases (denn mit dem Fieber schien auch der bösartige Ostwind abgeklungen zu sein), in einem Raum, der in seiner Kühle einen wunderbaren Kontrast zu dem jetzt angenehmen und sicheren Bettzeug darstellt, die Morgensonne auf eine flache und sichere Welt scheint, die hell und wirklich und freundlich ist. Dort in der Ferne der Turm von Ely; und jetzt das ferne Rollen – heiser in der kalten Luft – des Achtuhrfünfundzwanzig nach Lynn. Und es fällt ihm schwer zu glauben, daß sich so ganz unfaßbare Dinge wie Geschichten je als so raubgierig und tückisch erweisen konnten ...

Aber. Aber. Jetzt ist seine Mutter an der Reihe. Die Grippe ist von ihm zu ihr geflogen. Und dieser Wind, der während einer Woche klirrender Stille geschwiegen hat, erhebt sich wieder mit doppelter Stärke. Er heult in den Kaminen; er rüttelt an den Fensterscheiben; er schleift die Eiszapfen an der Dachrinne; er schert die Oberfläche des Leem ab und schleudert sie auf den betonierten Treidel, wo sie sich in einen harten, gefährlichen Belag verwandelt; er schickt Pfeile, die einem das Mark gefrieren, durch jede Ritze und jeden Spalt des Hauses. Und trotz alledem schwitzt seine Mutter und wirft sich herum, so wie auch er es getan hat. Und jetzt wäre es eigentlich an ihm, sich an ihr Bett zu setzen, sie zu trösten und zu beruhigen. Aber es ist sinnlos. Denn die Fieberträume des kleinen Tom erweisen sich als prophetisch. Obwohl es noch keiner weiß, wird seine Mutter aus diesem Bett nie mehr aufstehen. Weil sie, mit einem Wort, im Sterben liegt.

Obwohl das noch keiner weiß. Das Fieber nimmt seinen Lauf. Aber als es sich senkt, bleibt nicht eine genesene, eine erkennbare Mutter an den sicheren Gestaden der Gesundheit zurück, die gern ein wenig Haferbrei mit viel Sirup essen würde. Es bleibt eine veränderte, verfallene Frau zurück, ganz anders als die Frau, die sie früher war. Und der Wind, der erstarb, um die Genesung eures Geschichtslehrers anzukündigen, und der der Sonne Platz machte, die auf die glitzernde Stille des Winters schien, erstirbt für sie nicht. Er hört nicht auf zu heulen und zu pfeifen. Es ist ein fürchterlicher Wind.

Und weil dieser Wind für sie nicht erstarb, obwohl er es für ihn getan hatte, obwohl ihr Fieber verschwand, obwohl es ihm niemand gesagt hatte und er nur ein Kind von neun Jahren war, wußte euer Geschichtslehrer.

Vielleicht würde der Wind nicht aufhören, bis sie –

Und es war klar, daß auch Dad Bescheid wußte. Wegen dieser Fröhlichkeit in seinem Gesicht. Denn in den Tagen, in denen meine Mutter langsam verfiel, zeigte sich auf seinen Zügen eine durch nichts zu erschütternde Fröhlichkeit, umspielte seine Lippen ein gütiges Lächeln, saß ein Leuchten in seinen Augen. Als könnte er durch hartnäckigen und unbeirrbaren Optimismus die Wirklichkeit zu demselben Optimismus überreden; als könnte sich die Wahrheit, wenn er nur vorgab, nicht um sie zu wissen, schließlich und endlich doch als nicht wahr erweisen.

Wer weiß aber, was aus dieser starren Maske in all jenen Stunden wurde, in denen er, von uns nicht gesehen, abwartend und beobachtend hinter der geschlossenen Schlafzimmertür saß? Denn gleichgültig, ob es für den kleinen Tom gut gewesen wäre oder nicht, neben seiner Mutter zu sitzen und ihr heilende Geschichten zu erzählen oder nicht – es ist Dad, der allein bei ihr wacht. Den ganzen Tag sitzt er bei ihr, während Dick, fast vierzehn Jahre alt, aber wie sein Bruder aus dringenden familiären Gründen vom Unterricht beurlaubt, mit Fingern, die die Kälte nicht zu fühlen scheinen, das Eis vom Schleusentor bricht; mit stumpfer Tüchtigkeit die Stromaufwärtsfahrt der reifüberdeckten Leichter überwacht, aber nur abweisend die Achseln zuckt, wenn durchfrorene Matrosen nach seiner Mutter fragen, von der sie gehört haben, daß es ihr schlecht geht, und es seinem sonst arbeitslosen Bruder überläßt (in zwei Mäntel, Schal, Fäustlinge und die viel zu große Wollmütze seines Vaters gehüllt und das Weinen unterdrückend), tapfer zu lügen: «Es steht nicht so schlecht um sie, Mr. Mailey, danke. Wir glauben, daß es ihr allmählich besser geht ...»

Die ganze Nacht sitzt er bei ihr; während Dick in unserem Zimmer schnarcht, während ich wach liege und auf jedes Geräusch von jenseits des Korridors horche und bete (ja, bete: Lieber Gott, laß es bitte nicht geschehen: bitte, lieber Gott, wenn Du Mummy nicht sterben läßt, werde ich ... werde ich), und der Wind kommt und geht, heult und winselt, hört aber nicht auf, und unser Haus knarrt und stöhnt und ähnelt immer mehr einem Schiff auf hoher See, das sein Steuer verloren hat.

Er erlaubt uns hie und da, als hätte ihn eine ganz besondere Art der Eifersucht gepackt, das Krankenzimmer zu betreten. Er führt uns hinein, manchmal den Finger an die Lippen gelegt, als zeigte er uns etwas Seltsames, Unbezahlbares, wie um die Kronjuwelen zu sehen. Er lächelt starr. Er lächelt genauso dümmlich verlegen wie ein junger Vater, dessen erstes Kind eben geboren wurde. Und so sieht Mutter auch aus – wie ein kleines hilfloses Kind, das man fest in Decken eingewickelt hat. Ein kleines Kind mit der Stimme einer alten Frau.

Was ist aus meiner schönen, erwachsenen Mummy geworden? Wir sitzen zu beiden Seiten des Bettes: Dick links, ich rechts; Dad auf seinem Stuhl am Fußende des Bettes, mit einer Hand Mutters Gelenk unter der Decke festhaltend. Sie krächzt nach einer langen Pause, in der es scheint, als würde sie niemals genug Luft zum Sprechen finden: «Also ich muß schon sagen, feine Zustände sind das.»

Tut so, als wollte sie spaßen. Aber ihre Augen sprechen eine andere Sprache. Sie sagen: Seht her, Kinder, eure Mutter liegt im Sterben. In ganz kurzer Zeit wird sie nicht mehr hier sein. Es ist ein einzigartiges, ein ungeheuer bedeutendes Ereignis. Einzigartig und bedeutungsvoll, um nicht zu sagen unerwartet, auch für eure Mutter. Es geschieht nur einmal, es wird für euch nicht noch einmal wiederholt. Paßt auf, seht gut zu dabei.

(Und das tat ich auch, Kinder, sehr sorgfältig. Und obwohl es wirklich nur einmal geschah, ist es doch immer wieder geschehen, wie es bei einzigartigen und bedeutungsvollen Ereignissen der Fall ist, immer wieder und immer wieder, solange es eine Erinnerung gibt, in der sie sich wiederholen können ...)

Dick sitzt bewegungslos am Bett; seine Wimpern zucken. Ich aber drehe mich um und sehe Dad an. Dessen Gesicht mich anstrahlt; dessen Augen fröhlich zwinkernd sagen: Ist sie nicht schön? Ist sie nicht herrlich? Ist sie nicht ein wunderschönes Baby?

(Wann wird die Maske fallen? Noch nicht. Noch nicht.)

Wir marschieren hinaus. Wir marschieren wieder hinein. Während unserer genau begrenzten Besuche bleibt Dad auf seinem Posten, pflegt diese Frau, die einst, vor vielen Jahren, ihn gepflegt hat; verläßt das Zimmer nur, um in die Küche hinunterzugehen, wo er Suppen und heiße Getränke braut und Wärmflaschen füllt; oder um andere Gefäße hinunterzutragen – Mutters armselige letzte Ausscheidungen, die er in den Abort schüttet.

Ich denke: Kann das denn ewig so weitergehen? Diese Spannung. Diese Trauer, die Dad umfangen hat. Dieser Wind. Diese Worte von Mutter «Feine Zustände sind das», obwohl das gar nicht wahr ist.

Ich bete zu Gott: Bitte, lieber Gott, laß das nicht ewig so weitergehen. Bitte, lieber Gott, wenn es schon sein muß, dann mach, daß Mummy fortgeht. Es soll vorüber sein, es soll zu Ende sein ...

Wie kommt es, daß ich so bete, wenn ich doch erst vor kurzer Zeit ...

Aber es dauert nicht ewig. Die Tatsache, daß es nicht ewig so weitergehen wird, kündigt sich erstens dadurch an, daß Dr. Bright bei einer seiner Visiten sein Stethoskop nicht wie sonst in die Tasche zurücklegt und mit einigen ernsten, aber ruhig vorgetragenen Hinweisen in gebührender Eile weiterfährt (wissen Sie denn nicht, daß noch andere Patienten auf mich warten? Wissen Sie denn nicht, daß wir eine Grippeepidemie haben?). Er zögert. Er trinkt die Tasse

Tee, die ihm Dad in der Küche anbietet. Ich spiele mit dem Teekessel herum. Er verwickelt Dad in eine Unterhaltung, oder bemüht sich zumindest, es zu tun. Nichts Medizinisches (wenn er davon nicht schon oben im Schlafzimmer gesprochen hat), sondern der Versuch, ein belangloses Gespräch zu führen.

Zum Beispiel, nachdem er seinen Tee viel länger als nötig umgerührt hat und dann vom Küchenfenster kurz auf den Hühnerstall blickt:

«Legen sie auch bei diesem Wetter?»

Dad: «Ja doch. Nicht viel. Aber doch. Gott sei Dank.»

(Eine meiner Aufgaben, während Dad als Krankenpfleger agiert: jeden Tag ein paar Handvoll Futter in den Stall zu werfen, und mit kalten Fingern die seltsam warmen Eier unter dem Bauch der gottergebenen und anscheinend frostsicheren Hennen wegzunehmen. Unwahrscheinlich warm ...)

Aber irgend etwas ist an dieser betont beiläufigen Unterhaltung, irgend etwas ist an den herabhängenden Schultern von Dr. Bright und an der Tatsache, daß er anscheinend auch sein Stethoskop vergessen hat, das noch immer an seinem Hals baumelt, als wollte er es jeden Augenblick an Stelle des über Gebühr strapazierten Löffels zum Umrühren seines Tees verwenden; irgend etwas ist an der Art, in der Dad, ohne es zu bemerken, beginnt, sein Knie zu reiben, so daß Dr. Bright sich erleichtert wieder auf ein medizinisches Thema stürzen kann; irgend etwas ist an der Art, wie sich beide so intensiv mit diesem Knie beschäftigen (eine alte Wunde, die bei kaltem Wetter immer stärker schmerzt), während Mutter oben ... Irgend etwas ist an all dem, das nicht einmal den neunjährigen Tom täuschen kann («... und jetzt sind wir doch wieder ganz in Ordnung, junger Soldat?», während Dr. Bright endlich sein Stethoskop einpackt), das ihn mit gar nicht beiläufigen Gefühlen erfüllt.

Dad begleitet Dr. Bright zum Wagen, durch den Hinterausgang entlang des Gemüsegartens, um das unangenehme Glatteis am Treidel zu vermeiden. Ich sehe vom Küchenfenster aus, wie er zurückkommt. Seine Maske ist gefallen. Sein Gesicht ist völlig ausdruckslos. Er bleibt stehen, offenbar ohne die bittere Kälte zu spüren, weiß nicht, daß er beobachtet wird. Seine Schultern zucken. Der Kopf ist abgewendet. Er zittert nicht vor Kälte. Es ist nicht die Wirkung des eisigen Windes. Kurze, ruckartige Krämpfe packen ihn beim Hals.

Ich stürze weg vom Fenster. Ich laufe die Treppe hinauf und öffne die Tür, hinter der Mutter liegt. Ihre Augen bewegen sich. Offen. Sie sehen mich an. Aber das Seltsame ist, daß sie «Dick?» sagt.

Und zweitens kündigt es sich dadurch an, daß Dad an diesem Tag mitten in der Nacht in unser Zimmer kommt und Dick wachrüttelt. Es dauert lange, Dick aus seinem traumlosen Schlaf zu holen, und während dieses Wachrüttelns stelle ich mich schlafend. Aber einen Blick riskiere ich doch und schaue im Lichtstrahl, der durch die halb geöffnete Tür dringt, auf unsere Schlafzimmeruhr – ein sorgfältig gearbeitetes Stück mit einem hölzernen Zifferblatt in Form einer aufgeplusterten, hölzernen Eule (die ständig von einem gierigen und doch leblosen Hecht einen Meter hinter ihr gejagt wird). Der Stundenzeiger steht direkt zwischen den Augen der Eule. Es ist zehn Minuten nach Mitternacht, und es ist der Morgen des 25. Januar 1937.

«Dick, deine Mutter will dich sehen. Dick –»

Er läßt es nicht zu, daß Dick in die schützende Hülle des Schlafs zurückschlüpft. Er schüttelt ihn; zieht ihm die Bettdecke fort. Bringt ihn dazu, daß er, nur im Pyjama, in der eiskalten Luft, die durchs Zimmer streicht, aus dem Bett stolpert. Nimmt den Morgenmantel vom Haken hinter der Tür.

«Deine Mutter will dich sehen. Leise. Sei leise.»

Er läßt Dick stehen und tritt einen Augenblick an mein Bett. Ich spüre, wie er sich über mich beugt. Ich atme tief, wie das ein ruhiger Schläfer tut. Draußen keucht der Wind ruhelos. Dann dreht er sich zu Dick um, schiebt ihn wortlos aus dem Zimmer und schließt die Tür hinter sich.

Das ist also die Todesstunde meiner Mutter. Warum dann nur Dick? Warum sollte Dick und ich nicht –

Aber es kann nicht die Todesstunde meiner Mutter sein. Denn wenige Sekunden später höre ich, wie sich die Tür jenseits des Ganges wieder öffnet, dann schließt, und Schritte nach unten gehen. Es sind Dads Schritte. Dick ist also mit Mutter allein.

Der Wind stöhnt und zerrt am Fenster, übertönt alle anderen Geräusche. Euer Geschichtslehrer taumelt aus seinem Bett, schleicht auf Zehenspitzen durch den Raum, lauert neben der Tür, ungeachtet der eisigen Finger, die seine Zehen packen, und horcht. Er hört die schwache, angestrengte Stimme seiner Mutter, kann aber kaum ein Wort ausmachen. Der Tonfall ist aber nicht der einer Abschiedsrede, sondern der einer ernsten Ermahnung. Er versteht (versteht er es wirklich? Oder ergänzt er es Jahre später?) die Worte «öffnen» und «achtzehn». Er hört, wie Dick – denn Mutter kann es nicht sein, sie kann sich nicht plötzlich auf so wunderbare Weise erholt haben – das Zimmer durchquert und (oder wenigstens ordnet er den gehörten Lauten diese Handlung zu) eine Lade der Kommode herauszieht, in deren Inhalt wühlt und dann zum Bett zurückgeht. Die Stimme seiner Mutter wird leiser, leiser noch als es die früheren schon gedämpften Töne waren (während der ganzen Zeit bleibt Dick anscheinend stumm); steigert sich dann wieder zu plötzlicher, verzweifelter Intensität:

«Dick ... Dick ... mein kleiner Dick ...»

Und von Dick ein einziges, dümmliches, leise fragendes «Mummy?»

Warum gerade Dick? Warum sein Name – sogar als sein Bruder Tom vorhin die Tör öffnete?

Aber keine Zeit, länger darüber nachzudenken. Keine Zeit – wie der verwirrte Lauscher versucht ist –, die Tür aufzustoßen, über den Flur zu stürzen, sich auf die zerbrechliche Gestalt der Mutter zu werfen und zu fragen, warum nicht er? Warum nicht auch ein letztes Wort für ihn?

Weil er hört, daß die Klinke an der Tür drüben niedergedrückt wird: Dick kommt heraus. Und zur selben Zeit hört er Dads Schritte am Fuß der Treppe. Also ist er die ganze Zeit dort unten herumgestanden? Hat sich vielleicht auch bemüht, etwas zu verstehen?

Rasch wie ein Pfeil schießt er ins Bett zurück; und fast zur selben Zeit, als Dick die Tür öffnet, ist er unter der Decke und stellt sich schlafend (allerdings mit einem Herzklopfen, das kein Schläfer hat).

Und fast gleichzeitig mit Dicks Rückkehr hört man, wie Dad hastig die Treppe emporsteigt und wieder durch die Tür tritt, die Dick noch nicht geschlossen hat. Er schickt Dick wieder ins Bett, so bestimmt, wie er ihn vorhin geweckt hat. Und Dick, der während dieses ganzen stummen Zwischenspiels in einem Zustand war, der dem des Schlafwandelns sehr nahekommt, so daß ihm alles am nächsten Tag vielleicht wie ein Traum erscheinen wird, ist nicht in der Lage, Dads Befehl zu widersprechen oder ihn zu fragen (Dick, der nie Fragen gestellt hat – bis er die eine bedeutende, fatale Frage stellte), was das alles eigentlich sollte.

Dad hingegen, während er Dicks Decke glattstreicht, sieht ganz so aus, als wollte er etwas wissen. Und hält sich doch zurück; besinnt sich ... Besser, man verläßt sich auf diese schläfrige Benommenheit, besser, man verläßt sich auf diese festverwurzelte Ahnungslosigkeit. «Schlaf jetzt, Dick. Schlaf.»

Als wollte er sagen: «Und vergiß alles, vergiß alles.»

Es gibt etwas, das Dick weiß und vielleicht nicht wissen sollte. Es gibt etwas, das Dick erfahren hat, und Dad wäre es lieber, er hätte es nicht erfahren.

Und das ist auch richtig. Denn nachdem Dad gegangen ist – nachdem er zuerst nochmals überprüft hat, daß der kleine Tom in tiefem Schlaf liegt –, legt Dick etwas, das metallisch klirrt, etwas, das er die ganze Zeit fest in seiner geballten, großen Hand gehalten hat, auf den Nachttisch.

Einen Messingschlüssel.

Ich warte, bis Dick wieder rhythmisch schnarcht. Ich steige ganz vorsichtig aus dem Bett und taste in der eisigen Dunkelheit nach dem geheimnisvollen Gegenstand auf dem Nachttisch. Ja, ein Schlüssel. Ich krieche ins Bett zurück. Ich liege wach. In dieser Nacht schlafe ich nicht mehr. Ich höre dem Wind zu. Ich höre, wie seine Böen die Klänge der Kirchenglocken von Hockwell herübertragen, die im Wind verworren und zufällig klingen. Ein hauchdünner Lichtschein dringt durch den Türschlitz ins Zimmer. Jenseits des Flurs ist also Licht, und Dad sitzt bei Mutter. Ich bilde mir ein – aber das ist sicher nur das Spiel des nervenzermürbenden Windes –, unterdrücktes Weinen zu hören.

Ah, dieser wilde, gnadenlose Wind, der in den frühen Morgenstunden des 25. Januar 1937 heult. Bei einem solchen Wetter hätte sich die heilige Gunnhilda in ihrer Lehmhütte zusammengekauert und den Teufel brüllen gehört. Bei einem solchen Wind wäre der alte Jacob Crick furchtsam in einer seiner Windmühlen gehockt und hätte darauf gewartet, daß der ganze knarrende Bau in die Ewigkeit geblasen würde ...

Die Morgendämmerung des 25. Januar. Dick – der so sicher, wie er in der Nacht tief schläft, bei der ersten Morgendämmerung erwacht – wacht auf. Seine zusammengekniffenen Augen öffnen sich. Sie starren auf den Messingschlüssel. Es war also kein Traum; es ist wirklich geschehen. Dann starren sie mich an, der ich im anderen Bett liege und auch auf den Schlüssel und auf Dick starre, der auf den Schlüssel starrt. Und in demselben Augenblick, in dem Dick meinen Blick bemerkt, schießt seine Hand unter der Bettdecke hervor, packt den Schlüssel und packt ihn so, daß ich ihn nicht mehr sehen kann – als sollte die Eile, in der er handelt, den Eindruck erwecken, daß er nie etwas getan hat und auch kein Schlüssel dagewesen ist.

Vielleicht wäre Dick nie auf die Idee gekommen – oder hätte es nie so deutlich gezeigt –, daß dieser Schlüssel ein besonderer Schlüssel war, wenn er mich nicht so fest hätte daraufstarren sehen.

Aber ich will die Dinge nicht auf sich beruhen lassen. Ich steige aus dem Bett. Wie um sein Reich zu verteidigen, steigt auch Dick aus dem Bett. Entweder ist der Schlüssel in seiner Faust oder in einer der Falten des Kissens oder des Leintuchs. Seine Augen flattern. Ich setze zum Reden an – mit einer Stimme, die weder zu eindringlich noch zu desinteressiert klingen soll: «Dick, was ist das für ein Schlüssel?»

Aber ich sage es nicht. Denn in genau diesem Augenblick öffnet Dad die Tür und, da er uns beide wach und so nahe beieinander findet, daß er uns umfangen kann, legt er die Arme in einer festen, unvergeßlichen Umarmung um uns, die man beinahe mütterlich nennen kann, und sagt mit schon feuchtem Gesicht, das sich rasch wieder in Tränen auflöst: «Kinder» (ja, so nannte er uns), «eure Mutter ist dahingegangen. Sie ist fort. Fort.»

«Fort.»

Und – trotz dieser herzzerreißenden Worte ist alles um uns herum seltsam still und ruhig; der Leem ist ruhig, der Himmel vor dem Fenster leuchtet in einem klaren, ungetrübten hellen Rosa – der Wind ist fort.

Wir begruben Mutter also am Friedhof von Hockwell. Und Dad pflanzte Blumen in einer Ecke seines Gemüsegartens, damit er sie aufs Grab legen konnte. Aber Blumen oder nicht, es verging kaum ein Tag in den kommenden Monaten, an dem er den Flecken buschigen Grases hinter der Kirche nicht besuchte und lange dort blieb, und die Pflichten des Schleusenwärters hinter anderen Pflichten zurückstellte, die für ihn offensichtlich dringlicher und wichtiger waren. Manchmal ging ich mit ihm, sah ihm von ferne zu, diesem seltsamen Mann, der mein Vater war. Und während dieser traurigen Ausflüge, die Dad unternahm, lernte Dick – der jetzt fast immer vom Schulbesuch befreit war, sowohl wegen der von ihm in der Schule gezeigten Unfähigkeit als auch wegen des jüngst erfolgten Todesfalls in der Familie –, die Schleuse zu bedienen: sich die kleinen Kniffe und das Wissen um die Gegebenheiten des Flusses anzueignen (es unterrichtete ihn keiner, er tat alles instinktmäßig); mit Leichtern und Barkassen umzugehen; die heikle und doch so lebenswichtige Balance zwischen Fluß und Schleuse aufrechtzuerhalten. Und so kam es, daß während dieses Zeitraums – dieses Zeitraums, der nicht nur von Meditation am Grab, sondern auch vom Aalfang im Mondschein und von langen, schlaflosen Wanderungen am Treidelweg gekennzeichnet war – das nur undeutlich vorhandene Wissen Dicks noch weiter abnahm und schließlich völlig verschwand; daß der Schuldirektor Alsop zu dem Schluß kam, dem Henry Crick beipflichtete, daß zwar wenig Geist, aber viel verwertbare Muskelkraft vorhanden wäre. Und daß sich zwischen Dad und Dick, die jetzt dieselbe Arbeit verrichteten, eine ganz besondere Beziehung entwickelte; eine Beziehung allerdings, die bei näherer Betrachtung nicht so sehr auf Vertrauen und Zusammenarbeit beruhte, sondern eher auf dem Wunsch des ersteren, den letzteren so sorgfältig wie möglich zu beaufsichtigen.

Und so wurde Dick, gefördert durch eine natürliche Begabung und die Achtsamkeit seines Vaters, zum eigentlichen Nachfahren (so könnte man es zumindest ausdrücken) seiner zähen, wasserbezwingenden, landerhaltenden Crickschen Vorfahren.

Nur daß Dick –

Aber das alles heißt den Ereignissen vorgreifen – und sich über die unmittelbaren Auswirkungen jener schrecklichen Morgendämmerung im Januar hinwegsetzen.

Ich sollte ausführen, daß Dad, während er uns fest in den Armen hielt, nie das Wort «tot» aussprach. Er sagte «fort». Und in den folgenden Tagen, obwohl Dr. Bright kam und den Totenschein ausstellte, obwohl man Mutter vom Bett in den Sarg und dann unter Befolgung der gebotenen Riten ins Grab legte, kam nie das Wort «tot» oder «Tod» über seine Lippen.

Und während vieles für den Gebrauch des euphemistischen Ausdrucks «fort» in Gegenwart von zwei Söhnen spricht, von denen der eine vielleicht zu jung und der andere zu beschränkt ist, um zu verstehen, spricht auch vieles dagegen. Denn unter den gegebenen Umständen ist «fort» ein viel zu vager Ausdruck. Dem kleinen Tom, dessen ganzes Leben vielleicht anders verlaufen wäre, hätte ihm sein Vater klar gesagt, was sein kindliches Herz schon anzunehmen bereit war – daß seine Mummy tot war, daß es sie nicht mehr gab, daß sie zu leben aufgehört hatte, ausgelöscht war –, vermittelte das Wort «fort» die Idee eines bewußten und widernatürlichen Entschlusses seiner Mutter, als hätte sie nicht völlig zu existieren aufgehört, sondern wäre nur irgendwo in weiter Ferne, unerreichbar, unsichtbar, aber dennoch vorhanden.

«Fort» war, mit anderen Worten, von einem Geheimnis umgeben. Während «tot» ein klares Wort für ein verständliches und natürliches Geschehen ist. «Fort» – erschreckend und ohne Abschluß – bedurfte einer Erklärung. Es ließ den kleinen Geschichtslehrer – der bis jetzt recht gut mit dem «Was» und «Wie» durchgekommen war, ins Warumwarumwarum vorstoßen. (Und wir wissen, wozu das führte.)

Es führte dazu, daß er auf eine ihm kaum bewußte Weise, die sich seiner Kontrolle fast völlig entzog, zumindest in einer neuen Weise (o diese von Schüchternheit und Sehnsucht erfüllten Eisenbahnfahrten ...) versuchte, das Ebenbild seiner verschwundenen Mummy zu finden.

Und so war die Reaktion des kleinen Tom auf den Tod seiner Mutter, trotz aller so lange währenden Nachwirkungen, im Grunde genommen nicht anders, als die primitive Reaktion seines Bruders, die in Worte gekleidet – in all seiner augenrollenden Verwunderung – wahrscheinlich gelautet hätte: «Ja, wenn sie fort ist, wann kommt sie denn dann wieder zurück?»

Und was Dad betrifft: Gebrauchte er das Wort «fort» wirklich nur mit Rücksicht auf seine Kinder? Denn wenn er selbst davon überzeugt war, daß Mutter nicht mehr war und sich nicht nur an einem Ort aufhielt, an dem eine Verbindung zu ihr zwar schwer aber dennoch aufrechterhalten werden konnte, warum dann diese wiederholten Besuche am Friedhof, wo er am Grab stand und seine Lippen sich bewegten, als spräche er zu jemand; und warum erzählte er uns noch dazu von diesem so weit entfernten Ort, den man Himmel nannte?

Und so waren sich die drei überlebenden Bewohner des Hauses an der Atkinson-Schleuse in dem Glauben einig: daß Mutter, die tot war, in Wahrheit nicht tot war, sondern an irgendeinem ihnen verborgenen Ort über sie wachte und das Haus beschützte.

Welch ein Aberglauben in den Fens. Die Toten sind doch tot? Die Vergangenheit ist vorbei, oder etwa nicht?

Aber manchmal gibt es Wege, dieses verschlossene Reich zu erschließen, seinen verborgenen Inhalt der zersetzenden Luft preiszugeben. Und Dick besaß den Schlüssel dazu.

Den er versteckte. Denn als Dad jene schicksalhaften, wenn auch schlecht und unvernünftig gewählten Worte ausgesprochen hatte und uns beide über den Flur im ersten Stock führte – denn er wollte uns dieses letzten Privilegs nicht berauben oder es uns nicht ersparen –, damit wir einen letzten Blick auf Mutter werfen könnten, schluchzte und jammerte der kleine Tom so heftig – was nicht dazu beitrug, Dads unaufhörlich fließenden Tränenstrom zu stillen –, daß er den so rasch seinen Blicken entzogenen Schlüssel völlig vergaß. Und bevor es ihm sein Schmerz erlaubte, sich daran zu erinnern, unternahm Dick ganz eindeutig Schritte, diesen Schlüssel zu verbergen. Denn, während sich Dad traurig mit Dr. Bright bespricht und Dick wieder das Eis am Schleusentor abhackt, führt Tom eine blitzschnelle und doch peinlich genaue Untersuchung von Dicks Bett und dessen Umgebung durch. Er tastet nach Knoten im Kissen und in den Decken; er hebt die Matratze hoch; überprüft jeden Quadratzentimeter Boden unter dem Bett; durchforscht den spärlichen Inhalt (ein paar Kakaodosen, der Schädel einer Wasserratte) von Dicks wackeligem Nachttisch; durchwühlt Läden und Kästen.

Kein Schlüssel.

Und doch höre ich eines Tages – um genau zu sein, fünf Tage nach Mutters Tod und nur zwei Tage, nachdem wir sie am Friedhof von Hockwell begraben haben, als das Wort «fort», das für Dick beim letzten Blick auf seine Mutter vielleicht nichts bedeutet hat (fort? Sie ist doch da. Sie will nur eine Zeitlang still liegen bleiben), auf ihn bereits seine Wirkung auszuüben beginnt –, wie Dick auf den Dachboden steigt. Ich höre Dick, und ich höre den Wind. Denn er ist wieder erwacht. Aber es ist nicht der Wind, der dieses Knarren verursacht. Vom Fuß der Haupttreppe aus höre ich jene verräterischen Laute, die ich Jahre später nochmals hinter einer versperrten, verbarrikadierten Tür hören werde. Dick kommt herunter. Ich gehe die große Treppe hinauf, tue so, als wollte ich etwas aus unserem Schlafzimmer holen. Dicks Hände sind leer. Aber seine Augenlider zucken, nicht so sehr, weil er sich plötzlich mir gegenübersteht (selbst Augenlider haben ihre Nuancen), sondern aus irgendeiner inneren Verwirrung oder Enttäuschung.

Und als ich eines Tages nach der Schule in unser Schlafzimmer gehe, wen anders entdecke ich dort als Dad, der bei meinem Eintreten schuldbewußt zusammenfährt, als hätte ich ihn bei einer verbotenen Tätigkeit ertappt, als *suchte er nach irgend etwas*, und sagt, um seine Verwirrung zu verbergen, aber sicher auch in ganz bestimmter Absicht: «Ich habe nachgedacht. Vielleicht wär's gut, wenn du ein eigenes Zimmer bekommst. Vielleicht ist es Zeit, daß du ins Hinterzimmer ziehst!»

Und dann steigt Dick (Mutter ist jetzt schon drei Wochen fort und noch immer nicht zurückgekommen) nochmals auf den Dachboden. Eigentlich wollte er seinen neuen Pflichten als stellvertretender Schleusenwärter nachkommen. Denn Dad befindet sich wieder auf dem Weg durch Hockwell (wo Vorhänge beiseite gezogen werden und die Leute sagen: Da geht er, da geht der arme Henry Crick schon wieder) zu seinem Stelldichein auf dem Friedhof. Aber kaum ist er außer Sichtweite, verläßt Dick seinen Vertrauensposten mit einer für ihn ungewöhnlichen Entschlossenheit, geht ins Haus und steigt die Treppe hinauf.

Ich stehe unterdessen trotzig in der Küche, die Hände voll Mehl. Denn wenn Dick als Schleusenwärter in Vaters Fußstapfen treten kann, so lege ich mir Mutters Schürze um. An diesem frostigen Samstag nachmittag versuche ich, Teekuchen zu backen, so wie Mutter es immer getan hat. Ich bin in eine kulinarische Geisterbeschwörung vertieft. Mit Hilfe der Schürze, die mich einhüllt, mit Hilfe der Rührschüssel, die sie einst an den Körper gepreßt hielt, mit Hilfe des hölzernen Löffels, den sie einst – versuche ich, den Geist meiner toten Mummy heraufzubeschwören, in mich aufzunehmen. Damit Dad, wenn er durchfroren vom langen Herumstehen auf dem Friedhof nach Hause kommt, in einen heißen Lebkuchen beißen und –

Aber ich habe dieses Heilmittel schon einmal ausprobiert. Die Karikatur eines Kochs, die ich darstellte, hat meinem Vater nur das Herz schwer werden lassen. Und auch den Magen. Während er mir für meine wohlgemeinte Geste ein schwaches Lächeln schenkt, bleiben meine steinharten, gänzlich mißlungenen Teekuchen in seiner schon vorher zugeschnürten Kehle stecken ...

Und heute wird es auf keinen Fall Teekuchen geben, keine nach Mutters Art, und auch keine anderen. Denn Dick kommt die Treppe herunter, bemerkt, daß ich an der Küchentür lausche, packt mich an den Schultern und schiebt mich durch den Flur zur Haustür. Die kalte Luft am Treidelweg schlägt in mein von der Ofenhitze gerötetes Gesicht.

«Du machst», sagt Dick und weist mit heftiger Geste auf die Schleuse. «Du machst. Ich gehe.»

Woraus ich schließe, daß Dick seinerseits die ihm übertragene Aufgabe mir überträgt. Er will, daß ich mich um die Schleuse kümmere – ich mit meinen mehlbedeckten Händen –, während er offensichtlich seinen eigenen Geschäften nachgeht.

«Gut, Dick», sage ich, «gut.» Eher um ihm zu zeigen, daß ich an diesem seltsamen Befehl nicht rüttle, als um ihm zu gehorchen. Denn irgend etwas an Dicks Stimme ist zweifellos bedeutungsvoll, und noch dazu ist etwas unter Dicks Pullover verborgen – etwas Bauchiges, Hartes, das er mit liebevoller Hand hält. Ich sehe, was es ist, und während ich so tue, als machte ich mich in der Küche zu schaffen, lege ich Mutters Schürze ab, als er den Gegenstand rasch auf den kleinenTisch im Vorzimmer stellt, den Mantel anzieht und ihn in die Manteltasche steckt.

Eine Flasche. Ausgerechnet eine Flasche. Braunes Glas ...

Während er mit der Linken den Mantel zuknöpft und die Rechte in die schon volle Tasche steckt, damit man sein Gepäck nicht mehr erkennen kann, tritt er hinaus auf den Treidelweg und wendet sich ohne weiteres Wort stromabwärts.

Auch ich trete auf den Treidelweg hinaus und beobachte ihn, wie er am Südufer des Flusses verschwindet, leicht gebückt, niedergedrückt von einer Last – so gar nicht Dicks Art zu gehen.

Ein Blick zurück. Ich versuche eine vage beunruhigte Verantwortlichkeit zu zeigen.

Was mich aber beschäftigt, ist nicht die Aufgabe, die mir auf so zweifelhafte Art übertragen wurde – die noch dazu für einen Zehnjährigen mit einer fast krankhaften Anhänglichkeit an die Schürze seiner Mutter unpassend ist.

An diesem Nachmittag (rauh, nebelig: der Frost ist ungebrochen) stand das Haus an der Atkinson-Schleuse leer und verlassen. Weder der Schleusenwärter noch dessen Söhne waren auf ihrem Posten – obwohl jeder von ihnen auf seine Weise einen anderen Posten besetzt hielt. Hätten die Leichtermatrosen der Gildsey-Kanal-Gesellschaft in diesen Stunden der Dienste des Schleusenwärters bedurft, so wäre ihnen nichts anderes übriggeblieben, als sich selbst zu helfen. Und wäre Mrs. Henry Crick auf irgendeine unsichtbare Weise über ihrem ehemaligen Heim geschwebt – aber wie hätte sie gleichzeitig an drei Orten sein sollen: im Haus, am Friedhof und in der Flasche, die Dick bei sich hatte –, so hätte sie mit einem überirdischen Geruchssinn, nicht unähnlich dem einer gewissen Vorfahrin, die immer Feuer roch, den Geruch (denn ich hatte eine Kleinigkeit vergessen) von zu lange gebackenen, fast schon verbrannten Teekuchen gerochen.

Worauf kann Heimlichkeit in flachem Land hoffen? Was kann kriminalistischer Spürsinn in den gleichförmigen Fens tun? Was kann selbst ein einszwanzig großer, zehn Jahre alter Detektiv in ebenem Gelände anfangen, in dem alles sichtbar und nichts vor Gott verborgen ist? ... Wäre da nicht der Umstand, daß trockengelegtes Land absinkt und der Fluß angehoben wird; was aufgeworfene Uferböschungen bedeutet.

Denn während Dick mit dem für ihn so untypischen Gang auf der Böschung am südlichen Ufer des Leem entlanggeht, wer geht zur gleichen Zeit am Nordufer entlang? Wenn auch nicht auf der Böschung, sondern, verborgen, auf der landeinwärts gelegenen Seite – nachdem er den Fluß zuerst über die Schleuse und das Schütz überquert hat und in einem kurzen Spurt mit seinem Bruder auf gleiche Höhe gekommen ist. Wer klettert immer wieder die rauhreifbedeckte Böschung des Nordufers hinauf, steckt den Kopf vorsichtig über ihren Rand, um zu sehen, wo der andere ist, und klettert, schlittert, rutscht dann wieder zurück? Wer bleibt auf seiner Seite stehen, wenn der Bruder am Südufer an einer gewissen Kreuzung zweier Kanäle, nämlich der Einmündung des Stott-Kanals, stehenbleibt; nicht nur stehenbleibt, sondern vielleicht an derselben Stelle, an der Mary Metcalf sechs Jahre später ihrerseits denselben Bruder beobachtet, bis knapp an den Rand der Uferböschung klettert, und sich bäuchlings wie ein Heckenschütze auf das von Rauhreif bedeckte Gras legt – eine Stellung, die für einen Jungen, der vor kurzer Zeit eine schwere Grippe überstanden hat, kaum ratsam ist. Aber er ist vom Laufen und Herumklettern und von der in ihm brennenden Neugier so erhitzt und vergißt nach dem Verlust der Mutter alle Unannehmlichkeiten, die ihm diese Wache bereitet, so daß er weder die Kälte noch die Nässe spürt.

Dick starrt aufs Wasser. Starrt um sich durch die Winterlandschaft, als wollte er sich vergewissern, daß er wirklich ganz allein ist. Dann zieht er die Flasche aus der Manteltasche und starrt auch sie an.

Jenseits des Flusses denkt sein Bruder, während unter ihm das Eis schmilzt: Mutters Vermächtnis an Dick ist also nichts anderes als ein paar alte Flaschen ... Die Truhe auf dem Dachboden ist also gar nichts anderes als eine bessere Bierkiste.

Nichts anderes? Dick schraubt die Kappe ab, hebt die Flasche an die Lippen. Noch nie in seinem ganzen Leben hat Dick, soviel ich weiß, eine Flasche Bier getrunken. Nicht einmal ganz gewöhnliches Bier ...

Er schluckt; wischt sich den Mund. Setzt sich auf die Böschung. Starrt angestrengt auf den Fluß. Nimmt wieder einen Schluck; und trinkt in plötzlicher Gier die ganze Flasche aus. Versucht dann aufzustehen; setzt sich aber wieder nieder. Versucht es wieder; fällt hin; taumelt endlich hoch. Bricht plötzlich in wildes Gelächter aus, jault dazu ein unmelodisches, wortloses Lied. Verfällt in eine Art Tanz, ein langsamer, tolpatschiger Walzer, den er mit sich selbst tanzt; lacht wieder; röhrt; krächzt. Und dann, während er zu tanzen, zu röhren und zu krächzen aufhört, sinkt er auf die Knie und hält sich den Bauch; betastet seine Arme, seine Beine, seinen Kopf, um zu sehen, ob sie noch da sind. Seine Lider haben noch nie so rasch gezuckt. Ein Ausdruck des Unglaubens – von Schuld, Schrecken – tritt in sein Gesicht. Ein Blick nicht unähnlich jenem Blick, den er eines Tages am Hockwell Lode zeigen wird, als sich in seiner wollenen Badehose unversehens etwas regt. Er setzt sich, aber er kann nicht ruhig bleiben, als hätte er nie vermutet, aus welch gefährlichem Stoff er gemacht ist, und versucht vor sich selbst davonzulaufen. Doch die einzige Möglichkeit zu entkommen wäre, aus seiner eigenen Haut zu schlüpfen. Er hüpft auf und ab, zuckt und rollt die Augen (jenseits des Flusses kann auch sein Bruder kaum stillhalten, und seine Augen quellen ihm vor Staunen aus dem Kopf). Dann bemerkt er, daß er die Flasche noch immer in der Hand hält. Es ist gar nicht er; es ist das Zeug, das in der Flasche ist. Aber wie konnte seine Mutter nur –? Als letztes, als Abschiedsgeschenk –? Und mit einem verwirrten, schmerzlichen Schrei – als schleuderte er trotz seines Entsetzens einen möglichen Quell der Seligkeit, einen Teil seines eigenen Fleisches von sich – wirft er die Flasche in weitem Bogen in den Fluß. Wo sie davontreibt, umkippt, langsam ihren früheren Inhalt durch einfaches Flußwasser ersetzt und versinkt ...

Und das ist der Grund, warum Dick nie wieder irgend etwas aus einer Flasche anrührte, einschließlich Freddie Parrs gestohlenem Whisky. Und warum er wahrscheinlich, obwohl er den Schlüssel noch besaß, nie wieder diese außerordentliche Truhe öffnete, bis er endlich erkannte, auf welche Weise ihm ihr Inhalt helfen konnte.

Auch ohne Flasche schwankt und taumelt Dick, kann sich noch immer nicht entschließen, ob er sitzen oder stehen will, ob er da- oder dorthin gehen will. Gegen den Hintergrund der farblosen Rübenfelder, gegen die im Nebel untertauchenden Linien des Stott-Kanals, gegen den gleichmäßig grauen Winterhimmel ergibt er ein bizarres, fesselndes Bild ... Aber aufgepaßt, mein kleiner Detektiv. Vielleicht hast du schon genug gesehen. Zeit, sich davonzumachen. Zeit, zum Haus zurückzuschleichen, bevor Dad oder Dick zurückkommt und bemerkt –

Und das tut er auch – er schleicht davon, im wahrsten Sinn des Wortes, unterstützt von den Eisplatten, die seinen Abstieg von der Böschung beschleunigen, der fast mit einem verstauchten Knöchel endet – und hastet in Kleidern, die vom Liegen auf dem Wintergras naß, und mit Gedanken, die vom Geschehen aufgewühlt sind, entlang der nördlichen Uferböschung zurück.

Aber es geschieht noch etwas nach Dicks seltsamem Auftritt mit der Flasche. Etwas beginnt, macht sich bemerkbar, anfangs nur schwach, nachdem das Gefäß aus braunem Glas wie ein falsches Excalibur in den Fluß gefallen ist. Es erhebt sich eine Brise. Sie wird von Minute zu Minute stärker. Sie vertreibt den Nebel. Sie kräuselt die glatte Oberfläche des Leem. Wahrscheinlich schüttelt sie auch die Stechpalmen am Friedhof und rüttelt am Efeu, der den Kirchturm umrankt. Jetzt bläst sie schon stark und facht die glosende Asche am westlichen Himmel an, als ich zurückkomme – um aus dem Backrohr, bevor auch sie noch Feuer fangen, ein Dutzend geschwärzte Teekuchen herauszunehmen.

Der Ostwind.

39
DUMM

Und derselbe Ostwind – oder doch nicht derselbe, sondern sein sommerlicher Zwilling, seine fröhliche Schwester mit dem heißen Atem (denn, wie euch jeder Bewohner der Fens sagen kann, ist der Ostwind nicht einfach ein Wind, sondern ein Zwillingspärchen, der eine den Tod und die andere die Reife bringend) – blies eines Donnerstag nachmittags im August 1943 in sichtbaren Wellen über die mohnblumendurchsetzten Felder des Poltfenhofs, durch die Pappeln am Hockwell Lode, deren trockene Blätter aufleuchteten und rauschten, als ich wieder einmal den altbekannten Weg zu unserer geköpften Windmühle fuhr.

Denn obwohl wir uns zu keinem weiteren Treffen mehr verabredet hatten, obwohl Mary, als wir uns das letzte Mal getroffen hatten, fortgegangen war, als wären unsere Zusammenkünfte bei der Windmühle ein für allemal vorbei, und obwohl seither eine ganze Woche verstrichen war – eine ganze Woche, seit man offiziell die Todesursache Freddie Parrs festgestellt hatte –, hoffte ich doch noch, Mary wiederzufinden. Und ich mußte mit ihr reden. Drei Tage lang hatte ich jetzt mit Dick das Spiel mit der Angst gespielt, das Flaschenspiel, und ich wußte nicht, ob Dick mehr Angst vor mir als ich vor ihm hatte. Und so konnte es nicht weitergehen. Sollten wir also reden? Alles gestehen? Zur Polizei gehen? Denn früher oder später werden alle unsere kleinen Geheimnisse ans Tageslicht kommen, oder etwa doch nicht? Mary, sollen wir reden? Mary, was –?

(Kinder, ihr seht, schon damals die Gewohnheitsfehler des Historikers: wie er über zufällige Geschehnisse nachgrübelt, wie er sich nicht zum Handeln entschließen kann.)

Und noch etwas, da wir schon von Geheimnissen sprechen, die besagte Flasche kam aus einer Truhe, aus einer alten Truhe auf dem Dachboden, die meinem Großvater gehört hatte, und Dick ist der einzige mit einem –

Ich aber bleibe am Rand des Pappelwäldchens stehen. Denn obwohl es schon fünf Uhr ist, obwohl es schon spät ist, wenn wir es auf unsere magische Zeit beziehen – drei vor fünf Uhr dreißig –, als wir einander in den Zeiten, die nie wiederkehren werden, regelmäßig getroffen hatten, ist Mary tatsächlich bei der Mühle. Und sie tut etwas ganz Seltsames.

Sie steht direkt am Rand der aus Ziegeln gemauerten Plattform, dort, wo sie vielleicht eineinhalb Meter senkrecht neben dem Gehäuse des alten Rades zum alten, verwachsenen Kanal abfällt. Sie steht da mit windzerzausten Haaren, wirft dann die Arme nach vorne und reißt sie nach oben, und springt. Ihr Rock bläht sich; braune Knie blitzen auf. Und sie landet in einer unnatürlich ungeschickten Haltung, mit steifem Körper, die Beine gegrätscht, als wollte sie den Fall nicht dämpfen, sondern den Aufprall sogar noch verstärken. Dann sinkt sie zusammen und kauert sich ins Gras, und schlingt die Arme um ihren Bauch. Steht dann auf und wiederholt den Vorgang. Und noch einmal. Und noch einmal.

Ich bleibe in dem Pappelwäldchen stehen und versuche, ihr bizarres Treiben zu deuten. Ist das irgendein Spiel, das man allein spielt? Irgendeine Turnübung? Und sollte sie nicht etwas mehr aufpassen?

Schließlich – trägt sie doch ein Baby in sich!

Ich überquere das Stück Weideland zwischen dem Wäldchen und der Windmühle. Der warme Duft von Mädesüß schlägt mir entgegen. Der Wind verweht meinen ersten Ruf, so daß Mary, als sie mich sieht, schon zum nächsten Sprung bereitsteht.

«Mary, was tust du –»

Sie hat mein Auftauchen nicht erwartet. Das merke ich sofort. Eine schwache Grimasse des Unmuts zeigt sich auf ihrem Gesicht. Sie ist ganz allein zur Windmühle gekommen. Was sie tut, geht nur sie etwas an.

«Geh wieder, Tom Crick. Verschwinde.»

«Was soll denn dieses Herumspringen? Du wirst dir wehtun.»

«Dummkopf! Geh weg!»

«Ich bin hergekommen, weil ich mit dir reden –»

Wieder springt sie, beachtet mich gar nicht, als würde sie ernsthaft für etwas trainieren, schwingt die Arme, kneift die Augen entschlossen zu; als ob sie sich durch nichts abhalten lassen wollte, als ob dieses Springen wichtiger als alles andere wäre. Und landet wieder so abrupt, daß es sie erschüttert, sinkt dann aufs Gesäß nieder.

Ich laufe hin, um ihr hochzuhelfen. Dort, wo sie immer wieder gelandet ist, ist das Gras niedergetreten, als wäre sie schon eine Zeitlang gesprungen.

«Warum – ist das nicht gefährlich? Mit –»

«Dummkopf. Geh weg.»

Und dann, als Mary sich umdreht, sehe ich, daß ihr Gesicht bleich ist unter der Sommerbräune und schweißbedeckt. Nicht der heiße Schweiß der Anstrengung und der Hitze, sondern ein kalter Schweiß. Und außerdem stehen in Marys Augenwinkeln Tropfen des Ärgers, die nicht Schweiß sind.

«Dummkopf! Dummkopf!»

Wie eine schimpfende, geplagte Mutter. Wie eine –

Ich begreife.

(Ah, Kinder, euer Geschichtslehrer in seiner Entwicklung. So klug im Analysieren von Ereignissen. So klug im Erkennen der Wahrheit ...)

«Du willst also –»

«Ja, Dummkopf. Geh aus dem Weg.»

«Du meinst wirklich –»

(So wenig begreifend, bis jetzt, daß Mary eine richtige Mummy sein kann, daß das Ding in Marys Bauch wirklich existiert. Aber sie kann es sein. Es ist da. Er wird schon sehen.)

Wieder klettert sie hinauf, keuchend, vorbei an dem unkrautüberwucherten Kanal, auf die Plattform hinauf.

Und ich halte sie nicht zurück. Ich strecke nicht abwehrend die Hände aus oder rufe ihr empörte Worte zu. Denn während mir zum zweitenmal in zwei Wochen die Wirklichkeit entgegentritt und mir einen Stoß versetzt, der mich schwindlig macht, und während der Erdboden auf Mary trifft, scheint er zur selben Zeit unter mir zurückzuweichen, beginnt sich alles um mich zu drehen und mein Magen sich zu heben – was für harte und scharfe Gedanken gehen mir trotzdem durch den Kopf?

Es muß Dicks Kind sein. Wenn sie es töten will – wenn sie es loswerden will. Es muß Dicks Kind sein. Denn sie will nicht das Kind eines – Denn sie würde nicht unser Kind –

Und als sie sich mit wächsernem, schweißbedecktem Gesicht wieder umdreht, packe ich sie bei den Armen und schreie plötzlich: «Es ist von Dick, sag es: Du hast es die ganze Zeit gewußt. Von Dick! Von Dick!»

«Warum verschwindest du nicht?»

Sie geht wieder zur Absprungstelle zurück.

«Mary, tu's nicht. Tu's nicht.»

Wie man zu einem Selbstmörder spricht.

Sie springt. Kauert sich nieder. Stöhnt. Geht zurück, um wieder zu springen.

Ich packe sie am Arm.

«Hör auf. Hör auf damit.»

Sie schüttelt meine Hand ab. Ihr Gesicht ist wild, sie hat die Zähne zusammengebissen. Der Wind fegt ihr die Haare in die Augen.

«Es ist von Dick, nicht? Von Dick! Von Dick!»

Sie klettert wieder hinauf.

«Also gut. Es ist von Dick.»

(So, mein kleiner werdender Vater: Bist du jetzt zufrieden?)

Sie geht an den Rand, um wieder hinunterzuspringen.

«Mary, ich glaube, er weiß, daß ich es weiß. Mary, sprich mit mir. O Gott – ich bin gekommen, um dir das zu sagen. Ich glaube, wir – und diese Truhe –»

(Mary, hör bitte auf –)

Aber Mary hört mir nicht zu. Denn bevor sie wieder springen kann, bevor ein weiterer Stoß das Werk vollenden könnte, geben ihre Knie plötzlich nach, sie tastet nach den geteerten Brettern der alten Windmühle, um das Gleichgewicht wiederzufinden. Kauert sich hin, läßt den Kopf sinken.

Ich klettere auf die Plattform. Kauere mich neben sie. Lege den Arm um sie. Ihre Haut strömt eine kalte Entschlossenheit aus. Ich kann fast spüren, wie sich das Zittern ihrer Nervenenden auf mich überträgt.

«Irgend etwas passiert», sagt sie und blickt mit dem Anflug eines Lachens auf. «Es funktioniert doch.»

Dann sagt sie, und plötzlich treten Tränen in ihre Augen: «Nicht von Dick. Nein, es ist unser Kind. Unseres! Verstehst du?»

Wehender Wind, zitterndes Pappellaub und blutroter Mohn und Marys nußbraune Haare. Er weht, bringt das Getreide Ostanglias zum Reifen, verwandelt den Weizen der Fens mit seinem Glutatem in die Farbe der Brotlaibe. In die er sich einmal verwandeln wird. Aber obwohl es ein warmer Wind ist, obwohl er jetzt nachläßt, da es Abend wird, könnte es genauso der kalte, unbarmherzige Wind des Winters sein ...

Wir kriechen in das Gehäuse der alten Windmühle. Wo wir einst Liebe säten (Mary – eine so harte Gerechtigkeit?), warten wir nun auf den frühzeitigen Fall der Frucht. Ich lehne mich an die ausgetrockneten Bretter. Sie liegt in meinen Armen. Sie zieht den Rock hoch. «Nicht viel Blut. Irgend etwas ist da drinnen gerade passiert. Gerade jetzt. Wir müssen warten ... schauen.»

Sie kann nicht aufstehen. Ihr wird übel dabei.

Wir warten (Flüstern und Wimmern; Schlagen des Windes; schrille Schreie der Schwalben), während eine Stunde oder noch mehr Zeit vergeht. Und nichts geschieht.

Ich wage zu sagen: «Mary, vielleicht ist – alles in Ordnung. Vielleicht geschieht nichts.»

(Aber darauf warten wir doch? Daß das Nichts geschieht. Daß etwas ungeschehen gemacht wird.)

Sie schüttelt den Kopf. Unterhosen, blutbefleckt, um ihre Knie. Es ist geschehen. Man kann es nicht rückgängig machen.

«Verstehst du?»

Ja, ich verstehe. Denn wenn dieses Baby nie gewesen wäre ... Dann hätte Dick nie ... Und Freddie ... Denn Ursache, Wirkung ... Weil Mary gesagt hat, ich weiß, was ich tun werde ...

Ich verstehe, aber was ich nicht verstehe, ist diese sanfte Augustsonne, dieser Erntewind, dieser Duft des Mädesüß, und, dort oben – wo sich einst in den Tagen des Thomas Atkinson die hölzernen Flügel drehten, entwässerten, entwässerten – diesen grausamen Kreis des kornblumenblauen Himmels.

Der Abend kommt. Der Wind legt sich.

Ich wiege Mary in meinen Armen, ahme die Gutenachtküsse meiner Mutter nach (aber ich bin das Kind, und sie –), ich beginne leise wie die Erwachsenen, die noch in jeder Erschütterung vorgeben, daß alles in Ordnung ist: «Erinnerst du dich, Mary, als wir zum erstenmal hergekommen sind, als wir, als –?»

(Erinnerst du dich, Mary, vor langer, langer Zeit. Als es noch keine Fernsehapparate und Hochhäuser gab, keine Raketen zum Mond, keine Antibabypille, keine Beruhigungstabletten und Taschenrechner, keine Supermärkte und Gesamtschulen, keine Interkontinentalraketen ... als es Dampflokomotiven und Märchen gab ... als die Leichter, die auf dem Leem verkehrten, am Bug noch wie in der guten alten Zeit zwei gekreuzte Gerstenähren trugen? Erinnerst du dich, diese Windmühle? Dein Weg zum Wash Fen Mere ...?)

Aber Mary interessiert das nicht. Ihr Gesicht ist weiß und naßkalt. Ihre Augen zusammengepreßt. Sie interessiert sich nicht für Geschichten. Nicht neugierig.

Windmühlen – Refugium Windmühlen – Obdach. Wie konnten diese schon zerstörten Mauern uns jetzt noch schützen? Wie konnte uns dieses beruhigende warme Holz jetzt noch trösten?

Aber wir lagen dort und warteten, an jenem goldenen Augusttag, als wäre sie der letzte Ort, den die Erde noch für uns bereithielt. Denn das war es, was ich dachte, trotz Weizenfeldern und Mohnblumen und Kornblumenhimmel: alles ist zu Ende.

«Und die Leute steigen alle in ihre Autos, Sir, und fahren los. Sie glauben, daß sie sich in Sicherheit bringen können. Sie glauben fest daran, obwohl man ihnen gesagt hat, daß das Unsinn ist. Meine Eltern drängen mich und meine Schwester in unseren Wagen. Sie denken nicht an Essen und Kleidung und auch an nichts anderes. Und sobald wir auf die Hauptstraße kommen, ist sie völlig verstopft. Die Leute hupen und schreien und jammern. Und ich glaube, daß das Ende so sein wird – daß wir alle in einem riesigen Verkehrschaos zugrunde gehen werden ...»

« ... und ich träume, daß ich kilometerweit von allen, die ich kenne, fort bin, wenn der Alarm kommt. Ich muß zu ihnen. Ich möchte sie noch einmal sehen, bevor –. Aber ...»

« ... sie geben es im Fernsehen durch. Sie wissen schon: Es bleiben Ihnen noch vier Minuten ... Aber keiner scheint es zu bemerken. Keiner rührt sich. Mein Vater schnarcht in seinem Sessel. Ich schreie. Meine Mutter sitzt einfach da und will wissen, was mit Crossroads passiert ist ... »

« ... alle Gebäude beginnen zu glühen und werden dann ganz weiß, und die Menschen beginnen auch zu glühen und werden dann weiß ... »

(«Das könntest du doch nicht mehr sehen. Du wärst ja schon tot. Was für ein Unsinn.»)

« ... und mein kleiner Bruder windet sich halbverbrannt am Boden, und ich weiß, daß ich ihn töten muß ...»

«Selbstmordpillen, Sir. Wir sitzen da und nehmen sie alle gemeinsam.»

« ... und keiner will der erste sein, der den Bunker verläßt ... »

«Das Komische an meinem Traum ist, daß ich als einziger übrigbleibe. Ich bin nicht verletzt. Aber überall liegt Staub. Und ich gehe herum und denke, daß es nie geschehen wird, daß es nie geschehen darf ...»

41
Ein Gefühl im Bauch

Aber alle Geschichten waren einmal wahr. Und alle Ereignisse, von denen die Geschichte berichtet, die Schlachten, die Mantel-und-Degen-Stücke, sind einmal wirklich geschehen. Alle diese Geschichten waren einmal so ein Gefühl im Bauch. Mir geht es im Augenblick genauso, Price – nein, danke, ich möchte nichts mehr trinken. Sollten wir nicht gehen? Und du fühlst auch etwas. Über das Nichts. Und Mary hat auch etwas gefühlt, an jenem Augustabend...

Eines Tages, irgendwann in der Zukunft, Price, wirst du sagen: Ich hatte einmal einen Geschichtslehrer, der hat ganz verrückte Stunden abgehalten, und seine Frau –. Andere Wirklichkeiten werden kommen...

Wenn sich aber die Welt dem Ende zuneigt, dann wird es keine Wirklichkeit mehr geben, sondern nur Geschichten. Nur Geschichten werden uns bleiben. Wir werden uns in unserem Bunker zusammensetzen und einem imaginären Prinz Shariya Geschichten erzählen und hoffen, daß es nie...

Zusammengekauert in unserer Windmühle. Flüstern. Wimmern. Der Wind erstirbt; die Schatten der Pappeln werden länger. Schwache Krämpfe – nicht so schwache Krämpfe – in Marys Bauch. Und endlich sagt Mary, weil es nicht funktioniert, weil nichts geschieht: «Wir müssen zu Martha Clay.»

Und deshalb, Kinder, da Märchen nicht immer wohlig und süß sind (vertieft euch nur ein bißchen in eure Gebrüder Grimm), da kein Märchen ohne sie vollständig wäre, möchte ich euch erzählen

42
Über die Hexe

Die Martha Clay hieß. Die Bill Clays Frau war (so behauptete man zumindest). Die in Bill Clays Hütte jenseits des Wash Fen Mere lebte. Die Tränke braute und weissagte (so behauptete man zumindest). Und die auch half, Kinder der Liebe loszuwerden...

Aber laßt mich, bevor ich euch von Martha erzähle, zuerst über die Gänse der Fens erzählen...

Wobei ich nicht die gefederte, geschnäbelte Art mit den Schwimmfüßen meine. Auch nicht die schwarzhälsigen Kanadier. Auch nicht die Graugänse, die mit den rosa Beinen oder die Blässe, die von der Arktis kommen, von einem Wandertrieb geleitet, der nicht seltsamer ist als der ihrer Kollegen im Wasser, der *Anguilla anguilla*. Nicht die krächzenden, gackernden, in V-Formation fliegenden Geschwader, die seit unendlichen Zeiten in den Fens Zuflucht gesucht haben und von denen die Fen-Bewohner das Zeichen des Willkommens übernommen haben – eine gespaltene Gänsefeder. Nein. An einem Augustabend im Jahr 1943 waren keine Gänse zu sehen, denn die Zeit der Gänse ist der Winter. Und ganz abgesehen davon gab es 1943 eine ganz neue Art von Gänsen. Auch sie machten Lärm und flogen in Formationen und folgten der Route der Zugvögel über die Nordsee; sie bestanden aus Stahl und Aluminium, aus Holzstützen und Plexiglas; und sie konnten noch im Flug explodierende, feuerspeiende Eier legen.

Sie waren im Aufbruch, diese Schwärme des Jahrhunderts, verließen ihre weitverstreuten Nester, in denen sie sich tagsüber aufhielten, und waren, wie es bei Gänsen so üblich ist, als schwarze lebendige Silhouetten gegen das Feuer des Sonnenuntergangs auszunehmen, als Mary und ich (Mary mit weißem Gesicht, verzerrten Lippen, bei jedem dritten Atemzug stöhnend) vom Hockwell Lode zum Wash Fen Mere gingen. Aber wir bemerkten sie kaum, da wir an andere Dinge dachten und auch an das Dröhnen der abendlichen Flüge gewöhnt waren, als wären sie ein ganz natürliches Ereignis, als handelte es sich um echte Gänse. Als Mary und ich zu Martha Clay gingen, starteten sie mit dem Ziel Hamburg, Nürnberg oder Berlin. Und alle die tapferen Flieger und Navigationsoffiziere und Bordschützen und Bombenschützen hatten ein Herz und hatten einst Muttermilch getrunken, und alle die Bewohner von Hamburg und Nürnberg hatten auch ein Herz und hatten ebenfalls einmal Muttermilch getrunken. O Kinder, was richtet der Mensch nicht mit dem an, was er schafft. 1793 brach die Apokalypse über Paris herein (nur ein paar tausend Köpfe); 1917 brach sie über die Sümpfe Flanderns herein. Aber im August 1943 (ja, die Geschichte registriert ganz nüchtern, daß trotz des vorhergegangenen Blutbades die Anzahl der Toten im Ersten Weltkrieg geringer waren als im Zweiten und sich weniger Zivilisten unter den Opfern befanden) brach sie in Gestalt der detonierenden Gänseeier über Hamburg, Nürnberg und Berlin herein...

Aber für all das hatten wir keine Gedanken (unseren eigenen Weltuntergang vor Augen) an jenem Abend im August.

Liebe. Li-Liebe. Li-Li-Liebe. Schützt sie uns vor dem Bösen? Hebt dieses magische Wort die Verbindung zwischen Ursache und Wirkung auf unbestimmte Zeit auf? Wird es den Einwohnern von Hamburg und Berlin helfen, die angsterfüllt ihre Lieben in die Arme schließen und ihnen Worte des Trostes zusprechen, während sie in den unzureichenden Luftschutzkellern und in den Unterständen der Hinterhöfe sitzen? Vertreibt sie die Erkenntnis, die uns wie ein wahnwitziger Feuersturm überfällt: Das ist dein Werk, das wäre nicht geschehen, wenn – Das ist kein Zufall, das ist deine Schuld ...

Über die Pfade des Fenlands, über die Dämme des Fenlands, vorbei an Weidenstümpfen und Gruppen von Salweiden, über schmale Pfade und Abkürzungen und über Bretter, die über Wasserläufen liegen, die nur uns, den Kindern der Fens, bekannt sind. Wie Hereward und Torfrida (o diese Geschichten, die man mit schön-schauriger Begeisterung am späten Abend las), die nach der Erstürmung Elys durch die Marschen flohen. Ihre Liebe, so heißt es zumindest in der Geschichte, hat sie in dieser Stunde der Not aufrecht gehalten. Aber das hier ist keine Geschichte.

Es ist ein langer Weg bis zu Marthas Hütte. Um den Südrand des Meres herum, dann nach Norden, wo sich die Wiesen zwischen dem Mere und der langen, nach Osten führenden Schlinge, die der Ouse unterhalb von Newhithe bildet, verengen. Scheiterhaufen des Sonnenuntergangs zu unserer Linken. Zu unserer Rechten speerbewehrte Armeen von Schilfgras. Von der Mitte des Meres steigt Rauch aus Bill Clays Marschhütte auf. Bill ist also, wie das im Sommer so üblich ist, dort draußen. Martha ist allein. Dünne Rinnsale von Blut laufen Marys Beine hinunter, einer rascher als der andere, werden vom hohen Gras verschmiert. Wir bleiben stehen, machen eine Pause, in der sie zusammenzuckt, keucht, starr vor sich hinblickt. Visionen, die etwas vorwegnehmen: im Marschgras eine blutige Kaulquappe, ein klebriges Schafsherz. Wird es –? Jetzt? Jesus, Mary, wenn wir hier mitten in der Dunkelheit –. Die Dämmerung wird undurchdringlicher. Zeit der Eulen und Irrlichter. Die rechte Zeit, zur Hexe zu gehen. Halt meine Hand, Mary. Halt durch, Mary. Ich liebe dich, Mary, ich liebe dich, Mary. Weiter, Mary. Werden wir ankommen? (Wollen wir ankommen?)

Aber wir kommen an. Und wir treffen Martha Clay ...

Kein spitzer Hut, kein Besenstiel, keine grinsende schwarze Katze auf der Schulter (nur ein keifender, sabbernder, grauhaariger Köter, der an seinem Seil reißt, unser Kommen ankündigt und Martha damit aus der Hütte lockt, die eine Petroleumlampe in der Hand hält). Ich sehe eine kleine Frau mit einem großen runden Kopf. Ich sehe eine Frau, die lehmverkrustete Gummistiefel trägt. Die einen schweren grauen Rock trägt, der aus einer Pferdedecke gemacht sein könnte. Die eine Reihe von Unterröcken trägt, deren ausgefranste Säume etwas unter dem Rock hervorschauen, einmal vielleicht weiß gewesen sind, jetzt die Farbe alter Zähne haben. Die eine fettige Bluse trägt, steif und starr wie wettergegerbtes Segeltuch, die Ärmel bis zum Ellbogen hochgerollt. Und über der Bluse und dem grauen Rock – als arbeitete sie, wenn sie nicht gerade ihr Hexenamt versah, als Reinmachefrau – eine verblichene, bodenlange, geblümte Schürze.

Und als wir Martha entgegentreten, tritt uns Marthas Geruch entgegen ...

Aber genug von Marthas Kleidung! (Und genug von dem Geruch!) Dieses Gesicht! Klein, feucht, mit nadelspitzen Augen. Ein Mund wie eine Ledertasche. Nase: knochig (aber keine Hakennase). Stirn: bucklig-glänzend, tabakfarben. Haar: wächsern-grau, eng am Kopf anliegend, ein Knoten im Nacken, in dem zwei Gänsekiele stecken. Und diese Wangen! Diese Wangen! Sie sind nicht nur rund und rotgeädert. Sie sind nicht nur rot. Sie machen nicht nur den Eindruck, als wären sie in den letzten Jahrzehnten dauernd jeder Art von Wetter ausgesetzt gewesen, ohne Unterbrechung, ausgesetzt den Winterstürmen und der sengenden Sonne. Sie sind Blasen aus Fleisch. Sie sind fleischige Paprikaschoten. Sie sind überreife Tomaten.

Und wenn wir schon von überreif sprechen – dieser Geruch ...

«Ja, wer kommt denn da», sie hält die Petroleumlampe hoch. «Warum kommt ihr zur alten Martha? Die alte Martha kriegt sonst keinen Besuch. Gar keinen. Warum kommt ihr her?»

Und blickt die ganze Zeit auf Marys blutbefleckten Rock, sieht, wie sie zusammenzuckt.

Ich habe beschlossen, mutig das Wort zu ergreifen:

«Wir möchten, daß Sie –»

«Der Junge von Henry Crick, hab ich recht? Tom Crick. Der Bruder von Dick. Der Kumpel von Freddie Parr.»

«Wir –»

«Und das ist das Mädel von Harold Metcalf? Die aus der Klosterschule? Ganz brav und tüchtig. Na, warum kommt ihr zur Martha?»

«Mary ist –»

«Die Martha kriegt nicht viel Besuch.»

«Wir haben gehört, daß Sie –»

«Sei still, du. Ich hab ja Augen im Kopf. Du willst mir sagen, daß das kleine Fräulein was hat, was sie loswerden will. Und wenn man sich die ansieht, hat sie's schon versucht, das loszuwerden. Das willst du mir doch sagen?»

Ich nicke.

«Gut, gut. Und seid ihr sicher? Ganz sicher? Woher soll die alte Martha denn wissen, ob das kleine Fräulein nicht nur einen bösen Monat hat? Halt wie ein Kalb blutet. Weil das ist, was die meisten glauben. Junge Gänse. Die aus der Klosterschule. Ein Tropfen Blut und schon glauben sie, sie haben es getrieben. Glauben, sie haben 'nen Balg gemacht. Haben keine Ahnung, wie man einen macht, aber rennen alle zur alten Martha.»

Schaut augenzwinkernd von Mary zu mir, und dann wieder zu Mary.

«Also was ich euch beide fragen will, woher wollt ihr wissen, daß –?»

«Weil – weil wir es getan haben!» stößt Mary mit zitternder Stimme hervor. «Weil wir beide es getan haben. Was man tun muß, daß man eins bekommt.»

«Ah so. Ja, das is was andres.» Sie stößt ein langes, genüßliches Kichern aus. «Tom Crick und Mary Metcalf. Ja, das is was andres. Kusch, Cuff!» (zu dem geifernden Hund, der am Seil zerrt). «Ja da haben wir's also gemacht, wir zwei, aufeinander?»

Mary stöhnt unwillkürlich auf. Preßt die Hände an den Körper.

«Wißt ihr, mein Bill sagt, daß Freddie gar nicht mehr kommt. Die Vögel zu holen. Mit den Flaschen. Mein Bill braucht seine Flaschen.»

Mary stöhnt.

«Wir haben nichts», sage ich, «das wir Ihnen geben könnten. Aber wir könnten was besorgen – alles. Bitte. Bitte, Martha.»

«Bi-itte, Martha, bi-itte. Für dich Mrs. Clay, verstanden? Was ist mit deinen Manieren? Mrs. Clay.»

Mary sinkt in die Knie.

«Ja, gut, Mädchen, leg dich nur hin. Fall in Ohnmacht, wenn du kannst. Wird nicht lustig sein, es herauszukriegen, lang nicht so lustig wie das Hineinbringen. Also schaff sie hinein, Kerl, los.»

Kinder, habt ihr je eine andere Welt betreten? Seid ihr je um die Ecke gegangen und an einen Ort gekommen, wo das Jetzt und das Lang-schon-Vergangen eins sind und die Zeit anscheinend ganz woanders abläuft? Wenn ihr je das Fen Museum in Gildsey besucht (es wurde 1964 in der Market Street in Gildsey an der Stelle erbaut, an der sich früher die Landwirtschaftsbörse befand), findet ihr dort ein naturgetreues Modell einer Fenhütte im richtigen Maßstab. Aber sie kann euch nicht den geringsten Eindruck von dem vermitteln, was ...

Einst weißer Gips über Weidenruten und Lehm. Nackte Erde, festgetreten, als Fußboden. Ein Torffeuer brennt in einer gemauerten Feuerstelle. Gestank von Torfrauch, der sogar Marthas Marthageruch übertüncht (der sicher wiederum zu einem guten Teil aus Torfrauch besteht). Ein Rost, Spieß, Pfannen, Töpfe, Dreifüße, ein riesiger Kessel. In der Feuerstelle ein behelfsmäßiges Backrohr. Zwei Stühle mit festen Holzlehnen, ein grober Tisch. Ein schmutzstarrender Vorhang, der einen Teil des Raumes halb verdeckt, in dem sich ein mit Lammfellen bedecktes Bett befindet. Eine grob gezimmerte hölzerne Kommode. Kerzenstumpen in alten Untertassen. Und das ist alles. Denn der Rest – der hat nicht mehr mit einem Haus zu tun. Die Hütte strotzt von Dingen, die kein Mensch zu Hause aufheben würde – oder die man überhaupt nicht aufheben würde. Zwei Entenflinten mit wuchtigen Läufen hängen auf Haken neben der Feuerstelle. Netze, Spaten, Stangen. Sense, Sicheln, Eimer. Von einem Deckenbalken hängen wie amputierte, mumifizierte Beine ein paar lederne Wasserstiefel. Aber werft einen Blick auf die Decke! Schaut, womit sie noch behängt ist. Sie ist mit toten Vögeln behängt. Wildenten – Ente und Enterich – Krickenten, Wasserläufer, Schnepfen. Pelzstreifen und Aalhäute, eine Wasserratte mit blutigem Maul, die man an ihrem haarigen Schwanz aufgehängt hat, baumeln dort oben. Sie ist voll von Büscheln bekannter und unbekannter Blätter, Gräser und Wurzeln, Samenkapseln, in allen Stadien der Frische und Trockenheit. Sie ist behängt mit unförmigen, rauchgeschwärzten Dingen, nach deren Herkunft man nicht zu fragen wagt. Mit allen Arten von Beuteln und Säcken, von denen man gar nicht wissen will, was sie enthalten.

Auf der Kommode ein paar völlig unpassende Dinge: Aluminiumpfanne, eine Büchse Cerebossalz; am Rand eines Regals, mit einer Nadel festgesteckt, ein vergilbtes Zeitungsfoto von Churchill, mit kriegerischer Zigarre im Mund. Unmögliche Eindringlinge, verirrte Objekte aus einer Ausstellung der fernen Zukunft...

Aber wir haben schon die Schwelle zu einer anderen Welt überschritten: Der Welt, in der die Dinge ihr Ende finden, der Welt, in der die Vergangenheit sich wieder und wieder ereignen wird ...

«Leg dich lieber aufs Bett, Kind. Und zieh die Hosen aus ...»

Nicht dort! Nicht auf dem Haufen stinkender Schaffelle!

«Und du schau, daß du was tust, Junge. Heißes Wasser. Da, nimm den Topf. Leg nach. Hol Wasser vom Brunnen.»

Marthas Hände: die Fingernägel wie altes Zinn.

Mary taumelt auf das Bett zu. Martha folgt ihr. Sie zieht den Vorhang nicht zu. Ich schaue weg.

«Ah so ist's recht. Dreh dich nur um. So schüchtern waren wir ja nicht, wie wir's gemacht haben, was? So, Mädel, und jetzt sag der Martha, was du mit dir gemacht hast, daß so eine Sauerei draus geworden ist? Hast du herumgestochert, oder bist du irgendwo runtergesprungen?»

Ich nehme einen Eimer, gehe hinaus und suche die Pumpe. Der Hund bellt. Es ist fast dunkel. Wir werden die ganze Nacht hier sein. Wir werden in alle Ewigkeit hier sein. Als ich zurückkomme, hält Martha Marys blutgetränkte, verknitterte Unterhose wie ein Stück schlaffes Fleisch in der Hand.

«Was ist los, Junge?»

Sie geht an mir vorbei zur Tür.

«Da, Cuff, friß!»

Sie wirft das blutige Bündel hinaus in die Dämmerung.

«So, Junge, jetzt koch das Wasser.»

Sie geht zur Kommode und nimmt aus einer Lade eine Flasche, einen Fetzen, eine Schüssel und ein zusammengerolltes Wachstuch. Dann nimmt sie einen Topf, der neben dem Feuer steht, und schüttet aus den Flaschen auf der Kommode ein paar Spritzer von diesem, ein paar Spritzer von jenem hinein, und wirft dann von den Büscheln, die von der Decke hängen, ein paar Handvoll von diesem, ein paar Handvoll von jenem dazu.

Keine Zauberformeln, keine Beschwörungen.

Sie stellt den Topf aufs Feuer. Sie geht zum Bett und breitet das Wachstuch über die Schaffelle.

«So, Mädel, leg deinen kleinen Arsch da drauf. Und dann trink das da. Marthas Medizin –. Macht nichts, wenn's dir nicht schmeckt.»

Sie hält ihr die Flasche hin. Mary trinkt, würgt, trinkt. Zwei herausquellende Augen sehen mich plötzlich über den Flaschenhals hinweg an.

«Alles. So. Schau Martha an, schau mich an. Brav, brav. Alles. Marthas Medizin. Wir dir guttun. Schau Martha an.»

Mary sackt zusammen, überläßt Martha die Flasche. Ihre Augen bleiben offen. Einen Augenblick glaube ich, Martha hat sie vergiftet, Martha hat sie umgebracht. Jetzt kommt sie auf mich zu – jetzt nimmt sie sich den kleinen Hänsel vor, der ganz zufällig so nahe beim Backofen steht.

«Was ist denn mit dem Wasser, Junge? Es ist schon alles in Ordnung. Hilf mir, ich brauch den Tisch beim Bett.»

Wir tragen den Tisch. Mary bewegt sich nicht. Blut auf dem Wachstuch. Dann zündet Martha eine Lampe mit einem Span vom Herdfeuer an und stellt sie in einen Teller auf den Tisch. Sie geht zum Herd zurück, schüttet Wasser aus dem jetzt schwach ziehenden Teekessel in den Topf mit den geheimnisvollen Ingredienzen und stellt Teekessel und Topf auf den Rost zurück. Sie nimmt einen Eimer und stellt ihn an den Fuß des Bettes. Dann greift sie nach einem der Lederbeutel, die von der Decke hängen. Er enthält verschiedene in ein Tuch gewickelte Dinge. Dinge, die wie langstielige Löffel, Zangen, Flaschenbürsten, Schuhlöffel aussehen.

«Marthas kleine Werkzeugkiste. Da schaust du, was, Junge. So viel Zeugs.»

Sie legt die Gegenstände wie ein Chirurg auf den Tisch bereit. Jetzt dampft der Teekessel schon. Sie befiehlt mir, den Inhalt des Topfes in die Schüssel zu schütten, Wasser aus dem Teekessel hineinzugießen und die Schüssel auf den Tisch zu stellen. Ich trage eine dampfende, teefarbene Brühe, in der Flänkchen schwimmen, zum Tisch und stelle sie dort nieder. Sie taucht jedes Stück aus dem Beutel in die Schüssel. Dann schiebt sie die brennende Kerze auf dem Teller an den Tischrand, neben Marys Kopf. Sie hebt Marys Arm hoch und schiebt ihn so zurecht, daß er am Tisch neben der Kerze zu liegen kommt. Marys Arm leistet keinen Widerstand. Dann beugt sie sich vor und flüstert Mary etwas ins Ohr. Mary rührt sich nicht, und auch ihr Blick bleibt starr, aber als Martha mit ihr spricht, zukken ihre Lider.

«So, Kind, Martha will dir nicht weh tun. Martha wird dir helfen. Aber wenn sie dir doch weh tut, dann halt deine Hand über die Kerze. Direkt über die Flamme.»

Marys Lider zucken wieder.

Martha hebt den Kopf, schnuppert an dem Dampf, der aus der Schüssel aufsteigt, taucht ihre Hände hinein und schaut mich dann an.

«So, und du verschwindest jetzt, Junge. Setz dich draußen hin und rühr dich nicht und steh Martha nicht im Weg herum. Und hör auf zu flennen.»

(Denn ich schluchze.)

Sie hält mir die Flasche entgegen, aus der auch Mary getrunken hat. Ich schüttle den Kopf. Im nächsten Augenblick hat sie mir die Flasche zwischen die Lippen geschoben, und ich schlucke unwillkürlich.

«So. Und jetzt mach dich nützlich. Kannst du einen Vogel rupfen?» Sie deutet mit dem Kopf auf die von der Decke hängende Geflügelgalerie. Ich nicke wie hypnotisiert (Mutters geduldigen Erklärungen folgend, rupfe ich vor der Küchentür – nachdem Dad ihr den Hals umgedreht hat – die rostbraunen Federn von der alten Henne, die nicht mehr legt).

«Nimm einen herunter und rupf ihn für Martha. Geht doch nichts übers Rupfen, was?»

Ich gehe zum Deckenbalken hin und greife nach dem Wildenterich mit dem smaragdgrünen Kopf.

«Nein, nein, Junge. Du nimmst die Ente.» Sie kichert, zieht den Vorhang vor. «Du nimmst die Ente!»

Und während sich drinnen Martha Clay in ihrer Art um Mary bemüht, sitzt euer zukünftiger Geschichtslehrer draußen vor der Tür und rupft pflichtbewußt die Ente. Es ist eine mondlose Augustnacht. Schwärme von Sternen, silberne Gänse, schwimmen über den Himmel. Schwindel erfaßt ihn. Die Ente, die er in den Händen hält, ist keine Ente, sie ist eine Henne. Er sitzt auf dem sonnigen Platz zwischen Hühnerstall und Küchentür, wo Mutter mit umgebundener Schürze steht. Aber die Henne ist nicht tot, sie lebt noch. Ihre Flügel beginnen zu schlagen und sie fängt an, Eier zu legen. (Also hat sie doch nicht zu legen aufgehört.) Ein nicht endenwollender Strom von Eiern, so viele, daß ihm die Mutter mit ihrer

Schürze beim Einsammeln helfen muß. Aber Mutter sagt, daß es keine richtigen Eier sind, sie sagt, daß es heruntergefallene Sterne sind. Und das stimmt auch, sie liegen auf der Erde und blitzen und flackern. Sie tragen die heruntergefallenen Sterne in den Hühnerstall. Der eigentlich gar kein Hühnerstall ist. Es ist die Ruine einer alten hölzernen Windmühle am Hockwell Lode. Und drinnen liegt Mary nackt mit hochgezogenen Knien. Mutter zieht sich diskret zurück. Und Mary beginnt, mir ihre Menstruation zu erklären und die Wunder in ihrem Loch und wie Kinder auf die Welt kommen. Sie sagt: «Du weißt ja, ich habe auch Eier.» Und er, ahnungslos, aber wißbegierig: «Was, wie ein Huhn?» Und Mary lacht. Und dann schreit sie und sagt, daß sie die Mutter Gottes ist –

Ich lasse die Ente fallen, die ich in der Hand halte (es ist ja doch eine Ente). Es ist kein Traum. Wenn man in eine Situation hinein erwachen kann, kann es kein Traum sein. Es ist dunkel. Ich bin hier; es ist das Jetzt. Ich sitze (mein Kopf hängt dumpf nach vorne) auf einer Bank vor der Hütte, in der Martha Clay, von der man behauptet, daß sie eine Hexe ist . . .

Und Mary. Auch Mary ist aus dieser wie auch immer gearteten hausgebrauten Narkose erwacht, aus dieser Hexenhypnose, hinein in einen Traum erwacht, der kein Traum ist, und – betet. Sie betet mit einer schrecklichen, unbewußten Hartnäckigkeit.

Ich stürze zur Tür. Zögere. Gehe statt dessen zu dem kleinen Fenster, von dem aus ich das Bett hinter dem Vorhang sehen kann. Es gibt Dinge, Kinder, die außerhalb der Träume geschehen und doch nur in ihnen geschehen sollten. Ein Rohr – nein, ein Stück Riedgras, ein hohles Schilfrohr – steckt in Marys Loch. Das andere Ende in Marthas Mund. Am Boden hockend, den Kopf zwischen Marys blutverschmierten Knien, die Augen in voller Konzentration geschlossen, saugt Martha mit aller Gewalt an dem Rohr.

Diese Wangen – diese blutigen Säcke, die wie ein Blasebalg arbeiten.

Ich gehe in die Hütte. Ich schiebe den schmierigen Vorhang zurück. Martha hat anscheinend gerade etwas in den Eimer gespuckt. Ich schreie «Mary!» Aber Mary hört mich nicht. Ihr Name kommt wie ein Echo zu mir zurück. Sie erkennt mich nicht. Sie ist eine kleine Klosterschülerin, die unerschütterlich ihre Gebete hersagt:

«HeiligeMariaMutterGottesHeiligeMariaMutterGottesHeilige-MariaMutter–»

Die Kerze erlischt unter Marys Hand. Ich falle fast über den Eimer. Im Eimer liegt der Stoff, aus dem die Zukunft gemacht ist. Ich renne wieder hinaus und übergebe mich.

43
Nicht so endgültig

Beinahe streckt er mir die Hand entgegen, um mir hinaus auf die Straße zu helfen. Er ist verlegen, er ist besorgt. Sein Lehrer ist betrunken ... (Und wie kommt es, daß unser auf Zerstörung bedachter Price solche Mäßigung und Rechtschaffenheit an den Tag legt? Wenn ich mir noch einen Scotch bestelle, trinkt er nur mehr puren Tomatensaft.) Lehrer sollten nicht betrunken sein. Sie sollten ehrlich, aufrecht, beispielgebend, gebieterisch und nüchtern sein. Und deshalb lächerlich. Nicht weil sie den Hanswurst spielen. Der Schüler sollte nicht den Lehrer führen müssen. Der Möchtegern-Revolutionär sollte nicht seinen stellvertretenden Tyrannen beschützen müssen ...

Wie es das Böse nicht so böse erscheinen ... Wie es die Wirklichkeit ...Meine Vorfahren mütterlicherseits, Price, errichteten ihr Imperium auf Alkohol ...

«Übrigens, Price, was dich freuen wird, er will den Geschichtsunterricht abschaffen. Nicht nur mich, den Gegenstand als solchen. Den ganzen Kram loswerden –»

Eine ausladende, unkoordinierte Geste gegen die reglosen Straßen des 20. Jahrhunderts im Südosten von London.

«Glaubst du nicht, daß ich fahren sollte, Price? Nein? Leider – dann kann ich dich nicht nach Hause bringen. Ich nehme den Bus. Das Auto lasse ich in der Schule.»

«Die Schule ist ohnehin schon versperrt. Ich begleite Sie bis zur Haltestelle.»

Wir stapfen über das Pflaster.

«Vorsicht.»

An der Haltestelle deklamiere ich – «den ganzen Kram, den ganzen ...» Es wird immer peinlicher, er wird noch ernster. Als der Dreiundfünfziger kommt, um micht aufzulesen, ein gepreßtes «Dann leben Sie wohl, Sir. Sehen Sie sich bitte vor».

«Leb wohl – hoppla, Price, doch nicht so endgültig. Nicht so feierlich. Ich bleibe ja noch bis Semesterschluß. Und die Französische Revolution machen wir auch noch fertig. Hast du das vergessen? He, Price» (von der offenen Plattform, als mich der Bus schon fortführt), «kümmere dich darum, daß er das tut!»

Und die Geschichte findet kaum Zeit zu erwähnen, daß am Vorabend der Französischen Revolution Ludwig XVI. seinen erstgeborenen Sohn betrauert.

44
Beginnen wir von vorne

Wir bringen das Baby zum Auto. Durch irgendeinen glücklichen Zufall schläft es. Hat sich nicht einmal angemacht. Einen Augenblick lang glaube ich: Es ist am Schock gestorben. Mary steigt in den Fond und hält es krampfhaft fest, während ich fahre. Was folgt, erinnert an die Parodien der panischen Fahrten junger Ehemänner, die ihre von den Wehen überraschte Frau in rasender Fahrt ins Spital bringen. Nur daß wir das Baby schon haben und es in rasender Fahrt zurückbringen wollen.

Vom Hintersitz redet sich Mary ihr Geständnis von der Seele.

«Es war leicht. Leicht. Ich habe gesehen, wie sie hereingekommen ist. Sie hat es doch direkt herausgefordert. Ich war am Obststand und wollte zur Kasse. Es war voll. Einer von den großen Kinderwagen, keiner von den kleinen. Vielleicht hat sie nur ein paar Dinge kaufen wollen und gedacht – mit dem großen Wagen, und bei den vielen Leuten –. Ich habe sie beobachtet, wie sie die Regale englanggegangen ist. Ich habe nicht gedacht, daß ich es je tun würde. Aber dann hab ich meinen Einkaufskorb abgestellt. Ich habe nichts eingekauft. Statt dessen hab ich ein ... Ich hab ihr nachgeschaut. Bin zu dem Kinderwagen gegangen. Hab hineingeschaut. Hab den Griff gepackt. Hab geschoben, gedrückt, wie sie es alle machen. Hab gesagt: «Hier bin ich. Gehen wir.» Keiner hätte was gemerkt. Keiner hätte gemerkt, daß ich nicht die richtige –»

Mary, du bist zweiundfünfzig.

«Und ich hab gewußt, daß es richtig war. Denn es hat gelächelt. Als ich es geschoben hab, hat es gelächelt. Du hast doch gelächelt, nicht? Nicht geweint, nein. Dann hab ich den Kinderwagen um die Ecke und in den Lift zur Parkgarage geführt. Ich hab meine Einkaufstaschen in den Kofferraum gestellt und das Baby mit ein paar Decken auf den Rücksitz gelegt. Ich weiß, daß das falsch war. Ich hätte es angurten müssen. Aber es hat nicht geweint. Überhaupt nicht geweint ...»

Aber sie sagt das in einer Art, als würde sie durch irgend etwas gezwungen, so zu tun, als sei sie eine Frau, die ein Verbrechen gesteht. Die Wahrheit ist so ganz anders, keiner würde ihr glauben. Die Wahrheit ist ein Wunder. Gott stieg zu Safeways nieder und hat ihr eine Gabe gebracht, ein Werbegeschenk sozusagen. Ein Baby im Schilf. Er sagte: «Geh, ich befehle es dir. Nimm es. Es ist dein ...»

(Das wird sie auch dem Untersuchungsrichter und dem Psychiater sagen. Ihrem Mann allein – dem praktizierenden Historiker – erzählt sie die falschen, die geschichtlichen Fakten).

«Eine Störung der Psyche hat vielleicht bestanden. Aber was sie ihrem Gatten erzählt hat, war völlig zusammenhängend und klar.»

Ah, wenn Euer Ehren dabeigewesen wäre ...

«Würdest du sie wiedererkennen, Mary – ich meine, die Mutter?»

«Ja. Ja, natürlich.»

Ich sehe sie im Rückspiegel. Ihre Augen glänzen ganz hell. Ja, sie wird mir weiter Erdichtetes erzählen (... ich bin weggefahren. Er hat keinen Alarm gegeben. Keine Polizeiautos, die mich verfolgt haben ...), sie wird die Rolle der verrückten Kindesentführerin weiterspielen. Aber in Wirklichkeit ...

Als würden wir uns nicht in einem Raum befinden. Als wäre eine Glasscheibe zwischen uns. Sie im Fond des Wagens, ich der Chauffeur. Wohin, gnädige Frau?

(Wohin? Wohin jetzt?)

Oder sie als Tatverdächtige im Streifenwagen, ich der verhörende Polizeibeamte:

«Sie haben also den Kinderwagen stehengelassen. Sind nach Hause gefahren ...?»

(Aber wir werden nur zu bald über Streifenwagen und Fahrten aufs Revier Bescheid wissen.)

Die Lichter von Shooters Hill, von Blackheath, Lewisham. Ein Freitagabend in den Vororten. Starker Verkehr auf der Hauptstraße von Lewisham. Soll ich hupen, Lichtsignale geben? Macht Platz, das ist ein Notfall!

Aber warum diese Eile? Warum diese wilde Fahrt? Wenn ein einfacher Anruf ... Warum dieses Verlangen, zurückzukehren an den Ort der ...

Viertel nach fünf. Wir kommen in der Parkgarage an. Parken im dritten Untergeschoß.

«Da hast du es also –?»

Das nennt man also das Verbrechen rekonstruieren. Vom Ende bis zum Anfang. Ein Analogon zur historischen Methode. Es ist ein Analogon der Erforschungsmethode, wie man geworden ist, was man ist. Wenn man Glück hat, findet man auch das Warum heraus. Wenn man Glück hat – aber das ist unmöglich –, könnte man dorthin zurückfinden, wo man von Neuem beginnen könnte. Revolution.

Ich parke das Auto. Stelle den Motor ab.

«Gib mir jetzt das Baby, Mary. Wir sind da, Mary. Ich nehme jetzt das Baby.»

Als spräche ich zu einem zweiten Baby.

«Mary, ich ...»

Sie gibt es mir, wie in Trance. In Wirklichkeit aber hält sie es noch immer in den Armen. Wird es immer in den Armen halten.

Ich halte es. Unglaublich, es schläft weiter. Es wird nichts von allem wissen. All das wird nur ein Traum sein.

«Und jetzt gehen wir zu Safeways zurück. Dorthin, wo du –»

Wir werden den Weg zurückgehen. Wir gehen dorthin zurück, wo ...

Sie geht mit benommener Zuversicht. Du wirst schon sehen. Du wirst schon sehen. Gott wartet. Er wird alles erklären. Die Geschichte, die ich dir im Auto erzählt habe – alles Unsinn.

«Hier hast du den Kinderwagen geschoben, vom Lift her?»

Keine suchenden Polizeibeamten. Kein Lärm in der Ferne.

Vielleicht ist es nie ...

Oder vielleicht hat sich der Schauplatz schon verlegt. Eine tränenüberströmte Frau sitzt auf dem Polizeirevier. Ein Konstabler bietet ihr Tee an, der nicht tröstet. Ein telefonisch herbeigeholter Gatte kommt, mit wildem Blick. Ein Kinderwagen wartet auf die gerichtsmedizinische Untersuchung ... und die Kunden wenden sich wieder ihren Einkäufen zu. Das Drama ist vorbei. Die Einkaufswagen füllen sich ...

Wir werden mit unserem Ammenmärchen kommen. Eine Frau? Was für eine Frau? Was für ein Baby? Wir haben nie –

Ich habe mich geirrt. Als wir aus dem Lift herauskommen und bei «Mothercare» und dem Kleinkinderspielplatz um die Ecke biegen; eine Gruppe von Menschen steht vor «Safeways». Polizeihelme. Sicherheitsbeamte. Schnatternde Zuschauer vor den Eingängen von «W. H. Smith» und «Marks and Spencer».

Das Drama ist also noch nicht vorüber. Die Mutter weigert sich vielleicht, fortzugehen. Von dort, wo sie zum letztenmal –

Obwohl schon eine Stunde vergangen ist. Glaubt es immer noch nicht. Es kann nicht wirklich. Hofft auf ein Wunder.

Das sich ereignen wird. Komm weiter, Mary. Sei tapfer, sei tapfer. Wir werden es zurückgeben – wir kehren zurück. Geh weiter, Mary. Nur ein paar Schritte. Zurück. Um vorwärts zu gehen.

Oder –

Ja, ich habe auch daran gedacht. Sie werden Mary zerfleischen. Sie werden über uns herfallen. Ich kenne mich mit dem Mob aus (wie zum Beispiel im Paris der Revolution ...). Spucken und Kreischen. Lynchjustiz in Lewisham.

Aber so kommt es nicht. Es spielt sich wie auf einer Bühne ab. Die Menge teilt sich. «Bitte, bitte – wir haben das Baby. Das gesuchte Kind.» Die Menge verstummt. Die Mutter steht in der Mitte der Bühne. Ich sehe sie. Sie steht neben einem Polizisten und einer Polizistin, beide in geduldig beschwichtigender Pose. Sie ist jung. Unter zwanzig. Ganz jung. Ein Kind. Nur ein Kind. Ein Kind.

Sie dreht sich um. Rotgeränderte, leere Augen. Sie erblickt mich. Oder besser gesagt, sie erblickt das Baby. Und hört es. Vor diesem Publikum wacht es plötzlich auf, brüllt seinen Part herunter. Sie sieht nur das Baby. Sie sieht nicht mich, sieht nicht Mary hinter mir. Sie sieht die Menge nicht – stumme, verschwommene Gesichter vor Bühnenkulissen. Sie macht einen Schritt vorwärts –. Ohne zu denken, kennt sie ihre Rolle. Sie nimmt das Kind, es ist ihr gleichgültig, wer ich bin, oder wie oder was oder wo oder warum. Ihr Gesicht fließt über. Sie beginnt in ekstatischer Freude Worte zu schluchzen, die wenige Augenblicke zuvor in maßlosem Schmerz geschluchzt wurden: «Mein Baby, mein Baby, mein Baby ...»

Und das ist der Augenblick, in dem Mary stöhnt, zusammenzuckt, aus ihrer Trance erwacht und in meinen Armen zusammenbricht. Ich taumle, schwanke, nicht gewöhnt, Stütze zu sein. (Mary, mein Liebling, mein Engel, meine Kraft –)

«Ich heiße Crick. Meine Frau hat das Baby mitgenommen. Ja. Meine Frau – ihr geht es nicht gut. Wir haben es zurückgebracht. Es ist doch alles in Ordnung. Bitte, ist das alles?»

Aber das ist nicht alles. Wie ihr wißt. Obwohl es vorbei ist, ist das noch nicht das Ende. «Bitte, kommen Sie mit, Sir – und Ihre Frau auch.» Sie wollen das Wie und Wo und Warum wissen. Sie wollen alles wissen, wissen, was wirklich. (Meine Herren, ich kenne das alles, das ist mein Beruf. Sie müssen wissen, ich bin ein –). «Gut, Sir, können wir beginnen?» Aber, meine Herren, es gibt verschiedene Versionen. (Es gibt immer verschiedene Versionen. 1789 zum Beispiel: Hungerrevolten oder Goldenes Zeitalter.) Ihre erste Erklärung und dann das, was sie mir im Auto erzählt hat. «Sir, können wir noch einmal zum Anfang zurückgehen?» Zum Anfang. Aber wo liegt der? Wie weit –? Gut, ich gebe zu, daß meine Frau mit voller Absicht ein Baby aus einem unbeaufsichtigten Kinderwagen genommen hat. Gut (soweit zurück?), ich gebe zu, daß ich, gemeinsam mit meiner Frau, für den Tod von drei Menschen verantwortlich bin (das heißt, wenn wir im zweiten Fall wirklich von einem Menschen sprechen – wir sind uns über den Status des Embryos ja noch immer im unklaren – und wenn es sich beim dritten Fall wirklich um einen Todesfall gehandelt hat). Aber was tut das schon. Sie hat ihr Baby ja wieder. Das ist das einzige, das –. Und meine Frau, das sehen Sie ja selbst, ist nicht fähig –.

Halt, nicht so rasch, Herr Geschichtslehrer. Sie können nicht plötzlich von dem von Ihnen gewählten Kurs abweichen. Sie können sich nicht als Detektiv in der Klasse aufspielen und dann kneifen, wenn Sie an der Reihe sind. *Historia,* oder Untersuchung (wie in der Naturgeschichte). Sie wollen doch nicht behaupten, daß das alles nur ein Zufall war, Sir? Und bitte nicht diese Geschichte von den Wundern. Wir wollen eine Erklärung. ...

Und wir wollen unsere Geschichte. Ja, ohne Geschichten geht es nicht. Selbst als die Polizei ihre Ermittlungen beendet hat und das Verfahren seinen Lauf nimmt, wollen die Journalisten ihre Geschichte ... Lesen Sie das. Hat ein Baby gestohlen. Direkt vor «Safeways». Was für eine Frau –? Hat behauptet, daß ihr Gott das befohlen hat. Soll man das glauben? Ein Psychiater bestätigt – ja, ja, aber lassen wir dieses wissenschaftliche Blabla beiseite. Und ihr Mann ist Lehrer (aber nicht mehr lange). Wenn man bedenkt, daß unsere Kinder –! Er wird seinen Job verlieren (sie hat ihren Verstand verloren). Was, gibt's noch etwas? Über eine Viertelseite das Bild der erleichterten Mutter und des unschuldigen Kindes. Wie mir zumute war, als ... Also das ist eine gute Sache, das ist aus dem Leben gegriffen. Davon wollen wir mehr.

45
Über den Hecht

Und Dick klettert, während ich ihn beobachte, auf sein Bett, langt zu dem wackelig aufgehängten Kasten aus Glas und Mahagoni hinauf, der den ausgestopften, aufgezogenen Körper des zehn Kilo schweren Hechts enthält, den John Badcock am Tag des Waffenstillstandes gefangen hat; steckt seine Hand zwischen den Seitenverstrebungen hindurch, das Glas fehlt seit der Unterzeichnung des Friedensvertrages, und weiter (selbst Dicks große, knochige Hand wird nicht behindert) in das offene, zähnebewehrte Maul dieses bemerkenswerten Exemplars.

Lebendig und doch nicht lebendig. Tot und doch nicht verrottet. Ein Geist ... Die ruhelosen Nächte, in denen Dick und ich im selben Zimmer schliefen, und selbst die Geschichten meiner Mutter ...

Mondlicht auf den gläsernen Augen, auf den Eiszapfenzähnen. «Nov. 1918.» Damals war ich noch nicht geboren. Und doch ist er, wie er war, war er, wie er ist. Istwar. Es ist die Vergangenheit! Die stehenbleibt und doch bleibt. Mummy, Mummy, erzähl mir eine –.

Zweimal haben Dad und sie ihn fortgenommen. Aber er war Dicks liebster Bezitz (und ein Hochzeitsgeschenk). «Nur ein Fisch. Ein toter Fisch.»

Hecht. Männlich, ausgewachsen, *Esox lucius*: Hecht. Das sind Mörder. Sumpfungeheuer, Süßwasserwölfe. Die Zähne sind gegen den Schlund gerichtet, und was einmal hineinkommt, kann nicht mehr – sie greifen Bläßhühner, Wasserratten und andere Hechte an. Mörder. Es liegt in ihrer Natur.

Und in das Maul eines Mörders, die Hand eines –

Aber Dick ist nicht länger ein Wesen, das man fürchten muß. Es ist schon einige Tage her, daß ich meine Tür von innen versperrte. Seit wir die Kraft unserer Nerven gemessen haben: Wer hat mehr Angst vor wem? Die Angst ist durch etwas anderes verscheucht worden. Die Angst ist durch einen Skandal fortgespült worden, dessen Nachwirkungen im trüben Wasser des Dorftratsches von Hockwell Wellen schlugen und selbst Dicks benommene Sinne erreichen; denn dieser Klatsch hat ein dickes Ende, in das Dicks Bruder verwickelt ist.

Man hat das arme Ding also ins Spital gebracht. Fast – Sepsis, oder wie heißt das Zeugs doch – der Gebärmutter. Martha Clay! Martha Clay! Diese alte –. Und noch dazu eine Klosterschülerin. Mein Gott, wie schlecht doch heute die Welt ist. (Es findet gerade ein Weltkrieg statt.) Zuerst Freddie Parr. Und jetzt hat sie ihr Vater eingesperrt für das, was sie getan hat. Oder vielleicht ist sie es, die sich nicht mehr unter die Leute traut. Und es heißt, daß es der junge Tom Crick war, also ist das noch zu glauben!

Ja, alle wissen es. Aber nur ich weiß von der Nacht in Marthas Hütte. Als ich durchs Fenster blickte. Und diese Morgendämmerung. Diese Morgendämmerung. Ich trug den Eimer, hinunter zum Ouse. Denn Martha sagte: «Du mußt das machen, Junge. Nur du. Sonst niemand. Und in den Fluß. Und wenn du's hineinwirfst, dann schau nicht hinterher. Das bringt Unglück, wenn du hinterherschaust.» So trug ich den Eimer über die nebelverhüllten taugetränkten Wiesen. Über dem Nebel trällerten Lerchen, aber ich wankte durch einen Nebel von Tränen. Ich kletterte die Böschung hinauf, stieg zum Wasser hinunter. Ich wandte den Kopf ab. Aber dann sah ich doch hin. Ich schrie auf. Ein Abschiedsblick. Ein roter Schleim, der dahintrieb, aufschäumte, langsam versank. Getragen von der langsamen Strömung des Ouse. Flußabwärts. Den ganzen Weg zum Wash (wären nicht die Aale im Ouse ...). Wo alles herauskommt.

Er packt mich am Arm. Sein Griff will mir etwas sagen. Seine Wimpern über den Augen flattern. Er sagt: «K-komm mit. D-Dick zeigt.» Er führt mich die Treppe empor in sein Zimmer.

Und wo ist Dad an diesem düsteren und traurigen und doch so aufschlußreichen Sonntag morgen? In eben diesem Augenblick auf dem Weg zum Poltfenhof. Um entsprechend vorstellig zu werden, um durch seine Worte Harold Metcalf Wiedergutmachung anzubieten. Obwohl nur Gott weiß, was er ihm sagen wird, denn er hat noch keine Möglichkeit gefunden, die Sache mit seinem Sohn auszutragen. Mit seinem Sohn, dem guten Schüler (nicht mit dem anderen). Der jüngere, so vielversprechende Sohn, sein ganzer Stolz. Etwas lähmt seinen väterlichen Zorn. Er öffnet den Mund, um zu sprechen, aber etwas – eine Art lähmenden Phlegmas – steckt in seiner Kehle und verzerrt seine Lippen zu einem traurigen, stummen Kreis. Wir tun alle das Falsche. Es geht alles schief. Alles in einem Netz von Kummer gefangen. Ist es also Zeit, ist es endlich an der Zeit, die ganze Geschichte zu erzählen? Gegen das tränenreiche Geständnis des Sohnes das eigene Geständnis zu halten? Brütend steht er am Schleusentor. Probt einen Dialog, der niemals stattfinden wird: Es war also doch ernst mit euch. Todernst. Aber wenn du, ich will sagen, wenn sie – warum habt ihr dann nicht –? Ihr wärt doch gar kein so schlechtes Paar –, selbst wenn der Anfang hart gewesen wäre – du und die kleine Metcalf. Obwohl der alte Metcalf zuerst sicher seine Einwände gehabt hätte. Warum also ...? Schwierigkeiten über Schwierigkeiten. Zuerst Freddie. Und dann das. Aber es ist eine gerechte Strafe, soviel ist sicher. Eine Strafe, weil er nicht wachsam war. Weil er seine Pflichten vernachlässigte.

Und so macht er sich auf seinem klapprigen Fahrrad auf den Weg, mit dem wachsamen (und doch schuldbeladenen) Blick und der Haltung eines Menschen, der die ihm auferlegte Pflicht nicht scheut, und fährt zu Harold Metcalf. Welcher, als Bauer mit hochfliegenden und doch unerfülltem Ehrgeiz, die Gelegenheit nicht versäumt, den allmächtigen Grundherrn zu spielen, ganz zu schweigen von der Rolle des erbosten Vaters, vor dem Dad als demütiger, bittender Leibeigener steht. Er wird mit erhitztem Gesicht und trockener Stimme zurückkehren, wie ein Schuljunge nach einer Tracht Prügel.

«Aber *ihr* geht es gut, Dad?»

«Ich weiß es nicht, Tom. Ich kann nichts sagen. Er war wütend –, daß ich überhaupt gefragt habe. Aber ich sehe wenigstens, Tom, daß es dich berührt.»

«Dad, Dad – ich fürchte, da ist noch etwas.»

«Noch etwas, Tom? Noch etwas?»

Denn Dad weiß noch nicht ...

Er stößt seine Hand ins Maul des Hechtes – der, da er tot und ausgestopft ist, mit seinen Kiefern nicht zuschnappt, wie er es einst mit für ihn fatalem Ausgang über John Badcocks Köder getan hatte, sondern sie zuvorkommenderweise geöffnet läßt – und zieht einen Schlüssel heraus. Einen Messingschlüssel. Einen kurzen, bedeutungsvoll aussehenden Schlüssel. Er steigt vom Bett herunter und hält ihn mir auf der offenen Handfläche entgegen. Er sagt nichts, aber ich weiß, daß das Dicks Geständnis ist. Ja – weil du es ja schon weißt. Ich. Freddie.

Aber es ist nicht nur das. Etwas hat ihn gepackt. Etwas so Unentrinnbares und Unerklärliches wie der plötzliche Zugriff der Liebe. Sein Gesicht zittert in einer Erregung, die an Dick ganz ungewohnt ist. Er will befreit werden. Er hält einen Schlüssel in seiner Hand. Zum erstenmal hat sich Dicks in die Vergessenheit fließende Erlebniswelt zu beklemmender Starre verfestigt. Er ist angenagelt wie der Hecht an der Wand. Er hat Dinge verursacht. Etwas ist wegen ihm geschehen. Er versteht es nicht. Er ist in der Vergangenheit steckengeblieben.

«D-du hast sie liebgehabt?»

«Ja, Dick. Ich auch.»

Aber das ist nur die erste, die leichtere Frage.

«V-v-v? V-von wem?»

Was soll ich ihm sagen? Was wird ihn am wenigsten treffen? Was sagt ein betäubter, schuldbeladener Bruder dem anderen Bruder?

«Es war dein Baby, Dick.»

Eine kurze, heftige Bewegung zuckt über sein Gesicht, als kämpften Stolz und Schuldgefühl gegeneinander, nur um einander gegenseitig aufzuheben.

Er sieht den Schlüssel an, den er noch immer in der Hand hält. Er sieht mich nicht an. Er sieht den Schlüssel so angestrengt an, als wäre er der Schlüssel zu allen Rätseln dieser Welt.

«Nimm.»

Ich nehme ihn.

«Wir gehen hinauf und machen sie auf. D-Dick will wissen.»

46

Über die Truhe meines Grossvaters

Wie seltsam es wird. Wie es über Lebensgröße hinauswächst. Diese Dandies des 18. Jahrhunderts mit ihren Perücken und Brokatgewändern. Die schnauzbärtigen Viktorianer mit ihrem enggeschnürten Weibervolk. (Diese wilden Gestalten – seht, dort auf der Straße – mit phrygischen Kappen und Menschenköpfen auf den

Spitzen ihrer Lanzen ...) Wie seltsam, wie außerordentlich, wie unmöglich wird der langweilige, erdgebundene Stoff, aus dem unser Leben gemacht ist. Man muß sich damit beschäftigen. Wie es wird ... wie es wird ... Kinder, die Welt ist viel verrückter, viel verrückter als ihr je glauben würdet. Entdeckt sie selbst ...

Einst spielte ich wie ein Amateur mit der Geschichte. Wie ein Schuljunge. Harmloses Zeug, aus dem Lehrbuch. Aber war nie ernst – meine Studien hatten vorher nie ernsthaft begonnen – als ich eines Nachmittags im August, selbst Gefangener unwiderruflicher geschichtlicher Ereignisse, die Geschichte aus einer schwarzen Holztruhe befreite ...

Sie enthält elf eingewickelte, durch Sackleinen geschützte Flaschen, von denen zehn verschlossen und voll sind, und eine leer, im Zuge ihrer Leerung zum Hockwell Lode gebracht, dort dazu benützt, jemanden betrunken zu machen und ihn dann niederzuschlagen, sodann auf dem Fluß zurückschwimmend, aus dem Wasser gefischt und heimlich untersucht; in einem Schlafzimmer versteckt, in einem anderen auffällig zur Schau gestellt; und mit vorsätzlicher Heimlichkeit zurück auf ihren Platz am Dachboden getragen, durch dieselbe Hand, die sie von dort weggenommen hatte und somit erhärtend, daß alle Sünden auf ihren Urheber zurückfallen, und sich schließlich bei einer etwaigen Untersuchung des Todes von Freddie Parr (aber Fredie Parr – wie wir ja alle wissen – war doch durch einen Unfall ums Leben gekommen) als Beweisstück Nummer eins anbietend.

Sie enthält vier dicke Notizhefte mit vielen Eselsohren, in blaumarmorierte Pappe gebunden, die früher offensichtlich mit einem Stoffband zusammengehalten worden waren, das in der Zwischenzeit aber aufgeknüpft wurde. Sie enthält einen Briefumschlag (dessen Inhalt, dem zerknitterten Aussehen des Umschlages nach zu schließen, ein oder mehrere Male herausgenommen und wieder zurückgesteckt worden war), auf dem in derselben dicken schrägen Handschrift, wie sie anscheinend auch in den Notizheften zu finden ist, die Aufschrift «An den Erstgeborenen von Mrs. Henry Crick» zu lesen ist.

Dick bläst seinen Atem keuchend über meine Schulter. Diskret übersehe ich die leere Flasche. (Ja, wir haben das alles schon einmal gesehen, wir wissen alles darüber; sie ist nur eine Mordwaffe, sie ist nur der Grund, warum wir uns jetzt über diese schäbige Truhe beugen.) Ich hebe eine der verstaubten zugestöpselten Flaschen hoch. Dicks Atem geht rascher. Einen Augenblick lang glaube ich, daß er denkt, ich wollte sie hochheben und in einem Akt poetischer, wenn auch brutaler Gerechtigkeit auf Dicks Schädel niedersausen lassen. (Es ist wahr – er hat mehr Angst ...)

Aber seine Erregung bedeutet ganz was anderes.

«M-mach nicht auf. T-trink nicht.»

(Aber wir wissen auch: eine Szene im Winter, an einem eisbedeckten Fluß – vor sechs Jahren. Ja, Dick – erinnerst du dich daran? Da drinnen ist ein starkes, feuriges Gebräu.)

Ich lege die Flasche zurück. Ich hebe den Briefumschlag hoch. Die Notizbücher kommen später (mitternächtliche Grübeleien ... der Beginn einer Untersuchung ... eine Gutenachtgeschichte, die alles Bisherige übertrifft ...)

Ein fragender, fast ehrerbietiger Blick: «Das gehört dir, Dick ... Es ist an dich gerichtet. Soll ich –?»

Liderflatternde Zustimmung: Ja, lies es. Du weißt doch, ich kann nicht – habe es nie gekonnt –

Ich nehme den Brief heraus. Drei engbeschriebene Seiten. Ich lese. Dick atmet schwer. Ich lese nicht laut. Da stehen Worte, ganze Sätze, die Dick nicht –. Ich lese, während mir Dick zusieht. Die Dachsparren murmeln. Selbst an einem stillen und windlosen Augustmorgen rührt sich etwas in den alten, knarrenden Knochen. Ich brauche vielleicht zehn Minuten, um den Brief zu lesen (viel, viel länger, um ihn zu verstehen). Man kann das leiseste Geräusch hören – fast kann man vom weit entfernten Poltfenhof die Tiraden des Bauern Metcalf gegen den unglückseligen Henry Crick hören –, während ich den Brief lese. Und nachdem ich ihn gelesen habe, ist das erste, was ich sage: «Er ist von deinem Großvater, Dick.»

Obwohl das nicht so einfach ist.

«Er ist vom Vater deiner Mutter.»

Und das zweite, was ich sage – es sprudelt aus mir heraus, fast bevor ich mich entschlossen habe, es auszusprechen –, ist: «Dick, es tut mir leid. Ich habe dich angelogen. Es war nicht dein Baby. Es war mein Baby.»

Er starrt mich an. Weil es Dick ist, der mich anstarrt, kann man nicht sagen, was er denkt. Aber in seinen Augenwinkeln beginnt sich ein klebriger Tau zu sammeln. Obwohl er nicht wie Tränen ist.

Er ist wie ein seltsames, unbekanntes Sekret, das nichts mit Dick zu tun hat. Als es überquillt und auf seinen Wangen herunterrinnt, fährt er fast erstaunt zusammen.

«Hör zu, Dick, hör gut zu. Es war mein Baby. Von mir und Mary.» Noch mehr von der seltsamen Flüssigkeit tropft aus seinen Augen. «Aber jetzt gehört es keinem mehr. Keinem.»

Der Dachboden murmelt knarrende Zustimmung.

«Hör zu – es war gut, daß es nicht dein Baby war. Ja, gut. Denn hier steht – dein, ich will sagen, unser Großvater sagt – er sagt, daß du keine Babies haben solltest. Weil – du brauchst das nicht; Dick, weißt du, wie Kinder auf die Welt kommen?»

«Li – Li – Li –»

Die Tränen haben die Mundwinkel erreicht.

«Du weißt, daß jedes Baby eine Mummy und einen Daddy haben muß. Niemand wird ohne Mummy und ohne Daddy geboren. Wir beide haben – hatten – eine Mummy und einen Daddy. Und auch sie hatten Mummies und Daddies. Aber – manchmal ist es nicht ganz so einfach. Manchmal, wenn jemand eine Mummy oder ein Daddy sein will und sie jemanden suchen, mit dem gemeinsam sie Mummy oder Daddy sein können, nehmen sie jemanden, der schon ihre eigene Mummy oder ihr Daddy ist. Oder ihre eigene Mummy oder ihr eigener Daddy nimmt sie. Das soll nicht sein, Dick. Es ist nicht üblich. Verstehst du?»

Er versteht nichts.

Ich rede Unsinn.

Seine Wimpern beginnen wieder wie Kolibris zu flattern.

«Li –»

«Das soll nicht sein. Nicht – natürlich. Aber wenn es geschieht, und ein Baby zur Welt kommt, kann es – ungewöhnlich sein. Und alle Babies, die das Baby bekommt, wenn es erwachsen ist und auch eine Mummy oder ein Daddy sein will, können auch – ungewöhnlich werden. Dick, du bist – ich will sagen, du warst – so ein Baby. Dein Großvater – mein Großvater – war gleichzeitig dein Vater.»

Er starrt mich an.

«Mein Vater ist nicht dein Vater.»

Seine Brust beginnt sich zu heben, er keucht.

«Obwohl deine Mutter meine Mutter war.»

Das Keuchen wird heiserer.

«Du und deine Mutter haben denselben Vater gehabt.»

Noch heiserer.

«Bevor deine Mutter und mein Vater ...»

Aber mir sind die Variationen ausgegangen. Und Dick scheint die Luft auszugehen. Im schwachen Licht des Dachbodens ringt er nach Atem, als fände er sich plötzlich in einem Element, das nicht das seine ist.

Er versteht es also? Oder versteht zumindest, was er schon halb vermutet hat. Daß er eine Pfuscherei ist. Etwas, das nicht sein sollte. Irgendwo hat es ein Durcheinander gegeben, und er ist das Ergebnis.

Plötzlich stößt er es heraus, als wäre er allein schuld, als wäre er, die Wirkung, für die Ursache verantwortlich:

«T-tut mir leid, Tom. Leid.»

«Hör zu. Beruhige dich, Dick. Warte. Da steht, was dir dein Groß – dein Vater – sagen wollte. Du sollst keine Babies bekommen. Weil – weil, wegen der Sachen, die ich dir gerade erklärt habe. Es ist gut, wenn du keine Babies hast, Dick. Du bist ein – ungewöhnlicher Mensch, Dick. Du bist ein ganz besonderer Mensch. Es macht nichts, daß du keine Babies bekommen kannst, Dick. Denn du wirst –»

Wie kann ich das mit anderen Worten sagen? Wie kann ich ihm zeigen, verständlich machen, erklären (dein Vater war nicht nur dein Großvater, er muß auch durch und durch verrückt gewesen sein –).

«Dick, du wirst – du wirst – der Retter der Welt sein.»

Er sagt nichts. Er spricht an diesem Sonntag während des ganzen Essens kein Wort (keiner denkt ans Essen, keiner hat Appetit). Als sein Vater – als der Mann, den er Vater genannt hat – zurückkommt, vermeidet er seinen Blick, hält sich in vorsichtiger Entfernung, zieht sich plötzlich in den Schuppen in die Gesellschaft seines Motorrades zurück.

Aber sein Vater (das heißt, der Mann, der –) bemerkt das kaum. Er ist in Gedanken versunken: Sein Gesicht brennt noch von den verbalen Ohrfeigen, die er vom Herrn des Poltfenhofs bekommen hat.

Und gerne spricht er ja nie, dieser Sohn, der nicht –. Er ist doch durch und durch dumm? Ein Spatzenhirn. Und er hat es satt, vorzugeben, daß er etwas anderes ist. Satt, unterrichtet zu werden.

Besser nichts lernen. Besser nichts wissen. Aber wenn man einmal...

(Ein Erlöser Dick? Ein Erlöser ist einer, der ... Die Welt? Die Welt ist – alles. Ein Notfall? Ein Notfall ist – wenn sich die Dinge –)

Aber weich *ihm* nicht aus, Dick. Weich nicht deinem eigenen – ich will sagen – er ist derjenige, der nie wollte, daß du etwas lernst. Dein Beschützer, der Wächter über dich. Ich bin derjenige, der unbedingt Fragen stellen, der die Wahrheit ausgraben mußte (mein Rezept für Notfälle: versuche, dich irgendwie herauszureden). Er hatte dich zufrieden und unwissend gelassen. Auch er muß nach dem Schlüssel gesucht haben. Hat nie gedacht, daß ein toter Fisch...

«Dad, da ist noch etwas ...»

Viel mehr. Wie soll?

«Freddie Parr ...»

Und was wäre geschehen, wenn ich seinem Beispiel gefolgt wäre? Seine Unwissenheit so gehütet hätte, wie er sie bei Dick hütete? Dieser vertrauensselige und nachsichtige Mann, der, obwohl er nicht der wahre Vater seines älteren Sohnes ist, ihm manchmal recht ähnlich ist (träge im Handeln, langsam im Reden), der mit offenem Mund seinen eigentlichen, jüngeren Sohn anstarrt – seinen klugen, seinen begabten Sohn –, als erkennte er ihn nicht.

«Er weiß es, Dad. Dick weiß es ... »

Eine Runde auf dem Treidelweg ist angezeigt. Eine Runde auf dem Treidelweg wird dringend angeraten. (Eine Runde! Zwanzig, dreißig Runden. Aber wer zählt sie?) Auf dem wohlbekannten, quälenden und doch so therapeutischen Treidelweg, dem wohlbekannten aufregend-beruhigenden Treidelweg. Hin-her, hin-her.

Das ist also der Tag, von dem er immer gewußt hat, daß er einmal kommen wird. (Vielleicht hat er es schon hundertmal durchgespielt, in Gedanken die Initiative ergriffen: Tom, gehen wir ein bißchen auf dem Treidelweg auf und ab ... Aber das war ohne unvorhergesehene Komplikationen). So ist es also wirklich. Gut. Also gut: Mögen die Schwierigkeiten niederregnen, niederprasseln ...

Ruhig dahingleitender Leem. Wasserstand dem Spätsommer entsprechend (die Schleuse steht tief). Farbe: gelblich-grün. Bewegungslose Weiden. Risse von milchigem Licht durchziehen das warme Bleidach des Himmels.

Hin und her. Vater und Sohn – Vater und einziger Sohn – im vertrauten Gespräch. Was sprechen sie? Als der Sohn sein verworrenes Resümee beendet hat – in welchem er es unterläßt, die vier blaugebundenen Notizbücher zu erwähnen, die er sicher unter den Schulsachen in seinem Zimmer verborgen hat, aber sich sofort bereit erklärt, einen gewissen Brief herauszugeben (Antwort: «Ich will keinen Brief sehen, Tom. Ich hab nie in die Kiste schauen wollen ...») – füllt der Vater die Lücken (Lücken! – Abgründe!) in der Erzählung mit seiner eigenen Geschichte? Wie er und Helen Atkinson –? Wie er und die Tochter des Brauers –? Nein. Er scheint seine Begabung für das Geschichtenerzählen verloren zu haben. Er scheint sich an nichts zu erinnern.

Hin und her. Fort vom Haus, zurück zum Haus, als würde man ständig zwischen Aufbruch und Rückkehr hin- und hergerissen. Hin und her, als verfolgte man eine entkommene Entscheidung. Bei jeder Kehrtwendung biegt der Vater sein Knie ab. Bei jedem Weg vom Haus fort kann der Sohn nicht anders, als über den gelblich-grünen Leem in die Richtung des Poltfens zu blicken. In diesem Augenblick ist sie dort drüben. Und *ihr* Rezept für Notfälle ...?

Hin und her. Und während sie hin- und hergehen, sitzt der andere Sohn – der Sohn, der kein Sohn ist – trotzig im Schuppen und lauscht.

Lauscht? Will nicht lauschen? Spioniert? Will nicht schauen? Denkt (denkt?): Es ist alles aus. Ich bin durchschaut; sie werden mich ausliefern.

Und sie wissen, daß er dort drinnen sitzt. Denn so wie der Sohn-der-kein-Sohn-ist den Schuppen benützt, um sich vor seinem Nicht-Vater zu verstecken, so hält sich der Nicht-Vater, begleitet von seinem wirklichen Sohn, durch seine Wahl der Wendepunkte am Treidelweg geflissentlich vom Schuppen fern ...

Aber seht einmal näher hin. Denn auf jedem Weg dieser in zwei Richtungen führenden Patrouille rückt der kritische Wendepunkt, obwohl er anfangs einige Meter vom Schuppen entfernt liegt, langsam, vorsichtig, bedrohlich näher an den Schuppen heran. Der Vorgang des Umdrehens selbst wird gezwungener – quälender, als wäre er Gegenstand irgendeiner schrecklichen Untersuchung. Bis der Vater, der unter dem Druck einander widerstreitender Kräfte fast das Gleichgewicht verliert und spürt, wie sein Gesicht sich jeden Augenblick in eine Folge von wäßrigen Krämpfen auflösen könnte, seinen wahren Sohn stehenläßt und zum Zufluchtsort seines Nicht-Sohnes stürzt, hinkt, und die ganze Zeit schreit: «Dick – mein armer Dick» (ja, mein Dick) – «Dick».

Aber Dick ist nicht mehr da.

Er ist in der Küche. Oder – so folgern wir später – er muß in der Küche gewesen sein.

Denn im selben Augenblick, als Dad in seiner verzweifelten Erregung durch die Vordertür ins Haus rennt, gefolgt von seinem Sohn, schleicht Dick, der irgendwann, als ihm die Wanderer auf dem Treidelweg den Rücken zukehrten, ins Haus geschlüpft sein muß (ah, wie schlau ist, *in extremis*, doch ein Schwachsinniger) wieder durch die Hintertür hinaus und kehrt in den Schuppen zurück. Während Vater und Sohn jeden Raum nach ihm durchsuchen, bindet er sich einen gewissen Sack auf den Rücken, der nach dem stinkt, was er normalerweise beinhaltet, der jetzt aber randvoll, wenn auch ungeschickt verpackt, mit etwas anderem beladen ist. Er schiebt seine Velocette hinaus, steigt auf und startet.

All das unentdeckt. Denn erst als Vater und Sohn in unausweichlicher Logik auf den Dachboden gestiegen sind und dort die Truhe offen und mit Ausnahme einer geleerten Bierflasche leer gefunden haben, macht ihnen der Lärm des Motorrades klar, daß sie getäuscht worden sind. Sie laufen die Dachbodentreppe hinunter. Hören, wie das Motorrad schon ums Haus fährt, eilen ins Zimmer des wirklichen Sohnes an der Hinterseite des Hauses und sehen gerade noch, wie Dick auf der Hauszufahrt in die Straße nach Gildsey einbiegt, auf dem Rücken einen grotesken Höcker, der von zehn Flaschen Bier in einem Sack gebildet wird.

Es ist zu spät, um ihm nachzulaufen. Was Dad nicht daran hindert, den Kopf durch das Fenster zu stecken (ein Fenster, unter dem zwischen den Schulsachen vier blaue Notizbücher versteckt sind) und ein verzweifeltes, schrilles «Dick!» zu rufen. Sein Gesicht bleibt eine verzerrte Maske, während der Schrei in der Luft erstirbt. Es ist ganz klar, daß er glaubt, daß sein Sohn – daß Dick für immer fortgeht. Ich glaube etwas anderes. Ich kann seine Verzweiflung dämpfen. Ich will ihm gerade sagen, daß Dick – aus Gründen, die zu kompliziert sind, um sie kurz zu erklären – zum Stott-Kanal fährt.

Von unserem Aussichtspunkt am Schlafzimmerfenster können wir die Kreuzung sehen, wo der Weg zum Stott-Kanal in die Straße nach Gildsey einmündet; und Dick fährt daran vorbei. Seine flüchtende, bucklige Gestalt wird kleiner und kleiner.

Ich sehe ihn jetzt, ich sehe ihn noch immer, auf der schnurgeraden Straße, unter dem undurchsichtigen Himmel, zwischen den dunklen Rübenfeldern. Mein –. Er fährt, fährt, sein Geburtsrecht auf dem Rücken, das Vermächtnis der Atkinsons auf dem Rücken. Einen Augenblick scheint es, als führe er – als wäre er schon dort – in ein vergesseneinflößendes Nimmernimmerland, das auf ewig nur aus gerader Straße, flachen Feldern, aus Monotonie, Unveränderlichkeit und dem zermürbenden Klopfen des Motors seines Fahrzeugs besteht. Dann sage ich zu Dad – dessen Kopf auf das Fensterbrett gesunken ist: «Ich glaube, er fährt zum Bagger.»

47
Gute Nacht

Sie blickt nicht auf, als ich gehe. Sie läßt sich küssen und sanft umarmen, ohne Erwiderung, ohne Widerstand, so daß es wie ein Gutenachtkuß für ein Kind ist, als meine Lippen ihre Schläfe, ihren demütig gesenkten Scheitel berühren. Sie sitzt neben einem fremden Bett. Sie hebt nicht den Blick, hebt nicht die Hand, als ich sie ein letztes Mal durch das drahtverstärkte Glas des Krankensaals ansehe. Sie starrt nicht verlassen zwischen den schützenden Gitterstäben hindurch, als ich über den nassen Asphalt der Anstalt zum Tor gehe.

Der Eindruck, daß sie es ist, die Abschied nimmt, ist unleugbar. Das Gefühl, daß nicht ich es bin, der geht, sondern daß sie zurückweicht, in eine unbestimmte, unüberrückbare Ferne, während ich mit ausgestreckten Armen stehenbleibe, wird durch meine Bewegung und ihre Passivität Lügen gestraft. Durch meinen äußerlich betrachtet so normalen Besuch (ich bringe meiner Frau ein paar persönliche Habseligkeiten, die sie während der psychiatrischen Behandlung im Sanatorium braucht). Sie wird von der aufmunternden Prognose der Stationsschwester Lügen gestraft (aber natürlich, es gibt keine festen Besuchszeiten – in vernünftigem Ausmaß zwischen zwei und sieben ... und machen Sie sich keine Sorgen, Mr. Crick, Ihre Frau ist bald wieder gesund ...). Durch den Schein der bleichen Sonne (blaue Löcher in einem mit treibenden Wolken bedeckten Märzhimmel), die sich auf dem nassen, schwach dampfenden Asphalt spiegelt.

Zuerst war es ein Märchen – das uns unsere Eltern beim Zubettgehen erzählten. Dann ist es wirklich geworden, dann ist es das Hier und Jetzt geworden. Dann wird es wieder zum Märchen. Die zweite Kindheit. Gutenachtküsse ...

Sie ist nicht traurig, weil ich fortgehe. Sie trauert um ihr Kind. Das Baby, das sie ihr weggenommen haben und ihr nicht zurückgeben wollen. Das Baby, das ihr, wie jeder weiß, von Gott gegeben wurde. Das uns alle erlösen wird.

Anfangs ist nichts; dann ist es Geschehen; eine Art Notfall. Und nach dem Geschehen nur das Davon-Erzählen. Aber manchmal hört das Geschehen nicht auf und läßt sich nicht in Erinnerung verwandeln. Und so ist sie also noch mitten im Geschehen (ein Abenteuer im Supermarkt, etwas in ihren Armen, ein Gerichtssaal, in dem sie mit klarer, lauter Stimme aussagt: «Gott hat es mir befohlen –»), das noch nicht zu Ende ist. Deshalb kann man nicht zu ihr durchdringen. Deshalb kann sie das normale, sichere Reich der Rückschau nicht betreten und die Fragen der Ärzte in ihren weißen Kitteln nicht beantworten: «Erzählen Sie uns alles, Mrs. Crick, Sie können uns alles sagen, Sie können ...»

Er geht über den nassen Asphalt, trägt einen Koffer, als führe er fort. Aber der Koffer ist leer. Ein paar Kleider seiner Frau und verschiedene andere Gegenstände (die Vorschriften sind streng; kein Gegenstand, der dazu verwendet werden könnte, einem anderen Patienten oder dem Personal oder dem fraglichen Patienten selbst eine Verletzung zuzufügen) befinden sich jetzt in den Händen des Anstaltspersonals. Er hat sie ausgewählt. Sie hat es nicht interessiert. Ein Überlebenspaket von Erinnerungsstücken. Eine Schildpatthaarbürste (könnte man damit jemanden verletzen?), in einem Altwarenladen in Gildsey erstanden – erinnerst du dich noch? –, während des eisigen Winters, in dem wir –. Eine lederne Aktentasche. Eine kleine Perlmuttdose – die hat *sie* ausgewählt, sie hat sie plötzlich aus dem Nichts hervorgezaubert (er überlegt: Wann hat sie sie verborgen? Das muß in demselben kalten Winter gewesen sein –), die ein Kettchen mit einem silbernen Kruzifix enthält. Am Deckel noch eine Widmung in der gestochenen Schrift von Harold Metcalf: «Zu deiner Firmung, für meine geliebte Mary, 10. Mai 1941 ...»

Er geht auf das Tor zu, das aus dem Gelände hinausführt. Das Auge des Historikers bemerkt mitten in einer grünen Insel im Asphalt die steinerne Statue irgendeines Gründers oder Förderers (kühner Blick, Hand am Revers seines Gehrocks); bemerkt auf dem rosa Granitsockel ein Wort, das auch die Vorliebe unserer Zeit für «Sanatorium», oder eventuell für «Sanatorium für Geisteskranke», um dem ehrenwerten Mann Gerechtigkeit widerfahren zu lassen, nicht tilgen kann: « ... Irrenhaus».

Wie sie es in vergangener Zeit genannt haben.

Er geht durch das Tor, durch das er (da es inoffiziell doch erlaubt ist) noch oft treten wird, um seine Frau zu besuchen, die doch nicht seine Frau ist, die nur ein Mädchen ist; mit der er in der klösterlichen Abgeschiedenheit dieses Irrenhauses, eigentlich Sanatoriums, ein wehmütiges Erinnerst-du-dich-Spiel spielen wird. Erinnerst du dich an den Zug: Hockwell nach Gildsey, Gildsey nach Hockwell? Rostrot und nachtschwarz? Erinnerst du dich an die Rübenfelder? Die Pappeln? An den Spaziergang entlang des zugefrorenen Ouse ...? Auf diesen Spaziergängen durch die Erinnerung die vielen Gebiete vermeidend, die man nicht betreten darf, kritische Gebiete und die Blicke auf jene langen, langen Abschnitte, in denen gar nichts geschieht – außer Unterricht und Altenfürsorge.

Du hast also doch Angst, wenn es darauf ankommt – du, ein Geschichtslehrer – Angst, dich in das Minenfeld der Vergangenheit zu wagen ...

(Nein, nein, keine Angst – nein, ich habe alles erzählt, alles, ohne etwas auszulassen – alles meinen Schülern erzählt. Noch keine Explosionen – wenn nicht Price ...)

Während er ihr in verzweifelten Flüstertönen diese Sehnsucht nach dem Gestern vorträgt, starrt sie aus dem Fenster des Krankensaals. Eingeschlossen im Bannkreis eines Kruzifixes.

Und vielleicht ist Amnesie das beste, vielleicht ist sie das beste Heilmittel für alles ...

Auf Grund mildernder Umstände (die freiwillige Rückgabe des Kindes an dessen Eltern) und wegen verminderter Zurechnungsfähigkeit (aber wir wissen ja alle, was da im Zeugenstand gespielt wird, diese Wir-werden-es-schon-hinkriegen-Psychiater) von der Anklage des Kindesraubs freigesprochen und so vor einer möglichen Gefängnisstrafe bewahrt, sitzt sie – in diesem anderen Gefängnis – und behauptet vor ihren weißgekleideten Untersuchungsrichtern noch immer, Gott habe –.

In einer anderen Zeit, früher, hätte man sie vielleicht als eine Heilige verehrt (oder sie am Scheiterhaufen verbrannt). Eine, die Stimmen – eine, die –. Man hätte ihr vielleicht das ganze Spektrum ihres

Wahns gelassen: die Zelle der Einsiedlerin, die Freiheit des Asketen, ihre Visionen, ihre wirren Reden ... Jetzt genießt sie die Vorteile der Psychiatrie.

Sie starrt vor sich hin, aus den hohen Fenstern. Sie hat von einer Ecke des Saals Besitz ergriffen. Ihr Posten, ihre Station. Der Saal riecht nach verrückten alten Frauen. Jenseits des Fensters, an schönen Tagen, gehen andere, in Mäntel gehüllte Patienten, auf dem Asphalt spazieren.

Sie starrt herrisch und wissend (der bekannte Trick der Anstaltsinsassen: Die anderen sind die Verrückten, nicht ich) auf diese schwachen, verdammten Kinder auf ihrem Spielplatz.

Ihre Augen sind hell. Ihre Lider zucken (ja, ich erinnere mich – jenes andere Leben). Ihre Arme halten nichts ...

Er kann nicht schlafen. Sein Bett ist leer und schwimmt allein auf einem wogenden Meer. Er hat Angst vor der Dunkelheit. Und wenn er schläft – was für Träume! Er ist allein in diesem Haus, das wie ein Grab ist, mit seinen quellenden Bücherregalen, mit den Stilmöbeln, den Nippes (du und dein Regency-Nest – du und deine Geschichtsrequisiten!). Allein, mit Ausnahme des Hundes, der vor ihm zurückschreckt, sich ihm vorsichtig nähert, wieder zurückschreckt – der Tierarzt hat ihm erst vor kurzem die Drahtklammer vom Unterkiefer entfernt. Ein verletzter Retriever, mit dem man eine freundschaftliche Beziehung langsam, vorsichtig versuchen, aber nie mehr wieder wirklich herstellen kann. («Ja, wieso hat Ihr Hund denn einen gebrochenen Kiefer?») «Ich habe ihn leider getreten. Wissen Sie – falls Sie es nicht in der Zeitung gelesen haben ...»

Er sitzt die ganze Nacht lang wach. Liest. Raucht. Trinkt sich durch eine Flasche Whisky. Klassifiziert Aufsätze und Stöße von Niederschriften (die letzte Ernte aus einer zweiunddreißigjährigen Tätigkeit): Zitterndes Gekritzel in roter Tinte: Mehr Sorgfalt. Strenge dich mehr an. Gut. Befriedigend. Nicht genügend. Um sich zu trösten, erzählt er sich Märchen. Er wiederholt die Geschichten, die er seiner Klasse erzählt hat. Oh, der Kontrast zwischen den leeren Nächten und den ausgefüllten Tagen: das Stimmengewirr in der Klasse, der Wirbel auf dem Sportplatz ... Aber nicht mehr lange, und auch das –

An den Wochenenden – vor den Besuchen am Nachmittag – geht er im böigen Frühjahrswind im Park von Greenwich spazieren. Mit einem noch immer mißtrauischen Hund. Wolfe hält noch immer

Wache. Junger Sonnenschein leuchtet auf alte Pracht. Der alte Palast, das Naval College. Grünes Gras und weißer Stein. So unverfälscht und rein. So liebevoll erhalten (und das durch Gesetzesbeschluß und mit öffentlichen Mitteln) in einer Welt, die –

O Mary (o Price), wir alle verlassen die wirkliche Welt, wir alle kommen in unsere Irrenhäuser.

Der Märzwind reißt Löcher in die dahinrasenden Wolkensegel. Blauer Himmel blüht über dem Nullmeridian.

O Mary. Li–Liebe.

48

Und Adieu

«Und nun ist es meine traurige Pflicht, Mr. Crick Lebewohl zu sagen, der –»

Pflicht, Pflicht! Ah, was für ein wohltönendes, was für ein berechnendes Wort. Darin ersteht der gerechte Richter, der strenge Polizist. Nicht mein Wunsch, o nein, meine Pflicht. Darin schwingt auch mit, was nicht gesagt wird (denn das wissen wir doch alle): Er hat seine Pflicht nicht getan, er hat seine Pflicht als Lehrer nicht erfüllt.

«–der nach vierzehn Jahren, in denen er eine Stütze der Schule war–»

Stütze! Stütze!

«–uns zu Ostern – aus persönlichen Gründen verläßt–»

Am Rand des Rednerpults, den einsamen Bugspriet des Rednerpults umklammernd, sieht er in den Augen seines ihn umgebenden Hofstaats von Lehrern so aus, als höbe und senkte er sich, durchschnitte eine Welle von Worten, ein Meer von (unterschwellig meuternden) Kindern.

«Ich brauche euch nicht zu erklären, daß vierzehn Jahre eine lange Zeit sind. Und darin sind die acht Jahre noch nicht enthalten, in denen Mr. Crick an einer anderen Schule unterrichtet hat, die die Vorläuferin unserer Schule war. Mr. Crick hat viele von euch kommen und gehen sehen. Die Kinder, die er am Anfang seiner Laufbahn unterrichtet hat, haben heute selbst Kinder. Manche von euren Eltern werden sich noch erinnern, daß sie seine Schüler waren. Verharren wir also nicht bei seinem bedauerlichen Abgang –»

Bedauerlich. Wieder sehr diplomatisch.

«–sondern – wie es Mr. Crick als Leiter unserer Abteilung für Geschichte sicher gerne hätte – blicken wir in die Vergangenheit und würdigen wir seine langjährigen Verdienste. Und denken wir daran –»

Er wird eine große Rede daraus machen, eine Predigt. Gemurmel im Hintergrund der Halle. Er wird sein Opfer (das wie ein bratfertiges Huhn hinter ihm auf dem Podium sitzt) mit dem Saft seiner Rhetorik begießen.

«– wie es Mr. Crick zweifellos gerne hätte, wie die Zeit vergeht –»

Die elegische Note. Ah, wie wir doch alt werden. Ah, *sic transit*. (Nicht sichtbar für das Meer von Kindern, nicht sichtbar für Lewis, und doch für die Lehrer, die ihn beobachten, ein bleibendes Bild ihres aufrechten Bosses: der rosa Flecken seiner zunehmenden Glatze – mitten in dem Stahlgrau –, der an einem Rednerpult auf und ab hüpft.)

«– Die Schulzeit, die euch so lange erscheint, wird, glaubt mir, bald zu Ende sein. Sie ist etwas Kostbares. Sie ist etwas Lebenswichtiges. Vergeudet sie also nicht, nützt sie nicht schlecht! Baut auf ihr auf. Legt den Grund –»

Aber offensichtlich will das Meer – zumindest sein aufgewühlter, unruhiger Teil – sich nicht in metaphorisches Mauerwerk verwandeln lassen. Denn mitten aus den entferntesten Ausläufern – erst jetzt nimmt Lewis nach einer kurzen Pause den Lärm wahr, der ständig angeschwollen ist – tönt ein durchdringender Schrei. Ein Lärm wie das Rauschen von aufgepeitschten Wogen beginnt sich hallend durch den Saal auszubreiten und wird zu einem sich regelmäßig wiederholenden, wenn auch schlecht orchestrierten rhythmischen Chor.

«Wir haben Angst! Wir haben Angst!»

Es ist die Devise – der offizielle Schlachtruf – des Holocaust-Klubs (den Lewis vor zwei Wochen als «erziehungsfeindliche Aktivität» verboten hat). Der Rhythmus pendelt sich ein. Wird zum Stakkatoschrei eines Fußballpublikums.

«Wir haben Angst! Wir haben Angst!»

«Baut auf ihr auf. Macht das Beste daraus. Laßt es nicht darauf ankommen, daß ihr, in vielleicht gar nicht so entfernter Zukunft, sagen müßt: Hätte ich nur –»

«Angst! Angst!»

Aber er läßt sich nicht unterkriegen. Er läßt sich nicht niederschreien. Ein paar Unruhestifter dort hinten im Saal können Lewis nicht aufhalten. Er steigt richtig in die Höhe, hebt einen moralisierenden Arm vom Pult, dem Anlaß entsprechend.

«Wie ihr sehen – hören – könnt, gibt es gewisse Elemente unter euch – ich weiß genau, um wen es sich dabei handelt, und sie werden zur Verantwortung gezogen werden – Propheten des Weltuntergangs –, die diesen lebenswichtigen und konstruktiven Prozeß, von dem ich spreche, zerstören wollen. Die Hoffnungslosigkeit und Unruhe unter uns verbreiten wollen. Ich werde mich nicht einschüchtern lassen – und ihr solltet das auch nicht tun – durch ihre kindischen, ja kindischen Aktionen –»

«Wir haben Angst! Wir haben Angst!»

Er beginnt, bricht ab, stolpert über sich selbst und beginnt wieder. Hinter dem Rücken des Direktors steht die Nachhut seines Stabs unangenehm berührt herum.

«Und ich werde ein derart unverschämtes Betragen nicht gerade in dem Augenblick dulden, in dem wir zur Würdigung unseres ältesten –» Was für eine Scheinheiligkeit! Was für eine Hartnäckigkeit!

«Ihr anderen, achtet gar nicht auf diesen Unsinn. Laßt euch nicht zum Narren halten. Habt keine Angst. Ihr braucht keine Angst zu haben!»

Er scheint unterzutauchen, zu wanken, klammert sich an das Rednerpult, ein unerschrockener Knut.

Eine Vision – Lewis, auf demselben wackeligen Podium. Bei einer ganz besonderen Zusammenkunft – bei einem Notfall. Während draußen die Sirenen heulen, heben sich seine Hände, um Vertrauen und Ruhe herabzubeschwören. Alles ist in Ordnung. Habt keine Angst. Lewis wird euch retten. Folgt mir – in unseren eigenen Bunker. (Ja habt ihr das denn nicht gewußt – er ist nur für uns gebaut worden. Schule und Schutzbunker. Schule als Asyl: Nur Plätze für die Kinder – und einer für mich.) Folgt mir, meine Kleinen, durch die Pforten der reinen Zukunft ...

«Habt keine ... Habt keine ...»

Aber der Lärm ebbt ab. Der Aufruhr ist beigelegt. Haben sie vor ihm also mehr Angst?

«Und so bitte ich jetzt Mr. Crick – ich bitte um Ruhe und Respekt (was für eine Frömmelei) für Mr. Crick. Ich weiß, wer ihr seid, und ihr werdet bestraft werden. Ich bitte Mr. Crick, euch in seinen eigenen Worten Lebewohl zu sagen. Mr. Crick ... Mr. Crick!»

Mr. Crick erhebt sich, schleppt sich zum Rand des Podiums. Das hat er nicht erwartet. Er hat ein rasches, hastiges Abtreten, eine rasche öffentliche Hinrichtung erwartet. Lewis wendet sich zu ihm. Sein Gesicht ist schweißüberströmt. Er sieht ängstlich aus (das ist Ihre Schuld, Tom, nicht wahr? Sie –). Und dennoch leuchtet in ihm ein unleugbarer Triumph auf, der Triumph der Macht, die er bewiesen hat. Seht, sie folgen mir. Seht, sie lassen sich von mir leiten.

Ja, die aufrührerischen Stimmen schweigen. Ruhe für Mr. Crick. Aber was ist das? Mitten aus dem Zentrum des eben beschwichtigten Ausbruchs, tönt in die plötzliche Stille ein einsamer Schrei, seltsam drängend und fordernd, bar jeder Frechheit eines Schuljungen: «Keine Einschränkungen! Crick soll bleiben!»

Price.

Crick weiß nicht, was er sagen soll. Er räuspert sich.

«Kinder –»

49
Wie man ein Reich errichtet

– die unsere Welt erben . . .

Als die Kinder der Französischen Revolution ihren tyrannischen Vater Ludwig XVI. und ihre böse Stiefmutter Marie-Antoinette abgeschüttelt hatten (die, wie sich herausstellte, nur Marionetten waren, denen man ganz einfach den Kopf abnehmen konnte), glaubten sie, frei zu sein. Nach einiger Zeit aber entdeckten sie, daß sie verwaist waren und daß die Welt, welche sie für die ihre hielten, nackt und trostlos war. So liefen sie denn zu ihrem Ziehvater Napoleon Bonaparte, der neben dem alten Puppentheater wartete; der für sie ein neues Stück mit alten Motiven geschrieben hatte und ihnen ein Reich, ein Ziel, ein Schicksal – eine Zukunft versprach.

Kinder, es gibt etwas, das sich Zivilisation nennt. Sie besteht aus Hoffnungen und Träumen. Sie ist nur eine Idee. Sie ist nicht wirklich. Sie ist etwas Künstliches. Keiner hat je behauptet, daß sie etwas Wirkliches sei. Sie ist nicht natürlich, keiner hat je behauptet, daß sie etwas Natürliches sei. Sie wird durch einen Lernprozeß aufgebaut: durch Herumprobieren. Sie zerfällt leicht. Keiner hat je behauptet, daß sie nicht auseinanderfallen könnte. Und keiner hat je behauptet, daß sie ewig dauern würde.

Einst glaubten die Menschen an das Ende der Welt. Schaut nur in die alten Bücher: wie oft und aus welchen Beweggründen wurde das Ende der Welt schon prophezeit und vorausgesehen, berechnet und dargestellt. Aber das war natürlich Aberglaube. Die Welt wurde erwachsen. Sie nahm kein Ende. Die Menschen schüttelten den Aberglauben ab, wie sie ihre Eltern abschüttelten. Sie sagten: Glaubt nicht an den alten Hokuspokus. Ihr könnt die Welt verändern, ihr könnt sie besser machen. Der Himmel wird nicht auf euch stürzen. Es stimmte. Eine kurze Zeit – gar nicht so lange her, erst vor ein paar Generationen – machte die Welt ihre revolutionäre Phase durch; und sie glaubte, daß diese nie enden würde, daß alles immer besser würde. Aber dann kam das Ende der Welt zurück, nicht als Idee oder Glaube, sondern als etwas, das sich die Welt während der Zeit, in der sie erwachsen wurde, selbst geschaffen hatte.

Was nur beweist, daß, gäbe es das Ende der Welt nicht, man es erfinden müßte.

Es gibt etwas, das man den Fortschritt nennt. Aber es schreitet nicht fort. Es schreitet überhaupt nirgendwo hin. Denn im selben Maß, in dem der Fortschritt voranschreitet, kann uns die Welt entgleiten. Es ist Fortschritt, wenn man verhindern kann, daß einem die Welt entgleitet. Mein bescheidenes Modell für den Fortschritt ist die Wiedergewinnung von Land. Die nur das sich ewig wiederholende und nie endende Wiederfinden von etwas Verlorenem ist. Eine verbissene, Umsicht erfordernde Angelegenheit. Eine langweilige und doch wertvolle Angelegenheit. Eine harte, unrühmliche Angelegenheit. Aber man sollte die Wiedergewinnung von Land nicht mit der Errichtung eines Reiches verwechseln.

50
Die ganze Geschichte

Er öffnet die Augen, und seine Augen sagen ihm, daß er sich nicht in dem gewohnten Raum (gelbliche Tapeten, Mahagonikasten) im Schleusenwärterhaus an der Atkinson-Schleuse befindet, wo er jeden Morgen (mit wenigen Ausnahmen) in der Dämmerung aufgestanden war – das heißt, wenn er sein Bett nicht schon früher verlassen hatte und im Dunkeln an die Schleuse gegangen war und dort eine Zigarette nach der anderen geraucht hatte – und wo ihm ein Zusammentreffen vieler Anzeichen, das Rauschen des Windes in den Ähren, das Prasseln des Regens oder die Stille, ja sogar das wetterkundige Gegacker seiner Hennen sagte, ob es ein Tag werden würde, an dem sich ein guter Schleusenwärter um seine Schleuse kümmern mußte.

Er öffnet die Augen, und seine Augen, oder besser gesagt, seine Glieder und die Art, in der sich die ihm unbekannte Matratze anfühlt, sagen ihm, daß er nicht in dem Ehebett aus Messing liegt (1922 bei «Thorpe Bros.», Gildsey, erstanden), das vor vielen Jahren – zehn, um genau zu sein – ein Einzelbett wurde, so leer, so kalt, so schlafraubend, so unmöglich, es aufzugeben. Er liegt nicht in dem großen, beruhigenden und doch so trostlosen Bett, denn (er erinnert sich wieder) dieses Bett steht in diesem Augenblick (oder macht den erfolglosen Versuch zu schwimmen) einen guten Meter unter tückischem Wasser. Und da das Schlafzimmer im ersten Stock ist, kann man daraus folgern, daß der größere Teil des Hauses von diesem ungebetenen flüssigen Gast besetzt gehalten wird und seine Habseligkeiten und Besitztümer entweder im Wasser liegen oder treiben. Ein erstaunlicher Vorgang – man denke nur an den nicht mehr vorhandenen Schuppen; den Hühnerstall, der mit allen wetterprophetischen Hühnern verschwunden ist; man denke auch an das verschwundene Gemüsegärtchen (und die Blumen) Henry Cricks – die einfach davongetragen oder vom Schlamm geschluckt worden sind. Daß, um es kurz zu machen, das Schleusenwärterhaus an der Atkinson-Schleuse eine Ruine unter Wasser ist. Daß es die Atkinson-Schleuse, die Thomas Atkinson 1815 erbaute und die Arthur Atkinson nach dem Hochwasser von 1874 wiederherstellte, nicht mehr gibt. Und daß sie nie mehr aufgebaut werden wird. Denn was ist in diesem vom Krieg überschatteten, benzinbetriebenen 20. Jahrhundert aus der einst blühenden Flußschiffahrt zwischen Gildsey und Kessling geworden? (Fragt Henry Crick.) Der Leem wird in den kommenden Jahren, auch wenn er sich im Augenblick durch nichts von einem Binnenmeer unterscheidet, zu einem überwucherten, schlammverstopften Bach werden, nur mehr bis zur Eisenbahnbrücke von Hockwell schiffbar, und von diesem Punkt an bloß noch ein Sammelkanal für kleinere Kanäle.

Er öffnet die Augen. Er liegt nicht in seinem Bett. Es ist nicht das Ehebett von Henry und Helen Crick (und das Totenbett der letzteren), sondern das Ehebett seines jungvermählten Sohnes und seiner

Schwiegertochter, die ihm zuliebe darauf verzichtet haben und abwechselnd, so gut sie können, im Nebenraum auf dem Boden schlafen. Und es ist auch nicht das alte Schlafzimmer im Schleusenwärterhaus, sondern das Schlafzimmer des schmalen, vierstöckigen Reihenhauses in Church Lane, Gildsey (wenn man aus dem Fenster blickt, sieht man über den Dächern den Kirchturm von St. Gunnhilda), das der verwitwete Vater der Braut dem jungen Paar in murrender Großzügigkeit zur Verfügung gestellt hat. Und in der derzeitigen Situation ist es recht gut, daß das Haus auf dem alten, hochgelegenen Grund um die Kirche steht (inoffiziell, wenn auch mit historischer Genauigkeit als «die Insel» bezeichnet, denn ein großer Teil von Gildsey steht genauso unter Wasser wie das Schleusenwärterhaus an der Atkinson-Schleuse, und Water Street ist endlich wieder eine echte Wasserstraße).

Es fällt ihm ein, wo er ist. Er sieht die fremden Vorhänge, die eine fremde Aussicht halb verdecken; er sieht den Nachttisch, der in ein Arzneiwägelchen umfunktioniert wurde (Hustensäfte, Schüsseln, Handtücher und ein Teekessel – aber dieses Stadium ist vorbei, er hat das Stadium des Dahindämmerns, Delirierens erreicht). Er sieht alles. Aber in seinen Gedanken, die so besonders lebhaft und rebellisch geworden sind, liegt er weder im Ehebett seines Sohnes noch in seinem eigenen, sondern sitzt weiterhin auf dem windumtosten Schieferdach des alten Schleusenwärterhauses, auf das er vom Dachbodenfenster aus geklettert ist und sieht zu, wie Treibgut – ein fünfsprossiges Gatter, ein ganzer Weidenbaum – so nebenbei vorbeitreibt, sieht auf den Wasserfall, der jetzt dort ist, wo früher das Schleusentor war – sieht auf eine Welt, die, ohne Spuren zu hinterlassen, versunken ist, als wäre ganz plötzlich ein riesiger Stöpsel aus einem unter Wasser liegenden Kielraum gezogen worden.

Er sitzt noch immer rittlings auf dem Dachfirst, wo er schon eine ganze Nacht und einen ganzen Tag gesessen ist, mitten in einem tobenden Sturm, und hat das nicht abzuschüttelnde Gefühl (aber dieses Bett kippt doch auch, treibt doch auch fort?), daß das Haus unter ihm jeden Moment erzittern, sich heben, sich vom festen Boden losreißen und ihn wie einen neuen Noah davontragen wird. Er drückt sich noch immer an den Kamin, wo er vor dem Wind Schutz gesucht hat, in einen alten Armeemantel gehüllt (obwohl dieser durch und durch naß ist und seine Zähne wie die eines Affen klappern), einen Mantel, den er zum erstenmal im Krieg getragen hat – so daß er seinen Rettern, als sie ihn endlich mit ihrem Motorboot erreichen (einige von ihnen sind auch Soldaten) das Bild eines umzingelten Wachtpostens bietet, der wie eine Schnecke in Khaki an seinem schlüpfrigen Platz klebt, oder das eines Matrosen – wenn auch die Uniform nicht stimmt und er in der falschen Gegend ist (es sollte zumindest die falsche Gegend sein) –, der entschlossen ist, mit seinem Schiff unterzugehen.

Das Motorboot nähert sich. Es ist mit einem Feldwebel der Pioniertruppe und zwei Sappeuren besetzt. Es enthält Bojen, Taue, verschiedenes Werkzeug, Sandsäcke, einen Erste-Hilfe-Kasten, eine Thermosflasche mit heißer Suppe und ein kleines Fäßchen Rum. In ihm sitzt schon eine vierköpfige zitternde Familie, in Dekken gehüllt, die man von einem Bauernhof östlich von Newhithe geborgen hat, und dazu ein halb ertrunkener Cockerspaniel, den man zur gleichen Zeit aufgefischt hat. In ihm sitzt auch der freiwillige Helfer Tom Crick. Der, während das Boot schlingert und rollt und die Gischt über den Bug spritzt, in Ermangelung vertrauter Orientierungshilfen fassungslos seine Unfähigkeit als ersatzweiser Steuermann erkennen muß, und der auch kaum glauben kann, als sie ihrem Ziel endlich nahe kommen, daß dies sein Vaterhaus sein soll und daß er in dem grotesken Wasserspeier dort oben auf dem Dach seinen Vater vor sich hat, der jetzt – da endlich Hilfe kommt – sich starrköpfig weigert, seinen Platz zu verlassen.

«Viele verhalten sich so», sagt der Feldwebel, der in nur achtundvierzig Stunden, an zwei wilden Märztagen und zwei schlaflosen Märznächten, so viel Erfahrung mit Überschwemmungsopfern erworben hat, wie er es in einem lebenslangen Studium nicht sammeln könnte –, «einerseits wollen sie gerettet werden, und andererseits wehren sie sich. Versuchen Sie, ihm gut zuzureden, Sir.»

Also ruft der Sohn – der es als ehemaliger Soldat komisch findet, von einem Feldwebel mit «Sir» angesprochen zu werden – durch den Trichter seiner Hände dem Häufchen Elend auf dem Dach zu: «Dad, ich bin es! Dad, komm herunter!» Und als das Häufchen Elend nicht antwortet: «Du kannst nichts tun, Dad. Gar nichts.»

Und das Häufchen Elend auf dem Dach (und jenes in dem fiebergeschüttelten Bett) sieht, wie das Motorboot ein schwieriges Landemanöver ausführt und dort anlegt, wo einst die Schwalben nisteten, und sieht ein Landekommando von zwei Soldaten in Schwimmwesten, die, immer wieder ausgleitend, zu ihm hochklettern, als wollten sie den letzten ihm verbleibenden Rest seines kleinen Reiches erstürmen.

Es ist der 18. März 1947. Der Krieg ist vorbei. Aber die harte Zeit danach ist noch nicht vorbei. Die Rationierungsmarken liegen noch auf dem Kaminsims. Und zeigt uns doch bitte einmal, was wir durch diesen Sieg gewonnen haben. Onkel Sam läßt uns etwas Zeit, um zu zahlen. Gandhi will sein Indien zurück. Was ist aus den Träumen, was ist aus den Plänen geworden? Betrachtet sie mit den Erinnerungen eines achtundvierzigjährigen Mannes, der zur Zeit der Königin Victoria geboren, bei Ypres verwundet wurde und 1947 an Lungenentzündung sterben sollte. Was ist aus der abenteuerlichen Geschichte vom Erfolg geworden, die uns unsere Großväter so hinreißend erzählten?

Und nun, um das Maß voll zu machen, folgt einer der härtesten Winter und gleich darauf eine der verheerendsten Überschwemmungen, die je registriert wurden.

Sie hatte recht gehabt: es würde ein schlimmes Tauwetter werden. Die Ausschüsse und Komitees hatten schlechte Arbeit geleistet: 60000 Morgen Land unter Wasser, 15000 Menschen evakuiert, 20000 Tonnen Kartoffeln ... Aber das haben wir alles schon einmal erlebt. Zum Beispiel 1874 ...

Und die Schleuse, das Schleusenwärterhaus zerstört. Und eine schwarze Truhe mit den Initialen E. R. A. ins Meer fortgespült ...

Er ist selbst daran schuld. («Warum ist er nicht davon, als noch Zeit dazu war», ärgert sich der Feldwebel.) Wäre er vorsichtiger gewesen, hätte er besser aufgepaßt. Vielleicht hätte er die Schleuse noch retten können. Vielleicht hätte er die Welt retten können. Oder wenn Dick dagewesen wäre und ihm geholfen hätte. Der starke, dumme Dick ...

Er öffnet die Augen. Das Gesicht einer Frau neigt sich über ihn. Rauchige Augen; eine Locke kastanienbraunen Haars hat sich gelöst. Die Hand einer Frau berührt seine Stirn. Er sieht das Gesicht einer Krankenschwester. Brünett. Er ist also nicht auf dem schwankenden Dach. Er ist nicht dort, wo die Welt –. Man hat ihn gerettet, er ist in Sicherheit. Unter den verwundeten Soldaten. Sie bückt sich, sagt etwas. Sie ist so schön; es ist ein Wunder. Sie will, daß er ihr etwas sagt ...

Aber an Stelle von Worten kommt nur Husten in heftigen Stößen aus seiner Kehle. Sein Atem rasselt; seine Lippen sind fahl. Die Schale, die sie ihm hinhält, füllt sich mit rotgefleckten Brocken ...

«Sag nichts ... versuch nicht einmal, etwas zu sagen.»

Sie hält die Schale und stützt mit dem freien Arm seine zuckenden

Schultern. Als der Husten nachläßt, stellt sie die Schale auf den Nachttisch zurück und läßt ihn vorsichtig in das Kissen zurückgleiten. Sie wischt einen Flecken Schleim von seinem Mund. Drückt seine Hand.

Sechs Tage hat sie ihn so gepflegt. In diesem hingestreckten Schwiegervater hat sie eine Art von Berufung, einen Lebenszweck (und vielleicht ihre wahre Buße) gefunden; so daß ihr Gatte, der am Fuß des Bettes sitzt, die Hände nutzlos zwischen den Knien vergraben, sich ausgeschlossen und unwürdig fühlt, überflüssig in dieser Szene von fast schmerzlicher Intimität.

Sie hat keine Illusionen. Es ist wahr, daß die Dinge bis an die äußersten Grenzen vordringen, daß die zerbrechlichen Inseln des Lebens vom Nichts überrollt werden. Sie war früher auch so. Und Gebete nützen nichts. Und Wunder geschehen nicht. Sie wird ein praktischer, ein realistischer Mensch werden. Sie wird nie von damals sprechen, als –. Sie wird eines Tages in der Altenfürsorge arbeiten. Sie wird sich um diejenigen kümmern, die am Ende ihrer Tage angelangt sind. Sie wird mit ihrem Gatten in die große Stadt übersiedeln, in ihrem Herzen wird sie aber immer in den flachen Fens bleiben. Sie werden dieses Ehebett mitnehmen, das auch ein Totenbett ist; und sie wird immer die stärkere, die zähere von den beiden sein ...

«Rede nicht ... versuch es nicht erst.»

Aber er will reden. Ja, ja, es ist schon richtig, er wollte nicht reden, damals, nein. Wollte nichts mehr wissen. Nach der Geschichte mit Tom und Mary. Und Dick. Nachdem Dick –

Es strömte noch einmal in ihn zurück. Nahm von ihm Besitz. Phlegma. Das alte Cricksche Phlegma. Ja, es war schon in ihn eingesickert, langsam, tropfenweise, seit –. Aber jetzt erfaßte es ihn völlig, löschte sogar die beständige Flamme der Fabulierkunst aus. Er wollte keine Geschichten mehr erzählen. Wollte nicht mehr an Geschichten glauben. Und Tom – ja, das wußte er – besaß diese Tagebücher. Tom saß über ihnen, begierig darauf, mehr zu wissen, fuhr nach Gildsey und ins Kessling Sanatorium. Er aber wollte diese blaubgebundenen Hefte nicht einmal mehr aufschlagen.

Das Phlegma kam zurück. Die Strömung des Flusses. Die Langeweile des Treidelweges. Man kann auf festem, ebenem Boden stehen und den Geist stumpf werden lassen. Vater und Sohn lebten miteinander und hatten doch kaum etwas gemeinsam. Er sprach zu seinen Hühnern, Tom vertiefte sich in die Geschichte. Bis Tom einberufen wurde. (Die Geschichte verfolgte ihn.) Wie sein Vater dreißig Jahre zuvor. Wie es sich wiederholt – Aber dieser Krieg war vorbei (nur eine Grundausbildung von sechs Wochen und dann hinein in die Hölle), und Henry Crick hörte auch nicht mehr seine Sechsuhrnachrichten, um die große weite Welt zu erleben. Und dann war er ganz allein, mit dem stummen Fluß; und – bis eines Tages Harold Metcalf zu ihm kam und eine Geschichte mitbrachte, die noch ein Ende brauchte – das Phlegma hüllte ihn ein.

Und jetzt erdrosselt es ihn, füllt seine Lungen an, steigt ihm die Kehle hoch. Dem Hochwasser ist er entkommen, aber jetzt erstickt er ...

Er ringt nach Atem. Sein Gesicht ist tiefrot. Seine Nasenflügel weiten sich.

«Nicht sprechen ...»

Hinter dem Fenster schlagen die Glocken von St. Gunnhilda die halbe Stunde. (Aber nur Tom, Anfänger in der Geschichtswissenschaft, registriert die genaue Zeit: vier Uhr dreißig, 25. März 1947.) Diese Glocken, diese verdammten Glocken, die durch das Gewölbe seines Deliriums dröhnen und hallen. Aber verfluche die Kirchenglocken nicht, Henry Crick. Nicht auf deinem Totenbett. Denke an Gott auf deinem Totenbett. Bete zu Gott auf deinem Totenbett. Und sei froh, daß du nicht im Mittelalter lebst, als die Glocken während eines Hochwassers unaufhörlich läuteten. Bete. Bete. Das Wasser steigt. Bete zur heiligen Gunnhilda um Erlösung ...

Die Glocken läuten. Er ist also nicht mehr auf dem schlüpfrigen Dach. Und er ist nicht –. Er ist in dem Haus in der Church Lane, Gildsey, das Tom und –. Aber einen Augenblick lang hat er geglaubt, daß er ertrinkt. Und nur einen kurzen Augenblick lang hat er geglaubt, daß das Gesicht, das sich über ihn neigt ...

Aber es war nur eine Vision, Henry Crick, nur ein Bild in der geheimnisvollen Geschichte, die endlich erzählt werden muß, die sich aus deiner atemlosen Kehle quälen will. Denn es ist richtig, daß man alles an sich vorüberziehen sieht, wenn man ertrinkt. Und jetzt ist es an der Zeit, jetzt ist genau die Zeit, um das ganze –.

Mit schwachem Arm winkt er seinen Sohn zu sich, der so weit entfernt am Ende des Bettes sitzt. Aber der Sohn hat den Ausdruck in den Augen seines Vaters gesehen und ist schon bei ihm; und das schöne Mädchen, das sich über ihn beugt (ja, es ist Mary, und das muß ihr Ehebett sein, wie die Dinge doch im Kreis –), packt schon mit sicherem Griff nicht nur seine Hand, die Hand des sterbenden Mannes, sondern auch die des kleinen Tom.

Die Lippen beben, bilden einen zitternden Kreis.

Es war einmal –

51

Über das Phlegma

Oder Schleim. Oder Schlamm. Eine ungewisse Substanz. Weder flüssig noch fest; eine klebrige, zähflüssige Masse. Gutartig (gleitend, reinigend, beruhigend, schützend) und dennoch widerlich (ein allgemeines Zeichen des Abscheus: spucken). Sie läßt sich nicht entzünden; bewahrt Feuchtigkeit und gibt sie ab.

Wenn im Körper (oder in der Seele) ein Feuer ausbricht, tritt das Phlegma auf den Plan. Es hilft in der Not. Wenn alles ruhig ist, repariert es Kanäle und Hydranten.

Seine schwerfälligen, unterdrückenden Eigenschaften machen es zum natürlichen Feind jeder Inspiration und Freude. Es hält den Sanguiniker und Choleriker in Schranken und fördert die Melancholie. Ein Vorherrschen von Phlegma kann zu folgenden Eigenschaften führen: Unempfindlichkeit; Besonnenheit; Geduld; nüchternem Verstand; Gelassenheit. Aber auch zu ihren negativen Gegenstücken: Trägheit; Langweiligkeit; Fatalismus; Gleichgültigkeit; Stumpfsinn.

Ein vielschichtiger Gemütszustand, der angeblich für die insulären und bronchitischen Engländer typisch ist. Er macht sich unter den Älteren bemerkbar; geht Hand in Hand mit Erfahrung. Den Kranken und Fiebrigen bringt er zweifelhaften Trost. Erleichtert und behindert zur selben Zeit; richtet auf und bedrückt. Nach alter Tradition muß das phlegmatische oder wäßrige Temperament durch Infusionen stärkender Flüssigkeiten kuriert werden. Ein Heilmittel in allen Fällen (obwohl es nie von Dauer und in seiner Wirkung unkontrollierbar ist): Alkohol.

52
Über die «Rosa II»

Wir steigen also auf die Fahrräder und fahren zum Bahnhof von Hockwell. Dad fährt voran, ich hinterher. Wir kommen rechtzeitig zum Sechsuhrdreißig nach King's Lynn. Die Luft ist schwer und dumpf, aber wir warten doch in dem stickigen Wartesaal (damit man uns nicht – das spricht aber keiner von uns beiden aus – vom nahe gelegenen Beobachtungsposten im Signalhäuschen von Hockwell sieht). Der Sechsuhrdreißig kommt pünktlich. Wir verladen unsere Fahrräder in den Wagen des Zugbegleiters. Dieser, einer aus der Gruppe von Eisenbahnbediensteten, die einst den illegalen Frachtverkehr betrieben (gewilderte Wasservögel in die eine, Whisky in die andere Richtung), will ein Gespräch anfangen: «Du bist doch Henry Crick? Du hast doch den Sohn vom armen Jack Parr –.» Aber Henry Crick will nicht reden. Henry Crick sieht aus, als hätte er ein Gespenst gesehen. Wir fahren drei Stationen bis Downham Market, wo wir aussteigen und eineinhalb Kilometer stromaufwärts mit dem Fahrrad zur Staithe-Fähre fahren, am Ostufer des Ouse, in deren Nähe wir die «Rosa II» vermuten – was auch stimmt, sie liegt ungefähr einen halben Kilometer stromaufwärts im Tidekanal.

Ein Schwimmbagger, Kinder. Ein Lehmschlucker. Ein Schlammsauger. Ein verbeulter, rostiger, zwanzig Meter langer Schiffskörper mit einem monströsen Auswuchs an der Stelle, wo sich auf den meisten anderen Schiffen der Aufbau in mehr oder minder eleganten Linien zum Deck absenkt: die besudelte Eimerkette mit ihrem besudelten und schlammverkrusteten Gewinde.

Warum ein so vielversprechender Name für ein so unansehnliches Vehikel? Warum eine so duftende Assoziation für eine so stinkende Arbeit? Rosa. Rosa II. Wer hat diesen Namen ausgesucht? Das einfachste Schiff ist von einem Hauch von Romantik umgeben. Dampfer tuckern in exotische Häfen, Korvetten laufen zu gefährlichen Abenteuern aus (denn wir sind wieder im Sommer '43). Aber ein Schwimmbagger, ein Schwimmbagger.

Und wer würde schon das Ausbaggern eines Flusses als seine Bestimmung ansehen? Wer würde diesen endlosen, erdverhafteten Kampf gegen den Schlamm wählen? Diese Schinderei am Bagger, diese Schlammbuddelei. Sie würde selbst ein ehernes Gemüt zerrütten. Sie würde selbst die fröhlichste Seele abstumpfen.

Und doch muß sie getan werden. Denn er verschwindet nicht. Er sammelt sich an, setzt sich fest, gleich, was draußen in der geschäftigen Welt vor sich geht. Denn der Schlamm ist, wie wir wissen, der Erbauer und Zerstörer des Landes, der Verderber der Flüsse, der Erzfeind der Entwässerung. Es gibt keine einfache Lösung. Wir dürfen nicht aufhören, dieses unbarmherzige Zeug, das die Zeit zurückläßt, herauszuschöpfen.

Denkt nur einmal an die schwierige Lage von Stanley Booth, des Kapitäns des Schwimmbaggers. Der Kapitän der «Rosa II», der im Herbst 1941 für sein Schiff einen tüchtigen Maat sucht. Jemand, der mit ihm die Last der Arbeit teilt. Jemand, der seine Kapitänspflichten teilt, der ihm die Bürde seiner fünfundzwanzigjährigen Tätigkeit am Ouse tragen hilft (denn Stanley Booth hat genug von seinem Beruf), der ihm die Mühsal dieser rostigen, lebenslangen Verbindung mit der «Rosa II» erleichtert. Natürlich kommen Hilfsmatrosen – Stanley Booth hat mehr als zwanzig eingestellt. Aber sie gehen auch wieder – fort in diesen anderen Krieg, in dem der Feind zumindest menschlicher Natur ist. Sie halten dieses Leben im Schlamm nicht aus.

Er schaltet – wieder einmal – eine Anzeige im *Gildsey Examiner*. Und daraufhin wird Henry Crick für seinen Sohn bei ihm vorstellig – ein junger, aber offensichtlich ganz uninteressanter Bewerber, da ihn selbst die Armee nicht will und er nicht einmal einen Brief schreiben kann. Der Junge entpuppt sich tatsächlich als schwachsinnig. Seine Redegabe ist sehr beschränkt (aber schließlich hält Stan Booth wenig vom Reden), Kopfrechnen fällt ihm schwer. Aber zu Stans Erstaunen erweist er sich als stark und eifrig, willig und verläßlich; und, was viel mehr wiegt, er besitzt einen natürlichen Instinkt für die Prinzipien des Baggers.

Stan Booth ist nur allzugern bereit, seinem neuen Gehilfen den geforderten Lohn zu zahlen. Und nicht nur das, sondern er ist auch bereit, da dieser Glückstreffer aussieht, als wollte er bleiben, eine bestimmte Summe vorzustrecken, damit sich der Junge ein gebrauchtes Motorrad kaufen kann, das ihn rascher zur Arbeit befördert als die Fahrzeuge, die er anfänglich benutzt (Milchwagen nach Newhithe, Frühbus zur Staithe-Fähre). Und der Gehilfe, der so früh kommt, setzt pflichteifrig die Eimerkette in Gang an Tagen (die immer häufiger werden), an denen der Kapitän es nicht vorzieht, pünktlich zu erscheinen.

Stan Booth ist glücklich. Sein junger Gehilfe ist glücklich. Ja, glücklich. Denn wie erklärt sich sonst (kann es sein, daß dieser neue, so eifrige und verläßliche Helfer seine Arbeit wirklich *genießt?*) dieser seltsame Gesang, diese dissonanten und doch zufriedenen Keuchtöne, die er manchmal von sich gibt, während die Eimerkette rasselt und der herunterfallende Schlamm platschend aufspritzt? (Wer hat schon jemals von einem *fröhlichen* Baggerarbeiter gehört?)

So ist es also nicht erstaunlich, daß Stan Booth ziemlich regelmäßig an den Vormittagen die «Rosa» und ihre kakophonen Maschinen ohne weiteres in so aufmerksamer und eifriger Obhut zurückläßt, das Beiboot nimmt (und damit seinen vertrauensseligen Gefährten festnagelt) und sich zum nächsten Wirtshaus am Ufer begibt.

Denn auch Stan Booth trinkt . . .

Wir fahren entlang der holprigen, sommergedörrten Uferböschung. Vorbei an Gräben, Pumpgeräten, einem stillgelegten Bulldozer, ganz zu schweigen von ein paar Betonbunkern, die 1940 hastig erbaut wurden und jetzt, so sagt zumindest die öffentliche Meinung zuversichtlich, kaum mehr in Betrieb gehen werden. Dann halten wir und steigen rasch von den Rädern. Denn wir sind nicht nur bei der «Rosa II» angekommen, sondern sehen auch auf der Krone der Uferböschung, allein, aber aufrecht, schon lange bevor wir nahe bei ihm sind, eine Velocette stehen.

Meine Vermutung hat sich also bestätigt. Aber ich bekomme kein Lob dafür. Obwohl Dads Gesicht vom Fahren gerötet ist, steht darauf noch immer der Ausdruck «Ich-habe-ein-Gespenst-gesehen». Wir blicken die Böschung hinunter und tauschen beredte Blicke. Das Motorrad wacht über etwas, das ganz offensichtlich ein behelfsmäßiger Anlegeplatz ist: zwei Winkeleisen sind in die Uferböschung getrieben, Seile hängen herab. Sichtlich eine Vorrichtung, die von den zwei Männern der «Rosa»-Crew gebaut wurde, um bei günstigem Wasserstand nicht den ganzen Weg vom Landeplatz der Staithe-Fähre rudern zu müssen.

Und derzeit ist der Wasserstand günstig. Denn der Fluß steht hoch, und die grünlichen Enden der Seile schlängeln sich hinunter ins Wasser, das unentschieden ist, in welche Richtung es fließen soll. Der Schluß ist daher einfach, daß das jetzt an der «Rosa» vertäute Beiboot, das etwas stromaufwärts von dem ebenfalls dazugehörigen Lastkahn hängt, der den Schlamm fortschafft, dasselbe ist, das noch vor kurzer Zeit am Ufer festgemacht war.

Nichts rührt sich auf dem Schwimmbagger. Es ist mehr als eine Stunde vergangen, seit Dick mit dem Sack am Rücken auf der Straße nach Gildsey fortfuhr. Ein Seemöwentrio hockt auf der reglosen Eimerkette. Ohne Zeit zu verlieren, holt Dad tief Atem, legt die Hand an den Mund und ruft nochmals, wie er es schon von meinem Schlafzimmerfenster aus getan hat. «Di-i-i-ick!» Dieses Mal ein guter, gekonnter Ruf – so ruft ein Mann, der gewohnt ist, mit seinem Ruf die Leichter am nebelumhangenen Leem zu erreichen, ein Ruf, der ganz sicher an diesem stillen und heißen Sommerabend über das Wasser getragen wird. Aber Dick erscheint nicht. Der Ruf verhallt in einem leeren Raum.

Er ruft wieder, macht eine Pause, als plante er, nötigenfalls alle zehn Sekunden einen Schrei auszustoßen. Die drei Seemöwen spreizen ungerührt, gleichgültig die Flügel; steigen dann plötzlich kreischend auf. Und dann sehen wir ihn. Das heißt, wir sehen eine Gestalt – und Dicks Gestalt ist unverkennbar – aus dem Inneren des Baggers auftauchen und wie ein halbwaches, aus dem Winterschlaf aufgeschrecktes Tier auf die uns zugewandte Reling zutaumeln.

Wir können sein Gesicht nicht sehen, wir können seinen Ausdruck nicht erkennen (Dick – ein Ausdruck?). Aber wir brauchen gar keine Vermutungen über die Ursache seines schwankenden Ganges und baumelnden Kopfes anzustellen, während er über das Wasser zu uns herüberstarrt. Er hebt etwas an die Lippen, was eine Flasche sein kann, und leert sie mit auffälligen Schlucken.

«Di-ick! Di-ick! Um Himmels willen, Junge, komm zurück!»

Aber Dick gehorcht anderen, von seinem wahren Vater stammenden Anweisungen.

Im Notfall –

Er wirft die Flasche, geleert, über den Rand des Schiffes und verschwindet aus unserem Gesichtsfeld, als wollte er eine neue aus seinem verborgenen Schatz holen. Die Möwen stoßen herunter, beschreiben einen Bogen und nehmen ihren alten Platz wieder ein. Das abstoßende schwimmende Monstrum Bagger grinst uns hämisch mit seinen rostigen Zähnen an.

Dad wendet sich zu mir. «Versuch's du.»

Es steht da, ringt nach Atem, und beobachtet meine lautstarken Bemühungen wie ein Lehrer die Versuche eines Schülers.

Meine Schreie (hast du sie gehört, Dick?) verklingen in der Luft.

«Es nützt nichts. Fahren wir zur Fähre zurück. Wir nehmen ein Boot und holen ihn.»

Wir richten die Fahrräder auf. Steigen auf und fahren entlang der Böschung, den Ouse diesmal zur Linken, dahin.

An der Staithe-Fähre gibt es längst kein Fährboot mehr. Eine neue Straßenbrücke mit drei Pfeilern, die man in den dreißiger Jahren nördlich des Dorfes erbaute, hat die jahrhundertealte Überquerungsart unnötig gemacht. Was geblieben ist, sind ein paar kleine Häuser, ein Bootshafen, ein Landungssteg und, neben dem alten Anlegeplatz, der Fachwerkbau des «Ferry Inn».

Der schlackenbestreute Vorhof des Gasthauses ist fast völlig verlassen, aber das Gasthaus ist schon geöffnet und ein grauer, unachtsam geparkter Ford, auf dessen Rücksitz zwei Käppis der US Air Force liegen, läßt auf eine lautstark zechende Gruppe amerikanischer Soldaten schließen. Wir lehnen unsere Fahrräder an eine weißgetünchte Wand – wo ein mit Rostflecken übersätes Emailleschild längst ungültige Fährgebühren verrät – und laufen auf die Tür der Bar zu. In dem Augenblick aber, in dem wir sie öffnen wollen, läßt uns ein plötzlich einsetzender Lärm, der die Stille des Abends durchbricht, erstarren.

Klappern und Klirren, eine wilde Mischung von abgehacktem, mechanischem Würgen und Schluckauf kommt von stromaufwärts. Gefolgt von einem stetigen, rhythmischen Lärm, der von verschiedenen leiseren Nebengeräuschen begleitet wird: Tschunga – tschun-ga – tschun-ga. Der Bagger läuft. Dick hat den Bagger angeworfen.

Einige Sekunden lang stehen wir unter dem reglosen Schild, die Erkenntnis der Tatsache läßt uns erstarren. Dann wenden wir uns, jetzt noch eiliger als zuvor, der Tür zu. Aber wir brauchen sie nicht zu öffnen. Denn in demselben Augenblick kommt Stan Booth, Kapitän der «Rosa II», aus dem Haus, gefolgt von zwei U.S.A.A.F.-Fliegern, in Freizeitkluft mit Bürstenhaarschnitt, Erstaunen auf dem gedunsenen Gesicht und Whisky im Atem.

Er starrt durch uns hindurch – zur Quelle dieses Geräusches, das sogar seine alkoholbenebelten Sinne aktiviert hat – und erst als seine Augen die Ohren von der Wahrheit des Geschehens überzeugt haben (die Eimerkette taucht ein und dreht sich; Wölkchen von öligem Rauch zerstieben über dem Bagger) stellt er auch unsere verwirrte Anwesenheit fest.

«Was zum –»

Aber – halt – hat er diesen Menschen nicht schon einmal gesehen? Das ist doch Henry Crick? Der, der für seinen Sohn –. Ein Anflug von Verstehen gepaart mit einer vagen Erleichterung überzieht das Gesicht des Baggerkapitäns.

«Mr. Crick, ich weiß, daß Ihr Sohn ein bißchen –» (er klopft sich mit seinem dicken Finger an die Schläfe, statt das Wort auszusprechen), «aber weiß er denn nicht, was der Unterschied zwischen Sonntag und den Wochentagen ist?»

Er hält inne, wirft einen plötzlich unsicheren Blick auf die Versammlung.

«Heut ist doch Sonntag, nicht?»

Wir stimmen zu. Es ist zweifellos Sonntag.

«Und das dort drüben ist doch er, oder was?»

Irgend etwas in unseren Gesichtern löscht auch bei ihm die Erleichterung aus.

«Also was tut er –»

Auf der Schwelle des «Ferry Inn» (Pächter, wie über dem Türrahmen zu lesen ist, J. M. Todd) versucht Dad die ungeheure Aufgabe einer Erklärung in Angriff zu nehmen. Versucht es. Gibt auf. Schneidet Grimassen, stottert, schiebt mich vor (stillschweigend meine in der Schule erworbene Gewandtheit anerkennend, meine Fähigkeit, Fakten verständlich darzulegen).

«Sag du's ihm, Tom, um Himmels willen.»

Ich mache den Mund auf; erwäge stumm ein Dutzend Möglichkeiten, wie ich anfangen könnte; sehe Verwirrung und Ungläubigkeit voraus; erkenne die völlige Unmöglichkeit, in einem einzigen Augenblick die Gründe für den Aufenthalt meines (meines?) Bruders an diesem flauen Abend auf der «Rosa II» zu erklären. Ich entscheide mich für eine glatte Erfindung.

«Er ist völlig übergeschnappt.»

(Verzeih mir, Dick. Daß ich deiner letzten Tat, deiner letzten Zuflucht den Anstrich des Wahnsinns gab, sie der Wirklichkeit beraubte. Ich, der ich am ehesten wußte, daß Verstehen die Ursache deines Unglücks war. Ich, dein Bruder. Dein Bruder. Dein Bruder?)

«Er ist übergeschnappt. Er hat sich betrunken und ist dann mit dem Motorrad weggefahren. Wir wissen nicht» (ah, endlich ein wahres Wort), «was er alles anstellen wird.»

Stan Booths Gesicht verdüstert sich, er runzelt die Stirn. Die beiden adretten Burschen der U.S.A.A.F. hinter ihm haben offensichtlich Schwierigkeiten, unseren Dialekt zu verstehen.

Unterdessen durchlebt Dad neben mir eine Reihe von kaum wahrnehmbaren und doch schmerzlichen Emotionen. Als er mit meiner Aussage konfrontiert wird, die einesteils ein Geniestreich rascher Überlegung ist, andererseits aber eine offenkundige Ausflucht, ein Hinweis auf seine Unfähigkeit angesichts der konkreten Situation (dieser Spaziergang auf dem Treidelweg, bei dem er sich nicht mitteilen konnte), hält er nicht länger durch. Er bricht zusammen. (Und jetzt bricht auch – und sie läßt sich erst dann wieder kitten, als Tom Crick Mary Metcalf heiratet – die harmonische Vater-Sohn-Beziehung zusammen.)

Fast wie auf glühenden Kohlen kniend, unter dem galgenähnlichen Wirtshausschild, stößt er hervor:

«Und er hat Freddie Parr umgebracht. Sie wissen doch, Freddie Parr, der ertrunken ist. Und er ist nicht mein Sohn. Das heißt, er ist doch mein Sohn. Dick. O Gott. Jesus Christus, hilf mir!»

Seine Augen werden feucht. Ein seltsam kalter Lufthauch bringt das Schild zum Knarren und hebt eine Strähne seines dünnen Haares hoch.

Stan Booth schöpft tief Luft. Die beiden Piloten (wir erfahren später, daß sie Nat und Joe heißen) stehen sprachlos mit offenem Mund da und überdenken vielleicht insgeheim die von offizieller Seite an die amerikanischen Soldaten ausgegebenen Leitfäden, in denen die Bewohner der ländlichen Gegenden Englands als reserviert und phlegmatisch dargestellt werden.

Keiner stürzt davon, um die Polizei zu holen. Keiner glaubt ihm. Die Wahrheit ist um so vieles seltsamer als –.

«Sie wollen damit sagen, daß der Kerl dort auf dem Schiff einen anderen umgebracht hat?»

Auf der Windschutzscheibe des neben uns stehenden Ford ein runder Aufkleber. Die Silhouette einer riesigen Kaktee, blutrot gegen einen orangefarbenen Hintergrund. Türkis die Inschrift: «Arizona, Königin der Wüste.»

Ihre Spürnase für Krisensituationen hat auch andere Gäste des «Ferry Inn» in den Vorhof geführt. Der pfeifenrauchende Wirt – J. M. Todd in Person. Zwei Einheimische mit faltigen Gesichtern und dem Gehaben von Stammgästen.

Und während sich dieses Tableau um uns gruppiert, dringt die ganze Zeit der Lärm des Baggers zu uns her, wie ein Alarmsignal.

Das Geräusch, das den Bewohnern von Staithe Ferry wochentags so vertraut sein muß, daß sie es kaum bemerken – ein Zeichen, daß alles in Ordnung ist, daß der Ouse den immer nötigen, nie endenwollenden Aderlaß bekommt –, dröhnt jetzt am Sonntag, an dem es fehlen sollte, zu ihnen herüber. Woraus man schließen kann, daß nicht alles in Ordnung ist.

Stan Booth öffnet den Mund.

«Also das ist doch – zum Teufel. Also gut, nehmen wir ein Boot und fahren wir hinüber.»

Die Gruppe bewegt sich zum Landesteg. Ein Ruderboot mit Sitzbrettern schaukelt im Wasser, als hätte es eigens auf uns gewartet. Stan Booth, der das Unternehmen anführt, nimmt als Vorsichtsmaßnahme ein Paket Zigaretten aus der Hemdtasche und zündet sich eine davon an. Camel – spendiert von Nat und Joe. Er nimmt einen Zug, blickt in die Strömung, wägt vielleicht die zwei Möglichkeiten gegeneinander ab – ob ein latent Wahnsinniger gerade seinen Bagger ruiniert, oder ob er wegen eines undurchsichtigen Familienkrachs den besten Gehilfen verliert, den er je gehabt hat – und gibt den Befehl zum Einsteigen. Dad will rudern. Stan Booth sieht ihn mit einem seltsamen mitleidigen Blick an und schickt ihn auf die hintere Bank. Mein Wissen um das, was geschehen ist, sichert mir den Platz neben ihm. Die beiden Amerikaner wollen auch mit – was kein vernünftiger Steuermann unter den gegebenen Verhältnissen und bei der Größe des Bootes erlauben würde. Stan Booth sagt zuerst nein, dann gibt er nach. Nur das Zusammentreffen der Umstände, daß er vom Whisky benebelt ist, daß der Wasserstand günstig ist – noch ist Flut –, daß sie beharrlich darum bitten («Sie brauchen vielleicht Hilfe, wenn der Kerl gewalttätig wird») und – was wahrscheinlich am meisten zählt – daß er mit weiteren Paketen Camel und Whisky rechnen darf, macht es möglich, daß ein Boot, das bequem und sicher nur drei Personen faßt, den Anlegeplatz mit fünf Insassen verläßt.

Bevor er ins Boot springt, rennt einer der Piloten zu dem geparkten Ford zurück. Er kommt mit einem Feldstecher wieder. Schwarzes Bakelit. Bestand der US Air Force. «Den brauchen wir vielleicht.» Er hängt sich den Feldstecher am Lederriemen um den Hals, wie ein kamerabewehrter Tourist, der zu einer Ausflugsfahrt rund um die Bucht unterwegs ist. Während er ins Boot klettert, grinst er Dad und mich kurz an und nickt grüßend: «Hi. Ich bin Nat Tucker, und das ist Joe Shulberg. Wir sind aus Tucson. Tucson,

Arizona.» Er zieht sein eigenes Paket Zigaretten heraus. Stan Booth spuckt in die Hände. Dad löst die Fangleine. Wir stoßen ab.

Es ist nicht unser guter, alter, kleiner Leem. Es ist der Große Ouse, der in den Wash mündet. Der seine Wasser einst mit dem Rhein mischte. Er hat etwas Salziges, Weiträumiges an sich. Von einem kleinen Boot aus gesehen, das auf die Mitte des Stroms zuhält, scheint das Ufer sehr weit entfernt, fast wie eine Meeresküste *en miniature*.

Wir steuern auf den Bagger zu, gleichermaßen von der Flut wie von den kräftigen Ruderschlägen Stan Booths getrieben. Das Licht, das den ganzen Tag von schwülen Sommerwolken gedämpft wurde, nimmt allmählich ab. Nicht, daß wir schon die Augen anstrengen müßten. Denn das Licht bleibt, wie jeder Seemann weiß, dort am längsten, wo es Wasser gibt. Über dem Land verdichten sich die Schatten am schnellsten. Die wasserreichen Regionen unserer Welt sind es, die sich am spätesten der Nacht ergeben, obwohl es nicht viel zu sehen gibt: die näher kommende Masse des Baggers (von unserem kleinen Boot erscheint er viel höher, viel bedrohlicher als vom trockenen Land aus); das zurückweichende «Ferry Inn» und die Straßenbrücke hinter uns; zu beiden Seiten die kahlen, dunklen Wälle der Uferböschung, die die Weite einschränken, als wollten sie die Tatsache vor uns verbergen, daß hinter ihnen nichts ist.

Eine flache, flüssige Welt, eine kaum wirkliche Welt. So anders (ah, sogar in diesem Augenblick schweift die Neugier ab) als die wilden Sierras, die Felsen der Cowboys und die Cañons von Arizona ...

Der Pilot (Nat? Joe?) richtet den Feldstecher auf die «Rosa».

«Ich sehe überhaupt nichts.» Sein Gesicht zeigt einen offenen und selbstzufriedenen Ausdruck.

Er bemerkt meinen Blick.

«Da, Junge, willst du selbst schauen?»

Über Stan Booths Schultern hinweg, die sich heben und senken, hält er mir den Feldstecher hin, als böte er mir den ewigen Kaugummi und Schokoladenriegel an. Grinst. «Da, nimm ihn.» Als wäre ich irgendein glotzender Eingeborener, der noch nie ein solches Wunder der Neuen Welt gesehen hat.

In zwei Jahren trage auch ich Uniform, so wie er jetzt.

Stan Booth sagt: «Bleib sitzen!» Er rudert schneller.

Über den Lärm des Baggers hinweg erhebt sich ein neues Geräusch – wörtlich über ihm, denn es kommt aus dem wolkenverhangenen Himmel – pulsierend, widerhallend, bedrückend, aber nur allzu vertraut –, aber uns in der gegenwärtigen Bedrängnis zu wenig berührend, als daß Dad oder ich oder Stan Booth, der schweißüberströmt an den Rudern sitzt – den Blick heben würden. Nur die beiden Piloten, die aus eigenem Antrieb und ohne die Möglichkeit, umzukehren, in dieses feuchte Abenteuer verstrickt sind (wir sind schon ganz nahe am Bagger), fühlen die Verpflichtung, ihre Verbundenheit mit den weltbewegenden Problemen zu zeigen und ihrer Zugehörigkeit zum Himmel Ausdruck zu geben, wie sie sich schon in ihren Uniformen ausdrückt.

«Da fliegen sie!» (Joe? Nat?)

«Juhu! Macht ihnen die Hölle heiß, Kumpels!» (Der andere).

Günstige Bedingungen, trotz einer niedrigen Wolkendecke über der Nordseeküste. Vielleicht eine Antizyklone vom Kontinent, die den Himmel über Deutschland zum Aufklären bringt.

Und außerdem macht dieser Krieg sonntags keine Pause. Ruht nicht wegen des Kirchgangs oder eines Wochenendbesuchs (oder selbst wegen eines unbedeutenden Mordfalles). Es gibt kein Atemschöpfen für die Einwohner von Hamburg und Berlin, die, um den Tag unseres Herrn zu ehren, zur Hölle geschickt werden.

Sie donnern vorbei, verborgen durch den Wolkendekor. Dann setzt sich der Lärm des Baggers wieder durch. Jetzt viel stärker, denn wir kommen näher – sind kaum hundert Meter entfernt. Und mit dem Lärm auch ein Geruch. Der Geruch von etwas, das aus den Untiefen geholt wird. Der Geruch, der über Dicks Schlafzimmer hängt.

Er ist hier. Er weiß, wo er hingehört, was er tun muß. Er sorgt dafür, daß sich die Kette dreht. Der Lärm der rasselnden Maschinen löscht das vorübergehende Getöse des Weltkriegs in den Lüften aus. Er hört keine Bomber, sieht keine Bomber. Und der Geruch des Schlamms ist der Geruch des Asyls, der Geruch des Vergessens. Er ist hier, er ist jetzt. Nicht dort oder dann. Keine Vergangenheit, keine Zukunft. Er ist der Maat auf der «Rosa II».

Und er ist der Retter der Welt ...

Fünfzig, vierzig Meter. Das Wasser dröhnt, vibriert. Unter der «Rosa II» beißt die riesige Schnauze der Eimerkette mit ihren rotierenden Zähnen in den weichen, wehrlosen Bauch des Flußbettes. Dreißig Meter. Dad kann sich nicht mehr zurückhalten, ruft noch einmal. Noch einmal legt er die Hände an den Mund, versucht mit dem Lärm der Kette zu wetteifern. «Dick, wir kommen! Wir kommen – wir holen dich nach Hause, Dick! Nach Hause!» Zwanzig Meter. «Dick, wir werden –»

Und dann –

Dann.

Die Erinnerung kann diese letzten Momente nicht klar und zusammenhängend bewahren. Die Erinnerung kann mir nicht einmal sicher sagen, ob ich das, was ich sah, nicht vorwegnahm, bevor ich es tatsächlich gesehen hatte, glaubte, es schon einmal gesehen zu haben – eine Erinnerung, bevor es noch geschehen war. Dicks Kopf und Schultern (denn wir sind jetzt so nahe am Bagger, daß wir den Hals recken müssen, um auf das Deck der «Rosa» hinaufzusehen) tauchen über der Reling auf, ungefähr drei Meter von der Schlammschütte entfernt, die im gleichmäßigen Rhythmus den Schlamm ausspuckt. Eine Sekunde lang starrt er auf das sich nähernde Boot. In derselben Sekunde sehe ich, was auch er sehen muß: ein überladenes Ruderboot, drei bekannte Gesichter und zwei unerklärliche (unerklärliche?) Begleiter in Uniform. In Uniform. Er läuft vor, über die Stelle hinaus, an der wir am Bagger anlegen wollen, etwas stromabwärts vom Lastkahn, so daß wir ihn also querab verfehlen. Über den Lärm das Baggers hinweg hören wir deutlich Glas auf Metall schlagen.

War es Nat, war es Joe, der zuerst den Mund aufmachte? «Hallo, bleib ganz ruhig!» Oder Stan Booth (der über die Schulter schaut): «Dick, Dick, zum Teufel noch einmal! Dreh diese verdammte Kette ab!» Oder war es Dad, der noch vor den anderen schrie: «Dick, es ist alles in Ordnung! Dick, ich werde dein Vater sein . . .»

War es wirklich so (aber wie konnte ich meiner Wahrnehmung vertrauen im verschwimmenden Licht, in dieser schaukelnden Ferne), daß seine Augenlider ganz starr waren, daß sein Blick, glänzend, eindringlich, von einem bestimmten Moment an nicht mehr auf uns gerichtet war, sondern nur mehr auf die pulsierende, vibrierende Oberfläche des Ouse? Bewegte er sich zuerst, oder schrie ich zuerst? Und schrie ich wirklich laut, oder waren die Worte nur in meinem Kopf (und hallten dort für immer wider?):

«Dick – tu's nicht!»

Aber wir sahen alle, darüber waren wir uns einig – whiskybenebelt oder nicht –, was dann geschah.

Er dreht sich um. Wankt zum Vorderdeck, direkt zum Bug der

«Rosa» (der nicht, wie bei anderen Schiffen, scharf zuläuft und edel geschwungen ist, bestimmt dazu, die Wellen zu durchschneiden und zu verdrängen, sondern kurz, abgerundet, verbeult und von einem Kran überragt, der zum Aufziehen der Taue der Eimerkette dient). Er klettert auf die Reling, steht, bloßfüßig, darauf, hat es nicht nötig, sich an den Ständern des Krans festzuhalten. Richtet sich zu voller Höhe auf. Einen Augenblick balanciert er, hält sich, schwankt auf der Reling, hinter sich das dunkle Rot der westlichen Sonne. Dann springt er. In einem langgezogenen, weiten, schwungvollen Bogen. Weit und lang genug, um die später vorgebrachte Theorie zu widerlegen, daß er sich in der Ankerkette oder den Tauen verfangen hat; weit und schwungvoll genug, daß wir, die ihn beobachten, sehen können, daß sein Körper im Flug ein einziges gestrecktes und anscheinend gliederloses Kontinuum bildet, so daß ihn ein Experte für den ersten wahren Fischmenschen hätte halten können. Zerteilt das Wasser fast unhörbar. Und ist verschwunden. Verschwunden. Stan Booth setzt ein Ruder ein, um das Boot herumzudrehen. Wir beobachten das Wasser, warten, warten, daß der Kopf auftaucht. Schauen, und trauen unseren Augen nicht mehr. Schauen und treiben mit der Strömung dahin (ja, die Ebbe hat eingesetzt); kreuzen auf einer fiktiven Linie stromabwärts vom Bug der «Rosa» und wieder zurück. Schreien in die nasse Dunkelheit (selbst die beiden Piloten aus dem fernen Arizona lassen sich zu wiederholten und eindringlichen «Dicks» hinreißen, als riefen sie nach einem alten Freund). Alle, das heißt mit Ausnahme eines sechzehnjährigen Jungen, der neben seinem Vater im Heck des Bootes sitzt und unerbittlich verstummt. Denn er weiß (obwohl er es nicht ausspricht; es nie aussprechen wird; ein Geheimnis, das er und Mary teilen werden): Es wird kein Kopf auftauchen. Es wird keine gurgelnde Antwort, kein Hilferuf ertönen. Er ist auf dem Weg. Gehorcht seinem Instinkt. Kehrt zurück. Der Ouse fließt ins Meer ...

Dad nimmt dem erschöpften Stan Booth die Ruder aus der Hand. Der Bagger, unbemannt, baggert unbeirrt weiter. Wir lassen unsere Blicke über das Wasser gleiten, suchend (später, im Licht der Morgendämmerung, auch über die kahlen Uferböschungen, die glitschigen Brückenpfeiler). Wir rudern gegen die Strömung zurück, binden das Boot an der «Rosa» fest und klettern an Bord. Kein nasser, zitternder Dick (unsere letzte, schwache Hoffnung), der uns alle überlistet hat, einen Kreis geschwommen und auf den

Bagger geklettert ist. Schließlich stoppt Stan Booth den Motor der Eimerkette. Die plötzliche, nur von den klatschenden Tropfen durchbrochene Stille trifft uns wie Totengeläut. «Jetzt wäre wohl eine Erklärung fällig.» Wir stolpern über leere Flaschen. Schauen über die Reling. Nebelbänder. Dunkelheit. Am Ufer in der dichter werdenden Dämmerung, in der irrlichternden Dämmerung, verlassen aber wachsam, ein Motorrad.

Roald Dahl

Buch der Schauergeschichten
Deutsch von Nils-Henning von Hugo, Ilse Strasmann und Benjamin Schwarz.
256 Seiten. Gebunden

«Leises Knacken im Dachgebälk wird man nach den exquisiten Storys leicht für ein Klopfen aus dem Jenseits halten. Aber Gruseln ist gesund!»
Welt am Sonntag

Konfetti
Ungemütliches + Ungezogenes.
Deutsch von Barbara Uhl und Heinrich Maria Ledig-Rowohlt.
108 Seiten. Gebunden

Siebenmal Gereimtes und Ungereimtes: ein neuer Dahl für Anfänger und Fortgeschrittene.

Georgy Porgy.
Gesammelte Erzählungen
Deutsch von Wolfheinrich von der Mülbe, Hans-Heinrich Wellmann und Fritz Güttinger.
446 Seiten. Gebunden

«Schrecken, Lust und Lächeln, und diese schöne, makabre Welt. Dergleichen wird selten geboten. Man kann vor diesem Buch nicht genug warnen, es ist schrecklich unseriös und sooo gut.»
Welt am Sonntag

rororo
C 2267/1

Graham Greene

Die Kraft und die Herrlichkeit
Roman (91)

Der dritte Mann
Roman (211)

Der stille Amerikaner
Roman (284)

Heirate nie in Monte Carlo
Roman (320)

Unser Mann in Havanna
Roman (442)

Die Stunde der Komödianten
Roman (1189)

Leihen Sie uns Ihren Mann?
Komödien der Erotik (1278)

Die Reisen mit meiner Tante
Roman (1577)

Eine Art Leben
(1671)

Das Ende einer Affäre
Roman (1787)

Schlachtfeld des Lebens
Roman (1806)

Ein Sohn Englands
(1838)

Zentrum des Schreckens
Roman (1869)

Der Honorarkonsul
Roman (1911)

Graham Greene

Das Attentat
Roman (1928)

Orientexpress
Roman (1979)

Kleines Herz in Not (4051)

Jagd im Nebel
Roman (4093)

Zwiespalt der Seele
Roman (4177)

Am Abgrund des Lebens
(4249)

Lord Rochesters Affe
(4307)

Ein ausgebrannter Fall
Roman (4329)

Der menschliche Faktor
(4693)

Erzählungen
(4749)

Dr. Fischer aus Genf oder Die Bombenparty
(5051)

Fluchtwege
(5285)

Das Herz aller Dinge
Roman (5450)

Monsignore Quijote
(5453)

Gespräche mit Marie-Françoise Allain
(5613)

rororo

C 57/30a

Lesefutter

John Barth
Der Tabakhändler (5621)

Barbara von Bellingen
Die Tochter des Feuers (5478)

Eberhard Cyran
Der König (5638)

Fanny Deschamps
Jeanne in den Gärten
Deutsch von Uli Aumüller und Grete Osterwald.
528 Seiten. Gebunden und als rororo 5700
Jeanne über den Meeren
Deutsch von Uli Aumüller und Grete Osterwald.
560 Seiten. Gebunden

Robert S. Elegant
Die Dynastie
Deutsch von Margaret Carroux.
785 Seiten. Gebunden und als rororo 5000
Mandschu
Deutsch von Margaret Carroux.
607 Seiten. Gebunden und als rororo 5484
Mandarin
Deutsch von Margaret Carroux.
720 Seiten. Gebunden

Pauline Gedge
Die Herrin vom Nil
Deutsch von Ulla H. de Herrera.
538 Seiten. Gebunden und als rororo 5360
Pharao
Deutsch von Margaret Carroux und Ulla H. de Herrera.
544 Seiten. Gebunden
(Wunderlich Verlag)

rororo

C 2271/1